茅盾文学奖
获奖作品全集
典藏版
The Mao Dun Literature Prize

冬天里的春天 上

李国文 著

人民文学出版社

图书在版编目(CIP)数据

冬天里的春天:上下/李国文著.—北京:人民文学出版社,2023(2025.4重印)
(茅盾文学奖获奖作品全集:典藏版)
ISBN 978-7-02-017687-8

Ⅰ.①冬… Ⅱ.①李… Ⅲ.①长篇小说—中国—当代 Ⅳ.①I247.5

中国版本图书馆 CIP 数据核字(2022)第 252145 号

责任编辑　薛子俊
责任印制　张　娜

出版发行　人民文学出版社
社　　址　北京市朝内大街 166 号
邮政编码　100705

印　　刷　涿州市京南印刷厂
经　　销　全国新华书店等

字　　数　596 千字
开　　本　890 毫米×1290 毫米　1/32
印　　张　25.875
印　　数　12001-15000
版　　次　1981 年 5 月北京第 1 版
印　　次　2025 年 4 月第 4 次印刷

书　　号　978-7-02-017687-8
定　　价　112.00 元(全二册)

如有印装质量问题,请与本社图书销售中心调换。电话:010-65233595

出版说明

一九八一年三月十四日,病中的中国作家协会主席茅盾致信作协书记处:"亲爱的同志们,为了繁荣长篇小说的创作,我将我的稿费二十五万元捐献给作协,作为设立一个长篇小说文艺奖金的基金,以奖励每年最优秀的长篇小说。我自知病将不起,我衷心地祝愿我国社会主义文学事业繁荣昌盛!"

茅盾文学奖遂成为中国当代文学的最高奖项。自一九八二年起,基本为四年一届。获奖作品反映了一九七七年以后长篇小说创作发展的轨迹和取得的成就,是卷帙浩繁的当代长篇小说文库中的翘楚之作,在读者中产生了广泛的、持续的影响。

人民文学出版社曾于一九九八年起出版"茅盾文学奖获奖书系",先后收入本社出版的获奖作品。二〇〇四年,在读者、作者、作者亲属和有关出版社的建议、推动与大力支持下,我们编辑出版了"茅盾文学奖获奖作品全集"。此后,伴随着茅盾文学奖评选的进程,我们陆续增补新获奖作品,力求完整呈现中国当代文学最高奖项的成果,使其持续成为读者心目中"茅奖"获奖作品的权威版本。现在,我们又推出"茅盾文学奖获奖作品全集(典藏版)",以满足广大读者和图书爱好者阅读、收藏的需求。

在"茅盾文学奖获奖作品全集(典藏版)"的编辑过程中,我社对所有作品进行了版式统一以及文字校勘;一些以部分卷册获奖的多卷本作品,则将整部作品收入。

感谢获奖作者、作者亲属和有关出版社,让我们共同努力,为当代长篇小说创作和出版做出自己的贡献,为广大读者提供更多的优秀作品。

人民文学出版社编辑部

第 一 章

一

沉沉的大雾,似乎永远也不会消散地弥漫着,笼罩在石湖上空。迷迷蒙蒙,混混沌沌,任什么都看不出来,若不是咿咿呀呀的桨声,船头逆浪的水声,和远处湖村稀疏的、不甚响亮的鞭炮声,真会以为是一个死去的世界。那劈脸而来的浓雾,有时凝聚成团,有时飘洒如雨,有时稠得使人感到窒息难受,有时丝丝缕缕地游动着,似乎松散开了,眼前留出一点可以回旋的空际。但是,未容喘息工夫,顷刻间,更浓更密的雾团又将人紧紧裹住。

这石湖上冬末的晨雾,愈接近天亮时分,也愈浓烈,仿佛什么活生生的、有性格的东西,定要死乞白赖地缠住不松不放。这使得那位扶着船舱篷顶站立眺望的游击队女指导员,满脸恼怒,焦躁不安。她简直恨透了这密密麻麻不消不散的浓雾,那对明亮的眸子,无论怎样努力,也看不出三步以外的世界是个什么样子。她现在恨不能插翅飞上湖心的沙洲,因为情况突然间变得这样紧急,时间对她来讲,不但意味着亲人的生命,同时还攸关着整个游击支队的命运。然而,老天偏偏作对,在这大年初一的早晨,下起了没完没了的大雾,挡住了视线,辨别不清方向。而且芦苇丛中密如蛛网的河道,完全有可能搅昏了头,以致迷了路。

"老晚哥,路没错吧?"

"不能!"那个俯着身子吭哧吭哧划船的人回答着。他瞟了一眼她腰间挎着的匣枪,不由得心中一冷。那枪上的红缨,虽然已经陈旧,颜色不那样鲜艳了,但是却在提醒他,对待这样一个简直可以说是"杀星"的女人,还是以小心谨慎侍候为宜。所以压住他那爱唠叨的舌头,只拣最简单的字眼答复她的问题。

"那你加把劲,快点划!"

"打我出娘胎,也不曾这样卖过力气。"

"你早就该这样踏踏实实地做人啦!四姐,她够可怜的。你,一个当哥的,指着妹妹养活过日子,不成材啊!"

老晚沉重地叹了口气。

突然间,那对漆黑闪亮的瞳仁逼视着这个划船的人,尽管是雾天,朦朦胧胧,但那刺人的光芒,似乎穿透老晚的心:"是他划走了我的舢板,你实说!"

"嗯!"老晚艰难地点点头,显然,他不敢对她撒谎。

"他没告诉你去哪?"那声调听来十分严厉,只吓得这个划船人一连气地说了几个"没有",矢口否认地晃着脑袋。

"他自然不会说给你听的。"这一点,她完全相信,如果他真的说出了他的去向,倒是值得认真考虑,没准可能是引入歧途的迷魂阵呢!她又凝视着密如屏障挡在眼前的雾,不由得思索那个被她斗败了的对手,趁着她暂时离开的工夫,竟驾着舢板先走一步,会到什么地方去呢?又有可能搞些什么名堂呢?如同这看不透的浓雾一样,难以揣摸得出他的意图。当然有可能投靠敌人,叛变支队,至少可以毫不费力地说出受伤的游击队长在沙洲上的什么地方躲藏着。那是很有价值的情报,敌人正撒出许多武装特务在遍地寻找呢!立刻,她仿佛在雾里看到了这样一个场面:那个背叛了革命的家伙,带领着保安团朝沙洲密林的腹地行进,企图一下子捉个活的,好去领功请赏……想到这里,她不觉出了一身冷汗,赶紧催着老晚:"快点,再快点!"无论如何要抢在他的前头。她明白,只要游击队长落到敌人手里,决无生还之理,而且那也表明,石湖支队这一下可就真的垮了。所以,她不得不咬了咬牙,从怀里掏出那珍藏的五块银元,放在老晚脸前的船舱板上,几乎是央告地对他说:"你不会白给革命尽力的,求求你,老晚哥,帮帮我们游击队的忙吧!"

老晚起小就在石湖上载客运货,还是有生以来头一回见到这么丰厚的脚钱,真是大年初一,发了个利市。虽然嘴上说"用不着",但那闪亮的银元,给他增添了力气,小篷船像脱弦的箭那样,嗖嗖地在苇丛里的河道上穿行着。

一九四七年底,一九四八年初的那个春节,就这样在石湖的浓雾中,开始了它的一天。哦!多么阴冷的日子啊!在那兵荒马乱的岁月里,年节也过得冷冰冰的,甚至连稀疏的鞭炮声,也是暗哑的,有气无力的。好了,总算快到目的地了,虽然沙洲还在浓雾的隐蔽底下,看不真切,但啁啁啾啾的鸟鸣,却透过这密密的屏障,传进她的耳朵里,这使她放下了一颗心。尽管那是怕冷的鸟躲在窝里栖栖惶惶的叫声,但也表明了沙洲上是平静的,不曾发生过什么意外。有谁能比游击队更熟悉这片人迹罕至的沙洲呢?只要稍有一点动静,那些鸟雀就会惊起,仓皇不安地飞着,半天也不肯平息下来的。现在,沙洲上静悄悄的,静得连小鱼喋水的声音都清晰可闻,她的心安了。那双清澈如水的眼睛,出现了一丝倦意。的确,她太累了。过去的四十八个小时里面,紧张的接触,频繁的遭遇,血淋淋的白刃战,生与死的决斗,连喘口气的工夫都得不到。她回想起来,离开沙洲的这两天两夜,如同噩梦一场地度过去了。一路上提心吊胆惟恐发生不幸的预感,当她跳下了船,站稳在沙洲土地上的时候,也完全消逝了。想到马上就会见面的,她那负了重伤的丈夫,想到终于搞到手的特效药,想到有足够的时间来得及转移,两天来,第一次脸上出现了笑容。

她向老晚告别,并且说:"这兴许是你一辈子头回赶了个早,真不容易,谢谢你!"说罢,踩着湖岸边细细的白沙走了。但是,没走两步,站住了,回过头来,痛惜地望了一眼舱板上白花花的银洋,实在舍不得啊!揣在身上多少年的心爱之物呀!然而再宝贵的东西,也得让位于对丈夫深沉的爱情。只要他游击队长活着,她一个做妻子的,有什么不可以牺牲的呢?

老晚知道这个杀伐果断的女人,是说话算数的,决不会给了钱又讨回去的。然而她扭回头来时的那股神色,使他懂得这五块银元的分量,于是他一块一块地捡了起来,放在手里,望着那个游击队的女指导员走进雾中。就在她身影快要被浓雾吞没的时候,他听到一条粗浊的嗓子在吼:"什么人,站住!"

老晚吓了一跳,连忙站起来,扒开芦苇看去,只见一个斜挎着勃郎宁手枪的武装特务,三步并做两步地追赶着那位女指导员。糟了,老晚由不得替她捏把汗。但是,影影绰绰地,看见她猛地站住,车转身,手起枪响,那个正奔跑追赶的特务,好像被人绊了一跤似的,脸朝下仆倒在地上,一动也不动,死得没有再那样干脆的了。这一切,全在一眨眼工夫里发生的。老晚瞪大了眼,痴痴呆呆地望着,张口结舌,像傻了一样。然而,他刚刚清醒过来,只见芦苇丛中,蹿过来一个黑影,像一头伺机偷袭的野兽,连半点犹豫都没有,那分残忍,那分狠毒,直扑到她身后距离只有几步的近处,才朝她致命的后胸开了枪。

她踉跄了两步,站稳了,还回过头来,瞪着那熠熠发亮的眸子——那是老晚终生也忘不掉的——看了这个开黑枪的一眼,然后才倒在了湖岸洁白洁白的沙滩上。

当这个开黑枪的家伙,掉转身子,偏过脸来,老晚差点吓晕了过去。哦,可怕啊!是他,没有错,看得清清楚楚,是他。老晚像挨了沉重的一棒,失神地倒了下来。

五块银元跌在了舱板上,这亮晶晶的银元,是一个女人的生命象征啊!她像一颗闪烁着强光的彗星,在那残冬的最冷的日子里殒逝了。

沉沉的迷雾啊,越来越浓重了,大概永远也不会消散地弥漫着、笼罩着。

湖面上的迷雾终于开始在消散了。

三十年过去了,眼前的氛围变得明朗一些,较之早些时候,情况要好得多了。

黎明前,这位当年负伤的游击队长,划着舢板,来到湖心岛上,满天浓雾,使得咫尺之外,仿佛壁立着视线穿不透的屏障,连在船艄划桨的小助手都瞧不清楚。好像在这天地间,只存在着他老哥一个似的,除了欸乃寂寞的桨声,实在让他感到压抑和困惑。这使他想起刚刚走过来的十年,大概人类在登上另一星球探险时,很可能会产生这种被摈弃的感情吧?

他后悔起这么早,冒着茫茫大雾,钻进冷森森的石湖里来。本来,他只是做做样子,走走过场才带回一副钓竿,鬼才相信千里迢迢地奔回故乡,是为了钓鱼玩。无论说给谁听,谁都会哑然失笑的。然而,现在看来,这鱼是非钓不可,所以他不顾主人的劝阻,不顾自己长途旅行没有歇过乏来的困顿,鸡叫头遍,就把老林嫂全家都惊动了。这样一来,劳师动众,合宅老小都在为他这位贵客嘉宾下湖钓鱼忙碌着、张罗着,以至惊动了那小小的渔村。目的倒是达到了,但也未免太早了点,甚至此时此刻天色还算不得大明。

现在,这位上了年纪,但并不显老的领导干部——呵!这种人的派头,一眼就让人瞧出来的。在岛子的回湾处,物色到一块可以安身立脚之地,便舒展开腰板和胳膊,来了一套八段锦。哦,看上去,这还是一个挺直结实的汉子,甚至都能感到他的关节咯吧咯吧响,充满了力量。他不慌不忙地坐在岸边的树墩上,心想:该不会再有什么干扰了吧?说不定倒是他来干扰别人安静的时刻了!譬如这回终于成功的故乡之行。他想着想着笑了。于是,摸出了雪茄,先消消停停地享受一番口福再说。然而,真是败兴,火柴在上岛蹚水时弄湿了,没有办法,只好把烟叼在嘴上,权当一种精神上的满足。

可笑啊!他想:休看我们都是燧人氏的后代,但如今谁能掌握钻木取火的本领呢?也许物质文明使人逐步变得软弱,过去的十年,有多少骨头缺乏钙质的人,甚至好像醋泡过似的,禁不住半点风风雨雨。看那个躺在舢板里仰脸大睡的渔家孩子,使他多么羡慕啊!倘若他如法炮制一下,保险会着凉感冒,波及那颗已经粥样动脉硬化的心脏,至少要被医生,尤其是他的老伴,强迫住上几个礼拜的医院。而且他从来不曾睡得如此香甜,服用鲁米那也不灵,真叫他嫉妒。所以这位远方来客,天不亮就被石湖波涛吵醒了。

但是,湖里的水族们兀自还在沉睡,至今尚无半点动静。既然如此,好吧!他便俯下身去,捧水拭了把脸。温馨的湖水,使他感到舒适惬意,长途跋涉的辛苦,基本上也就无所谓了。本来,他可以坐飞机直达省会,然后,再由熟人搞辆小车送他回到石湖,那是再正常不过的途径。他偏不,因为他这次回乡,有他自己的目的,要寻找一把能够打开三十年来旧锁的钥匙,所以他不愿意落入官方或半官方的包围之中。坐硬板车,挤三等舱,一路颠簸,浑身骨头差点没散了架,才回到了阔别多年的石湖。

雾稀薄得已无碍于视线了,整个家乡的轮廓,呈现在他的眼前,似乎熟悉,又似乎陌生。也许存在着相当漫长的时间差距,以致山脉的峰峦起伏,湖岸的曲折走向都发生了一些什么变迁似的,和记忆里那从来不变的陈旧线条,无论如何也吻合不到一块去。看来,人们是容易习惯抱残守缺的。他望着湖对岸那个矮趴趴的、不算高耸的山头,心里禁不住涌上来一股感伤的滋味。山头上,沸沸扬扬的树木,使得它像个长发披拂的老翁。他想起他的游击队员曾经亲昵地称呼它为鹊山老爹。三十年前,那位女指导员牺牲以后,他像折断翅膀的大雁,不得不离开飞行编队,就是被人抬在担架上,告别鹊山,离开石湖的。记得吧,老爹!这位游击队长曾经暗地里向你许诺过,伤一痊愈,立即回石湖来。然而,一别三十多年,已经是六十出头的人啰,在满头华发,两鬓严霜的年纪,才将诺言兑现,连他自己都觉得未免晚了一点。

并不是他自食其言,也别责怪他把鹊山、石湖以及死去的亲人忘怀。原谅他吧!老爹,他确实时常在思念,而且不止一次打定主意要回来看看。如果说以前打算回乡,是感情上怀旧的因素占主导地位;那么去年春天以来,燃烧在心头的这把火,就是要剖析开那不解的哑谜了。到了今年,恐怕对这回乡之行,更多了一层意义,那就是履行一个布尔什维克的神圣职责了。然而,无论过去和现在,对我们的主人公于而龙来说,回故乡一趟,是一桩多么不容易的事情啊!比唐僧去西天取经还难。连他自己也弄不明白,为什么对别人是轻而易举的事,到他面前,就层层设卡,处处碰壁。为什么会有这么大的阻力?而这个阻力又来自何方?过去,他的确不曾认真思考过;现在,这位回到故乡钓鱼来的游击队长,坐在树墩上,倒要好好地想一想了。

"是这样,老爹!"他在心里对鹊山讲,"认识一个人容易,要讲到彻底理解一个人,那恐怕是很费难的了。"

于而龙记得最早萌出回乡主意的,好像是在一九六三年吧?熬过了三年自然灾害和由于专家撤走,造成工厂差点停摆的局面以后,他,厂党委书记兼厂长,实在感到累了。于是,决定回石湖去住上十天半月。美不美,家乡水么!连他老伴、闺女、儿子都嘲笑他这种要不得的思乡症,因为家乡连半个亲人都没有了。

飞机票都订妥了,那位神通广大的王纬宇,哦,实在是个了不得的人物,连省地两级都给通气打了招呼,安排得再妥当没有,合着眼也可以回老家了。然而,遗憾极了,开不完的会议,批不尽的文件,堵不完的漏洞,以及成堆涌来的问题,使他回想起解放战争时,骑着他那匹的卢,追赶残敌在黄河滩上,拔出了这条腿,那条腿又陷了进去一样。有什么办法?万把人的工厂,你是党委一班人的班长,想拍拍屁股休假走人,谈何容易。

好心的王纬宇敦促他迅速采取行动:"老于,横下一条心,赶快走人,别磨蹭啦!"

但不晓得谁多嘴多舌,竟传到了部机关和工办的耳朵里,他们觉得有些奇怪。按照常理,要疗养休息,有北戴河、青岛、从化,要游山逛水,有黄山、西湖、滇池。干吗去石湖?故乡!可连八竿子打不着的亲戚也没一个。于是,只好理解于而龙在闹情绪,老徐(在工办和部里都兼有职务的领导干部)问:"是不是这次提了几个副部级的,没有他,受到一些影响啊?"

他的老上级周浩,就是那位很有战功的"将军",由这个工业部调回部队工作去了,一个电话打到他家里,关照他的老伴说:"若萍,你告诉二龙,不要心血来潮了吧!"于是他只好求自己的秘书小狄,将飞机票退掉了事。

谁没有自己的消息来源呢?没过几天,他就获知这情况是王纬宇捅上去的。顿时间,火冒三丈,差点要找这个"长舌妇"打架。但是,他终究不是早年间石湖上的"草莽英雄"了。耐住性子,又隔了几天,找了个适当机会问道:"支持回乡的是你,反对回乡的还是你,出尔反尔,什么意思?这不是分明在耍两面派么?"

这个从来不会脸红的王纬宇,神色坦然地回答:"如果你愿意那样来理解,我也不拦你。不过,应该允许认识有个发展过程:一开始,我从感情上讲,起心眼里支持你回到故乡去看看。尽管,说实在的,石湖也并没有什么值得留恋的。然而,冷静下来,理智地想想,又觉得不能放你走,这样一大摊子,全落在我副手的肩头上,真有点吃不消咧。老兄!不错——"他直率地承认:"是我捅上去的,别怪我!"

于而龙眼珠还是瞪了起来,(这个人哪!)"那你本可以当面锣,对面鼓地对我讲嘛!"

他笑了,笑得那样自然:"谁不知道你老人家的脾气,拿准了,是轻易不肯改变主意的。"

正如他了解于而龙的脾气一样,于而龙也摸透他的性格,这种"王纬宇式"的做法,他也不止领教过一次了。于而龙认为王纬宇或许有些道理。确实,工厂的事务像苍蝇落在蛛网上,缠得他动弹不得,是很难一走了之的。何况,他也没有什么急迫的和必须的理由一定要回石湖,于是,这最早的回乡打算,就这样偃旗息鼓地作罢了。

难道这一回的故乡之行,我们的主人公就那么痛快爽利了么?

不,同样不,照旧还有阻力。

首先,是他的老伴不赞成。

其实,去年春天,当他们全家偶然间得知芦花——就是于而龙的第一个妻子,石湖支队的政治指导员牺牲的时候,还有一个开黑枪的第三者在场的情况,一下子推翻了三十年来毫不怀疑的结论,谢若萍是全心全意支持丈夫去搞清楚,弄个水落石出的。但是去年这一年,在中国近代史上决不能等闲视之的一九七六年,风云迭起,阴晴不定,就这样拖啊拖啊,一直拖到了十月的阳光,重又把人心照亮的时候,谢若萍倒变卦了。

也许人就是这样的习性,破罐破摔。一旦生活变得美好起来,而未来又更加充满希望的情况下,人就会越发地珍重自己,爱惜自己。特别是一个同甘共苦,历经忧患的妻子,能不怜惜老头子所剩下的,应该说是不多的岁月么?也不知谁给她耳边吹了风:"别让老于瞎折腾了。这十年,三灾九难,好不容易熬过来,让他安安生生多活几年吧。你是医生,若萍,得过心肌梗死的人,那就等于在马克思那儿备过案的,随传随到……"

而且通过去年失望的函调,谢若萍已经不大相信于而龙能剖析开三十年的不解之谜。不可能的,她这样想:能否找到那个划船的老汉?能否肯定他所说的一切,是绝对准确?能否找到那开黑枪的第三者……她觉得这"或然率"实在是太低了。

于而龙是有股犟脾气的。他认为:在没有证实为不可能之前,这种可能性总是存在着的。"事在人为,若萍!"说着说着,那眼神里就闪烁出一种期望追求的热烈火花。

每逢如此,谢若萍就给她老头降温,泼冷水,因为一提三十年前的不解之谜,他就会产生不是生理上的,而是心理上的高烧:"得得,又来劲啦!趁早,别想入非非了!我甚至怀疑,那老汉是不是信口开河?"

"不!"他大声反驳,"人家言之凿凿,半点不错,五块银元,那是铁的事实。别拦我,也别说服我,我马上动身!"

望着自己丈夫那股死不认输的劲头,谢若萍是又生气,又心疼,又对他无可奈何,只得苦口婆心地劝说:"很可能徒劳往返。二龙,依我说,还是安居乐业,老守田园吧!六十多岁的人,夕阳西下,该看到自己大闹天宫的黄金时代已经一去不复返了……"说到这里,她有点后悔自己言辞孟浪,很可能要触痛老头子的心了。果然,于而龙埋在沙发里不做声了。如今,他喜欢沉默,喜欢枯坐,喜欢冥思苦索——一个共产党员,历经九死一生,要是不回过头去,看看自己走过来的道路,总结一下成败得失,也实在是太可惋惜了。但谢若萍从医生的职业眼光观察,却认为这是一种衰老的朕兆。学过西洋绘画的女儿于莲告诉她,歌德、托尔斯泰、泰戈尔等等文坛泰斗,在晚年垂暮时,就出现过这种可怕的沉默症状,有的甚至在沉默中死亡。自然,老头子并非文豪,但也是渐近晚境的人了,于是转而央告他:"别去吧!啊?打消这个念头吧!你的心脏不适宜长途旅行,况且——"她说出心底里的话:"眼下,咱们家总算好不容易拢在一起,再也不会三缺一了。菱菱从发配的远方回来了,莲莲也干净利索地离了婚,你呢?也彻底宣告没什么问题。知足吧,不要节外生枝了。"

"哦,这种有限的幸福,可怜的幸福,倒够你陶醉的。"

"二龙,难能可贵的是平静。十年来,一波未平,一波又起,我实在经受不起,拉倒了吧。你一个劲地要往回奔,总像是不祥之兆,会产生什么不幸似的。"

于而龙从沙发里抬起头,可怜他老伴的惊弓之鸟的心情:"若萍,你是医生,应该讲究一点唯物论。"

"决定了?不等过了年?"

"不,我想马上走——"

她长长地叹了口气,也不再说什么。其实,谢若萍是典型的贤妻良母,性格是相当温柔的。从一九四八年把命运托付给这个铁一般的硬汉子起,从来也不曾拂逆过老头子的意志。何况担当过石湖支队的卫生员,目睹他和芦花深沉真挚、生死与共的爱;直到今天,深知那个牺牲的女指导员,还一直在牵系着他的灵魂。这固然使她产生一种女性本能的嫉妒,但也引起她对于而龙忠诚的敬重。这种对于同志至死不渝的感情,是多么宝贵啊!

难道谢若萍不希望把哑谜揭开,找出那个开黑枪的卑劣家伙,为芦花报仇雪恨么?不!从她心里说:不!她是芦花引导着走上革命道路的,像亲姐妹似的在支队共同生活了几年。可是,她默默地对那英武的女指导员的影子说——似乎就在她眼前呢!"原谅我吧,芦花,我是不该阻拦的。为你背后的一枪,是应该让二龙回石湖去查个一清二楚的。但,他老了,六十出头的人了,你如果活着,也不会舍得让他千里迢迢去奔波的。"

就在这个时刻,王纬宇、夏岚两口子满面笑容,一身轻松地来了。同住在部大院里,斜对门,抬腿就到。这种串门本不以为奇,然而,王纬宇一张嘴,于而龙怔住了:"听说你要回石湖过年,可有此事?"

于而龙心里一惊:喝!他怎么会知道的?记得还曾特地嘱咐过老伴,千万千万别透露给这两口子,到底瞒不住他。明人不做暗事,便坦然一笑:"如果我记性不错,六几年我就打算回故乡的,直到今天,才有可能。"

"神经病,大冬天,回去干吗?"

"钓鱼啊!"于而龙自己都觉得这谎撒得实在不高明,连忙弥补地说:"多少年也享受不到这种冰上垂钓的乐趣了。凿它一个窟窿,先做好窝子,然后,把鱼钩沉下去,就一条一条往上拎吧!鲫瓜呀,鲤鱼呀,白鲦呀,似乎赴约会地赶来咬钩。"

"得了吧!老兄!"王纬宇根本就不相信。

夏岚抿嘴含蓄地一笑:"若萍,老于现在可走不得。"

他望着这位一度在写作班子里"老娘"式的人物,心想:真不容易,如今她也能忙里偷闲,有空赏光来寒舍坐坐了。但是,像她字里行间,闪烁其词的文章一样,两口子又来卖什么膏药呢?王纬宇热络地俯身过来:"我们这些老而不死的家伙,正在为你活动使劲,呼吁呐喊,得给你安排工作,不能让你总赋闲待下去,那是一种罪孽……"

于而龙现在总算弄明白:不会撒谎的人撒了个谎,为什么总心虚胆怯、漏洞百出呢?而善于撒谎的人,哪怕瞒天过海,也绝不露馅,关键就在于前者怀疑自己是假的,而后者相信自己是真的。分明是他迟迟不给落实政策,推三阻四,却还说得这样娓娓动听。

永远是夫人具有权威。夏岚止住了她丈夫的饶舌,以消息灵通人士的姿态询问:"你们听到什么风声没有?"

谢若萍自愧弗如地回答:"哪有你知道得多,我的通天编辑!"

"你们猜,中央派谁来主持部里的工作?"十年来,夏岚由一家报社的普通编辑,坐冷板凳的角色,风云际会,一跃成为赫赫有名的写作班子里的中坚,她的有关上头的消息,那是绝对可靠的独家新闻。

"谁?"谢若萍挺关心。

"好好想一想!"她还挺会吊人胃口。

于而龙才懒得去动脑筋,谁来,与他无碍。反正,在那位老徐眼里,他是一粒难以煮烂的陈年僵豆,一个不大好克化的人物,所以王纬宇才有恃无恐地给他挂着。但万万没想到那位夫人,竟然一反那类似宣判书的严峻笔调,而以富于情感的声音对他说:"周浩同志回到部里来了!"

"哦,'将军'!"谢若萍激动地说。

要说于而龙的心,不曾怦怦地跳得快些,或者不被这个意外信息所触动,那是不真实的。作为一个老同志,作为一个搞工业多年的领导干部,多么盼望国家、民族就此转运,走上康庄大道;多么盼望中央那把清除垃圾,打扫污秽的笤帚,扫到这个工业部来,扫到这个庞大的工厂里来。现在,可以看出,党中央腾出手来了,他确实感到兴奋。不过,他不愿在这心机叵测的两口子面前表露出来。可是,他暗自思忖:前不久,"将军"和路大姐夫妇还接了于莲同去温泉休养,为什么死丫头回来,只言片字都未曾提到过呀?

王纬宇接着奉劝:"因此,你最好哪儿也别去。'将军'来了,趁热打铁,你不能永远做一个自由哥萨克,我的骑兵团长!"

就这样,于而龙急不可耐地拖过了年,他弄不明白,王纬宇干吗那么起劲拦阻他回乡呢?不过,终于看出了这点苗头,指望着他给你开绿灯啊,那是休想的事。于是越过他工厂这一级,直接向部里写了个申请,结果,无论如何没想到,老徐批了两个字,叫做"暂缓"。

岂有此理!于而龙去见"将军"。刚回到部里来,忙得不亦乐乎的周浩说:"怎么?又要心血来潮!"

"不——"于而龙说,"电话讲不清楚,登门求见!"

"坐下来,讲讲吧!为什么?"

"也许是为了芦花,'将军',我觉得也可以说是为了党!"

周浩严肃沉思的双眼,从老花眼镜上边认真地端详着这位老部下。这个骑兵团长,有时候横冲直撞,甚至有些鲁莽行事,但那是在头脑发热的情况下;可是经过深思熟虑以后的语言,"将军"是能够领会到它的意义和分量的。

"能不能再说得具体一点呢?二龙!"

"我只能讲到这儿为止,希望你支持我!"

沉吟的"将军"踱着步:"我新来乍到,棘手的事情还很多,总不能在他批了'暂缓'两字后面,来个反建议吧?这么办行不行?二龙,你开过小差没有?"

"开小差?我可没干过,连批斗会大小三百余次,都从来不曾缺席。"

"那好!"周浩对他说,"这回,你就学习开它一回小差试试,如果你认为值得那样做的话。"

终于如愿以偿地坐在湖心岛上,坐在被露水润湿的枯树墩上,在洋溢着春天气息的石湖垂钓,一种说不出来的满足心情油然而生。这份心情里,既有那种脱网之鱼的侥幸,也有冲出樊笼、挣脱束缚的鸟儿,猛一下不知该往哪儿飞去的感觉。也就是说,回石湖的目的达到了,但下一步该怎样去做呢?

他想,还是应该钓鱼,难道没有看到昨天那种阵势么?

昨天下午,于而龙乘坐的那艘内河班轮,到达县城码头。阔别多年的县城,已经变得他完全认不出来了,只有那熟悉的乡音,使他感到亲切。突然间,正在播送着震耳欲聋歌曲的高音喇叭,给掐断了,传出来一个女孩子咬文嚼字的普通话声。原来是特地请他于而龙到贵宾室去,县委有车来接他。当最初喊着他名字的时候,他吓了一跳。也许是十年来大小三百余次的批斗会,形成的条件反射,每逢陌生的嗓音径呼其名,都不由得一惊。但随后,他不禁诧异起来,谁是耳报神呢?消息传得这样快?紧跟着,看到显然是县里的接待人员,神色匆忙地和船上的负责人、服务员交头接耳,并且挨着甲板上层的高级房舱询问打听。但于而龙买的却是通舱客票,而且穿了一件他儿子的旧工作服,混杂在那些普普通通的老百姓中间,和大家一样拥挤着,像企鹅似的抻着脖子,傻张着嘴瞧热闹——看那些大小干部在着急慌忙地寻找一个叫做于而龙的乘客。

他害怕落到这些谁知是真热情还是假热情的人圈子里。凡是热情到可怕程度的人,会情不自禁地围住你。说得不好听一些,甚至是死神拥抱似的箍住你。这种使你摆脱不开,以至连气都透不过来的人墙,想办什么事都不能称心如意。而且,历史的教训告诉他,这类事托付官办是行不通的。去年函调就碰了壁,所以他才下决心要回石湖私访,尽管他意识到这一点,已经相当相当地晚了。

因此,他第一步必须先钓鱼,要让人们真的相信,他千真万确是回来钓鱼的,所以一头扎在柳墩这个湖心小渔村里。

不相信么?请看,于而龙把鱼钩甩在了那微微冒着热气的平静湖面上。

但他的眼光却凝滞在湖对岸的鹊山上。此刻,山脚下还残留着未消退尽的薄雾。飘来游去,像纱巾轻软地影住那个叫做三王庄的湖滨渔村。就在那一团朦胧之中,包含着他多少甜蜜的回忆、辛酸的往事。正是这块土地,消磨掉他最美好的青春年华;也正是这块土地,浸透了他亲人的鲜血。为什么,为什么总是把脸埋在雾障里,不愿展现出来?难道是为了责备他的姗姗来迟么?

其实,他的心早飞回来了。有什么办法,轮船驶进石湖,还是县城那套阵势,广播喇叭一遍又一遍地在叫他。他估计,到三王庄准也逃不脱,看来,有人撒了一个很大的网在兜抄他。所以才临时改变主意,在三王庄之前的一个小码头下了船,累得老林嫂的儿子水生,那个县农机厂的供销员,好久才把他接到。他们穿湖而过,渴慕故乡的于而龙,竭力想认出些什么,但是遗憾,找不到一点当年的影踪。正是傍晚时分,鸟雀归窠,三王庄在苍茫的暮色里,什么都看不清楚,除了响亮的广播声,证实那儿有人烟外,任何细节都无法辨别。

唉!真正让于而龙向往的,倒不是那灰溜溜的渔村。他所努力追寻的,想一眼看到的,正是鹊山脚下,银杏树旁,那微微隆起的、极其平凡朴实的坟墓和一块不大却是殷红色的石碑。正是她,长眠在地下的至亲至近的女指导员,像磁铁一样,三十多年来,无时无刻地在牵系住于而龙的心啊!

他在心里向她呼唤:芦花呀芦花,你的二龙回来看望你来了……

那丝丝缕缕飘忽着的雾,遮住了他的视线。他哆动着嘴唇,然而却是无声的呢喃:"芦花,我的亲人,你会听见我的心在向你靠近。雾是隔断不了的,听见了么?芦花!你在九泉下,也肯定会辨别出我向你走来的脚步声。你听见了,听见了,我的同命共运的姐妹,我的生死相知的战友,我的……"

像春潮泛滥的石湖,于而龙的心沸腾了,他的两眼慢慢地被泪花蒙住,一滴,一滴,冰凉地从脸颊上流了下来。

往事如潮,思绪如同脱缰的野马,无法羁绊地驰骋着。他惊诧自己,不知什么时候,回到昨天的世界里去了。不错,是那个阴冷、多雾、霉湿、生锈的世界;是人的尊严受到屈辱,而各类虫豸却在张牙舞爪的世界;是突然间散发出冲鼻的臭鱼烂虾腥味的世界;也是一个充满了痛苦的呻吟,死亡的威胁,洒遍了眼泪和鲜血的世界。慢慢地,这世界变成了一个硕大无朋的章鱼,伸出许多枝枝蔓蔓的触脚,紧紧地把他缠绕住了。立刻,他像跌进了一个暗无天日的陷阱里,只能透过缝隙,看到一条极其狭窄的蓝空。而那蓝色的、使他不曾绝望的天空里,有一颗明亮的闪烁的星星,死死地胶着住于而龙这个共产党员的心,使他觉得自己应该生活下去,战斗下去,一定要挣脱那个昨天的世界。

它像中子对铀 235 的轰击引起的链式反应一样,突然闪现在他脸前,是一个女性眼睛里明亮的瞳仁。太熟悉,也太亲切了,她正是于而龙盼望着的、怀念着的、永远在心灵中激起巨大回响的那个女人啊!

雾全部消散了,整个石湖文静地、像石湖姑娘那样深情地映入他沾满泪花的眼帘。但是,他脑海里的雾境,还没有澄净下来。历史和现实的交叉错叠,使他惊讶,那分明是一九三七年的情景,然而在一九七七年听来却又那样贴切。只见她眼里射出一股愤怒的火焰,用那种充满了复仇心理的语言在诅咒着。他听出来了,是芦花的声音,是她在对天盟誓:"有朝一日,他落在我手里,我要把他剁成肉泥!"

她要亲手杀死的,不是别人,正是从一九六七年起接替了于而龙的职务,现在叫做工厂革命委员会主任的王纬宇啊!

历史啊!多么无情的历史啊!

二

王纬宇当革委会主任,已经有整整十年历史了。

尽管最初,并不叫这个名称,那是后来经过敲锣打鼓,庆祝游行,才开始叫的。然而,从实质上讲,自从一九六七年于而龙被打翻在地,并踏上千万只脚以后,王纬宇是这座庞大工厂的第一把手。但是,他比那位党委书记兼厂长要出息得多,竟然攀登到于而龙都攀登不到的"副部级"高峰。从去年年初,甚至更早一点,他就兼管整个部里的运动,那是炙手可热的差使,眼看就要坐上"红旗"轿车了。可是和这上升趋势正相反,于而龙开始走第二段下坡路,而且失败得更惨些,背着氧气袋上台检查,一场心肌梗死差点没见了马克思。

这一对朋友就这样碧落黄泉地彻底分野了。

真是"人还在,心不死"啊!偏偏这个一蹶不振的于而龙,是个不肯丢手、不肯罢休的顽固派。而且一直不认错,不服输,甚至连那个快坐"红旗"轿车的角色都不放在眼里。

"他?"

于而龙的这个问号显然是大有文章的。

可是去年,一九七六年那个暗淡的初春以后,若是有人再给这位垮台的党委书记提他的老战友王纬宇时,那问号就变成了完完全全的惊叹号了,印成书面文字的话,没准会一连串来三个。

"他呀!!!"

真遗憾,生性精细,滴水不漏的王纬宇,竟不曾注意到于而龙这一点细微的变化。哦!原谅这位忙人吧,去年他那辆"上海"轿车,在部直属机关,耗油量是数一数二的。

从问号到惊叹号的改变,应该说是从这一天开始的。

去年春天,于而龙从濒临死亡的边缘又活了过来。

也许因为他是打鱼出身,要不然,就是精神上的示威,不顾老伴闺女的劝阻,又坐到护城河畔的草地上钓鱼来了。背脊还是那样挺直,像冻不死的野草,又活着钻出地面。

突然有人在他身后不好意思地问:"匀我两条蚯蚓好吗?"

"请便吧!"他信口回答,并未注意是谁,因为钓鱼人的眼睛,不大愿意离开水面上的浮漂。

那人蹲下身来,在装有鱼饵的竹筒里,慢吞吞地翻捡。捡着捡着住了手,抬起脸来望着他:"怎么? 老厂长,不认识你的老部下了吗?"

于而龙把注意力转移到这个没出息的钓鱼人身上。笑话,鱼饵都不准备就来钓鱼,还很罕见呢!可是一看见那刺猬似的络腮胡子,啊哈,他乐了,敢情还是个熟人。

他大概以为于而龙把他忘了,要求一个工厂的总负责人,记住全厂近万职工的姓名,那是不可能的。便提醒地说道:"老厂长,你不记得啦,我是实验场的。"

但他,这个骑兵团的老战士,于而龙却是熟悉的:"谁个不知你是咱们团的挂掌名手!"

他咧开嘴谨慎地笑了笑,凑过来:"真不容易,我在河边候你一个多礼拜了。"他叹了口气:"嗐,部大院的门卫真厉害,说啥也不让我去见你,找了你的电话号码,总机也不给接。"

"有事吗?"

这时正好甩上来一条小鲫瓜子,在河岸草丛里蹦跶,他自告奋勇帮助去捉。别看他是个钉掌的权威,是出色的风泵司机,好不容易才制服了那不丁点大的鱼。扎煞着满手的泥巴,站在那里。那副尴尬样儿,猛地使于而龙想起在暂时困难的六十年代初叶,他种烟叶的事情。

巨大的实验场地,国内最重要的动力科学研究基地,一直是绑住于而龙手脚的耻辱柱,使他有着永远赎不完的罪愆;他本意倒是为了造福,但却为此屡次三番地检讨认错。竟然好像还怕罪状不够似的,一小片生机盎然,长势良好的烟叶,在实验场的空地里迎风摆拂。

"谁种的?"于而龙那时是党委书记兼厂长,还是市委委员,威风凛凛地喝问着。

只见络腮胡子在"自留地"里站起,掸拭掉满手的泥土,和现在捉鱼一样地狼狈。

"要发展小农经济么?"

他不知所措地笑着,不过,笑得有点忐忑、有点勉强。骑兵团的战士都了解于而龙不打雷就下雨的坏脾气,他估计到准是凶多吉少,笑脸凝固了。

"马上给我全部拔掉,一棵都不准剩。"

"厂长——"他有些犹豫,烟叶才刚刚长成啊!

"当过骑兵的人嘛!"

"是!"他脸色严肃起来,笔直地立正站着。老战士的荣誉感,在心田里面压倒了那种小私有者的习气,一声不吭,弯下腰去,一棵一棵薅掉那青枝绿叶的烟草。

多漂亮的烟叶啊!他的一句话,别人的心血全白费了,谁都能体会络腮胡子拔烟草时,该是多么心疼。于而龙甚至觉得所有在场的人,包括那位廖总工程师,都不以为然。

廖思源悄悄说:"大可不必嘛!还怕对你的起诉书里,增加一款罪名?"

"要是现在——"这位第二次又趴下的于而龙想,"或许我该采取另外一种方法,嘻,我这永远改不了的坏脾气啊!说不定络腮胡子还耿耿于怀吧?"

不,于而龙,你可错看人啦!

这位骑兵团抱马蹄的名工巧匠,是专程请你去喝喜酒的,他的儿子要结婚啦!

"好极啦!恭喜你当老太爷啰!"他祝贺着,同时,又把鱼钩甩上来。空钩,护城河的鱼都让人给钓狡猾了。不过,这点聪明,却是以生命为代价换来的。于而龙不得不再挂上蚯蚓。"订的哪天办喜事啊?"

他本是泛泛地问了一句,没料到络腮胡子郑重其事地回答:"看你的方便!"

哦!这才注意到他压根儿不是来钓鱼的,于而龙放下鱼竿,凝视着他。

他有点结结巴巴地说:"我老婆叫我来,请你老团长到家喝喜酒。"

"我?"

"是的。我老婆求你怎么也得赏咱们这个脸,说你准能高高兴兴地答应。"钉掌名手说,"因为我那小子能有今天,全亏了老团长。"

于而龙糊涂了:"你讲得明白一点!"

"是!"他又笔挺地站着。骑兵立正的姿势总是有些不大自然,在马背上征战惯了的老兵,正如水手一样,登上不摇晃的陆地,倒觉得别扭。"多少年前的事了,你许是忘了,老团长。"

他讲起往事来……

"那时,你让我们骑兵回去接家属,来厂里扎根当工人,好,我那出息老婆一来就趴窝了。疼得满炕乱滚,孩子说啥生不出来。我能给再厉害的儿马挂掌,无论怎么尥蹶子,我也能制伏住它;可就是按不住我那疼疯了的老婆。我偷偷摸摸请来的王爷坟独一无二老娘婆,她骂我是个废物点心:'你不是骑兵吗?快骑在你娘儿们身上吧!快点儿!要不就该憋死啦!我可用大秤钩子往外掏啦!咱可把话说清楚,只能顾一头,要大人,不能要崽子;要崽子,就保全不了大人,你倒是说话呀,当兵的。'老娘婆容不得我同老婆商量,又转脸数落那一直嗷嗷叫着、疼得受不了的老婆,骂了个狗血喷头:'你知道疼,还死命把肚里崽子撑得那么大,当兵的钱来得容易是不?哎唷!了不得啦……'老娘婆喊得人魂灵都出了窍:'孩子的小脚丫都伸出来了!'说着把大秤钩子抄在手里,啐口唾沫就要干,天保佑,不知哪阵风把你给刮来了。你一脚踢开门,冲进屋,二话没说,先赏了我一个拐脖,疼得我像落了枕,然后推倒吓得掉了魂、直是哆嗦的老娘婆,架着我老婆上了吉普车,把司机拨拉到一边去,你一脚油门踩到底,到了医院,才剖腹取出来的。"

"我动手打你了?"于而龙不大相信,有些细节,他记不得了。

"还关了我几天禁闭,要不是接老婆出院,还得写检查呢!"

有这等事?!于而龙觉得自己当时的领导水平,十分可笑。对于战士的无知和守旧,相信老娘婆,而不相信新法接生,竟然动武,太过分了。

他逗络腮胡子:"你为什么不在前些年的批斗会上,再给我两拐脖,算清老账啊?"

没想到这个老实人回答得很干脆:"我不是那种畜生!"看来,他倒不曾计较,而且大概一直把于而龙当做是孩子的救命恩人。是啊!本来是要被秤钩肢解的婴儿,如今成了人,要结婚了。这样的大喜日子,于而龙要不去坐在头席上,那可太不圆满、太逊色了。

盛情难却:"要去的,要去的!"愿者上钩,于而龙满口答应下来。尽管他二次趴下,尽管他并不在乎那些禁令,但还是嘱咐着:"不过,有言在先,你不要搞很多人,尤其是骑兵们,免得头头们说三道四,又在进行什么反革命串联,正催命似的逼着我去什么转弯子学习班呢!"

"那是自然,那是自然。"他满口应承。

络腮胡子很高兴自己完成了任务,然后,从怀里掏出一打子烤得金黄蜡亮的烟叶。"老团长,你烟瘾大,尝尝自家种的,看看味道醇不醇?"

"喝,自留地又搞起来啦?"

他红着脸承认:"还是老地方!"

"实验场?"

络腮胡子惭愧地点点头,心痛地说:"这还是去年二次给你贴大字报时种的,如今越发没了王法,偷的偷,拿的拿,就连大鼻子专家都磕头的神庙佛龛——"于而龙明白他指的是那台属于禁运物资的高级电子计算机——"都要拆下来捣买捣卖啦!嗐!……"

烟草的味道果然醇香可口,烤得也够火候,然而关于实验场的噩耗似的消息,使他再没心思坐在护城河畔垂钓。那高高围墙里发生的一切吸引着他,使他关切,也使他苦恼,尽管他又一次离开那个工厂。

实验场要这样下去,门口也该挂起招魂幡,等于寿终正寝一样。于是,他抬腿就走,径直敲开了王纬宇的家门,迈腿进去,也不管人家欢迎不欢迎。

自从发作心肌梗死以来,还是头一回登门。喝!什么时候房间里装上了菲律宾杨木的墙围?工厂在他手里,十年来搞得快要破产,他自己的设备倒经常更新。于而龙不曾问他这些,开门见山,直截了当:"如果你多少还有点中国人的味儿,你就该去制止那些新贵们的愚蠢行动。毁坏工厂,反对机器,只有十八世纪英国工业革命时期,才会出现的一场历史的反动。"

"你又来危言耸听!"

再比不上七六年的春天、夏天,一直到秋天,有谁比王纬宇更为忙碌的了,简直是青云直上。部里的事,他都得过问一二,特别是有关政治运动方面,更是当之无愧的主宰人物。不过,对于而龙,这样一个不识时务与风向的倒霉角色,倒不像有些势利眼,见了忙不迭地躲开,像害怕黄疸性肝炎传染那样。王纬宇才不在乎,现在,甚至倡议:"我给你煮点英国口味的咖啡喝,如何?"

"是卖了实验场,换来的咖啡吗?"

他宽宏大量地笑笑,因为他理解,凡是在野的草芥君子,免不了满腹牢骚:"大概如此吧!我空挂了十年革委会主任的牌子,厂里弄得山穷水尽,工资都开不出去,真没想到。唉!看起来退居二线,放手让高歌那帮年轻人去干,还是值得考虑呢!"他将咖啡壶的插销插在电门上,不多一会儿,就咕噜咕噜地响开了,水晶球里滚动着茶褐色的香喷喷的咖啡。

"你在犯罪,明白吗?"于而龙从来弹不虚发,这一点有些像牺牲的女指导员,那个百发百中的神枪手。

"可是人民法院并没有给我发来届时到庭的传票呀!"他嘻嘻地笑着。

于而龙懂得他那笑声里,意味些什么。"老朋友,你操的哪门子心呢?连你自己,至今还是个梁上君子,没着没落,结论也做不出,倒有闲情逸致,去过问完全不用你过问的事。要不是你耗资千万,去建实验场,也许你今天的日子会好过一些。"

"你不要高兴得太早,总有一天,会有人站在被告席上的。"于而龙望着那毫无一丝邪恶的脸,认为有必要这样说。

"可你,已经提审过,并且尝着甜头啦!"他斟上咖啡,推过来方糖罐,"如果你嫌不甜的话,还可以再放点。"

是的,于而龙自忖着:耗资千万是我的过错,直到今天,我不是还为这个实验场,在赎我的罪么?但是一想到那巨大的动力实验基地,已经饱受劫掠,再大拆大卸,连电子计算机都要变卖,怕是魂都招不回来。于而龙从来不曾乞求过谁:"你得说话呀,老王,你去对那些少爷们讲,我们中华民族不能活了今天,不顾明天。对一个有九百六十万平方公里的国家来讲,实验场绝不是太大。这不是我的话,建厂时中央的决定,老王啊老王!那是我们花了多少外汇买回来的呀,老王,得要多少列车鸡蛋、苹果、猪肉才换到手的呀!"

"干吗这样激动,注意你的心脏病才好!"

也许是浓咖啡的兴奋作用,要不,就是他关切实验场之情溢于言表,果真觉得心前区有点不太舒服,似乎是发病前的不祥之兆。立刻想起几个月前,背着氧气枕头被逼上台做检查的情景,赶紧含了一片硝酸甘油。

王纬宇那时飞黄腾达,一个实验场算得了什么,真是燕雀安知鸿鹄之志。于而龙,你和顽固的"将军"一样,只知守着一棵树吊死,那种朴质愚拙的情感,是又可笑,又可怜啊!"……不过,要是建厂初期我在的话,一定也不会赞成你那种做法的。"

"什么做法?"

"正如后来大家批判你的,贪大求洋呗!"

"啊!你——"于而龙气得手里的杯子都颤抖了。他清清楚楚地记得,六十年代,王纬宇刚调来工厂,曾经竭力称颂实验场是皇冠上的一颗明珠,赞誉廖总工程师的动力理论为诺贝尔奖金的可能获得者。当时,他兴奋地拍着于而龙的肩膀:"你不愧是条翻江倒海的蛟龙,真行啊!这双捞鱼摸虾的手,倒有搞一番大事业的气魄……"

他当然不会忘记的,但现在却脸皮一点也不红地说:"那有什么可以奇怪的,老于,你别瞪着你的牛眼睛。我是研究过历史的,时间的辩证法,总是不停地修正人们的陈腐观点。过去,曾经视之为正确的东西,隔了一些日子,可能变为谬误;反过来讲,一些荒诞不经的、别出心裁的事物,倒可能是顶礼膜拜的真理。要不断以新的眼光去衡量,要有勇气去改变昨天的观点,甚至一个小时以前的观点。没有什么神圣的准则。再说,这样庞大的实验场,对工厂来讲,很像鸡窝里卧着一只凤凰,不伦不类啊……"

"你给我闭嘴!"于而龙实在压不住火,他快要爆炸了。

"干什么?干什么?"王纬宇连忙递给于而龙一条毛巾,擦那泼溅出来的咖啡汁。"活见鬼,肝火这么旺,你算是听不得半点不同意见。"心里想:也就看在多年共事的分上,担待罢了。真可笑,此人至今还拉不下架子,就像孔乙己那样,不肯卖掉长衫,怕丢了斯文一样地令人可悲。很难理解于而龙对于工厂的奇怪情感,难道还有什么牵连么?没啦!六七年第一次被打倒,七六年第二次被打倒。事不过三,历史已经给你作出判决,老朋友,承认现实吧!

于而龙也觉得自己过分,推开了王纬宇送来的听装中华牌香烟,从口袋里摸出一支雪茄,点燃了。然后婉转地,同时也有点痛心地说:"你大概不知道,那个乳毛未褪、狗屁不通的专家组长,也曾经像你这样嘲笑过我!"

王纬宇调工厂前,外国专家在一夜间就全都撤走了,那时,他刚来,和于而龙并肩度过了一些难忘的岁月,使差点停摆的工厂,又正常地运转起来。

"……也许出于高人一等的优越感,要不,就是嫉妒心理作怪;那个刚拿到文凭就来中国当专家的别尔乌津,对实验场发表些什么感想:'尊敬的厂长同志,你想在一个早晨,就把天国建成,使我钦佩。可是,除了密斯特廖,原谅我提个问题,使用实验场的中国专家在哪里?怕还在小学一年级课桌前坐着吧?'听,老王,他就这样挖苦我们,瞧不起我们。那种妄自尊大的习性,并不只是一个别尔乌津,我在那个国家实习过两年,我有发言权……"

于而龙站起来踱着,由于脚底软绵绵的异样感觉,低头一看,才发现自己踩在地毯上。哦,大约不久该装上空调设备啦!确实也该武装一下了,如今来走访王纬宇的,除了他于而龙是个不官不民的半吊子,都是屁股后边冒烟的党国栋梁。连个阿猫阿狗一朝得志,还搬进一整套院子去住,他这就算不得什么了。于是笑笑,接着把故事讲下去。

"……那时小狄还是翻译,我叫她按我的原话,一字不落地翻给别尔乌津:'亲爱的专家同志,如果你不介意,我给你介绍一篇中国古代的文章好吗?那是唐宋八大家之一柳宗元的著名作品,很值得一读。他写道,在中国西南地区,有个叫做贵州的省份,那里奇怪的是,从来没有见过一种叫做驴的动物。一次,有个好奇的客人,用船运去了一头,放在山野里……'"

王纬宇笑得前仰后合:"我就知道你不会善罢甘休的,挨了批评不是?"

"老王,实验场花掉人民小米千千万万,错是我铸下的,我已经受到惩罚,也甘心情愿永远接受审判。现在,只求你本着一颗中国人的心,想着民族,想着未来,即使廖总此生此世搞不出个名堂来,还是那句老话,失败的教训也是可贵的,千万别再干那些蠢事了!"

十年,在历史上只是滴答一声而已,而一个多么庞大的实验场,成了失去灵魂的躯壳,像历经兵燹的废墟。王纬宇不曾开着火车头去踏平实验场,也不曾混水摸鱼去偷白金坩埚,但他绝不是清白、干净和无罪的,正是他用最最"革命"的理论,怂恿和支持那些头头们、少爷们、败家子们,把一个好端端的工厂,砸了个稀巴烂。尤其是于而龙半生心血浇注的实验场,几乎只剩下一个空架子。

真是痛心啊!他记得终于磨破嘴唇,使廖总工程师到实验场上班去了。老头儿倒也不挑工作,只要让他干就行。可是一踏进实验场的大门,看到他追寻探索了一辈子的动力理论——其中有些部分在国外都运用到生产实践中去了,没想到在这个设计师的祖国,仅仅有的这个实验基地,竟落到了这种惨不忍睹的模样。这位工程师,甚至得知他挚爱的妻子逝世的消息,也不曾哭得这样伤心,好多有良心的老工人,都禁不住陪着落泪。是的,毁了,全毁了,而且是自己把自己毁了……

可是,王纬宇还觉得实验场死得不够,连那台电子计算机也要变卖了。

暴徒固然是可恨的,但制造出这批暴徒来的元凶才更可恶,就凭这一点,应该先把他们送上绞架。

于而龙不禁回忆起那些骑兵,在婚礼宴席上,从心田深处吼出来的话。至今,这些洪钟般的响亮语言,还在他耳边响着。在那次作为"反动集会"记录在案的婚礼上,正是那些骑兵,使他把多少年来的问号,改成了触目惊心的惊叹号。

"领着我们同他们干吧!老团长!"

多少双骑兵的眼睛望着他,多少双工人的粗手伸向他,于而龙那颗共产党员的心,活了。十年来,头一回跳得那样匀实、有力,像一个拳头要从胸膛里打出去。是的,三个惊叹号!!!

哦!那个被他弄得一团糟的婚礼啊!

这是他病后第一次出现在工厂附近的马棚住宅区,尽管他故意去得晚些,天都快擦黑了,但还是碰到了一些熟悉的面孔。那是回避不了的。握手、问好、交谈,一个传俩,两个传仨,都羡慕络腮胡子好大的面子,竟把老厂长弄来参加他儿子的婚礼,立刻,这消息不胫而走,传遍了马棚一带。

当他跨进钉马掌名手喜气洋洋的屋门,哦,人头攒动,黑压压的一片。喝!那么多骑兵啊!房间里挤得满满腾腾,快成了那刚打开来的沙丁鱼罐头。还陆续不断地往里挤,不亚于赶早班的公共汽车。于而龙有点埋怨络腮胡子,违背约法三章,搞来许多人。再说,骑兵和酒,就如同汽油和火一样,一点就着,肯定要闹出些爆炸性的名堂来。络腮胡子的老伴,直埋怨这位挂掌中士的嘴不严实,发誓要往他的嘴里,塞上块马蹄铁才算解恨。不过,她还是蛮高兴的,终究老团长来做客了,所以也并不怎么拦着大家。因此,大家兴致一来,弄得哪像个婚礼啊!倒像个校友同乐会。没等上席,五六瓶酒——都是骑兵听说老团长来了,从自己袖筒里掏出来的——就着花生米,罐头,和不知谁揣来的狗肉,全灌进肚里去了。

钉掌能手无可奈何地朝于而龙表示歉意:"老团长,我要不告诉他们你来,众人还不得生吞活剥了我!"

年轻的新婚夫妇,紧挨着于而龙的身旁坐着,新娘也是骑兵家的后代,有着爽直泼辣的家风。和当今社会上年轻女性一样,毫无羞涩之意地做新媳妇。她劝着公婆:"让大家都进来吧!挤一挤!老厂长难得来一回马棚,就是大伙儿的客人啦!我记得小时候,老厂长常来马棚串门,如今来得少啦,不怪他嘛。大家说是不是?来吧,能喝的喝,能吃的吃,让老厂长一块跟咱们高兴高兴。"

"好哇!好哇!新娘子先敬老团长一杯!"

他举起杯来。骑兵们都挺体谅他,知道他发作过一次险几丧命的心脏病,知道他来一趟马棚,应该说不那么容易,不知什么帽子又在准备给他扣上呢!所以只要求他碰一碰杯,象征性地抿一口就行。这时,于而龙想起了他特地带来的礼品,是他女儿画的一幅油画,多少有点不合逻辑似的,一只强劲有力的巨拳,砸在了铁砧子上。他估计人们未必欣赏,谁知那位新媳妇却先爆出一个"好"!绝不是捧场,看得出她的确很中意,很喜欢。后来知道她正是工厂锻压中心的女锻工,怪不得她一连说了两三句:"真带劲!

真够味!"来夸赞这幅画。

于而龙笑着告诉她:"这是一种被批判的画派,印象派,不怎么样!"

新娘子豪爽地回答:"批判?听拉拉蛄叫唤,还不种地呢!别看这拳头跟砧子连不到一块,逼急了,照样往下砸,我看画里的这股劲,正对着大家伙的心思,你们说呢!"

好几个人赞同地说:"别以为我们拳头是吃素的!"

看,酒喝多了不是?于而龙心想:议论渐渐出格了。

正当新娘捧着那幅油画,放得离眼远一点,打算仔细端详的时候,突然间,她的脸色变了。不光她,在座的骑兵们端着酒杯的手,都在空中像静止镜头一样停在那里,怎么回事?正在惊诧间,在门口进不来的人群里,一条粗浊的嗓子,带点半官方的味道问:"新娘新郎,恭喜恭喜,于而龙送你们俩什么礼物?怕不是白金坩埚吧?"

只见剽悍粗壮的小分队负责人康"司令",从人群里挤了进来。这位康"司令"几年前在市里都是打出名的,只要有他介入的派仗,武斗,打出手,总会有几个脑袋瓜子开瓢的。

新娘,就是那个锻工,站起来,用手指着门,命令地呵斥着:"出去!"

哦!一个多么勇敢的骑兵后代啊!

"马上给我出去!"

他还是不识相地往席前靠拢:"好啊好!于而龙,给我站到前面来……"在干校,这位十年中突然发迹的,当过"盲流"的"司令",每一次苦楚的"帮助"于而龙之前,总是以这样的口吻开头的。在座的客人中间,也有在干校呆过的,那种对付异教徒的办法,又浮现在眼前。人们实在不能再保持沉默了,豁拉一声,总有七八位吧,全都站了起来。其中有一个,岁数数他最长,用他那低沉的嗓音,吼着:"滚!"

发怒的骑兵,最好不要去惹他,纵使一匹顽暴的劣马,也会叫它趴在地下起不来。康"司令"光棍不吃眼前亏:"好啊好!于而龙,你等着,我去把小分队拉来,你不去学习班,胆敢跑到马棚来搞阴谋活动……"他边说边撤,搬兵去了。

于而龙仿佛从这些骑兵的眼睛里,看到了一种勇气、一种力量、一种觉醒。便淡淡一笑:"请吧!你有多大能耐,请使吧,咱们大家接着喝酒。"

那个差点被秤钩拉扯碎了的新郎,向尊贵的客人道了个歉,离席走到外间屋去,一会儿,络腮胡子和几个骑兵——都是膀大腰圆的,也请老团长先喝着,嘀嘀咕咕,在外间屋商量些什么,于而龙警告了一句:"可不要胡闹啊!"

新娘说:"老厂长,对付那些四肢发达,头脑简单的家伙,鞭子比说话更有效果,信不信?"真是马背人家,连一个女孩子说出话来,也这样威风凛凛。她端起酒杯,显然有点生气地:"干吗愣着呀?不就是让条狗给搅了一下,理他呢!喝!"她给众人满上,但谁都不举杯。

于而龙只好端起来:"我借主人一杯酒,祝在座的全体同志和你们的全家老少,身体健康!"说罢向那位年长的骑兵碰碰杯,全都喝了下去。

"老团长!……"那个老骑兵突然被激动得站了起来。他不请自饮,又给自己倒满一盅,咕嘟咕嘟倒进了嗓子里:"老团长,我心里有底了。你是不会服软的,还是当年一马当先,冲在前头的样子。那时候,哪怕死就在眼前,可我们谁打怵过?眉头都不带皱。干革命嘛!为了党嘛!就应该那样嗷嗷地往前冲。可现在,老团长啊!你给我们上上大课吧,为什么人倒是活着,可活得窝囊,简直都憋屈死了的难熬难挨啊?……"他大概酒劲上来了,有些语无伦次,而且每一句话都有进康"司令"专政队的危险:"……我从来没有活得这么颠倒,这么糊涂过,好人成了坏人,坏人成了圣人,婊子成了观音,乌龟王八都上了台。我想不通,要不是我思想反动,是个天生的反革命,那我就要说句不客气的话,今天这个共产党和我昨天认识的那个共产党不一样,要不,就是有一个好人的共产党,还有一个坏人的共产党。老团长,老团长,我们骑兵团多少弟兄的血流在黄河沙滩上呀?我们挖了多少坑,埋掉那一个个为国牺牲的同志,为什么?到底为了什么?你告诉我,我们死了那么多的人换来的江山,就是为了今天,为了让刚才那样一个王八蛋,骑到我们工人头上拉屎撒尿吗?我们这些年拼死拼活图什么?那些牺牲的烈士图什么?……"很清楚,他实实在在地醉了,于而龙夺下他的杯子,但他还是要说下去,抓起那幅油画,指着那斗大的拳头,突然,擂了一下桌子:"老团长,你有没有胆子?官逼民反,不得不反,你领着咱们一块儿反吧!……"说着说着抱头呜呜地哭起来。

糟透了,把好端端的婚礼给搅了个乱七八糟,于而龙抱歉地望着当年在炕上打滚的难产母亲,似乎在说:"看,非把我弄来,结果——"但她好像并不在乎,叹了口气:"句句是理,酒后吐真言呐……"

于而龙等了半天,也没见康"司令"把小分队拉来。

"他,只不过是桌底下啃骨头的一条狗罢了!坏透了的是他们背后的老板。"工人们直率的话,震动了于而龙的心。

这时候,来了更多面熟的人,把屋里门外都塞满了,不得不轮换倒班,来同于而龙碰碰杯子。不知为什么,大家脸上都流露出会心的笑,似乎小孩搞一件背着人的恶作剧那样,挤挤眼睛,大口大口地把酒灌下肚去。有些刚建厂时的年轻人,现在都是五大三粗的汉子,还像当年共同野游爬山时那样,调皮地拍拍于而龙,给他做鬼脸。于而龙真想展开臂膀把他们都拥抱住,对他们说:"我于而龙算老几?是你们,是你们两只手,才把王爷坟建成了一个强大的动力基地,你们这样款待我,我倒真是受之有愧呢!"

从人们的笑脸上,可以分明看出来,如果于而龙第一次打倒在地时,他们还半信半疑对待那铺天盖地的宣传攻势,那么这第二次趴下来,王爷坟所有正直的人,都认为于而龙是条真正的汉子,是为党、为国、为民的好人。这大概是属于物理学范畴的反馈现象,王纬宇恐怕是料想不到的。但于而龙却深深地感到内疚,过去,他在骑兵团冲锋的时候,总是一马当先,现在,这些战士的马跑到前头去了。

"等着我吧!同志们!"他在心里说,并且自慰地想,今天明白,还不算晚。

新郎回来了,络腮胡子回来了,那些个骑兵也耀武扬威地回来了:"没事了,老团长!"

"我们给你备好了马!"

喝!还从车库搞来一辆吉普,他向所有人告辞,等他走出门外,天哪……他的眼眶顿时热了起来,还有那么多的人进不到屋里,在楼道等候着。当他沿着楼梯往下走的时候,许许多多的亲切面孔,热情大手,朝他迎了过来,本来不太宽敞的楼道,就显得更拥塞狭窄了。

走吧,走吧!快些走吧!他催促着自己。要是再多待一会,还不定出些什么事呢!但是他的心被人们的热浪烘托着,尽管才喝了不多的酒,倒确确实实晕了。

那是一个没有春意的春天,隆冬的残影还盘桓在大地上,然而,在人们的心中,于而龙确实感到了春天的温暖。

等他回到了家,已经很晚了,没想到书房里还坐着一位客人,他估计到会有这一出戏要唱,但料不到这么快就掀开了上场门的门帘。

"赴宴去了吗?"王纬宇抬起头来。

他点了点头,倒在沙发上,琢磨这场戏该怎样收场。

"喝了什么好酒?"

"十全大补!"

王纬宇站起来在室内来回踱步,终于在他跟前停住脚,问道:"二龙,我不知道你到底还想干些什么?"

于而龙沉默着。

"你我不多不少,已经交往了快半个世纪,听我说,你就承认现状了吧!生活,应该使每个人变得聪明,以卵击石是没有用的。"

于而龙还是不做声。

这使一旁坐着的谢若萍惊奇,那是一个无论在口头上,行动上都不服输、不让步的倔犟水牛,今天怎么啦?竟俯首帖耳地听着,不反驳,不抗议,是近年来鲜见的。她想:十全大补是种什么酒呢?竟会使老头子变得和昨天迥不相同,成了另外一个人似的。

王纬宇开始滔滔不绝地讲了起来:"你知道吗?就在你喝十全大补的时候,他们把康'司令'给揍了。这可是性质相当严重的问题,人家一下子就上了纲,是地地道道的反革命事件。要不是我捂着,捅到指挥部,就闹大发了……老兄……"正当他要奚落于而龙,没病找病,自作自受,炫耀自己斡旋有功的时候,只见那个喝了十全大补的闯祸家伙,把身子佝偻着弯了过来,脑袋垂下,几乎贴在了膝盖上。"咦?……"

"二龙——"谢若萍顿时觉得天昏地转,扑了过来。

"快……快给我输氧……"于而龙呒呒唧唧地吐出了这几个字。

"莲莲,莲莲——"她抱住他,喊着,"快拿氧气袋来!"

正在画画的于莲,一阵风地进来了,一见这阵势,吓得脸都白了。"爸,爸,不要紧吧?"

"没什么关系……现在好多了!……"等到老伴把氧气枕头的透明胶管粘在他鼻孔附近,于而龙仰卧在沙发上,显得极其疲惫软弱地回答着。然后,他呻吟地对客人说:"老王,你接着,接着往下讲吧……"

"好吧!你先休息吧!"王纬宇要告辞了。

"你,你再坐会儿嘛!我,我好多啦!……"说着,似乎相当累乏地合上了眼睛。

王纬宇走了,谢若萍和于莲送他出来,在楼梯口,他拦住她俩:"别送了,快照顾老于去!"径直回到斜对面的楼里。

谢若萍和她女儿回到屋里,正要责备他不该赴宴、不该饮酒(当着客人怎么好说这些呢?最初她就不同意),发现于而龙已经从沙发里站起来,正扯着粘住胶管的橡皮膏。

"你怎么啦?"医生不解地问。

"我没病——"于而龙回答,"而且从来没有像今天这样健康!"

谢若萍瞪大了眼珠子,莫名其妙地望着她的丈夫。

三

在平静的湖面上,忽然,颜色鲜艳的塑料浮漂,像蜻蜓点水那样,轻轻地颤抖了一下。

客人光临了!

于而龙压根儿就不是钓鱼来的,忽略了这个突如其来的信号,但他是石湖风浪里熬炼出来的捕鱼老手,虽说手上的老茧挺厚,但职业性的感觉神经相当纤细。他马上把那支冷雪茄塞回口袋里,站起来,对自己讲:这回,可得假戏真做了。

他苦笑了一下,生活总是这样给他开玩笑,刻意追求什么事物,往往碰壁;无心获得什么成功,常常不费力气就到了手。他是个天生的打鱼人,哪有把到手的美味放走的道理。然而他知道,要对付这条鱼,看它咬钩的神态,还得拿出点精神来呢!然而他并不是干这个营生来的呀!

这条造访的水下贵客,先是犹豫了一下,拿不定主意是张嘴吞掉食饵,还是斟酌斟酌再说;大人物通常不急于表态,水面上的浮漂又平稳地站住了。倘若不是它早晨醒来胃纳较佳,恐怕就是判断多少有些失误,以为是什么敌害之类。于是吧嗒一口,把钓饵吞在嘴里。哦,亲爱的,吞下苦果子容易,要想吐出来,可就难了。所有犯过自食其果的错误,大都是些充满自信的家伙,总是满不在乎地迈出第一步而悔之莫及。

塑料浮漂被它拖下了水,顷刻之间,无有影踪。钓竿上的线轴开始转动,尼龙丝一圈一圈地松了出去。根据他多年的经验,这条上钩的鱼,不是无足轻重之辈,而是一个说干就干的庞然大物。于而龙猜不透碰上它,是幸运还是倒霉?因为通常鱼在发觉上钩以后,免不了要惊慌失措,东游西蹿,以至方寸全乱,被人提出水面而结束一幕短剧。可它,像吃了定心丸似的镇静,像付过巨额保险似的自信,压根不当回事,安详沉稳地游着。看得出来,是一条不好对付的鱼,是一个老江湖,恐怕要费番周折。

但是于而龙思忖:凭你轻率地咬钩,说明我们彼此彼此,还算不得炉火纯青,这种不慎上钩的教训,我是领教过多次的,为那些诱人的钓饵,我曾付出多么沉重的代价啊!

甚至差一点付出了生命呢!

他想起了一九三七年,在心里对那位工厂革委会主任说:"咱俩的交情,应该算是从这一年的早春开始的吧?"

迷雾又卷了回来,在心灵里,在他那胸臆间的空际弥漫着……

一九三七年的早春,冰封的湖面上,凛冽的北风,挟着沙粒似的干雪,扑打在人脸上,使人有着透不过气来的憋闷。除了于二龙——他原来不叫于而龙——和他哥哥大龙,偌大的湖面上,看不到半个人影。寥廓清冷,显得窒息也似的死气沉沉。

七九河开,八九雁来,但那一年的倒春寒拖得很久,以至靠石湖为生的船家和渔家都冻结在湖冰里,差不多户户落到了倾家荡产的地步。要不是出于万般无奈,于二龙对于高门楼的钓饵是不屑一顾的。但生活,债务,以及那种精神上的负担,逼得他孤注一掷地钻进了圈套。当然,也怪他太相信自己,直到今天,他也还是如此呢!

约莫有尺把来厚的湖冰,终于在大龙的冰锛下凿开了,小小的冰洞猛地蹿上来碧绿的湖水,和一些小鱼。在弟兄们之间,老大通常要憨厚些,老二、老三一般要活泼些、伶俐些。但于家哥俩,二龙未免太生龙活虎,因此越发衬得他哥老实巴交,拙于辞令,连动作都慢吞吞的。他琢磨冰洞凿开到这种程度大概可以了,问他弟弟:"该行了吧?"

"钻进去就成。"于二龙在冰上蹦跳着,活动着筋骨。然后,扒掉破棉袄,一仰脖,咕嘟咕嘟把那对了砒霜的半瓶烧酒,全倒进了嗓子里。

那可不是他如今爱喝的五粮液。

"试试我今年的运气,来个开市大吉!"他双手伸进冰洞里,舀起一捧冷彻骨髓的冰水,拍了拍脑门,强作欢乐地说;正在给弟弟腰里系救命绳的大龙,听了这话,脸上涌出痛心的苦笑。他懂得他兄弟为他才豁出命去的,再三叮嘱着:"下去别游远了,没鱼就上来!"一面在他腰里,系了一个结,又系了一个结,把他满腔的爱和感激,紧紧地系了进去。因为事情清楚得很,钻到冰下去捕鱼,凭着那一葫芦空气,是以生命为赌注的游戏,也许一脚下去,就是生死异域,永不相见了。

就在这一步生、一步死的艰难时刻,听到有人呼喊着奔过来:"二龙,二龙……"

哥俩怔住了,回过头去,不约而同地:"芦花,谁告诉了她?"只见她飞奔在滑溜溜的冰上,跌跌撞撞,不顾一切地喊着、跑着。这样,大龙有些拿不定主意了。

芦花那时在这个水上家庭里,虽说是外姓人,但有着举足轻重的地位,因为她不仅是大龙没有成亲的媳妇,而且上一年娘死去以后,哥儿俩的家实际是由她当的。因此,如此关系到性命的大事,他们竟背着情同骨肉的芦花,实在是太见外了。

主意却是于二龙拿定的,还不清娘死时借下高门楼的棺材钱,他哥和芦花的亲事就没着落。似乎有种义务,他得帮助他哥娶芦花,然而命运又使他和一块长大的芦花,产生了他也说不好的那种舍不得的感情。

现在,当然明白了。

拿准她是不会同意的,于二龙趁她还未赶到之前,一只脚伸进了冰洞里,才凿开只不过半袋烟工夫,又已结了层薄薄的冰凌。多么寒冷的天气啊,但芦花却满头大汗地跑到了,在冰洞口一把拖住了他。

大龙劝她:"丢开手,让二龙去试试!"

"滚!"她从肺腑里爆出这个字,同时,腾出手来,狠狠地把大龙推了个趔趄。于二龙头一回见她这样粗暴地对待她一向尊敬的大龙。同时,也头一回见她这样死命地拉住自己,说什么也不让从那冰洞里滑走。

于是他给她解释:难得的是高门楼开了口,大先生——哦,就是王纬宇的哥哥,当着众人,赤口红舌许下来,只要交上一条五斤开外的红荷包鲤,活蹦乱跳,欠的租金全免,该的债款全勾。芦花,到哪儿去找这样的机会?他自诩地——确实也不是吹牛,只要一猛子扎下去,摸条把上来,全家就可以挺直腰杆,喘口气了。

芦花不是糊涂人,知道他是故意说得轻巧:"你以为我不明白,这是拿命去换鱼咧!"

"笑话,凭我的水性。"于二龙自负地说,"芦花,你当我说没斤两的话啊?放心好啰!"

"哼!"芦花压根不相信。

"湖西哪一个打鱼的,会不晓得三王庄的于二龙?放开吧,芦花!"说着,想挣脱她往冰洞里滑。

"不行。"她拉得更紧。

"放开我!"

"不!"芦花仍是不撒手,于二龙越是想摆脱,她越是把胳臂箍得死死的,生死关头使她忘情了,紧紧地搂抱住这个年轻的于二龙。

"松手!"于二龙还是初次和异性挨得这样贴近,尽管水上人家男女之间不大忌讳,也不太回避,但被软绵绵的姑娘家的胸部紧紧贴着,却是破天荒的。

老天,原谅我们的青春时代吧!

他知道这种异样的感觉,会使自己动摇,男子汉的坚强,使他摆脱精神上的软弱。况且,药性已经发作,胸口开始发闷发热,他央告着:"想吃河豚肉,就得豁出命去!"

她凄苦地摆摆头,坚定地表态:"谁愿吃谁去试,我不要,也不让你要。"站在一边的大龙更没法插言了,她果毅地吼了出来:"债,咱们苦熬苦挣,还就是了。二龙,你不要愚,一钻进去,连个囫囵尸首都捞不着,我不能让你去喂鱼!"她嗓门压倒了北风:"明白吗,我不让你死——"

大龙好意地劝她:"说些不吉利的话干啥?"

芦花朝他嚷着:"你怎么不下?你怎么不下?……"然后对力图挣脱她的于二龙说:"你一定要去,那让我死在你前头……"说着,控制不住自己,泪水哗哗地涌出来。

现在,于二龙觉得那浸泡住脚面的冰水,不像刚才那样刺骨,相反,倒有点熨帖似的舒适了;浑身开始发烧,尤其在脏腑里,像是放了把火似的,热烘烘地煎熬着他难忍难挨,苦痛在不停地折磨他了。

酒精不会有那么大力量,能把于二龙打倒,而是那掺在酒里的砒霜弥散全身,发挥作用,把相当结实的汉子给挫折得趴下了。

"回家吧,二龙,家去吧!"芦花忍住泪水,好声好气地求他。

"不能啦!"于二龙热得像点燃了引线的炸药包。

"为什么?为什么?到底是为了啥吗?"芦花也弄不懂了,二龙的性子虽说是倔犟的,可对她,却一向是随和的呀!

他苦笑着:"我怎能白灌下去那药酒?"

"药酒?"她吓了一跳。

"对进砒霜的酒啊!"

"啊!"她手一松,挨了一闷棍似的失神跌坐在冰上。

于二龙向芦花亮出了心里话:"芦花,晚了,后悔也不赶趟了!"他拍打着自己火烧火燎的胸部:"想吐也吐不出来了,芦花,让我去吧!"

她痴呆呆地望着那只酒瓶,和瓶子旁边的粉红纸包,她认出了,那是从陈庄买回来,打算开春后作毒饵,药杀大雁的,他们没有猎枪,只好这样挣点钱花。

于二龙的腹腔里,绞痛不已,主要还是那不能忍受的干热和焦渴。他知道,他决不会死在痛上,而是热死、渴死、活活地被砒霜烧死。他两眼一闭,汆进了暗无天日的冰洞里去。

现在,他和充满空气的世界,就凭着一根绳子,在维系住了。

芦花发现于二龙没影了,疯狂地趴在冰洞口,也要往里钻,她凄凉地叫喊着:"二龙,二龙……"要不是大龙哀告地拖住,肯定要随他而去了。

听不到回答,只见冰洞里的碧水,映出一个披头散发的人影,她摇晃了两下,哇的一口,喷出了鲜红鲜红带泡沫的血……

于而龙耳畔又响起芦花的誓言:"我要杀死他,总会有这么一天!"

起因正是为了一条红荷包鲤呀!

现在,握住钓竿的于而龙,在猜测着他的对手,究竟是什么样的鱼?他估计不会是那种快牙利齿的鳜鱼,石湖一带叫做鲈花的急暴凶猛的家伙,它那尖锐的脊刺竖起来,会把最结实的渔网刮破。也不会是草青鲢鳙之类,因为草食性鱼类性格懦弱,上了钩马上就慌神了。当然更不会是甲鱼、鲶鱼之类爱钻窝、耍无赖的货色,它们缺乏长游的魄力。从这条鱼不疾不徐的速度,笔直不弯的路线,十有八九,是石湖的正宗,是鳞下闪出血光的红荷包鲤。

正是那点点血光,使它身价百倍,成了石湖的珍品,就因为它,于二龙险几丧命啊……

在石湖,若干年来相沿成习,所有的红白喜事,大小寿庆,逢年过节,请客送礼,少不了一条红荷包鲤。似乎形成了一种规矩,谁也鼓不起勇气去破一破,以至成了可笑的迷信,很像土著崇拜图腾那样。没有红荷包鲤,如丧考妣,真是不可理解的愚昧,甚至智力健全的大人先生,也摆脱不了这种精神束缚。所以王纬宇一九三六年底由当时的北平回来,和县城商会会长的女儿订亲下聘,就因为石湖封冻,捉不来红荷包鲤,竟至于弄到子不语怪力乱神的诗书之家,也都寝食不安。

那时,能够迈进大学门槛的,在小小的石湖县是罕见的,而去遥远的北平攻读历史系,全县也就是石湖旗杆王家。王纬宇并不是反对这门婚姻,而是看不上会长千金那副倭瓜面孔;但他野心勃勃的大哥王经宇,想凭借城里权势人物的奥援,开拓他的事业,所以,王纬宇总说自己是牺牲品。

他们的老爹,绰号叫做肥油篓子的王敬堂,查看那几十挑子,准备送往县城的聘礼中,竟然看不到一条活生生的红荷包鲤,气得把水烟袋都摔了:"区区三家村一个小户人家,都有一条红荷包鲤在前面领路,咱们倒不要图个吉利? 岂有此理!"

家下人赶忙禀报:"太爷,今年冰太厚,谁敢豁出命去弄?"

"惟其难才偏要,珍珠玛瑙,珊瑚翡翠,拿钱可以买到。三尺冰下,捉出鱼来,那才是稀世之珍。一定要弄到这红荷包鲤。"

重赏之下,必有勇夫,王经宇眼睛一眨,放出风来,于是,驱使着奴隶不顾一切向死亡的深渊跳进去。

于二龙也记不得怎样捉到那条鱼的?也记不得怎样摸到洞口回到人间?他只记得:终于呼吸到冰冷的空气,他那残存的一丝意识,庆幸自己仍旧活着,于是,求生的欲望,从快要被砒霜毒杀的躯体内部升起。他现在只盼着马上回到家,好像只有相依为生的渔船,才能摆脱死神的追逐。

芦花搀扶着他,东倒西歪地踩着滑溜溜的冰,朝三王庄走回去。

渔村就在眼前,破船的桅杆也看到了,他盼望一步迈进船舱,舀一瓢清水扑灭心头的恶火,可没完没了的路,何时才是尽头?

"不!我不能死在半路上,不能死,说啥也得活下去!"

但是,砒霜的热毒,使他干渴得快没命了。

"水、水——"他力竭声嘶地叫喊着,浑身苦楚地痉挛着,颈椎呈现出角弓反张的僵直,一分钟也不能再等待了。

"水、水——"他两眼充血似的暴突出来,像是毒药烧烤的火焰在往外冒,要不赶紧扑灭,于二龙就该烧焦了。

芦花慌了:"只有冰呀!二龙。"

对,现在只有靠冰来活命了,他那最后的一丝意识提醒他,赶紧趴下去啃冰,这是惟一得救的办法。紧跟着,他挣脱芦花,扑通一声俯卧在冰上,用门牙咯嘣咯嘣地啃。可是湖上的冰像镜也似的平展,无法下嘴,只好伸出舌头去舔,舔了一会儿,舌头也像冰那样僵硬,融化不了,他不得不用力地吮吸。哦,石湖多吝啬呀,连一口水都不肯赐予这个快死的人。

大龙把鱼搂在怀里,早就去高门楼了。现在,芦花是谁也指不上,拖、拖不起;抱、抱不动,风还是那样凛冽,雪粒还是那样刺脸,芦花跪在于二龙的身边,喊道:"二龙,你怎么啦?你怎么啦?……"

这会儿,他倒格外地安静下来,像孩子扑向母亲那样,伏在石湖的怀抱里,舒适地垂下脑袋,紧紧贴在冰上,大地母亲啊,你的孩子来啦!

"二龙,二龙……"芦花死命地把他扳转过来,一看那副模样,吓傻了,那木呆呆的瞳仁,跟煮熟了的鱼眼珠差不多,死气沉沉,似乎蒙着一层灰尘,失去了往日的光泽。

"二龙,你倒是说话呀,我的亲哥……"她捧起于二龙的头,失声地呼唤,可是他已经毫无反应,只有北风呼呼地刮着。

他第一次离开了人间。

死亡是化入和渐淡的长镜头,所以他记不清死去时的细节,找不到生与死的截然分界线。但是,活转来时所见到的第一个画面,那枝芽伸向苍天的银杏树,却永远留在记忆里。

是的,他恍然大悟,死过了,按照水上人家发送死人的一套程式全照办过了。裹条薄被,卷张芦席,烧了黄昏纸,送他的亡灵渡奈何桥走了。寒风把轻飘飘的纸钱灰和尚未化净的锡箔,刮在了他的身上、脸上、眼皮上。

奴隶的生命要结实些,虽然它最不值钱。他终于活了,生命回来时,像微细的水流,一丝丝,一缕缕,慢慢地注进那被亚砷酸酐毒害的躯体里去。他觉得他醒来了,先是感到光线在活动,好兆头,光是生命的来源。但于二龙却缺乏力气,好容易,才微微撑开线也似的一条眼缝。

够了,足够了,总算重新看到了苍天,和那支撑住苍天的银杏树,这棵在游击队心目中,是人民象征的巨树,没有它,天也许会坍下来吧?

大概人一旦合眼而去,也就万念俱消。但活转来以后,不管活得多么勉强,那睁开的双眼,被纷扰的人世吸引住,再也不肯闭上。他马上注意到有一张俯视着他的陌生面孔。石湖是个小县份,三王庄则是个更闭塞的渔村,那里是一个不常见到陌生面孔的偏僻社会。

"谁?"他惊奇地自问。

那一张庄稼人朴实的脸,凑拢得更近了,都能感到他的呼吸和喘息,于二龙怀着戒意,想偏开脑袋离远些。但是他无所作为,因为生命虽然回来了,但躯壳暂时还不属于他。

"干啥?"他吓坏了。

他害怕这个陌生人,为他有可能伤害自己而战栗。可怜的愚昧和可笑的警惕总是孪生的,因此,可以想象,于二龙当时是多么畏缩、恐惧、害怕,甚至抵触了。

那个陌生人伸过手来,用扳枪机的粗手指帮他把眼皮拨开,接着又把手背放在他鼻下试试,随后又把头贴在他胸口倾听。这样,脸凑得更近,差点碰着了鼻尖,只见那脸上浮出一个宽慰的笑容:"活了,老表!"

他还是有生以来头一回听到江西土话"老表"这两个字,不明白是什么意思。尤其弄不懂芦花干吗不见?怎么落在外乡人手里?到底发生了一些什么事?……

哦!他脑海里的一股记忆细胞活了,想起了那瓶对进砒霜的药酒,想起了在暗无天日的冰下摸索,可是以后的细节,无论怎么使劲,也再不能回忆起来。

陌生人和善地笑着,他从于二龙的眼里,看出了疑虑的神色,便俯身过来在他耳边说:"老表,你在树底下,躺了一夜啦!"

"啊?这是怎么回事?难道他说的一切都是真的?"于二龙愣住了。

是啊,于二龙觉出一点蹊跷来了。在他钻进冰洞以前,分明天空是铅灰色的,低低的云层压得人喘不过气来;现在,既没有一丝风,也没有一粒雪,而且微有暖意的阳光,正从枝枒的缝隙透过来,简直是个腊月里的小阳春。那么,陌生人大概不是撒谎,确实是昨天的事了。

对于死者,历史就可以较客观地写了。

当他在冰上趴倒以后,那是芦花第一次把他从死亡状态中背着奔波,命中注定她还要第二次从黑斑鸠岛背着垂危的他跋涉。哦! 历史不惮其烦地重复,常常出现许多惊人的雷同之笔,而且也不一定如马克思在《雾月政变》所写,第一次出现是悲剧,第二次重现就是喜剧。不,甚至是第三次、第四次都可能是悲剧。

芦花终于把他背回到船上,放平在舱里,赶紧端来一瓢清水,那时候,他已经和《水浒传》描写武大郎被毒杀时的情景一样,浑身痉挛,脸皮紫黑,四肢僵硬,不省人事,就差七窍流血了。像所有临近最后一刻的死人捯气一样,只有出的气,没有进的气,奄奄一息,在那里等死了。她手一松,水瓢跌落在舱板上,扑在于二龙身上,死命抱住,伤心失望地哭了。那些邻居,都是船靠船、帮挨帮冻结在石湖里的水上人家,被芦花的嚎啕哭声招来了。

谁看到那副凶死恶杀的恐怖面色,都不由得倒抽一口冷气,退后半步。有见识的乡亲们翻翻于二龙的眼皮,叹了口气:"芦花,快抬上岸,烧点纸钱,送二龙上路去吧!"

芦花说什么也不撒手,只是一味放声哭喊着。

"别傻啦,孩子,你细看看吧,二龙的瞳孔都散了,还等啥?"

她不相信人会死得这么快,药杀一只山鸡或者大雁,那生灵还要扑腾一会儿。一个活蹦乱跳的年轻人,连挣扎都没有,这样轻易地死去,太不可能了。"不,他没死,他活着。二龙,你醒一醒,快睁开眼吧!……"

好心的邻居,强把坚信不死的芦花撕掳开,找了条苇席裹住,把他抬到岸上停放。按水上人家的迷信,死在舱板上的人,永远也升不了天——"倒好像天堂里,给我于而龙预留着什么优待座位似的!"——那些善良的婶子大娘们,也不计较他往日的淘气,而惦着他的一点好处,一把鼻涕、一把眼泪地为他去阴间送行。

芦花像疯了似的拖住,哭着,喊着……

没想到这支送葬的行列,才走两步,就被人拦住了。"了不得啦!闯下大祸啦!大龙叫高门楼五花大绑,捆起来,要往区公所送咧!"

人们连忙把于二龙放在湖岸旁边。生活的逻辑从来如此,退出历史舞台的死者,也就只好由他去吧,无论如何,生者应该比死者重要。大家七嘴八舌围住这个通风报信的人,问个没完:"世上还有比大龙再老实的人么!整屁都放不出一个,高门楼为啥要捆他?人善被人欺,马善被人骑啊……"

"怪不得大龙的。"那人压低嗓门,生怕外人听见似的:"高门楼变卦了,鱼要按价收买。大先生说:多给两文钱可以,要想一笔勾销陈年旧账,不能开这个先例。世上哪有这等便宜,一条鱼又不是金子打的,能顶一屁股、两肋巴的债。"

听话的乡亲,吓得直探舌头:"天爷奶奶,人家可是拿命换来的呀!"

"谁知是旁人调唆大龙去问的呢?还是兔子逼急了,也会咬人,大龙问大先生的嘴,是横着长,还是竖着长,说出口的话,还能吮回去。好,遭了殃啦!高门楼哪受过这分寒碜?脸一板,指着冰镩,好小子,不但讹诈,还要行凶,给我绑起来,送陈庄。"

王经宇是到庐山训练团接受过党国栽培的,亲聆过他们委员长的训诲,一个区长能如此上得台盘,就知非同小可。后来,他也自然而然地成为石湖支队和滨海支队的对手。这个心毒手辣的恶棍,会给大龙什么好果子吃?

这时,在寒风里,白茫茫的湖冰上,有两支人马离开三王庄朝远处走去,乡亲们都被这场面吸引住了。

抢先映入眼帘里的,是那几十个挑夫,一字雁行地挑着礼盒出发了,在唢呐喇叭的引导下,那条用生命换来的红荷包鲤前面开路,往县城走去。哦,如今红荷包鲤要比卷在破芦席里的于二龙阔多了。它裹在红绫被里,而且用上好的酒给它喷醉,到县城后往水盆里一浸,保险还是活生生的;可他,却被砒霜酒毒死,连个葬身之地还没有物色到呢!不过,吹鼓手奏出的乐声,在风雪里,倒挺公平地既给王纬宇订亲欢庆,也给于二龙送终哀鸣,而且催命的唢呐,竟嘲讽似的,给押走坐牢的大龙,吹起了《何日君再来》。

人们这才注意到还有一小队人马,在冰上蹀躞地向陈庄方向移动,三个蹀躞的人影,像幽灵似的,悄悄地,越走越远。但不论走多远,只要能看得见,就能分辨出两个持枪的人,当中押解着的窝窝囊囊的大龙。

"快去求求大先生,饶了大龙吧!芦花,不能光哭死的,还是顾活的要紧。"

她想想也是个理,可又舍不得把心里的二龙撇下不管,说着,冲众邻居扑通跪下,转着圈磕了个头。"婶子大娘们,我把二龙托付给你们了……"然后,又扑向卷在芦席里的于二龙:"二龙,二龙,不是我忍心丢下你,得救活人去呀!"

人们安慰着:"放心去吧!芦花,快撵大龙去吧!"

还没等芦花抬脚,人群后面有条公鸭嗓子吼住她:"等等,传大先生的话,你听着!"

乡亲们连忙闪出一条路,毕恭毕敬地让高门楼的家丁过来。其实,也不过是高门楼一个看家护院的,但是在三王庄,哪怕是高门楼的一条狗,人们也得给它让路,万万冲撞不得。

"大先生说啦,借的债不再宽限了,赶紧把老婆子死时借的棺材钱还清,大洋一十八块,加上利息,拢总是……"他打开一个折子,拉开来,有尺把长,给她看:"马上把账结了吧!"

"马上?"

"对!"他伸出手:"一共是二十五块大洋零八角。有零有整,快给钱吧!"

芦花的口袋里,经过那一个酷寒的冬天以后,连个毫子都没有。

"给粮,给鱼,给什么都能顶债,快掏吧!"公鸭嗓子刺刺不休地逼命。乡亲们一见汹汹来势,知道老于家大难临头,都磨蹭着后退想拔腿离开这块是非之地了。

"大伙站住,谁也别走——"高门楼的家丁一声喝,大家只得硬着头皮站住,听他发落:"众人帮我做个证见,一没钱,二没粮,鱼哪,满湖的冰,二龙倒有能耐,可惜死了,怎么办?债总得还,只好请列位回家去把冰镩拿来,帮兄弟一把,把他们家这条破船抬走抵债——"

听得"抬船"二字,好比当头一棒,芦花吓蒙了,就像脚底下踩着的那块土地,被人猛地抽走。失去了船,等于失去了家。上,无遮无盖;下,无着无落,连立锥之地都没有了,该怎么办呢?她望望躺在湖岸的死者,望望走远了的生者,在这个世界上她惟有的两个亲人,可谁也无法来帮她拿个主意。接二连三的打击,使她像跌进漩涡里的一根弱草,根本找不到任何可以摆脱灾难的力量。这仿佛六月里突如其来的冰雹,扑头盖脸打得她直立不起来了。

乡亲们谁敢违拗高门楼哪怕一个畜生的言语,慌不迭地取来了冰镩,围着老于家三代为生的那艘朽烂的船,一下一下,团团凿着冻得结结实实的湖冰。

芦花已经失去最起码的意识，成了一个毫无反应的旁观者，既不管被人押走的大龙，也不问马上抵债的破船，只是守在死去的于二龙身边，超脱地，一动不动，如同泥塑木雕，毫无表情地看着热闹，似乎所有的一切，都是可有可无的身外之物，早已置之度外了。

其实，她的心里何尝平静，冰镩不是在凿湖上的厚冰，而仿佛那锋利的尖刃，在一下一下戳着她的心呀。眼看着一个家，虽然是一枚铜板也找不出来的穷家，可这样毁于一旦，终究是摧心折肝的痛苦啊！

冰碎裂了，船浮动了，破东烂西也全给扔到外边来了，乡亲们无可奈何地，谁也不敢哼个"不"字，用肩膀顶着，将船抬着上了岸，往高门楼抵债去了。

"拿二十六块现大洋来赎船——"公鸭嗓嚷着走去。

芦花根本就没往耳朵里去，只是凝视着船抬走后，在湖面上留下的一块没封冰的空隙，碧绿的湖水正往外面泛出来，那些飘浮着的冰块，在里面动荡着，一时还冻结不住，显得快活轻松的样子，似乎在给绝望的芦花启示："乐园就在我们这里，天堂近在咫尺，来吧！年轻人，石湖在张着臂膀欢迎你呢！"

她动心了，因为不知道还有什么样的厄运会降临到她头上。所以，她极苦痛地作出个决定：死！

芦花在心里对那个裹在苇席里的亲人说："二龙，还有谁比我更倒霉更不走运的呢？我是个靠山山倒，靠水水干的苦命人，好不容易有了一个家，谁曾想，一眨巴眼工夫，家完了，人也没了。二龙，我想透了，活着还有什么指望，还有什么意思，我还是一头钻进湖底，跟你一块走吧……"

可是，她担心淹不死自己，必须找些什么沉重的物件，坠住自己才好。她一眼瞥见封冻前撇在湖岸上的铁锚,高门楼忘把它一块抬走顶债。看看四周,竟没有一个乡亲,那些左邻右舍,亲朋故旧,有多大胆子敢顶撞高门楼的威势和气焰,再说,谁也不愿沾上倒运人家的晦气,都慌不迭地走开了,躲得远远的。

芦花把锈蚀的铁锚拖来,绑在腿上,然后,蹒跚地朝冰穴走近,她打定了死的主意,毫不犹豫,趁这会儿没人,赶紧了结自己。

她一边走,泪水像泉似的涌出来。一边在喃喃地念叨着:"二龙,等等我,我来了,我跟你生不能在一块,这会儿死在一块,永生永世也不分了!"

湖水显得热腾腾地,雾蒙蒙地,她两眼一闭,朝那已露出一丝春意的绿水,扑了过去。

正当死神朝她招手的时刻,一个矮墩墩的汉子,沿着湖堤向冰穴斜插着走下来。

芦花正纵身要跳,一见来了个生人,"呸!"连忙摇晃了两下臂膀,才勉勉强强在冰穴的边缘处站稳,啐了一口,心里咒着这个不识相的家伙:"真倒霉,寻死都碰上晦气鬼!"

她盯着这个偏偏要作梗的人,身穿短打,肩背小铺盖卷,头戴一顶旧毡帽,步伐沉着,不慌不忙地走来。看他那身穿着,像个打短工的。看他肤色和手脚,又像个做零活的工匠。但那气概,倒不像是个普普通通,走乡串井,无足轻重之辈,脚步是多么有分量啊!只有走在自己的土地上,才能有这样坦荡自如,充满信心的神态。

芦花瞅住他,盼他赶紧离开。

可他好像没注意到她的存在,径直蹲在冰穴旁边,弯下身,扒拉开浮冰,用双手捧着,大口大口地喝着,很明显,他是个赶长路的过客,舌干口燥,喝起来没完没了。

芦花心里想:"大肚蛤蟆,挺能灌,不怕得臌胀!"

"好甜的水哟!"他终于抹抹嘴,用芦花从来没听过的口音,赞美着石湖水。

他好像这才发现湖上还有一个人似的——其实,他早在堤上就看得清清楚楚——异样地打量着她,看得要寻死的芦花都难为情了,一个劲地把绑住铁锚的腿,闪在后面,因为那实在是不伦不类。但是南蛮子有点爱管闲事,眼里流露出诧异的神色,嘴上却是平淡地问:"大姐,你练啥功夫?"

芦花气得直咬牙,多不交运啊,偏碰上个半路杀出的程咬金。"没你的事,快赶路走吧!"

他镇定地笑了,但那庄稼汉似的纯朴的脸上,多少有点凄苦和自责的心情:"你太傻啦,这条路可不是轻易走得的呀!"

芦花又气又恨,从心眼里骂着苍天:"我是作了什么孽,才得这报应,想活没路,想死不成。老天,你不给我活路,连死路也堵绝吗?"

"大姐,你才多大的人,怎么想不开?"

芦花暗自嘟哝:"我倒放着活路不走?路在哪里?我怎么想不开?敢情你活得自在。算了,管他咧,狗拿耗子,我一头钻到冰底下去,看他能救得成?"她喊了一声"二龙",推开多管闲事的外乡人,一头朝冰穴钻进去。

芦花本想借助铁锚的重量下沉,谁知笨重的铁器拖累住她;结果,身子扑到了湖水里,脚反被扯住,还挂在冰上。被推倒的那个外乡人,一跃而起按住了铁锚;多亏那年冬天湖水冻得结实,不曾破裂,否则,这位从皖南来的老红军,也要成为枉死之鬼。

他那只有力的胳膊,把湿淋淋的芦花从水里提起:"你疯啦,大姐!"

满脸湖水和泪水的芦花,把满腔的恨,一肚子的怨,统统发泄到这个来到石湖的第一个共产党员身上。他沉静地任她殴打着、撕掳着、挣扎着,一动不动,俨然一尊石雕像,但那只健壮威武的手,始终紧紧地攥住她。现在,看起来,死神在这个共产党员面前退却了。

芦花愤怒到了极点,她觉得老天爷、高门楼,还有他——这个外路口音的蛮子,都成群结队地赶来欺侮她,欺侮一个仅仅活了十九岁的可怜人。他们不但剥夺了她那可怜的幸福,剥夺了她那微末的希望,甚至连死的权利都要剥夺,那确实是太残酷了。她要求的只是死的自由,一种奇怪的自由,一种惟一可以自己支配的自由。除此之外,她还剩有什么呢?然而即使获得这样悲惨的自由权,也身不由己,可以想象她是多么痛恨这位来到石湖播撒革命火种的赵亮了。

——"赵亮同志,我们的引路人,愿你的英魂在九泉下安息吧!"

那是一位身经百战的老红军啊,他身材不算魁梧,却是个浑实有力的车轴汉子,那铁钳似的大手,芦花是无法挣脱得开的。

赵亮被她豁出命去的劲头震惊住了,没见过这样不顾一切的年轻姑娘,像飞蛾扑火似的追求死亡,简直是不可理解的愚蠢。而且,她又是多么执拗,多么任性啊!那股顽强的斗争精神,看来,只要不撒手,她还有一口气,就要厮打挣扎下去。

他猛地松手,说道:"好吧,大姐,你乐意死,我不拦你,不过,我看你不像个孬人,怎么倒走这条没出息的路?"

陌生汉子讲出的话,同他那五短身材一样,结结实实,一句句像砸夯似的击中了她的心。

"大姐,想必是受了什么委屈?想必是什么人欺侮了你?"

"欺侮？你说得轻巧，睁开眼看看，人都死在那儿啦！"

"哦?!"赵亮忙问："怎么死的？"

"叫高门楼给逼的呀！……"芦花坐在冰上哭了。

"大姐，你别哭啦，我全明白了。"怎么能不一目了然呢？就冲芦花身上，穿的那件补丁摞补丁的破蓝布棉袄，就冲裹住于二龙的旧被子和苇席，还不足使一个党的工作者，一个工农红军，意识到自己肩头的重任么？他解下小铺盖卷，坐在芦花身边，像一位兄长似的劝导着。"大姐，看你不是糊涂人，怎么能不明白有冤伸冤，有仇报仇的道理？"

芦花哼了一声，很明白，担子不搁在谁肩上压着，谁都会说轻巧话。

"命只有一条，死要死得值啊，大姐，你不明不白地往湖里一钻，可就太便宜了别人。"

"想不便宜又怎么着？"芦花思忖着，"你倒拿鸡蛋去碰碰石头看，谁敢去斗一斗高门楼？大龙只不过讲了两句气不公的话，就关进大狱里了。"

"俗话讲，冤有头，债有主，你不是已经拿了主意打算死吗？那好，豁出去，就用你刚才跟我拼命的劲头，闹个一干二净，出了这口冤枉气，再死也来得及嘛。"

她长这大，还从来没听过这样的公然煽动，和直言不讳的燃起仇恨，因为我们中国历来都讲息事宁人的哲学，心字头上一把刀，你就忍了吧！哪有劝人去杀人的？"……可也是，我为什么不能杀人？鱼落在网里还蹦跶两下，我就不会临死前咬他们一口？他说得有点在理，横直一个死嘛！倒是这个账！"芦花望着他，问道："你是谁？"

"跟你一样，早年间也被逼得寻死上吊过，现在不啦！"

"不啦?"

"我要报仇!"

"报仇?"

"对,一点不错,就是报仇。"

"你说,我该去杀人?"

"为什么不可以杀?你是人,他们也是人,他们没长着铁脖子,他们也没两条命。"赵亮越说越有劲,眼里闪出一股热烈的光芒。"他们不饶你,你也别饶他们。不能死,大姐,你可千万不能死,一头钻到水里去,报不了仇,雪不了恨,千年万载衔着这口冤枉,就永无出头之日了。"

芦花开始解下那只铁锚,死神悄悄地趁着夜幕来临撤退了。

就在暮鸦归窠,夜色昏沉的时候,决心不死,要活着伸冤报仇的芦花,点起了黄昏纸,忽明忽灭的火光,照亮了那个无法抬起脚一走了之的红军战士。那哀哀的哭声,惊动了赵亮的心灵,那悲愤的泣诉,该含有多么沉重的痛苦,多么深挚的哀伤啊!阶级的责任感和人民心心相连的战士情怀,使他走向那个趴在芦席卷上痛哭不已的姐妹身边。

要不是这个有点经验的老兵,扒开芦席瞟了于二龙一眼,至少,今天该不至于使某些人不顺心了。——这一颗泡不软、煮不烂、克化不了的陈年僵豆啊,也着实够讨人嫌的了,两次打翻在地,摇摇晃晃又挺直腰杆站起来,甚至直到今天,还不肯老老实实安静待会儿,竟风尘仆仆地赶回石湖来,骑兵,可真有你的!

那瓶掺进砒霜的酒,并不曾使他去见阎罗王,大概在生死簿上勾过一笔的人,不容易再死,以致风风雨雨,一直活到了今天,整整一个花甲啦!相反,倒是他后来把赵亮、芦花一一地送了葬,命运哪,总喜欢这样捉弄人。

赵亮扯开恸哭的芦花,紧贴着于二龙的胸口听了又听,猛地站起来喝住她:"你嚎的哪门子丧?大姐,他还没死,有那掉眼泪的工夫,赶紧去挖点鲜芦根,熬点绿豆汤灌下去解解毒吧!去呀!快点去!许还能救活,听见没有?你是聋是哑,还是个死人哪?"

芦花根本不存在任何指望,好人冻上大半天,也该半死了。没料到那个车轴汉子,发火地把芦花抓住,命令地:"你听着,快去,就能救活,要快,明白吗!他还有口气,没死绝,快——"一使劲,把芦花揉出好远。

怪人!他的气势表明他的话是不可更改的,芦花尽管满腹狐疑,但只好照他的话去办。

在以后多年的游击战争中,人们很少看到他生气、发火、骂人、耍态度,永远那么温和沉着,亲切近人,特别是他的开阔的胸襟、宽大的心怀,总是希望有更多的人站到革命行列里来,他把手伸给每一个要革命的同志。他那慢条斯理的性格,不疾不徐的脾气,使于而龙那一点就着的炮仗脾气,也都磨炼得收敛多了,但是遗憾哪,赵亮离开他太早了……

三王庄虽然是于二龙缴过船桩钱允许靠岸的家乡,可是,在昨天那个世界里,一块可以容他停尸的地方都不给。高门楼传下话来:凶死恶杀的尸首,停在村前要败坏风水的。于是赵亮——后来是他游击支队的政治委员,头一回把他的战友背到鹊山脚下的乱葬岗里,在那硕伟高大的银杏树下,为他坚持做那种看来是毫无希望的人工呼吸。

夜色愈来愈浓,气温也愈来愈低,但是,赵亮浑身裹着一层热雾,满头大汗,累得都要趴下了,也不肯停歇。最后,连芦花也死了心,央告着赵亮:"求求你,别折腾他了,让他走吧,让他早点走吧!

别叫他活受罪了。"

她又点燃起一挂纸钱,在火光里,她看到那个蛮子瞪着她,数落着:"胡闹,快给他再灌点药!"他伸过脚来,把那纸钱踩灭。

坟茔里的枯树上,猫头鹰在呜呜地叫,叫得芦花心寒,墓地里,一只狐狸像幽灵似的,从她身边蹿了过去,加上乱葬岗里的磷磷鬼火,一闪一灭地滚动着,使得她突然间颖悟起来,念叨了一声"对啦",站起来,仿佛魂不守舍地摇摇晃晃地走了。

"站住,你上哪去?"

芦花哽咽地:"我懂得二龙的意思啦,他是等我一块上路,一块走咧!……二龙,我来了,我马上就来。"她捞起一根绳索,就是于二龙下水时腰间系的那根,满怀着报复之心,朝庄里走去。

哪见过这样置生死不顾的愚人哪!"混——蛋!"从来不骂人的赵亮大声痛斥:"……快回来,干不得那种傻事!"可她还是走了。

他想跳起来追她,可又松不得手,只要一放下来,那微弱的心脏就会停止跳动,顾了这头,顾不了那头,急得他直跺脚。天没黑时,倒有几个热心人来看看,现在,他们怕冷、怕鬼、怕恶势力,都道了声歉离开了。现在,鹊山远离村庄,叫谁都不应,赵亮高声喊了两下,也无济于事,相反,倒惊起在银杏树上栖息的一群寒鸦,呱呱地在夜空里喧闹起来,好久好久不能平息,气得老兵直骂:"鬼迷心窍的傻瓜!"……

手里捏着绳索的芦花终于来到高门楼前了。

大概她还是有史以来,头一回直着腰站在这台阶上,自从命运把她——一个被运走做包身工的奴隶,漂泊到三王庄来,高门楼前,她从来低着头匆匆而过,连眼都不敢抬。现在,她笔挺地对着像吃人的大嘴的黑漆大门,对着张牙舞爪向她扑来的石狮子,由于怀着决死的念头,不再存有过去那种小心畏惧之意。

她决定吊死在高门楼的大门上。

这种行径,是千百年来含冤负屈而又无能为力的人,尤其是妇女,所能给予仇家的最大报复了。一位诗人——他们的朋友,曾经对这种传统做法哀叹过:那是没有力量的力量,那是无法报复的报复,然而,有什么用场呢?

芦花回答他:那已经是迈出的,很了不起的一步。

下弦月冷森森地挂在半空,怀疑地凝视着十九岁的年轻人,似乎在问:"死得是不是太早了一点?"

她沉着地将绳索拴在门梁上,系了一个渔民惯用的连环扣——那是越挣扎越紧的死扣,随后,攀上台阶旁的玉石栏杆,把头伸进绳套里去,只要脚一蹬,离开栏杆,半悬在空中,生命就会离开她了。

被赵亮惊起哇哇的寒鸦,叫声划破了夜空的沉静,芦花错认为是于二龙打发来迎接她魂灵的使者,便向大门上的兽头铜环——多么像高门楼父子一笑起来那下撇的嘴角呀,狠狠地骂了一句:"王纬宇,我叫你笑!"脚一使劲,整个身子荡秋千一样半悬在空中。

生活里有时如同戏剧,会发生离奇巧合的传奇,正是那深夜鸦啼,同时,也惊醒了情人的美梦。黑漆大门吱呀一声,那个钟情王纬宇的四姐,一个船家姑娘,正从高门楼偷偷地趑了出来。幽会的人嘛,像偷嘴的猫一样,轻手轻脚,简直半点响动都没有。可是这个多情的石湖姑娘,光顾到脚下,疏忽了半空里吊着的芦花,加上天色朦胧,正是黎明前的黑暗,没留神,一下子撞个正着,眼一睁,恰巧是芦花悬着的双腿。

"啊——"四姐惨叫了一阵,魂灵都吓出了窍,立刻晕倒在大门槛上。王纬宇——那时是高门楼的二先生,三步并作两步蹿了过来,先把那个生活在虚幻梦境里,向往着不可能存在的幸福和爱情,可怜也实在可悲的情人,拖到一边隐匿起来,这才开始大喊大叫,满院子的人都惊醒了。

死,是多么艰难啊!

在微弱的晨曦映照下,风停了,雪止了,预示将是一个冬日的晴天。正好,家下人说,连老太爷都可以请出来,于是一场"帮助"——他们从来不会承认是"私刑"的——就在高门楼前开始了。

寻死不成的芦花,被绑在他们祖先在道光年间中过举,才许可竖立的大旗杆上,嘴里塞着破棉套,那件旧蓝布袄被扒掉,只穿着一件贴身小衫,瘦骨嶙峋地,露出了肩,露出了胸。这是她一辈子也难以忘却的耻辱和仇恨哪,那些无耻的家丁,故意把那件麻花了的布衫用鞭梢抽破,一片一片,衣不蔽体,而且鞭痕累累,血迹斑斑,对芦花来说,耻辱比伤痕更疼痛。

他们用蘸过水的青麻绳,一下一下地抽着,而且冠冕堂皇说不是抽打芦花,是惩罚附在她身上的,要找替身的吊死鬼。不奇怪,棍子和它制造的"真理",总是同时落在你身上的。

王敬堂端着水烟袋,在高台阶上的太师椅里稳如泰山地坐着,左手捧着黄绫封套的《太上感应篇》,右臂垫着缮古堂明刻大字本《易经》,就好像凭借这两本圣书,就能够增添多大力量似的。在驱邪辟魔的爆竹声里,喝令着:"给我打,打这些伤风败俗、离经叛道的东西,两男一女住在一个舱里,可见是个不正经的货色,要不,找替身的鬼魂会找上她?打!打得她伏,打得她讨饶!"

讨饶?认罪?做梦去吧!如果那样的话,就不是石湖上鼎鼎大名的复仇之神芦花了。

啪,啪,鞭子无情地落在芦花的脸上,身上,因为堵住嘴,羞辱、疼痛、愤怒都憋在心里,变成了像岩浆似的仇恨烈火,从眼里喷发出来,她不想死了,而是要活下去。"那个外乡人说得多好,他是人,我也是人,对的,我是一个人,有朝一日,王纬宇要落在我手里,非剁成肉泥不可。"

那不是眼睛,是座活的火山口,慢慢地,火光凝聚了,冷缩了,汇集成一个极其明亮的星点,又映现在这位钓鱼人的脑海里。

于而龙的心像浸在水里一样,浑身冰凉。

这时,我们的主人公才如梦初醒地,从那被打得血肉模糊的芦花身边,回到现实生活里来。

像是有人轻轻地扯了一下他的手,哦,不知不觉间,鱼竿的缠线轴上的尼龙丝,全被那条鱼徐徐地拖走了。谁知是不是红荷包鲤呢?它毫不在乎地,像春游一样悠闲自在,根本不把于而龙放在心上。

"哦!老兄,你太蔑视人啦!这是强者充满信心的一种表现。不瞒你讲,我也曾经有过这样的日子。要是尼龙丝拉力是二十磅的话,我就强迫你就范,可眼前尚无别的法子可想,只好暂且让步,先顺着你,我得喊醒我的小助手了,他睡得太香甜,实在不忍扰他好梦,可是线轴空了。"

"秋!"于而龙向舢板上招呼。

一个十二三岁,晒得黑油油的孩子,翻身坐起,湖面上闪耀的阳光,使他猛乍睁不开眼。

"小伙子,长点精神,快把船划过来,咱们走运啦,准是钓到了一条红荷包鲤。"

那孩子顿时睡意全消,跳起来,一点竹篙,舢板轻巧地擦岸滑来,等于而龙上船坐稳,问道:"叔爷,怎么着?"

"先跟住它!"

渔村的孩子个个会使船弄水,他灵活地扳桨,在苇丛中的狭窄甬道上,在碧绿菖蒲的弯曲沟壕里,在刚浮出水面的莲叶菱角行间,追踪着不知疲倦的大鱼,不知不觉,湖心岛远远地落在背面,水面愈来愈宽阔了。

啊！钻出一丛密密麻麻的芦苇,在正前方,那强烈反光耀得人眼花缭乱的,不正是于而龙渴望看上一眼的三王庄吗？

那些像堆堆雪花似晾晒着的尼龙渔网,那些像片片明镜似新编织的苇帘蒲席,那些辉映着春光春水的过往白帆,那些明亮的玻璃门窗,那些新刷的粉墙白壁,那些乡亲们的笑脸,都把朝阳反射到当年游击队长的眼里。亮得他有些晕眩,有些窒息,有些不敢直视他的家乡了。他揉了揉眼,啊！原谅我们的队长吧！要不是鹊山老爹仍像往日那样慈祥地注视,说什么也不敢认了。

咦？他惊诧地注意到,那棵银杏树呢？

三王庄有过一棵享有盛名的银杏树,起码活了几个世纪,连石湖的《县志》都记载过它的史实,那大树枝干茂密,树叶婆娑,在湖滨亭亭而立,远远望去,像伞盖一样。在烽火硝烟弥漫的日子里,这棵巨树,成了石湖支队一面精神上的旗帜。于而龙尽管三十年未回故乡,但对它怀有特殊的眷恋之情。因为他曾经在这棵树下,死过去,又活了转来,结识了共产党员赵亮,走上了革命的道路；又在这棵树下举手宣誓,要为共产主义事业奋斗终生；后来,他和芦花突破重重阻力结合在一起,也是在这棵树下,有了他们的家。哦！那虽然只有巴掌大的草房,在他记忆里,并不亚于金碧辉煌的宫殿。夜静时,树叶的沙沙响声,像波涛,像海潮,是多么令人留恋啊！但最终也是在这里,埋葬了芦花,告别了石湖,一走整整三十多年。如今回到故乡,可是,作为历史见证人的大树呢？到哪里去了？

因此,他联想起自己这次故乡之行,难道真的应了老伴的话：

能不能找到那个划船的老汉？能不能断定他的话是准确的？而更难的是能不能找到开黑枪的第三者？……本应矗立在湖滨的银杏树，都一无影踪，更何况那一把三十年没打开的锈锁呢？钥匙呢？还能找寻到么？

但是身背后那个孩子的话，给了他很大的鼓舞。秋儿猛地站起，晃得舢板两边都溢进来湖水，惊喜地向他喊叫："快瞧呀，叔爷，它露头啦！"

于而龙一阵怅惘之心登时消逝了，潜流不会永远在水底，连鱼——应该是红荷包鲤，也在给自己启示。他顺着孩子指的方向看去，鱼从深水里浮上来了，仅那黑森森的脊鳍，足有四指宽窄。他在石湖波涛里浪迹半生，还从未见过如此胆大泼辣的家伙，毫不在意地跃出水面，拐了一个立陡的弯，往回游去。

他那渔民的手，馋得直痒，眼快的小助手连忙晓事地递过鱼叉，还未容他接牢，那似乎洞悉两位阴谋家伎俩的老江湖，倏地翻了个漂亮的"牯轳"毛，给眼馋的钓客，亮出了银白色闪出血光的肚皮，然后砉拉一声，在湖面上卷了个斗大的漩涡，没影了，只见一串细碎无声的水泡，尾随着它往深处潜去。

证实了，是一条珍贵的红荷包鲤。

真是令人馋涎欲滴啊！在石湖，能够捕获到十多斤重的红荷包鲤的幸运儿，并不是太多的哟！只见它兴致勃勃地加速度行进，骑兵们都熟悉战马的性格，一开始鼻息翕张，嘶嘶吼叫，随着蹄声嘚嘚，由碎步、快步、一直到腾越地大步飞奔起来，那时候，缰绳就不起什么作用，风驰电掣，只有高举马刀朝前冲杀。现在，鱼也到了无法控制的程度，越游越快；于而龙紧抱钓竿，担心随时会绷断的尼龙丝，向小助手发出紧急通告："来劲啦！这匹劣马，要跟上它，快点划呀，小伙子，全靠你啦！"

哪是一条鱼嘛！简直是一个有头脑的汉子！

看它忽深忽浅地前进,时左时右地改变航向,显得它足智多谋,狡狯灵巧,谁知它此刻是高兴,还是不耐烦,要是稍有点急躁慌乱,那倒是个好兆头。

一般地讲,手忙脚乱,毛毛糙糙的新手容易制伏,一个胸有成竹的老油条,可不大好对付。现在,于而龙并不忌惮它雄厚的体力,而是害怕它足够的冷静和临场不慌的理智。没有智慧的力量,算不得真正的力量,而以力量为后盾的智慧,千万不能低估。他摸不透对手究竟乱了阵脚没有？它飞快地往回游为了什么？

这类鱼多少年来,就是人们热衷捕捉的对象,它能幸存到今天,逃脱网捞罟捕,该不是凭借什么运气,而是风里浪里,生里死里摔打出来的。是懂得怎样战斗,怎样生活下去的老家伙,小看不得,所以于而龙决定继续尾随跟踪,决不冒冒失失地动手。

老家伙,是个含有蔑意的称呼,尤其从那些新贵嘴里吐出这三个字来,又加了层唾弃之意。于而龙自己也是个老家伙,而且还是个不死心的老家伙,惺惺相惜,他还是相当佩服红荷包鲤,直到此刻,也还不服输,仍以相当高的速度飞快游着呢！

红荷包鲤游了一程以后,到底发起脾气,又跃出水面来了。大概那根总赘在唇边的,不紧不松的尼龙丝惹恼了它,它要向于而龙挑战了。

激将法是古已有之的,而这条红荷包鲤竟敢来激怒于而龙,可见它是多么沉着老练,足智多谋了。通常,上当的钓客,只要一紧钓丝,老江湖就会借机趁势猛烈地摆头,不是脆弱的鱼弦折断,就是鱼钩从唇吻上拉豁脱掉,虽然自身要受很大痛苦,但可以逃出一条性命。

于而龙也是老行家了,不会鲁莽行事的,尽管很想给点颜色看看,但尼龙丝只有十磅拉力。因此,他关照秋儿尽快地划,使鱼弦不绷得很紧,让它恣意地游翔、滚翻,钓客们的眼睛差不多都瞪圆了,瞅着它每一次沉浮,每一个跳跃,等待着有利战机的到来。

终于它游得离舢板近了些,机会来临得太突然了,甚至连一篇社论都来不及了,就作出了决议,只见他手一扬,后面的孩子还不等意识到发生什么事,眼一眨,那锐利的五齿钢叉,嗖的一声,朝那靠得已经很近的鱼飞去。

按照常理,应该是一摊涌上来的、被鲜血染红的湖水,因为谁不闻名,于而龙是当年石湖上手不落空的神叉,然而,丢脸哪!鱼叉慢悠悠地从湖水里褪了出来。

于而龙,于而龙,难道你已不是三十年前那只鱼鹰了吗?难道就因为年逾花甲,生命的春天,会随着凋谢的桃杏花一块离开你么?……

红荷包鲤又钻出了湖面,轻轻地在波浪间吐出一个水泡,那水泡破裂的声音,似乎在代替于而龙回答:

"不——"

是的,应该不!

四

两位钓鱼人亲眼目睹红荷包鲤,是怎样敏捷地把头一缩,迅速地偏转身子,躲开了致命的一击:那反应之灵活,行动之干脆,出手之不凡,使得一老一少都目瞪口呆了。

于而龙无可奈何地捞起鱼叉,悻悻然地骂道:"真是难得碰上的老滑头,鬼得厉害!"

秋儿也赞叹着:"真有两下子!"

"它不离开水,比咱们有办法些。"

也许,生命史上的黄金时代过去了,在三十年前的石湖上,能逃掉于而龙的杀手锏,是不大容易的。鱼,大约也使尽了浑身解数,才死里逃生,如今累了,潜在深水里不动了。至此,仍旧一无所获的钓客们,也需要喘口气了;看看表,八点多了,便问孩子:"秋,该吃点什么啦!看你奶奶都给我们准备了点啥?"

秋儿连忙把竹篮递过去,掀开蓝布盖帘,啊!几块烤得黄澄澄的米面饼,一碟红烧大头菜,一碟甜酱萝卜头,还有洗干净的芫荽、小葱,看到那碧绿新鲜的色彩,他胃口大开,食欲就来了。

他看到竹篮里带着三双筷子,笑了:"还有谁呀?"

"奶奶说,你们家吃饭讲卫生,挟菜单有筷子……"

于而龙皱起眉头,想起解放初期老林嫂从乡下来看他们,住在家里那股拘束劲,不自在的劲,此刻不由得埋怨:"若萍,若萍,你的那些讲究,那些习惯,那些文明,把个乡下老太婆弄得不敢登门了……不管啦!"说着手也不洗就捏着面饼,卷着蔬菜,大口嚼起来。秋儿看见叔爷吃得那个香劲,这才想起说:"还有咧,叔爷!"从舢板后梢摸出个黑釉陶罐,端到他面前:"奶奶让带来的糟鳗鲡。"

——啊!老林嫂,谢谢你,谢谢你!

还没揭开盖子,那股香喷喷的酒香,先把他醉倒了。多少年想闻都闻不到,只有石湖水上人家才会腌制得出的异味,一下子把他勾回到三十年前去了。

他似乎回到了湖荡里草木丛生的沙洲上,听着于莲刚刚来到人世间呱呱的哭声,守着产后显得疲惫的芦花,看着远处敌人扫荡,焚烧村舍房屋的浓烟,在传来阵阵沉闷的炮声之中,也曾被这香喷喷的糟鱼味陶醉过……

于而龙由不得叹息……

"莲莲,从你一出世,就不曾给我们带来过平静,直到现在,都三十二三岁的人了,仍旧牵系住我们做父母的心。艺术创作上的挫折和打击,婚姻生活上的不幸和变故,一桩接着一桩,好像从来没有消停过。当然,你给我们带来欢乐,可也带来了烦恼。有时候,为你犯愁,甚至愁得要命,一个嫁不出门的姑娘,总是父母的心事。虽说你最终还是幸运的,找到了失去的爱情,可我们,至今并不轻松啊!……"但是,于而龙望着茫茫的石湖,在那亲切的糟鱼曲香里,想起他女儿幼年,令他们和乡亲们担惊受怕的日子,目前这种浅浅的伤感,淡淡的忧虑,就算不得什么了。

——老林嫂啊老林嫂,你为莲莲付出了多少心血啊!

昨天傍晚,水生把于而龙接回柳墩,老林嫂劈头就问这位贵客:"为啥不把莲莲一块带回来?"可怜的干妈热切地惦念着她,大为失望地说:"丫头把我忘了。"

夜里,团坐在灯下,于而龙告诉她,长期来莲莲在生活上的不顺心,最后终于离婚,回到家里来了。老林嫂能不维护她的宝贝么:"晚了就晚了,晚开的花照样香!"

"可把若萍愁了一阵,真怕她老在家里咧!"

"怕什么!你们不养我养!"

老林嫂的声调,还像三十年前那样坚决果断,铿锵有力。当然今天说这句话,只不过是充满感情的激动而已,但在战争年月里,这大胆的承诺,可是字字千钧啊……

对于于莲这个不受欢迎的人,不适时地来到人间,除了她终生终世也不应该忘怀的干妈外,谁都看做是个沉重的负担。再没有比一九四五年日本鬼子快要失败、国民党企图卷土重来时,石湖支队所处的局面更为困难的了。因为支队的活动范围,正好处于敌人的心腹要地;"卧榻之旁,岂容他人鼾睡",所以敌、伪、顽三者勾结起来,企图一举把这股"残共"扫荡干净。

频繁的战斗没完没了地打着,每天总得有四五次程度不同的接触,甚至一口气接连打几仗,才能摆脱重围。无休止的行军把战士拖累到了极点,常常一夜得转移几个村庄,才能甩开紧盯不舍的敌人,真是连合眼的工夫都没有,只好边走路边打瞌睡。那年夏秋之际的淫雨,和难消难解的迷雾,至今还在于而龙的脑海里,留下深刻的印象:泥泞的道路,无法通行的沼泽地,潮湿的衣衫,沉重吃力的步伐;再加上给养补充不上的饥饿,长时期得不到休整的劳累,啊,这是队伍最不好带的时期。就恰恰在这紧要关头,于莲,这位不速之客,要向烦恼的人世间报到来了。

芦花再也无法跟随队伍活动了,她已经到了实在坚持不下去的地步了,只要她能咬牙挺住,是决不会开口的。

"二龙,我得留下来,只怕是三两天的事!"

游击队长生气了,但生的是那种不讲道理的气。人处在不顺利的逆境之中,不晓得哪里来的火气,像个刺猬似的,动不动就把针刺直竖起来:"留下,留给谁?是留给忠义救国军,还是留给鬼子?"

战场上,死神是不可一世的,但是做母亲的偏要给这个世界带来新的生命,所以她们就要为孩子吃更多的苦头。拖着沉重的身子越过封锁线;背着襁褓中的婴儿,长距离的急行军;饥饿的日子里,挤不出一点奶水喂那嗷嗷待哺的小生命;在枪林弹雨中,宁肯自己牺牲,也把孩子紧紧搂住……所有这一切折磨,都是死神或者战神为在战斗岁月中做母亲的女同志准备的,看来,芦花也到了这一天。

路大姐那时正在石湖,她也曾在战场上做过母亲,可她比谁付出的代价都大,她生孩子那天,正赶上皖南事变发生,不得不忍痛割舍,随部队边打边撤出重围,所以,她建议支队政治委员想想办法,母亲总是疼爱孩子的。

赵亮皱着眉头,踌躇了良久,才下了决心:"好吧,派一个小组,突破封锁线,送芦花到后方去。我来跟滨海支队联系,叫他们配合一下!"

指挥员的职务提醒于二龙,半个战斗力也不能抽走,连续打了几个月疲劳的仗,支队的实力大大减弱,连本来不费劲就能吃掉的小股敌人,现在也只好眼巴巴地放弃。

那时已经担当副队长的王纬宇——这个混账东西啊!在大家为难犯愁的情况下,居然还有心情掉书袋子,摇头晃脑地说:"从《史书》上的记载来看,历代起义军,从汉末的黄巾,到明末的闯王,都是携着妻儿老小一起南征北战,只是到了太平天国,才分什么男馆女馆,但打起仗来,还是一齐冲锋陷阵。依我看,用不着冒风险过封锁线,只要派两个同志照应——"

"副队长,那我就先派你!"于二龙拿话堵他的嘴。

他一本正经地说:"有何不可,只是我很抱歉,不会接生。"

"闭上你的嘴巴,我们是新四军,不是起义军,我们不能背着娃娃打仗。"他转过脸来,看见芦花和那时队里为数不多的女性,她们显然为了保卫妇女儿童的切身利益,正结成一个统一战线,联合在一起。她们不但给未来的于莲准备最初的衣衫,而且对游击队长施加某种压力。他火了,怎么?准备过家家吗?"嘻,你呀,你呀!"他朝芦花吼着。

赵亮瞪着他:"你干吗总跟好斗架的黄牛一样,不能冷静点吗?像吃了枪药似的。"

芦花狠了狠心:"好了,别操心,大家不要发愁,找个堡垒户,生出孩子就行。"在场的石湖人都懂得芦花的意思,那些女同志本来在缝着连着的,此刻都停下来了。在旧社会,石湖盛行溺婴的陋习,格外是女婴,活命的希望尤其不大。政委是江西老表,路大姐是外乡人,不懂得于莲的命运已经被决定了,他们还奇怪女同志一下子停了工,不做针线活是怎么回事?

快嘴丫头肖奎说:"用不着啦!"

"为啥?"

"用不着就用不着了呗!"

等他追问明白,立刻火冒三丈,一个不爱发脾气的人,突然声严色厉地变了脸,人们总是要重视的:"你们懂不懂?这是革命的后代,你们搞的什么名堂?长征路上,孩子在箩筐里挑着,还过了雪山草地。马上准备走!"

也许路大姐想起她扔在皖南那座刀豆山的儿子了吧?她支持政委的意见。

就在这个时候,老林嫂来到部队驻地,天大的一个难题,她一来有了办法,满天愁云都吹散了。哦!她满肚子计策,胸有成竹地说:"放心吧!把芦花交给我好了。"赵亮高兴得笑了,让老林哥——游击支队的管家,把仅剩下不多的米,匀出了一点给她们带着。这个从来不知道忧愁的乐天派,连自己老婆也要逗逗趣,说几句玩笑话:"听着,孩子他娘,这是部队口粮,可不带你老百姓的份!"

"好啊好啊!"老林嫂满口应承,"你也听着,孩子他爹,什么时候回家,千万别忘了带块膏药!"

老林哥直以为他那几个孩子生疮长疖子,追问着:"干啥?"

直等老林嫂和芦花上了船,才回过头来对她丈夫说:"好糊住你的嘴,不吃家里的饭哪!"在众人一片哄笑声里,小船载着两个女人走了,终于消失在水天一线的湖里,然而游击队长的心情,半点也不轻松。

那时候,于二龙从心底里诅咒于莲:"这个混蛋家伙,怎么能毫无一点眼色,偏在最困难的时刻,给当队长的爸爸制造麻烦呢?"

隔了两天,在一次战斗的间隙里,政委高兴地跑来告诉队长:"恭喜你啦!快去看看孩子吧!"于二龙弄不懂有什么值得他那样喜形于色?高兴得呵呵地合不拢嘴。直到他不久以后落到敌人手里,被杀害了,游击队长猛地变得孤单,变得软弱,越发需要他的时候,他那一片赤子之心,一种革命的天真,使得人们更加怀念这位播火者了。

他当时狠狠地给于二龙一拳:"看你一副死了老子娘的脸!"

"有啥好喜欢的?"

"你呀,二龙,我老婆生第一个伢子的时候,我是赤卫队长,乐得我直蹦高,又有一个打红旗的,还不高兴?看你嘟哝着脸,像灶王爷一样,别把刚出世的小游击队员吓哭了!"

于二龙笑了,那尴尬的笑容,比闹牙疼的脸还不受看,战士们都背过脸去捂着嘴乐。他也弄不清当时的心情是喜是忧,而且柳墩距离太远,部队马上还要转移,所以就不打算去看她们了。

赵亮看出他的疑虑,莞尔一笑:"你以为芦花在柳墩太太平平坐月子哪?老林嫂是真正的游击队员,在沙洲上呢,我们老早扎过营的树窝窝里安家啦!离这儿不算很远,你去吧,不过,我不是小看你,怕你未必能找到她们!"

笑话,沙洲对于二龙来讲,就像掌心里的纹路那样清楚,他们曾经在那里和讨伐的鬼子队长大久保,捉过多少次迷藏啊!通讯员长生和他在密密的野生树林里,拨开高可没人的蓬蒿,穿过纠缠钩绕的荆丛,蹚过深可及膝的溪流,攀着一团团簇拥着生长的杞柳,到达了旧日的宿营地带。

太阳在他们头顶上,慢慢地朝西偏斜,两个人的影子越来越长,知道时间不早了。呸,果真让赵亮说应了,两个女人不知隐藏在哪个角落?要不是于莲的呱呱哭声,恐怕他们只得扑空回去了,那未来画家的大嗓门,吓于而龙一跳,似乎她恨不能让全世界都听到呢!

孩子的咿呀啼叫,使他们很快发现了要寻找的目标,但是一想到同时也有可能招来敌人,队长的心立刻打了个寒噤似的紧缩起来。王纬宇引经据典,起义军是带着家小的;于而龙那时文化很低,不辨真伪,但至少他懂得石湖支队是行不通的。他想起前不久,整个支队在敌人的重重包围之中,是怎样在炮楼底下悄悄跑脱的,而且还是一个月明星稀的夜晚;倘若当时,有谁轻轻咳嗽一声,或者忍不住打个喷嚏,整个支队就会覆灭在大久保的包围圈里。可以想象在那样情况下,一个哭哭啼啼的婴儿会给周旋在敌人夹缝里的游击队,带来什么结果?这支在敌人心脏地带活动的共产党部队,已经在敌伪报纸上好几次宣称被彻底扫荡干净,然而他们始终没离开石湖,仍在牵制住敌人。一支要求高度机动的游击支队,怎么可能背着娃娃打仗?

——莲莲,原谅我吧,我已经决定了你的命运。于是我不由得放慢了脚步,也不知为什么,或许是想让你,在世界上多呼吸一会儿吧,原谅那时你残忍的爸爸吧!

通讯员孩子气地朝发现的,伪装得十分巧妙的掩体奔去,在小河里蹚着水,也是跑着跳着,同时兴奋地大声喊道:"指导员,指导员——"等于二龙慢悠悠地走到,他已把于莲从窝棚里抱了出来,说实在的,于莲裹在破褂子里,丝毫也不吸引人,说她是丑小鸭,半点也不过分。

在那棵碗口粗细,不算高大的苦楝树底下,芦花坐在窝棚门口,好像做了什么对不起人的事,非常愧疚地看着丈夫。自从于莲来到人间,吸了第一口乳汁以后,母性的本能,使她说什么也舍不得把孩子溺毙了。

"不行,芦花,说什么也不能留呀!"

谁也没有吭声,不但孩子的妈妈,就是抱着孩子的长生——其实那时他也是个孩子,都觉得他忍心把孩子割舍,是理所当然的事情,除此以外,还能有别的生路吗?

长生紧紧搂住于莲,生怕夺走似的,和他保持着一定的距离,而坐在窝棚门口的做母亲的芦花,心海里该掀起多么狂烈的波澜,可表面上不露半点表示异议的样子。事后,看她嘴唇上咬出来的深深的血印,和她手掌里捏得稀碎的蒿秆,可以猜出她是怎样努力控制住自己的。

他又何尝轻松呢?一条生命啊!她有权在世界上活下去。但是他却残酷地伸出手去:"给我吧,长生!"

"支队长,你不能,你不能……"他恐惧地盯着于二龙,畏缩地后退着。

"天不早了,我们该往回走啦!"于二龙朝他走过去。

"支队长,你别过来——"他抱着于莲,背冲着于二龙,不让他看到孩子地继续躲着。

——莲莲,最先护卫过你的长生叔叔,早已不在人世了,他甚至还不曾活到你现在这样大,就为革命献出了青春的生命,愿他的灵魂在那黄河的沙滩里安息吧,还有我那匹忠实的"的卢"……

"别耽误事啦,长生。"

"支队长!"他哀求着:"你就让孩子活着吧!"

"少废话,快给我!"他大步跨了过来。

"支队长,我求求你……"长生躲闪得更快了。

"站住,长生!"

"不,支队长,我说什么也不能把孩子交出来!"

"你听见没有?"于二龙脸色铁青:"我命令你,把孩子给我!"

长生不回答,眼里啪嗒啪嗒地掉出了一串泪珠,一步一步地,哆着嘴唇,搂着不声不响、异常乖巧的于莲走了过来。于二龙的心也像刀绞似的,不知为什么,他觉得伸出去接抱孩子的胳臂都在颤抖。

突然间,一声霹雷似的叫喊,连同那个泼辣厉害的女人,从河边的树丛里冲了出来。

"做什么?你们要做什么?昏了头啦!做出这种缺德的事,你们这些天杀的啊……"

——莲莲,你的救星到了!

老林嫂从树丛里钻出来,手里拎着几条长长的鳗鲡鱼,原来她是捉鱼去了。于二龙满脸的晦气,和长生闪烁的泪珠,使她马上领悟到将要发生的悲剧;鱼也不要了,网也不要了,顾不得树枝剐破了小褂,露出了皮肉,飞也似的杀将过来,把孩子抢在怀里。然后,半点也不给当队长的留面子,当着通讯员就是劈头盖脸一顿骂,把那些专属于男人骂的难听话,七荤八素,随着唾沫星子,抛到游击队长的头上。

后来于二龙在国外游览天然动物园的时候,听向导给游客介绍:森林之王狮子,一旦发现它的幼仔受到伤害,那不可遏止的暴怒,连大象都吓得远远避开,谁也不敢靠近。于二龙完全相信向导的话,因为他有深刻体验,如果当时他要碰于莲一指头,老林嫂真敢泼出命去跟他打架的。

芦花挣扎着过来,为丈夫说情:"老林嫂也别怪他,孩子实在是难养啊!"

在苦楝树底下,老林嫂斩钉截铁地宣布:"你们不养我养!"于莲哇哇地大哭起来,谁知小小生命,是高兴呢?还是忧伤?

游击队长郑重地说:"老林嫂,你不要吃灯草灰,说得轻巧,你脚跟前还有几张嘴张着等喂呢!"

老林嫂的几个小子,个个都像老林哥那样茁壮结实,像马齿苋一样,落地就长,不管天旱地裂,不管人踩牛踏,总是长得那么叶肥枝壮。她信心百倍地回答:"我能养活那些个小子,还愁喂不饱一个闺女。乖乖,快别哭啦!有干妈心疼你呢!"

别看于二龙是个威武的队长,但是摆布不了一个候补的游击队员,这是她自封的称号,谁知道她从哪里懂得候补两个字?但是,她在传送情报,运输弹药,组织乡亲支援等等方面,她起的作用,要用候补两字可委屈了她。她威风凛凛地宣布:"沙洲上,我是司令员,得听我的,给我老实坐着。"她喝令着,随后,从窝棚里把那袋米拎出来,敢情一粒都没动。"你们背回去,还给那挨刀的。"她有许多称呼给老林哥预备着,这还是算客气的一个。她故意撇着嘴说:"我们不稀罕——"当然谁都明白,那时给养补充相当困难,她是为支队省着的呀!

"那你们指什么过活呀?"长生惊讶地叫了起来。

"你们尝尝山珍海味就明白啦!"说着端来了一个黑釉陶罐,掀开盖子,那醉人的香味,扑鼻而来。

——哦,我敢起誓,这种只有石湖才能做得出来的美味,简直是无法形容的鲜嫩,吃起来无疑是一种享受。记得五十年代率领人马去国外同类型工厂通盘实习的时候,主人特地招待的烤奶猪,对不起!好像也不及在沙洲上吃糟鳗鲡来得香美。

他和长生一筷子一筷子很快挟完了大半罐子,老林嫂还直劝他们加餐:"吃吧!吃吧!今年雨水大,鳗鲡都爬上树了。"

那小小的生命就这样获救了。

现在,吃着鳗鲡鱼的于而龙思索:假如莲莲一辈子守着这位保护神,那她该是多么幸运啊!

三十多年过去了,当初险几被溺死的女婴,如今成了漂亮魅人的女性,也许因为离开老林嫂太远的缘故,至今还有这样那样的人,企图把她在生活道路上,艺术途程上活活给掐死,可再没有保护神从树林子里蹿出来搭救她了。

谢若萍总是朝她的老伴抱怨:"悔不当初,就不该让她走上学绘画的道路。"

于而龙说:"我和艺术不沾边,他们也没饶了我!"

"可是我觉得,她的不幸和你有关系。"

"也许,是这样,谁让她是我于而龙的女儿呢?吃挂落啦!"那还是他第二次垮台以前,正像一头抵角的牛,同那些人在较量的时候,他女儿又一次在艺术创作上,遭到了围攻和批判,显然,那也同时给他一点颜色看看。

那是个谁也救不了谁的年头,一声令下,于莲辛辛苦苦的劳动产品,被定为黑画,并且要押往审判台斩首示众了。

即使老林嫂赶来,她这位保护神也无能为力了。

于而龙不禁在这荡漾的小舟上,回想起他女儿那幅丢尽了脸的作品。他始终喜欢那幅油画,而且他女儿也承认画幅里,有她爸爸倾注的心血。是的,于莲画过许多作品,可哪一幅都比不上这幅不幸的《靶场》,更使他关切。

画面上是一个春光明媚的丘陵地带,似乎一场激烈的实弹演习,刚刚结束,硝烟还没有散去,好像能从画上嗅出浓浓的火药味。但和煦的阳光,已经欢乐地拥抱住泛浆的初春原野,拥抱住到处生长着的钻天白杨。在画面上,阳光有些奇特地,似乎可以捉摸得住的,映照在肥大的树叶上;同时,又像跳跃般的有生命的东西,蹦弹在化冻的洼地里,残留积冰的小溪中,处处都能体会到这种只是春天才有的亲切阳光。

那浓郁醇厚的春天气息,是多么类似他眼前的石湖呀!

在那幅画里,展示了一个阳光灿烂的世界,阳光带来温暖,带来生命,带来希望,同时还带来人们并不十分注意,可又是相当重要的东西,那就是色彩。

切莫把色彩看做是画家的专利,要知道使世界变得绚丽缤纷,使生活变得丰美多姿,使姑娘变得娇娆妩媚,使花卉变得鲜艳夺目,使整个地球,我们人类居住的行星,变得那样气象万千,一句话,是色彩的丰功伟绩。于而龙从他女儿的画里,得出了一个结论:一个失掉任何色彩的世界,一个极其平淡,极其单调,极其乏味的清一色世界,人即使活下去,恐怕也够勉强的。

于莲毫不吝惜色彩,在她笔下,永远是一个绚烂的世界。连于而龙都诧异,为什么在调色板上那一摊摊像鸡屎似的油画色,三抹两抹会成了惟妙惟肖的艺术形象?他真想还回到她童年时,捧住那梳小辫的脑袋亲一亲,褒奖她的聪明和得了个五分。可现在怎么能行呢?她比女人还更要女人些,那种画家们都穿的工作大褂里,是一个丰姿绰约线条优美的身体,正如追求她的那位同行所形容的,简直是活着的维纳斯。

谢若萍看不惯她女儿不修边幅,落拓不羁的艺术家脾气,总督促于而龙去敦劝女儿要检点些。

"你当妈的不也长着嘴么?"

"她笑话我是修女嬷嬷。"

于而龙笑了,一般地说,他够开通的,但也觉得吃过洋面包的女儿太肆无忌惮了一点,可未容他张嘴,画家拿话给他堵住了:"得啦爸爸,难道要我戴上面纱吗?"

"你呀你呀!生是给惯坏了!"

还在最初勾勒草稿的时候,艾思就出现了,这个留着大鬓角的追求者,显然在打这个闹离婚的老同学的主意,差点没把于而龙家的门槛踏破。大凡漂亮一点的女性,总是像磁铁一样有吸引力,何况他是同行,而且是懂得一点"上头精神"的灵通人士。在那个年头,"上头精神"是艺术创作的生命线,于莲竟然敢撇开"样板"灵魂,自行其是,一开始就注定了作品失败的命运。

艾思不客气地给她敲警钟:"啊!小姐,注意犯禁哦!我嗅到了一点莫奈的气味咧!"这位没有什么作品的艺术家,总爱炫耀肚皮里那一点点学问:"无标题音乐给批了,印象派也跑不脱。"

"谁说的?"要说于莲一点不在乎,那也是不准确的。

他朝斜对面的楼上努了努嘴,谁都明白,他指的是已经进到写作班子的夏岚。"你应该找她谈谈你的创作意图。"

"她?"

这个和她老子一样不买账的女儿,显然又犯了一个策略性的错误。

过了一些日子以后,画稿有了一个初步模样,白杨树叶开始放光了,她对频频来访的殷勤客人问:"艾思,你不觉得这是我自己艺术创作道路上的一次突破么?"

他可不这么看,尤其是画面上那位"将军"式的人物形象,愈来愈鲜明的时候,他说:"我看你越滑越远了!"

"胡说八道。艾思,没有探索,还有什么艺术呢?"

"依样画葫芦,那是保险系数最大的,干吗冒风险?你这幅画,从内容到形式,都值得推敲。这里不但有西班牙的戈雅,还有英国的康斯泰布尔,透纳……"他像数家珍地把印象派的远祖都搬弄一番,然后做好人地说:"这我可以不指出来,横竖外行人不懂,可是——"他瞧着画面上的那个指挥员,把话咽住了。

"你比夏阿姨还神经衰弱,疑神见鬼些。"

"我不明白,于莲,你爸爸干吗总跟纬宇同志拧劲呢?"

于莲从画架上跳下来,蛾眉竖起,眼里闪出犀利的锋芒:"你这是什么意思?"

"随便说说——"艾思不由得赞叹着这个比油画还富有色彩的女人,她那类似标准模特儿的丰腴柔美的体态,充满了青春的诱力。他心里想,倘若她要脱掉沾满油画色的罩衫,肯定就是波提切利的不朽名作。诱惑使他禁不住地向她凑拢,但是画幅上的那个老兵,又使他望而却步。更使他害怕的是她头脑里的许多直率的见解,和愤世嫉俗的情绪。艾思固然欣赏她,但是,娶一位给自己带来灾祸的美人,还是有疑虑的,所以至今下不了决心。他在屋里踱来踱去,忽然,装得极其平淡地问了一句:"嗳!于莲,上回你说的那些小道消息,谁告诉你的?"他指着画面上那位倚靠在坦克履带上的指挥员,"是不是他?"

倘若不是艾思问得这样古怪,这样蹊跷,她也不会引起注意了。

"他是谁?"她问这个话里有话的人。

"嘻!谁不知道你以哪一位作蓝本,画这位将军啊!"他以嘿嘿的笑声来掩饰他想追寻的目的。

"追遥吗?"

"我可没有那个兴趣,只不过想证实一下那消息的可靠性、准确性,因为也有别人告诉了我。"

"快慰人心的消息总是长着腿的,不许招摇过市,不许代表中央讲话,不许接待外国人的约法三章也许是有的,报纸上很久没见她露面了。"这还是她为了创作这幅油画,来到她爸爸妈妈的战友肖奎那部队体验生活时,听那个快嘴阿姨告诉她的。

但艾思一个劲地追问:"是你爸爸的老上级,那位'将军'透露出来的吧?"

于莲觉得紧紧追随夏岚的艺术家有些笨手笨脚,连个小特务都不会当,便嫣然一笑。那笑容真勾魂摄魄啊!"艾思,听小道消息有个基本道德,那就是哪儿听,哪儿了,出门概不负责。哈哈,真到了那一天,当庭对质,我就说是你讲的。"

真是一朵带刺的蔷薇,现在就感到扎手了。艾思也许确实有些想娶这个美人,便真诚地劝说:"于莲,你应该建议你父亲跟那位'将军'保持一点距离,而且,我认为你不应该画他,这是要担很大政治风险的。"

"我哪里画的是他?天知道,我是塑造一个布尔什维克的形象!"

"可眉宇间有他的影子,而且那种气质——"

"瞎掰,我最讨厌牵强附会!"

"可已经有人在说你在为人树碑立传。"

"谁?"

艾思不做声。

"夏阿姨吗?"

尽管那个大鬓角矢口否认,但实际上是一个信号,于莲把它疏忽了,这就紧接着犯了第二个错误。

于莲凭着她的艺术直觉,画出了一个上了岁数的老兵,正在给簇拥住他的年轻战士,讲评刚才进行的实弹演习;他也同战士一块滚爬来着,浑身湿漉漉的,沾着泥污,谈笑风生,神采奕奕。在他对面,有个身材高大的战士,大约不是由于鲁莽,就是由于怯阵,造成反坦克火器发射失误,以至成绩吃了个空心鸭蛋,正臊得满脸通红,不好意思地瞅着大家。

很明显,老兵在讲评里涉及到他,要不然,那个从炮塔里探出半截身子的坦克手,也不会做鬼脸来讥笑大个子了,似乎可以听到坦克手的粗嗓门:"要想搞掉我,你呀,刚出土的笋子,还嫩一点。"

所有战士都画得英俊可爱,虎气生生,乐呵呵地笑着——可有人竟说这是退出历史舞台的遗老遗少所发出的敌意嘲笑,天哪,在那些明公眼里,世界就是哈哈镜,无不歪曲扭斜。分明整个靶场上洋溢着亲切和谐的气氛,飘扬着善意期待和殷切鼓舞的笑意,但偏要说是"末日的审判",而且连辩解的权利都不给,当然画面上有那么一点辛辣的胡椒面,可也不至于神经脆弱到那种程度。一个娃娃兵,从大个子身后,钻出个脑袋朝他撇嘴,还伸出个小拇指揶揄他:"看你尾巴都快翘到天上去啦!"不知为什么,竟惹怒了一些新贵,说是指桑骂槐,打击革命新生事物,哦!罪名可不小咧!

其实问题的核心,是那个老兵,从他持重稳健的神态,和战士对他的尊敬信赖的心情来看,不言自明,可以估量出他的身份,起码在抗日战争时期,就是吃小灶的。他老了,应该说相当的老,可是在生气勃勃的青年中间,他又并不显得苍老。

于而龙赞美自己女儿奇妙的才思,钦佩她精湛的笔力,设计出了一个有老意而无老心的布尔什维克,一个永葆革命青春的形象。

艺术创作是艰难的劳动,他实在心疼在生活上遭遇不幸的女儿,在绘画生涯上也是流年不利,屡遭挫折,然而,他发现她和自己多少有点相像,总不甘心失败,继续在顽强地追寻探索,只要听她夜里徘徊踯躅的踱步声,就懂得那一点一触、一笔一画是多么来之不易了。每逢她进入这种创作的临产阵痛期,连他老伴也心疼——尽管她不赞成女儿自讨苦吃,往往侧耳倾听一会儿,便叫醒他。

"听见了么?莲莲还没睡!三点啦!"

"快要完成啦!熬了不少夜啦⋯⋯"

"真够孩子辛苦的,嗐!"她披衣起床,照例,沏杯浓浓的麦乳精,或者炼乳里冲个鸡蛋,给女儿送去;那幅油画足有半堵墙那么大,登高爬梯,也够劳累的。甚至工作衫嫌碍手碍脚都脱掉了,望着女儿只戴着胸罩的散漫样,直皱眉头,赶紧去把窗帘拉紧;可看她累得像小鬼似的,又觉得可怜和同情。于莲沉浸在创作意境里,不愿分神,给这位不是亲妈,胜似亲妈的母亲,照例,赏以甜甜一笑,又挥毫泼墨地画去了。

不为儿女操心的妈妈是极其少的,何况谢若萍格外母性一些;想到都三十出头的女儿,没着没落,几乎成了她的心病,她多少次想问:"莲莲,你画了那么多年轻小伙,可哪一个属于你?"

回到自己卧室,想起了什么,推醒老伴:"你看艾思怎样?"

于而龙那时从干校回来了,在工厂里忙得要命,二次上台以后,睡觉都要琢磨许多棘手的事,老伴的问题使他恼火:"什么意思?"

"我看她和那个艾思,年岁相当,又是老同学,倒也将就了!"

"我不相信莲莲和小农离了婚后,会嫁给这位大鬓角,那不是从屎窝挪到尿窝?"

"夏岚好像挺中意他!"

于而龙三句话不离本行:"鲇鱼找鲇鱼,嘎鱼找嘎鱼!"他问过于莲:"为什么艾思对那个老革命,总鼓着眼睛?"因为他关心这幅作品,喜爱这幅作品,所以任何反面的意见,他比他女儿还要敏感些。

"因为他熟悉行情。"

哦,于而龙明白了,在商人的眼睛里,怎么能看出两代人融和亲切的气氛?怎么能看出革命者同心同德的精神状态?怎么能看出燃烧在心头的理想、信念?在买卖人的脑袋里,不可能理解老兵的情操。那轩昂的眉宇间,描写出历经战火的深沉;那深邃的目光里,点画出对党的忠诚和挚爱;那坚毅的脸色中,流露出开阔的胸怀和豪迈的气概。他多么像于而龙心目里的那些老领导、老首长、老前辈呵!

于莲不落窠臼地给老兵画了一头齐刷刷的黑发,真是生花妙笔,更添神采,这就越发使人觉得他是个有着顽强生命力的老同志,绝不是那种应该退出历史舞台的落伍者。

所有来串门的同志们、朋友们,都被这个老布尔什维克的形象紧紧吸引住了。也许在那个时候,老,成为一种过错,一种罪恶,甚至一个乳毛未褪,戴着红箍的黄口小儿,竟能颐指气使指责为革命奔走一生的前辈。他,这个像参天老树,巍巍挺立的老指挥员,像中流砥柱,赢得了人们的心。

然而,也触犯了一些人,尤其于而龙寸步不让地在整顿,尽管是戴着枷锁跳舞,那个差点垮台的工厂,总算运转了。"惟生产力论"的初步奏效,使得那些人在一时奈何不得的情况下,杀鸡给猴看,拿这幅画开刀了。

精通行情的艾思并未说错,于莲确实是在挖掘埋葬自己的坟墓,《靶场》还没有定稿,就被押上审判台了!

——老林嫂,你在哪里?真理啊,你在哪里?

"欺骗、卑鄙、一出丑剧……"于莲发起火来,那闪亮的瞳仁和牺牲的女指导员一样,因为油画是连骗带哄地被绑架走的。艾思对天盟誓,他是无辜的罪人。

对还在娘肚里的胎儿就起诉,就判刑,实在是荒唐,然而,在那个"样板"时代,棍子就同时代表着准绳和法律,让你五更死,决不到天明。于是,和她闹离婚一样,又一次受到满城风雨的议论。于而龙知道由于他的缘故,使她倒霉,两口子心疼地看着女儿在憔悴下去,瘦削下去。当作品在一个内部展览会上陈列着的日子里,她就像被缚在耻辱柱上一样,谁都可以走过来啐她一口。那位布尔什维克也同那些猫头鹰呀,破车老驴呀,白菜萝卜呀,一同站在被告席里。

她辩解、她抗议、她不服——芦花的血在她血管里流动着咧!"要是我画完了,你们定什么罪,哪怕枪毙,我领。现在这种批判,是无的放矢,对我半点用都不起,反而使我抵触得很。你们迫不及待地用绑票的手段架走,干吗?搞《风波亭》么?"

可惜,那位进驻他们单位的小头人,一个当过油漆工的新贵,不懂这出陷害忠良的戏。问道:"这幅画是不是你的作品?啊?——"尾音也开始拖长了,显得很有气派。

"当然是我。"她望着这个昨天还在喷漆的小头人,不由得感慨史无前例的年代,真是人才辈出。她琢磨可能因为他能区分红黄蓝白,才派来进驻的吧?其实于莲也不必大惊小怪,戏子还当部长哩!

"那就够了,反动标语只要对准笔迹,马上可以定罪!"

于莲勃然大怒,拍着桌子:"把我打成现行反革命分子好了,那不更干脆!"

这个倔强的于莲多么像她老子啊!有些熟悉他们家庭的同志赞叹着。可于而龙却觉得,她更像芦花,不论多大的压力,决不低头弯腰。

等她下班骑着那辆破自行车回到家,就不是那个刚强不服的于莲了,而像一个可怜巴巴的,受了委屈和欺侮的小孩子,泄气的皮球似的,倒在沙发上,愁眉苦脸,唉声叹气;要不,趴在她妈妈怀里,呜呜咽咽地哭上一顿,弄得那时在厂子里也一筹莫展的于而龙心烦意乱。

天天如此,一家人都愁眉不展。

"好啦莲莲,也许我们来想点什么挽救办法吧!"谢若萍真后悔让于莲去学画,从她的毕业作品《深夜》,到留学回国后的作品《母亲》,都是幸亏"将军"出面讲话,才免去许多不自在,如今难道还去求爱护于莲的周浩么?谢若萍犹豫了,正要抓起电话,于而龙按住了她:"你这是把有把的烧饼送上门去呢!依我,就找王纬宇和夏岚,干吗老躲在幕后唱戏,问问他们到底莲莲是该杀该砍,不就解决了吗?"

"哦?"善良的医生从来不曾想这样多。

"去找他们,我倒要看看这些人是不是穿连裆裤?"

从六七年以来,王纬宇政治温度计的水银柱一直是上升的,到了七十年代,他已经是非同小可的人物,忙得不亦乐乎。想找到他却非易事,配了两个秘书、三个联络员,据说要和他见面谈话,也得排在一周以后。特别是一些儒家法家从"四旧"的故纸堆里爬出来,被时代的脚灯照亮,学过历史的王纬宇更是脚打后脑勺地奔走不停了。

但有一天晚上,两口子不请自来了。

"看看吧!看看吧!我早就说过——"王纬宇一进门大声埋怨。

于而龙关掉电视,向屏幕上慢慢淡逝的人影说:"对不起,车把式,你遛你的病马,我可要接待贵客了!"

谢若萍忙着张罗,因为王纬宇光临,从来是要沏杯上好茶水接待的,好像成了规矩:"好久都没来串门啦!"

"打扰你们家的平静来啦!"夏岚笑着说。

于而龙回答说:"主任驾临,拍马屁都来不及呢!"

"戴上你的老花眼镜!"王纬宇向他下命令,接着扔过来一份报纸送审清样,"看看吧,我早就说过——"

他早就说过什么?于而龙对着那黑麻麻的一片老五号字,猛一下看不出什么名堂,他如今深刻体会到《红楼梦》里王熙凤在办理贾母丧事时,那种处处掣肘,力不从心的支绌局面。一个生产指挥组,不知为什么竟比当年领导整个工厂的通盘工作,还要吃力,还要费劲,一点都不得心应手。他总想可能自己迟钝了,老朽了,是啊,连一篇报纸大样看起来都那么困难。

好汉不提当年勇,五十年代,六十年代,喝,那么多设计图纸,技术文件,甚至还有许多等不及专家工作处翻译出来的原文资料,都是一目十行地迅速审批,交给小狄去分给有关部室车间,谁都知道他的脾气,行就是行,不行就是不行,绝不拖延,办事非常痛快。

那些年忙到端饭碗时都得批文件,一厂之长嘛!哪桩事能不由他拍板?因此,谢若萍给精力饱满的丈夫,在餐桌旁边拼上一张工作案子,他可以边吃边看边批,甚至吃着吃着撂下筷子去打电话,发出一些简洁的指示;或者叫孩子到书房里,找一本什么皇家年鉴之类的厚书。讲究文明卫生的谢大夫,也无可奈何。他好像从来不懂得疲倦似的,在沙发上打个盹,接着搓搓手又干。

也许那时风华正茂,精力要旺盛些?

夏岚告诉谢若萍:"情况有点不大妙,莲莲要触霉头,我一直担心会出事,到底捂也捂不住,一篇有来头的评论文章里,点了莲莲那幅作品。"

谢若萍才想张嘴,求两口帮帮忙,谁知都上了报,妈呀!大夫跌坐在沙发里,只有叹气的份了。

"妈,瞧你,大惊小怪,无非我于莲臭名远扬罢了,不同样风头十足么!"于莲伸过去手,"爸爸,给我看看判决书!"

于而龙好不容易才在那大块文章里,找到有关他女儿的章节,差点没背过气去。作者写道:"……《靶场》里的主人公,摆在突出位置上的,绝不是主宰时代的人物形象,而把一个没落的、早被历史的滚滚潮流冲走的,企图阻挡历史前进的绊脚石,重新像沉渣似的泛了上来。作者竭力美化这种失去天堂,而又不甘心失败的人物,从意识形态领域里鼓舞那一类退出历史舞台的家伙,以十倍百倍的疯狂向无产阶级反攻倒算。而且作者以阴暗的阶级心理,恶毒咒骂生活里出现的新生事物,和丑化代表革命的新生力量……"

"纯粹是莫须有!"于而龙撇掉那张清样,实在使他厌恶,只不过半个火柴盒那么大小一段文字,就像啐在脸上的一块又黄又臭的黏痰,让人觉得恶心。

"你还有劲头嚷,我早就说过——"

"你早就说过什么?少扯淡。"于而龙反驳他。

"不要不服气,我早嗅出味道不对头,本末倒置,怎么能把一个代表新生力量的年轻人,处于被审判的地位,而把老家伙摆在一号人物的突出位置上,是一个根本性的错误。"

夏岚说:"埋怨也来不及了,原稿有些词句就更不客气了。"她从口袋里掏出一份打字稿念着:"为谁歌功颂德?为谁树碑立传?正是怀着被打倒的新仇旧恨,才战兢兢地请出亡灵,画了这幅七十年代的《末日审判》。我们可以回忆作者在黑线包庇下抛出来的株株毒草,不言自明,是有其历史渊源的。"她合上稿子,"我对他们讲,旧账还是不要提了吧!算是删掉了。"

"我看不用删,还在乎前科吗?横竖判了死刑,再多的罪名,也只是枪毙一次。"于而龙说。

王纬宇好意地说:"不要说负气的话!"

"要我感恩戴德,谢谢大老爷杀我头!"

"总是有错吧!"

"对操着屠刀的刽子手来讲,只要想结果性命,还怕找不到下刀的地方?"

正在看清样的于莲扑哧笑了出来:"看哪爸爸,这篇文章把你们二次上台,穿新鞋,走老路的这些老家伙,又扫了一笔,说这是社会上的一股反动思潮……"

于而龙无需了解什么了,拧开电视,再也不参加他们的讨论。

"我说老于,你也该接受这个教训,现在很难说这盘棋就是定局,识时务为俊杰,莲莲不画,哪至于闯祸!"

夏岚在大镜子前端详着自己的身材,不在意地说:"现在不是追究责任的时候。"

妈妈为了女儿,不得不赶快央告这位笔杆子,每天两块四的样板伙食,吃得她越来越丰满了:"夏阿姨,帮帮忙吧,莲莲是你们看着长大的呀!"

"妈,我不是三岁小孩!夏阿姨,我求你帮这个忙,建议发稿时附上我那幅画!"

"你呀,莲莲,跟你老子一样,顽固不化!"王纬宇笑了。

尽管谢若萍看出老头子在皱着眉头看电视,显然是嫌她不该去求他们。但她想,这神通广大的两口子既然来了,必然有转圜余地,就服个软,不就万事大吉了吗!

王纬宇知道游击队长的倔强性格,决不会向他开口告饶的,哪怕他女儿马上绑赴法场,也决不肯请求王纬宇开恩赦免。然而王纬宇今晚来,是向他显示力量来的,说句透彻的话,这种力量既可以叫你平地发迹,满身朱紫;也可以叫你身败名裂,万劫不复。"太太!"他问夏岚:"难道不可挽回的么?"

"我说了,那是上头有话的。"

王纬宇和他妻子商量:"至少不点出莲莲的名字也好啊!"

"怕难——"其实文章正是她的杰作。

谢若萍顺水推舟:"这还不跟大夫开个病假条一样容易。"

她终于在镜子前照够了,答允下来:"我试一试看!"

于而龙心里琢磨:"两口子的演出不错,配合得多默契啊!"

过了不久,总算老天开恩,于莲那幅油画,被内部展览会恩准退回,可谁去搬回已被斩首示众的作品呢?

于而龙绝不是赌气:"我去!"

谢若萍害怕地:"得啦得啦!我的好先生!"心想:"用不着你去抛头露脸,还嫌丑丢得不够?"但老头的话是无法违拗的,他珍惜那幅画,他喜爱那个老兵,于是,从厂里要来一辆"130",于而龙亲自出动了。

卡车刚从部大院开出去,有人把他叫住:"于伯伯,干什么去?急急忙忙!"

"呵!陈剀!"于而龙看到这个满脸晦气的角色,热烈地向他打着招呼。在那个年头,谁见了这样抱着大堆书籍的人,准以为他是打算到废品收购站论斤出售的,但他却不是,一本正经地啃这些书,而且还要写论文,可见是多么不合时宜了。

他是廖总工程师的外甥,原来在一个什么研究所工作,后来不知什么原因给下放农村了,而且正好去的是于而龙的家乡石湖县,还改了行,可他孜孜不息,并未放弃自己的专业,这回来,就是为他的一篇论文来打架的。

"干什么穿上工作服呀？"

"当搬运工去！"

"我给你打个下手吧！横直我也没事。"

"怎么？论文还排不上日程？"

"见不着官,谁也做不了主。"

"你堵他门口啊！傻子！"

"给轰回来啦！"

"哈哈……"

他听廖总谈起过,说他外甥现在把论文拿出来,纯粹是瞎胡闹,有那工夫,还不如对奶牛谈谈他的大功率阴极射电管和伽玛变异呢！

"搬什么东西,于伯伯？"

"一幅油画！"

一听油画二字,把书扔进车厢板内,很轻捷地爬上了车："走吧,于伯伯,我也许能帮点忙。"

汽车开到展览会的后院,在若干幅被审判、被羞辱、被耻笑的作品堆里,找到了于而龙那位敬重的布尔什维克,他心里觉得实在过意不去,就好像使老朋友受了多大委屈似的。

"哦！好大的画面！"陈剀惊叹地说。

"走吧！咱们把它抬上汽车！"

汽车开出大门时,就是那位刷过油漆的小头人,吩咐他们停车,像行刑后验明正身似的,叫手下人对着油画咔嚓咔嚓地拍照。而那个扶住画框的书呆子,被画中的人物和风景所吸引,衷心地在赞美着："真好,真气派,于伯伯,就像太阳照在我头顶上一样,都有点热烘烘的春天意思了。太棒了,真不错,好极了……"也许搞理工科的人，感情词汇不那么丰富，除了棒、好、不错之类的大路货形容词，竟说不出一句别的，来表达他真正想赞美的意思。

于而龙在那书呆子的腰间捅了一拳，朋友，你还是不要多嘴多舌夸好吧！因为那位小头人的脸色，正如气象预报"多云转阴，傍晚前后有雷阵雨"那样，恼怒的云彩已经升起，准不是什么好兆头，赶紧走吧！

车子一直开到家门口，他俩把油画抬进来，放在楼道里，让它面壁靠墙立好，于而龙这才告诉他："陈凯，这幅油画是大毒草，而你在那儿高唱赞美诗，你没看到吗？那狗脸已经飞起八月之霜啦！"

于而龙哈哈大笑。

"是吗？"他惊愕得说不出一句话，无论如何也不相信，又钻到背后去看了半天，满脸惶惑不解地跑来，直撅撅地问道："于伯伯，你能不能坦率地讲给我听，这幅画的毒究竟在哪里？"

可谁能回答他呢？正如那件皇帝的新衣一样，据说，只有聪明的人，才能看得出来。

五

一望无涯的石湖，翡翠般的绿，镜也似的平。清澈可见的水草，袅袅娜娜，在湖底轻轻摆拂，环顾四周，整个石湖像块腻滑的碧玉，只有几片白帆在远远的地方闪亮，猛看过去，仿佛是在这块玉石上滑动一样。湖上静悄悄地，蒲叶似剑，苇秆似戟，这种刀光剑影的场面，使他好像听到三十多年前石湖上的咚咚战鼓，这位游击队长的心活了，觉得该是和水下的红荷包鲤，决一雌雄的时刻了。

是啊！壮士暮年，雄心不已，于而龙尽管两起两落，也不曾死了他那颗重整旗鼓的心。

他有时自我解嘲地说："像我们这些老家伙，等什么时候进了八宝山，大概才肯彻底安静吧！"

那天凑巧周浩来约于而龙去远郊的水库钓鱼，听了这话，不以为然地说："未必吧，二龙，你就是到了阴间，也不会老老实实的。看过老总的《梅岭三章》吗？"

"见过孩子们的手抄本，菱菱还刻印成册，到处分发，最近又忙着收集广场上的诗咧！"

"记得么？'此去泉台集旧部，旌旗十万斩阎罗'，多好，要没有这一点革命志气，和死也不绝的革命激情，也就白当了几十年共产党了！"

谢若萍得机会就向这位老领导告于而龙的状，说他总是不肯死心，总是蠢蠢欲动。周浩笑着安慰她："罢了罢了，小谢，一个人得了'革命'这种病，那也算得上是个不治之症了。"

也许是这样，可是做妻子的心又使她担心和忧虑……

特别是去年十月以后，她看到于而龙的写字台上，又堆满了大部头科技书籍，和装订成册的外国期刊杂志，便叹息不已："你呀，你呀！"于而龙碰上无可奈何的场面，总是以嘿嘿一笑来搪塞了事。"我看你是没完没了啦！"

"只不过随便翻翻。"

"真是贼心不死，别太忘情了，你的冠心病！"她是医生，所以负担又格外沉重些。

"没事，死不了，你放心。我是随便从老廖那里拿来的，这十年国际上动力科学的进展，真是让人吃惊，有机会能出国考察考察——"

他老伴眼都瞪圆了:"什么?还想出国!你就老老实实守着这家吧,哪儿也别去!"也许这就是谢若萍的主导思想,确实,十年来的风风雨雨,使这个善良温柔的女性,得出了这个结论,再经不起折腾了,再不要出事故了。于是,她还告诫着:"去老廖那儿,也用不着大张旗鼓!"

于而龙不爱听了:"难道这位总工程师还是不可接触的贱民?"

"我不是那意思,你别误会,我打心眼里尊重廖总,可你要明白,部大院里眼睛多,流言蜚语,又惹是生非。"

"最后,也得给这位动力专家落实政策,你放心。"

"听我的吧!二龙,避讳一点好——"谢若萍诚挚地说,"我并不反对你们谈谈玩玩解解闷,廖总光杆一人,也够孤独,够可怜的,可你千万别带出幌子来,弄来许多书,又给一些人造成口实,多没必要。"

"我不怕。"

"关键在老廖已经正式提出了申请——"

"提出申请怎么样?"妇女们特有的现实主义使他反感,"怎么?就不是共过患难的朋友,同挨批斗的伙伴了吗?不,若萍,你应该理解,我不是吓唬大的。"

她凄苦地笑了:"你就倒霉在认死理,一条道走到黑的毛病上,干吗非要东山再起,卷土重来?接力棒递出去,就算完成使命。假如你有兴趣,也不妨坐在跑道旁边,看别人去拿冠军,争名次,你还上场去跑个什么劲?"

"照你说,从此,永远是一个自由哥萨克?"

"那没有什么不好的!"

"干脆你给我注射一针氰化钾算了,告诉你,若萍,我不能像你说的那样活着。"

于莲正在外间屋收看电视,听到她爸爸的喉咙提高了调门,便关掉电视,走进套间,一向受宠的画家,玩世不恭地问:"老两口躲在屋里探讨什么?"

于而龙攥她走:"看你的电视去!"

"不,我偏想听听,因为好像很激烈。"

"有什么好激烈的——"于而龙说,"只不过我不赞成你妈去创立一种冬眠科学而已!"

谢若萍给气笑了。

"哦,从来没听说过。"于莲坐倒在床头沙发里,脚跷起老高,那漫不经心的样子,使得老两口无可奈何地瞪着。

于而龙说:"你妈妈在尝试,把青蛙的冬眠习性,移植到我的神经中枢上来。这样,我就可以不死不活地生存下去了。看起来是活的,但和死也差不离,要说是死的吧,又会喘气呼吸。"他说得一本正经,逗得他女儿格格地乐个没完。

"我不明白那有什么不好,无非没有上海牌小轿车,没有围着你转的一圈人墙。没有汽车,步行更有益于健康,多活动还能使胆固醇降低呢;没有人墙,离那些抬轿子、吹喇叭、拍马屁的人远些,你周围空气要新鲜得多。我觉得光强调防止环境污染还不够,其实,精神污染更具有毒害性。"

"乌拉!"于莲跳起来,搂住她,"妈妈,你的理论真高。"她直到今天还保留着在外国进修时养成的习惯,动不动就哇啦哇啦跟于而龙讲外国话。"走吧,走吧!看电视去!"于莲拉他们出屋。于是,一家人坐在电视机前,又一次欣赏那部车把式的国产故事片,如果记性不错的话,这部影片,他们看过的次数,起码要用两位数来统计了。

现在,屏幕上那位离职的车把式,正在黎明前的田野里,遛着那匹患了急腹症的病马。

对于马,当过骑兵团长的于而龙,怀有特殊的眷恋之情,他忘不了他那无言的忠诚战友"的卢",是怎样掩护了他而惨死在黄河滩上。还是不要回忆那些场面吧!人可以用语言表达自己的思想感情,而那无言的伙伴,只能在泪水盈盈的眼睛里,流露出在生死诀别时对于而龙的依恋,它那温湿的舌头,无力地舔着骑兵团长的手,一直到生命的最后一刻。

马,有着一双在动物中最良善的眼睛,所以,五十年代,他率领整个骑兵团在王爷坟建厂,是怎样说服动员战士们才同这些军马告别的呀!一个呼啸冲杀的骑兵,和躲在洞穴里冬眠的青蛙,是两种多不相同的概念啊!

接着屏幕上走来了支部书记,开始讲述人所共知的真理。于莲莲坐在她爸的写字台上,居高临下地发表着议论:"我们国产艺术家的最大特点,就是碎嘴婆婆,没完没了的交待,也不怕观众耳朵长茧子。"

谢若萍说:"有些外国片子,跳来跳去,我就看不明白,半天,弄不清谁是好人,谁是坏人!"

"所以妈妈只能看吃了巴豆霜的艺术家的作品!"

谢若萍学过一阵中医,忙问:"干吗用这味泻药啊?"

"好噼里啪啦一口气全都拉出去呀!"

于而龙捧腹大笑:"那你呐?画家!"

"我岂能例外,不过,我服的是黑白丑——"她笑倒在写字台上:"因而泻得不那么爽快,人家这才管我叫印象派,等到把我赶进了追遥学习班,干脆,大便干燥,得了秘结,连个屁都没——"

这时,只听得电视机嘎嘎响了两声,荧光屏上出现了许多亮点,人物影像如同得了精神分裂症似的颤动。谢若萍埋怨:"莲莲,看你疯的,把电视机都震出毛病来了!"

偏偏于菱不在家,去年十月以后,他从遥远的沙漠那边"假释"回来,一如既往,毫不服帖,除了高能物理和那位舞蹈演员外,似乎还有些值得他关注的地方,例如搜寻广场上的诗歌啦!研究无神论啦!所以家里的事情,根本指望不上他。但属于近代文明的产品,只有他敢乱捅两下,现在无论是书记、大夫、画家都只能束手无策。那个不服老的车把式,他的脸形一会儿变成长的紫茄子,一会儿变成扁的西红柿。大凡陡然间红得发紫的人物,总不免要时长时扁,以适应环境。于莲觉得怪好玩,只是嘻嘻地笑着,谢若萍拔去插销,命令抽雪茄的于而龙:"去楼下请廖总家那个大学生来看看吧!"

"人家正经是研究生呢!"

"他好像懂得一点电视。"

"废话,陈凯是专攻电子学的,跟咱莲莲一样,也是出国喝过洋墨水的。反正糟蹋人才也不当回事了,弄到石湖县没完没了的改造、再教育,不过,他始终在钻本行。"

"那麻烦你去请请吧,既然这样投你脾胃。"

"对不起,你不是劝诫我避讳一点。"

"水牛!"她亲自下楼去了。

于莲坐了起来,理了理衣衫和头发,问她爸:"你觉得那个直冒傻气的书呆子,是不是挺可笑?"

"我不赞成世俗地看人。"在于而龙的印象里,陈凯一头扎在学问里,使于而龙钦佩外,特别是那一回于莲讲了追谣学习班,逼着她交出后台,甚至那个出卖她的艾思,都把话说透到这种地步:"你只要说出两个字就万事大吉了!"

"那我就说你,艾思,正好两个字。"

"嘻！人家要抓的是周浩,这你还看不出来？"

"我爹妈没有教过我这样卑鄙、无耻,就像你一样。"

正当逼得无计可施的时候,于而龙找廖总琢磨对策,陈剀一听："那不简单,听敌台是我职业许可的,说我好了。"

"你会吃不了兜着走的。"于而龙感谢他的好意。

"唉！我也不怕再丢掉什么了。"

他觉得他不是个书呆子,是个很深沉,有内涵,懂事明理的年轻人。"莲莲,你那样菲薄陈剀是不对的。"

他那明眸皓齿的漂亮女儿,抖了抖秀丽的长发,莫测高深地一笑。

门推开了,谢若萍客气地招呼客人进屋。陈剀长得高大颀伟,有副学者派头,但待人接物,应酬交际却有些不在行。他显得有些局促拘谨地向于而龙点头,也许一篇论文,拖了两年没着没落,使他有些歉然——老实人总是把不属于自己的过错揽在身上。加之书生习气也真是没有法子,至少也得懂一点对于女性的礼貌呀！于而龙纳闷:或许他近视眼,或许他过于腼腆,竟对公主殿下,连眼都不抬；不过,姑奶奶竟然没有光火,通常有这样藐视她的宾客,早扭着腰肢走了。但她坐着,而且拿起她妈的毛线活,有一搭无一搭地织着。

陈剀扑向那台电视机,好像是摆脱困难处境的惟一办法。他一旦工作起来,就换了一个人了,生气勃勃,那份专注的劲头,就仿佛屋里的其他人都不存在似的。端给他茶水,他嗯嗯,递给他糖果,他也嗯嗯,于莲忍俊不住地窃笑。难者不会,会者不难,话是半点都不错的。陈剀三下两下,那个车把式又出现了,正在挥着鞭子,准备重新上阵,殊不知翻车的命运正在等待着他咧……

他站起来,搓搓手,皱着眉头："好像有人不在行地调整过,线路给搞乱了,恐怕还是要送到正经的地方去修理一下,因为手头没有什么测试仪器,彩色不会太理想,先将就看吧!"

"菱菱,菱菱……"全家都埋怨这个家里家外,到处闯祸的家伙了,看来,电视机是他搞糟的呀!

茶水也没喝得一口,拔腿走了,留也留不住。谢若萍直抱歉地:"对不起,耽误了你……"

"那么多年都耽误了,也不在乎的!"陈剀的下半句话,谁知是不是想说他本来早就可以把论文拿出来的,无缘无故浪费了两年,结果黄瓜菜都凉了,还是有别的用意呢?他的语声随着人影,被谢若萍送出门外去了。

"一个人,还是有点追求、有点向往、有点理想,活着才有点意思。"

"爸,你挺欣赏他!"

"当然,凭他锲而不舍的劲头,会打开他那座天国的大门。"

"天国的门早闭上了,一个天生注定的失败者。"

于而龙大声抗议他女儿的宿命论:"不会的,不会再那样下去的,有希望啦。"

但是在屏幕上,那匹马惊了,车翻了……

那天晚上,于而龙久久睡不着,一个问题萦绕在脑际,又要上阵了,第一个回合,就得先回石湖,弄个分晓。但是事隔三十多年,会不会白费工夫?甚而至于翻了车?迷迷糊糊地被他老伴的啜泣声惊动了:"你怎么啦,若萍!"

她还没有休息,坐在她床边的软椅里,给于莲织毛衣,她平静地说:"你睡吧,明天礼拜,我多织一会儿。"

他披上衣服:"别瞒我,白天的争吵,使你不愉快了。"

她叹口气:"关键在你不死心,二龙。"

看样子又要争论,于而龙点燃了雪茄,准备听他老伴的絮叨。

"要是莲莲的妈活到今天,她会支持你吗?"

于而龙不大相信,那个英姿勃勃的女指导员,会流着泪水,婆婆妈妈地劝说自己算了,卸妆吧,已经表演完了,退出舞台吧!

"芦花也决舍不得你再去摔跤,跌得头破血流,我看你就收兵回营,让我也随着过两天安生日子吧!"

于而龙观察着那缕缕的青烟,沉默着。

"二龙,我们一起生活了三十年,我认为你直到今天,也不大懂得什么是女人的心理?"

女人的心理,从来没听说过的新鲜题目。

"自打你出事,整整十年,我就没消停过,先是莲莲,后是菱菱,一波未平,一波又起,我算彻底看透,人要正直地活在世界上,真是不易啊!你怎么就不长点记性,非得耗干了这盏灯油才算罢休?"

"只要有一滴油,也不能丢手,若萍,让我回石湖去,让我跟他们干!现实生活决不能像你描绘得那样绝望!"于而龙晃着头,望着这个曾经在炮火里,奋不顾身抢救伤员的白衣战士,会说出这样看破红尘的话。

"你已经较量了一次,差点送了命!"谢若萍说,"你从干校回来那年,要老实待着,哪至于!"

于而龙从床上跳下来:"若萍,若萍,你以为挂着脚镣跳舞,是一种享受吗?"

"那你还去干那吃力不讨好的活!"

"实验场加上一个共产党员的良心,'将军'说得好,石湖总得有人在坚持斗争。"

"那么,明天,'将军'怕不仅仅要你陪他钓鱼吧?"

"谁知道,老徐好容易把他从部里挤出去,一统天下,能欢迎他再回来碍手碍脚?"

然而那位消息灵通的笔杆子没有说错,周浩回部里了。

于而龙怎么办?只得跑步上前,他在心里对谢若萍说:"原谅我吧,老伴,在'将军'面前,我永远是一个兵!"

《步兵操典》这样写道:

"兵之第一职能,乃是战斗!"

是的,这位骑兵团长又一次策马扬鞭往前冲锋了!

"秋,吃好了吗?咱们该来对付这条红荷包鲤啦!"

那小孩咧嘴一笑,笑影里多少还有一点他爷爷——和于而龙同时揭竿而起的战友——那和颜悦色的模样。

"这回主要看你的啦!要划得让那条老江湖,不知不觉地听咱们摆布才行,秋,动手吧!"

只见他像个老练的船工,前倾着身子,紧握着双桨,小舢板在他手下控制着,灵巧地在石湖上无声地滑动着,因为鱼类的听觉要比视觉更敏锐些。

说实在的,于而龙目前并未占有什么优势,尽管鱼上了他的钩,但距离胜利还相当遥远。该死的尼龙丝只有十磅拉力,要把老江湖弄到手,确实需要点本领。

水下那个对手马上觉察了,好厉害,一个水花从深深的湖底泛了上来。于而龙不由得苦笑,这场假戏非得下力气真唱不可了,尽管他十分同情这条不幸上钩的大鱼,而且将心比心地体谅到它的处境,是并不那么愉快。可他不能当着孩子,把钓丝放掉,那不西洋景全都拆穿了么?

对不起,红荷包鲤,我得把你弄到手!

他回忆起他怎样制伏"的卢"的办法,那匹桀骜不驯的劣马啊!

曾经使他渔民出身的,新到任的骑兵团长,出了多大的洋相呵!在全团的一次集训检阅里,当着几千双上级、战士和乡亲们的眼睛,把他从马背上颠了下来,而且是在冷不防的情况下,来了个嘴啃泥,丢人哪!他知道那些骑兵在笑话他,一位不会骑马的骑兵团长。但是,过不了多久,在全团出了名的烈马"的卢",不也在他的胯下,驰骋于解放战争的沙场上吗?即使最出色、最勇敢的骑手,也不能挑出他们团长骑术上的什么弊病了,要知道,于而龙为"的卢"花了多少心血呵!

看来,老江湖要比"的卢"难以应付,刚柔并济可以驯服烈马,但红荷包鲤未必听他这一套。听,从钓丝那端传来了它的咆哮声:"支队长,我们都是风里浪里的过来人了,难道你以为,我不懂你们想搞些什么名堂么?"说着它摆动了一下脑袋,乖乖,那力量之大,不仅他,操桨的秋儿都觉察出来了。他们立刻屏神敛息地等待,等待着它的反抗。总算幸运,它懒得发脾气。两个隔代人交换了个眼色,继续慢悠悠地牵着老江湖,朝埋伏好的伏击圈引过去。

所谓伏击圈,也就是湖水比较浅一点的地方罢了。

牵着鱼的鼻子走,并非难事,但要牵一条有点身份,有点重量的庞然大物,确实是需要技巧、耐性、经验。凡是大家伙、老家伙,都是自尊心相当强的,正如龙有逆鳞一样,要摸透大鱼的脾气,很难掌握得恰如分寸,而且水下千变万化,是个莫测高深的世界。这时,经验就成为决定性的因素了。只有姜太公凭幸运钓鱼,其他人都得凭经验钓鱼,反对也不行,当然,反对也可以,那就弄不到鱼吃。

想到这里,于而龙笑了,秋儿弄不懂爷爷辈的人物,有什么事使得他这样高兴?竟笑出了声!

孩子怎么能知道呢?于而龙在干校时,那农场周围的湖塘水洼,可叫他一个倒霉人物露足了脸。

也许因为那些骑兵和早进厂的青年,无论怎样启发、诱导,以致施加压力,他们的觉悟总是提不到新贵们所想达到憎恨高度,不但恨不起来,甚至丝丝缕缕划不清界限,于是,他从那个九平方米的"优待室"给撵了出来,送到干校的"特别班"来了。

有什么办法呢?撵都撵不走,赶也赶不跑的觉悟不高的人,总是趑到大仓库后面的"优待室"来,趁着警卫人员眼错不见,塞过来一个油纸包好、食堂小卖部出售的酱肘棒,或者一张通风报信的小纸条,告诉他应该提防谁,什么人在揭发些什么,这些人当中,有于而龙认识的,熟悉的,也有面生的,或者压根不曾见过的。他们不把于而龙看做是那个大字报上描绘出来的,十恶不赦的坏蛋,这使那个隔离反省的厂党委书记觉得温暖,好像久寒的冬天里,在暖洋洋的太阳底下晒着一样。甚至最滑稽的,来了一伙人扬言批斗,把他架走了。结果,给弄到一个车间角落的小屋里,好酒好烟款待他一顿。

"你们快别这样搞了,将来把戏拆穿,你们要吃苦头的!"于而龙甚至央告这些关心他的人。

"你还看不出来,他们要折腾散了你。你得吃,得喝,留得青山在呀!老厂长……"

于而龙记得最清楚的一回,在一次疲劳轰炸式的批斗以后,喷气式坐得他腰再也直不起了,就跟跟跄跄被人押回"优待室"来,一路上,推推搡搡,拳打脚踢,仿佛他是个供足球队员练脚的皮球似的,然而,就在这群簇拥着他的人群里,不知是谁?也许是深夜无法辨明,也许踢得他头晕眼花顾不过来,但毫无疑问,是那些如狼似虎的小分队当中的一个,把手探向他的口袋里。立刻,他感到沉甸甸的,却不知是什么东西?回到"优待室",掏了出来,一只红艳艳的大苹果,还微有余温,肯定是在那人怀里揣了半天,才得到机会塞到他的口袋里。

后来还有几次类似的情况,甚至那当做神圣象征的芒果,这个被骂做"不齿于人类的狗屎堆"的,也有口福尝过。他觉得,这实在应算做是天大的笑话。

是的,他在这座王爷坟平地而起的工厂里,绝不是孤立的。生活的逻辑就是如此,了解是友情的基础,疏远往往造成隔膜。那些同他一起在沙场上厮杀过的骑兵,于而龙都能弄得清他们的祖宗三代,那些五十年代进厂的年轻娃娃,现在虽成家立业,人近中年,但于而龙能了解到他们的喜怒哀乐,能够推心置腹地谈谈,所以,在他落魄的日子里,这些人,谁也不曾碰过他一指头,甚至在他受到残酷折磨的场合,他们都咬着嘴唇,垂着眼皮,竭力不去看他受苦的模样。然而那些拿他当球踢的年轻人,恰恰是于而龙后来开始做官当老爷,不再和工人滚在一起时进厂的。

但在这万人大工厂里,还是前者人数占绝对优势,可到了干校,他就成了谁也不敢接触的特殊学员,像得了麻风病的患者,谁见了谁躲。一下子被隔绝摒弃在集体之外,过着孤独的生活。

由于他是需要重点补课的学员,工厂的新领导,把那个在市里大打出手,搞得名声很臭的康"司令",和好几个身强力壮的彪形大汉,派来帮助于而龙认识错误。这些眼睛里布满血丝的职业打手,给于而龙造成那么沉重的痛苦,他觉得犹可忍受,只是让他离开工厂,离开那些相处多年的工人同志,实在是使他苦恼,想出这种釜底抽薪的主意,确实是够恶毒的。

只有周末,校方组织捕鱼活动,于而龙的欢乐才能来到,那些打鱼人来到洼子边,都必然用目光在人群里寻找于而龙。特别是在水面阔宽的湖泊里下大拖网,自然而然拥戴他出来指挥,校领导也无可奈何地默认,有什么办法,因为只有他能够打捞出足以改善生活的鱼,而且屡试不爽。

于而龙是个有魅力的汉子,他的笑声很富有传染性的,大家都乐于听这个倒霉人物指挥。甚至康"司令"和他的哥们儿,也不得不听于而龙的号令,实在是充满了讽刺意味的。啊!生活就是这样复杂多端,喜剧会有泪水,悲剧会有笑声,垮台的汉子会再起,而那些赫赫"英雄"倒成了历史垃圾。

网撒进宽广的水面上去,岸上的人都得遵从他的调度,拖着拽着;那些游动的散兵群,也就是老弱病残没力气的,吆喝着用棍棒竹竿敲击水面,吓唬那些惊慌失措的鱼儿往网里钻。在收获的喜悦里,人们忘掉他是个被批判的不可接触的贱民,甚至还要看他的脸色行事呢!

夕阳西下,晚霞辉映,湖泊里一片金浪,于而龙像原始部落的酋长,站在木筏上,向人们吆喝呼喊,有时着急发脾气,声严色厉的责备,甚至骂娘,还是那改不过来的劲,哦,又像在高围墙里发号施令的厂长一样。

鱼儿噼里啪啦地在收缩的包围圈里蹦跳,手急的人已经拿抄网去捞,人们惊呼着,嬉闹着,咧开嘴巴笑着。于而龙是见过大世面的,无论在地球哪一块水域上,只要是把鱼从水里弄出来,人们莫不高高兴兴,神采飞扬,很少见人在捞鱼时愁眉苦脸的。

大家都在招呼他,喊叫他,甚至请示他:"怎么办呀!快来呀,老于,鱼跑了!""老于,快招呼人来帮帮忙吧!""老于,哎呀,这是什么鱼呀?吓死人了!"……于而龙在部里也是出点名的,有的人忘了情,连厂长、书记之类官衔也脱口而出;有的人高兴得昏了头,竟然赞美:"还是老家伙有经验,有办法,有组织能力,不佩服不行。"

康"司令"被触怒了,本来让他来干校喝西北风,心里就有怨气,于而龙竟然如此张牙舞爪,于是大会小会的压力加码,语言的调门提高,犹属事小,教训的手脚加重,苦楚就增加了。康"司令",这个非用白金坩埚炖鸡吃,到底要尝尝什么滋味的彪形大汉,高歌的小兄弟之一,拍着桌子:"于而龙,你不要神气活现,别忘了,你是我们网里的鱼!"是这样,一条被缚住的老虎,连狗都敢朝它嗤鼻子的。

又到了礼拜六,怎么办?"听他吆五喝六耍威风,纯粹是一种精神示威,缺了他于而龙,不信地球就不转。"他们撇开捕鱼的权威,浩浩荡荡组织了一次远征,气派够大的,高扬程抽水机带了一台,准备竭泽而渔,但筑几次堰垮几次;撒网的结果,也是竹篮子打水一场空。气得康"司令"直跺脚,但挡不住别人说风凉话:"别逞能啦! 还是请人家出山,来收拾残局吧!"

康"司令"不肯轻易认输,不知哪位谋士出了个馊点子,与其浪费柴油抽水,不若倒进半瓶鱼藤精省事,就这样毒杀了一批鱼,找了个台阶,可医务所怕食物中毒,不许食用,生产队对断子绝孙的做法,也向干校提出抗议。

从此,除非周末不搞捕鱼活动,只要人们抬着渔网、木筏出征,就少不了他这位酋长。人们想想也禁不住可乐,也许刚才在批斗会上,被搞得狼狈不堪的于而龙,现在,他反转来斥责康"司令":"怎么搞的?没长眼嘛?"尽管气得康"司令"鼓鼓的,可不敢异议。因为这是一种原始社会式的共同劳动,一个人的失职,往往导致整个围捕的破产,鱼会从那个缺口跑掉。

人们都以为于而龙掌握着鱼类的秘密,其实他一再讲,无非是年头多一点罢了。但人们不信,甚至不顾校方的禁令,非要他教给把鱼招来的咒语,还许下两瓶名酒作报酬呢! 哈……

"叔爷,你笑什么?"

他跟孩子说什么呢?说他在回想那种阿Q式的精神胜利么?他对秋儿说:"说不定鱼在鼓着眼睛生我们的气呢!"

秋儿笑了,他觉得叔爷挺亲切。

是这样,无论在干校领着大伙拉鱼,还是回厂抓生产指挥组,或者像现在这样不肯罢休,都有人鼓起眼珠子不那么舒服的。他也着实有些讨人厌的地方,像小孩子招猫逗狗地惹是生非;他那好斗的脾气,不肯息事宁人的性格,和不肯迁就让步的作风,把一些人气得如同鼓肚的蛤蟆。

湖面上的浮萍杂草渐渐密了,说明于而龙已经成功地牵了一大段路,此时,已不容许它变卦翻脸,需要一鼓作气牵过来,牵到长满水生植物的浅湖区域里去。

这该更费劲了,偏违拗它的意志,但又不宜强逼,要有点压力,可又不致造成敌对性反抗,很类似他在生产指挥组那种欲干不能,欲罢未休的局面。喝!这台戏可不好唱啊,生旦净末丑,真要行行来得,鱼的不服帖劲儿已经使他越来越难牵了。

秋儿一桨下去,总要丝丝缕缕挂上些水草,泛起一阵泥汤,鱼对于浅水永远警惕,而混浊的水质更使它厌恶。红荷包鲤迟疑地止步了,于而龙再也休想扯动,好像钓丝缠在死树桩上一样,说什么也拽不动了。

红荷包鲤赖在那儿,在琢磨退身之计了。

秋儿给于而龙鼓劲:"拽呀!使点劲,再过来几步就好下手啦!"但是于而龙有劲使不上,因为他体贴到红荷包鲤的心情;再冒失地闯进伏击圈,就等于被人按在砧板上,等着快刀来刮鳞开膛了。

它决定撤退了。

不能走,老兄,于而龙怎么肯把一个早晨的惨淡经营付之流水,于是一面勒住,不使它痛痛快快地走;一面扯动钓丝,逗它烦躁,希望它在激怒中丧失理智,走完最后一段路程。

但是老江湖不再搞危及生命的游戏了。

因为大鱼通常不来浅水觅食,祖先遗传下来的本能,使它明白,充满光亮的上层,诱惑力固然大,同样,危险也大,说不定会遭到杀身之祸。想到这里,它不再犹豫,猛地车转身往回游去。

呵!它疏忽啦!

红荷包鲤本来应该紧贴湖底翻身,但它过于爱惜自己,不愿污泥残梗弄脏它那光洁的身子——所有正直的人都会这样做的。因此,略微提高了一点位置,忽略了此地已是浅水区域。糟啦!老兄,那可是因小失大,正如于而龙抓住坩埚事件做文章一样,倒捅了马蜂窝。现在,不幸随着大意而来,它那银白色的肚皮把位置暴露了,虽然那只是闪电般一掠,但逃不脱精明的,渔夫的眼睛。如今于而龙已经离不开老花眼镜,但经验帮助他判断出遁走的方向,运行的速度,和鱼叉入水所受到的阻力,像电子计算机似的,在千分之一秒里作出准确的答案,只见他举起鱼叉,朝那疾驰着的黑影头前掷去。

难道又扑了个空?

没有,只见叉杆猛地一颤,后仰着被拖进了水里。

秋儿高兴得蹦了起来,这种激动是可以理解的;石湖的红荷包鲤,不但在孩子的心目中,就是于而龙,不也心满意足地笑了吗?当年,他为这种鱼类,险些儿送了命,现在,好大的鱼呀,在石湖,这样的幸运儿也不是很多的。

要有根火柴就好了,于而龙嘴里都快淡出水了,在快意的时刻,要是吸上两口烟,那可心旷神怡,再美不过的了。

想象不到的沉重一击,使红荷包鲤愤怒到达顶点,中了叉的老江湖,立刻疯狂了。尼龙丝从于而龙手里飞也似的捋过去,那种钓鱼人的幸福感,实在难以形容,就看于而龙的脸部表情,和将近十年前,终于从实验场把廖总那珍贵的资料装车外运,眼看就要成功时一样。

红荷包鲤加足马力,秋儿必须拼出性命划,才能勉强跟得上。现在它游起来可不那么自如了,斜插在脊背上的鱼叉,使它只好偏斜着身子,而鱼类在水里保持平衡,正如人类在地球上站稳脚跟一样,是个最起码的生存条件。

这种痛心的处境,于而龙比较理解,因为一段时间里,他也曾侧着身子游。所以他对不认输、不告饶、不缴械的对手,蒙受了如此沉重的打击,仍以高速度的冲刺摆脱困境,打心眼里起敬啊!

特别是它那殷红的血液,正随着刺进肉里的叉尖,在往外渗透,一点一滴地消耗着它的生命,但它不肯自暴自弃,不肯躺倒等死,不肯束手待毙,而是拼出性命,毫不停息地游下去。

于而龙站在舢板上,享受着即将胜利的欢乐,这个人有点古怪,不大喜欢大功告成的欢乐,那时候,通常见不到他,他把凯旋大团圆的场面留给别人,宁愿去享受战斗尚未结束,胜利已经在望的"临界"状态的乐趣。经历了挫折磨难,在得失之间徘徊良久,在成败之际反复较量以后,已见破晓的曙光,但还存在着暗淡的夜色,这种还要期待、还有追求、还需战斗的生活,更吸引石湖的蛟龙。

或许由于这个原因,他任红荷包鲤游着,当然,也有审慎的考虑在内,庞然大物还是不宜操之过急,它在水里,如同那些年石湖支队在乡亲们中间扎下了根,即使再失败,还有相当力量的。

真叫人惊讶,它哪有一点灰颓丧气的迹象,相反,倒有无穷无尽的生命力。"老家伙,我在向你敬礼啦!"当年的游击队长思量着:"那种对自己力量的信心,死不低头的精神,奋战到底的意志,无畏无惧的气势,难道不是在给我做出榜样,做出启示么?"

远处湖面上传来一阵清脆的马达声响,秋儿凝神听了一会儿,告诉于而龙说:"叔爷,那是县委的汽艇!"

果然,不一会儿,一艘蓝白相间,油漆得很鲜艳的游艇,一溜烟地从湖面上倏地掠了过去。游艇掀起的波浪,使得舢板猛烈地颠簸,也使那条身受重创的大鱼,失去了控制自己的能力,终于被叉杆的浮力,拽到水的上层来了。

"在那儿!在那儿!快要完蛋啦!"秋儿发现了刚刚露出水面的叉杆,快活地喊叫,拼出全身的力量想追上去,但鱼并不示弱,仍以惊人的速度前进,所以两者的距离并未缩短,但可喜的是叉杆在水面又升高了点。

老兄,每升高一点,离死亡的结局也近了一步。

游艇在湖心岛绕了个大圈,又从他们背后昂着头飞驶过去,这一回涌来的激浪相反倒把叉杆压了下去,垂死挣扎的鱼,就势又深潜下去一点。

于而龙对这种飞扬跋扈的作风深为恼火,生气地想:"搞的什么名堂?"眼看着叉杆从水面上消失了。

他决定冒一冒险,多年的经验告诉他,工厂产品的铭牌出力数字,往往有一个宽容度,托天保佑,也许尼龙丝的拉力,会超过十磅,那就斗胆给它一点颜色试试。因为于而龙估计到它此刻的体力,消耗得也差不多了,于是他开始紧紧地拉住尼龙丝,一英寸一英寸地把那条大鱼往跟前拉过来。但是实际上只是拖住它,不让它走得那么快,而是舢板在一英寸一英寸地接近它。

对手终究不是那么有力量了,很快,又重新看见了叉杆,在失去控制叉杆的能力时,物体反过来就要作用它,在水里,那叉杆起了舵的作用,使它偏离深水,朝一片长满荷叶的浅滩插过去。

舢板已经靠它很近了,于而龙再找不到别的武器,只好将那支短竹篙,像脱弦之箭,直奔黑森森的鱼背飞掷过去;这一记倘若命中,估计会叫它见阎王的。然而,它虽惨遭打击,但理智并未丧失,头脑仍然很清醒。当它听到不吉祥的水声,随即瞥见了一个充满杀机的黑影朝它奔来,便竭尽全力拐了个大弯,哗啦一声,那尾巴扫起的水,溅了他俩一身一脸,只见那竹篙,笔挺地空插在湖底淤泥里。

啊!好一个顽强的对手,它逃脱开了。

可是它也并不走运,正如所有失势倒运的人一样,不幸和灾祸总是接连来叩你的门,由于急于逃命,慌不择路,老江湖蹿进了长满龙须草的浅水滩上,那头发丝细的水草缠住它,弄得它寸步难行。

呵!再比不上误入绝境的悲剧更惨的了,因为他的失败,不是在真正的敌手面前战斗至死,而是由于不幸,落到了一群无耻宵小手里,就像可恶的龙须草一样裹个结实,无法脱身,实在是使英雄揾泪的憾事啊……

看来,命运是无情的,红荷包鲤逃脱不掉毁灭的下场了。

秋儿无法再划船了,而是用桨当做篙,将舢板撑进泥塘里,他们终于追上了正在草窝里挣扎着的大鱼。两个人什么都顾不得了,不管泥水溅得像小鬼似的,也不管舢板随时有翻船的危险,什么厂长的尊严,什么冠心病,统统不在话下了,恨不能一把就抓住它。

小家伙也不示弱,他抄起一把木桨,猛地朝大鱼剁去,第一下,它竟然知道偏脑袋,秋儿扑了个空;第二下,它往前一蹦,只碰到一点尾巴;气得那孩子举起桨来,准备和它决一死战。

好,还是于而龙有办法,一手攥住露在水面上的叉杆,那扎在脊背上要它命的钢叉呀!现在被骑兵团长掌握在手,就像烈马的鬃毛被骑手紧紧攥住,不得不听从摆布了。于而龙狠狠地使出浑身的劲,连叉带鱼一股脑儿地往水底按去,一直压到淤泥里,大有叫它"永世不得翻身"之势。

红荷包鲤即使陷在没顶的淤泥里,还在不停地战斗,于而龙不敢小看它,只要它不离开水,就还有决战的力量。啊,那股挣扎着的蛮劲多大,以至于而龙一只手按捺不住,再加上一只手也无济于事,最后不得不拼出全身重量都压了上去。

这样,脚使上了劲,舢板被蹬得滑动了。秋儿一桨没插稳,连忙招呼:"叔爷,当心——"话未落音,舢板滑开了,于而龙悬空了,噗通一声跌进了泥塘草窝里。

于而龙放声大笑,秋儿也跟着乐,两个人的朗朗笑声,惊动了在浅滩野菰丛里觅食的长腿鹭鸶,吧嗒吧嗒地拍着翅膀飞走了。

秋儿褪掉无袖小褂,跳下水:"叔爷,我去抠它上来!"

"喝,说得轻巧!"于而龙深深懂得,鱼借水劲,如同共产党依靠群众那样,会有很大力量的。但性急的孩子,却憋住一口气,一猛子扎了下去,他已经在泥里摸到那条滑溜溜的大鱼,兴奋得直蹬脚丫子。于而龙犹豫了一下,不相信小家伙能降伏住它,只是稍微把鱼叉松动了一点,以观察它的动静。也许是秋儿搂抱得过紧,要不,就是它长久在淤泥里憋得窒息过去,这条瘟鱼果然不动弹了。

秋儿急不可耐,晃动叉杆,他只得小心翼翼地拔起鱼叉,随着,只见孩子搂抱住那条比他身材短不了几许的红荷包鲤,从水里直起腰来。

他头刚探出水面,那条以为死去的鱼,突然精神抖擞地跳了起来,像刚套上笼头的生性子野马,嗖地从秋儿的怀抱里蹦弹出去,那有力的尾巴,刷的一下横扫着小家伙的前胸。(老家伙未必那样服帖,吃过这样亏的人不少咧!)秋儿哪里提防它的"扫堂腿",这厉害的一手,拐他一个跟头,脚下是淤地烂草,没站稳,四脚朝天跌在水里。

好一条坚强不屈的老江湖呵……

你是强者,一个不肯屈膝低头的强者,虽然已被摧残到垂死的程度,但还是挺直腰杆在做最后的斗争,决不像那些出卖灵魂的背叛者,分一杯残羹的食客,摇尾乞怜的哈巴狗,为虎作伥的败类,舔屁股的下贱货……他只要活着,就斗争,就革命,就坚持真理,就说人话做人事,是一个铁铮铮的顶天立地的汉子。

鱼自由了,这一回,它没有弄错方位,笔直地冲出了龙须草织成的樊笼,向着清澈的深水游去。但是,于而龙飞起一叉,这一叉,如同他三十年前那样有力、准确,以迅雷不及掩耳之势击中目标,可怜的逃命者又落到了他们手里。

秋儿从水里爬将起来,胸前留着被鱼尾刮破的血印,骂骂咧咧地推着舢板过来,气势汹汹,恨不能生吞了叫他丢尽脸面的老家伙。

这一叉是致命的,红荷包鲤失去了最后抵抗的能力,但于而龙仍旧不敢大意,提心吊胆地抓住叉杆,把它拖到跟前,一把抱住了它,将它提出水面。已经上去舢板的秋儿,凑近过来,抢过叉杆,往它脊背上泄愤解怨地戳进去。

于而龙再一次惊讶地证实:越是年轻,他们下手时也更黑更狠。他本人,他那个工厂,他那个实验场,都曾领受年轻人手的力量。这些手,既能建设,也会破坏,就看"社会"这个教员怎样来教育引导他们了。

现在,红荷包鲤在于而龙的铁臂里,终于不动弹了,那长着肉须的唇吻张开来,只有十磅拉力的尼龙丝还在嘴边挂着。

一条多么光彩夺目的红鲤鱼呵!像荷包似的丰满,像锦缎似的光滑,像玉石似的细腻,虽然血迹斑斑,还沾着泥污,但也遮掩不住魅人的金色光辉,在早春的阳光下闪闪发亮。晶莹的鳞甲,闪耀出珠贝般的虹彩,漆亮的背脊,映现出悦目的霞晕,那膏白色丰腴的腹部,金丝缕缕,血花点点,大自然赋予它多少奇特的色彩呀!

一场没有白白辛苦的追逐总算结束了,胜利者的脸上,流露出欢欣喜悦的光辉,于而龙抱着沉甸甸的,足有十五六斤重的大红鲤鱼,真是心满意足,高兴非凡。

即使倒退回去三十年,从石湖里捕到这样一条红荷包鲤,那也是叫同行嫉妒眼红的呀!何况他已年逾花甲,而且近三十多年不在石湖操网垂钓,取得偌大成绩,难道不值得为之骄傲吗?

他确切地感到自己筋肉里充满力量,他似乎年轻了,一种渴望工作的追求,一种期望投入紧张劳动的激奋,一种企盼被任务压得透不出气,而从中能享受斗争幸福的感受,又从他一个老共产党员的胸怀里,苏醒了过来。

秋儿沉浸在欢乐里,望着这位游击队长叔爷爷,高兴地说:"奶奶该高兴啦,她昨晚上说,你准能打个大胜仗!"

"胜仗?"于而龙摇摇头,"不!还早着呢!"说罢,踩着湖底的烂泥,往舢板上登去。

正在这个时候,那艘游艇突突地减低速度,朝他们驶了过来。

游艇上舷窗拉开了,只见一个人探出半截身子,举起电喇叭向他们喊话:"秋,你们敢情在这儿哪?要不是鹭鸶飞,还找不到你们,快划过来。"

"爸爸……"秋儿为他爸爸能在县委的游艇上,而觉得荣耀,忙不迭地挥舞着双臂向他打招呼。

水生干吗坐着游艇来呀？于而龙诧异地思索着：那个站在水生身边，生着一张笑容可掬的脸，可是丝毫不相识的人，又是谁呢？

"快点划呀！秋！"电喇叭送来水生着急的语调，秋儿更加手忙脚乱，越乱越出岔，偏生又搁了浅，已经上了舢板的于而龙，不得不下水去推船。但水生仍在急不可耐地催促，幸亏那个笑吟吟的人干预了一下，并且好像关照了游艇司机，将发动机的火也熄灭了，显得有礼貌，有耐性地等待着。由此，可以估量那个人的身份了；既然，秋儿讲过游艇是县委的，毫无疑问，于而龙作出判断：准是父母官县太爷之流的大人物，昨天在码头上那份阵势，使他估计得出的这一关，终于这么快就来临了。好啊！多么好啊！恰巧我于而龙在钓鱼，而且钓到了一条大红荷包鲤！

舢板离开了浅滩，于而龙使劲送了一把，就势也纵上了船。舢板像利箭似朝游艇划去，水生这回不是用电喇叭，而是用手拢在嘴上，告诉他："二叔，王书记特地来接你，我们把整个石湖都找遍了，连各队的渔船都没让下湖——"

怪不道鱼汛时期，湖面上静悄悄的，于而龙望着这位威风的王书记，心里想，他是谁呢？怎么想不起来呢？

那个王书记呵呵地笑着探出头："哈哈，支队长，你还是不减当年之勇，战果辉煌，一条漂亮的红荷包鲤，这么大，真是少见。"

啊！逐渐认出来了，他不就是那个怯生生的高中生吗？他被芦花动员从县城来湖西参加了革命，先给老林哥作过助手，后来，又担当了支队的事务长。对了对了，于而龙又想了起来，前几年，水生背了一口袋石湖土产，无非是鲞鱼干、蚶子米之类，千里迢迢地找王纬宇和他，为家乡建设，托他俩走走门路，不就是这个王惠平出的主意吗？

他也算得上是石湖支队残存下来，为数不多的人中间的一个。

如今他胖了,发福了,大腹便便,不是当年那副瘦削的模样,所以猛乍一看都不敢认了。

"秋,快接住。"水生从游艇上扔过缆绳,司机把火打着了,游艇突突地响起来,浑身湿淋淋,尽是泥污的于而龙,实在不好意思弄脏干净的游艇。那怎么能行,王惠平伸过手来,扶他上艇,盛情却之不恭,他只得跨了上去。

他到艇上的头一件事,先向水生讨了个火,摸出雪茄,真是糟透了,烟泡汤了。水生是县里的供销员,走南闯北,有点眼力,赶快把兜里的过滤嘴香烟递过来。于而龙皱皱眉头,因为他烟瘾大,抽不来这种淡而无味的烟卷,无可奈何,只得权且将就了。

还没等他点燃手中的烟,只听得艇后舯板上,那孩子"嗷"的一声惊叫起来,回过头去,刹那间,他感到整个心脏都快涌上了嗓眼。不仅他,连水生、王惠平,还有司机,都一跃而起,情不自禁地嚷嚷着:"快按住,快,抱住,别叫它跑了,快呀……"

红荷包鲤苏醒了,它像从沉睡里醒来似的,张口打了个呵欠,恢复了精神,要翻身起来了。

它那强有力的尾部抽搐着,紧接着,整个身躯像雕弓似的弯曲起来。突然,啪,它又把身子展平,把船板拍得山响,拍得那装食品的竹篮直蹦。

秋儿是个眼明手快的孩子,赶快扔掉了桨,扑了过去,一把抱住了鲤鱼。他和红荷包鲤在舯板上厮打着,滚扑着,原来就不曾系牢的缆绳松了开来,舯板离开游艇,飘出好几米远。

"抱紧,死命搂紧它,别松手!"艇上的人为帮不上忙而干着急,只好以呐喊助威来给孩子效劳了。

谁都懂得武术里"鲤鱼打挺"是个什么动作,但有幸见过真正的鲤鱼在打挺,这样机遇是并不多的。同志们,你们有福了,亲眼目睹了这个场面。

看哪,那条身负重伤的鱼,伤口流着津津的鲜血,但生的意志战胜了死亡,它同秋儿激烈的搏斗,表现出少见的勇敢。它那浑圆的身子,一会儿弯曲,一会儿展伸,一会儿又扭结起来,最后,从秋儿的紧抱中,挣脱出来。

它挣开了,终于摆开羁绊,在船板上猛烈地弹跳起,足足跳了两米来高,像跳高运动员过杆时滚翻一样,尾部矫健有力地卷着,头部傲然坚挺地昂起,瞪着暴突的眼球,甚至连唇吻边的肉须都笔直地翘起……

这时候,谁对它都无能为力了,只好眼巴巴地瞅着它从容不迫地打了个挺——多么英伟,多么有力啊!在半空里翻了个跟头,一头飞进碧绿澄清的湖水里,一眨眼工夫,踪影全无,给人们留下的,只是一圈圈在扩大着的波纹而已。

于而龙的眼眶顿时湿了。

他也不知为什么,竟会激动到这种地步?仿佛跳进水里去的,不是那条伤痕累累的大鱼,而是他自己似的。他觉得他的心,像那条大鱼一样,在泛滥的春潮里游弋着,迎着浪涛,迎着激流,在翻腾,在浮沉……

飞翔吧!老家伙,你欢畅地朝前游吧!你一定会游得更好的……

第 二 章

一

　　游艇载着失败的钓鱼贵客,在碧波荡漾的石湖里驶行着。

　　雾终于消散净了,在艇上放眼望去,春天在扫尽寒冬的残雪余冰以后,终于表现出那不可阻挡的势头。欢乐的桃花汛把石湖灌得满满的,差不多都快要溢出来了,那磅礴的气势,抖擞的精神,盎然的生机,使人觉得石湖早就应该摆脱严冬的桎梏。春天是来得晚了一些,但迟来的春天,倒把石湖装点得更欢乐,更富有活力。

　　石湖的春天,如同石湖上长大的姑娘那样,是笑逐颜开的,是容光焕发的,谁要在石湖待过,就很难忘怀那些大胆表露自己,毫不羞涩的船家女儿。因此,再比不上春天来游赏石湖,更为适时的了,它把所有的美,无遮无拦地全部呈现在你的眼前。

　　他站在游艇的前端,似乎还没有从那条终于获得自由的大鱼影子里,回到现实生活中来,一条多么勇敢的鱼啊!难道他于而龙不应该学到些什么吗?

　　难怪他老伴总嘲笑他了,说他是享不得安宁,受不起富贵的贱骨头,说他贼心不死,因此,他向谢若萍吼:"你不要把我当做一匹刐过的骟马,一个去势的侏儒,我是个骑兵,是条汉子,只要我这盏灯油没耗尽,我就得战斗,就有权利去喊去叫,去哭去笑。"他恍惚觉得这条游艇,突然驶进惊涛骇浪的汪洋大海里去,哦,那山也似的巨浪扑过来,眼看这艘针尖大的游艇,就要被巨浪吞噬了,操船的水手紧张得眼不敢眨,气不敢出,必须拼出全身精力,去握紧桅缆,掌稳舵把,生死就在须臾之间。哦,那虽然是脑海里一刹那间的波澜,可他多么盼望去过那种浪漫生涯啊,可他老伴却喋喋不休地劝阻,并且恨不能他像青蛙似的冬眠。

"不,"他在心里大声说,"不——"

"支队长……"那个县委副书记亲切地站拢过来,朝这位很久以前的老领导问:"你大概有二十多年没回故乡了吧?"

于而龙从回忆与现实交混的境界里醒来,他没有用语言答复他的提问,只是竖起了三个指头表示那逝去的岁月。因为这笔账实在太便于计算了,一九七七减去一九四七,不多不少,正好是三十个春秋。

王惠平的记性不错:"啊,想起来了,四七年底,四八年初,你躺在担架上,是由长生和铁柱抬着离开家乡的。现在回想起来,好像是昨天的事——"

回忆的断片,随着艇尖激起的浪花飞沫,把他湮没了,于而龙自语地:"……那天清早有雾,是不是?"

"对——"王惠平也想起来了,"挺浓挺浓的雾,走不几步,就瞅不见你的担架了!"

于而龙不知为什么先想起雾?也许他在迷雾似的生活里呆得太久的缘故吧?那种令人窒息的迷雾呵!沉重混沌的迷雾呵!那遮掩住一切丑恶,同时也扼杀了所有光明的迷雾呵!在于而龙的记忆里,雾是压倒一切的东西。

"支队长这回回来的时候正对景,春暖花开,景色宜人。"

"可是,'少小离家老大归',你们看——"于而龙笑着让他看那半衰的鬓发。

"不,支队长可半点不显老咧!"

水生附和着他的上级,凑趣地说:"二叔精神总那么好!"

"哦!你们快别恭维我了。"于而龙相信他们说的多少是实情,他不到老态龙钟,衰迈不堪的地步,他还是有点力量的。人必须要具备力量,才会使他人敬重;但受人敬重,未必等于被人需要。因此,他在揣测:这位书记驾着游艇,就差挂两块"肃静"、"回避"牌子,满石湖地寻找他,目的何在?

当然,或许应该理解为游击队员的感情,理解为战斗中的友谊吧?同在一条战壕里并肩战斗,经过生死与共的考验,那情谊真挚纯洁,非同一般泛泛之交。王惠平说不定怀着这种崇高的情感,来迎接旧日的上级吧?

不,于而龙可不这样看,他说自己是条老泥鳅,如今也滑得很,对一些亲近的同志坦率承认心变坏了;他才不会天真烂漫相信游艇是为当年的游击队长开来的。因为在他的印象中,这位当年的支队事务长,绝不是那种罗曼蒂克式的人物,不会有"发思古之幽情"的雅趣。

倘若光阴倒退十年,对于一些盛大的迎送,隆重的款待,丰厚的佳筵,周到的照顾,甚至是破格的礼遇,于而龙这位大咧咧的骑兵也不以为奇,会处之泰然的。那时候,他不但受人所敬重,而且更为人所需要。现在,于而龙暗自盘算,县委负责人能从他身上捞些什么油水呢?

游艇驶进了流经石湖的塘河——一条湖中之河,很快赶上了一艘气喘吁吁的小火轮。

于而龙从小就认识它,算起来该有一百岁了,竟然还力竭声嘶地为人民效劳,实在使他肃然起敬。谁都有过自己的黄金时代,当它翩翩年少时,在石湖上也曾风头过的,所以千万不要嘲笑老家伙;因为有一天你也会老的,真到了你老的那一天,还不一定能像它一样为人民尽力呢!

他激奋地望着这艘古董,忘记了存在着的漫长时间差距,竟脱口而出,说了句三十年前的话:"好像兴怡昌的快班吧?"

整个游艇上的人哄堂大笑。亲爱的厂长,以前你乘飞机出国,你那精通几国文字的秘书,小狄总提醒你,该按照当地的时差拨动你的手表。现在,没带秘书,你糊涂啦,要知道你的表整整慢了三十年啦!什么"兴怡昌"?什么"快班"?那都是死去的名词,只有将来续编《石湖县志》的人发生兴趣了。

"支队长一向好记性,连斤两都不会差的。"有过切身体验的王惠平笑完以后赞叹着。

水生告诉他:"没人要的老牙货,只能在湖里搞搞短途运输,顶替了那些吃水上饭的人家。"

"船家?"

他吐出这两个字有点后悔了,因为他从县委负责人眼睛里,看出了果然不出所料的心情。所以他觉得自己由于情急而有些露出马脚,和他千里迢迢回乡垂钓的悠闲神态,很有些不调和。然而,正是他要寻找的这位船家老汉,可以打开三十年旧锁的那把钥匙,这把钥匙不仅能剖析开芦花死因的哑谜,而且还许能看透一点隐藏在迷雾中的罪恶。他怎么能不一下子变得激动?好像谁往油桶里投进一把火似的,刹那间沉不住气了。"稳住,于而龙……"他告诫着自己。

但他终究是条老狼,倒要测验一下这位大腹便便的书记和去年那次碰壁的函调有什么关系,便不露声色地询问:"如今那些个船上人家呢?"石湖里有两类以船为家的居民,一类是捕鱼捞虾的,一类是运货载客的,整年和波涛为伍,生活在风浪里,形成一种和死也离不开那块土地的庄户人家,性格习气全然不相同的水上游牧民族。

王惠平回答着:"都定居了,不复存在水上人家这个概念了。"

"人总是在的哟!"至关紧要的是,不知那位老汉还活在这个世界上没有。

他看到王惠平脸上掠过一丝疑影,然后听他说:"老的都死绝了。"这和那次碰壁的答复,口径基本上是一致的。于而龙的心不觉往下一沉。

游艇在那一船乡亲们惊羡的目光迎送下,超越过去,离开塘河,穿越一望无际的湖面,加快马力行驶。于而龙根据鹊山的方向判明,这是去县城的水道。当年,他率领支队首次攻打县城失利,也是从这条水道浩浩荡荡开赴火线的。他问王惠平:"哎,你打算回城?"

于而龙不知道该怎么称呼他,按照腐旧的字眼,他该算是个"袍泽"、"部属",如今人家是堂堂一县之尊,自己是个不在其位的台下人物,就不好以旧日的关系来论。"小王"倒是早年间叫惯了的,现在却不相宜,会给人留下老气横秋的感觉。要是径呼其名"惠平"吧?三十年从未来往,是否过于亲昵?思来想去,干脆,什么都不叫。

王惠平大声地发着牢骚:"支队长,你回到石湖,要不在我那儿落脚,这不是寒碜我,怕我备不起饭?"

于而龙说:"我是回到石湖钓鱼来的。"

"支队长,你可真会开玩笑!"他显然不相信。

"你不要勉强我,调回头吧,老林嫂还等着回去吃饭咧!"

他几乎不容转圜地:"走吧,支队长,进城去!"水生也帮着县委书记说服:"叔爷,既然王书记来接你——"

于而龙笑了:"就我这一身泥水,不怕给你们丢面子?肯定要进城去叨扰你的,等我钓到了鱼,还要到城北烈士陵园去看望赵亮的坟茔咧!"

"干吗钓到了鱼?"

"好有祭奠之物呀!"

"现在就去吧!"

"不!"于而龙晃晃头,口气倒是和缓的,但那执拗的性格一下子听出来了,"本来是个愉快的早晨,干吗生拉硬拽弄得大家不舒畅,这多年,也许你不大记得我的臭毛病了。"

王惠平哪能忘记游击队长说一不二的性格,况且他有求于这个快上台的人物,当风向刮得有利于这位一蹶不振的人物时,就不宜太拂逆了。他回头嘱咐司机改道驶往柳墩,然后说:"白打了保票啦!"

"你这话什么意思呀?"

"纬宇叔前些日子就来了电话,要我把你照料好,我还说,请谢医生尽管放心,我们县委的谜园招待所,还是住过高级首长的。"

于而龙不由得一怔,他可真关心哪,这个王纬宇!

"纬宇叔再三讲,支队长这回回乡,一定要吃好玩好休息好,那成什么问题,我拍胸脯给纬宇叔作了保证……"

一口一声纬宇叔,听起来是多么熟悉和刺耳啊!

啊,于而龙突然间发现,眼前胖胖的县委副书记,不知什么时候,变成了瘦瘦的支队事务长了,这大约还是民主抗日政权刚刚在石湖建立起来的时候。

游击队长正火冒三丈,厉声训斥着站在他面前的事务长,大吵大嚷要关他的禁闭。

那是石湖支队相当鼎盛的时期,三王庄成了一块稳固的根据地,大久保轻易不敢来骚扰了;湖西区抗日民主政府的大牌子,高高地挂在那芦花曾经悬梁上吊的大门口,着实威武。再也比不上看着自己亲手打出来的江山,更觉得自豪和骄傲的了。在敌人心腹地带建立一小块根据地,尽管是巴掌大那么一块,也是不容易,经过好几次反复易手,才巩固了下来。

"你以为还是在家当老百姓,在县城念你的高中,可以随随便便,吊儿郎当吗?咱们是革命队伍,不是麻皮阿六那帮土匪,执行上级命令,不许打折扣,尤其不准许自作主张。"

莫名其妙的王惠平一声不吭地站着,对付发脾气的支队长,最妙的办法,莫如徐庶进曹营,一言不发。起初以为支队长找他,又要查问粮秣数字,心里本来就揣着个兔子,先就有点胆怯;劈头一阵闷棍,打得他蒙头转向。他左思右想,虽然找不到什么有漏洞的环节,但他仍旧忐忑,支队长是决不会放空炮的。

"说话呀!为什么不开腔啦!"

他继续保持沉默,支队长的口气已经由责骂到讽刺,这就表明,阵头雨快过去了,很快就要出太阳,心平气和下来,一场磨难该结束了。

"用不着装出孬包样子,一副可怜相。呸!还掉金豆,快别现世啦!你们那种小资产阶级的软弱性,我算看透。"当时,流行着一种说新名词的癖好,一有机会就搬用。于而龙朝高门楼啐了一口:"我不是八十岁的老奶奶,又聋又瞎,你当我把话说过去,就扔脑勺后边忘了?告诉你,知识分子,支队长的话就是命令。"他猛地喊了一声:"王惠平——"

"有!"他吓一跳,赶快答应着。

"听我口令!"

"是!"他赶紧按《步兵操典》的要求立正等待着。

于而龙连续发令,让他做着稍息、立正;立正、稍息的动作,王惠平也不明白为什么要单独对他进行操练。最后,喊了一声稍息,继续教训:"看明白没有?有的命令是不一定写在纸上的,你敢马马虎虎不执行吗?"说罢,他笑了,这个怪人啊……

王惠平以为雨过天晴,那笑声表明了这一点,便斗胆地冒出一句辩白的话,谁知他又在点燃了炮仗捻子。"支队长,我不清楚犯下啥根本性的错误?"

于而龙差点没气炸了肺,说了个口吐鲜血,直当苋菜水,不清楚吗?我会让你清楚的,啪,他把屋里那一小口袋山芋干,扔到他脚下。"背着它到禁闭室去,好好清楚清楚去!"

一会儿,通讯员长生回来向他反映:"报告支队长!"

于而龙还在盛怒之中:"什么事?"

那时候人们并不那么唯唯诺诺,长生站直了回答:"支队长,你大概冤屈了事务长!"

"滚蛋——"

"是。"

于而龙就是这样:脾气来得快,也去得快,特别觉察到错怪别人的时候,他会马上赔礼道歉;所以挨训者还耿耿于怀,他倒跑过来,向你敬礼,向你认错,拍拍你的肩膀,说不定开个玩笑,刚才他下的那阵鸡蛋大的冰雹,早化得无影无踪。

"回来!"他叫住通讯员,"那个知识分子鼻涕虫说些啥?记住,不许犯右倾——"

"事务长说他拿大秤约了再约,斤两不会错的。"

那年石湖闹灾,群众生活较苦,上级从滨海地区调运一批山芋干来帮助度荒,区委定了个框框,于而龙给王惠平挨个一说,交给他去办。

王惠平在禁闭室里枯坐着,没想到于而龙站在门口,那时作兴自觉关紧闭,连个警卫都不设。

于而龙问:"你约了再约?"

"是的!"他绝对有把握地回答。

"你再说一遍!"

"我?"小资产阶级的软弱性又上来了,他不敢坚信自己。

"家家户户都按我说的如数发了?"

"哦!"王惠平到现在才恍然大悟,支队长的火气从何而来,他以毫无挑剔的立正姿态,站起来理直气壮地回答:"就是那个秀才委员的救济粮没如数发给他。"

"为什么吗?"于而龙冲禁闭室吼。

他有所恃地回答:"按照现阶段阶级斗争的规律性来分析,他算不得革命的基本群众,而抗日之主要力量——"

"这是你的话吗?"

"不是。"

"谁讲的?"

"纬宇叔。"

"什么纬宇叔!"

"副队长。"他连忙改口。

"什么副队长?"那时,王纬宇由于作战勇敢,调到毗邻的滨海支队去了,已经不担任石湖支队的职务。

王惠平嗫嚅地说:"纬宇同志讲,山芋干是他们通过封锁线支援咱们的,居然去接济满清秀才,封建余孽,至少是右倾机会主义。"

于而龙压住火:"既然如此,干脆取消多好,为啥还送半口袋去,犯一半右倾机会主义的错误呢?"

"那不是老夫子,谁知是真是假,眼下还站在统一战线里吗!"

"这个混蛋,又来他那一套可怕的'革命'性了……"于而龙在肚子里暗自骂那个王纬宇。而且诧异一个被芦花从城里动员到支队来的青年,怎么能那样信服王纬宇,支队长的命令可以减半执行,一个调走的纬宇叔,他的话倒当做圣旨,实在难以理解。

要不是那位老夫子求人将救济粮捎回来,刚才那场雷阵雨,也落不到王惠平头上了。其实,那位秀才委员并不是嫌不足数才退回的,而是他不愿给抗日民主政府增加负担,他托来人捎话:"我身为委员,理当体念时艰,心意老朽领受了,粮食还是先尽那些嗷嗷待哺的老百姓吧!"

他那时基本上无人侍养了,儿子跑到大后方国统区的重庆去了,女婿投靠了南京汪伪政府,好几次来接他,他不去:"道不同,乘桴飘于海,俗话讲:桥归桥,路归路,我要跟这些赤脚大仙在石湖待下去。"

早先时候,他的少爷和姑爷,媳妇和女儿一齐劝他离开石湖:"老爷子,别犯糊涂,这里眼看要成共产党的天下,泥杆子要坐江山啦!"

别看他是个入过闱,应过试的秀才,思想却并未停留在满清,倒是个新派人物:"我一没剿共,得罪了人家,二没家产,怕他们共产,我是皇帝、军阀、委员长三朝都过来的人啦!倒要亲眼看看共产党是不是有气候。"

像这样一位编过县志的耆宿,活着有功名的遗老,四州八县都闻名的板桥先生的后裔,自然,无论日本鬼子、国民党都想把这有点号召力的名望之士抢在手,以壮门面。汪记伪县长在城里望海楼摆下筵席,派汽艇专程到闸口接他就任顾问,他给辞退了;国民党第三战区拿着司令长官顾祝同的片子,聘他去作参事,抬着轿子来请,他给谢绝了。可是抗日民主政权建立以后,邀他代表三三制的一个方面,老先生连半点推托的话都不曾说,慨然允诺,而且对芦花说:"别看你给我腿上一枪,我还是拥护你们赤脚大仙!"

对这样有民族气节,靠书画为生,过着清寒岁月的老人,拨给一点救济粮,竟会犯下右的错误么?于而龙问护粮来的王纬宇:"是不是调门唱得越高,就越革命啊?"

"老兄,不是调门的问题,革命的最根本之点,就是阶级斗争。老夫子是什么人?咱们应该有清醒的估计。可惜你读不了绥拉菲莫维支的《铁流》——"他手往下一按,嘴角又抠得深深的,"告诉你吧,阶级斗争是铁和血的结晶。"

说来惭愧,游击队长那时很少什么学问,字也识不得两箩筐,他说:"我不懂你的铁流铜流,也不明白你的尿啦屎啦,我只晓得老秀才拥护咱们共产党的主张。"

王纬宇放肆地大笑:"他拥护他那漆了不知多少遍的棺材,假如不是那寿器赘着,早三年,就离开石湖;现在不是在重庆,也在南京当老太爷,不会有工夫来巴结你,讨你的好,把你的于二龙改成于而龙了。"

于而龙努力控制住自己的手,不去扇他的耳刮子,这张臭嘴,像墨斗鱼似的,把什么都搅了个昏天黑地。只见这个"纬宇叔",在那墨黑墨黑的烟雾里,时而张牙舞爪飘游到上层来,时而钳首缩尾地深潜到水底,影影绰绰可以看见,但是捉摸不到,于是游击队长大喝一声:"你不要躲躲藏藏了,出来吧!"

他果真出来了,而且乐呵呵,似乎是从艇尖湖水里爬上来,印在了他脑海里记忆的屏幕上。

游击队长觉得应该把话说得更透些。

"咱们都是受党多年教育的人,至少残留一点最后的觉悟吧?如果到了今天这步光景,还昧着心去把假当真,把丑当美,把恶当善,那么,老兄——"

王纬宇摇摇头,不以为然:"任何真理都是相对的,不可能超越时空的限制,真,在一定时期一定条件下,如果需要,可能看做假,相反,同样也是需要的话,假会变作真。真理和需要是姻兄姻弟,信不信由你。"

"哦,可怕的实用主义。"

"你那些朴素的唯物论,早成了过时的东西了,老于,所以你总跟不上时代。"

"照你说,连良知都不要了。"于而龙问:"继续唱这种高调下去?"

"既然有人喜欢听——"

"甚至还可以制造真理,就像制造假币一样?"

"如果需要的话,我们就加工定做,成批生产,人们还虔诚地制造上帝咧!"

王纬宇坐在沙发里,跷起二郎腿,把他老婆所写的长篇累牍的大块文章拿给于而龙看。

于而龙诧异起来,咦?他怎么不是刚才脑海里的支队副队长,而是厂革委的第一把手?什么时候他脱掉那身破烂军装,变得衣冠楚楚起来?喝,连谈话的内容也改换了主题,老秀才的名字消失了,现在谈论的是另外一位老夫子,就是解放初期从国外回来的廖总工程师。

他正是为廖思源又一次登门拜访王纬宇而来,上一回为了实验场曾经恳求过,甚至是低声下气地央告这位赫赫扬扬的革委会主任。今天,他不是给他讲好话来的,一开始就问:"你懂得什么叫做光荣的撤退吗?"

王纬宇愣了一下,一个正是处于上升状态的红人,例如留有余地啊,急流勇退啊,不要把事情做绝啊一类语言是视为忌讳的。"怎么回事?这个垮台的英雄?"他在心里琢磨这个不肯罢休的怪物。

于而龙笑了,心想:不必如此紧张,看来,你良心上也很有些不安的东西呢。然后才说明来意:"没有必要再坚持下去了,该给廖老头落实政策,安排个工作啦!你早早晚晚总得这样做的。"

"你这个晦气家伙呀!"王纬宇这才放下了心,原来是为那位总工程师说项来了。"真是个多事之徒,上回,为实验场糟蹋了我煮的咖啡,这回,我可恕不招待啦!"

"你不要再拖了,上回来的那个外国代表团,我可是替你遮掩过去了,下回——"

王纬宇望着他,肚里骂道:"下回,没你的份啦!哪怕那些不识相的外国人,死活要见你,也不会让你出面啦!"他想起前不久宴请一个外国代表团时,于而龙和"将军"作为特别来宾应邀出席的情景,差点让他这个特别主人出了洋相啊!

"人家外国人都打听,关心廖总的研究,为什么咱们堂堂中国,倒不能把他那个动力实验,搞出个结果来呢?墙内开花墙外香,老兄,你不觉得可惜,有损国光吗?"

"可惜的东西多得很咧!"王纬宇耸耸肩。

"老王,干吗总挂着人家?让他工作,让他搞实验,让他埋下头来做学问,他就安心了,他也不会产生这样或者那样的怪念头了。"

他心里想:"如果你有点人味,这或许是一次改恶从善的机会呢!"

"唉呀老于,你要嫌没事干,我可以教你怎样种植兰花,你操那份多余的心干什么? 就好像一次心肌梗死还不够,偏要把石头往山里背。"王纬宇暗地讪笑这位失败的对手,到现在还不承认大局已定,可笑而又可悲的于而龙啊! 如今可不是石湖,你的时代已经过去了。

"不过,我还是想进行一次最后的游说,你表态,听不听得下去?"他真是打算把"放下屠刀,立地成佛"的格言说给这位红极一时的革委会主任听听,而且很可能会被认为是精神病患者的梦呓。

王纬宇做出缠不过他的样子:"王某在此洗耳恭听,嘻,什么时候你才改掉包打天下的毛病?"一面晃着脑袋,一面在肚里骂道:"真是讨厌死了,我得轰他滚蛋!"

"廖总有什么里通外国的问题,不错,他有个女儿在大洋彼岸,可你的那些专案组、专政队、清查班子,连他家里的箱子旮旯里,有几颗樟脑丸都查遍了,弄得那位廖师母都无法再活下去,一命归西。挂了这么多年,该给老廖头高抬贵手了。"于而龙在软绵绵的地毯上踱着,心里琢磨:关键就在你这里,那些四肢发达,头脑简单的凶神恶煞,还不听你一句话,别故弄玄虚啦……

"老兄,哪怕廖思源干净得像个玻璃人儿,我们不能离开阶级斗争、路线斗争的实际来考虑问题。"边说边想的王纬宇,望着抽雪茄的老对手思忖着:情况明摆着,秃子头顶上的虱子,他要重新上台,你不是又该指日可待了么? 好容易二次把你扳倒。"老兄,政策和策略是……"

"是不是我应该再去读一读《铁流》?"那意思分明在说:"好啊! 高调又唱起来了!"

王纬宇不会建议他去读《铁流》了,因为那位曾经大字不识几个的游击队长,现在可以捧读原文版本,而这位一度当过文教厅长的人,至今也还是只会那几句洋泾浜英语。但是,王纬宇想,别着急,老兄,我这里有一根足以打得你两眼冒金花的铁棒呢!"你看了夏岚最近发表的一篇文章吗?"连忙从茶几下翻报纸,要拿给他看:"咦,她写的那篇跑到什么地方去了? 全部是上头最新最新的精神,别看说的文艺界,实际上是带有普遍的指导意义,那很可能是一枚红色信号弹——"他嘿嘿一笑,于而龙从他得意的神色里,看得清清楚楚,他那没有说出来的话,就是:"你还是老老实实躲进掩体里去算了!"

"至于是红色的,还是黑色的,我不感兴趣。还谈廖总,这是我这篇文章的主题,你甭费劲找那篇信号弹啦。"

"好吧! 我也无妨给你透个底,我们党委碰过头啦,研究过老廖的问题,打算给他找点事干干。"

于而龙其实直到今天,也还是个党委成员,那还是他第二次上台,让他抓生产指挥组时赏给他的,谁也不曾解他的职。但中国人有种识相知趣的传统,既然靠边站了,无需乎罢免,就自动拉倒了。于而龙决不会去责问:为什么不征求我这个委员的意见啊? 所以他半点也不为自己蒙在鼓里而气不平,反而问:"怎么安排的呢?"

王纬宇字斟句酌地说:"让老廖去看守你心爱的实验场,如何? 一天打四遍点,告诉工人该上班下班就行了。"

于而龙爆发出一阵大笑,差点没笑掉下巴颏,他揉着笑痛了的肚子说:"请递我一杆笔计算一下,一位拿三百来元工资的总工程师,一天的工作,只按四次电铃,每按一下,该折合多少人民币啊? 今古奇观,哈哈,纯粹是今古奇观。"

"没有什么可乐的,'将军'还打扫过部机关的厕所呢! 穿着将校呢大衣又如何? 假如老廖再高踞在总工程师的宝座上,岂不是一百八十度大转弯,又通通回去了吗?我不说'复辟'、'回潮'这类刺激你心脏的字眼;反正设身处地替小将们想想,他们辛辛苦苦,折腾这么多年,都付之流水,能心甘么?"

"你也不会心甘的,老兄!"

"哦,我可超脱得很,要不然我就不会跟你推心置腹了,不过,你应该读一读夏岚的文章。啊,找到了,这不是写着吗?兴灭国、继绝世、举逸民。咦?夏岚的题目是保卫成果与投降招安呀?对不住,弄错了,不过没什么关系,口径都是一致的。我就给你读读这篇:'在史无前例,震天撼地席卷整个中国的历史巨澜之中,在浩浩荡荡,千军万马驰骋在新的革命途程之上,我们这些肩负历史重任的新的一代风流'——咦,人呢!老于?老于,他妈的,不辞而别!"

在他埋头念那篇文章的时候,于而龙抬起屁股走了,他没有兴趣听人放屁。

于而龙走进了自己那栋楼,推开门,正好碰到楼下的邻居,一位在国内国际都有点名气的动力专家,又穿上了那件磨成光板的,原是长大衣,硬给剪短的外套。这身打扮,使于而龙回想起他们俩在那九平方米的"优待室"里,所度过的患难日子,这位有着学者、博士、教授、专家一系列让他倒霉头衔的总工程师,是于而龙心目里又一个可敬的老夫子。

"干吗又穿起这套行头?"

"敲钟去!"

"哦,你已经知道了?"

"不愉快的消息,总是要比预料的来得快些,而好事才常常多磨!"

"我白给他磨半天嘴皮。"

"你多余去找他,我这就去当一天和尚撞一天钟,有什么不好的呢?"

"那么,你的理论——"

"唉——"他沉重地叹一口气,"在钟声中慢慢死亡吧!"

"不会的,不会的,这场历史的歇斯底里会过去的。"

他望着那对闪烁火花的眼睛:"不过,我未必看得见。"

"你不要这样灰颓,廖总!"

"谢谢你的好意,我努力挣扎挣扎看!"

"去吧,去吧,也许实验场会唤醒你的灵魂!"于而龙握住他的手,紧紧地,久久也没有话。

回到屋里,只听谢若萍在过道里叮嘱着房间里的儿子:"菱菱,明天,楼下廖伯伯要去工厂实验场上班,他上了点年岁,眼神又不济,路上人来车往万一有个闪失呢?我看你这个大学,成天大批判,也没个正经的,学不学两可,干脆,明天你甭到学校去,陪廖伯伯一趟吧!告诉他郊区车怎么坐,在哪儿倒车。"

"是喽!是喽!"于菱在他姐姐屋里答应着。

于而龙在心里暗暗感激他的老伴,她是个识大体、懂事理的女人,别看她有时候唠叨两句,可她有着一颗善良的、同情别人的心。

"干吗不进屋去对他讲?"他问。

"谁知他们姐弟俩画什么?不让我看。"

姐弟俩在屋里格格地笑着,他琢磨不透于菱近些日子,为什么一个劲地热衷绘画?究竟要达到什么目的?儿子有许多事对他是讳莫如深的,使他有些苦恼。于菱在他眼里,是被看做浅薄的、没有什么远大的理想和事业上的追求,基本上是属于浑浑噩噩,谈不上多大指望的家伙。但是,他有时冒出的一句话,两句话,又觉得孩子并不是毫无头脑的。记得前几年,于菱复员回来当工人那阵,兴致一来,向他姐姐学过几天绘画,但很快五分钟热度过去了。好容易他妈妈活动得把他保送进大学,怎么?于而龙纳闷,不学高能物理,又要回头学美术?儿子不像女儿,他觉得于莲几乎没有什么回避他的,她把他既看做是亲爱的爸爸,又看做是谈得来的朋友,可开始长胡子的儿子,却对他有着分明的隔膜。

他推开女儿既作画室,又作卧室的屋门,于莲正披着睡衣,捧着一部俄文版的《伊索寓言》,边走边译给她弟弟听,于而龙很快从寓言的含意,明白了她的意图。很明显,因为她不赞成弟弟找的对象,做姐姐的总是进行不惮其烦的教导。

"莲莲,莲莲……"于而龙心里念叨,"连我们做父母的,都相当明智地不再干预,放手不管了,你一个做姐姐的,干吗偏要从中作梗,做那种讨厌的反对派,一定要使菱菱不和那个舞蹈演员相好呢?"

于莲的散漫随便和落拓不羁,使得头脑相当开通的于而龙也对女儿的行止得耷拉着眼皮——"什么时候真得和她剀切地谈谈,咱们是中国!"可她,睡衣也不系紧,肩头都滑了出来,高耸的胸部,随着她边译边笑的语声在颤动:"城里的耗子决定邀请乡下的耗子,到他家来做客……"她掠了她爸爸一眼,似乎在说:"你别管我们的事,我非把他们的爱情给搅黄为止。"

这个怪特的姐姐脾气呀!"那个乡下耗子啊……"她半点看不上眼。

确实也是如此,于而龙承认,那个舞蹈演员有点轻佻,有些浮飘,是个很少见过大世面,小家子气十足的姑娘;可是爱情蒙住了眼睛,人就会变得盲目,于菱偏爱上这位特别外在,特别浅薄,像小市民一样眼皮"拉浅"的演员,有什么办法?总不能采取封建社会的家长威力,用强硬手段断绝这对情人的来往。尽管全家四口人,有三票反对,但决定性的一票,是他自己,他投定了,就再也不能更改。——"嗐!也是头犟驴啊!"

那时,他从部队服役期满回来,都是谢若萍张罗,在厂里安排了工作。不知怎么碰上了原来的同学,现在是舞蹈演员的柳娟,而且,不由分说,就如胶似漆地亲密了起来。谢大夫医院里有许多好看的姑娘,热心人成打地给他介绍过,并不比演员差到哪去;部大院里也有合适的女孩子,门当户对,比那个小家碧玉有身份多了。不,于菱死活不干,偏要和这个跟高歌好过几天的舞蹈演员交朋友,谁也不能拆散,把他妈妈的胃病都气犯了。

"你要从政治上考虑利害,小祖宗——"谢若萍恨不能明明白白告诉儿子:你要为你老子想想,高歌现在是个什么人物?你从他手里把这个姑娘夺过来,该考虑会有什么样的后果?他苦苦地追求了好几年,现在,又有汽车,又有洋楼,就缺那么一位漂亮夫人;可你倒好,半路上给人家截走了。

于菱回答着他妈:"廖伯伯说得有理,在爱情上,谈不到温良恭俭让,好比物理学电子俘获现象那样,用不着讲谦逊。我爱,我就大胆地爱;我追,我就勇敢地追。一个质子变为中子的过程,总要释放出一个中微子,就让高歌成为那个质量等于零的中微子吧!"

"你混蛋透顶!"犯着卡他性胃炎的妈妈骂着,"气死我啦,跟你老子一样,一头死不开窍的水牛!"

"廖伯伯讲:一个缺乏强烈爱情的男人,算不得一个男人;一个不敢爱、不敢恨的民族,准是个没出息的民族。他说,他要年轻五十岁,也会加入竞争的行列,在爱情的斗牛场上,就应该有卡门一样火热的爱情。"

"哎呀,他不怕廖师母从阴间回来掐他。"

那都是两年前的旧话了,如今既成事实,不接受不行,老两口也只得默认了。

惟有于莲,她尝过爱情婚姻生活的不幸,还在一个劲地说服他:"……乡下耗子胆战心惊,稍有一点响动,就吓得失魂落魄。虽然食品很丰美,有乳酪、有面包,还有蜂蜜——"她又继续朗读俄文,可于菱却盯着他的父亲,显得多少有些局促不安地,摆弄着手里的油画笔。大概知其子莫如其父,于菱每当有些什么不想让老子知道的事,而常常逃不脱那双敏锐的眼睛。这时,在许多画稿中间,一张半开纸大的画幅上,有一个人面蛇身的女人,吸引住他。这显然不是于莲的手笔,那种漫画式的夸张,肯定是他儿子的杰作了,那个妖精用一种可恶的眼神,憎恨地仇视着她所看到的一切。尤其是那一副刚用炭铅勾勒上的秀郎眼镜,毫无疑问,是画家信手添上的了,这一添可不打紧,影影绰绰地看去,酷肖一个了不得的人物。

"干什么?你们要干什么?"于而龙朝那幅画走过去。

他女儿合上了那本《伊索寓言》,严密注视的眼神紧追着她爸爸的身影,似乎觉得他不应该是这种样子,起码报以会心的一笑才是。但是,那一连气追问的"干什么"当中,既有责难,也有惶惑,以至还有点害怕,自以为深刻理解爸爸的女儿,弄得不懂起来。一直到于而龙抬起手来,去撬那绷在画架上的揿钉时,这才喊了声:"爸爸——"

于而龙回过身来,望着于菱:"你搞这些只有傻瓜才干的事,是什么意思?"

"我干的——"姐姐回护着弟弟。

"不,姐姐,用不着瞒住爸,我要画一张贴在我们学校那大批判专栏上,凑凑热闹,别以为全中国九亿人民都是哑巴,都是不会讲话的牲口。"

"哦唷,英雄!"于而龙冷笑地说,假如没有和王纬宇这两次为了实验场,为了廖思源的交锋,那么今天如果不在表面上,至少在心底里会赞赏儿子这种敢作敢为的勇气。然而现在这种拼命三郎的做法,至少在这个打过游击的于而龙心里是采取否定看法的,应该积聚力量,应该等待时机,就像过去石湖支队处于劣势时那样,可是,怎样才能给他们讲明白呢?

"爸爸,我们不是孩子!"于莲温和地走去拉于而龙坐下。

但是,于而龙甩开了她的手:"你们这是在作死——"他本想说,聪明的剑手,决不会把柔软的下腹部去迎敌人的剑锋,而是应该躲其锋芒、避其锐气,然后,找到对手的破绽,一鼓作气,置其死地,一点也不手软地战斗到底。但是,于菱冷生生的一句话:"与其像狗似的活在这个世界上,还不如像人一样地死去——"把于而龙气得两眼发黑,于是回过手来,就要去撕那张画。

于莲一下子站在他和画架的中间,挡住了他的手,急促、气愤地喊了一声:"爸爸——"那高昂尖锐的声音,把在厨房里做饭的谢若萍都给引来了。她直以为出了什么事,推开门,只见爷儿三个都赤红着脸互相僵持着。

"怎么啦?你们怎么啦?"

突然,于莲那对特别明亮的眼睛里,簌簌的泪水像一串珠子从脸颊上滚落下来,她说:"爸爸,你从来不是一个胆小鬼,能指望你的儿女是贪生怕死的懦夫吗?……"

泪水使他匆匆而来的火气,匆匆而去,伸出去的手收了回来。他想:也许是这样,每一个时代的人,走上他革命道路的方式,怕不会是尽同的,由他们自己去闯吧,他们自会对他们所走的每一步负责的。

难道不是这样吗?他在回忆的波浪里越陷越深了……

那蛇身人面像又在脑海里升了起来,张着血盆大口,似乎要把这个世界都吞噬下去,紧跟着,那条张牙舞爪的章鱼,又朝他扑了过来,他仿佛感觉到那章鱼触脚的吸盘,在紧紧地吮着他,随后,又听到那熟悉的笑声,在耳边隆隆作响,也不知是王纬宇,还是王惠平的腔调,告诉他:"需要,弄假成真;不需要,真亦是假!哈哈哈!"

于而龙果真被这些幻境搅得有点头晕,把那支没有吸完的纸烟,从舷窗扔到湖水里去,他也不知道为什么会乱到这种地步,脑子里简直像开了锅一样。

毫无奇怪之处,亲爱的游击队长同志,谁让你整整三十年不回家乡呢?

当然,每个人都有自己的故乡,久别以后回到那里,必然会产生一种激动,这是很自然的。更何况石湖对他来讲,又非一般乡土关系,因为这块土地,几乎每一寸,都是经过他的手,和敌人抢来夺去,好容易才成为人民的江山,所以就格外容易动感情了。

假如他不是抱着殷切的期望回乡,恐怕也不会像现在这样思绪万千,心潮起伏了。他做不到心如古井,能够喜怒哀乐,不动声色。不行,刚才县委副书记关于船家下落的两句话,差点露出了声色,有什么办法呢?他是一个有血有肉的汉子。谢若萍早就给他预料到了,医生的职业习惯,总要给病症作出确切的诊断,她说:"你回石湖,心情决不会好的,比不得王纬宇,他三头两遭地到家乡转转。"

"从何说起呢?大夫!"

"信不信在你,因为我想,能使你欢乐起来的因素少,相反,让你失望、伤感的东西倒可能是很多的。"

说对啦!未老莫还乡,还乡须断肠,虽说于而龙已经六十出头,但终究不是那种老朽昏聩,感情麻木的人,他的血还是很热的,他的爱和恨还是挺强烈的,才回到故乡多大会儿,也就是一天不到的工夫吧?倒觉得自己的心,像跌进了无底深渊,透不过气来地下沉,而且是无止境地沉下去。

不知谁在提醒他:

"前面就是三王庄了!"

二

于而龙恨不能一步跨到三王庄,来到鹊山脚下,去凭吊那块殷红的石碑,一个石湖地区最早牺牲的女共产党员的坟墓。

三十年来,一直牵系住于而龙的墓地,现在离他愈来愈近了。他模糊中觉得芦花好像并未牺牲,而也许还活着,只不过是长时期的分别,现在又该重逢了。但芦花确确实实是他亲手放进墓穴里去的,就在那棵已不存在的银杏树的附近。自那以后,没有给坟上添一把土,现在,可以弥补多少年来引以为憾的事了。

他盼望着独自在石碑旁边坐下来,在毫无纷扰的情况下静静地想,只有安详的氛围、静谧的环境,才有助于思路的畅通。他要在凭吊中思索,也在思索中凭吊,凭吊是怀念已成历史的过去,思索却是为了战斗,为了明天。所以他需要好好地回味,三十多年,逝水般的日月,冲淡了他的记忆,而现在,他多么想把断续的历史画面一幅幅联缀起来,构成一个完整复原的当时形象,好作出新的判断,来帮助自己(恐怕还不仅是自己!)打开那把锈锁,揭示出哑谜的谜底。

芦花! 于而龙真想朝村西大声喊:我多么需要你的帮助呀!

"上岸歇会儿吧！支队长！"王惠平向他提议,同时注意观察他的脸色。

于而龙犹豫了一下,但立刻否决了自己。不知为什么,他认为有一位信奉王纬宇的县委书记陪同,那么长眠的女指导员肯定会皱眉头的。

"快赶回柳墩去吧！"他尽管这样说,目光仍舍不得离开原来耸立着银杏树的村子尽头,可是新盖的房屋,挡住他的视线,游艇又不理解人的心情似的飞快行驶,三王庄很快落到身后边了。

芦花……于而龙在心里同她交谈起来。

要不是意外地巧遇着他当年的一位老战友,恐怕此生也只是在魂梦里来到她的身边了。只是一句无意中的言谈,才导致游击队长,重返故地,在石湖上乘着游艇疾驶啊！

"芦花,你无论如何也不会忘记劳辛,我们那位感情洋溢的诗人！"正是这位记者兼诗人的罗曼蒂克式人物,使于而龙三十年回乡的梦变为现实,而他和认为早已牺牲物故的劳辛见面,实在是极其偶然的。

去年,一九七六年的最初几天,在举国悲痛的日子里,在满城白花,阵阵哀乐声中,阳明,原来在根据地里他们的政委,长期卧病以后,也随着那颗殒落的巨星与世长辞,再也比不上那一年春天,整个中国更为苦痛的了。

阳明是一位非常体贴关怀下级的领导干部,大家都特别尊敬他。于而龙心肌梗死发病住院,这位政委还拖着很重的病,来看望过他。很清楚,是路大姐去告诉他,并要他来的。那时,周浩的处境要更糟糕些,一个被命名为"还乡团支队长"的挨批之人,怎么能到医院里来探视他于而龙呢！又不知该造出什么舆论,作出何等文章。但是,在部队工作的阳明抱着病来看望了,他身体瘦得可怜,但精神矍铄,一个劲地说啊笑啊,劝于而龙不要颓唐,鼓起信心活下去。

"你就放心吧,阳明同志!"

"我对你还是蛮有信心的,谁让你是一条龙呢。"他温和地笑了,自从于而龙认识这位领导人以来,从来都是这样和蔼可亲,令人感到格外温暖。

谢若萍对这位部队首长说:"现在他是趴下的虫了!"

"没关系,鱼龙变化,未来还是可以飞腾的。看咱们那头铁打的狮子,不也被捆住了手脚嘛!"他轻松地谈起周浩。在那乌云滚滚的日子里,这种谈话方式使于而龙惊讶,为什么他不把事态看得那么绝望悲观,好像不得了,天全黑下来了。阳明敲敲他那铁床,发出丁当的声响:"有句俗话,叫做百炼成钢,听见没有,这是从烈火中炼出来的金石之音;你搞多年工业,更该明白这个道理。像我癌已扩散,指日可数之人,还充满信心地活下去呢!千万不要灰心失望。"他笑着问:"还记得六七年,我作为你的同谋犯,从你们工厂偷着往外运那套动力实验资料?"

"全让他们烧了,二十年辛苦,付之一炬!"

"造孽啊!"他叹了一口气,"总有恶贯满盈的一天!我记得那时候你也曾经趴下,可不曾服输,用他们的话,就叫做蠢蠢欲动,伺机再起,现在怎么啦?背一回氧气袋上台做检查,就失去勇气啦!"

——他全知道,全知道,一切他全了如指掌啊!

但是于而龙万万没料到,他出院还不曾来得及去探望政委,倒先接到了他的噩耗。谢若萍害怕老伴过于激动,直到开追悼会了,才不得不告诉。

——芦花,你该比我更熟悉阳明同志,他还是你们那一届抗大分校的负责人,那是一位多么严谨正直的老同志,又是多么爱护干部,关怀下级的好领导啊!

于而龙还记得最初攻打县城失败以后,政委来到三王庄,那是第一次和他见面。他那温文尔雅的样子,并不能使于而龙的忐忑之心稍稍平静下来,多少有点耗子见老猫似的,估计周浩式的一顿臭骂是免不了的。于是端坐在船舱里他的对面,准备迎接这场暴风雨。后来,游击队长才体会到政委和司令员的截然不同的性格,安排在船舱里个别交谈,正是他的细致之处,不像"将军",那管人前人后,噼里啪啦一顿机关炮,搞得人下不了台。

阳明没有责备他,连一点批评口吻都未流露出来,而是文静地询问着战斗的全部过程,哪怕极其无关紧要的细节,都再三再四问个齐全,半点也不着急。那时候,于而龙是刚出炉的烧饼,虽然有股热劲,但还显得软嫩,是个才学会打仗的初级指挥员,有些问题,张口结舌答不上来,有些数字,模里模糊说不准确——要碰上周浩,眼睛早直了,就得朝你拍桌子。但他挺有耐心,宁静地等于而龙想好再回答,这时,只听水声汩汩地拍打着船帮。

王纬宇打发通讯员长生,至少来送过十回茶水,最后,阳明笑着说:"回去告诉关心你们队长命运的人,我保险不把他吃掉。"

事后,游击队长把参谋——王纬宇那时是参谋,叫到偏僻处,生气地问:"你在搞什么名堂?怕我把屎盆子全扣在你脑门上么?"

"如果你需要的话,也许会那样做。"

"敢作就敢当,我不像你。极力主张打的是你,出了娄子拼命把自己摆脱出来也是你。"那时,王纬宇仗打得英勇,没有少给他哥苦头吃,凡是能教训王经宇的地方,他都会奋不顾身地扑上去,这一仗,就是打他哥在县城的奥援。

他若无其事地说:"我只是测量一下领导同志的温度,拿船家的话讲,也就是要观一观风色!"

接着,政委像老师批改学生作业似的,一项一项都摊在船舱里,类似沙盘作业那样,从最初对敌情的判断,到一场攻坚战设想的形成,再从一二梯队的运用,发起攻击的时机,各种火力的配置,一直到部队的干部思想,战士情绪,从头至尾的政治工作,像剥莲蓬一样,一层一层给于而龙剖析着。

时属深秋,战士们还穿着单衣,在忍受凄寒,而我们这位石湖支队长,却像三伏天里钻进了灶炕,汗流浃背地听政委以商榷的口吻,同他探讨战斗的得失。那些个破绽哪!那些个漏洞哪!使他羞惭得无地自容,恨不能从船帮的缝隙里钻出去。

——直到今天,我还是个不及格的学生呵!

死去的政委当时毫无责备的意思,声调也不曾提高半分,而于而龙比受着斥骂、受着鞭挞还感到难过痛心。——这才能叫做真正的触及灵魂呢!

指挥员的鲁莽,是要以战士的生命为代价来补偿的,但是政委却把责任揽在自己头上:"……轻敌的苦头,不作调查研究的苦头,轻易被人动摇自己判断的苦头——"哦,了解得多么仔细啊!——"我们都吃过,要是多在你们耳边吹吹风,至少会使你们慎重些,小心些。怪我吧,怪我来你们支队太少,而且也晚了点。"说着,紧握住于而龙的手:"二龙,打起精神,我们来不及办军官学校,只好边打边学,要付出一些学费,也是势所必然。"

可是一旦获得一些成绩,取得一点进步,阳明决不会忘记夸奖和鼓励的。就在那以后不久,支队在陈庄、三河镇之间打了胜仗以后,政委赶快派记者来写他们。

他们就从那时起结识了劳辛,一个和他们生长环境迥不相同的人物,这个从海外跑回祖国来抗日的华侨青年,留着浪漫主义的长头发,写着充满激情的马雅可夫斯基的阶梯式的诗句。

说来也不怕丑,于而龙从不讳言,那时他和芦花是没跨出石湖一步的土豹子,不但不知道土星火星在宇宙间的轨道,甚至常挂在嘴边的英美法,日德意,也不晓得他们彼此谁挨着谁。延安那是心目中向往的圣地了,但实际距离多远并无确切的概念。尽管来不及地像饿汉般吞食着新名词,差点得了消化不良症;但要听懂劳辛那些古怪的外国话,比读天书都困难。什么"普罗意识"、什么"布尔乔亚的情趣"、什么"以狄亚"、什么"生蒂门答"、什么"我的烟斯披里纯来了!"等等等等,神仙也弄不明白。只是到了相当熟稔以后,于而龙和芦花——主要是充满好奇和追求,探索和思考的游击队长,才悄悄地问他那些洋话是怎么个意思?可是要他用老百姓的语言,来解释 sentimental 的涵义,诗人费难透了。甭说在四十年代,现在有谁来尝试一下,保管也不容易。

但这并不妨碍他们之间与日俱增的友谊,心和心在逐渐靠拢,革命是他们牢牢联系的纽带,但激情却是焊接剂。哦,还有,诗人那直到今天也不隐讳,而且是并不衰减的对于芦花的真挚情感——那时人们多么坦率和忠诚呀!这样,他们一起度过了石湖的最美好的时光。所以后来,传说诗人在战斗中牺牲的消息,曾经使他们多么悲痛了一阵啊!

但历史有时会重演的,巧合的情况也经常发生,要不然也就不能称之为充满戏剧性的世界了。是阳明使他们相交结识;三十多年以后,又是他让于而龙和劳辛重逢叙旧,然而却万万没有想到,是在政委的追悼会上。

"你还是不要去了吧!"谢若萍劝说着她的老伴。

"不,我爬,也要爬去参加追悼会的。"

按说革命队伍里,并不存在那种旧的伦理道德,但于而龙一直把阳明同志,赵亮同志,还有一些老领导,当做是自己的前辈,起心眼里尊敬他们。不顾他老伴的劝阻,到底赶去参加这位"恩师"的追悼会。等他走进灵堂,致悼词的一位负责同志都快要结束他的讲话了。

他只好在肃穆的人群后面垂首站立,那位负责同志无法抑制激动的情绪,时不时地把讲稿捏在手中停下来不做声,而且是长时间的停顿,大家也都沉静在自己的哀思里。此时,在寂静的灵堂里,听得出欷歔哽咽的声音,出席追悼会的,绝大多数都穿军服,而且有把子岁数的部队首长也不少——他女儿画中的那位老兵也该来的,然而遗憾,他在面壁!一般讲,人老了就不大容易激动,但一个个竟至于控制不住自己的感情,可见人们对死者怀念是多么深切了。

悼词里提到的死者在南方根据地,在苏浙皖,在苏中苏北,在江淮地区工作战斗的历史。那些听来怪熟悉的机构名称,部队番号,使于而龙回到了战火纷飞的年代里去。尤其一听到抗大分校,立刻想起了芦花,她曾经去学习过,而且还想起来,当她学习结束后,政委仍照顾地把她派回石湖。在离开抗大时,政委把他自己手抄的《共产党宣言》(记得还是根据早年陈望道的译本,工工整整抄写下来的)郑重地送给芦花:"这是我给你和二龙的一份纪念品!"在抄本扉页上,有他的蝇头小楷,并排写着芦花二龙的名字……于而龙不敢想下去,因为他和芦花的婚姻,曾经有过许多议论,直到今天,还可以说是余波不息。想起最初的政委的第一次支持,那等于是一份结婚证书呵!从此,才得以理直气壮地在银杏树下有了一间新房,是多么不容易冲破那重重思想束缚,盼到了这一天呀!哦!不敢再往下想去,他担心涌塞在胸头的感情,会控制不住从眼眶和喉头冲了出来。

"我们是幸运的一代,经历了一场伟大的革命;然而我们也是不幸的一代,因为我们受到了多得多的挫伤和痛苦,有些,完全是不必要的……"于而龙想起不久前阳明开导自己的话,心里觉得堵得慌,他努力稳定住自己,因为他老伴直是嘱咐:千万千万不要激动!

离他不远,站立着一位同样迟到的吊唁者,他瘦削枯干,乱发蓬松,拄了根老气横秋的手杖,一直不能安安生生地老实呆着,左顾右盼,躁动不安,惹得周围的人都不很满意。

追悼会最后在悲戚的气氛里,大家鱼贯地绕骨灰盒一周退出灵堂,每个人都放慢了脚步,虽然再看不见他亲切的面容,听不到他温和的声调,但还是希望在诀别的时刻,多停留一会儿,向政委作最后的道别。

于而龙凝视着那个不肯有片刻安静的老头,一颠一跛地从他面前走过去,曾经注意地掠了他一眼。当他拄着拐杖掉头绕回,正好和于而龙走了个对面的时候,那满是密密皱纹的老眼,突然亮了起来。他先迟疑了一下,接着迫不及待地伸出手,好像要抓住什么地走出行列。这样,灵堂里出了点小乱子,服务人员赶快搀扶他出去。见他摇摇晃晃,直以为发生了什么问题呢。

等于而龙退出灵堂,在宽阔的台阶上,明显在等候他的那个老头,一跃而起,用手杖挡住了他的去路。

"我不会认错人吧?"

"你是——"于而龙惊异地站住。

"要不是我老眼昏花,你该是跟我打过短暂交道的那条龙吧?"

说得半点不差,于而龙怔住了,该死的记忆力,怎么丝毫捕捉不到一点印象呢?脑血管硬化会使智力衰退么?这个不肯安生宁静的老头是谁？虽然在眼镜后边，闪烁的火花，使他多少有点熟识，但那也是快要熄灭的残灯余火，唤不起久已沉睡的记忆。不知道面前像蒿萝卜似的老头是哪方人士？什么时候打过交道？一个大工厂的领导干部，接触面是广的，要有个秘书在就好了，小狄会用最简练的语言告诉他，客人是什么身份、级别，和应有的接待规格，谈话时的分寸；有时实在措手不及，当着客人的面，她就用俄语讲。现在，哦！老头的手还伸着，等着他握，简直太失礼了。

"啊呀……"他用手指戳着于而龙，嘻嘻笑道，"支队长，你大概是贵人多忘，不才小可曾经写过你的战地通讯《水不在深》，还留有一点印象么？"

于而龙像被电击似的一颤，记忆像破闸之水涌过来。"妈的——"他忘情地骂出了声，把老头紧紧挟住，几乎无法相信地，"活见鬼，你是劳辛？"

"货真价实，丝毫不差。"

于而龙欢悦地喊了出来："呵！我的诗人。"

"还诗人呢？倒不如说是一个活着的死人罢了！"这位"诗""死"不分的诗人嘿嘿地笑，是那种玩世不恭地笑，和公墓四周庄严肃穆的气氛不相吻合，于是惹起别人明显的不满。太张狂了，太忘形了，竟然这样肆无忌惮地笑，未免太亵渎故去的人了。"不不不！"劳辛毫不在乎地，"阳明同志如果活着，他也会高兴的。来——"他张开膀臂，甩掉手杖，"咱们再拥抱一次！"

"庆贺我们活着见了面！"

两个人紧紧抱在一起，然后劳辛用拳头擂着于而龙宽阔的前胸："你呀！你呀！"

"你不是'光荣'了么？说得活灵活现，千真万确。"

劳辛又笑弯了腰："我也一直以为你'革命成功'了呢！直到我

去了趟石湖,才知道你还在这个世界上,我就找呀找呀,你在哪个避风港里呆着?"

于而龙想起他那九平方米的"优待室"。"我不信,你会找不到臭名远扬的我?"

"我认为你不会离开部队。"

"早就当老百姓了。"

"说明白的,现在干什么?"

"无所事事,一个自由哥萨克。"

"彼此彼此。你要不这样,就不是于而龙了。"劳辛深情地注视着石湖上出名的蛟龙,时隔好几十年,除了花白的头发,饱经沧桑的鱼尾纹,依然是那高大不屈的身材,魁梧结实的躯干,而且还是那样器宇轩昂、神采飞扬,并没有什么明显的变化,不由得叹息:"一条好船,卷起风帆,落下桅杆,在避风港里抛锚系缆,真可惜啊!"

握别的时候,劳辛紧握住他的双手:"重新碰见你,真高兴,至少,在给我开追悼会时,又可以多一个生前友好了。"

他的风趣、乐观、充沛的感情,仍旧不减当年,使于而龙想起这个诗人、记者,当年曾经是一个风流倜傥的男子汉,他那翩翩风度,潇洒姿态,是相当有魅力的。记得那时在石湖湖滨召开群众大会,他总是站在临时搭起的主席台上,挥着年轻有力的臂膀,指挥台下的战士和乡亲,分部轮唱《保卫黄河》。哦,那激情澎湃的场面,现在想想也十分动人哪!那时候,人们什么都匮乏,到了难以想象的地步,诗人找不到一张写诗的纸,更谈不到吃穿用和枪支弹药了。可惟一不缺的是嘹亮的歌声,即使饿着肚皮,也要敞开喉咙唱出鼓舞人心的歌声。那一刹那间的劳辛,是一团炽烈的火,青春的火,热情的火。那时不讲究什么歌唱艺术,但是在他手臂的挥动下,那一部一部"风在吼、马在叫"的歌声,像暴风雨里的石湖,波涛起伏,巨浪翻滚,不可遏制,无法阻挡,显示出真正的人民群众的力量。在歌声里,似乎看到沉默的石湖人不再沉默,忍受的石湖人不再忍受,起来了,谁也无法让他们再弯下腰去!

脑海里的歌声消逝了,他目送着那个老态龙钟走远的劳辛,怎么也不能相信,那是当年热情洋溢的诗人。时间是最最无情的,即使最坚硬的黄金,慢慢地,全部光泽也会被时间磨蚀掉,最后变得灰暗浑浊起来。然而,革命者的意志,越是砥砺,越是坚定,越经过时间的考验,也越能映现出铮铮的光华。

岁寒方知松柏之后凋啊……

老战友走远了,于而龙却久久不见儿子来接他,在公墓门前焦躁地来回踱步。他估计,而且十猜九准,准是于菱拽着那位司机朋友,去试验他的单缸摩托了。

是谢若萍向厂里要的车,并派于菱陪同做伴的,来的一路上,就听他"发明家"儿子不停地询问属于汽车修理技术上的问题。于菱复员回来直到上大学之前,一直是在厂里机修车间待着的,和司机班混得鬼熟,肯定,请司机去进行某种技术上的指导了。

对于他儿子的"发明",他早就下了断言:"菱菱,就冲你的五分钟热度,保证搞不成功。最后,汽缸搞坏,自行车报销,你才能太平,我们大家也都睡得着了。"

因为于菱白天要在那所著名的大学里,啃他根本啃不动的高能物理——活受罪啊!儿子,你当初少养养鸽子,少喂喂猎狗该多好!——只有礼拜六才能回家装配修理他的车。于而龙每逢周末深夜,常常会被那摩托发动的响声惊醒,不堪其扰地向老伴埋怨:"你的宝贝发明家快要把我们折磨出精神分裂症啦!"

他老伴总是原谅儿子:"不比出去给你闯祸惹事强?"

总算那个汽缸和它主人的性格一样,也是五分钟热度,响过一阵以后,无论用脚踹、用绳拉,它像懒牛一样趴在那儿,再也不肯干活了。于菱曾经求教过在动力学方面有很深造诣,还著过书,立过说,创造出新理论的廖总,这位被打倒的权威也束手无策,他只好安慰于菱:"或者你把它扔掉,扔进垃圾堆;或者,你再去买个新的。这个汽缸跟我一样,老朽啦!已经完成它的历史使命啦!"但于菱偏不肯丢手,每礼拜六从学校早早溜回来,而且照例在半夜噗噗地把于而龙惊醒。

"纨绔子弟啊!……"于而龙望着那宽阔的马路上,每一辆驶过来的北京吉普,都以为是他们该回来接他了,结果都从他面前疾驰而过,气得他直骂于菱。

"……一辈子休想有个出息,没有头脑,没有理想,没有追求,完蛋货!什么都想搞,什么也搞不了,毁坏东西倒是拿手好戏——"他可以历数儿子的罪状,那台飞利浦录音机是他修理的,嗓子成了哑巴;于莲留学时买的基辅牌照相机是他调整的,结果不得不送去大修;电视机不知他怎么鼓捣了一下,人的脸色总是以黄绿为主,老有一股做贼心虚的样子;而电冰箱经他换了一根管子以后,从此发开寒热,不肯好好干活,消极怠工,唉……

要说不偏心的父母是绝少的,于而龙喜欢他的女儿,尤其欣赏她那锲而不舍的精神,虽然在艺术创作上,挨过不少棍子,但从来不曾气馁过,仍旧在苦苦地刻意追求,力臻技巧上的成熟,不断地从古今艺术作品中汲取营养。她花的买画买书的钱,连老两口眼都直了,得到一幅大师的影印本,能通宵达旦不知饥饱地欣赏着。而且手不停笔地写生素描,很少见她哪天不摸画笔,除非发烧三十八度,被她妈妈强迫躺下来。但是,"苍天不负苦心人"是句空话,许多耍嘴皮子的爬得高高地,而她辛勤追求自己天国的艺术家,却一直在崎岖的道路上颠簸,钉子碰得也越来越多了。

但于莲和她妈妈一样,对自己的弟弟有些偏疼,尽管他不成材,姐姐也喜爱他;尤其他越来越男子气,也被于莲艺术家的眼光欣赏,所以她认为于菱应该有一个比舞蹈演员还好的爱人。除了这点不同意见外,做姐姐的没有不支持他的,甚至答应放下画笔,坐在那辆改装的摩托车上,由于菱驾驶着兜风去。这辆没有上过牌照捐的老爷车,只好在天黑以后才敢出动。有一回他向他姐姐吹牛:"保证不比美国的哈雷差劲!"

摩托车开出部大院,于而龙向他老伴发出照会:"大夫,快准备急救箱抢救伤员吧!"谢若萍责怪他为什么不拦阻住,闯了祸该怎么办?于而龙回答说:"不让他碰个头破血流,不会长记性的。"果然,不大一会儿,摩托车倒骑着于菱回家,走路都一瘸一拐地,吓得老两口忙问:"你姐姐呢?"

那位花枝招展的画家,着意打扮了一阵才坐上车的,要出事该怎么得了?于菱安慰大家:"幸好,姐一点没碰着。"

"她人呢?"谢若萍还是不放心。

"碰上廖伯伯家的陈剀,在慢慢往回走咧!"那还是这个书呆子头一回出现在他舅舅家的时候。

尽管于而龙答应掏腰包,给他买一辆"轻骑",免得半夜被他吵醒,但于菱偏不接受老子的好意——"何其相似乃尔,这混账东西!"游击队长叹息——照旧,也不照顾老爹的冠心病,继续在做他的"试验"。

隔了好久,吉普车才终于驶来,上了车,一看后座上有从花圈上跌落下来的白绢纸和碎银箔,于而龙心里明白了。那一丝一片,多么像点点滴滴的伤心泪痕啊!

他问:"又去献花圈了?这是第几个啦?"

于菱没有吭声,那个年轻司机也保持沉默,怪不得耽误很长时间,从市郊的大学开到广场,路程可是不近,半个城市都绕遍了。

于而龙叹口气:"送到什么时候为止?难道还能得出一个什么结果来么?"

两个年轻人仍旧不作任何反应,这时,车子蓦地急刹车,一批抬着花圈的吊唁队伍,从车前走过。于而龙看到那些人的脸部表情,已经是愤怒盛于悲哀,以一种合法的形式,表示着内心的抗议,眼里流出来的不是泪水,而是烈火了。

于而龙心里感到压抑,一种近乎窒息的压抑,一种近乎绝望的压抑。即使在石湖黑斑鸠岛上,濒于死亡前夕的时候,他也不曾这样悲观过,难道真的就三千年为一劫地下去了吗?

他摇摇头,似乎在喃喃自语:"没有用的,一点用都不顶,最好的记忆是在心里。"

没想到坐在后座的于菱,愤愤地说:"中国人都像你这样,早亡了!"

他像被噎住了似的哑口无言。

就这样,战友重逢,劳辛还约好来年雁回,春到石湖,一齐来看芦花,给她坟墓添上一抔土,然而现在,雁群结成人字形的长队,在游艇上空,嘎嘎长鸣地往北方飞去,可是,劳辛他未能践约,只是于而龙一个人孤身只影地回到了石湖。

果然,他的一句玩笑话,竟成了不幸的谶语,年初,在政委的追悼会上相遇;年底,又在诗人的追悼会上送他去天国了。

他是含笑离开这个世界的,那时候整个中国布满了希望的曙光,是在欢乐的笑声、胜利的锣鼓声里安详地闭上了眼睛。在他的手边,是未完成的诗篇《女指导员》,大概也和诗人对芦花真挚的感情一样,成为不尽的思念了。

安息吧,劳辛……于而龙默默祝祷着。

但是,三十年前,在芦花生命的最后一刻,那不肯阖上的眼睛,那惊疑不定的神色,那想说而说不出的话,那不肯撒手而去的对生命的留恋,始终是于而龙心目中的一个疑团。由于劳辛的出现,这疑团陡然间膨大起来了。

正是劳辛,在他重访石湖的那年,曾在搭船的时候,碰上一位船家老人,两盅酒下肚,老人谈起往事,告诉劳辛说,芦花当年搭他的船单独过湖,在沼泽地上了岸,急匆匆地走了。不一会儿,他听到了枪声……

一切简直太神奇了,于而龙不敢相信自己的耳朵,真的吗?是真的吗?他要求劳辛再说一遍,两眼几乎直了似的等着。

劳辛挺纳闷:"说什么?"

"就是你刚才讲的。"

"讲的什么?"他懵懵懂懂地反问。

"刚说过就忘,就是船家老爷子告诉你的话呀!"

也许他看到于而龙那几乎变形的脸,意识到问题的严重性,又仔细地重复一遍:"那是个爱唠叨的老头,说什么也不肯单独送我过湖,要不是我那两杯老酒的威力,才打不开那话匣子。他说他解放前,搭过一回石湖支队的女指导员,给了五块大洋的船钱,让他赶快渡她过湖,结果,哪知道,没送到地头,她着急在沼泽地上岸走了。好,没隔多大一会儿,就有人在苇子里开了黑枪。"

于而龙从沙发里跳了起来,吓得陪客人坐着的母女俩都傻了。

"你怎么啦?"谢若萍见他紧张得直捂胸口,只以为又一次发作心肌梗死,喊于莲快去拿氧气枕头,并且狠掐他手腕上的内关穴。

他止住了紧张得要命的母女,一时像背气似的急得说不出话。于莲赶紧偎依住他:"爸爸,你怎么啦?快说话,吓死我了!"

"莲莲,你哪里知道啊!"他躺倒在沙发上直是喘息。

劳辛那时已是于家的常客,莫名其妙地瞪着主人:"我以为你犯了羊角风呢!干吗大惊小怪,我说错了吗?有什么值得你躺在沙发上直哼哼?简直叫我糊涂!"他对于莲讲:"你那宝贝老子,真把大家吓得性命交关。"母女俩都笑了。他点起了一支他送来的哈瓦那雪茄,非要于而龙吸口烟,镇静一下让别人提心吊胆的神经。"人上了岁数毛病就多啦!"

于而龙呻吟着:"老兄,你晓得你说了些什么?一个多么重要的情节,而且是三十年来,一直都不知道的情节。要是真的话,那么已成为历史的事实,岂不是又要重新认识了么?那船家老人不至于信口雌黄,他有什么必要吹嘘呢?虽然我们家乡有那么一种废话篓子,但他言之凿凿地提到了五块银洋呵!"

五块银洋,铁的证据。

那就意味着,除了那个被芦花打死的武装特务,还有个第三者。

这个第三者,在苇丛里开了黑枪……

他坐不住了,一刻也不能等待地着急起来。

"莲莲,快给休干班打个电话,告诉他们一声,我要回老家;若萍,马上给我收拾点简单行李;菱菱呢?让他去民航办事处买飞机票。快,越快越好。"

"你疯啦,你疯啦!"谢若萍急得直搓手。

"神经质、歇斯底里!"劳辛用手杖跺着地板骂他。

疯也罢,神经质也罢,他立刻就要走,谁都领教过于而龙的脾气,说干就干,雷厉风行。因此,他决定先把飞机票搞到手,"可菱菱呢？——"

　　这时，一个陌生的年轻人，敲开了他们家的门，谁也不认识这位来客，也不知是于菱在工厂里的同伴，还是学校里的同学？——一直到今天，也不晓得他是谁？那一双热情的，多少有点冒险神色的眼睛，在不太亮的楼道里闪着光，他轻声地向这家人极其神秘地说："这两天，千万千万，叫于菱留点神，小心点！"说完匆匆转身走了。

　　于而龙和他老伴四目相视，心里直犯嘀咕，正在纳闷儿子究竟会发生什么需要小心的事？才回到客厅里坐下，只听楼道里传来急促的脚步声，柳娟，上气不接下气地冲进屋里来。气急败坏，面如死灰，一点血色都没有。一双本来非常秀媚的眼睛，都直勾勾地立了起来："……他们，也不知是什么人，在公共汽车站，在大街上，就把菱菱给，给抓起来，戴上手铐给，给押走了——"这时，她才发现屋里有客人，连忙用手掩住了嘴，失神地倚在门上。

　　晴天霹雳，满城的杨花密密蒙蒙，像雾一样挡住了视线。屋里出现了死一般的沉寂。

　　——芦花，菱菱的悲剧，使我的行期拖了下来。

　　整整拖了一年，我才终于回到石湖，芦花。原谅我吧，原谅我来得这样晚，但愿那船家老人活得结实！

三

　　于而龙估计到他们俩会出事，不是女儿，就是儿子，但是没料到会来临得这样快，正如石湖上猛然间一场严酷的早霜那样，葳蕤的枝叶一下子就给打蔫了，整个家庭笼罩着一层死气沉沉的气氛。

在那最初的惊魂不定的日子里,谁也没有泪水,谁都是瞪着眼睛愣愣磕磕地怔着,除了奔走、打听、托人、求情不停地忙着外,回到这间屋里,就只知道呆呆地坐着。如今全家都已记不起来,那最早的几天,是怎么过来的?至少有一个礼拜没有举过火,做点什么热食吃过。全家要不是被这一棒打蒙了,那么显然是在等待挨第二棒,因为在那做狗易、做人难的年月里,株连本是一件例行公事。由于不知道哪个机关抓的,自然也不会知道被关在什么地方,就更不可能知道按法律的哪一款,哪一条逮捕法办的了。所以他们倒盼着株连,甚至满门抄斩才好,起码知道儿子的下落,去法场,到阴间,也好全家一路同行啊!

哪儿都没有消息,就像石沉大海一样,担心被秘密处决的阴影——那是完全能干得出的,而且也无法不使人不联想的,渐渐在他妈妈、姐姐和那舞蹈演员的脑海里,占据了主要位置,于是屋里似乎嗅到了一种恐怖的尸臭。

只有于而龙不相信,然而他说不服她们。

就在全家已经毫无指望的时刻,门轻轻地被推开了,两次失去儿子的路大姐给他们带来了消息,确实因为那幅恶毒攻击的漫画,给抓起来的,不过,人还活着,而且似乎还好。

"你见到菱菱了吗?路妈妈!"柳娟扑了过去。

路大姐点了点头,直到这一会儿,全家才像举丧似的哭了出来,连于而龙这个铁打的汉子,也禁不住老泪纵横,泪眼模糊地瞅着她们娘儿三个,虽然不是放声痛哭,确也把多天来憋在心胸里的悲愤和痛苦,一股脑儿地倾泻出来。

女人的眼泪啊,对于而龙来讲,简直就是无声的命令。他忙得焦头烂额,不但顾不上三十年前芦花牺牲时的谜团,甚至自己的冠心病也全忘了。

——原谅我吧,芦花,原谅我来得这样晚!

终于,王纬宇来了,他也探听到了于菱的下落,特地过来送信的,而且还表白自己已经费了九牛二虎之力,再也无法效劳了。

"菱菱这一刀戳得太深,谁也不敢讲话。想想吧,那是咳嗽一声,都能把人吓出神经病来的大人物,菱菱去招她惹她,不是没病找病吗?何况那小子假充英雄,供认不讳。"

"全承认了?"谢若萍关切地问,很清楚,他了解的情况要更多一些。

"现在你们只好去求一个人给讲讲情,年幼无知,受人蛊惑吗!"

"谁?"

"我看老于你最好亲自去求一趟小农他爸——"

"找他?"

"为儿为女嘛!"

于而龙真想大吼一声:"滚!"但是,一口唾沫,又把这个"滚"字咽了回去。

他记得,即使在那时,劳辛还婉转地劝说:"还是靠咱们自己想办法吧!"

劳辛也被于菱的悲剧给卷进来了,在他们这一家人的心目里,最够朋友,最讲义气(这可能是一个为标准左派所不爱听的词)自然要算死去的诗人了。于菱被关的两个月,他和这家人一起,分担着不幸和痛苦。

哦,那真是乌天黑日,家国同运的日子啊!儿子被抓走关进牢房,连个探监的权利都无法获得;女儿开始为那张惹祸的漫画受到株连,派驻到他们单位的那个小头人,硬说是她的手笔;于而龙更不轻松,那位过去的亲家,硬的软的胁迫他去学习班……所以每当谢若萍坐在门背后小马扎上静静流泪的时候,劳辛便在书房里摸出手绢来擤鼻子:"我的灵魂都长锈了,欲哭无泪,生活实在是越来越艰难了!"然后,他安慰失去儿子的母亲说:"你别哭啦!我们来想办法吧!"

尤其是谢若萍想念她的儿子,差点都要疯了,她时常半夜从梦里惊醒,忍不住地悲伤哭泣。不是说她梦见菱菱浑身血污、拷打致死啦,就是给押赴刑场,斩首示众啦,弄得于而龙心烦意乱,赶紧起床给她找镇静剂。她知道老头子不爱听这些玄虚的东西,可母亲的心呵,总得有个诉说的对象,要不然,非憋得心肌破裂不可,于是劳辛,有着骑士风度的诗人,听到做母亲的悲诉以后,发誓地说:"豁出老命,也得让你们母子见个面!"

他四处去请托奔走,好话说了千千万万,低声下气去恳求,去央告;虽说他不是什么有名的诗人,而且也早歇业改行,但诗人的气质却是很浓重的,从来做不惯这类低头哈腰说好话的事。可是有什么办法呢?破船多揽载,谁让他生有一颗容易同情别人的心呵?终于劳辛豁了出来,把他那支最珍爱的猎枪,都奉献出去,送给了一个能说得上话的权贵。

"不出点血是不行的,二龙——"他总结着经验,"社会风气败坏到这种程度,光你我保持贞节,就寸步难行,所以我干脆赞成明目张胆地接受贿赂,定出价码才好,这种不明不白地送礼,比贿赂更割肉!"

于而龙以那种真正猎人的遗憾,深表歉意地说:"真可惜了,那是一支多么漂亮的猎枪,是著名的安茨厂七十年代装上自动校正仪的产品,王牌货,足足可以对付一头熊或者一群狼的,然而却喂了猪,白搭了!"

——劳辛啊劳辛,谁让你心胸里有这种上古遗风,如今被人看不大起的高尚情感呢？你偏要追求真理，你偏要主持正义，你偏要把他人的忧愁苦恼当做自己的事，你偏要把战友闯祸的儿子，看成是自己的骨肉，而且你竟然比做父母的还要袒护，公开地宣布："菱菱是无罪的。"那么，一支高级猎枪也就无所谓什么舍得舍不得的了。

还真是亏了他的奔走，谢若萍见到了被关在一座临时监狱里的儿子。老天爷啊……（在这种时刻，人们往往容易产生一种原始的宗教感情，由衷地感激那并不存在的苍天）于菱居然完整无缺地活着，她这才放下了一颗悬着的心。仅仅坐了几天牢，儿子变得傲慢、倔强和那么一种男子汉大丈夫的气概，粗声鲁气地对他妈妈讲："你不要再来这种鬼地方了！"

做母亲的点点头，第一次听到儿子说出这种有分量的，一点也不是孩子气的话。好不容易批准的五分钟探监时间很快过去了，只得流着泪告别，谢若萍一下子跌坐在那里，被带走的儿子，连回头看一看妈妈的权利也没有。唉！生活啊！多么严酷的现实！于是手脚本来不利索的诗人，搀扶着伤心的母亲，走出了那座阴森的院落。

"我们来想办法，把孩子给活动出来，哪怕牺牲一切，不过，大夫，你一定答应我，别再哭……"害怕眼泪的劳辛，扶着她在小胡同里慢慢地走着。

于而龙在远处的岔路口，坐在汽车里等着，想到一个共产党员竟然还会有这一天，到共产党的监牢里，探望被共产党抓起来的儿子，实在是个非常难堪的讽刺。他不由得想起《红楼梦》里那位焦大的话，他从来是捆人的，哪有被人绑起来的道理。然而，于而龙此刻却是被紧紧缚住了，比焦大的命运还不如，因为他连探监的权利都得不到，理由很简单，根据他目前的政治态度，基本上是属于不可信那一类的,所以想看一眼儿子也不可能。

他怅惘地望着那深深的小胡同,难道生活总这样永无尽头么?

其实,王纬宇还是有板眼的,劳辛亲眼看到他出出进进那座警卫森严的院落,从来也没受到过刁难。于是诗人又总结性发表着感慨:"富人多吝啬,穷人倒慷慨,这年头,能帮忙的,不肯帮忙;想帮忙的,帮不上忙,大概也是条规律了。"

"他?"于而龙说,"还来不及逼我去学习班揭发批判'将军'呢!"

"真是个好样的——"劳辛赞叹那位革委会主任。

"夏岚讲得就更加赤裸裸的了……"谢若萍告诉她丈夫:"昨晚上她说:'这目标并不是要搞掉周浩,周浩算老几呢?说实在的,也是个小角色。关键是他身背后那位东山再起的大人物,明白吗?于而龙去揭发周浩,正如小卒过河那样,能顶大用罢了!'她说得再清楚没有,'若萍,我敢给你打保票,只要老于去学习班,菱菱保证不成问题,可以放出来。这不是我的话,上头的。'"

这下子,于而龙总算明白了,那一回在马棚婚礼闹出的事故,在这儿收拾了自己。他对他老伴讲:"下回再有机会探监,告诉菱菱,让他死心塌地把牢底坐穿吧,我办不出那种卑鄙无耻的事,孩子会原谅我的。"

劳辛说:"这世界还不全是他们的,事情还不至于这样绝望,咱们分头活动去吧!"他汽车都不坐,拄着拐杖走了。

"咱们怎么办?"

这个不肯出卖灵魂的汉子,就像当年打游击经常碰到过的情况,一下子落入敌人的重围里,得靠自己冲杀出去似的寻求出路。

再说,有什么办法?儿子吗,骨肉吗,何况他只不过画了一张漫画,只有半张报纸那样大小,一条盘成一堆的蛇,一张女人的脸,就至于招惹了弥天大祸,去尝无产阶级专政的铁窗风味。倒不是做父母的偏袒自己的儿子,在那无边无沿的专政拳头下边,动辄得咎,做个人也实在太难了。

人家也都奇怪地问:"你们菱菱究竟画了什么呀?会被抓去坐牢?"

"一条化作美女的毒蛇。"

"连书本都有过的呀!犯什么法?"人们已经习惯成了自然,凡是上了书的、登了报的,那还有什么错嘛?

"啊呀,你们这些人,比我还愚,怎么不明白这个道理,他们可以拿这个打你,你可不能拿这个打他,何况那个该死的混蛋家伙——"他不得不在人家面前骂几句自己的儿子:"偏给那个女妖精,画上一副秀郎眼镜,而且,那发型,男不男,女不女……"

每当说到这里的时候,听话的对方,差不多都是同样的动作,赶紧把门关严,然后捧腹哈哈大笑,而且还总是说:"菱菱那小子可真够有种的,敢碰那娘们,了不起,用现在的革命词藻来说,可也实在够反动成性的了。"于而龙很难揣摸对方的语气,是褒还是贬?既然是于而龙肯张嘴去求的人家,大概也是些气味相投,可以直言无讳的同志或是战友。于是央求这些人:"我可不像你们,还有兴致去笑,想办法活动活动,把关着的菱菱给弄出来吧!"

最后,终于奔波到诗人自己都失去希望了,有一天,突然晕倒在电梯间里,幸亏有于莲陪着,赶紧送去医院急救,他对给他治疗的谢若萍,上气不接下气地说:"……照这样下去,总有一天,我们大家都会掉进这个十八层地狱里去……"

实际上,那支安茨厂高级猎枪还是起了点作用的。那位受贿者(劳辛并不认识,而且也没见面,一切交易,全靠一名中间人在接头的)确实是卖了点力气,看来这一枪打准了,传过话来,有可能获得释放。

就在这个时候,在写作班子所租用的高级房间里,据说是要通宵达旦突击一篇稿子的夏岚,对那个通天才子讲:"你快给打个电话吧!以那位老娘的名义,告诉他们,矛头直指她的那个于菱,出狱是可以的,但是有一条,永远也不得在这个城市露面。"

"谁说的?要放他?"才子搂住丰腴的佳人,惊诧地问。

"已经决定放了,你要知道,像于而龙这类人,活动能量还是很强的,除非他什么时候咽了这口气。"

那位瘦骨嶙峋的才子,伸手去抓枕头旁边的电话,一边扒拉开那本厚厚的《金瓶梅词话》在拨号码,一边朝身旁那位徐娘半老、风韵犹存的女人讲:"现在我才懂得'天下最毒妇人心'这话是半点不假的,你跟老娘简直不相上下。"

"女人是天生的现实主义者!"她对着手镜,用美国蜜斯佛陀的淡色唇膏,仔细地涂抹着。

于而龙终于把儿子从牢房里接了出来,并且答应把他送得远远地,唉,一杯掺了砒霜的酒啊!

他直到那时才懂得,为什么月台都筑得像运粮河里那长长的趸船,正是为了装载人们的感情呀!在列车就要开动的那几分钟里,告别的旅客像工厂做超负荷运行试验一样,感情的热流一下达到顶点。何况他们全家是送一个一去不回的亲人呢!

——孩子!也许等到你做父母的时候,才能体会我们在那一刹那被揉碎的心!人就怕老年丧子,虽然你并不是死,但那种勉强的活着,和死有什么差别呢?……

于菱不是去出差,不是去旅行,也不是一年一度享受探亲假的职工,更不是像他过去服三年兵役的义务兵,因为那样总是有回家的一天。而他是罪人,一个画漫画的罪人;那么,如果不说永远永远,至少也是遥遥无期的日子以后,才能重新踏在月台的这块土地上吧?

谁也没有让来,只是他们一家人来给于菱送行,大概多少有点生离死别的味道,在昏暗的灯光下,在雾蒙蒙的暮霭里,三位女性,他老伴、他女儿,还有他儿子的女友,都有些禁受不住。可是,又好像互相制约似的,谁也不愿使永不回来的年轻人,增添精神上和感情上的负担。妈妈的心,姐姐的心,还有那个可怜的女孩子的心,都沉浸在无言的哀伤里,泪水在眼圈里打转,但强忍着不使流出来。这时,任何一句稍微动心的话,都会使泉涌般的泪水夺眶而出。所以两位男子汉,于而龙和那位业余漫画家,在注视着月台上的大钟,希望它快快跳过几个分格,早点结束难堪的场面算了。

然而要度过开车前的几分钟也不容易,月台上的大钟好像停了一样——不奇怪,电钟是间歇半分钟才跳动半格的,于是,年轻的充军者便找些话来和他姐姐交谈,好熬过这属于死亡前的弥留期:"你猜我,在牢里看过一本什么好书?"

姐姐了解自己的弟弟是不怎么好学的,虽然他也挂过大学生的牌子,但一听他报出书名,不由得一惊:"什么? 赫尔岑的书?"

"描写十二月党人的。"

于而龙马上以卫道者的姿态呵斥着:"你少说两句,会把你当哑巴卖了!"

——原谅我吧,孩子,至今我还记得你对我的指责:"中国人要都像你这样,早就亡国啦!"

于菱冲着他爸苦笑了一下,并不是有意地反驳:"书是路妈妈去看我时留下的。"

"她?"

"路妈妈找到我可是不容易,就是不让她进,她干脆坐红旗车来,硬往院里冲,那些狗们拦不住了,她说她是失去儿子的母亲,有权利来看望孩子,无论犯了什么样的王法,总是许可亲人探监的。"

于而龙望着他老伴,而她,也凝视着自己的丈夫,都从心里感到"将军"那无言的爱。老头子自己被搞得焦头烂额,路大姐还拖着病去奔波。这位已经尝过一个儿子丢散,一个儿子牺牲的妈妈,又承受起做母亲的苦痛滋味,也许失去儿女的妇女,母爱会更加强烈吧?

开车的铃声响了。

忽然,那辆浅茶色的上海车一直开到站台上来,他们全家都以为王纬宇来了,因为于菱是他以工厂革委会名义,联系安排到沙漠那边的;倘若不然的话,连这点相应都沾不着。难道他会像多年前送于莲那样,又在站台上手舞足蹈,扮演得意的角色?只见小车司机从车里捧出点心和水果,对于而龙讲:"王主任说他要开个会,来不了车站,叫我把东西给菱菱送来,顺便接你们回家。"

"哦!你来了——"于菱向司机打着招呼。

"等着吧,菱菱,我也快来跟你做伴了!"司机耸着肩膀回答。于而龙认出来了,正是年初那个给于菱运花圈的司机小伙子。他把一件件东西全递给了车窗里的于菱,于菱接不过来,乐了:"喝,纬宇伯伯,以为我真的去西伯利亚了!"

谢若萍紧忙瞪她儿子一眼。

"哦,差点给忘了,还有王主任一封亲笔信,没封口,你看看就明白,到那儿交给管理你们的人,让他给转交上去,大概会有些照应吧?"

当母亲的衷心感激地说:"纬宇伯伯多关心你呀!"

于而龙关照司机先走,不必等他,司机也了解老书记说一不二的脾气,不想勉强,便先开走了。

列车也终于启动了,谢若萍和柳娟再忍不住,热泪夺眶而出,那个父亲被杀死,爱人被夺走的舞蹈演员,哭得像泪人儿一样。独有于莲,跟着列车往前跑,叮嘱着她的弟弟:"勇敢些,一定要勇敢地生活下去。菱菱,千万不要泄气,至少,我们能活得过他们。"

于菱大声地回答:"我懂,姐姐,我懂,你们放心吧!"他一边说着话,一边把那封王纬宇的亲笔信扯了个粉碎,扔在月台尽头。

列车驶出车站,速度越来越快,于莲不追了,站在那儿,望着她弟弟越来越模糊的身影,泪珠像线似的一串串流下来。

载着于菱的列车,终于完全消失在那雾蒙蒙的黑夜里去了,黑暗把那个画漫画的罪犯给吞噬掉了。全家人呆呆地站在月台尽头处望着,似乎想从这迷雾般的夜幕上,寻找出什么答案。

然而,那是一个能得出正确答案的世界么?

"走吧,回家去吧!……"站台上已经空无一人了,这也许是一列最晚发出的列车,整个车站都安静下来。静得使人感到完全不能习惯,一个镇日间喧嚣的车站,突然猛一下变得这样沉默、这样空寂、这样阴暗。灯光一盏接一盏地熄灭了!仿佛车站刹那间死去了一样,变成了一个失去生命的躯壳,而这个躯壳正以沉重的压力,紧紧地压在这四个失去亲人的送行者头上。

"回去吧!菱菱不会回来的了,柳娟,走吧!"

那个苗条颀长的姑娘伫立着,好像没有听到似的。

"别站着啦!娟娟……"谢若萍说着,不由得鼻子又酸了。

"阿姨,你们先走吧!别管我啦!"柳娟回过身来,婉转地恳求着。

"让她站一会儿吧!"于而龙同情地说。

就在那一刻,无论是老两口,无论是于莲,都觉得这个舞蹈演员能够做到这种程度,已经相当不错的了。她至少在于菱被捕以后,没有马上断绝来往,没有怕受株连而赶紧洗净或者开脱自己,更没有落井下石,反诬一口——那还不是家常便饭么?

她和这家人一块流着泪,操着心,度过了那最难熬的几天。全家都相当满意她的表现,甚至都想说一声谢谢她。现在,于菱一去再也不回来了,他俩告一段落也是理所应当的,让她在这月台尽头作最后的告别吧!谁也没有埋怨她的意思,她做到了她应该做的,还有什么可以责难这个舞蹈演员的呢?

"那我们走啦!娟娟……"

"你们走吧!阿姨!"

现在,偌大的空旷站台上,只有这个似乎弱不禁风的纤细姑娘。夜风飘动着她那蓬乱的头发;她还在看着,想努力穿透那层薄雾,看到那颗离她愈来愈远的心。她对自己说:无论走多远,哪怕到天边,那颗心也是属于她柳娟的。

倘若不是她的父亲,那位中学校长的不幸惨死,也许柳娟早和高歌结婚了。在宣传队里,要论艺术才能,五分钟热度的于菱,远不是那个歌手的劲敌,弹过几天夏威夷吉他,"我的月亮"、"我的太阳"也吼过一阵,但于菱很快兴趣就转移到别的上面去了。至于向女孩子献殷勤方面,于菱也算得是条笨虫,但他的优越之处,就是他有一个比较显赫的老子,和一颗忠诚的心。所以那几年,舞蹈演员像跳"波尔卡"一样,时而这边,时而那边,如同一枚不稳定的指针,在高歌和于菱之间摇摆。

几乎和于菱一家被"礼请"出老房子,开始倒霉的同时,柳娟一家也同样是厄运临门了。她父亲被关在学校地下室里,那些突然间要主大地沉浮的年轻学生,轮番折磨着这个吞了一辈子粉笔灰的老校长,他惟一的罪过就是把知识传授给这些孩子,教他们做人,而不是去做畜生。然而现在,他们为自己所受到的教育而悔恨,老校长就仿佛成了鼓励他们吸食鸦片的毒犯,于是最后,他就被这些他亲自教过的"暴徒",用最原始的刑法,活活拷打死了。那种无限延长的死,奄奄一息地拖了好几个日日夜夜,才最后咽下了一口气,告别了他的学生。这也许是他循循善诱的一种报应,谁叫他那样精心培植这一棵棵小树呢?现在,每一棵树都变成了棍子,那么,亲爱的老师,就只有伸出脊梁挨揍了。

死去几天以后,柳娟才得知这个可怕的消息。谁去交涉?谁去料理?谁去收尸?谁去送火葬场?在没有一个人敢伸头的情况下,寡妻弱女不知该向谁求援?

在柳娟最艰难的时刻,于菱不像那个势利眼的高歌。柳娟找到了他,他便默默地跟她去了,而敲开了高歌家的门,只见这个胳臂上缠着尺来宽红箍的歌手,慌不迭地躲开了这一对划入黑类的子女,生怕沾惹上什么是非借故走了。

柳娟直以为于菱也会因此走开,拉住他。

于菱挣脱开她的手:"我是一个已经失去一切的人,同你一样,也无所谓害怕再失去什么了!"于是默默地承揽下柳娟应该做的那些事情,当然,自己家庭被抄被轰,父亲被抓被关,使他自然而然地同情那母女俩的遭遇。帮她们料理完了丧事,柳娟还没来得及从悲痛的深渊里,向他表示感谢,他,那个有着一颗赤诚的心的于菱,就参军走了。

于菱在部队三年服役期间,那个高歌一天红似一天,官职、权势、威风、待遇,无不称心如意。只是命运总不使他感到十全十美,尽管有的是巴结他的女性,但谁也比不上柳娟。于是他拼命纠缠着这个舞蹈演员。但她想到她妈妈说过的:"他是什么人?娟娟,你可要看清,他是和整死你爸爸的人一伙。"就竭力躲着他,避开他。人的性格有时是这样:愈得不到愈追求。但是高歌很像人们常讲的:赌场上得意的人,情场上却是个失意者。在过去的十年里,他确实赌赢了,面前的筹码越堆越高,差点当上中央委员,可是,真遗憾,却赢不了一个女孩子的心。

复员兵一回来,那时还作兴半夜三更倾城出动,敲锣打鼓去游行庆祝的;广播电台一个劲地提醒听众有重要新闻,但又故意挨到很晚很晚才发表,于是大家都有组织地跑上街去。于菱想不到会在灯火通明的马路上,在熙熙攘攘的人群里,发现了那个婀娜多姿的舞蹈演员。他只叫了一声,但在喧嚣的人流里,相隔得那么远,她居然听到了。脸上登时笑开了花,叫着菱菱,离开自己的队伍跑过来,在明亮的莲花灯柱下,四只手紧紧地握在一起。

年轻人也够有意思的了,于菱在部队生活三年,整整给柳娟写了三年的信,平均一个月一封,都是交给他爸爸妈妈的战友,肖奎阿姨给发的。一直到复员时,肖奎把一沓子三十多封信,原封不动地给他拿出来。

于菱眼睛都直了:"啊?阿姨,你一封也没有给我发?"

肖奎说:"如果那个女孩子心里有你,她肯定会等你,信,发不发都一样;如果人家并不爱你,发多少信都是白搭。"

——肖奎啊肖奎,你可真能给孩子们开玩笑啊!

那还是柳娟头一回来到部大院,谢若萍看到被高歌苦苦追求着的女孩子,坦然地同自己儿子亲亲密密地来往,脸都吓白了,那岂不是太岁头上动土?她的胃炎一下子就犯了,成天胸口捂着热水袋。

于菱把那三十多封信,一股脑儿地塞给了她,大约也在同时,塞给了她那颗忠诚的心。

"哎!——"而那个漂亮得出奇的演员,爱情更加焕发了她的风采,从手提包里,捧出了三大本日记:"给你,菱菱,整整你走后的三年,一天不落!"

爱情,像大海的潮汐一样,涌上来的时候,那是不可阻拦的。

但是,古往今来,凡是真挚的爱情,无不遭受着磨难和挫折。于菱被那列客车拖到沉沉的黑夜里去了,她在那站台上站着,几乎站了一夜,看来,她的菱菱是不可能再回来了……

条件是严酷的,那就是要在边远的省份,在沙漠那边,遥遥无期地待下去,永远不许回来,连偶尔有特殊情况回来看一眼也不行,这样的活着,对这个家庭来讲,和死去又相差几许呢!

但是柳娟从来也没有失望过,因为那画家的一句话,着实叫她增强了信心:至少我们要活得比他们长久,谁也不能违背宇宙生死的法则,他们总是要死在我们前头。等着吧,菱菱,上帝会收拾他们的。所以,甚至到了几乎绝望的情况下,柳娟,这个娉娉婷婷的舞蹈演员,仍旧坚持每个礼拜来三趟,帮着收拾料理一些家务。她干起活来,洒脱勤快,扎上个白围裙,简直像跳《天鹅湖》似的那样轻盈。无论这家人怎样劝导她,晓谕她,给她把话说得既坦率,又真诚,认为她完全没有必要,更无什么义务非要等待于菱,那是和无期徒刑毫无差别的呀!但她,却置若罔闻地笑笑,每星期二四六一下班,准时来到,把于菱的房间收拾得跟他在家时一模一样。然后,坐在那里,放那不知听了多少遍的录音带,深沉的富有情感和色彩的女中音,在整个屋宇里回荡着:"……忘了吧!忘了吧!把我忘却,记住那春雨中的一朵白花……"

原先大家都认为是一个轻浮儇薄的女孩子,没想到竟是如此忠贞和痴情的姑娘,连于而龙自己都怀疑了,到底是谁的眼光正确,他儿子,还是他自己?

起初,全家人还以为她可能做做样子,来个光荣的撤退,坚持不了多久的。演员嘛,逢场作戏,感情浮飘得很,尤其搞舞蹈的,跳跳蹦蹦,肯定是早早晚晚就会拉倒的。何况追求她的还大有人在,尤其高歌至今也并未死心,仍旧属意于她。当然,那位明星未必非要娶她,仅是目前几位非正式的女伴争风吃醋,特别是那匹卷毛青鬃马像狗皮膏药缠着,就使他穷于应付。王纬宇曾经以过来人的资格给他敲过警钟:"小高,不要被女人搞昏了头!"但是,那种曾被屈辱的男性自尊心,总使他对柳娟耿耿于怀。

一个月过去了,两个月过去了,除非事先来电话告诉有演出,电报大楼的钟响六点以后,准听到她的敲门声。

"死心塌地要做那朵雨中的白花了!"画家不是生气,也不是羡慕,而是有点嫉妒地说。

谢若萍隔三天就得在医院里值个晚班,常常是过了零点才往回走。凑巧,有一天夜里她下了班,刚走出医院门口,一辆大客车载着一群有唱有闹的散戏演员驶过去,没开过去多远,车停住跳下一个人继续驶去了。在漆黑的夜幕里,路灯朦胧,她并未注意到是谁在那等着,走到眼前,只听轻柔地唤了她一声"阿姨",她才惊奇地发现:"啊!娟娟!"

"怎么这么晚才下班?"柳娟诧异地问。

刚卸完妆的柳娟,脸上的油彩还没擦拭干净,深深的眼圈,越发显得楚楚动人。谢若萍想象得出,她在那一车欢乐的,无忧无虑的男女青年中间,该是个什么滋味?她想到自己也和柳娟一般大的时候,正是游击队的卫生员,也是过早地尝到了战争的艰辛,记不得有那么多青春的欢乐。现在战争倒是远了,不必担忧鬼子的扫荡,不必提防国民党部队的反扑,不必害怕饥饿的袭击,不必畏怯疲于奔命的转移行军。可是有的人,正如于而龙爱说的那样,总要找个石臼给自己戴起来。像柳娟,于菱走了就走了吧,不,偏要等,在绝望里还抱着一腔热血在等,人家多年结发夫妻还因为政治的挫折,派性的纠葛,劳燕分飞,各自东西呢!她,像现在走在漆黑的马路上一样,也不知道尽头在哪里,但还是一步一步地走下去。

"路太黑了,阿姨,您经常有晚班吗?"

等谢若萍说出了口,自己也后悔了,不该告诉这孩子的。

"阿姨,以后下晚班,您等着我来接您。"

"别胡闹,你一个姑娘家。"

"我不怕,我有一把刀!"

谢若萍笑了:"孩子气,你别来接我,我不许。"

但那是推不掉的,不论天热天冷,不论刮风下雨,整整大半年,她几乎从未间断过;对一个刚刚二十四五岁,纤细荏弱的女孩子来讲,确实需要点毅力呢!

这样,到了去年七月底,强烈的地震余波,把部大院的楼房都晃动起来,于而龙家的电冰箱,竟自动开步走,向酒柜靠拢;走廊里那位面壁修养的老兵,也翻了个身;于莲披了条床单,打算开门下楼,才想起自己连乳罩都没戴,裸着身子,全家惊慌失措的时候,有人急匆匆地砰砰敲门。

于而龙开了门,正是气喘咻咻,面如土色的柳娟。

当时,谁也顾不得问她:"你有家里的钥匙,干吗还死命地擂门啊?"

但是,在这最艰难的时候,也许马上都要入地狱的前夕,她同这家人生死与共,全家人才真正相信了她。第二天,雨下得多么大呀!谢若萍和柳娟顶着一把伞,在露天地里淋着。

"冷吧?娟娟!"

"不冷。"

"真的不冷？就一件衬衫,还撕破了。"

"阿姨,我一点都不冷,还热得直冒火呢!"

谢若萍把娇俏苗条的演员往身边揽得紧些,在沙沙的雨声里叹息:"娟娟,你干吗把你的命运,同我们正在衰败倒霉下去的家结合在一起呢？一条快沉的船,你不太傻了么？"

她不吭声。

"再说,菱菱根本没日子回来的呀!"

她继续不说话。

"娟娟,我从心里喜欢你,把你当做我自己的孩子才劝你,你年轻,漂亮,应该得到你的幸福,不要把个人的青春给耽误了。"

柳娟过了好久好久,才低声地说,在哗哗的暴雨里,多么像录音带上那个女中音的歌喉:"他十年不回来,我等他十年,他一辈子不回来,我等他一辈子——"到了这种地步,谁还能讲她是在说空话呢？那确确实实是从她内心深处涌出来的声音。"如果,那真是有罪的话,我也有责任,因为从我心里,痛恨那个女人；而且我——"当着母亲的面,还有什么不好讲的呢!"您也知道,我真的爱他。"

她不敢对谢若萍讲于菱留下的那本赫尔岑的书,许多十二月党人的妻子,是怎样冒着茫茫风雪,到荒无人烟的西伯利亚去,和被沙皇充军发配的丈夫生在一起,死在一起的。如果于菱向她招手,她会毫不犹豫地穿过那茫茫无际的沙漠,到他身边去,只要有真正的爱情,地狱也会变成天堂。

连最顽固的反对派于连都动摇了,妥协了,承认了她在这个家庭里的地位,而且戏谑地给她起了个外号,叫做雨中的白花；破例地给她画了几幅肖像画,一幅在万里长城上她翘首企望的小品,不知为什么,马上就使人想起一位古代的忠实于自己爱情的妇女。

于菱到了边疆以后,只寄来过一张没有通讯处的明信片,谢若萍当时就哭了,她懂得处于那样状况下的人,这是惟一的通讯方式。但是,从此就音信杳然,像断了线的风筝一样。从二月到三月,天天盼着来信,连那不满足的明信片也收不到一张。谢若萍慌神了,常常一个人悄悄地偷着哭。难道于而龙能不想念远方的儿子么?终究是自己的骨肉啊!

每当邮递员来送信,老夫妻俩会情不自禁地走到窗口去等待,然而总是失望。而每一次失望以后,就更增加一分对儿子的悬念,全家越发地紧张起来,直以为于菱又出了什么事?那些日子,屋子里又笼罩着不吉祥的气氛。

一直到四月初,才收到了于菱寄来的第二张明信片,全家松了一口气。可是只写了四个大字:"问大家好!"使他们琢磨了半天,也弄不懂他写的这个"大家"究竟是谁?后来,终于豁然开朗了,这个"大家"正是广场上的那千千万万的人民群众啊!

于而龙又想起了他儿子曾经噎过他的话:"中国人要全像你这样,早亡了!"于是他第一次挤在那熙熙攘攘的广场里。是的,他早就想来的,而且也早就应该来的,但是,他身上终究有着那种根深蒂固的习性,循规蹈矩,不敢越雷池一步。虽然广场上人山人海非始一天,女儿、柳娟绘声绘色向他讲述广场上逐日发生的一切,而且那个老大不小的画家,让舞蹈演员架着,爬到高大的华灯上,摄取整个广场的全景,连夜冲洗出来给他看。他也不止一次萌出到广场上去的念头,但是,立刻,脑海里那位循规蹈矩的君子就站出来阻拦。于莲甚至都有些奇怪:"爸爸,难道你当初闹革命时,也这样瞻前顾后,畏首畏尾?"

他深深地叹了口气,那声音表明了他心头的负担是多么沉重!

"爸爸,我记得你讲过,那个从苏区来的红军,甚至劝你和芦花妈妈去杀人,可你,连广场都不敢去!"

于菱的明信片把这位游击队长带到广场上来了。

如果说那天在王爷坟,在马棚工人住宅区婚礼宴席上,只是看到整个画面的一个局部,那么在这泪飞如雨的清明节广场上,他仿佛回到了四十年前的石湖,那人民反抗的波涛,已经是不可压抑,快要到一触即发的地步了。

他想起那个酒喝多了的骑兵,充满醉意的话:"……官逼民反,不得不反了……"这时,才发现自己敢情还有一个叛逆者的灵魂。难道他说得不对吗?我们南征北战,流血牺牲,就是为了让这帮乌龟王八蛋爬在人民头上,屙屎撒尿,作威作福吗?

然而,那一个血风腥雨的夜晚终于来了,倘若不是那天早搏频繁,心律不齐,他也完全会裹在包围圈里,被棒子队殴打的。直到深夜,那两个女孩子才披头散发地回到家,而且,也是她们有生以来,头一回用肮脏的字眼,唾骂着那些恶贯满盈的大人物,几乎每一句话,都足够判处十五年徒刑的。

倘若于菱在的话,广场方砖上能不留下他的血迹么?那些天,这个不曾挨揍的游击队长,要比那些洒下热血的"阶级敌人"还难受,因为他终于像蜕壳似的,经历了一个苦痛的过程,决定把自己划归"阶级敌人"那个行列里去。因为一个城市中,竟会有百万"阶级敌人",那么一个真正的共产党员,究竟应该站在哪里;游击队长如果还懵懂的话,那他就算白活了。

谢若萍说:"亏得菱菱走了,要不——"

于而龙反驳说:"难道在广场上洒下鲜血的年轻人,就不是我们的孩子吗?"

那天夜里,于而龙不知为什么,想起了那位劝人去杀人的老红军赵亮,他无论如何也睡不着了,穿好衣服,推门就要出去。谢若萍早被他窸窸窣窣的动静惊醒,赶紧披衣起来,在门口一把拉住了他。

"你要干什么?"

"出去走走。"

"你疯了吗?半夜三更!"

"若萍,我的心快要憋死了……"

"你不能再去闯祸……"她完全理解自己的丈夫,一起生活了这么多年,还不明白他的性格!一旦他认准了什么,那是用二十匹马也拉不回头的骑兵团长啊!她怎么也忍不住,哽咽了一声二龙,泪水便迸裂出来,但她拼命咬住嘴唇,不叫哭出声来。

于而龙将他老伴的手,抓得紧紧地握了会子,然后,一言不发地掉头走出屋去。

谢若萍知道不该拦他,而且也拦不住他,然而作为一个忠诚的伴侣,患难与共的妻子,那颗心又紧张地提溜起来。又像那十年里经常发生的情况那样,搬来个小马扎,坐在门背后,悬心吊胆地等待着老伴回来。

请不要笑话一个懂科学的医生也会迷信。在这以前,每当那些一朝得志的"革命家",把于而龙架走去游街、批斗、刑讯、逼供、拳打脚踢、坐喷气式或者关押在黑牢、地下室不见日月星光的时候。做妻子的总是在门廊后的小马扎上忐忑不安地坐着,和那位理应挡住恶鬼进宅的,然而偏偏挡不住的门神爷在一起,等待着,等待着,老天保佑,好像每次都不曾扑空过,终于等回来了。尽管遍体鳞伤,踉踉跄跄,但终于是活着回来的。

她现在又坐在小马扎上了,因为她首先是一个女人,一个妻子,然后才是一个医生,有什么理由去笑话她呢?

于而龙走在雾蒙蒙的街道上,两条腿不由自主地朝那封闭了一阵,又恢复原状的广场走去。他记得五十年代的时候,不是"十一",就是"五一",他总有机会在观礼台上得到一个席位,和那些熙熙攘攘的游行队伍同欢共乐。然而现在,马路上就他一个人踽踽行走,除了影子,在路灯下,时而前,时而后地陪着他,简直是少有的寂静。他也奇怪,当年那种主人公的感觉到哪里去了?好像走在别人的土地上似的,尽力避开那些拎着棒子的值勤人员。

他望着广场上的血——其实什么都没有,和血泊里隐隐约约的那个红军战士的形象,他的入党介绍人似乎在询问他:"二龙,你到哪里去了?"

"我一直在这里呀!政委。"

"那广场上有你洒下的一滴血么?"他的脸色严峻起来,显然在等待着他的答复,要他指出在哪块方砖上,曾经沾有他于而龙的血迹。

然而他能说些什么呢?

赵亮奇怪地瞪着他:"那么,你那颗共产党员的心呢?"

"原谅我吧,老赵!"头渐渐地低垂了下来。

他又听到了那一口江西土话:"为什么不可以杀人?他们也没长着铁脖子,他们也没两条命,他们不饶你,你也不能饶了他们……"

于而龙在广场中央蹲了下来,用手抚摸着脚前的那块方砖,也许是一种错觉,也许是一种精神作用,他似乎触摸到那潮湿的,还有点温暖的血液。他恨不能跪下来,趴在地上,去亲一亲这沾满年轻人鲜血的广场。他在心里喊着,也许是在呼唤他那在远方下落不明的儿子吧?

"孩子,你们来捶击我这颗共产党员的心吧!因为我是老兵,可是我却不在我的阵地上……"

四

游艇降低了速度,沿着满是碧绿菖蒲的水道驶了进去,不一会儿,一个被如丝如缕的垂柳,围得水泄不通的小渔村,出现在人们眼前,这就是柳墩。

司机揿着喇叭,驱散湖面上觅食的家鸭,向岸边靠拢,立刻,柳枝里钻出来不少孩子,从孩子身上已感到春天的暖意。看,他们都光着屁股,赤条条一丝不挂了。骨碌碌的小眼睛,贪馋地盯着漂亮的游艇,至于艇上的客人,则是成年人关注的对象了。

早有飞也似跑去送信的孩子,老林嫂放下手里编织的蒲草拎包,走来迎接他们。她责怪地问水生:"找了这么半天,耽误大伙鱼汛!"她又询问她的孙子:"都弄了些什么时鲜货,秋,还等着下锅呢!"

于而龙挥着空鱼篓子回答:"可丢脸啦!两手空空。"

老林嫂怎么能相信,石湖上出了名的鱼鹰,会空着手回来?

"确实。"于而龙向失望的候补游击队员解释。

她无法置信地摇摇头:"真蹊跷,想必是人老了,都那么不中用了?"

于而龙笑着:"确实是这样,不但鱼没钓着,倒被咱们的县太爷给钓回来了!"

王惠平在众多百姓面前,很有气派地笑了一下,这种笑声听来有些耳熟,哦,想了一会儿,和王纬宇那朗朗的笑声颇相近似。果然,于而龙不幸而言中,王惠平满石湖地搜索,确实是要来钓他的。

于而龙的东山再起,严格地讲,和县委副书记的关系,是风马牛不相及的,但不知为什么,犹如大年初一吞下了一个冷团子那样,总觉得搁在心窝里是块病似的。尤其是要了好几个长途电话,找不到他的"纬宇叔"以后,确实有些慌神。幸而天保佑,夏岚接了一次电话,告诉他,一切都挺好的,请他放心。

"我给工厂打电话,他们说纬宇叔要出国考察,可是当真?"

夏岚不置可否,只是说:"嗐!该怎样照应你的支队长,你也不是不明白!虽说不至于搞到夹道欢迎的程度,至少也要盛情接待才是。"

也许是心有灵犀,王惠平连忙应声回答:"我懂,我明白了!"接电话当时在场的他妻子懵懂地问:"你明白了什么?"县委副书记抢白了她一句:"不让你晓得的别插嘴!"

石湖绿豆烧,也可算是一种小有名气的酒,甜脆爽口,而且有股子后劲,饭桌上,两盅酒一下肚,副书记展开了一个全面攻势,轻重火力一齐朝于而龙扑来。

"支队长,我算是借花献佛,请干了这杯。哎呀,老嫂子,让孩子们张罗,快入座,给你这杯酒,来,碰一碰,这是一杯高兴的酒,干了,一定要干,一定——"他一饮而尽,并把酒盅反扣过来给大家看。

水生赶快把酒盅斟满,他媳妇,一个腼腆的小学教员,忙进忙出地端菜,县太爷降临到一个平民百姓家,终究是一种不寻常的殊荣,小两口决定尽最大的力量来款待;尤其是水生,他妈都观察得出,对王惠平要表现得更加热情一点——原谅他的实用主义吧!老妈妈,要知道这是他的顶头上司呵!

县委副书记酒酣耳热,谈笑风生,他无论如何不相信支队长是个六十出头的人,甚至打趣道:"看新换上的这一套,还真像个新郎官咧!"

大家都笑了,只有老林嫂正襟危坐,于而龙看得出,她对县委副书记只是一般的应酬,泛泛的来往,不像水生表现出强烈的兴趣,面露对上级的如慕如渴的驯顺之情。

为了表示有礼貌地恭听,于而龙点燃一支古巴雪茄,在袅袅的青烟里,那个拘谨的老妈妈,变成了一个候补的游击队员,一个生龙活虎似能干泼辣的大嫂;而正高谈阔论他十年来景况的县领导人,却成了当年那位胆怯木讷的小伙子。哦!那兵荒马乱的年头里,普遍都存在着营养不良的又黄又瘦的气色,而他,从县城来的高中生,就更明显些。

呵!青黄不接的春三月,也是游击队难熬的日子啊!

"咽不下去吗?哈哈……"

老林嫂毫不客气地打趣她丈夫的助手,那个年轻人正苦着一副脸子,吞咽着糠菜团子,说实在的,不光他,谁吃都要拿出一点毅力才行。

"看你这样子,倒像是吃药,小伙子,你来参加支队,赶上了老天出日头,好天气啦,不管好好赖赖,顿顿都能揭开锅。开头两年,能吃上糠菜团子,就像吃鱼翅海参席啦!"

心地和善的老林哥马上过去给王惠平解脱窘境,拉走爱管闲事,言语赛过快刀利剪的老婆:"算啦算啦!倒好像你吃过海参席似的,我问问你,海参啥样子?"

"你知道?"老林嫂反唇相讥。

"我当然知道,海参和花生一样,是在海里长的花生。"老林哥很自负地说。然后,悄悄地往那三个兜的学生装口袋里,塞进两块米饭锅巴。那时,这只是重伤员才能偶尔享受的优厚待遇,大概越是艰难困苦,人们的同情心也越强。

于而龙想起王惠平,当年围着老林哥转,甚至在战斗中,也寸步不离,都成了笑柄。现在,侃侃而谈的语言、坦然自若的神态、不亢不卑的气派,使旧日的支队长觉得,此人胸有城府,已经过分成熟了。难怪如他所说,十年来是在领导岗位上"赖着"——一个用得多么古怪的字眼,"赖着",可也得有点子本领啊!别人有上有下,有起有落,而他只不过是有时分工多些,有时分工少些。现在大概管工交,他说:"我真希望步支队长的后尘,具体抓一两个工厂,搞些实际工作……"

于而龙挺有耐心地听着,数十年的领导生涯,使他练就出一种本领,一面环视着堂屋里的陈设,一面盘算着副书记,经过一番迂回曲折的战斗,到底要亮出一张什么底牌?

担当多年领导职务,日久天长,形成一种习惯,只要对方一张嘴,必须立刻判明来者的意图,而且马上准备好答案。

但是于而龙这一回失灵了,像他那纬宇叔一样,不可捉摸的因素太多了,因此在心里叹息:或许是老了;或许是久不在台上,此道生疏了,于是偏过脸盯看着东壁上挂着的一幅油画,不再思索那副书记费解的问题。大概昨晚来到,屋里灯光暗淡,不暇细看。现在,他才发现原来是于莲的作品,很可能是那年回石湖时画好留下的。画面上的主要人物,是那位抚养过她的干妈,正吃力地拎着一桶水,从湖岸走回来。因为是逆光,那脸部表情现出沉重艰难的模样,但背景是异常明亮的,碧绿的垂柳,和从柳枝缝隙里露出的烟波水光,非常耀眼。他女儿可能受了西班牙画家戈雅和俄罗斯圣像画的影响,色彩浓艳,对比度显得那样强烈。在满屋土色土香的家具和农具中间,这幅油画实在有点不伦不类。他望了望端坐着的一家之主,又比比画中十多年以前的她,老了,确确实实老了。

她对县太爷的叨叨,根本没往耳朵里去,或许,人的本能,对弹得过多的老调子,耳神经有种抗拒的自卫力量,所以显出一副漠不关心、置若罔闻的样子。

王惠平话锋一转:"这十年,我们一直为你担心,还记得老嫂子去找过我几趟呢!闹了好几场,说我们应该站出来讲话。那是自然,到要让讲话的时候,我是决不会缩着脖子的。老嫂子该还记得吧?我说过的吧?算不得什么预言了,支队长是决不能趴下的。怎么样?应验了吧!嗐!老嫂子的心情我完全理解,我何尝不急,可那时,谁都有一本难念的经,嗐,就甭提那些了。"他把酒盅递给于而龙,碰了一下:"为你的健康,干杯!支队长,别人不了解你,我们跟你在石湖滚爬过多年的同志,还摸不透?你可不是泥捏纸糊的,像黑斑鸠岛那样的难关都闯了过来,什么样的风浪,你顶不住?我们是又不放心又放心啊!"

于而龙一听到黑斑鸠岛,那阴森的情景立刻在眼前展现出来,顿时,本来明亮的堂屋暗了许多。也许一块浮云正好遮住太阳,天窗刹那间黑了。

"……怎么能不讲呢?老嫂子还嫌我讲得不够,天哪,我就差大喊大叫,事关我们石湖支队,事关我们县的革命斗争历史,我怎么能不去保卫我们的光荣。老嫂子怕直到今天,还对我有怨言吧?"

水生赶快替他母亲回答:"没,没。"

"是的,斗争得讲究策略,大喊大叫要看时机。"

于而龙注意老林嫂对王惠平的这番表白,竟没有一点表情,似乎在端详一个陌生的人,讲着和自己无关的事情那样呆着。他直到现在才听说,她竟然为了他,去找过县委,要他站出来讲话,这种关心比那罐糟鳗鲡更使他激动,他和老林嫂无亲无故,只是多年的革命情谊罢了,而她还去县衙门闹过几场。"老嫂子……"他望着油画上那副吃力拎水的样子,想着:是的,她揽下了多么沉重的担子,可是话说回来,我又为你做了些什么呢?

"……从石湖县看,掰着指头数,老同志剩下有限的几位,要论资排辈的话,开辟工作到打下江山,恐怕就数支队长和——"

于而龙深感自己不配开拓者的荣誉,马上纠正:"要说早,还是牺牲在县城西门的赵亮政委,他是党最早从南方根据地派来的。也是最早成立的县委负责人。那时石湖、滨海两县通共十几个党员,应该说都是他播下的革命火种。"

"那是自然啰,我的意思是本乡本土,最早起来闹革命的,也就是支队长,还有纬宇叔,是硕果仅存的了。支队长是揭竿而起,纬宇叔从北平带回'一二·九'运动的影响……"

对于王惠平似是而非,驴唇不对马嘴的议论,才知道篡改历史已成为一些人的癖病,使他觉得可笑而又愤慨;幸而如今他落魄了,已经锻炼得心平气和,不那么爱生波澜。早个十年,他真会拍案而起,使伪造历史者下不了台。但尽管如此涵养,那种使得他嫉妒和愤激的情绪,又像三十年前,把他紧紧控制了。他弄不懂,同时又禁不住奇怪、诧异为什么当时支队里有些年轻人,很快被王纬宇征服,像行星似的围绕着他转?石湖湖滨就有一种红的或者黑的蜻蜓,在湖岸边上飞翔,逗引着顽童去捕捉它,而不小心失足跌进湖荡里溺死;于而龙认为王纬宇该是鬼蜻蜓之类的法师。记得眼前坐着的县太爷,来支队没过几天,就再也不提是芦花动员他来抗日,是芦花护送他过的封锁线;而跟王纬宇联了宗,排了个转折亲,东拐西拐,认了一个叔,亲亲热热地一直叫到了今天。

岂止在石湖支队,王纬宇来厂以后,他也照样吸引了一批年轻人,最明显的,就是那一口一声"王老"的高歌了。

啊!高歌,就是那颗突然在地平线上亮起,而且是一颗上升的闪亮明星;就是被王纬宇捧为革命小将的,红得发紫的人物;就是最早围着"王老"转的一颗小行星,蓦地里,像天马座那颗超新星爆裂似的,甚至王纬宇这颗恒星也可以沾上一点光了。

他还记得十几年前,这个毛头小伙子,一个忸怩的中学生,是怎样尴尬地闪在他父亲的身后,垂着眼皮,出现在他面前。那时,高歌显然被厂长办公室的声势和气派,以及进来出去请示报告的人员,那种规矩小心的态度给震慑住了。

高师傅是给于而龙开了多年小车的老司机,在办理完退休手续以后,照例,也是厂矿企业里一种传统,送他儿子进厂工作,接他的班,当世袭工人。

"厂长(其实于而龙早就是党委书记兼厂长了)!我把我那小子领来了,让你瞅瞅。"

"好啊!让我来过过目,是不是一匹好马驹?"于而龙离开了那至少有三平方米大的写字台——他弄不懂"专家"别尔乌津要这大写字台干什么?为他,厂里至今还有一间谁也打不来的弹子房,唉,黔之驴啊!——绕着走来向他们父子俩开玩笑地打招呼:"挺不错的小伙子吗!怎么,会打篮球吗?"

高歌摇摇头。

"他就喜欢吹拉弹唱,没个正经出息。"

"好啊!厂里有个文艺宣传队,正缺人。这么说,你会唱两嗓子了。"

"是的是的,嫌原来名字俗气,自己跑到派出所改了,叫什么高歌。嘿,难听死了,一点都不顺口。"

"很不错嘛,高歌猛进。"

高歌不那么胆怯了,传闻中十分威严厉害的于而龙,连王爷坟石人石马都躲着他的厂长,倒并不那么可怕。相反,态度和蔼,言谈亲切,因此不再拘束和紧张,而是感到他父亲未免太过于谦恭地恳求,大有损于年轻人的体面和自尊。高师傅嗫嚅地说:"厂长,看我多年的面,把他收留下来吧,学什么手艺都可以,有碗饭吃就成啊!"

若干年后,高歌在重新描述这段往事时,十分痛心地说:"于而龙逼我父亲不得不奴颜婢膝地,跪在地下向他哀求,才许我进厂。他手里有什么,不就是权么?"于而龙无法辩白:"有什么办法,夫子曰:'仁者见仁,智者见智',或许他当时就是那样看的吗!"

于而龙弄清父子俩的来意,便说:"是不是因为他年龄还不够呀?"

"按虚岁说够了,属狗的吗!厂长,可人事处讲——"老高开车,是相当稳重的,不疾不徐,但涉及到儿子的就业问题,就有点手忙脚乱,沉不住气。

"你去告诉他们,就说我同意了。"

"他们说——"高师傅知道话一出口,厂长非火不可,可为了儿子,也就管不得许多。"人事处说最好找厂长批个条子,好有个书面依据。"

果然,于而龙炸庙了:"你去对那些文牍主义者讲,让繁琐哲学的等因奉此见鬼去吧!"

那时,厂党委书记还是相当威风的,他的话,无论对与错,扔在地下是有声的。

他望着年轻人的背影消失在门外,心里想:"要是在战争时代,像他这样的,早给他一支枪,让他上前线去了!"

高歌果然参加了文艺宣传队,晚会上有时还可以欣赏到他那嘹亮的歌喉。于而龙的音乐素质极差,只会哼几句石湖上的渔歌,所以对于高歌颤巍巍的洋嗓子,并不怎么喜欢,尤其拿腔作势的姿态,看来也不舒服。可是演出结束来到后台,也不得不敷衍几句,但是王纬宇却兴奋地拍着歌唱家的肩膀:"小高,唱得不错嘛,有前途,好好锻炼,我给你找一位名师指点指点,会成为一个介乎 tanner 和 baritone 之间的优秀歌手。"

混蛋,总是炫耀他的学问,于而龙心里骂着王纬宇,回到家,问他儿子:"我记得你曾经也想成为歌手的,成天抱着吉他,唱什么我的太阳、我的月亮,你跟我讲讲,什么叫坦闹儿?什么叫巴列东?"

于菱耸耸肩膀,回答不上来,那时候,他的兴致,早已不是声乐,那支夏威夷吉他像元帅的佩刀一样,已经挂在墙上做纪念品了,而开始热衷养鸽子,四合院的上空,常常飘扬着悠扬的鸽哨声。以后,又发展到养狗,哈巴狗、猎狗、狼狗,他都养过。于而龙无奈地:"你这个不学无术的家伙!"于是推开窗户,向坐在葡萄架下阅读医学期刊的老伴问:"喂,大夫,你学过拉丁文,介乎于坦闹儿和巴列东之间是个什么货色?"

"好像是意大利文吧?也许是音乐术语,你查一查辞典吧!"谢若萍只顾钻研她的学问,于而龙回到书房里去翻检辞典,终于弄清楚原来是什么男高音,次高音。他查着查着自己也乐了,难道音乐和他一个工厂党委书记有什么联系吗?光是属于动力学范畴的学问,就够他脑子负担的了。

不,骑兵团长永远记得那匹"的卢"给他的惨痛教训,该死的牲口是怎样当众把他掀下来出了丑的。

哦,开卷有益,当那位歌唱家,突然弄出一本数万字的学习心得,博览群书的于而龙一眼就看穿了,把那个大厚本子扔给了热心推荐的王纬宇:"假的,全是东拼西凑抄袭来的。"他现在回想起来,不实事求是,凭摘取片言只语哗众取宠,吹嘘拍马,浮夸做假之风,可能从那时起,甚至还要早些,就开始存在,并且一天浓似一天。

应该承认,那个小伙子鼻子够尖的,能够得风气之先,的确不易。"我不懂高歌弄这套玩意儿干什么?是不是嫌唱歌出不了名?这本东西,连假马克思主义都算不上,因为假的也是需要力气编造的,可这好,统统是抄的,亏你还捧着到处推销。"

"即使是抄的,这种学习精神也难能可贵!"王纬宇坚持。

"你不要宣传混账逻辑!"

王纬宇笑了一笑:"你太天真,难道你以为报纸上登载的这个英雄,那个事迹,这个日记,那个摘抄,都是百分之百的真实吗?谢天谢地,夏岚在报社工作,她懂得高灯远亮的道理。我们厂端出一个学习方面的先进典型,名扬全国,树起一块样板,老兄,你我脸面都有光的。不会有那么一个不识趣的混蛋,跑来非要查阅他的学习心得的,我们还可以找几个秀才再加加工,都是如此炮制的吗!"

"滚蛋!"于而龙当着秘书的面,撵副厂长走。

"你要后悔的。"

"我们是搞动力的,一个马力的标准值是七十五公斤点米秒,来不得半点虚假,规规矩矩,老老实实才算好,那个高歌太飘浮,好高骛远,想走一条不费力气的捷径,一举成名,这是坏风气。你倒去捧他,助长他,像话吗?"

但是王纬宇不走,反问起于而龙来:"你听说高歌在单宿搞的共产主义红角么?"

"耳闻一点。"

"我看,这是相当新鲜的新生事物,没准是一种共产主义的萌芽。在我们社会里,物质条件不具备,精神上先过渡完全可能。小将在向我们挑战,提出值得深思的问题啦!老兄,要赶上时代,适应时代,这是需要,不然会被历史淘汰的。"

"我宁肯被淘汰,也决不去抄。"

"不要抓住一点,不及其余,你看看这些年轻人吧,太可爱啦,他们开了支,把薪金放在一起,过着俭朴的生活,只吃一角钱以下的菜,准备把钱攒起来支援亚非拉的革命斗争;共同学习经典著作,每天坐在那里读十五页到二十页的《资本论》,管他懂不懂呢,热情总是应该受到鼓励的吧?"

"你就欣赏高歌的形式主义,有朝一日,他们闹散了伙,混合在一起的工资可由你去分,那是包文正都断不清的官司。他们干吗天天戴八角帽,穿草鞋上班,难道打扮成井冈山的样子,人就会有井冈山的精神了吗?高歌脖子上拴根红布条子,领巾不是领巾,领带不是领带,出什么洋相。你下过命令,不许青工穿包住屁股的阿飞裤,可为什么不禁止他们?其实我看都是一路货色,不过是两种包装而已,出风头是一致的,而且还披上件革命的外衣,所以我认为要更可恶些。"

"你呀你呀!老于,让我说什么好?"他把那大厚本学习心得举起,"你去抄抄几万字试试看,得有股子劲。"

"他那劲使得不对头,直到现在还是个三级磨工。"

"该怎么鼓励鼓励才好呢?"王纬宇还不罢休。

"来,我在他本子上题几句词,如何?"

"妙极了!"王纬宇挺高兴地递过本子来。

于而龙掏出笔,写上了"脚踏实地,不尚浮华"八个大字,推回给他。

王纬宇叫了起来:"他妈的,有这样表扬的吗?"

"泼点冷水会使他头脑清醒,缰绳不勒紧些,就会走偏了路。"

"你呀……"王纬宇说,"一颗闪亮的明星被你扑灭了!"

就是这颗明星,没有过了几年,成了一颗超新星,是全市都知晓的鼎鼎大名的高歌了。

哦,于而龙正站在火车头后边的煤水车上,粗烟囱噗噗地喷吐着大股浓烟,车前顶着几辆货车车皮,顺着通往实验场的铁路专用线冲过来。

想到自己亲手建造起来的工厂,竟变成了双方交锋的战场,心里是不会轻快的,然而,现在谁还听他的呢?

车头后面是武装到牙齿的工人阶级,在实验场里踞守的,是牙齿都武装起来的同样的工人阶级,马上,只要谁一扣扳机,打响第一枪,工人阶级就要屠杀工人阶级了。哦,这一触即发的战争,对一个打过日本鬼子、国民党反动派、美帝国主义的老兵来讲,弄不懂历史为什么要这样残酷地开玩笑,若是按照因果循环的唯心主义哲学,是什么时候,什么人种下的恶果,才会有今天自相残杀的报应啊?

难道是我的责任?于而龙扪心自问。

他不能设想石湖支队的游击队员会互相斫伐;也不能设想骑兵团的战士会彼此袭击;更不能设想他最后领导的一师之众,这个团会去攻打那个团。可现在,他的工厂,党交给他的万余职工,却要以枪炮说话了。

"不能打,同志们,千万不能打。自己人不能打自己人,都是阶级兄弟!"他往两军夹攻中的无人地带走去。工厂里,杂草长得像石湖沙洲上那样繁密,因为相持的局面已经持续很长一段时期了。

高歌叱咤风云,马上就要结合到市革委里去了,需要清扫一下后院,荡涤那些至今还不肯臣服的反对派。火车头扑哧扑哧地开过来,高音喇叭进行刺耳的战争叫嚣,整个厂区一片金鼓杀伐之音。高歌站在车头一块防弹铁板后边,像鬼神附体似的咬牙切齿,两只布满血丝的眼睛,于而龙几乎认不出他来了。

"敌人不投降,就把他消灭!"

高歌发出了命令,因为最后通牒规定的缴械期限已经到了。

突然,在铁轨中心,出现一个人影,兀立在那儿,一动也不动。

"谁?"

"于而龙!"

"他疯啦?"

是的,他疯啦! 只见他蹒跚地站在枕木上面,两腿有点别扭,显得不大灵活,那是小将们为了他的态度不够老实,而稍施教训留下的纪念。但一点点外伤,不算太碍事,何况还有那把他自嘲为总统的节杖——大竹笤帚可以扶持着呢!

"滚开!滚开!"那些不顾一切的暴徒们吼叫起来。

既然来了,于而龙是决不会撤退的。

"滚开!快滚开!"陷入歇斯底里狂热的人们也跟着呐喊。

不,于而龙像钢轨鱼尾板上的道钉一样,死死地揳在那儿。

"轧死他,他敢不让路的话……"高歌喝令那个生有一对又大又圆眼睛的火车司机,听得出来,是他那介乎 tanner 和 baritone 之间的声音。于而龙动都不动,盯着那从铁板后边探出头来、一张满脸横肉、露出狰狞杀气的面孔,盯着,一眨也不眨地盯着,盯着那个年轻人。

——放心吧,我于而龙是决不会给谁让路的。

火车头朝他滚动过来,轰隆轰隆地发出震耳的巨响。

高歌终于背过脸去,他绝不是害怕血肉横飞的场面,在市里都大打出手过,成为赫赫有名的"红色棒子队"和"铁拳头";然而他憎恶于而龙那毫不畏惧的目光,和那钢浇铁铸的挺立着的形象。这样,他掉过身子,给于而龙留下了一个熟悉的背影,这个背影和当年从厂长办公室走出时,是一模一样,分毫不差。

于而龙诧异了,他奇怪地询问着自己。

在车轮声音益发地响,车厢身影益发地近的紧迫关头,竟有工夫给自己提出一个学究式的问题。

"为什么一张稚嫩的、单纯的、至多也可以说是缺乏表情、比较单调的面孔,怎么能在变成一个凶神恶煞般的、食肉兽似的、贪婪残酷面孔的同时,背景偏偏半点不改变?而且还是那样忸怩,胆怯,童稚,甚至还有点天真呢?谁能回答我?难道一个人的背影,如同指纹那样,终身也不会变?而随着年龄变化的,只是一个人的前脸?王纬宇,你被你的小将们尊之为王老,是他们的智囊,是他们的思想库。俗话说得好,'有事问三老,'也许只有你能解答这个问题。"

但是,谁也来不及回答他了,火车头无情地朝他碾压了过来。

他觉得头晕了,家乡的绿豆烧在发挥着它的余威。"难道我醉了?"往事和现实,幻觉和真情,使得他的血液一个劲地往上冲。这时,一直默默无言的老林嫂,像姐姐似的细致体贴,侧过身来关切地问:"鱼刺扎嘴了么?"

于而龙摇摇头,鱼刺只会伤着皮肉,而生活里的刺,却是要永远扎痛一个人的心。

酒的后劲真不小啊……

王惠平倒毫未察觉到于而龙看他时那份苦涩的眼光,仍旧在兴致勃勃地,讲述着他的纬宇叔对石湖县的建设所做出的卓越贡献。本来,新鲜的春笋,活杀的鲫鱼,炖出来奶汁似的浓汤,应该是挺味美的,但于而龙被那不离嘴的"纬宇叔",弄得倒了胃口,因此,连筷子都懒得举了。

"支队长,这些年,多亏了你们老同志!"

那年水生背着土特产去找他,可是碰了钉子的。所以他赶紧声明:"我是属铁公鸡的,历来一毛不拔,这顶桂冠我担当不起。"

王惠平笑了:"有你于而龙三个字就够了,省地两级,一提到你,还是响当当的。"

"百足之虫,死而不僵!哈哈……"

"特别是江海同志更关照些。"

"嘀,那个盐工嘛?"原来的老邻舍,滨海支队的队长,解放后一直在家乡工作,还是去年叶落知秋的时候,见过这位地委书记一面,"怎么?他重新工作了?"

"能不请出山么!他对石湖县抓得很紧,一是老根据地,多少沾点光;二来也看在支队长你的面子上,别看你现在不在台上,俗话讲——也许不中听,瘦死的骆驼,也比马大,你老拔根汗毛,也比我们腰粗呵!"

他看眼前的王惠平,很像刚读初中的小伙子,见到小学时老师那样,开始,还有点敬畏之心,表现得较为恭顺,稍过一会儿,意识到自己已经长起粉刺和小胡子,不在教鞭所及的范围里,大可不必俯首帖耳,于是渐渐放肆,以致敢于狎弄旧日的师尊;副书记不是在用刘姥姥的语言,和支队长开玩笑么?现在,于而龙在他眼里,很像阿拉伯神话里的那个巨无霸,由于被关进了瓶子里,不但毫无畏惧之意,而且马上要提出三个诸如此类的愿望来了。

哎,他不是张嘴了么?第一个要求就要抛出了。

他吮着酒糟泥螺,喝着水生总给他满上的绿豆烧:"支队长,我这两下子,你是清楚的,管工交,是打鸭子上架,所以,今后还得你多赐教,多指点——"

于而龙不动声色,心想:今后不会需要我教你打太极拳吧?那是每个休养干部都学会的拿手好戏。

他又绕了个弯:"我这个人有点怪脾气,或许是支队长在石湖留下的优良传统,不搞便罢,要搞,就必搞出些名堂。工业,我外行得很,初步有些想法,支队长难得回乡,这是学习请教的好机会。"

于而龙莞尔一笑,心想:怕不止这些吧?

"是嘛,在工业方面,你是元始天尊,看看,支队长,想法是否切合实际?"他掏出一本工作手册,翻到一页,递过去:"你是曾经出洋考察过,同外国专家合作过,搞了几十年工业的党的工作者,肯定是点石成金。"

他记得木讷的事务长,原本不擅辞令,现在,能说得娓娓动听,每一句都像涂了蜜的奶油小点心那样滋润可口。于是,游击队长不得不放下雪茄,戴起眼镜,做出一副认真的样子去看,而且在猜测,他的目的就这样简单么?

"支队长,巧妇难为无米之炊,我现在两手空空,需要你的支援啊!"

"精神上的支援吗?"于而龙幽默地问。

"这只老狐狸,看来买卖有点棘手。"王惠平心里骂着,但嘴上却说:"那是自然,有什么比老同志的关怀,更能鼓舞我们呢!但是,我们是唯物主义者,没有物,日子不好过啊!"

"他仅仅是要些东西么?"他望着这位副书记,有点莫测高深。"看来,你弄错了人,我是个看戏的,可不是做戏的。"

"不会让你肩膀总闲着。"

"你消息比我都灵通,是纬宇叔告诉你的了。"

终于想起夏岚嘱咐的话,王惠平顿时清醒了,决计不谈电子计算机的买卖问题,虚晃一招,分散注意力,这件事让水生跟他软磨硬泡就行了;要紧的,是不能留他在柳墩,留在候补游击队员家里,尽管委婉地晓以利害,告诫了那个多嘴多事的老太婆——对她,还不能用专政的办法,尤其现在,逼急了,老林嫂连命都豁得出去的。但是谁能把握她一时激动,说些个不三不四的话呢?对,还得把于而龙弄到城北的谜园——县委小招待所才能放心。"好!酒足饭饱,扰了老嫂子一顿,该我做东了吧?走,进城去,晚饭,在望海楼怎样?老队长(越来越亲切了)!眼下正是鲫鱼、鳝鱼、甲鱼当令,也是望海楼有名的风味菜,例如……"他报了不少菜名,看来,他是个座上常客。

于而龙记起县城里原来算是最高的建筑物,那个女指导员,在湖东开辟游击区的时候,曾经在望海楼里,表现出一个共产党员破釜沉舟、决一死战的勇气,但副书记信口报来的那些清蒸鲫鱼,剥皮大烤,双凤朝阳,他可没福品尝过。尤其是想起他自己,曾经有那么一次机会,应邀去望海楼赴宴,然而那是一杯不得不饮的苦酒,为了营救被捕的赵亮,带着五百块银元去赎他。可是,终于还是没救回来,望海楼,他怎么能去呢?

"依我说,免了罢!"老林嫂说。

"你也一块去凑个热闹吧,哪能少了你老嫂子呢?"

"我?"她晃了晃头,又流露出那幅油画上负担沉重的样子,"可不配哦!"

"老嫂子总是不饶人,还是那候补游击队员的脾气。"他转向他的真正目标,再一次怂恿着:"老队长,启动大驾吧!"

"不!"于而龙还是老一套,"我说好要去,就必然践约!"

"现在就走吧,汽艇来了,能空手而归吗?"

于而龙止住他:"别谈了,好不好?"

"真他妈的顽固不化!"王惠平脸上甜蜜地笑,心里在恶狠狠地骂,然后问道:"那也好,什么时候来接你呢?"

"不用费事了,县城我也不是不认路,不过先讲好,望海楼我可不感兴趣。"

王惠平离席告辞,笑着回答:"明白明白!"拱起手抱着拳,像跑江湖似的向大家表示致谢和道别,他满头热汗,绿豆烧在往脑子里冲。于而龙见他喝了那么多烈性酒而不醉,和他那纬宇叔一样,有着惊人的酒量,使支队长为之骇然。而且他坚持邀请他进城——到了执拗顽固的地步,是不是除了客情以外,还掺杂其他因素?毫无疑问,他那吞吞吐吐的言词背后,肯定包含着一颗叵测的心。

于而龙第一次在猜测对方心思时失灵。他暗想:倘若不是自己智力衰退,那么就是十年来把人磨炼得复杂起来,特别像王惠平这样的,怕是比蝌蚪文都难懂了。临别时,他仔细看了一下,确实再也不是当年的事务长了。但是,等副书记跨上游艇,吓了于而龙一跳,赫然跃入他眼帘的,是那和三十年前一模一样的背影。

难道一个人的背影永远也不会变?他好像听见那个从背后看去的高中生,正津津有味地,在讲述偷越封锁线的情景,芦花是怎样背着他到湖西来的,是怎样用身体替他挡住巡逻队的盲目扫射……尽管他不喜欢王惠平那大大变样的面孔,一个过于成熟的人,总使人疑惧和存有戒心,但是那熟悉的背影,倒使他觉得亲切。

"你一定来呀!支队长!"

王惠平一边矫揉造作地挥手,一边郑重其事地嘱咐司机朝去县城相反的方向开。有的人就是这样,酒喝得越多,头脑越清醒,胆识也越大,他需要做一次最后的努力。

游艇开远了,看热闹的乡亲和必须履行对上级迎送义务的社队干部都散了以后,老林嫂如释重负地长吐了一口气:"阿弥陀佛,他总算走了。"

"唔?"于而龙看着老林嫂。

"他?他呀!——"她似乎有许多话要倾吐出来,但是终于把话压了下去,只不过在鼻子里轻轻哼了一声——不细心还听不出来的。随后便在门口打谷场上的竹椅上坐下,接着编织蒲草拎包……

于而龙知道她心里不平静,她对王惠平的冷淡忌讳,不仅仅是微贱小民的自卑心理,而是有夙怨的,也许是为了他而大闹了一场,才结下不解的嫌隙?然而,为什么她忍气吞声不讲出来呢?于而龙很理解老林嫂的性格,她那张嘴像把锋利的快刀,一向是敢说敢讲的,可弄不懂,为什么哼一声,也是轻轻的?但是奇怪,她好像要把她满腹的话,编织进那只拎包里去似的,看那一下一下的紧紧勒着的动作,可以体会到她是怎样在约束自己、控制自己了。

唉!于而龙望着烟波浩渺的石湖,叹息着:我们生活在一个多么纷扰的世界上呵!

五

游击队长独自划着双桨,驾着舢板,离开柳墩,往陈庄驶去。

这回他可是终于达到目的,一个人自由自在地"垂钓"了,回到石湖,那最初的纷扰,总算平安无事地给搪塞过去。现在,头一步,自然是陈庄,因为据劳辛讲,他是在那里碰上船家老汉的。

诗人还健在的时候,于而龙总是希望他能把当时的情况,详细地回忆出来,但患有植物神经紊乱症的劳辛,竟很像脑软化患者,对任何细节都模模糊糊,记不真切了。

于而龙抱怨地责备:"真要命,你可怜的记性!"

"怪我吗?我根本不觉得是谜。"

"可怕的谜,难猜的谜,总是隐藏得很深很深的。"

独有陈庄这个地名,说得确切不移,诗人跺着拐杖赌咒,肯定不会记错。

"会不会那老汉相中了你手里的酒?"

劳辛说:"我不赞成你把人看得那样坏——"但诗人独对王纬宇不感兴趣,在石湖打游击的那些日子,他和这位历史系大学生,也没少打交道,但始终关系不是那么融洽的。劳辛说过:"我不喜欢一览无遗的诗,我也不喜欢一眼看不透的人。"

当于而龙获悉在芦花牺牲那刻,有一位亲眼目睹开黑枪的船家老汉的时候,恨不能马上插翅飞回石湖,偏偏由于儿子不幸被捕而拖了下来。谢若萍看到老伴那分着急,那分焦虑,那种心力交瘁的紧张神色,也没和他商量,就告诉了厂革委会主任王纬宇;希望通过组织上,把这个未免有点玄虚的陈年积案,帮助了解一下。

于而龙火了,还从来没有这样向妻子发过脾气。

劳辛劝住了:"你放心,他不会表现出多大热情的。"

但是诗人说差了,王纬宇挺当回事地跑来询问他:"不会记错吧?陈庄?一个船家老汉?大约多大岁数?还说了些什么?不会是神经不正常的人吧?我们家乡可是有一种爱说废话的牛皮匠。你再想一想,是陈庄?……"

劳辛不耐烦了,闭上眼睛,拒绝做任何回答。

王纬宇神态激动地,用拳头击着手掌:"我一想起莲莲的生母,说实在的——"也许涌在嗓子眼里想说的话太多了,你挤我,我挤你,结果反倒半句话都说不出来了。

正因为劳辛说得确切不移,所以送走县委副书记,决定马上去陈庄,半刻也不耽误。

老林嫂不解地问他:"怎么?当真还去钓鱼?"

"要不是钓鱼,我回石湖干什么呢?"

那位小学教员说:"要不,还叫秋儿给你打下手去吧!"

"不用了,再不会有那好运气,会碰上红荷包鲤的。"他想:要有一个孩子伴随着,办什么事都碍手碍脚的。

但是秋儿的妈妈偏坚持:"要不叫秋儿,也得等水生,哪能让你一个人在湖里乱闯。"

"怕我在石湖里迷了路吗?"

那怎么行?水生的腼腆媳妇急了,在县城那么一个天地里,科级干部就是了不得的,路人为之侧目。像于而龙这样有时在报纸一大堆人名里偶尔出现的人物,怎么能让他独自划着舢板走咧?县委副书记可是有话在先的呀!

老林嫂止住了儿媳:"由他去吧!他的脾气我懂!"儿媳妇连忙叫了一声:"妈——"但这位候补游击队员却生气地说:"谁家请来的客谁照应,用不着别人插嘴!"

她站在垂柳下望着慢悠悠划走的于而龙,嘱咐着:"早点回来,我给你烙马齿苋的馅饼吃咧!"

于而龙笑了,那是芦花的拿手好戏,亏她还记在心里。

船渐渐地远去了,老林嫂心里在想:他急急忙忙地去干什么呢?按说,他应该着急去看望芦花的坟呀!那是他的结发妻子呀!不过,她非常信赖游击队长,认为他所要做的一切必然是正确的,也许正是为了芦花才迫不及待地驾起舢板走的!

可是一想到芦花的坟墓,老林嫂的眉头打起了结。

王惠平呀王惠平,亏你好意思笑得出口,还笑得那么自在,呸……她朝湖里啐了一口,于而龙已经划得看不见了。

老林嫂,她从来不是怯懦的,是一个天不怕地不怕的泼辣人,一个多重的担子也敢挑,多大的风险也敢冒的候补游击队员,于而龙弄不懂分明她心里有话,干吗不敢讲呢?

他想起打游击那阵,要给在湖东开辟根据地的芦花,送份文件,递个情报,在陈庄封锁线上的盘查卡子,突然严禁得一般人不容易混过去的时候,就只好找到她:"老林嫂,只得麻烦你啦!"她二话都不说,背上水生,挎上竹篮,装作讨饭的叫花子走了,谁都知道,只要一查出任何"通匪"的证据,立刻就地正法。

她胆怯过吗?没有。

于而龙弄不懂,难道成为一种规律,年岁老了,人就会变得软弱、变得瞻前顾后而丧失了胆量?王惠平能对一位烈属怎么样呢?

这他就不明白了,昨晚上,老林嫂不是已经把话点给了他:"反正现在要来了鬼子,老百姓不大肯掩护干部的啰!"要不是她儿子白了她一眼,赶紧拿话打岔过去,肯定还会说得明白些。

她还总算是有勇气的,敢去找这位县委副书记,要他站出来讲几句公道话;敢于大闹公堂,弄得他至今还耿耿于怀。然而大概还是县太爷官大一品压死人,以致弄得这个不算太屈服的老百姓,想说又不敢说,不敢说又忍不住要说,吞吞吐吐,欲盖弥彰,其实,老林嫂并不是这种含含糊糊的人。

但是,她那张嘴确实被钳制住了。

于而龙想:我活了六十年,欢乐与痛苦,笑声和泪水,成功与失败,顺利与挫折,都一笔一画地写在历史上的。老嫂子,当真理的嘴被贴上封条的时候,你一个人为我喊的声音再高,也挡不住那满世界的喧嚣,就像闹蝗灾那样,沙沙的蝗群,铺天盖地而来,把整个蓝天都遮黑了,能把所有绿色的植物啃个精光。你一个烈属何其渺小,能挺得住那疯狂的,吞噬一切的天灾么?那沙沙的咀嚼着人类良知的声音,又在他耳畔响了起来——

"于而龙,芦花究竟是个什么样的女人?"

"她是你的嫂子吧?"

"你哥哥怎么牺牲的呢?"

"你们怎么出卖沼泽地的地下县委会?"

"为什么你和芦花迟到?告密去了吧?"

"你怎么和你嫂子非法同居的?"

"你为什么被捕?为什么投降?"

"为什么鬼子大久保抓住你,不斫你脑袋,优待你?"

"为什么?"

"为什么?"

啃吧!啃吧!蝗虫啃的是绿叶,而两条腿的蝗虫却在啃啮着每一个善良人的心。

"唉!"于而龙想:我应该早点给她写封信,告诉她不必为我操心,也就省得她受那位县委书记的气了。但是,话说回来,那时的于而龙或者穷于应付;或者压根不曾把千里之外的老太婆,那微末的支持当回事,这封信肯定是不会写的。现在,老林嫂那颗善良的心,就像这明镜似的石湖那样,也使他自己看到了灵魂上的灰尘。是的,他想:如果有上帝的话,这上帝就是人民;如果我要忏悔的话,也只能在他们面前低头!

老林嫂,她有一颗多么了不起的心啊!

在石湖支队扯起红旗以后,老林哥一直管着整个支队的粮秣辎重,根本就顾不了家。老林嫂要喂饱那几张嘴是相当不容易的,逼得她像男人一样,风里雨里地出湖捕鱼,而且还嫌受罪不够似的,后来又把于莲抱了回去。可她实在是个太累赘人的孩子,从小几乎是在老林嫂的背上长大的。有什么办法呢?她要撑船,她要张网,只好把孩子捆在脊背上,而且还要走村串舍,为她背脊上的宝贝,去寻找那些有奶水的妈妈,讨口奶吃。哦,她走了多少路程啊！每天早中晚三顿,离柳墩最近的村舍,也得三华里开外,计算一下吧,整整两年啊,不论刮风下雨,不论天寒地冻,她背着小于莲,一步一步地在泥泞的道路上,在水漫漫的沼泽地里,跌跌撞撞地蹚着、走着,有时候不得不手脚并用,才能爬上那陡峭的堤岸,而莲莲还不住声地哭闹,在干妈的脊背上扭动挣扎。

"乖乖,别哭,快啦,快到啦……"

那种场景,于而龙现在一闭眼,立刻闪现在脑际。有时情况好些,条件许可,她就把孩子送到支队来;一旦紧张起来,战斗频繁,她准会把于莲抱回家去,而且总是给芦花说:"放心吧,只要我孩子死不了,她就能活着。"

于莲如今活着,可老林嫂的两个儿子呢?

石头,她的头生子,是在石湖残酷的阶级斗争中,最早牺牲的一名小战士,他死得那样悲惨,至今,于而龙还记得老林嫂坐在井台上,舀着一瓢瓢水,冲洗小石头破碎尸体的情景。那血迹斑斑的场面,犹历历在目。从此以后,两军对垒,就在严峻的斗争里厮杀、格斗、扭打、相扑,一直不曾停歇,甚至不分不解地战斗到公元的一九七六年,好像这一仗还没有见分晓。

"王纬宇,你是学过历史的,难道不应该这样来理解么?正如抽刀断水一样,历史是砍不断的,有前因才有后果,对不对呀?老兄……"

那个可爱的石头,总还是在妈妈的眼睛底下埋葬的,可铁柱呢?老林嫂的第二个小子,却是于而龙亲手埋在朝鲜定州南面,紧靠西海岸的一座山丘上,那是一个多么勇敢的骑兵,一直战斗到生命的最后一息。是他,小柱子和通讯员长生,一九四八年初用担架抬着游击队长离开石湖的,而今天,他回到石湖来了,可两个抬担架的年轻孩子呢?

当时,于而龙想,把小柱子埋在海边,那山头正朝着祖国的方向,海和海总是相连通着的,母亲怀念孩子的哀思和泪水,也许会顺着塘河流进大海,随波逐浪,飘泊到埋有儿子骨殖的异国他乡的土地上来吧?

三十年前,老林嫂亲自把铁柱交给于而龙:"二龙,把柱子带走,当你的孩子一样,全托付给你啦……"一个做妈妈的嘴里说出这样的话,那该是多深的信赖,因为她拿出来的,不是别的什么,而是一颗母亲的心啊!

他无法想象一九五一年,当她收到那封报告不幸消息的信件,该是怎样度过那最悲痛的时刻?他把铁柱得到的军功章和部队的奖状,寄给了江海,就是现在主持地委工作的滨海支队长。请他在无论怎样忙的情况下,也要抽空去石湖柳墩一趟,看在老战友的分上,去看望一下失去儿子的母亲,为她分担一场可怕的灾难。

然而,军功章也好,奖状也好,能弥补母亲心头的巨大伤痛么?再说,江海究竟去了没有?也不曾再过问,就以为了却一桩心事,自己的灵魂也平安了。

当然啰,戎马倥偬,远离祖国,总还可以找到聊以塞责的理由,但这并不是老林嫂的最后一次打击。紧接着第二年,也就是一九五二年,老林哥,那位给他管了多年柴米油盐的老战友,一位再好不过的当家人,在湘西剿匪斗争中壮烈牺牲。他是掩护工作队冲出重围,而落到土匪手里的。那些匪徒残酷地折磨他,要他交出银洋、盐巴和粮食,因为他是后勤部长。最后,一无所获的土匪像一群十恶不赦的野兽,杀害了这位忠贞的战友,而且那帮匪类,像杀人生番似的,肢解了他的尸体,给煮吃了,只留下一顶破旧的军帽,一顶从石湖戴出去的军帽。

一个接一个的噩耗,像没顶的巨浪,向老林嫂压来,她该是以多么巨大的力量,才能克制住自己不至于发疯,即使一团钢铁,也会在苦痛的烈焰中熔化的。可是在她最需要人支持的那些年代里,于而龙问着自己:"我又在哪?"

哦,那时他正在王爷坟的石人石马中间,筹建一座巨大的工厂,忙得不可开交,一封抚慰的信都不曾让于莲给她带去。

不错,曾经接她来住了几天,然而她不习惯都市生活,尤其不习惯谢若萍的公筷制,吃口菜,要换两回筷子,卫生倒是有了,隔膜也随之产生。不久,她想念她的石湖,回去了。于而龙埋怨自己的妻子,可并不责怪自己,他总是能够自我宽解:"我忙啊!"难道他不了解么,无论回来得多晚,十点、十一点,她都在葡萄架下等着;毫无疑义,如果他忙得在王爷坟回不来,她肯定终夜在守候的,像过去打游击那阵一样。她多么盼望和他谈谈啊,随便谈一谈过去的事,现在的事。她并非是寻求安慰和支持才来的,也不是因为付出了代价,而要得到什么报酬。不,她只是把于而龙看做亲人,想和他诉一诉做母亲的衷情,然而那些繁文缛节把她苦了,挟筷子菜吃都那么费事,更不要提那花花绿绿的热带鱼,真是比祖宗还难侍候。她弄不懂养那劳什子有什么用?然而于而龙有工夫欣赏那些鱼,却没有时间听一个接连死了儿子和丈夫的,想吐一吐心头委屈的候补游击队员的呼声,唉,她怎么能不想念石湖呢?

但她,却在于而龙被诬陷得连狗屎都不如的时候,竟在县大堂上,扭住县委书记,挨着文攻武卫的棍子,要他讲公道话。甚至在风霜凄厉的北方之夜,守在接待站里坐以待明,要为过去的游击队长辩诬……

那棵失踪了的银杏树,无论如何也望不见了,但是,映入于而龙眼帘的,却是那个把一切都奉献给革命,连心都不吝惜掏出来的老林嫂的形象。她同他记忆里的那棵银杏树一样,高大壮伟,巍巍挺立,舢板已经划得够远的了,柳墩快淡得看不见了,但是,他觉得,老林嫂肯定还在垂柳下站立眺望。

——老林嫂,老林嫂,你完全有权责备我的呀!但是昨晚上,你却半个字没提到自己,只是一个劲地关切着我,关切着我的家庭:"这些年可把你们苦了,不知为你们掉过多少眼泪,香也烧了不少,明知没用,可也偷偷地烧,还能指望谁呢?托天保佑你们吧!"

"我的老姐姐啊!"于而龙两眼湿润了。

"嘿,当心!"

一声清脆的语音打断了于而龙的忏悔,不远处,一双明亮得出奇的眼睛,在给他打招呼。

"我碍谁的事么?"于而龙驻下桨来,打量着同样划着一条舢板的女同志。湖面相当宽阔,两条船是绝对相撞不到的——生活倒常有这种现象,不应该相撞的,却偏偏碰在了一起,然而现在却并不如此。也许女性的逻辑,喜欢大惊小怪,和虚张声势吧?

"外乡人,请你注意到那些——"那个年轻姑娘轻盈地一笑,有礼貌地指给他看插在湖里的木桩。于而龙摸出眼镜戴上,才看清楚木桩上面还写有字迹,细细看去,认出了"测量标志,船只绕行"等不很显著的字样。

哦!而且还不止一根木桩,放眼望去,约莫每隔二十五米,就有一个露出水面的标志,逶迤不绝地伸展到很远很远,直到目光达不到的远处。

这些插在湖里的木桩,使他产生了一种奇异的联想,很像他五十年代春风得意的年头里去林区打围时,一路撒出去的连在绳索上的小旗,也是络绎不断,直延伸到看不见尽头的森林深处。可是,小旗是用来愚弄动物的;后来,他才了解,这些木桩,却是人类愚弄自己的一种标志。

于而龙马上沉浸到那次美好愉快的回忆里去了,也许这是人的性格软弱之处,值得留恋的往事不大容易忘却。

打猎,如同一场冒险的爱情角逐,胜利的可能性是相当渺茫的,也许空空地白跑了半天,一无所获;也许,弄不好,凶猛的野兽反扑过来,给上一爪子,鲜血淋漓。正如年轻姑娘的巴掌,抽在那些不识相的追求者脸上,猎物和漂亮狡猾的女性差不多,要想得到它和把它弄到手,中间是有相当距离的。

那一回,是好客的主人为他和廖总工程师,还有那位装腔作势的外国专家安排的一项余兴。那时候,他是个受人尊敬的厂长,几乎所到之处,无不热烈欢迎。

主人想出了打围的主意,于而龙的手痒了。

但是别尔乌津直耸肩膀,那阵,于而龙的俄语程度,会话要比阅读差劲,小狄翻译着这位专家的话:"这种森林比不上西伯利亚无边无际的原始森林,怕不会有什么野生动物可打吧?"

"小狄,你就问他:到时候手抖不抖?打过枪没有?会不会扣扳机?要不要老兵给他讲讲射击要领?……"

廖思源永远保持一股绅士风度,即使后来在优待室隔离审查时,也总是温文尔雅地讲究礼貌,他对小狄说:"不要照老于的话直接翻译,婉转些,不妨说:只要有目标、有理想、有追求,就不会落空的,并不决定于森林面积的大小。"工程师有着强烈的民族自尊感。

别尔乌津认为自己胜利了,因为他看出小狄不肯翻译。

主人问他:"打过仗吗?"

他拍拍自己的肩膀,表示也曾扛过军衔的:"卫国战争期间,是个中尉。"

"哈哈,看他样子,倒像是当过几天中将似的。"于而龙递给他一支崭新的双筒猎枪,烧蓝发出森森的幽光,别尔乌津接在手里,情不自禁地端起来瞄准。看来,那种跃跃欲试的兴奋使他冲动了,于而龙对主人讲:"看见没有?沙文主义来精神了,不过,你得想法让他打到点什么才好,哪怕一只瘟山鸡,或者一条傻狍子,要不然,他会认为丢了他们的国光。"

他们在一群嘶嘶乱窜的猎犬护卫下,由几名精明的猎手陪同,在黑森森的老林里,足足折腾了大半天,累得人仰马翻,精疲力竭,才抬回来那条蹲了一冬天仓,而变得瘦弱不堪的棕熊,以及其他一些猎获物。

黔之驴乐不可支,向年轻的翻译滴里嘟噜说个没完,小狄是个非常娇气的女性,那姣俏玲珑的秀丽身材,那瓷雕似的白净面孔,那晶莹玉洁的皮肤,仿佛透明似的。她正为在森林里跋涉之苦生气不已,哪有兴致翻译别尔乌津的感想,只是笼统地概括一句说:"他说他像伯爵一样,过了一次中世纪的狩猎生活,高兴坏了。"

于而龙问:"他大概讲他们的伯爵,也比我们的好吧?"

廖总工程师笑着:"你呀你呀……"那位伯爵以为他们附和他的观点,一个劲地围着那头棕熊,喊着"哈啦少"……

出差回来还未坐稳,周浩打电话叫他到部里来一次,于而龙有点沉不住气,虽然电话里语调相当平稳,但那是台风眼里的安静,多少是不祥之兆。他知道,"将军"决不会夸奖他的枪法,只好硬着头皮推开了他的门。

周浩开门见山:"听说你一枪结果那头熊的性命,是吗?"

黔之驴的枪法实在稀松,可能他那个中尉,是在机关里熬出来的军衔,连打几枪,那头棕熊还在咆哮着逃跑。于而龙禁不住主人和猎手的怂恿,骑兵打活动目标是拿手好戏,一枪就把熊撂倒了。

"呵!真了不起啊!看样子芦花牺牲了,神枪手的光荣该轮到你啦!可惜那不是石湖,也不是打游击。于而龙,于而龙,你都搞了些什么名堂,比钦差大臣的谱儿还摆得大,皇帝出巡,也搞不出你的排场,多神气,多威风,人家整个机关干部,都跑到林子里为你吆喝,把熊轰出来,让你射击,你,你……"

无法再回忆下去了,于而龙觉得他耳朵根都发热了,因为"将军"在发火的时候,那江西老表骂起人来,是相当粗鲁的。

廖思源自知是个免于追究的同案犯,直安慰于而龙:"没办法,诱惑有时是不可抗拒的,我们都是夏娃的后代,免不了要去吞食禁果。"

那天,"将军"发完了脾气以后,问他:"听说你打猎回来,还背那个女翻译过河,不会是别人给你造谣吧?"

于而龙不觉得有什么不妥当的地方,回答得很干脆:"不是造谣,确有其事。"

"将军"的脸又沉了下来:"她是小儿麻痹症吗?"

"那条小河还挺深,会淹死她的。"

"其他人呢?非得你去背?"

"还有谁?就我们几个抄近道往回走的,让那个外国专家背吗?小狄死活不干,让廖总背吗?他还需要我搀扶着,你说——"

周浩多少理解一点石湖风俗,叹口气:"你该懂得人言可畏的道理,并不是所有的人都那么心地纯洁的呀!"

"我不明白有什么文章可做。"

六十年代初期,别尔乌津走了,小狄"失业"了,于而龙存心要气一气爱嚼舌头根的道学先生,请来了那位瓷娃娃,问她:"还记得那回在林区打猎,我背你过河?"

"记得呀!还有人很说了阵闲话呢!"

"害怕了吗?"

"那有什么好怕的。"她坦率纯洁的两眼明亮如水。

"真的不怕？"

"当然。"

"那好,如果你不反对,我请你给我做秘书来!"

要是小狄在,于而龙想:肯定会很快弄清楚年轻姑娘姓甚名谁？是干什么行当的？从何处来到何处去？但是,正如他老伴的评语一样,于而龙不大懂得去研究女性,更少了解女性的心理。他只能判断出她大概是个石湖姑娘,不仅仅凭那亲切的乡音,而是那大胆的眼光,坦然的神色可以证明。但从那不一般的衣着来看,款式新颖,花色别致,素雅中显得飘逸,合体而又那样有气派——几乎可以说一种雍容的贵族气派,就觉得她又不像石湖人,因为在中国,城乡差别总是存在着的。

看她年岁,大概也同自己女儿差不多,甚至好像还要年轻一点,冷淡一位可爱的女性,那可是不礼貌;何况,她正把舢板靠拢,于而龙看出她显然想同他这位不明身份但好像又有点身份的过客攀谈攀谈。

"你是外地来石湖的吗？"

"一点都没说错。"

"看样子,你像个旅行家。"

"那你可没说准。"

年轻姑娘对于而龙挺感兴趣,因为他的举止言谈、气派风度给她留下了深刻的印象。于而龙上午跌进石湖,回到柳墩所换的一身服装,未免太派头了一点,马上去参加哪国使馆的鸡尾酒会都是可以的。

那姑娘从头到脚地打量着他,然后戏谑地说:"反正,你不简单。"

"何以见得呢?"

"一眼就看出来了。"她微笑着说,"我们不傻!"

"我是地地道道的石湖佬啰!"

"别骗人啦,你连我们的家乡话都学不来。"她这次是真正地笑了,笑得那样轻盈、含蓄,看得出来,她相当懂事,凡是伶俐一点的女性,眼神里总会流露出慧黠聪明之气。她使于而龙想起他女儿给他看过的一幅伦勃朗的杰作,那幅妩媚动人的少妇像,和她的姿容是多么神似呵!

于而龙觉察得出她在研究他,那眼光是热烈的,但又是克制的;她按捺不住好奇心向他靠拢,可又保持着一定的戒意;她有石湖姑娘那种自由放浪的天性,但又有和她年龄不相称的成熟。她终于把舢板紧紧地挨了过来,很明显,她想接近他,她有她的目的,警戒线在逐步撤除着。

她根本不相信眼前南腔北调的老同志,会是她的乡亲,所有的女性都有副好眼力,和实验室里的微量分析天平一样,能够准确地估量出对方的真实价值。县委的干部全都和她打过交道,地委干部差不多也都熟识,那么,毫无疑问,划船的老同志,不是省里,就是首都来的了。于是,态度变得热烈了,甚至有点亲切地问道:"你是下来了解情况的吗?"

"恰恰相反。"

她摇摇头,根本不相信,继续问着:"你上哪去呀?"

"陈庄!"

她眼睛更亮了,连忙把舢板贴靠着:"认识路吗?要不要我帮忙?"

"那太感谢了,记得往陈庄去,好像那片苇荡里有条近路,是不?"

她友善地看着,心里想:"他对石湖还挺熟悉,谁呀?"

"可以证明我是本地人了吧?"

"不见得,那里早堵死了,已经成了万顷良田了!"

"呵!真是沧海桑田!"于而龙并没有听出她说万顷良田时,那种讽刺的口吻,只是感叹地,"请原谅我,使的还是三十年前的地图。"

"我指给你一条新开的河道吧!"

"谢谢啦!"

"干吗这样客气?"她热烈地富有感情地看了于而龙一眼,他的和蔼,他的礼貌,他像所有负责人那种有节制的笑声,使她益发地相信他是个来头不小的干部。她打起船桨,微笑地在前面引路:"跟我来吧!"

"那我可以问一声,你一个人在湖里干什么呢?"

"我嘛!"她转回脸,告诉他,"大干部同志,这就是我的天地!"

她又笑了,而且是出声地笑。

于而龙想着,怎么这副动人的面孔有点熟悉呢?似乎曾在哪里见过似的,而且绝不是在那幅伦勃朗的画上。

眼前这位多少有点贵族气派的姑娘,岁数要比于莲小些,但是比起画家来,要深沉得多,稳重得多,她很能约束自己,懂得超过她年龄所能负担的东西。她莞尔一笑,适可而止,分明想接近你,但又很有分寸;有些想和你攀谈的意思,可又不显得唐突冒失;打算了解你,又不露出过分的兴趣;也许希望你帮她一点忙,却又不让你看出她准备巴结你,一个多么复杂的心灵啊!

活见鬼啊!她头发那样黑,她背影又是那样绰约,特别是那张魅人的笑脸,确实,于而龙敢发誓,曾经在哪儿见过,然而记不起来了。

尽管眼前这个姑娘,和于莲的性格是绝不相同的,然而,于而龙却发觉到她和自己的女儿一样,眉宇间留有那种辛酸的、不太愉快的生活残影,那若隐若现的烦恼,那时来时去的阴云,会在眼波间一刹那闪过。

难道她们都曾在生活的海洋里浮沉过,或者,还呛了几口又咸又涩的水?

于而龙愈来愈相信自己的判断,这是一个地道的石湖姑娘,她那种大胆奔放的情感,坦率亲切的态度,是石湖女性特有的开朗性格。不过,由于那种残存在眉宇间的阴影,就像冬天的石湖,那一层薄薄的冰,把欢悦的绿水给凝固住了。

但是他女儿,却似乎冲破了这种阴影的局限,她才不在乎一个离婚的女人,而受到的那些有意或者无意的议论褒贬。她有着活泼开朗的性格,有着豁达大度的胸怀,是一个心中不存丝毫芥蒂的女性。

她笑起来,是纵情的,任性的,甚至是放肆的,会笑得前仰后合,会笑得泪水迸溅,会笑得弯下腰,妈哟妈哟喊肚子疼。

"莲莲,都三十老几的人啦!还孩子气。"谢若萍每当她笑得不可开交的时候,总要提醒她一声。

"妈!太可笑了!太可笑了!"她常常会格格地笑个没完没了。

于而龙不禁想起那个追查谣言的艾思,恨不能把"将军"都拖陷到编织的罗网里去,是怎样被于莲一耳光扇走的,那是他头一回领教了这个泼辣的女儿,那爆发性的笑。

大概爱情的追求,和在猎场上的奔逐,在某些道理上是相通的,必须在万无一失,绝对有把握的情况下,才能举枪射击;否则,惊起猎物,也只是扑空,而且,万一碰上一头凶猛的野兽,对不起,一蹶一扑,翻过身来,那猎手的处境就够狼狈的了。

于莲,确实像一头野马,她漂亮,迷人,然而她很难驯服。艾思,他和夏岚保持着某种联系,俨然是艺术界的一个哨兵,总伸出警犬似的鼻子,这里那里在嗅着异端可疑的气味,好编在他的阶级敌人新动向的情况简报里。在出了于菱被捕的事情以后,足迹稀疏了一些——因为他也顾忌自己被编进别人的情况简报里。终于,经夏岚的同意,又来叩于莲的门了。何况,正如他自己说的,在灵与肉的考验面前,后者战胜了前者,他被那充满魅力的画家吸引得不由自主地来了。

于莲那时正在给外贸出口公司,画一幅中国画风格的油画《百花》,她总是喜欢作艺术上的探索和尝试,而且只有沉浸在创作意境里,才能免去画室外阵阵袭来的烦恼。事实上,谁也躲不进象牙之塔,这不是来敲门了。但她,可没有在意,因为她的心在那朵舒张的玉兰花上,多么盼望着自己也有那么一天。

正在于菱抓走以后,显得格外空荡荡的房间里,倾听着录音带的柳娟,出来给这位怀揣野心的猎人开门。

"在吗?"艾思手里捧着一大把鲜花,那马蹄莲张着大嘴,显然象征着捧花人的某种欲望。

柳娟紧蹙着眉头,首肯地歪歪脑袋,表示于莲在屋里作画。她虽然还算不得这一家的正式成员,但已能按照这家人的不同标准,接待不同的来访者。她脸上的笑容,可以像风力一样,分出十二个级别,从淡漠的笑,谨慎的笑,到亲切的笑,甜蜜的笑,分别送给每个客人。演员吗,拿不出这点本事还行?她给艾思一个节制的笑,就像编辑碰上一部名家粗制滥造出的蹩脚作品那样,因为她分明看出,他不是一个有希望的竞争者,不过拘着面子罢了!

艾思推开了画室的门,只见于莲正在画架前聚精会神地画着粉露欲滴的花瓣,那像白玉也似皎洁的颜色,似乎画出了花瓣细腻的肌理,也使求婚者透过她那薄薄的半透明尼龙裙,看到了她那和花瓣一样诱人的象牙似的肤色。他决定了,甚至在敲门时还曾有过的疑虑,都被这个披着纱裙的维纳斯赶个精光。她不是女人,在他的眼里,是一个勾魂摄魄的肉体妖魔,他无法控制自己了……两年多来,一直使他犹豫,斗争,拿不定主意,究竟应不应该向于莲求婚?一个离过婚的风流女人,一个头脑里有许多异端的画家,一个有着倒霉的老子,有着囚犯的弟弟,在政治上处于危险边缘的人物,值不值得为之付出牺牲?现在,他拿定了主意,举起了双筒猎枪——哦,不,举起那张开大嘴的马蹄莲,盯着那连衣裙里高耸的乳峰,向着那玉兰花一样动人的脸,把嘴凑过去。

"你干吗?艾思。"

于莲生性怕热,在夜晚作画的时候,甚至只穿一条三角裤衩,那还热得她动不动跑到浴室里去冲凉,现在,觉得艾思热烘烘的身子挨得太近了。

"于莲,我的蒙娜丽莎……"他把那丰腴销魂的肉体揽在了怀抱里。

画家推开了他,诧异地:"你喝酒了吧?怎么有股酒精味?"

他乜斜着眼缠过来:"于莲,我想了好久,坦率讲吧,你也不是豆蔻年华,我也不是毛头小伙子,咱们总该有个结果啦,还用得着海誓山盟吗,夏岚同志讲得好,已经到了现实主义的年龄了。"

"看样子你没有发高烧!"她看他那副神魂颠倒的样子,便推开那束鲜花,告诉他,"不要自作多情吧!"

"那是什么话,两年来——"

于莲放下画笔,转过身来,慵懒地斜靠在梯凳上,在艾思眼里,她整个体态和那断臂女神相似极了,同样,那冷酷的神情也和石雕一样淡漠,她说:"你要知道,我是一个女人,有时需要一点慰藉和同情,正如一条小船,在岸边暂时靠一靠,但决不会和土地联系在一起的,从长远来看,她终究是要和风波、浪涛为伍的。"

他高声地:"我就是浪涛,我就是风波——"

"不,你是一个告密者!"她想起了那回追谣的事情。

他装听不懂,靠前一步:"我现在什么都置之脑后,你爸爸,你弟弟,还有你的过去,我作出了不顾一切的牺牲,于莲,为了幸福,为了爱情……"他冲动地把于莲搂住,最初一次,也是最后一次把酒精味、石碳酸味的嘴,贴在那海棠红的粉脸上。

啪!——于莲反身抽出手来,眼眉倒竖,狠狠地抽了他一记耳光,暴怒地说:"不许提我弟弟!"

可她弟弟的忠实女友,却在隔壁房间里,放着不知从哪里转录来的流行歌曲,一个低沉的女中音,在如泣如诉地吟哦着:"忘了吧!忘了吧!把我忘却,记住那春雨中的一朵白花……"

求婚者捂着嘴巴走了。

于而龙和谢若萍亲眼看到女儿在楼栋门口和客人告别,然后就听她一阵风地哈哈大笑地冲回屋里,那格格的狂笑,把"雨中的白花"都打断了。

"出了什么事?"

她笑得直在沙发上打滚,尼龙裙皱成一团。

大夫皱起眉头:"至于高兴到这种程度,三十老几的人啦!"

"自打弟弟走,我头一回痛痛快快地笑了个够。"她笑完了给自己总结着。

"怎么啦?"

"我给艾思一巴掌。"

"干吗打人?"

"他要娶我,夏阿姨批准的。"她又哈哈地大笑。

于而龙突然冒出一句:"打得好!"他老伴反对他,尽管她并不喜欢艾思,但女儿粗暴地对待求婚的人,以后谁还敢登门:"怎么说不该动武。"

"妈,我表演给你看,该打不该打?"于莲搂住柳娟,装出艾思死皮涎脸想亲嘴的模样,"你们说,还有别的办法叫他头脑清醒吗?只不过一下,可不得了啦,他捂着个脸,干嚎着,疼得在地板上打滚,然后又嗷嗷地爬起来踮着脚跳,那份德行,哦,还记得那年,菱菱养的黑狗,遭开水烫的那回,艾思真是狗急跳墙,恨不能从楼上蹦下去。"

于而龙不相信:"装蒜,会疼到那种地步?"

他女儿又大笑起来:"他是才从医院拔了牙,就赶来求婚的呀!"

哈哈哈哈,全家都笑得合不拢嘴,柳娟都笑出了眼泪,确实,自从于菱被保释出来,充军发配以后,头一回屋里充满了欢乐的笑声。

"我实在有点抱歉,下楼时对他说,对不起! 我是通关手,干妈从小对我就讲,打人最疼的了。他端着下巴颏,哼哼唧唧地:'领教领教,要是通关手长在那些工宣队的手上,你的《靶场》,你的谣言,早和你弟弟做伴去了!'"

然而,历史并不常如人意。

倘若眼前的年轻姑娘,于而龙思忖着:恐怕就办不出如此张狂的举动,而且也不会创造出"小船靠岸"的爱情理论。于莲,是一朵带刺的三月玫瑰,弄不好会扎手,是一匹桀骜不驯的野马,那蹄子是不大饶人的。但是,和于而龙并驾齐驱划着舢板为他指路的姑娘,却以石湖方式表达她的兴趣和性格。

齐头并进的船只,由于水流的力量,往往不善驾驭就相互碰撞,因此,需要一点熟练的技巧。这位自告奋勇的同伴,好几次似乎无心地将船头歪过来,害得于而龙差一点来不及闪避。

她嘻嘻一笑,一种富有心机的慧黠:"你挺会使船。"

"实不相瞒,我是个打鱼人。"

"鬼才信咧!"她看着那身挺括的制服,十分肯定地说,"你不会是省里来的干部?"

"为什么是省里?"

"那我估计对了,从首都来的。"

"也许可能吧!"

她微笑地说:"看你的风度,有点像。"

于而龙笑了,他记得有一回在国外,去看一家著名的艺术剧院演出果戈理的名剧《钦差大臣》,主人错把他当做周浩同志,而把"将军"、部长当做普通陪同人员,闹了一场误会。看来,这副派头把年轻人给征服了。

"反正你是个不小的干部,也许是下来私访的吧?"

"瞎说。"

"给我们呼吁呼吁吧!"

"呼吁,我能给你效什么劳呢?"

"其实也不是为我,是为鱼。"

一提到鱼,于而龙来了精神,这个年轻姑娘使他越发地感到亲切。

她咬咬嘴唇,终于侃侃地谈起来:"……你看到那一连串的桩子了吗?要围湖造田呢!造田当然是件好事,但是,造一亩田要花费多少劳动力,多少钱哪?倒也不用去讲了,算政治账吗!可是破坏了生态平衡,连鳗鲡鱼都没法回游产卵啦!"

于而龙由不得郑重地看着这位替鱼类讲话的姑娘,从她讲到的生态平衡,可以肯定她是一条在石湖生长,见过海洋大世面的小鳗鱼。

"石湖的红荷包鲤都快要绝种了,你给那些目光短浅的人讲讲,造一亩田,打双千斤,所能提供的蛋白质,也不如一亩水面的鱼类提供得更多。去年,从海里回来的鳗鲡,成千成万地死在半路上,水都变臭了,看着真心疼啊!"

他由不得肃然起敬,鱼是他们的共同语言,可是,于而龙想:"我能给你帮什么忙呢?孩子!"他坦率地告诉她:"没有人会听我的。"

"别哄人啰!一清早就静了湖,不许渔船出港,县委的游艇也出动了,说明贵客来临,我们那位王书记,他呀!——"说完轻轻一笑,听那语气,该和王惠平不陌生的,因为她是以一种不介意的态度来议论他,正如于而龙随便谈起王纬宇一样:他那个人哪……

"其实我啥也不是,正如你所说的,一个旅行家,小同志!"

"小同志?"她笑了,从笑声里,于而龙听出来他女儿自认为是个成熟女人的笑声。而且一般常识,女性往往喜欢别人说她年轻,可她,却有点怪。

"我确实是一个回到故乡来的旅行家!"为了给她提供一个有说服力的证据,他朝三王庄方向指去:"我是那里的人。"

"三王庄?"

"嗯,真正是你的乡亲。"

她摇头:"你别骗人啦!"

"那里还曾经有过一棵挺高挺大的白果树,至少半个石湖都看得见的,不知怎么没了?"

她开始注意地倾听,显得有点认真了。

"我能向谁呼吁?去说服谁?一个普普通通的人。"

她眼光里透出一点半信半疑的神色,但是在那满月似的脸盘上,似乎有个熟悉的影子,于而龙确好像在哪见过似的,但是搜遍脑海里每个角落,找不到一丝印象。她说:"我还是不大信,虽说你口音有点石湖味,可你一点不像石湖人,因为在我印象里,石湖好像不可能——"她格格地笑着把话咽住了。

"好,那我再说给你听——"他声音沉重凝滞起来,"就在那棵白果树旁边,有一块墓碑,可不是谁都会注意到的,姑娘,怕你也不见得关心那块小小的墓碑。"

她突然止住了桨,转过身来把他仔细端详,本来她那魅人的笑容,好像湖面上的一丝漪涟,刹那间被清风吹跑了。她轻轻地,似乎是自言自语:"干吗提起白果树下的墓碑呢?"

他向刚结识的同伴解释:"年轻人,每个人都有他心目中视之为神圣的东西。"也许因为他言语中带着深沉的感情,她礼貌地报之以淡漠的一笑,显得有些勉强,一点也不像刚才那样动人了。

她说:"我全明白了。"嘴角带点挑战的意味,这使于而龙惶惑,接着她又歪着头问:"是从柳墩来的啰!"

"眼力不错呀!"他夸了一句,以为她会高兴。

她毫无表情,仍旧冷静地问:"从林大娘家来?"

"完全正确。"他奇怪这条小鳗鱼对于情况了如指掌的熟悉。

"你该是到陈庄寻找一个人的下落?也许这个人对你来讲,会是一段不愉快的历史插曲吧?"她苦笑着。

于而龙听得毛发都竖起来,战略意图的暴露,是兵家大忌,他停下桨来凝视着对方。

她嫣然一笑,但是笑得冷冰冰的:"果然是你!"

"我是谁?"于而龙才不相信她会知道一个离开三十年的游击队长。

"用不着说得那么明白,我心里有数就行啊,欢迎哪!"

"那可以问问你是谁吗?"

她已经不那么友好了:"何必多问呢?你不是要去陈庄吗?"

女性的心真是善变啊,一转眼间,那股热情劲早消逝得无影无踪。她冷淡地扬着手,以那副贵族的雍容气派,向芦苇丛中挖出的笔直河道指着:"一直往前走吧,就该认识啦!"

于而龙问:"是认识你,还是认识湖荡里的路?"

她盯着于而龙,眼光是多种心情的混合物,似乎酸甜苦辣都有,慢慢地思索着回答:"谁知道呢? 也许,迟早都会认识的……哦,实在对不起,我得忙我的鱼去了。"

她变成了另外一个人,一个陌生的路人。

两条舢板拨转船头,分道驶了开去……

于而龙望着那窈窕的背影,心里在琢磨:她是怎么回事?像石湖的潮水那样,来得匆匆,去得匆匆,究竟是为了什么?

游击队长越发地莫名其妙起来。

六

也许谢若萍指摘过他的话,多少有些道理,他,对于女人的心理研究得实在很少,好端端的,一位萍水相逢的姑娘,不知哪句话没有讲得妥当,把她惹恼了,不愉快地分手了。

"真的,生我什么气呢?"于而龙不那么看,也许因为自己不是她所想象,或者需要的那种法力无边的大干部,帮不上什么忙,而不再感到什么兴趣了。于是,他又独自一个人,沿着新挖出的河道,闷闷不乐地朝陈庄划去。

"神经质,女人有时就会发作一阵莫名其妙的歇斯底里,例如莲莲……"他给自己解释。譬如他那离了婚在家住着的女儿,就动不动闹些令人摸不着头脑的别扭。

每当碰上这样不愉快的场面,谢若萍就会发表她那不知讲了多少遍的话:"该结婚啦! 一个女人,怎么能没有爱情、婚姻、家庭、孩子这几部曲呢?"

对于儿女的婚姻大事,于而龙从去年年初,就决定奉行不再干预,不再插手的政策。因为事实教训了他,于莲的婚姻,他是染过指的,结果是那样不幸;相反,于菱和那位舞蹈演员,他曾经投过反对票,但经过风风雨雨的考验,倒证实了是完美圆满的一对佳偶。

"放心吧! 大夫,你也不用担太大的忧,我们只见过枯萎的花,可很少见到一个枯萎的年轻女性——"

就在一个耳光把那个求婚者扇走以后,做母亲的便担忧地问:"莲莲,你不该这样任性胡来,应该认认真真地考虑一下啦!"

于莲又止不住地笑了:"看来,妈妈恨不得我赶快嫁出去呢!"

"不能永远这样。"

"放心,我不会让二老大人养我一辈子的。"

"姐姐——"那个舞蹈演员凭着那种女性的敏感,狡狯地一笑。但是,很遗憾,无论是于而龙,还是谢若萍,都不曾注意到于莲白了柳娟一眼。而聪颖的演员马上懂得了她的潜台词,嫣然一笑回去听那"雨中的白花"了。

"你们猜猜,今天我碰见谁啦?"

谢若萍突然提出来一个没头没脑的问题,但是两位听众都懒得搭腔问一声谁? 好像父女俩都能预卜到她碰上的,准不是什么感到兴趣的人。果然,谢若萍见父女俩毫无反应,便自己讲了:"小农他爸今天来医院了。"

于而龙连问都不想问一声这位以往的亲家,虽然他是在某某工办和部里都是相当显赫的人物。但是于而龙生就的脾气,没办法,就是不买他的账。其实只消他一句话,于菱就可以回来,但哪怕死,于而龙也不朝他开口。

他老伴直是解释,因为她完全理解那位官运一直亨通的老徐,对周浩,对于而龙,对所有和他不唱一个调调的人,是想方设法要做到或是投入他的麾下,或是离开他的眼前,直到他看不到的地方去。而且他是一个很有耐性的人,只要他一天不离开这个世界,他会一步一步地或打或拉,又打又拉地达到他的目的。"他主动地跟我打招呼,挺热情,又有医院的头头脑脑陪着,我是科主任,躲也躲不开。"

两位听众既没有责怪她不该去接触这位显贵,也不曾表示赞赏她去应酬这位表面温和、内心残忍的政客。——是的,这是我们社会产生出来的畸胎。

"他都不知道菱菱被捕的事!"

于而龙在肚皮里骂着:"装蒜!"

"还叹了口气,得想法弄出来才是——"谢若萍当时差一点点就要向这位大人物张嘴了。但是,她是于而龙的妻子,丈夫的骨气,使她把到了嘴边的话又咽了回去。

于莲坐在沙发扶手上,给她妈梳弄着头发,也不说话,因为一想起原先曾经生活过的那个家庭,怎么也是一段不愉快的回忆。

"后来,我们那位热心肠的院长,跑来对我讲,小农现在很后悔,很苦恼,给他介绍了几个,都看不上,不是拿不出手,就是没点水平;老徐也埋怨他老伴,事情全是她搞糟的,办得太鲁莽,太不慎重了。"

两个人分明不愿听牧师讲道式的话,可又不得不听下去。说实在的,听不入耳的话,偏逼着自己去听,正如不愿看的狗屁文章非要看一样,也是一种活受罪的表现。于莲拦住了她妈的话头,提醒地:"妈,什么时候,又白了一绺头发?"端详着天花板的老头子是个直筒性格,他把于莲含而不露的话,一语道破:"纯粹是咸吃萝卜淡操心的结果。"

医生给气得哭笑不得:"你们爷儿俩,真算是死爹哭妈的拧种了。"

于而龙站起来,望着墙上镜框里珂勒惠支的版画,那是于菱突然被捕以后,于莲从一堆藏画里找出来挂上的,那画面上是一个失神的母亲,捧着她死去的孩子。哦!看上去是怪触目惊心的。"你们那个婆婆妈妈的院长,也打算学王纬宇的样,讨好巴结这位大人物,拿莲莲作为祭坛上的牺牲品?够了,你应该直截了当地回绝她,我们不愿意把女儿再送进那种人家去。别看他侯门似海,我不羡慕。那个小农,还从事尖端科学的研究,会毫无一点丈夫气,我怎么也弄不明白。拿骑兵的话说,是匹劁大发了的马,连点精神劲都给骟掉了,小农除了不会生孩子以外,跟娘们儿有什么区别?有一回,我看见他津津有味地钩花,编什么尼龙丝小玩艺,好没出息,我问他,这和你那抛物线方程有什么联系?你们猜他回答什么?'指望我去得诺贝尔奖金吗!'是啊,他只能是拴在他妈裤腰带上的宝贝,要不,就去当面首或者男妾,现在不是有人正津津乐道吗?"

"你看问题太偏激,按说像那种家庭出来的孩子,完全可能是个纨绔子弟——"

"这类畸形的变种更坏。"

谢若萍不理他,转过脸来问她女儿:"莲莲,你再认真地考虑考虑,一个能以你的意志为意志的丈夫,小农倒是蛮合适的。而且我想,或许对菱菱有利!"

老头子火了:"你倒是去跟那种鼻涕虫,过几天试试看。"

于莲从国外留学——严格讲,应该是进修——回来以后,正是风华正茂的时候,追求她的,关心她的,旧雨新知使老房子,他们家原来居住的那套四合院,电铃整天响个不停,来来往往的年轻人,进进出出的艺术家,弄得厂部保卫处长老秦,那个大个子,婉转地向于而龙提出意见。他只好向处长解释:"可惜你没个成年的女儿,否则,就能体谅我目前的处境了。老秦,我总不能在大门口贴个布告,写上'求婚者止步'吧?"

做爹娘的终于找了个适当机会,同越长越标致的女儿,谈谈她的终身大事。于而龙记得她在小学时,有一次选几个孩子给外国元首献花,她未被挑中,气得回来骂镜子里那个眍眍瞜瞜的小女孩,没点样。但是,女大十八变,现在,甚至一位电影导演都坚定地约她去试镜头。老两口才一张嘴,问所有追求者中间,她比较倾向谁时,于莲干脆痛快地回答:"他们纯粹是瞎起哄,我已经有了。"

"二老大人"吓得张口结舌,半天才想起来问:"是谁?"

她不说。

"在哪儿?"

她依旧不说。

做妈的思路要开阔些,因为那时她才回国不久,连忙问:"是中国人吧?"她知道,女儿是个相当任性的女孩子,她真敢给你招个洋驸马回来。

"中国有六亿人口,我干吗找外国人呀?我只说一个条件,看看你们的态度吧?"

老两口像进了考场似的,静听主考官发落。

于莲不慌不忙地说:"别的我先不谈,头一条,他父亲原来是个民主人士,后来是个右派,你们干不干?"

右派分子和番邦驸马相差几许,那怎么能行,谢若萍首先抗议:"别再往下说了,莲莲,我跟你讲,不行,毫无考虑余地!"在她眼里,右派两字,同她在显微镜里所见到阿米巴、杆状细菌、立克次体是差不多的东西。"莲莲,你也不想想,咱们怎么能同那种人家攀亲?"

"不过,那位民主人士不在人世,已经死了。"于莲又补充了一句。

"人死了,可填在成分栏里那四个字,永远活着,一代、两代、三代都得背下去。"

于而龙记得当时于莲介绍过,好像那位民主人士还是给革命做过一些贡献的。但是他终究不能够脱离现实,视野的局限,文明的程度,各式各样的禁忌和桎梏,总是还要束缚住自己的思想,正如卢梭曾经哀叹过的:"人,生来本该是自由的,却处处受锁链的束缚。"——所以事情就弄到女儿这种离婚寡居的结局了。

他谴责着自己:怪我吧,莲莲,怪我头脑里那个鬼,非但不敢支持你,相反参加了由你妈和王纬宇两口组成的说服阵营,劝你回心转意,和那个我们既不知道姓名,也没见过一面,更不了解其品行的年轻人决裂,是多么残酷啊!

罪孽啊,任何倒行逆施的罪孽,总要付出沉重的代价,历史证明了这一点,原谅我吧,莲莲……

于莲对大家的意见,自然要抗拒:"不!"

说服阵营异口同声也说出同样的字:"不!"而在这个合唱队里,王纬宇的嗓门最高。

两个"不"字,总要有一个认输,在这方面,姐姐就不如她弟弟,于菱是多么敢于坚持自己的观点呵!无论人们怎么反对柳娟,他不为所动。而画家,正如廖思源剖析自己那样,知识分子身上的哈姆雷特味道要多一些,疑虑重重,瞻前顾后。结果,于莲拗不过大家,只得屈服了。

在老房子的葡萄架下,吃着还没熟透的玫瑰香,王纬宇正夸夸其谈地谈论着爱情,也不顾他那位编辑的斜眼藐视,越说越来精神:"……莲莲,相信我的话,初恋是有很大的盲目性的,而且绝对不会成功的,即使勉强结合在一起,那也不会幸福。初恋,是一杯苦酒,抿一口就可以了,叫做浅尝辄止——"

充满了嫉妒心的夏岚讽刺地说:"你可是大口大口地饮呢!"

"嘻,别提我吗!莲莲,天涯何处无芳草,年纪还轻,塞翁失马,焉知非福,会找到一颗更堪匹配你的皇冠上的宝石。"

——于而龙这会儿才领悟到,怪不得他嚷嚷得那么凶,敢情那时候,他就埋伏下一个徐小农了吧?

编辑赶紧劝喻:"女人都是天生的现实主义者,说真的,少女时代,多梦季节,有那么一点幻想;但爱情离不开现实的土地,政治和革命是考虑任何问题的一对翅膀。"

"我不想那么多!"她挺着充满青春活力的胸脯回答。

"社会,亲爱的,你生活在这个社会里。"

谢若萍强硬地说:"没有商量余地,首先从我这儿。"她举起竹剪子,挟下一大串葡萄,放在消毒水里,招呼客人们吃。于莲的爱情,也像没熟透的果实,给人们生生剪断了。

于而龙从心里讲,当时也不怎么同意有这样的亲家。死了,并不等于结束,甚至只是开始。但听他们说得太过分了,便不由得心头火起,怎么?是洪水猛兽吗?他反驳着:"照这样讲,鱼找鱼,虾找虾,那莲莲该回石湖去找婆家,她是渔民的女儿。"

于莲高兴了,她认为她爸在支持她,心里充满了光明和希望。她知道,客人是后排议员,最有发言权的是石湖上的游击队长。

她妈妈深知严酷的现实:"莲莲,你死心吧,除非哪天我闭上眼,可以随你,我要对你亲妈负责,你,一个烈士的女儿,怎么能嫁到那种人家去当儿媳?笑话。"

"一个国民党,一个共产党啊!"王纬宇插了一句:"应该从这个原则高度认识。"

谢若萍语重心长地说:"莲莲,也许这样说有点不大符合组织原则,好在都是党员,连你爸都未必知道,纬宇伯伯才在老徐那儿看到一份报中央的名单,准备提拔几位司局长担任副部长,其中有你爸爸的名字。莲莲,你想,为你父亲考虑考虑,有那么一门亲戚,究竟有利,还是不利?"

于莲举着葡萄的手,无力地垂了下来。

——孩子,责备你的爸爸吧,当时,他脑袋里的那个鬼,也被副部长三个字给迷惑住了。结果硬让你割断了那显然不应割断的爱情。如果当时你要让我看一眼那个年轻人,我又会怎样呢?

而且,还仅是一个开端,错误是逐步酿成的。徐小农出现了。尽管你并不爱他,但那个初看来是眉清目秀的留学生,却是老徐的独生子,把所有的求婚者,在他的物质攻势前头赶跑了。哦,又导致了那桩不幸的婚事。

作孽啊!莲莲,我头脑里那个鬼。

真的,要是你亲生妈妈还活着,那个指导员,也有这种女人的现实主义吗?

从密密的芦苇上空,飘来了高音喇叭广播的歌曲声,陈庄,快要到了。

过去打游击的时候,是凭鸡叫狗咬,来判断村庄的远近。如今,广播喇叭却是最忠实的向导。当于而龙拴好船,登上岸的时候,王小义和买买提,两个当兵的正大声歌唱,半点也不害羞地制造噪音。因此,他向人家打听什么,不得不提高八度。他记起那年拿下陈庄,召开祝捷大会,向数千乡亲讲话,也不用如此费劲,恐怕爱迪生或者马可尼,听到这种震耳欲聋的歌喉,也会后悔自己的发明。

他看到原来挂着王纬宇家"兴怡昌"招牌的蛋厂、丝厂、机米厂、洋广百货店,如今大都变得丑陋破败,完全不是记忆里的模样。乡亲们对他南腔北调的语音,先感到新奇,继之看他的行头,觉得有点怪,再一听他要寻找的船家,更是惊诧不已,倒好像他是从火星土星上来,询问唐代宋代的事情似的。

"介绍信?"人们伸出手来,"或者证件!"

没有介绍信,就像没有路条,会被儿童团当奸细给抓起来的。糟糕,他走得匆促,疏忽了虽说细小却颇为关键的证件。过去,都由他秘书小狄经手的,而且不论到哪,车接人迎,谁也不曾向他讨过证件,没有人长那豹子胆。但是现在,找不到办法证明你是好人,那么,就不能排除你是个坏蛋。

疑神见鬼、草木皆兵的警惕性,但在水生留给他的那包过滤嘴香烟前解除武装,一位乡亲自告奋勇陪他去找。

他领着于而龙穿过了大街小巷,三十年来,陈庄变得全认不出来了,叨叨起来没完没了的向导,抽了第三根烟以后,嗓门快赶上王小义和买买提了。

"……算你走运,碰上我,你想想,一个搭客载货的船家,只有过湖时想着他,上了岸,谁还惦着,早扔脑袋后边了。可我们那时打游击,就不敢得罪船家,他妈的,后面国民党追着屁股撵,白哗哗一片水挡在面前——"

"你打过游击?"

"当然。"

"在哪个支部队?"

"那还用问,石湖支队呗!"

——于而龙,于而龙,你这个当队长的,还不如一头撞死了吧!你率领的战士,竟有一个只知道撅起屁股逃命的胆小鬼……

"麻烦,给支烟。"他第四次伸出了手。

看那没出息的样子,于而龙真想掏出手枪敲掉他,石湖支队哪有这号孬种熊包,然而口袋里却没有枪,只有一包纸烟。他打量着于而龙,拿不准主意是整盒拿走,还是抽一支?可能外乡人的气色不大顺当,便小心翼翼地摸了一根,然后赔笑地说:"还得麻烦借个火。"

于而龙递过火柴,不相信地问:"你真是石湖支队的?"

支队的战士他大半熟悉,而且绝大多数都在樊城攻坚战牺牲了,他会是于而龙的战士?纯粹是丢脸的败类,甭说那些他指挥过的游击队员,就是跟他在王爷坟干了二十年的骑兵,敢说没有一个像眼前这种豆腐渣式的孬包。高歌就气得直跺脚,他对那些骑兵,那些早年进厂的工人,和于而龙的感情联系,某种精神上共同的地方,恨得咬牙切齿,曾经诅咒过:"总有一天,把那一个个小于而龙都打倒,就像八国联军对付佛香阁上的佛像一样,个个脑袋都给他砸掉,这才能彻底搞掉于而龙。"

这位曾经是游击队员的豆腐渣大言不惭地说:"我哄你干什么,外乡人,石湖支队如今不是什么香饽饽了,早先,提起打游击倒是蛮光荣的,现在,全完了,连于而龙都垮台了。想当年,我们在一起的时候,他脚一踩,石湖乱晃,如今趴下了。"

"你认识他?"

"当然,老交情了。"

如今这种当面撒谎而不脸红的人,于而龙见得太多,连戳穿的兴趣都失去了。说实在的,因为戳不胜戳,而且越戳越多。看那满嘴唾沫星子乱飞,薄嘴片像缺氧的鱼那样,浮在水面吧嗒着唇吻,肯定是他离开石湖以后,王纬宇当队长时吸收进来的一批,转为正式建制又被淘汰掉的。他谎撒得无边无沿,慢慢地,他在游击队长的眼里,只剩下一张嘴,一张满口喷沫的嘴,甚至四周的空气都给染上了干唾沫的臭烘烘味道。

"到了。"向导终于站住脚。

一座半新不旧的房子,出现在面前,但是遗憾,门上横着一把铁锁。

"这家就娘儿俩,我来叫叫。她姑娘叫珊珊,可是个闹腾过一阵,了不得的人。"

看样子,他又要无穷尽地演说,于而龙止住了他:"是不是这家老爷子已经故去,只剩下孤儿寡母?"如果真是那样,那可后悔莫及了。

他仿佛头一回听到似的:"什么老爷子?"

闹了半天,他还不知道于而龙要找谁,游击队长无可奈何地又解释一番。

他歪着脑袋辩解:"珊珊娘就是船家。"

"我要找的是位老爷子,明白吗,跟你差不离,话多。"

他做出一副大惑不解的样子:"陈庄除了珊珊娘,还有谁是船家?"于是扯起脖子喊:"珊珊娘! 珊珊娘!"

左邻右舍都给惊动了,很快围来了一群乡亲,珊珊娘的菜园遭了殃,踩倒了不少棵结荚的蚕豆,要不是珊珊娘去探望生病的哥——邻居们这样讲的——肯定是不依不饶的。于而龙下决心撤退,还是寻找舢板回柳墩,吃老林嫂特地做的马齿苋馅饼去吧。

啊!他看到舢板赶情就拴在近处的河岸边,原来是被自称的游击队员欺骗了,他为了多抽几支烟,不惜领着于而龙兜了个大圈子。这位回乡的游击队长难堪地笑了,一个人没落到哄支烟抽的无聊境地,实在够可悲的,于是把那包剩下的烟塞给他,向他告别。

他怔住了,那飞薄的嘴片子竟说不出什么来了,只是无声地嚅嚅着。

于而龙跳上了舢板,已经划离了岸。突然,他像旋风似的冲过来:"告诉你,有啦,小姑家,有个老汉,在陈庄揽过座,你找找去吧!"

直到划了很远的地方,还听那豆腐渣在喊:"小姑家,小姑家……"

小姑家,于而龙是熟悉的,那是芦花在湖东开辟游击区的第一个点。

于而龙记得在派芦花他们小组过湖,研究扎点的时候,政委赵亮都不赞成在小姑家站脚:"靠得太近了,离陈庄炮楼才两里半路,抽袋烟的工夫,就一步迈到了。"

芦花坚持自己的观点,她说:"就要在鬼子的鼻子底下,才让他们明白石湖支队的厉害!"

于而龙看看腕上的表,时间尚早,去一趟打听打听还来得及,说不定劳辛碰到的正是他呢?

他沿着陈庄大街的河堤滑行着,尽管村庄变化得一点都认不出来,但是,那乌烟瘴气的旧世界,仍旧盘踞在他脑海里,怎么推也推不开。那是他和芦花迈出最初一步的地方呀!回想那连天都压不来的日子,看看现在,心是多么畅快啊!整个陈庄被春天的太阳,晒得暖洋洋的,像祖国九百六十万平方公里土地上,每一个村庄一样,呼吸着春风送来的新鲜空气,于而龙情不自禁想振臂高呼:"好啊!好啊!"甚至那两个大声喧哗,吵得人头发晕的小伙子,也不那么讨厌了。

他真想对那两个唱歌的小伙子说:亲爱的买买提,王小义同志,你们多幸福啊!一来到人间,就自然而然成为土地的主人,生活的主人。而我们,直到多久多久以后,才懂得自己应该像主人一样生活呀!

呵!就在这条长街上呀!是的,而且也是这样一个暖洋洋的春天,不,好像季节还要晚一些,新鲜蚕豆已经上市了。他们,在这儿,第一次像人似的站起来了。

当于二龙在砒霜的毒害下,终于像蜕了一层皮似的活了过来,他和芦花商量,去陈庄看望关押着的大龙。

芦花苦笑着:"朝谁去借条船呢?"

渔民没了船,犹如失去了手脚的残废人一样,处境是十分可怜的,因此,无论如何,一家三口人总得商讨个对策,今后的出路该往哪儿走?事实证明,老天不是救星,它最不怜惜倒运的人,说它趋炎附势也不算过分,例如于二龙每一次遭殃时,老天总是火上浇油地给他增加些痛苦,一个人倒霉到连黄鼬都不畏惧的程度,可想而知,老天是怎样对待他的了。

那个救活了于二龙,同时又阻止了芦花自杀的外乡人,鼓励着两个苦命的穷人:"不要灰心,不要失望,等着吧!熬着吧!出头之日不会远的。"再美好的祝愿,既烧不热灶,也填不满锅,就更谈不到报仇伸冤了。

他们到哪去借条船呢?并不是邻居啬刻,而是谁也不敢开罪高门楼。他们俩走了许多路,直到高门楼不入眼的荒野孤村,才算被人家同情于二龙病病歪歪的样子,装看不见地让他们撑条破船走了。

"石湖上还有咱们的活路吗?"她撑着船,愤愤地说。

蹲在舱里往外戽水的于二龙回答:"走?到外乡去?只是咽不下去这口气呀!"

"哼!可惜我是个女的。"

于二龙听她可怕的语调,抬起脸来:"你说些什么?"

她抓住竹篙,狠狠地朝湖底泄恨地插去:"我要亲手杀死他!"

"谁?"

"王经宇。"

"芦花,你——"

"二龙,投奔麻皮阿六去吧,当土匪去,报仇。"

"轻点!"于二龙嘘了一声。

那时,于二龙不仅有精神枷锁的束缚,而且还有被突如其来的打击,搞得家破人亡的恐惧心理。其实,在辽阔的湖面上,除了芦苇,水下的鱼,是不会被别人听见的,干吗那样胆怯呢?

他们撑着那艘破船,到了陈庄,本来是满心去探监的,在区公所门口打听大龙时,里面涌出几个"短打朋友",打着哈哈过来:"姓于的,正要传你们去,倒不请自来了……"

他俩直以为大龙的事,一直跟进后院,在槅扇外垂手恭候。王经宇正趴在桌上看些什么,其实,他早发现要抓的人犯押到,还在拿腔作势,过了一会儿,才推开那张石印文告,捏着手指关节发出格格的声响。那些人趁此向他报告:"带来了,区长!"

他头也不抬地问:"谁?"

"共产党嫌疑犯!"

他脸冲着桌面:"先关起来再说。"

于二龙和芦花不懂得"共产党"三个字,但关起来,是明白什么涵义的,两个人几乎同时地:"凭啥?关人?"而且芦花声音更高些。

王经宇抬起脸,嘴角那两道阴沉的下垂纹,赫然映入两个人的眼里,他们懂得,这绝不是好兆头。只听嘿嘿两声,他指着那张中国共产党的抗日救国大纲,用他习惯性的短促问句,像审判官似的发问:"见过这张布告吗?"

"没。"芦花坚定地回答。

"没有问你,你别插言。于二龙,你敢勾结共产党!"

于二龙站着,头一回细细琢磨这个听起来怪响亮的字眼。"大先生——"他才要说不明白,站在旁边的芦花插嘴:"我们啥也不知道。"

"放肆!——有人去找过你们吧?"

"谁?"

"就是它!"王经宇一拍八仙桌上的印刷品,"你们跟共产党来往,打量我不摸底吗?"

两个人目瞪口呆,实实在在糊涂了。

"说,怎么联络上的?"

"说,都找过你们几回?"

"老实讲出来,搞过什么活动?"

于二龙望着芦花,懵懵懂懂,丈二和尚摸不着头脑,大先生怎么啦?吃错药了吗?但谁能想到,王经宇站起来,喝令:"绑起来!"

那些手下人一迭声地答应。

"做我的百姓,头一条是安分守己,谁要邪魔外道,别怪我翻脸不认人。"

两个人自然要挣扎,但一听他说:"告诉你们,要是早两年,就共产党三个字,先砍头,再问罪,押下去!"完完全全怔住了。

一霎间,两个清白无辜的渔民,变成了要被砍头的罪犯,真是太突然、太意外了。他们被推进漆黑的仓屋,从心底里涌上前所未有的委屈,不分青红皂白,不问是非情由,就给订为阶下之囚,为什么?为什么?

在黑咕隆咚的仓屋里摸墙靠着坐下,渐渐适应了屋里的黑暗以后,终于发现屋角还有个被捆住手脚的汉子,芦花立刻认出来是谁,挪过去,仿佛他乡遇故知似的亲热招呼:"大哥,把你给关着干吗?"

于二龙看着那张朴实的庄稼汉的脸孔,立刻明白了王经宇那一个接一个问号,芦花也懂得了问题的症结所在,她又俯近了些,似乎想看穿他:"原来你就是共产党?"

他坦率地承认:"是的。"

"共产党?那是得砍头的。"

"还不是怕我们砍他的头。"

"砍谁?"

"砍那个地主的头。"赵亮把手向下一剁,因为双手绑着,那剁的劲头更猛烈些。"砍那个鸦片鬼!"

芦花的眼睛在黑暗里闪光,她迫切地想得到证实:"敢砍他的头?"

"为什么不敢,他脖子也没套着铁箍——"

"共产党是怎么回事,快说说。"

赵亮沉静地笑了,没有直接回答问题,而是像扯闲篇地谈起这种装粮食的谷仓。他说他们家乡也有,而且夸耀地认为还要结实些,连地皮都用石夯夯实,甭说耗子,蚂蚁都钻不进,关押个人犯,确实是蛮好的。

"也关人?"于二龙问。

"那还用说。"他哼了一声,"不过,在苏区,可不关像你像我这样的穷苦人。"

"关谁?"

"不关我们,你们想想,关谁呢?"

芦花笑了,原来那些神圣的高门楼老爷,也是可以关得的,不但关,还可以砍,并不像石湖边上的鹊山那样万世不动,实在是猛醒顿悟,在精神上又获得一次解放。她问:"你们那儿也有大先生,二先生吗?"

"就是那些平素骑在我们头上屙屎撒尿的老爷吗?哈哈,有的砍了头,有的逃跑了,有的夹着尾巴像个灰孙子。地分给穷人种,房分给穷人住,家产也都统统地分了……"他讲了许多江西苏区见闻。啊!天外有天,赶情石湖外面的天地大得很咧!

芦花不那么相信:"当真?大哥!你别是哄骗我们!"

"我骗你们干吗?"

"你们哪来的胆子?"

"告诉你们吧——"

"什么?"他们拢得紧紧地围过去。

只听他铿锵有力地吐出几个字:"因为有了共产党!"

芦花忘记身在狱中,高兴地说:"啊!共产党硬是好咧!二龙,咱们投奔共产党去吧!"

"你不跳水寻死,悬梁上吊啦?"

她咬着牙,狠狠地说:"我不死,要看他们死咧!大哥,你把我们带到你说的那个共产党里去吧!"她说着说着激动起来,泪花在黑暗里放光。"我们没法活下去啦!求求你,大哥,再搭救我们一把吧!"说着,捆住的双手拄在地上,朝赵亮磕了个头。

赵亮也没法去扶她起来,只得满怀深情地望着,轻声地,似乎是喃喃自语:"记住吧,芦花、二龙,只要认准了走共产党这条路,就得打算吃天大的苦,受天大的罪,为了千千万万的人,不再过这样的日子,敢豁得出这条命去干呢!……"

——赵亮同志,用生命点燃了石湖火种,又把革命种子播在我们心中的先行者,我是多么怀念你啊!

那一天,恰巧是陈庄的逢七集市,其实到了午后,集市本该散了,但王经宇一声令下,叫人堵住码头路口,拿这两个人做样子,杀鸡给猴看,让乡亲们明白,不安分守己地做个良民百姓,是个什么下场?

他们被拉出仓屋,五花大绑地给推搡着,押上了陈庄沿湖的一溜长街。

"我们犯了哪家王法?"

"犯了法,还问?"

"你们凭什么抓人?"

"没罪会抓起你来?"

逻辑再简单不过:当法律成为权力的奴婢时,只有傻瓜才会提那样的问题。

哐!哐!他们筛着一面破锣:"看游街的啰!看游街的啰!……"

那些吆五喝六的区丁、保安队们,推搡着,殴打着,骂着,吼着。他们像饿狼似的扑过来,恨不能把这两个渔民给撕个粉碎。尤其对芦花,那些两条腿的畜生要更加凶暴残忍,他们围住她,用淫猥的眼光,和下流的话,朝她吐唾沫,狠命拽她的头发,往她身上涂阴沟泥,撕她的褂子,恨不能剥光,这帮禽兽啊……

"叫你们尝尝跟着共产党的甜头……"

"共产党给了你啥好处?"

"跟共产党的下场就是这样——"

一个保安队抓住于二龙,那时他太虚弱,连挣扎的力气都没有,被狠命地一推,俯伏着跌倒在泥泞的街心里。

"装死,站起来,共产党救不了你!"

芦花掖住撕碎的袺子,掩住裸露的胸,那些无耻的保丁,直扇她的嘴巴,她腾不出手遮挡,只好任嘴角哗哗地往下流着鲜血。

哐!哐!锣声一阵响似一阵。

"看清楚了吧!他们要把共产党给引来呢!现在给他们一点颜色看看,不紧紧他们的骨头,哪晓得马王爷长几只眼?"拳头、棍棒、枪托,又像雨点似的落在他们身上。

围裹着他们的人越来越多,行进的速度越来越慢,他们所遭受到的苦痛越来越重,除了那群畜生,还有被蛊惑鼓动起来的狂热分子,一齐压在他们头上。

狂热分子眼睛要红起来,那手条也是很辣的,他们有的撇砖头;有的骂大街;有的钻到跟前踢几脚捶几拳以泄愤;有的装作正经,啐芦花不要脸;有的瞪着眼说于二龙偷过他家的鸡……

人在没有嘴为自己辩护的时候,加上什么罪名也只好无可奈何地随它去了。

恶毒的咒骂,邪恶的眼光,鄙夷的神气,耻笑的心情,以及鞭子棍棒,砖头瓦块像倒塌下来的天,要压碎这两个坚信共产主义必胜的人。

这时候,真觉得天整个都黑下来了。

要不是赵亮那番话:"……只要认准了走共产党这条路,就得打算吃天大的苦,受天大的罪……"否则,对两个年轻渔民来讲,是经受不住的,尤其是开头两步,那真是艰难啊!……

于而龙想:王小义,买买提,他们多幸福啊!

他看到芦花被扯破衣衫的肩头上,旧的伤痕未愈,又添上了新的仇恨烙印,惟一能帮助她的,只有这一句慰藉的话了:"不要怕,芦花!"

一个保安队员扬着棍棒喝着:"看你们还死心塌地的跟着共产党走……"

芦花昂起头,似乎在宣告:"只要我不死,只要还有一口气,我就要投奔共产党!"她迎着那寻衅找碴的眼光,迎着那小人得志的神色,迎着那幸灾乐祸的心情,毫无半点畏惧退缩之意。"总有一天,我要伸冤,我要报仇,我要出气!"

"死婆娘,还挺着个脑袋不服!"那个保安队员大声吆喝,"低头,低下你那狗头!"

芦花白他一眼,那股蔑视的神情,使他恼羞成怒,猛地一推,晃得她踉跄两步,站稳了脚跟以后,又昂起了头。没料到的坚定的反抗,那混蛋气得快发狂了,脸上的肌肉一根根都横了,他跳上来,死命地按住芦花的头,恨不能把她按倒在地面上,才消他心头怒火似的。可是芦花像狂风吹不倒的芦苇,他手一松,她又挺起身子,而且把头扬得更高。那个保安队员,火冒三丈,一口都想把她生吞了,顺手抢过路边掌鞋摊上的铁拐子,冲过来,朝芦花的头砸过去。于二龙看得清楚,这一拐下去,芦花的命就完了。他不顾那些押解的区丁,挣脱出来,护着芦花,用肩膀搪了一下,芦花躲开了死神,只是在后脑勺上凿了个洞,立刻,鲜血汩汩地冒了出来。

整个游街队伍惊讶地哦了一声,停顿在闹市中间,被捆绑住双手的于二龙,无法扶住摇摇欲坠的芦花,只好用身体支托着她,不知谁踢了他一脚,跌坐在街心的烂泥塘里,芦花神志昏迷地跌倒在他身上。

他们仿佛陷在不计其数的观众,一层层的包围圈里,于二龙看着那些持枪弄棒的打手,那些作恶多端的歹徒,那些为虎作伥的帮凶;看着那群由婊子、流氓、烟鬼和青皮组成的啦啦队。哦,他们兴奋、欢跃、激动、鼓噪,脸上闪着油光,鼻尖冒着汗珠,眼球挂着血丝,狗颠屁股地来回奔跑,上蹿下跳。他们呼叫,呐喊,摇着胳膊,张着大嘴,像一群疯狗似的猖猖狂吠,吼着嚎着簇拥上来。

哦,在那一刹那,世界成了他们的了,成了无天无日的恶狗村了。

啊哟!糟糕!于而龙怎么瞧见了几个熟悉的面孔,好像是工厂里的什么人……弄差了,他的神经系统出了点故障,就仿佛那台电视机一样,不知哪个线路给搅乱了,屏幕上乱糟糟的影像,搅得人都糊涂了。

一点都不错,是他们工厂的同志们,千真万确,他都能叫得出张三李四来了,还有那些骑兵,那些老师傅,那些年轻人。啊,他不禁想问:同志们,你们来干什么?干吗不说话呀?为什么保持异样的沉默啊?

更可怪的,他还能听到有位家属在数落着,该不是骂那些押解于而龙和廖思源的头头们吧?不,那时候他们不会有那胆子,哦,敢情她在骂一些讨厌的小崽子:"作孽吧,作吧,有一天会给你算账的。"

于而龙竟然发现自己置身在繁华的马棚住宅区——当年骑兵在王爷坟拴马的地方,如今,住宅区越来越扩展,公共汽车都在这里设站,就叫马棚站。为之检查认罪挨批判的工人住宅啊,就连那些批他用福利腐蚀工人灵魂的住户,也未必明白马棚二字的来历了。

错啦!他到底是恍惚了,是陈庄,是石湖的一个村庄,他把相距数千里的陈庄和马棚混淆在一起了。

他看到了,看到了他的乡亲,在长街的两旁,在河岸,在湖边,在茅屋里,在门缝的后面,在小巷深处……那里,还有更多的不做声的人,也就是沉默的大多数,看来,世界并不是属于那些恶狗的。

"芦花,醒过来吧!你睁开眼来看一看吧!天不会塌下来,而且永远也不会塌下来……"于二龙在心里朝她说。

哐,哐,锣声又响了。

"站起来,给我走!"

走就走,别说区区的游街会吓倒他俩,就是再崎岖的道路,甚至布满了荆棘,他们也是要跟定共产党走下去,决不会踌躇止步的。

"走共产党这条路,就要敢豁得出命去!"黑仓屋里那个朴实憨厚的外乡人说过的话,又在他耳边响起。

那是一句多么胸怀壮烈,充满革命献身精神的话呀!要做一个真正的共产党员,没有这点子精神还行?

——芦花,你醒醒吧,你快醒醒吧!……

七

从陈庄到小姑家只有短短的三里水路。

陈庄广播喇叭里那两个义务兵的歌声,总算随着于而龙的桨声,渐渐地减弱下去。

好容易清静一会儿,没想到,王小义和买买提在他前进的方向出现,在小姑家欢唱着迎接游击队长。

当他终于看到小村的长堤时,那两个快乐的小伙子,并不因为村小而收敛一点,像在陈庄一样,扯开嗓门大声吼着。

于而龙实在钦佩他乡亲们的可贵耐性,成天在高音喇叭的声波干扰下而不厌其烦,而且他更诧异,公社广播站好像仅此一张唱片,没完没了,无休无止地放送。

上岸后,他不得不又一次提高八度向人打听,总算幸运,小村子里的乡亲要淳朴些,厚道些:第一,没有向他讨介绍信;第二,也不曾盘长问短地查他三代,而是相当痛快:"领你去,安爷爷家!"

小姑家离陈庄很近,但于而龙只记得来过一回,还是当年芦花扎点湖东以后,他来看她,是深夜通过陈庄封锁线,摸进村里的。但那时小姑家是个什么模样,除了凄凉冷落之外,细节都完全忘却了。现在,也许刚从人烟昌盛的陈庄来,觉得还是可怜巴巴的样子。别看村小,那环村的长堤,倒是十分气派,看得出是经过精心管理的,拾掇得整齐,修缮得牢固,仅那齐刷刷的草皮,可以见到村里人的匠心。

他们来到一家独立院落的门口,有人替他叫门:"队长在家么?"

闻声走出一位四十多岁,不大像农村人,也不大像城里人的汉子,赤红脸,光着脚,像个庄稼汉;可那套涤卡上装,和塞在口袋里的笔记本,又像是管点事的。看人们对他的敬重,毫无疑义,在抗日战争时期,他准是村长,在自卫战争时期,很可能是个农会会长,现在,无须细问,他是小姑家的生产队长。

他一下盯住于而龙:"你——"而且马上认出来了。

于而龙非常惊讶,从他的眼睛里,看得出来,生产队长是认识自己的,心里由不得掂掇:"谁?怎么会认识我?"多年来,旧帽遮颜过闹市,真有点害怕碰见熟人。

他笑了,一种下属对于上级的笑,是那种有点忐忑、有点拘谨、嘴巴不敢张得太大的笑,伸手迎将过来:"老同志,欢迎欢迎,怎么不打个招呼,好派人去接你。"

"糟啦,也许他认错了人,要不——"于而龙想,"就是我这套该死的行头,把他吓住了。"

"快请进,快请进!"他热情地延让来客进屋。石湖人的礼貌,实在令人感动,主客之间就为谁先迈进门去,起码谦虚了两分钟之久。

挺麻利的主妇,在她丈夫"你先请"、"你先走"的客气声中,两杯新沏的雨前毛尖,已经泡好,端到了贵客座前。于而龙揭开盖碗,两枚红枣还在滴溜溜地转动:"嚄嚄,当上宾款待啦!"

主人讷讷地说:"欢迎领导来小姑家检查工作!"他那赤红脸更红了,掏出手册,不免有些紧张拘束地讲着:"今年倒春寒,我们的早插早播任务……"

看样子,于而龙猜到对方定要汇报些什么了。当他还在那厂长室里坐着的时候,他最害怕这类疲劳轰炸了。他曾执意请求那些书记、主任、分厂厂长、处长、科长、大小干部:"请你们饶饶我行不行?能不能搞一种条陈式的节录,三言两语,简单明了,解决问题就行,干吗非要成本大套,从类人猿时代的大好形势一直讲起呢?"不行,无论如何扭不过来,很像不善修饰的女性那样,以为多抹点脂粉,就会更漂亮些那样,洋洋洒洒,挥笔千言,有什么办法,他苦心孤诣准备了好久,就像公鸡到黎明非要引吭高啼不可。说实在的,那种令人打瞌睡的官样文章,是鸡叫天亮,鸡不叫天也会亮的形式主义。

当然,把满心汇报大好形势的人比作公鸡,未免太刻薄了些,但那时于而龙在台上,大家嘿嘿一笑了之,捧臭脚的还敢赞美一句:"于厂长议论精辟!"然而,一旦失势落魄,这些公鸡们就会夯着脖毛来鸹你了。是啊！谁让你去招人不快呢？也许本意倒是为了工作,但是当你刺痛别人,这些刺就变成一条荆棘丛生的路在等待你,可于而龙却不在乎地笑笑,如果有机会,他还会讲。记得在"革命派"的批判会上,那些誉之为高明论断的人,竟指着于而龙的鼻子,振振有词地:"你独断专行,飞扬跋扈,听不进别人半句话,你像皇帝那样,要我们向你奏本,上条陈,写节录,活活一位暴君……"

人嘴两张皮,通过十年来的周折,于而龙算是识得透透的。听吧！既然你一定要讲,客随主便,他也只得捺住头皮听。

亏了那些领路的,一见队长"周吴郑王"地汇报开早插早播,和上级干部的来意大相径庭,连忙提醒:"队长,领导是来看望你老爷子的。"

"找我爹?"他惊诧地看着于而龙。

正说着,于而龙礼貌地站起来,因为一位白发苍苍,约有七十多岁的老人家,已经被人找了回来。他步伐迟疑地进到屋里,四处张望寻找,脸上分明挂着疑问:"还有谁惦着我,前脚都迈进棺材的老头子了。"

老人眼神欠佳,听力不灵,要不是人们把于而龙闪出来,他一时发现不到。

"老人家!"于而龙跨前半步。

他注视了好大一会儿,然后晃晃脑袋,大声地询问陌生的来客:"你老哥是谁啊?"

游击队长不得不报出自己的名字。

"于而龙"三个字,除了那几个没桌子高的小孩无动于衷,满屋男女,像被一位会奇门遁甲的法师,大喝一声"疾",施了定身法那样,一个个木僵僵地你望着我,我望着你,谁也想不起该说些什么。只听院里公鸡在昏头昏脑朝落山的太阳啼叫,和那永不休止的王小义、买买提的嘹亮歌声,屋里却连半点动静都没有。

他就是鼎鼎大名的游击队长?他就是传说中那条翻江搅海的蛟龙?人们讶异地看着他,穿得干干净净,笔笔挺挺,谁都不相信他真的是。

"原来你是咱们的支队长啊!我当是谁呢?县委王书记在游艇上陪着你!"

做一个基层干部确也不容易,连那些和上级交往的人,都得心里有个数呀!他把早插早播的笔记本揣回去,热烈地捉住于而龙的手摇晃,那种公事公办的表情消失了,而代之以亲切的真诚欢迎。他向老爷子高声朗气地说:"爹,他就是你叨叨半辈子的支队长,咱们石湖支队的于而龙同志啊!"

双耳重听的老人,终于明白了,颤颤巍巍地走拢过来,伸出哆哆嗦嗦的手,摸那高级毛料做成的合体服装,激动地说:"有人说你完蛋了!"

"呶!不是活得好好的。"

"是好好的,真的,支队长,活着就好啊!"老人高兴了,呵呵地笑了。

"老人家,你身子骨挺硬朗啊!"

"没想到,你还惦着我老汉,跑到小姑家来看我,支队长,我……"才笑展满脸皱纹的老人,又欷歔地哽咽起来,像一个小孩那样委屈地啪嗒啪嗒地掉眼泪。

那个能干的主妇,把枣茶撤了下去,重又端上了一碗荷包鸡蛋,少说也打有五六个鸡蛋在里面。石湖待亲戚的规矩,是作兴卧鸡子款待来客的。她劝着哽咽的老爷子:"爹,你该高兴啊,你惦了这些年的指导员哪,队长哪,现在不是来咱们家了吗?"

"高兴,高兴,眼泪也都高兴出来了,我早就给你们讲过的,支队长记性最好,过目不忘;他就来过小姑家一趟,后来我送指导员去湖西开会,一下就把我认出来,还动员我参加支队哩!"

"实在抱歉呀,老人家!"于而龙俯下了脑袋,装作吃的样子,心里却像堤外的波涛在强烈地起伏着。忘了,全把这些普普通通的老百姓给忘了,一点都记不起来。可老爷子越是口口声声认为于而龙是特地来看望他,也越发使他感到愧怍。

"你快喝吧!队长,别凉了!"老人诚心诚意地把碗推到于而龙的面前,满碗白玉似的荷包蛋,使得冠心病患者犹豫了,胆固醇可够高的,要是让谢若萍,那位忌讳特别多的医生晓得,又不得过关,降血脂的药,肯定得加量,而且会唠叨个没完没了。但在这间温暖的屋里,在老人恳切的目光下,别说胆固醇指数是多高,即使一口毒药,那情谊也使他必须吞下去。汤刚沾唇,立刻抬起头来,望着那个深情注视着他的主妇,他真的想站起来,摘下帽子,向她,向所有乡亲鞠一大躬。

他真想对大家讲:谢谢你们,亲人们,你们把我当做至亲近戚来招待,半点也不把我看做外人,更不曾因为我倒台而瞧不起我,真叫我感动得不知说些什么好了。

在石湖,款待亲戚,越是亲近,糖放得也越多,他才抿了一口,蜜也似的汤汁,先把于而龙甜倒了。

老人说:"吃吧吃吧,到家来啦!"

这个家,和所有那些掩护过他、养活过他、支持过他的家一样,只是在偶尔忏悔时,才模糊地在脑海里闪一下。他这时,在老人诚挚的目光前面,倒真的感到心痛了。

"队长!"老人接着说下去,"要我那时也参加的话,怕跟我的兄弟一样,把骨头扔在樊城了。"

"呵!怪不得!"于而龙才明白自己迈进一个游击队员的家。

那个一直挺亲切瞧着的家庭主妇,也告诉他:"我有个嫡亲舅舅,也是在樊城战斗里牺牲的。"

听到这里,于而龙的心猛地往下一沉,是啊,石湖子弟兵大都在山城的一次战斗里,壮烈牺牲了。提起往事,永远是他心头的一笔沉重负担。蛋白像卡在他喉咙里一样,再也咽不下去。他放下了筷子,屋里也都沉默了下来。

他知道,无论是烈士的哥哥,还是那位烈士的外甥女,都不会责怪他队长的,因为他在四七年底,四八年初就离开石湖了,但是他的心,难道因此会轻松一点吗?

"要都能活到今天就好了,唉!……"老人沉重地叹了口气,"就说指导员吧,她是个多好的人啊!一到小姑家,先把群众装在心里。她说过的,等到有一天我们胜利了,大堤要修得牢靠结实,再不会决口,不管刮风,下雨,石湖水涨得多高,也可以睡安生觉了,不用半夜担心湖水倒灌,可不么?如今都应了指导员的话了。"

别人告诉他,因为大堤是芦花当年领着修过的,至今村里人管它叫芦花堤。

听老人亲切地谈起芦花,于而龙希望之火扑灭了,这是他四十年来主动出击的一仗,一开头就多灾多难。是啊,他绝不是要寻找的那个船家老人,像他这样一位抗属,怎么会向芦花讨那么多的船钱?听到枪响以后,会不掉转船头去抢救芦花?会不去寻找那个开黑枪的歹徒?不,从老人谈到指导员时那股眷恋之情,他想在这里寻找能够破谜钥匙的希望,肯定是不行的了。他在盘算下一步,这个不肯认输的汉子。

他们来到宽阔牢固的堤上,听人们——自然都是些上了年岁的老人,讲述着那个英勇的女指导员,在小姑家,怎样领着群众,在陈庄炮楼三八大盖的射击范围里,修筑起护村的长堤来的。那该是多么不容易啊！但他却记不得芦花曾经讲过；或许讲过,已经忘记了,然而,三十多年以后,村子里的乡亲们至今还记在心里。

人民是真正的母亲,只有忘记母亲的儿子,而决不会有忘记儿子的母亲。于而龙望着浩渺的烟波石湖,这块生他养他的土地,真的后悔自己回来迟了。

赤红脸的生产队长自豪地说:"我们小姑家,连三岁孩子都晓得,堤是新四军的女指导员领着修的。爹,是不是陈庄炮楼派人来扒过三回?"

"那可不,狗日的王经宇。"老人气愤地骂着,于而龙掠他一眼,马上想起那个正在忙着出国考察访问的革委会主任,该启程了吧?"来扒了三回,指导员领着我们修三回,一回修得比一回结实。"

"气得王经宇没法,咬牙切齿,领着保安团来,非要扒平不可,指导员把我们组织起来,手里有了枪,三五个伪军都不敢从小姑家过。"

老人回忆着芦花刚来小姑家的情景……

"哦,那一夜啊,又是风又是雨,湖水都涨到堤口了,我睡着睡着,怕拴船的桩橛松了,破船漂个没影没踪。半夜起来,拎着马灯,去堤上看看。只听见一些人在说话,在干活;我寻思,谁深更半夜,风风雨雨地在堤上啊?走近一看,傻眼啦!堤决了个大口,呼呼地往村里灌水。怎么办?村里大人小孩都在做梦呢!猛地,只见一个人跳进缺口里,用身子挡住水流,喊着:'朝我身上扔土吧!没关系,快点扔!'一听是妇女声音,我由不得奇怪,仔细一看,只见四五个年轻人,正浑身淋得跟水鸡子一样,往缺口里填土。我拿马灯一照,赶情真是个女同志,赶紧对她说:'大姐,快上来吧,我去筛锣,把大伙吆喝起来吧!'你们猜她说什么:'甭去惊动乡亲们啦!口子不大,我们堵得上。'听听,你们听听,她就是指导员哪……是啊,是啊！如今像指导员那样一心扑在群众身上的人，不是我说得绝，不多啦！我划了一辈子船，摇了一辈子橹，搭船的客人成千上万，见识的人也算得多啦，说心里话，就是指导员我忘不了。"

"什么时候放下橹把的？老人家！"

"打解放，就上了岸，待着享福啦！"

听他的话，于而龙越发肯定他不是劳辛所说的那一位船家。

"陈庄除了那个珊珊娘，解放后还有谁在那儿划船搭客？"

"是喽！是那句老话啰！"父子俩会意地点点头，"敢情是真的啦！"

"怎么回事？"

"去年，县里来了位工作同志，说是要调查一个老船家，"——哦！于而龙想：那些王纬宇指令发出的函调信还真起到作用——"我告诉过他们，去三河镇找老迟吧，解放后，他在陈庄干过。"

"老迟？"

"是他，就是他。怎么，那些调查的老爷连这两步路都懒得走？"他对他儿子说："快打发人去把迟大爷找来。"

于而龙看看天色，太阳沉没在湖水里，晚霞烧红了碧空，老林嫂该惦念了，她肯定在烙着菜饼等待着呢。但作为侦察兵的于而龙，怎么能丢手呢？一不做，二不休，决计趁热打铁去一趟。

他此刻的心情，就好像在扑朔迷离的尘雾里，循着一条特别纤细的蛛丝似的线索，希图找到一点头绪，要不然他千里迢迢跑回家乡干什么？仅仅是为了凭吊吗？但是脆弱的游丝，随时有断头的危险，而一旦出现那样的情况，就得做一个永远败北的将军了。

但是他想要离开好客的乡亲，谈何容易，尤其是那位给指导员划过船，多次通过封锁线的老人，说什么也不让走，一面催促他儿子去派人请老迟；一面拖着于而龙往家来。

这绝不是虚伪的应付场面的客套,而是实实在在的情感,于而龙已经充分领受到那股辐射过来的热,一种炽烈逼人般的热,他的心在这股热浪里融化了:"谢谢,谢谢,老人家,你们款待我,让我说什么好;我在石湖既没有亲人,也没有家,今天我真是跟回家似的,见到了这么多的亲人!……"他也有点说不下去了,咽了半天,那涌上来的激情和泪花才控制住,紧握住老人的手:"不再打扰了,我要去看看你说的那位老迟——"

走不了的,于而龙,老人怎么能放你走呢?他竟说出了无法缓转的话:"就看在我那牺牲的兄弟分上,那是你的部下,看他的面,也得在家住两天,不多,只住两天。"老人的要求并不高,仅仅两天,于而龙怎么能使年逾古稀的老人难过呢?

姓安的人并不多,于而龙想:在石湖支队里,我怎么就记不得有个姓安的战士呢?他既然是在樊城牺牲的,肯定是个老队员了,我的该死的记性啊!

于而龙只得留下来,他那条舢板被派去接老迟的人驾走了。(老林嫂可要急坏了!)他现在根本没法离开这个小村,离开这家抗属了,尤其是不忍拂逆老人的盛情厚意。

霞辉变得沉重凝滞起来,最早的几颗星星开始在蓝空里眨眼,回到院子里,只见那位亲舅舅也在樊城献出生命的女主人,正和她的小儿子在扑打追撵着一群乱飞的鸡。老人指着那只比孩子矮不多少的肥鸡说:"就那只狼山种九斤黄吧!"

干什么?太兴师动众了!于而龙深深觉得不安了,看那个能干的主妇,大概把他当做她亲舅舅那样诚心悦意地款待了。老人顺便告诉他,狼山鸡种也还是指导员去滨海支队开会时带回来的,打那以后,全村一直养到今天。于而龙在心里叹息那个女指导员:"芦花,芦花,我怎么一丁点儿都不曾想到过这些,滨海支队那里,我去过的次数少么?可你,却连群众养鸡的事都惦着啊!"

"不行,不行!"于而龙阻止着那位不惜破费一切的大嫂,但一点用都不顶,她把他当娘家亲戚招待了。越是这样杀鸡宰鸭大张旗鼓地操办,他的良心也越是受到谴责,因为直到现在,于而龙想不出老人兄弟的模样和任何细节,更不用说那位煺鸡毛的主妇娘家舅了。那些平凡的游击队员,那些英勇的战士,会连一丝痕迹,也不曾在队长的脑海里留下,实在叫于而龙感到内疚。可当时,乡亲们是多么信赖你游击队长,把自己的亲人,自己的孩子,自己的丈夫,送到你于而龙的手里呀!

惭愧呀!于而龙多少像发怔似的,看着来了贵客而忙碌起来的家庭,那些自动来帮忙的邻居,那些好奇围绕着的乡亲,那些羞涩的、站在后排的姑娘、媳妇,都把目光集中在已经显得老迈的于而龙身上。都有点不大相信,他就是当年的游击队长,一个充满传奇式故事的人物,在石湖地区,他的那些神出鬼没,打得敌人晕头转向的事迹,已经在人民口头上加工,简直近乎神话一般了。

应该把那份珍藏着的烈士花名册,带来就好了……于而龙想着。

那是一本相当古老的账册,上面用毛笔记载着一九四九年石湖县发放烈士抚恤金的名册,于而龙认得出是老林哥的手迹。那时,他大概在县的民政部门担任什么职务,于而龙曾经写信问他,石湖支队转为正规部队后,在樊城战斗中的伤亡情况。老林哥可能正忙于随军南下,无暇细细一一写来,便把名册索性给他寄来。

二十多年来,名册已经发黄变脆,但是每次打开来看,还是像最初看到时,使于而龙心弦震颤。一个个熟悉的名字,立刻在脑海里,变成有血有肉的活生生的形象,几乎可以听到和看到他们的音容笑貌。于而龙无论如何也不相信那些活蹦乱跳的小伙子,会和他已经生死异路,早已不在人间。那些勇敢机智的石湖战士,在敌后长期的游击战争中,随时随刻都有牺牲的可能,却不曾死亡;想不到在全国解放前夕,倒把生命交给了那个偏僻的山城。

每当他捧着那本名册,捧着他们支队的大部精华,他的心啊,是丝毫也不轻松的呀!

后来,工厂保卫处鉴于这位党委书记和厂长,有些必要的文件和图纸,带有机密字样,便在那座四合院的老房子里,安装了一个保险柜。谢若萍出于好意,便把这份珍贵的名册,连同那支源远流长的二十响匣子,一齐锁了进去。

但是,她万万没想到,后来,他们全家被新贵们"礼请"出老房子,那份名册差点没要了于而龙的命。

啊,那阵势就差动用工兵的探雷器了,每一条地板缝,每一块砖头底下,都怀疑到了。因为他们,"红角"革命家初出茅庐,确实有些嫩,上过于而龙的当,所以怀恨在心,查得特别细,抄得格外凶。由于他们曾被他没倒的威风,唬了一顿,放了扣押的廖总,随后他又搞走十几箱重要试验资料,在他们眼皮底下捣了鬼;所以一来气势非凡,下马威是很厉害的。

但结果,在四合院里,除了于而龙的书,就是于莲的画,那些大师们的裸体画,以伤风败俗的名义没收了,除此以外,都是大路货,半点足以打倒于而龙的尖端材料也找不到,遗憾哪!

于而龙背抄着手,又开腿,站在葡萄架下,不由得想《红楼梦》里锦衣府查抄宁国府那一回。"这些二十世纪六十年代末期的锦衣府呀!"他慨叹着,"真是历史的莫大嘲讽。"

最后,他们打开了保险柜,几个好事之徒,先从大堆文件图纸底下,发现那支匣枪。"啪!"拍在于而龙面前:"什么东西?"

"还用得着我告诉你么？年轻人——"于而龙冷冷一笑，"它叫勃郎宁，是一种杀人武器。"

那时，高歌胆子越来越壮，他神气地用电话召来了大个子保卫处长，厉声地责问："于而龙私藏手枪，你知道吗？"

位置颠倒过来，审判员成了被告，而囚犯坐到法官的高背椅上，本身就有点喜剧味道。高歌审讯开保卫处长了。

可是不多久以前，高歌他们那个共产主义"红角"，曾经传阅过一部卢梭的《忏悔录》。秦大个在一次工作谈话中间，问起党委书记："在单身宿舍里，有那么几个小青年，组织了一个叫做'红角'的小团体，你听说过吗？"

于而龙早听王纬宇吹嘘起，便点了点头。

"是不是需要注意一点？"属于职业的警惕性使得他问。

"用不着太神经过敏吧？"

"有人反映，他们在偷看一部讲手淫的书！"

党委书记兼厂长不由得一惊："有这等事？"

"我把那个男高音剋了一顿，没想到，那小子脸皮薄得很，给吓哭了！"

于而龙看了一下被没收的那部书，笑了，问大个子处长："老秦，你知道卢骚是谁？"

"就冲作家的名字好不了！"

"何以见得？"于而龙倒要请教请教。

"一个名字，什么字用不得？非用一个'骚'字，骚气烘烘，不会是什么正经货。"

"得啦得啦，大个子，把书还给高歌，让车间书记找他们谈谈，以后多读些技术方面的书籍。"同时，于而龙向保卫处长建议："你不妨先了解一下，再训也不迟。卢骚是法国的一位大文豪，取了个骚气烘烘的名字,可不是他个人的过错,那是中国翻译家强加给他的,现在也有人叫他卢梭。"

保卫处长多少有点尴尬。

为了消除他的窘态,于而龙讲起他自己的一段往事:"我们家乡有一位同情革命的老秀才,他祖先是郑板桥,画竹是很有名的。那时,我已经是游击队长,地方政权代表,一个堂堂的区长,十品官了。秀才先生向我提起他的这位前辈。哦,我闹了个笑话,因为我们家乡有的村名地名叫什么桥的。便说,你老家是住在郑板桥的啊?在哪儿呀?错把人名当做地名。有什么好奇怪的呢!我们原来都是土豹子吗!"

现在,轮着哭过鼻子的高歌,反过来教训哭丧着脸的秦处长了。

"我们不明白于而龙的命就那么值钱,办公室里,他秘书小狄给他收藏着一把崭新的枪;家里,又保存着一把生了锈的枪。我问你,老秦,这些枪你都知道吗?"

于而龙的脸刷地一下白了,二十响匣子秦大个子确实不知道,还在部队的时候,保卫部就不当回事,后来,转业了,一下子就带了来,也疏忽了办个移交手续。糟糕,他望着那个保卫处长,要是他摇一摇头,或者含糊其辞,那他就得承担天大的干系。

大个子总算正直,而且有点幽默感,他恭敬地回答高歌,甚至原来对身兼市委委员的于而龙,也未必如此谦逊:"高勤务员(当时的奇特称呼)!枪是德国货,是著名的军火大王克虏伯工厂的出品,三十年代老掉牙的货色。"

于而龙简直忍不住笑,大个子一本正经地撒谎,而且编得有鼻子有眼,那几个一辈子头回摸到武器的红角英雄,围拢过来。

保卫处长讲得天花乱坠:"你们看看枪上几个外国字,就知道它的老资格了,用来自杀大概还勉强,要说打人,我怀疑——"他噼里啪啦地把枪卸开,"看,撞针都快成挖耳朵勺了。"

"谁叫你卖狗皮膏药,我问你办没办手续?"

他装出一种奇怪的样子,似乎那是属于普通常识:"当然有,那是我的职责范围,其实这支枪怕还是于书记过去打游击时候的古董了……"

旁边有人申斥他:"什么于书记?"

保卫处长连声说:"是,是。"

"用不着你给他吹,打游击又怎么啦?长征也没有什么了不起,井冈山的骡子照样也得杀。"

高歌早看出保卫处长与于而龙沆瀣一气,枪上做不出什么文章,便捧着那份烈士花名册走过来:"你给解释解释,这是什么?"很明显,被当成一份秘密联络图了。因为造册的老林哥文化水平不高,几笔字写得歪歪扭扭且不说,仅那花名册上,他所留下的记号,数码,标志,手印等等无法解释的名目,即使把老事务长从阴间请回来,他自己也未必能说得清,更何况于而龙,何况保卫处长。

大个子愣住了,直眨眼,不是自己打自己嘴巴吗?才刚夸下海口,说保险柜里的一切一切,都全部了解。

"那你说说看,名单上画的那些暗号是什么意思?"

正在葡萄架下收拾什物的于菱,对于被"礼请"出老房子,心里本来不痛快,他和高歌还算是同过学的,包括柳娟,都是学校宣传队的积极分子,也许因为熟悉,才没好气地说:"看不出来么?是本变天账!"

于而龙瞪他一眼,瞎说些什么?还嫌不够热闹么?

"是的,眼睛睁大些,一本变国民党的天的账!要不是他们献出生命,打出个新中国;高歌,你今天最多混得跟你老子一样,给老爷们开车,决不能一步登天,抖到自己屁股后边也冒烟啦!"

"于菱,你小子放老实些!"

几个四肢发达的喽啰簇拥上来,显然要收拾于菱一顿,但是,于菱挺身跳出来,一点也不是他父亲所想象的那样软弱,毫不怯懦地应战,像一头愤怒的豹子。

看来,一场激战是免不了的,剑拔弩张,拉开了架势,而且结局分明,于菱会被认为是阶级敌人的反扑给群众专政起来。幸好,王纬宇风驰电掣般地来了,他把已经厮打在一块的双方解开,和高歌耳语了几句,算是免除了当场被扫地出门的厄运,在部大院里给了现在的一套房子。

于而龙始终可惜那架玫瑰香葡萄,正在盛果期,全给糟蹋了,后来搬进去的两家暴发户,因为孩子到秋天争吃葡萄打架动武,以致脑袋开瓢,他们搞了个彻底措施,干脆连根都铲除了。其实,他们毁坏的岂止一架葡萄,那样巨大的实验场都名存实亡了。

就这样,他们被逐出了老房子,在那困难的时刻,还真亏了王纬宇伸出了友谊之手……

搬进部大院,直到今天,谢若萍提起来也还是感激王纬宇,只有一个人不承情,那就是软硬不吃的于而龙。

同样,那位笔杆子夏岚倒一直埋怨她丈夫,办了一件愚蠢的事,把这一家弄到眼面前,碍手碍脚。

"夫人!"王纬宇说,"你要知道运动刚开始的时候,羔子们像咬红了眼的狗一样,要于而龙一趴到底,我就该上断头台啦!让他搬到部大院,比到喜马拉雅山还扎眼呢!"

不过,于而龙当他面倒奉承过两句:"你可真够朋友!"

他瞅着这个替他搪灾的倒台英雄说:"那可不——"

"不过,你别忘了,打过游击的人都知道,靠炮楼越近,有时反倒更安全——"于而龙在心里回答着。

"嘻！我应该带来那份花名册就好了！"

于而龙正后悔着,谁知那老人催促着他的儿子,赶紧去弄点黄鳝,吓得游击队长死命把他们拖住。

"老天,你们饶饶我吧！……"

他真想坦坦率率地把头向众人低下："谴责我吧！怪罪我吧！我不但没能把你们的亲人,活着交还给你们,连他们的名字、模样,都忘了个干净,我对不起你们哪！"

"去呀！去弄点鳝鱼来呀！"老人仍旧不肯罢休。

于而龙拖住生产队长,不让他动弹："老人家,我没法再待下去啦！"

"噢？还让我给你麸子饼吃啊……"老人又讲起于而龙根本毫无印象的往事。

"那是民国三十四年的事了,支队长,你还记得不,你是夜里到的,指导员把你托付给我。不瞒众人说,那年头春天日子最不好过,青黄不接,揭不开锅。家家全靠苴荬菜,灰灰菜,马齿苋过活。可我也不能请队长吃野菜团子,好在天气暖和了,扒下身上的棉袄,让死去的老伴,去陈庄集上换了点麦麸,总算没丢丑,好歹是粮食嘛！支队长,今天你来得是时候了,山珍海味我拿不出,家常饭菜我可是供得起了。"

老人的孙子正坐在门槛上,剥着刚劈下的大笋,撕开笋衣,露出晶莹洁白的笋心,使于而龙联想到扒掉棉袄为他备一顿饭的抗属,不也是有着一颗纯洁真挚、善良朴实的心嘛！"……我们就是这些人民用小米喂养大的呀！"于而龙望着这位可敬的老人,心里想："他图什么？在那个年代里,当一名抗属得担多大的风险？敌人一进村,先拿走不脱的抗属开刀问斩的呀!就凭他为游击队长备饭这条罪名,狗腿子也饶不了而要敲顿竹杠的。然而他并不在乎,也不计较,更不害怕,非要把他的命运和新四军联结在一起。是啊,棉袄都毫不吝惜地卖掉了,真的,冬天来了,他该怎么熬过去呢?"

可他半点印象都不存在了,或者说,统统忘怀了。按照于而龙直爽的性格,真想全兜出来,告诉他们,他是个不值得他们尊敬的人,他不配享受他们的热情款待,这比骂、比打,更使他的灵魂受到熬煎。他记得那些年的批斗会,从来不是心甘情愿低下头来,即使强捺下去,也是金刚怒目式的。然而此刻,他确确实实感到自己心虚理亏,脊背汗涔涔地,为之负担沉重,而充满了忏悔之情。

但是,人们是决不会怪罪他的,老人说得再清楚不过,当时即使不是他,换位别的同志,只要是指导员嘱咐过的,他也会尽力量招待自己队伍上的人。

他忙着张罗饭菜,来弥补民国三十四年的那顿麦麸饼,可游击队长用什么去弥补他失去的兄弟和他儿媳的亲舅舅?用什么去弥补他和石湖支队的命运拧在一起后,所度过的那些艰险的岁月,难熬的生活,和提心吊胆的日子呢?"不应该忘记啊!"于而龙责备着自己,"不应该忘记这最根本的一条,人民!而我们,我们许许多多吃过人民小米的人,已经把人民当做一种抽象的概念,而不再是一种有血有肉的实体了,可怕的变化呀!"

香喷喷的狼山鸡端上来了,小孙子无意中把话说漏了嘴,那原是一只种鸡,过年都没舍得吃。啊!现在为一个路过的游击队长宰了。他快举不动那双竹筷了,感情负担太沉重了,抿了一口酒,使这个近十年来饱经忧患,遍尝冷暖的游击队长,心情激荡,像风雨中的石湖一样。

老人看出了客人的不安,连忙解劝道:"支队长,还惦念着棉袄的事吧?放心吧,那一年的秋天,鬼子投降,肖奎同志来了。"

肖奎,于而龙自然记得那个快嘴丫头,十年前,为了把廖总的实验资料弄到安全地点去,她,她爱人,还有阳明同志都是共谋犯。差点捉不到狐狸,惹了一身臊。

"她一阵风地刮到小姑家来,才知道指导员生了个女孩,我问肖奎来干什么?啪,那姑娘给我抖开一件皮袍,干吗?我问她,她说:'你以为能瞒过指导员去?你棉袄成了麦麸饼,芦花大姐一直惦在心里。这是战利品,她叫我送来给你过个暖和年呢!'"说到这里,老人虔诚地站起来,郑重地举起酒盅,朝着屋顶:"我只说一句,支队长,人心才是没字的碑!"

什么意思?老爷子没头没脑的话,神怪的动作,于而龙弄得不懂起来。

不大一会儿,接人的小伙子,空手回来了,他讪讪地说:"才不巧呢!迟大爷病倒了。"

老人冒火了,嫌他儿子派去个不办事的"衙役",还说这个老迟前两天还答应给他送甲鱼来的。

于而龙沉不住气,那种游丝飘忽,攸关成败的感觉,又在使他忐忑不安,姓迟的老人,没准是他急待寻找的那一位吧?病倒,可能是呜呼哀哉的前奏,那是耽误不得的,他放下碗筷:"我马上去三河一趟。"

老人哪能同意:"不行,不行……"

他儿子也不赞成:"夜深了,路不好走。"

"放我走吧!"于而龙诚心诚意地说着,然后,他补充了一句:"为她,你们也明白,是为了芦花。"

当然,还有个更重要的目的,不过,他没有讲。

够了,只有芦花这个普普通通的名字就够了。老人会意地捉住于而龙的手,爽直痛快地说:"我不留你,去吧,支队长,为了指导员,你就去吧!"

"认识路?"他儿子担心地问。

"我在三河打过一仗,忘不了的。"

正在给他腾屋铺床,打算让他住下的女主人闻声走出,很难过地问:"要走吗?"也许她想起她那位把骨头抛在异乡的嫡亲舅舅,把他认作了亲戚,依依不舍充满惜别之情:"才来,就要离开啦!……"

"走了!亲人们!……"于而龙不得不向他们告别,如果说,他是空着双手来的,现在,当他离开这里的时候,他的心是异常充实的,带着乡亲们温暖的友情走了。

谁知过多少年后,他会不会又把这一家子,这个夜晚,这份情谊统统给淡忘了呢?

在芦花堤上,老人和他的全家向他挥手告别,河水闪着微弱的星光,激流发出哗哗的声响。老人晃动着胳臂,又时不时地去揉眼睛,因为夜幕浓重,看不清楚马上要离去的游击队长,所以他很激动,也很难受。由于于而龙的陡然出现,也许使他更加怀念那个让他过个暖和年的女指导员;想起了半夜风雨里堵决口的芦花同志了吧?他由他儿子儿媳搀扶着,一直走到堤下河边,频频地叮嘱着,让于而龙在临走之前,务必再来家一趟。

于而龙在舢板上答应着:"一定的,一定的。"

可不论他自己,还是那一家人,都知道只是一句空话,未必会有时间再来,只不过是相互安慰罢了。

在这个世界上,他们是不大有机会再碰面的了,他怀着一股压抑的情绪,离开游击队员的家,离开抗属的家,把舢板驶向沉沉的黑暗里去。

时已夜半,万籁俱寂,浓雾开始升腾汇聚起来,在河面上,带着苇叶的清香,水草的腥味,把舢板上孤独的于而龙紧紧裹住。那一家人大概还在芦花堤下站立,因为他听见那抗属老人仍旧在叮咛着:"走好啊!支队长!一定要来的啊……"

于而龙忍不住回过头去,朝那声音传来的方向望去,但是,什么都看不出来了。

迷雾呵!多么浓重抑郁的迷雾啊!

八

在于而龙漫长的生命途程中,像舢板一样,不止一次地驶进过浓密的迷雾里。

他的一生,似乎和迷雾有着难解难分的因缘,他的许多记忆,尤其是辛酸的、苦涩的、悲痛的回忆,总是笼罩着迷迷蒙蒙的雾。

蟒河上,除了雾还是雾,只有咿呀的桨声,和船在逆流行驶时的阻力,使人知道雾里面,还有一个真实的世界。而去年,中国近代史上一个关键的年头,一九七六年,从年初的泪水开始,到四月广场上的血,他确实认为那弥漫的混浊大雾,大概永远消散不了。也许果真应了王纬宇的话,三千年为一劫,而一劫不复了吧?

没有什么可以讳言的,绝望过,于而龙承认自己快到完全绝望的程度,濒于边缘了。倘若真到了没有一丝希望的地步,他也会走楼下那位高级知识分子曾经想走的路;但他总还是坚信三十年以前,在漆黑的仓屋里,那位启蒙老师的教诲:"只要认准了走共产党这条路,就得打算吃天大的苦,受天大的罪……"

赵亮的话永远响在他的耳边,所以在最阴沉多雾的日子里,也总是这样砥砺着自己。

……果然,他和芦花经受了陈庄长街上那番严酷的折磨以后,并没有退却,也没有趴下,而是像蜕皮似的——主要在精神世界上,变得硬朗、坚强起来。

他们在游完街,逐出了区公所,被好心的乡亲带回三王庄后不久,赵亮背着他那薄薄的铺盖卷来了。(这个铺盖卷,还是从江西背出来的,一直背到他在石湖牺牲为止,至今,于而龙还记得住铺盖卷里,那靛蓝染的粗布褂,青麻纳的土布鞋,现在,也该化成泥土了吧?)

那是一个浓雾弥漫的夜晚,他来了,推开了他们那个草棚,亲切地问:"有人在家吗?"

芦花听到那外乡口音,顾不得伤痛,挣扎起点上油灯迎他进来,然后又跌跌撞撞去把在人家寄宿的于二龙喊回,这时才发现赵亮浑身上下,衣衫狼狈,显然是凶恶地搏斗来着。

"哦!从区公所牢房里打出来的?"

"出来倒没费难,半路上,跟一个可怜虫干一架,差点没要了我的命!"他大口地喝着芦花舀给他的一瓢瓢水。

"碰上劫道的啦!"

"嗯!他力气真大,像头牛似的闷声闷气,到底没扭得过他,把上级发给我的五块银元给夺走了。"

"伤着筋骨了吧?"芦花关注地问。

"我也不能轻饶了他的,够他喝一壶的。"他咕嘟咕嘟喝足以后:"好了,不去管他,想不到我会从黑仓屋里跑出来吧?"

"老赵大哥,带我们走吧!"

他似乎忘记了他的诺言:"哪儿去?"

"就是你说的共产党的地界,没有大先生、二先生的那个苏区,能杀他们头,砍他们脑袋的那个地方。"

赵亮乐了,拳头打在膝盖上:"对,咱们就在石湖干,把它变成共产党的世界嘛!"

"谁们?"芦花弄得不懂起来。

"就是我,你,还有他!"他指着惶惑不解的于二龙,然后他建议:"吹了灯,省点油,你们听我来讲一讲,什么是共产党吧!"

也许,那是他们的第一次党课吧!

夜是那样的漆黑,雾是那样的沉重,然而真理的光芒却像烛炬一样,点亮了他们的心。这时,他们才明白,这世界原本不应该这样乌七八糟的,别看魑魅魍魉那样横行无忌,那终究是一时搅浑了的水,会澄净下来的,生活不会永远绝望下去。

于而龙不由得回想起那漫长的十年……

就在那一堂启蒙课快要结束,天色即将破晓的时刻,只听得急促的脚步声朝村边银杏树下的草棚走来。这儿本是个乱葬岗,人迹罕至的荒僻所在,于是,这三个人都在黑暗里竖起耳朵静听。

"是朝这儿走过来的。"芦花悄声地说,"你们先避一避!"

于二龙把赵亮引出去,让他闪在银杏树旁的柴草垛边,然后回到屋里,想不到看见一个熟悉的身影,在刚点着还没亮的油灯火亮里。他认出来了,扑了过去:"哥——"

"二龙!"哗哗的泪水,从那老实人的眼里,泉也似的涌了出来。

芦花高兴得难以抑制住嘴角的笑意,张罗着要给他做些什么吃。自从冰上那场噩梦似的灾难开始,一连串不幸的波折,现在总算团圆了,怎能不感到欢欣呢?

她立刻想起了屋外的赵亮,向于二龙使了个眼色,该把他请回来啦!

于大龙不叫他走:"别张罗啦,芦花,还是赶紧收拾收拾,趁天亮前出庄,迟了就不赶趟了!"

这番话说得于二龙和芦花都怔住了,因为他一向优柔寡断,不多说话,大主意都是听别人的,怎么坐了牢,倒变了个样?

"麻皮阿六手下的人进了陈庄,区公所的臭鱼烂虾都吓跑了,我们也逃出来了,一个土匪头目说,谁要上山入伙,跟他走,天亮,他在山神庙等着。"

"什么?当土匪去?"

"还有别的活路吗?我就是回来叫你们一块投奔麻皮阿六的。"

芦花望着二龙,二龙瞧着芦花,那倒曾经是他们早先想过的念头呵!但是,经过赵亮给他们讲清了什么是共产党,什么是共产主义以后,投奔麻皮阿六,当土匪去,已经不再具有什么诱惑力了。

扯过一条板凳,芦花按他坐下:"别急,你听我说——"

于大龙错会了芦花的意思:"你不想去也罢,二龙,你快收拾吧!"

"二龙也不能去,哥!"

"你们怎么回事?"大龙盯着他兄弟,希望他能作出一个明白的解释。

芦花又恢复她那当家做主的口吻:"不光我和二龙不去,你啊也回来,另找出路。"她说这话时,是多么有信心啊!

于大龙悲愤地:"怎么,再让高门楼抓起来?"说罢转身欲走。

"哥!"芦花拉住了他,发现他走路有点一瘸一拐,好像受了伤似的,便问:"你怎么啦?"

"干了一架,告诉你们吧,我已经抢人啦!"

"哥!"芦花急了,"你怎么能走那条路?"

"好吧,你们不走那条道,有你们的打算,我不勉强,好,我走啦!"

于二龙看出他哥误解了。那是他最害怕的那种误解,连忙说:"哥,你想到哪里去了。我们有什么打算?"

他听也不听地调头外出,忽然想起什么,又一颠一簸地走回来,从裤腰里摸出五块亮晶晶的银元,哐的一声扔在桌上:"给你们留着花吧!"

哦,立刻明白了怎么回事,原来是他打劫了赵亮的钱。这时,那个共产党员不请自来地走进屋,热诚地向于大龙招呼:"不打不相识,咱们再见个面吧!"

谁?于大龙往后一跳,倚住门,准备随时撤退,当他认出正是那个踢肿他腿的南蛮子,火从心底升起,抽出门杠,像饿虎扑食地跳了过来,恨不能生吞了他。

于二龙连忙搪住他哥的手:"慢着,哥!"

赵亮估计会碰上这不愉快的场面,镇静但是热忱地一笑,并不畏缩和闪避,充满谅解心情看着。

芦花叫于二龙松手,厉害地责问着:"你冲他举门杠,你不害羞吗?"

"他是谁?"于大龙板起脸喝问。

"是好人,是亲人,是嫡嫡亲亲的一家人。"

"哥——"于二龙向他解释:"你先住手,听我讲……"

大龙哪里还有耐性听下去,因为晨曦透过浓雾映白了窗纸,他难以掩饰心头的失望,和被丢弃在家庭之外的怨愤,扔下门杠,扭头冲出门去,很快消逝在茫茫大雾里。

他们谁也不敢叫喊,因为怕惊动高门楼,赵亮和于大龙一样,都是在逃的罪犯呵!

世界是多么大呵!但容不下几个真正的人,呵!那阴惨惨的、多雾的昨天啊!

　　这五块珍贵的银洋,芦花一直在身边珍藏着,度过了多少急风暴雨的岁月,经历了多少艰险曲折的路程,甚至在最饥饿的情况下,也不曾舍得为她自己动用,一直用块蓝花布包着,因为五块银元联系着两位牺牲的同志,于大龙和政委赵亮。

　　于而龙记得芦花识字以后,在每块银元上都刻上一个字,凑起来正是他们俩的名字,作为永远的纪念,还说等他们的女儿长大了,给她在出嫁时压箱底呢!现在,无论于而龙怎样设想,怎样猜测,也设想不出究竟是个何等重要,何等紧迫的情况,才拿出五块银元当做船钱。而且在沙洲上枪响以后,发现了她,在最后停止呼吸以前,她完全来得及讲出来的,但那阴险恶毒的最后一枪,再没有那么准地击中了喉头。眼睛是心灵的窗户,透露出她是有许多话要讲的,但一句话也讲不出来,直到闭上眼睛以后,她才坦然地安静下来,脸上出现了往常她固有的,充满信心的微笑。

　　三十年的不解之谜啊!

　　远处,舢板的前方,传来了报晓的鸡啼,于而龙知道,三河镇快要到了。马上,那场恶战的回忆,扣住了他的心弦。

　　经过政委阳明在船舱里那番谆谆教诲,于而龙决计不去攻打县城,而是要把驻防在县城的鬼子队长大久保诱引出城来敲他一下。

　　人越打越狡猾,仗越打越聪明。

　　他们埋伏在陈庄和三河镇之间的蟒河河堤上,和现在一样,夜是深的,雾是浓的,惟一不同的是季节变化。那时是初冬,战士们的棉衣还没有着落,不多会儿,寒雾浸润到骨头缝里,冷得直打哆嗦。

王纬宇在陈庄早打响了,但城里仍旧毫无动静,冷风凄凄,他们埋伏下的二十多个人——仅仅一个狙击排,由于而龙率领着——早等着不耐烦了:"怎么回事?大久保看《三国演义》入迷啦?"

于而龙保持沉默,他知道,陈庄炮楼此时正在电话里,向大久保紧张地求援。他曾向王纬宇交待,一定要打得狠些,打他个措手不及,等到狙击排枪响以后才掐电话线。

王纬宇那时真是条汉子,屁股上挎着驳壳枪,腰里掖着美式转轮手枪,和七八枚手榴弹,他说:"放心吧!我会把他们敲得魂灵出窍的。"

而大久保却不是鲁莽的军人,他大概估计得出,于而龙会在三河镇的镇上埋伏,因为那里河道狭窄,而且房屋是绝妙的工事。但老练的帝国军人却揣摸不到于而龙牌下押的什么注,是围点打援,目标朝着他?还是狙击着他,拔除陈庄炮楼?

大久保有点汉学基础,尤其喜欢看《三国演义》,不是那种只知杀杀杀的法西斯,当然也不是绝对不杀,有时还搞搞攻心战。

有一回,他给于而龙写了封亲笔信,那一笔汉字,比于而龙写得漂亮,内容却是些陈词滥调,什么你我都是军人,军人以服从为天职,各保其主,还要求和于而龙签署一份君子协定:湖西他不来扫荡,湖东也不要去骚扰他。最根本的一条,要把芦花从湖东撤回,因为那个女指导员的枪法,成了伪军的丧门星,他们甚至以挨芦花枪子来赌咒发誓。于而龙懒得去理他,可来过几回信,他上了脸,干脆要求派代表会晤,还约好了时间地点,联络办法。于而龙让传话人转告他:"你去告诉大久保,我只有一个回答:'狗屁少放',就照原话对他讲,湖西湖东都是中国的地方,我愿意到哪就到哪!"

据说大久保听到四字真言以后,倒抽一口冷气,摇头叹息:"于而龙的礼貌,大大的没有——"

"你应该懂得最起码的礼貌,明白吗？ 这是一种需要。为人处世,礼貌总得讲一点,绅士风度嘛,干吗搞得半点水平都没有,老同志嘛,人至察则无徒,不糊涂不做阿家翁,要体现出一点传帮带的肚量。"王纬宇摇晃着硕伟的身躯,侃侃而谈,指责他最起码的交情都不讲。

"你是有所指啰？"

"当然,该让若萍给你带点泻盐回来,好好泻泻火！"

王纬宇那时在老徐的推荐下,兼管了部里面属于上层建筑方面的事情,工厂里已不大见到那辆上海车了。

"老于,你太不够朋友。"他还在唠叨不休。

于而龙早知他的来意,但是却说:"我还不大明白,横竖办公室只有小狄,我的旧班底,你直截了当也无妨。"那个已经有个娃娃的妈妈,仍是那小巧玲珑的样子,似乎她有着青春永驻的灵丹妙药,笑笑,站起来要走。

"不碍事,小狄,你给评论评论,这位你的老上级,是不是比过去心胸狭窄,变得小肚鸡肠？"

小狄粲然一笑:"要看从哪一方面讲了。"

"你看,人家多么宽宏大量,虚怀若谷,把他从干校请回来,决心谅解他,把厂里的生产大权交给他,小将们不是表现出一种高尚的革命风格吗？"

"大势所趋,不得不这样,总是要有人收拾残局的。"瓷娃娃似的小狄倚仗和王纬宇熟悉,不在乎地说,"也许王主任不大喜欢听这种话的。"

王纬宇对于而龙说:"可你好,上任才几天,心血来潮,在白金坩埚上做什么文章。"

于而龙想:你去看一看后门守卫室里那根木桩吧!

"老兄,我再一次提醒你,千万不要别出心裁,干扰大方向,难道你看不出来,夏岚他们那个写作班子的文章,和那些讲整顿的中央文件,在精神上有什么差别吗?不要糊里糊涂地再犯错误,栽跟头!"

"照你意思,不应该追回白金坩埚?"

"现在是芝麻与西瓜的关系。"

小狄插嘴:"西瓜抱不住,捡芝麻也可以。"

"我看你又该去职工食堂卖饭票了!"王纬宇笑着说。

"王主任,你不要以为我多么羡慕眼前的工作。"

"那不是你的老上级,点名要的台柱吗?"他讥刺地说。

她毫不在乎地回答:"确实如此,要不然我还不来呢!别人愿意怎样想,随便。过去,把我说得那样不要脸的时候,我都无所谓,现在——"

于而龙心想:"跟他说那些干吗,傻孩子——"别过脸冲着王纬宇说:"那么,白金坩埚应该留着炖小鸡吃?"

"实验场就丢掉了几个白金坩埚么?"

"只剩下失去了灵魂的躯壳。"

"坩埚,不过是牛身上一根毛而已,老于,你很懂得资产阶级的新闻学,制造出一个哗众取宠的题目,煽动舆论,夏岚对你的分析,半点不错。"

"哦,那可是个行家里手。"

"不过,你放心好了,既然你挑战——"

"谢谢你的提醒,我不那么神经脆弱!"于而龙要不是打游击,还不回来呢!

"我给你戳穿吧,老兄,无非白金坩埚在康'司令'手里,他是高歌的一个小兄弟!"

于而龙狡狯地一笑:"正因为他是高歌的左膀右臂,所以起个带头作用不更好?"这句话使得在生产指挥组来回踱步的王纬宇停下了脚,惊奇地打量着旧日的游击队长,分明是要掀起一场论争的意思。那副吃惊的眼神,就好像在拳击场上,一个已经被打倒在地的对手,在裁判数到九的时候,突然苏醒过来,并且挣扎着站了起来。

妈的,让你逃脱电工室那一关,实在是绝顶的错误。王纬宇想着,脸色黑沉了下来。

于而龙从来不想不宣而战——这一回到石湖来是惟一的例外——"告诉你,老王,我并不是要做官才回厂的。讲得明白些,是为实验场,为动力科学,才坐在这里。我是共产党员,我是中国人,我要工作,要战斗。"

"你知道同谁在战斗么?"他又恢复常态:"那小康背后仅有一个高歌吗?高歌背后又有哪些人物,他能见得着的那些头头脑脑,你未必能见到呢!"

"给我护官符吗?既然要干,就不怕捅马蜂窝!"

"冷静一点,老兄。这些人的出现,是时代的需要,你干吗逆潮流而动。他们不是成事之辈,这一点,我赞同小农他爸的观点。但是没有痞子就不会有暴烈的革命行动,这都是上了书的,只有这股盲动的破坏力,是可以依靠他们去冲破一切束缚的主力。所以杀死一些人,毁坏一些东西,是正常现象。比咱们位置高得多的人物,都纵容,包庇,甚至欣赏,鼓励,你干吗非做挡箭牌?"

"小狄,听听,这样的混账逻辑!"

"那是最最现实的现实主义,老朋友,不见外,才这样谈的。"他走到门口,好像才想起来:"你告诉一声莲莲,让她做好精神准备,那篇评论文章最近要见报,小心着吧!"

他走了。

但是,大久保来了。

汽艇声已经由远方传来了,那突突突的轮机声在平原水网地带,在漆黑多雾的夜晚,就显得更清晰可闻了。

侦察员找到了他们,兴奋地报告:"参谋长——"那时王纬宇还没升副队长——"攻进了陈庄。"

果然,陈庄方向的枪声稀疏一些,侦察员告诉他,王纬宇真够有种的,直摸到炮楼底下,才端起轻机枪冲上去,嗷嗷地用官话喊着这个连从这儿上,那个连从那儿打,吓得伪军连裤子都来不及穿,直以为主力部队打过来了呢!

"芦花呢?"

"她正带着几个乡的民兵朝三河镇运动。"

于而龙的计划是给大久保布置一个口袋,袋底就是陈庄,吸引狡猾的敌人往里钻。他们狙击排的任务,在陈庄三河之间这段堤上,牵制住敌人,消耗时间,以便芦花,和从陈庄撤出战斗的王纬宇赶到三河镇,在蟒河最狭窄的地段,把口袋系牢。

当然,大久保未必是个傻瓜,好戏就这样开场了。

汽艇终于在浓雾里出现个影子,该死的雾啊!等到看清楚,敌人已经靠得过近了。

"打!"于而龙喊了一声,堤上一片火光。

鬼子显然早有精神准备,汽艇停住,组织力量还击,倚仗着优势火力和防弹钢板,丝毫不想冲过去,或往回跑。于而龙笑了:"正好,就要你大久保听从我的指挥!"

"啊!阳明同志!"他摸出一支"白金龙",点着了,叼在嘴上,在战斗中,他允许自己有一点奢侈,同时在心里说:"你再来看看在船舱里直冒汗的那个角色吧!"于而龙觉得自己要聪明一点了,大概只要是凡人,总免不了凡俗的感情,他暗自庆幸,老滑头大久保也有上圈套的时候,哈哈,他在心里偷偷笑着。

不多一会儿,接着又出现了一条汽艇,速度要开得慢些,于而龙招呼大家,趁那条汽艇还没靠近,先搞掉眼前这条,它已经失去战斗力了。爆破组冲下堤去,他率领大部力量转回头扑向新来到的敌人。再比不上打顺利的仗更得心应手的了,战士兴奋,求战心切,指挥员痛快,一呼百应,而且彼此默契,心领神会,相互配合得也好;不像吃败仗时那分泄气,埋怨,被动。一支缺乏武器弹药的小股部队,能牵制住强大的敌人,是并不容易的呀!

突然,一梭子弹,从他们身边呼啸着扫过去。糟糕,怎么身后有了敌人?什么时候摸过来的?于而龙立刻招呼弟兄们卧倒,脑子里闪过一个念头:"中了埋伏?"

汽艇原来是大久保安排的诱饵,没想到,就在数米开外,有人在对话:

"多少人?"

"十八。"

"数准了?"

"他们从我脸面前跑过去的。"

"没错?"

"谎报军情,长官把我毙了。"

"认出于而龙没有?"

"看不清楚。"

"废物!——听着,皇军有话,抓活的。"

他数得半点不差,是十八个人,那几个是爆破组,正在堤下活动,因为雾大,不曾被他发现。要他有一挺机枪,天哪,保险每个人都会穿上几个窟窿。很清楚,于而龙给大久保准备了一个口袋;可是,在口袋里面,大久保又回敬他一个小口袋,战争就是这样千变万化,生活永远要比书本丰富多彩。

"皇军说了,于而龙准在这儿,抓活的,谁抓到他,三千——"

"于而龙的子弹不多啦!"

"围上来呀,他们跑不脱啦!"这时候,仿佛有无数人的脚步声,枪托碰击声,拔刺刀声,朝他们逼紧过来。

于而龙没料到蛇没捉住,反倒被它缠了个结实,敌人从四面八方包抄,准备来个连锅端。

大久保料到会有人堵击,而且他敢保证,准是于而龙有胆量硬碰硬。但是,他起初对于而龙竟不利用三河镇那样好的地形地物,有点惶惑,使他不免有点犹豫。后来,他掌握于而龙一个致命弱点,估计他很可能不愿意使三河镇的老百姓受到损失,才把战场移到当不当,正不正的半路上吧?("军人的不是啊!"有经验的帝国军人,嘲笑渔民出身的游击队长。)现在,大久保改变了主意,捉住于而龙比去解陈庄之围更为重要,他采用草船借箭的计策,用一艘汽艇消耗尽游击队的弹药,然后包围活捉。因为他知道于而龙的特点,来得快,去得也快,急风行云,从不恋战,说撤就撤的,所以他采取人海战术,水泄不通地围了上来。

天还没有亮,于而龙趴在堤上,心里琢磨,下一步应该怎么办?

于而龙走出生产指挥组,钻进那辆浅茶色的轿车,这个喜怒不形于色的人关照司机:"开到专家小招待所去!"

小狄听得清清楚楚,而且也知道那是个什么场合。但是现在,她明白,说什么也晚了,多年给于而龙做秘书的经验,了解他只要迈出步去,就不会收回来。她望着这个她尊敬的父辈的老人,心痛地想:你这是何苦来呢?他们可以毫不费力地吞掉你,可你一个人扳不动那座大山,这种中世纪的黑暗,只靠你一根火柴的光亮,是无济于事的。等着吧,不是暴风,就是急雨……

这时,厂里的高音喇叭广播政工办的一项通知,下午全厂停产,开展革命歌曲演唱活动,随着,整个王爷坟上空,飘扬着震得人耳膜都发麻的歌声。

原来,坚持文明生产的于而龙,在厂区种了许多树木,成林以后,招来许许多多的喜鹊在枝头噪闹。现在,那些鸟类都被高音喇叭撵走了,而代之以一片"就是好,就是好",似乎是强词夺理,似乎是赌气的歌声。于而龙收拾好他的提包,对小狄说:"马克思曾经说过,生产是人类自身存在和整个社会发展的首要条件。现在,看来这位祖师爷的话值得商讨,人类是可以靠精神这股仙气活下去的,不信,就让他来厂里看看这些停产唱歌的人吧!——哦,吵得我都头疼了,下午我不来了,有事给我打电话吧!"

他回到家,屋里只有"啦啦啦"地唱着《哈巴涅拉》的舞蹈演员。

"柳娟(那时还不算亲近)今天晚上有演出?"

"不,那伟大的样板,颠来倒去,观众都看腻了。今天是全日政治学习,我头疼,请了假。"

喝,于而龙暗笑,她也头疼。"菱菱呢?"

"关在屋里壁橱里冲胶卷呢!"

看起来,女朋友比他那啃不动的高能物理重要,大热天,竟有工夫和耐性,钻到壁橱里去冲胶卷,爱情的力量会使人不顾一切。

于而龙不禁想,像自己这样不顾一切,简直是破釜沉舟地跟那些痞子干,也就是同那些支持痞子的家伙们干,究竟为了什么?难道也是一种爱情的力量么?

确实,他太爱这个在王爷坟沼泽地里兴建起来的宏伟的工厂了。

他记得,有一次大规模的协同作战实习结束以后,在参与演习的各种兵器鉴定会上,一位他不熟悉的指挥员把发生事故的原因推诿到他们工厂的产品质量问题上,于而龙火冒三丈,蹦了起来。一位元帅笑着止住了他:"冷静点嘛!于而龙!"

"这攸关我们工厂的信誉!"

他当场和那位不认输的指挥员对产品作了超负荷试验,在那狭窄的座舱里,翻来滚去,一直到整个机械的动力部分都烧红了,警报显示器发出危险信号,于而龙看出那位没有实战经验的指挥员,大汗淋漓,面如土色,好像马上就会爆炸似的吓得发抖,这时,以生命去爱自己工厂的于而龙才关了伡。

是的,他是不能让这个厂只生产打火机、生产台灯、生产沙发腿才回来的。爱情,使得他毫不考虑后果,只要他在这个阵地一天,就决不后撤。

柳娟在轻曼多情地唱着:"你不爱我,我倒要爱你……"难道不是这样么?要不是有那么多热爱党、热爱国家的真正的布尔什维克和志士仁人,这个有着九百六十万平方公里土地的伟大祖国不就该沉沦了么?

《哈巴涅拉》的歌声在屋里回荡,看来,跟于而龙一样,并不真的头疼。那位生产指挥组的负责人又在写字台前,摊开新到的外文期刊,翻到小狄作了记录,认为他有必要一读的地方,就着本《英汉大辞典》看起来。

有人在敲门。

他听见了,便喊:"柳娟,看谁来啦?"

柳娟从那时起,就一点不见外地,把自己看做是这家成员了,尽管全家都不承认,尤其是那位画家姐姐。一嫌她爱美,讲究穿戴,二嫌她嘴馋,零食不断,三嫌她浅薄,狗屁不懂。于莲下定决心,非要搅黄他俩的关系不可。但柳娟进进出出,硬把这个家当做自己的家,毫不在乎地要客人承认她是这家未来的儿媳。

如今的女孩子,已经完全撩开那羞涩的面纱,大方得实在令人可怕。那个唱着"你不爱我,我倒要爱你,我爱上你,可要当心"的"卡门"应声飞去开门,拉开弹子锁,她怔住了。无论如何也没有想到,站在面前的是一位败阵的斗牛士。

"啊?"她猛地一惊,张口结舌站在那里。

"哦!噢?——"站在门外的高歌,也不曾料到会在于而龙家,遇到自己拼命追求竟然碰壁的女人。

柳娟起先倒是有点窘,但很快镇定了下来。她是个出色的演员,在舞台上,即使在大场面的群舞中,她也能独树一帜地抓住观众。很快给了客人一个周旋性质的笑,这种笑,说老实话,像是在冰箱里放过一些日子似的,冷漠无情,而且有点残酷,连味道都似乎变了。

高歌不无嫉妒地说:"你,柳娟!——"他的脸色由红而白,最后呈现一种浅灰的忿激颜色,一种看起来令人不快,而又带点受不了侮辱的挑衅颜色。

谁也无法使自己宽解或者愉快起来,除非他不是男人,何况掺杂着许多复杂因素,不仅仅是一般的三角恋爱,按照王纬宇警告谢若萍的话说:"干吗,犯疯了吧?菱菱要去找那个跳舞的,没病找病。人家会从路线斗争来看问题,会以为是老于挑唆儿子干这种事的。"因此,高歌认为她不是普普通通的拒绝,既然站在敌人的巢穴里,那么,就是在政治上对"小将"的打击。"走着瞧吧柳娟,但愿你永远幸福……"

现在,站在门口的高歌,是见过世面的人物了。据说去游泳,也是三两位年轻女性伴游,而且穿着"出水芙蓉"式的游泳衣。所以他也恢复了平静,伸出了手:"什么时候请我吃糖啊?"

柳娟昂起脑袋,做出一个延让的姿势:"请进!"

于而龙捧着书本正看得入神,《哈巴涅拉》戛然中止,他猜出,是一位生客,是一位不寻常的来访者,果然,满面春风的高歌走进书房。

他来到部大院于而龙家做客,是头一回。还在老房子住的时候,于而龙倒记得他常来找于菱玩。那时,他已经进工厂当徒工了。看得出,他有点巴结俯就于菱,见到忙得一塌糊涂的于而龙,也是一脸谄笑,恭敬地叫声"伯伯"而不叫"厂长"或"党委书记",俨然世交的子侄之辈垂手站着,自然那是随着他父亲的关系来称呼的了。

开车的老高师傅退休后不久就病了,好像是半身不遂,于而龙还特地去探望过几回,这位领导干部的弱点是感情太浓而且恋旧。有一天,他在车间巡视,看到了高歌,不由得想起那个卧病在床的老高师傅,对于老同志的怀念,使他向那个小伙子伸出手去。高歌连忙用棉纱头擦干净自己油污的手,紧紧地握住于而龙,心底的喜悦都洋溢到脸上来了。在庞大的工厂里,近万名职工,并不是人人都能被党委书记注意到的。他也像现在在书房里一样,满面春风地回答领导的关心:"挺好,挺好!"

"好好干!"于而龙拍拍他的肩膀,鼓励着他。

在车间办公室,同干部们谈完工作,随便地问了一句:"那个唱歌的小伙子怎样?"

"一般吧!"车间主任猜不出领导人的好恶,用了个模棱两可的字眼。

"你们看,送他进技校学两年怎么样?"

"轮不到他呢!"

"通融通融吧,不是什么原则问题。"要说于而龙半点私情都不徇,铁面包拯,恐怕连他自己都不信。无伤大雅,偶一为之,也算不得失足。人嘛,终究是情感动物,因此,他离开车间以后,几个干部会商了一下,便把高歌叫来,办理技校入学手续了。

在书房的沙发上坐着,不再尊称为"伯伯"了,而是老气横秋地说:"老于,想不到的不速之客吧?"

于而龙给他沏了一盏碧螺春,要是别的客人,柳娟早款款地扭着纤腰热情招待了。她那灵活的眼珠一转,立刻能量出客人和于而龙友谊的深度,是用婺绿,还是用祁红?是用君山银蕊,还是用古丈毛尖?于而龙对于烟酒茶三道是颇为讲究的,而柳娟准能投合他的心意,恰如其分地把茶沏好送来。

但是这一回她不露面了,于而龙很理解,她,他,和自己的儿子,至今还在构成一个不等边三角形。这种爱情上的不均衡三角,在他年轻时,曾经也存在于他、大龙和芦花之间,因此,他有切身体会。

高歌用他那动听的男次高音谈起来:"因为有些话,会上也不便谈,找你来通通气。"

"欢迎啊!"于而龙燃起一支雪茄。

"老于,我坦率地说,你至今还对我们冲杀出来的同志,抱着格格不入的感情。看王老,跟你一样都是三八式的老干部,他态度就鲜明,从来不像你,别别扭扭,半推半就;一开始屁股就坐在我们这边。而你,直到我坐在这儿为止,你还是以一种贵族的傲慢态度来看我们。要说我们,相当顾全大局,以党的利益为重,让请你回来,我们亲自去干校接;让结合你进班子,我们给你腾出头几把交椅;让你来抓生产,我们把斗大的印章捧给你。怎样,够不够意思?你上台以后,把那些旧班底,旧龙套,旧王朝的得力干将,一个个扶植起来,我们忍受了;把那些老章程,老规矩,批得臭不可闻的老古董端出来,我们不吭声;你以生产压革命,鼓吹技术第一,高抬知识分子,我们也保持沉默,看你往哪走?好,现在,你要算老账,搞报复,杀鸡给猴看,在白金坩埚上打开个缺口,我就不得不讲话啦!老于,我了解你是痛快人,今天我来就是要证实一下,究竟是你自作主张?还是有点来头的?"

"也可以说是自作主张,但更多的却是有点来头。"他想起了守卫室里那根伤痕累累的木头柱子。

"好极了!"他抿了一口碧螺春,"早看得出来,来者不善,善者不来,是有人给了你尚方宝剑的。(他指的是谁,喝茶的主人和客人心里很明白。)你在白金坩埚上做文章,决不会无的放矢!"

"我一向不喜欢放空炮,也许我至今还有点骑兵性格,横冲直撞惯了,但上了点年纪,也有些力不从心啦!"

"我还想问问,目标,到底是什么?"

"喝得惯么?碧螺春,味道比较清淡,倒是可以去些暑热的火气。"

"现在我是相当够'修养'的了,居然坐在你家和你一起品茶,要是放在几年前,连这点共同语言都找不到的。那么,从白金坩埚开始,最后到达什么地步?"

"把生产搞上去,小高,社会主义是唱不出来的。"

"马上全市还要唱咧!现在回到正题上来,我希望你在来得及的时候,马上煞车,交出后台!"

"这你办不到的。"

"真话?"

"一点不假。"

"老于,我佩服你,一定要干到底?"

"一个共产党员么!"

"要是坩埚在我手里,如何?"

"那我可能也给你通通气,叫你先主动交出来。"

"我偏不交的话——"

"那就按盗窃国家财产的办法。"

"很好,老于,你非要一条道走到黑,死不改悔,不要以为我们第二次不会打倒你,包括周浩,甚至比周浩更大的。"

"请便吧!"他对脸上肉丝又横起来的高歌讲,然后端茶送客,直到门口。

然后,他站在窗前,看高歌走进王纬宇的那栋楼里去,大约没说几句话,很快,高歌的汽车急速地开走了。

下班前,小狄给他来了个电话,话筒里传来厂里"就是好、就是好"的广播歌曲声,和她多少有些惊慌的语音。她用俄语告诉他,厂里贴满了他的大字报,现在把生产指挥组都糊满了。

"没有给我留一块答辩的地方吗?"

她又讲起汉语来:"自然要加些鱼子酱了,最好是鲑鱼的。"

"小狄,你神经错乱了么? 什么鱼子酱?"

"记住,洋葱一定不要先放进去!"接着又用俄语告诉他:"没有办法,我只好撒谎说,在教人做道俄式菜。没准还要贴到你家里去,看这铺天盖地的气势!"她又说起汉语:"好了,一切都齐全了,就准备在火里慢慢地烤吧!"

鬼灵精,于而龙笑了。

难道我还怕火烤么？于而龙想:在老君炉里都待过的了。

来吧！无非是冈村宁次的铁壁合围,既然是战斗,就存在着失败的可能,难道能因为怕失败而裹足不前了么？

"投降吧,于而龙!"

"你跑不脱啦！缴械投降,归顺皇军吧!"

他做了个手势,十八个人都头挨头地围拢过来听他的命令:"冲出去,从两条汽艇的夹缝空当里泅过去。"

于而龙哪肯轻易认输,即使撤退,也得顺手牵羊地捞些什么,他要搞掉那条作为诱饵的汽艇。苦中作乐,此人真是有股好兴致啊！说话间,他一马当先,冲下堤去,会合着爆破组,往汽艇运动过去。

啊！形势紧急万分,岸上的敌人往下逼,艇上的鬼子往回打,于而龙压低喉咙唤了一声"下",二十多个人撺进了凉飕飕的蟒河。

那是长生,他记起来了,把那捆集束手榴弹顶在头上,踩着水,竟还有工夫和心情,咧开大嘴笑,年轻人真不知道忧愁啊,嬉笑着扯出弦准备掷出去。

于而龙拦住他:"慢,小鬼,再靠近些!"

"会被汽艇发现的。"

"雾大,不碍事。"

但头顶上飞来飞去的子弹,使他不顾于而龙的命令,使出浑身的劲,把手榴弹扔到汽艇上。

"妈哟!"艇上有人用中国话喊叫:"快救命,手榴弹,还冒烟咧!"

于而龙估计要坏事,冒着激烈的弹雨,往汽艇靠拢,只见一个鬼子跑着把那捆冒烟的手榴弹往外扔。

"躲开,支队长!"紧追过来掩护他的长生提醒着。

于而龙非但不躲开,而像饿虎扑食地来个鱼跃,蹿过去,连他自己也想象不到会那样顺利,一手攥住了那捆手榴弹,一手扒住汽艇的铁壳,猛使劲又把手榴弹送了回去,而且一直滑到了底舱机器旁边,紧接着轰的一声,汽艇在蟒河里像打摆子似的抖动起来。

"赶快撤,我掩护你们。"

"队长你——"

"快撤,到三河镇去。"

从这以后,他也不知道从哪儿来的精力,一会儿爬在岸上,一会儿凫在水里,一会儿混在敌人堆里,浑身也不知是血、是汗,还是水,和敌人纠缠着,横直打谁都可以,都是敌人。

最可笑的,在紧张的战斗中,竟有一个糊里糊涂的伪军,向他打听:"游击队在哪个方向啊,弄得我不知朝哪打?"

"我来告诉你吧!老弟。"他扑了过去,用惟一剩下的手榴弹敲昏了他,夺过他的机枪,在敌人丛里东南西北地射击起来。

可是没过多大一会儿瘾,子弹打光了,有四五个日本鬼子从雾里摸索过来,他摔倒两个以后,枪没夺到手,实在围困得无以脱身了,便拉出手榴弹的弦索。但那枚边区造的手榴弹,没有引爆,却一边跌在地上乱滚,一边冒出大股浓烟。日本鬼子都是训练有素的军人,以为于而龙放了毒气弹,立刻卧倒在地,把战斗帽后边的披巾,拉过来捂住鼻子。于而龙趁机冲出重围,一溜烟往河岸滚着,半路上还绊倒了一个日本鬼子,被不客气地骂了声:"八格牙路!"于而龙枪里没有子弹,只好挨骂了。等那个鬼子意识到是游击队,朝河里开枪,于而龙早扎了个猛子,钻到炸坏的汽艇底下。

现在,云消雾散,晨曦照在蟒河上,于而龙已经不能混水摸鱼,而且他实在太累了,以致一只手托住船底,脸仰出水面,只露出鼻尖,居然还打了个瞌睡,直到手一松,呛了口水,才惊醒过来,短暂的休息,使他精神又健旺了。这会儿,敌人在两岸发疯似的搜查,必须设法离开此地,才是上策,可在光天化日之下,怎么逃脱呢?

于而龙,于而龙,这位滑铁卢的拿破仑犯愁了。

三河镇到了。

河畔坐着一个垂钓的老年人,神态安详,在静谧的氛围里,在微明的薄雾中,仿佛一尊塑像,毫无声息地坐着。于而龙把舢板轻轻绕过去,招呼着:"早哇,老人家!"

"你也不晚。"一般地讲,钓鱼人最怕别人扰乱他的平静。

于而龙直是抱歉:"麻烦,向你打听这镇上的一个人。"

他只顾手里团捏着鱼食,头都不偏地问:"打听谁吧?"

"有位在陈庄划船揽客载货的老迟大爷。"

他慢吞吞地把脸仰起,注视地盯着于而龙,突然问了声:"你赶情真是——"

于而龙觉得他头部僵硬的动作有点眼熟。

"是你啊!队长!"他激动地站起,想往前走,但一抬脚就是大河,他晃晃两下,站住,伸出了手:"敢情是队长啊!"

"你是——"他看不清楚他的脸,一时认不出来。

"支队长,你划近点儿,怕我咬你吗?"

"划过去,会搅乱你的滚钩!"

"不碍事,过来细看看。"

于而龙谨慎地把舢板靠过去,一下就先看到那脸颊上相当明显的瘢痕,从耳旁延伸到脖颈,像黑夜里的闪电,把一切都给照亮了。

游击队长顾不得一切地,从舢板跳到岸上,一把抓住他的手,猛烈地摇晃着："你还活着——"虽然一时间想不起他的名字——于而龙不应该忘记的东西太多了,但是,顷刻之间,所有的细节,都纤毫分明地呈现在眼前……

那个难忘的一天,就这样开始了。

经过激烈的混战以后,天色要比现在亮得多了。

敌人处处搜查遍了,不知是谁献媚地说:"于而龙是出了名的鱼鹰,能在水底呆三天三夜,没准猫在河里。"

于是,三五成群的敌人,在岸边,苇丛,水草里寻找,向一切形迹可疑的现象开枪;汽艇上的鬼子,大皮鞋橐橐地响,也开始查看汽艇四周河里的情况,蟮河水是那样清澈,一个大活人是隐藏不住的。

于而龙,你的戏快要收场了。

就在他马上陷入绝境的时候,从三河镇方向驶来一条可以装鲜活鱼的小船。正是现在的钓鱼人,坐在船上,慢悠悠地划着。船舱里放着两小篮白花花的鸡蛋,和两只捆着的肥母鸡,哦,那是相当有诱惑力的东西。

两岸的敌人,尤其是日本鬼子,都恨不能把鸡和蛋搞到手,你叫过来查查,他叫过去问问,可谁也没胆量没收。因为大久保正在堤上威武地站着,毫无疑问,战利品首先是属于最高司令的。

他一直划到汽艇旁边,难道他有一双慧目,隔那么远就发现于而龙潜伏在处境危殆的汽艇下? 不,他根本不可能发觉,只是按照芦花关照的,哪儿能猫住人,就往哪儿划过去。

汽艇上的鬼子正忙着修理,一看鸡和蛋,丢了手里的活,围了过来。他们要权威一点,向岸上的大久保队长笑笑,把战利品钩到了艇上。

"太君,太君……"他划船绕着汽艇走了一圈,向他们讨还东西,有个鬼子给了两枪托,算是付了报酬。要不是于而龙在水下晃晃船,发了个信号,他敢去找大久保告状呢!

于而龙早就放心了,几根脆滑的芦管从透气的舱底穿出来,他连是谁派这条船来搭救他都明白。而且,可以肯定,芦花已经把她在湖东搞起来的人民武装,都运动到三河镇了。

现在,谁叫停船,这个划船人都不乐意了:"鸡和蛋都让太君给米西啦!"敌人一看舱里空空如也,毫无油水可捞,也只好放他走了。

他们终于脱离了险境,又划了一程才停下船,俯身招呼于而龙:"支队长,太平啦,出来吧!"

于而龙钻出水,望着这个素不相识的人:"谢谢你呀!老乡!"

"谢谢指导员吧,她真有板有眼呀,白赔了鸡和蛋,可赚回一个支队长,划算,划算……"他高兴得拍着巴掌大笑。

但是,砰的一声枪响,打断了他们俩的笑声。

原来,他们的船尽管划得够远,认为足够安全了,但还是没划出大久保那架蔡司望远镜的观测距离之外。原谅渔民出身的游击队长吧,他那时刚刚懂得砍断电话线,切掉敌人的联系,但对于光学、电学,以及其他科学技术,一窍不通,犯了一个可笑的错误。

所以他常常叹息:"我是由于落后,屁股上挨过鞭子的。"

现在,那些被愚弄过的追兵,发狂地追逐过来。

"你快跑,支队长。"

"你要落到他们手里的。"

"他们能拿我怎么的?一个老百姓,快走你的吧!"他把于而龙推下河,拨转船头,逆水而上,朝追来的敌人迎上去。

于而龙怔怔地望着……

在湖东,一个新区,普通群众豁出命来救他,现在又勇敢地挺身出来保护他,生死不计,肝胆照人,于而龙不禁想问:芦花,芦花,你是怎样赢得这些人的心的?

他哪能撇下群众径顾自己逃命,那还叫什么共产党员? 不,他掉回头,顶着激流游回去。

"快走吧! 快走吧!"划船的人在撵他。

于而龙也许真有点迂腐,谁都可以谅解,你比他们重要嘛!屁,他不这样看,从来不认为自己的命更值钱些,应该使别人付出牺牲,而保全自己。他是个感情太重的人,所以他不顾生死危险,终于还是游回来了。

那条船被敌人拦截住了,于而龙连忙趸进岸边的苇丛里。他听见敌人追问自己的下落,拨开芦苇,露出一点缝隙,只见那个可怜的三河镇群众,落入了一群野兽中间,拳打脚踢地被摧残着。

鬼子叫伪军把船拖上河岸,以为于而龙还潜在水下,劈里啪啦地往河里开枪,以致不少被打死的小鱼从于而龙腿旁流过。

大久保来了,手里握住那望远镜,和颜悦色地问:"你把于而龙弄到哪边去啦?"

"太君,他像蚂蟥叮在船上,一露头,我就推他下河,赶紧来向皇军报告。"

"你的撒谎大大的,我看见你们两个哈哈大笑。"

于而龙在芦苇丛里听得根根头发都立了起来。

"你看一看吧!"大久保把望远镜架在已被捆起的人脸前:"能逃掉我诸葛亮的神机妙算?"他还掏出一叠花花绿绿的"储备"票:"只要你帮我们找到于而龙的话——"

"太君,太君,我怎么能找到他? 湖西的人都说,于而龙是红鲤鱼精变的,来了,咬咬钩,又走了。"

"你,狡猾得很。"

"不敢,太君,我不敢。"

有个伪军在翻起的船底,找到了绑着的芦管,就跑来狗颠屁股地巴结讨好,大久保初时还不甚了了,但一旦翻译官给他讲清楚,马上变脸,大发雷霆,拔出指挥刀来:"你石湖支队的干活。"

"太君,我是大大的良民!"他连忙掏出良民证,并且自豪地说:"我还是太君的情报员。"

"于而龙哪边的去了?"

"我当真的不知道,对天发誓,太君!"

"八格——"大久保举起了指挥刀,朝挺身保卫于而龙的一个普通老百姓砍去。

瞧得真切的于而龙,从芦苇丛里跳将出来,雷鸣似的喝了声:"住手——"

大久保被惊天动地的吼声吓了一跳,刀只是从那个人的耳边划过,留下了今天一道长长的发亮的瘢痕。

他被敌人团团围住,几十支枪口都对准了他。

大久保得意地大步走来,向他伸出了手,并且郑重其事地说:"作为一个帝国军人,很荣幸会见队长阁下!"并且掏出了一张名片,于而龙记得好像是"久保"什么"三津郎",那大概是他的名字了。

于而龙才不听翻译官的咬文嚼字,冲过去,抱住那个血流满身,摇摇欲倒的,一个他不知道名姓的基本群众,——我们党之所以有力量,正是扎根在这些中国的脊梁骨上。他用手托住那撕裂的下巴,尽力想止住血,但是,那鲜红的、温暖的血,一滴一滴地流在于而龙的手上,又从指缝间,跌落到泥土里,浸湿了母亲也似的故乡土地。

他就这样,落到了敌人的手里。

九

　　于而龙低头迈进挂满蛛网的屋门,心情很有点沮丧,看来,他的朋友,不,应该说是结草衔环的救命恩人,过着不很惬意的日子。一个曾经为革命差点献出生命的基本群众,还过着和三十年前大体上没有很大变化的生活,这使他那一颗游击队长的心,一颗共产党员的心,真正地感到苦楚。如果他不那么健忘的话,当年他许诺给石湖乡亲的,至少要比今天这种样子的岁月强一些。

　　然而,似乎讽刺似的,不知是听觉的毛病,还是一种实感,于而龙好像听到了自己家里,谢若萍坚持要添置的,那种静电吸尘器的嗡嗡营营之声。哦,可是这间屋里,和电的概念是完全绝缘的,至今还点着那种类似出土文物的油灯。哪里会有这种近代文明的产物,吸尘器距离这位救命恩人,起码有一个世纪那么远。

　　是一个家么?他端详着屋里乱糟糟的一切,不由得说:"伙计,你日子过得够糟心的!"

　　"糟吗?"他歪过头来反问。

　　"孩子呢?"于而龙突然间想起,"我记得你好像有个孩子!"

　　"藤都枯了,瓜纽儿还能活?"

　　"多少年来,就你孤身一个人?"

　　"谁肯同我残废一块过?"

　　看到曾经用生命掩护过自己,生死与共的乡亲,这些年来像一只失群的雁,勉为其难地活着,于而龙的心里,揪成了一个疙瘩。如果说昨晚在小姑家那位抗属家里,还是一种忏悔心情的话,那么,此刻,他充满了罪愆深重的感觉。

变了！于而龙！……他发现自己在这些人面前,确确实实挺不起胸脯,因为他已经丢掉了一些相当宝贵的东西,如果说得具体些,那就是和群众的血肉联系。他现在才明白老林嫂为什么不再去看望他们,干吗非要强迫一个乡下老太婆,必须穿上睡衣睡裤才能上床呢？记得老林嫂曾经气恼地问："你们这样脱脱换换,也不嫌麻烦啊？"言外之意当年在石湖打游击的时候,怎么过来着？

至少有两个于而龙,一个是存在于人们心目里的那早年间的于而龙；一个是眼前多少变了点样子的于而龙,有什么办法,现实就是这样严酷,时间在每个人身上留下烙印,就如同树木的年轮一样,不可能永远保持同心圆,想说自己始终如一,还保持着革命的童贞,不过是骗骗人而已。

"想喝点酒么？"他问于而龙——自然是他心目中的那个游击队长,"我有焖得酥烂的甲鱼……"原来那类似静电吸尘器的电流声,是从灶里残火中煨着的瓦锅哼出来的。

"好东西！"

"你不嫌腌臜？"他显然是对目前这个气派非凡的于而龙说："大人物啦！能吃这龌龊东西？"

"哪里话,快端来吧！"

假如谢若萍大夫看到他席地而坐,品尝着谁知道弄得干净不干净的高胆固醇异味,一定会昏厥过去的。但是,游击队长就着主人的粗瓷花碗,喝了一口混浊的白酒,然后把筷子伸到那黑魆魆的瓦锅里——他一边挟着往嘴里送,一边警告着自己："千万别苦着脸子,皱着眉头！于而龙,如果你还有一点点人味的话……"

他想起来了,芦花曾经这样讲过,而且还加了一句："如果你还是一个为国为民的共产党员的话……"

于是像当年打游击时偶尔改善伙食那样,慢慢地连筷子都不用了,干脆上手抓着啃嚼起来。他望着那个显然有点激奋的残废人:"你完全可以打听打听,给我写封信的嘛?"

他笑了,那脸上的疤痕牵扯着,样子反而变成痛苦的神态。他说:"有人给我出过主意,叫我去找你,你一准会周济我的。不错,我掩护过你,可你又是为谁呢?芦花指导员为孩子妈伸冤报仇,我该怎么报答她呢?"

芦花,那尊复仇之神的形象顿时出现了!

究竟从她枪口下被打发到阴曹地府去的敌人,总数一共是多少,连她自己都记不清了,只要她抬起胳臂,生死簿上准会勾掉一个。

然而她一口气,端着机枪把距离只有一米开外的五个敌人,穿上几十个透明窟窿的那回,就是在这蟒河上发生过的事,事后,因为她违反俘房政策,打死举手告饶的伪军而受到处分。

"你疯了吗?"

于而龙头一回朝他妻子拍桌子。

芦花沉静地回答:"如果你还有一点点人味,如果你还是一个为国为民的共产党员的话……"

那五个为非作歹的伪军,做梦也没有想到会碰到芦花的枪口上。无论如何认不出站在舱板上的年轻人,是女扮男装的石湖支队指导员,是个杀人不眨眼的复仇之神。

"站起来!"她猛喝一声。

这帮轮奸犯还吆五喝六地喊:"滚!"

"你们睁开眼看看我是谁?"

"指导员,快救救我……"被绑在后舱的这个可怜的钓鱼人大声呼救起来。

"啊?"那五个畜生这才如梦初醒地提着裤子狼狈地站起,颤抖着叩求芦花饶命。

望着船舱里那个被剥得光光的年轻媳妇,让这些畜生糟蹋得死去活来。而且那是怀有身孕的人啊!如今下体血淋淋地,奄奄一息晕死在那里。于是,芦花,安详地把那支匣枪塞回腰间,拿起匪徒们的一支轻机枪,在手里掂量着。

"救命!饶了我们吧!"死期不远的伪军呼天抢地地哀求。

芦花招呼那个眼看妻子被糟蹋的丈夫过来,他刚走到指导员身边,只听哒哒哒的一阵连发,朝那五个举手投降的伪军前胸和脑袋射去。子弹把舱板都穿了几十个洞眼,满舱到处飞溅着红的肉末,白的脑浆,因为距离太近了,芦花自己也成了个血人。

和于而龙一起来处理这次枪杀俘虏的分区保卫部长有意替她开脱:"他们拒绝投降,是不?"

"没有。"

"他们至少不曾举手?"

"也没有。"

"那么说,不肯缴械?"

"你不用问了,我就是不能让他们从我手里活着走开!"

"为什么?为什么?芦花……"

"因为他们是一群伤天害理的畜生!"这个复仇之神说,"我都嫌弄脏了我的枪,是用他们的武器结果他们的。"

她惟一承认的错误,就是不该打坏人家的船。

唉!谁让我们都是有血有肉的感情动物呢!于而龙感慨地说:"不过,你还是应该找找我。"

"你是泥菩萨过江,我知情。"

"那你也该找找政府！"

他又痛苦样地笑了："看政府在什么人手里？那一年，翻箱倒柜，陈谷子烂芝麻都给折腾出来的时候，我这个残废人也不放过，非咬我当过鬼子的情报员，分明是冒名顶替的假良民证，是糊弄鬼子的，过了几十年，弄假成真，叫你哭不得笑不得。"

"哦？"

"我去找县委王书记，他说记不得了，可当年事情是他办的，他不认账，我可洗不清。谁知我顶替的是个有人命血债的家伙呀！有人说：'快给支队长写信吧，他不会把脖子缩回去的。'可我一听你们工厂来外调的人，说的那些话，晓得你日子也好过不了。——吃啊！缺盐少酱，可惜了那条大元鱼。"他把酒碗又推回来，于而龙注意到他的右手食指短了一截，心里奇怪：他什么时候手又受过伤？真是黄鼠狼单咬病鸡了。

"当就当吧！真的假不了，假的真不了。"

"不会那么便宜的，他们非逼着我交待杀过人的罪行，天哪，我杀过猪，宰过牛，哪会杀人呀！你们工厂的人，还有县里的人，眼睛瞪得铜铃大：'你不杀就休想过关！'好吧，捆绑吊打，折磨得受不了，只好开了杀戒——"

"你杀人？"

"让我承认杀人，可杀谁呢？费了难啦！还要杀得有名有姓，有鼻子有眼才行。"他脸部肌肉扭曲着，表示他在笑，"想了半天，我把早死了的老岳父先给杀了，杀一个人是不行的，他们有指标，非杀够数才饶你。跟着就把我舅舅、表叔、姑老爷、姨丈全给杀了，横竖他们早见了阎王，再死一回也碍不着什么。"

"他们能相信？"

"去调查过，只有一个被我说露了馅，一位叔伯大爷，快八十了,我以为他该死了,就把他的名字报上去,谁知他还活着,给生产队放鸭呢。他找到三河镇骂我个狗血喷头:'活够啦?我怎么得罪你啦?坐在家里咒我,编得有头有尾,给了三枪,我才咽气,放你妈的屁。'"

"后来呢?"

"我有那么多血债,还不得立功赎罪?"

"立功赎罪?"他想起了要他参加学习班揭发周浩的事。

"揭发你,支队长,要不干吗整我?咱们不是一块关进汽艇吗?喝,那声势,印色盒子放在面前,说一句,记一句,按一个手印。他们问:'鬼子没碰于而龙一指头吧?''关在汽艇上,绑都不曾绑吧?''大久保客客气气跟他谈话吧?'好,一张纸上先按了三个手印。他们又问:'谈判以后,于而龙答应条件,向日本人投降,是不是?'我从凳子上蹦起来:'青天白日,你们也不怕大风闪了舌头!'他们拍桌子吓唬我:'嚣张什么?你血债累累,还不赶紧揭发,这是给你机会。'我对他们讲:'谢谢你们的关照,可我总不能昧着良心说瞎话!'那些人劝我:'反戈一击有功,按手印吧,可以减轻你的罪过。'我说你们马上把我五马分尸,我也不按手印。他们火冒三丈,说:'于而龙自己都承认了,你还包庇!'他们非要我按不可,折腾了一天一夜,支队长,他们轮着班逼我:'手印,手印!'我是个残废,只要一晕倒,他们愿意怎么按都行。一横心,逼我去杀死人,也就罢了,这会儿又逼我去杀活人。'按!''不按!'我抢过那张纸,撕了个粉碎,咯嘣一口,把这根手指头给咬断了,叫你们按去……"

于而龙看着那短了一截的手指头,刹那间回到三河镇那次惊心动魄的战斗场面中去。

就在三河镇战斗结束以后,打扫战场,在一片芦苇丛中,发现一个年轻的战士,紧握住一个鬼子不放,他那双大手,紧掐着敌人的脖子,那五个钢打铁铸的手指头,生生地勒死了对方。但是,别的敌人又用刺刀戳死了他,他背上留下了几个血洞,流尽了最后一滴血阵亡了。

现在,于而龙想起那始终无法松解的手指头,是怎样费了半天的劲,才从鬼子的脖子上掰开。老林哥就像当他还活着时那样,唤着这个战士的小名,亲切地跟他恳谈着:"松开吧,你放心好了,我们一定给你报仇。你看,连支队长也来看你啦,哦!松开吧!队伍该转移了,我知道,你是个好样的战士……"说来也怪,话没有讲完,那个鬼子的头颅滚到一边,死者的关节缓解了。

于而龙从来不相信鬼神,但是,直到今天也无法解释,这个奇特的现象。现在,他从一个党的基本群众身上,看到了爱和恨是一种多么强烈的感情,他紧紧地握住了那个残废人的手。

记起来了,当得意洋洋的敌人,把他俩押上后边那条炸坏的汽艇,准备凯旋回城的时候,这个脖子险几砍断的人苏醒过来,虽然费了很大的劲,但说得很清晰:"多余啊!支队长。"

于而龙扶住他,关注地问:"你为我受苦了。"

他很遗憾:"也没救了你。"

大久保狡猾残忍,究竟是个正牌军人,而且还读过《三国演义》,自比诸葛孔明,所以对于一直交手的于而龙,比较优容宽待,不仅不去捆绑他,而且劝降遭到他的辱骂,也笑笑不往心里去。只是把那底舱的密封舱门关紧,回到前边艇上,发出"开路"的命令,浩浩荡荡地回县城去了。

胜利者的得意心情,于而龙能够设想得出,心想:且慢高兴,游击队的战争小曲离结尾还远着咧!

那个受伤的人，挺关心身外的事物，贴在钢板上的耳朵，听见了密封舱外的动静："怪！锣鼓家伙，谁在敲敲打打？这年头。"

于而龙悄悄地告诉着："要给大久保办喜事咧！"

"哦，我懂啦，指导员会救咱们的。"他笑了，但又不敢笑，因为一笑，致命的疼痛，使他满头冒出豆粒大的汗珠。

"坚持住！"他抱住这个受伤的乡亲。

在舱外，那些鬼子和伪军都被锣鼓声、鞭炮声吸引着，站出来看热闹，哦，还有耍龙的，踩高跷的。一般地讲，廉价的噱头，有时会有较高的票房价值。汽艇上的敌人，都咧开大嘴呵呵乐着。但是，表演应该恰到好处，过分夸张，矫揉造作，缺乏内心真实情感，反而会被观众看出假来的。这些年来，看到过多少装腔作势的拙劣演员，被嘘下了舞台，人民是最有鉴赏水平的观众。

大久保并未失去必要的警惕性，在驾驶舱里，焦躁不安地踱步，自言自语地："什么的干活？"翻译官赶紧凑过去向他介绍："老百姓欢迎皇军打了胜仗，活捉了于而龙，为队长阁下庆功咧！"他摇着脑袋，怀疑地注视着那些欢跃高兴的人群，不相信一块被征服的土地上，人们会这样真情实意地为他庆贺。

翻译官知道他是个"三国"迷，马上引用一段刘皇叔入川，父老妇孺壶酒箪浆迎接的典故。他不提犹可，一提，大久保在蔡司望远镜里，既找不到白发皤皤的老妪，也看不见拄杖曳行的老叟。他立刻领悟到这个皇叔是当不得的，说不定性命交关，要他的好看，于是拔出指挥刀，发出命令，准备战斗，汽笛发出刺耳的呼啸。

从陈庄战斗撤下来的部队，正在参谋长王纬宇的率领下，以急行军的速度，飞也似朝三河镇赶来，几乎和敌人汽艇并肩地前进着。他听到汽笛发出警报，立刻改变主意，这个机灵透顶的大学生，于而龙有时真是赞成他，也许他长着比干的心眼，比别人多一窍吧?他后来说:"我不能等鬼子的意识清醒过来,也不能等汽艇开到最窄的河道上再下手,所以没跟芦花联系,提前进攻了。"

他懂得同样的打击,打在猝不及防的糊涂傻瓜头上,和打在已有准备的敌手身上,效果是大不相同的。他看是战机了,率领队伍朝着河岸靠拢,喊了一声打,轻重火力,一齐朝汽艇压过来。

那时节的王纬宇是相当心满意足的,他哥哥终于在石湖县立不住脚,第二次被赶走了,依附在第三战区的一个游击司令的身边,挂上空头县长的牌子,处境狼狈,这是王纬宇给他亲哥的一点惩处,他比谁都打得狠些;同样,县城里那个非嫁给他女儿的商会会长,他也不能饶过,所以才撺掇于而龙攻打县城,游击队那时也气盛一些,非要去啃硬骨头,结果失利了,但王纬宇的目的达到了。据说那个商会会长一辈子在上海当寓公,再也不敢回乡,他说过:"王纬宇那小子,连他亲娘亲老子,也敢下手宰的。"确实如此,王纬宇为什么要加入石湖支队,他的哲学是:"如果需要,地狱的门也可以去敲!"

在三河镇那场战斗中,王纬宇确实称得上是条汉子,也许他为了弥补上次攻打县城的蛊惑之罪,也许他获知支队要增设副职;所以他打得很出色、很勇敢,像一条泥鳅,滑得敌人无从下手,然而他要咬住敌人,却又像鳖鱼一口,死也不会撒嘴。在那芦苇后的小堤上,只见他来回跑着,边打边指挥,也许他个子魁伟,于而龙透过船旁的圆窗,一眼就看到了他。

"混账啊!"于而龙吐口唾沫骂开了,"你弯点腰吧,笨蛋,想当活靶吗?"战争中时常会出现这样的奇迹:你有一千次随时可以死去的机会,结果连皮都不曾蹭破一点;相反,有人在万无一失的情况下,倒会送掉性命。一颗流弹,一块弹皮,连声都不吭一声,一蹶不起。敌人汽艇上的几挺重机枪,显然以他为目标扫射着,许多芦苇给排风似的弹头扫倒了,但王纬宇像只活跃的狸猫,继续跳来蹦去。

于而龙自当队长以来,还是初次看人家打仗而伸不上手,壁上观战使他心急火燎,坐不稳,立不安,看那样子,恨不能自己是个炸药包,点燃引信,把这艘汽艇炸碎。

"混蛋,王纬宇,你瞎了眼?"他骂出声来,"多好的地形,你不利用,哪怕拉过一条机枪来,占住那高处,又是怎么个劲头?你简直是一头蠢驴……"气得于而龙把他祖宗三代骂了个够。

"别着急呀!支队长!"受伤的人倒转来安慰他。

"我怎能不急,提前发动攻击,想抢头功,该赏他一顿耳刮子。仗是这样打的吗?我要不关他的禁闭才怪,好的机枪射手都给了他,怎么?在陈庄报销光啦?"

——支队长,你在舷窗里所见到的,只是战斗场面的一个局部,于而龙,于而龙,你还是捺住性子,冷静点吧!

"为什么提前动手?你问我,我不知该问谁去?"在战斗结束后的总结会上,王纬宇说,"谁想出主意要龙踩高跷的?要不是那个破绽,还可以打得漂亮点,大久保不一定逃得掉!"

"怪我吧!"芦花承担了责任,"同志们也是好意,既是糊弄鬼子,索性搞得火爆些,哪晓得弄大发了,露了马脚。"

"要知道,做假也是一门很大的学问。"王纬宇意味深长地说。

芦花不否认:"我确实少个心眼。"

大久保总算识时务,一看岸上芦苇丛里,响起枪声,人头攒动;又看到前面那些敲锣打鼓的老百姓,一眨眼间,变成持刀弄棒的游击队,知道三河镇是一道鬼门关,进来容易出去难了。现在,他才领会为什么于而龙偏要在离三河镇两三公里之外的堤上埋伏。"于而龙,于而龙,厉害呀!你胃口够大的。"看来,如果不想当俘虏,逃命该是当务之急了。

可是,拖着那艘炸坏的汽艇,是无法躲开覆灭的命运,因此他断然地下令砍断缆绳,像壁虎一样,甩掉了累赘的尾巴,加足马力,冲出重围。

要是在三河镇安上一门炮就好了,游击队没有重武器,手榴弹根本无济于事,只好眼巴巴看着到嘴的肥肉飞了。

剩下的残敌在一场血战以后,很快消灭了。王纬宇头一个打开那密封的舱门,冲了进来,由衷的喜悦在他脸上闪现出来,他一把搂抱住于而龙。

"活着,二龙!"

"活得好好的。"他还了一拳,正好捅到王纬宇腰里,两个人都笑了起来,朗朗的笑声在狭小的船舱里轰响。于而龙回过头去,才发现芦花也进到舱里,正蹲在那个受伤的群众身边,小心翼翼地给他重新包扎着伤口。

"赢了!二龙,我们胜利啦!"

芦花说:"可我们伤亡也不小。"

一场付出相当代价,只是名义上的胜利,对指挥员说,怕不是很光彩的。但分区司令员周浩和政委阳明来了,还带来了诗人劳辛,参加他们的庆祝大会。

阳明同志勉励他:"打得聪明多了,开了点窍,今后,还要灵活一点,游击战的游字,还是大有文章可做。这回你把文章从陈庄一直做到三河,绵亘数十里,还是蛮不错的。"

"不错?死伤那么大,我都替你害羞,于二龙同志——"周浩当着主席台上那么多党政军干部,刮他的胡子,半点也不留情面,"一个不懂得爱惜战士的指挥员,不是一个好指挥员。"

审判吧,同志们,望着那一座座新坟,望着那一船船运走的伤员,于而龙第一次尝到了自我审判的滋味。刚才在小姑家的抗属屋里,现在在这残废人的破桌旁边,这种自我审判的滋味,和那辛辣的酒一样,不怎么好咽下去啊!

"喂!"他放下酒碗,问那位残废朋友,"陪我去找个人!"

"谁?"

"一家姓迟的。"

他斜过脸来:"找这姓迟的干吗?"

"芦花搭过他的船。"

"你酒喝多了,支队长!"

于而龙站起来:"走吧!找他去!"

"你真明白,还是假糊涂,我就是。"

"是你?笑话!"

"千真万确就是我,三河镇,不,方圆几十里就我一家姓迟。"

"什么,你是老迟?"于而龙跌坐在板凳上。

那根游丝又从手指缝隙里滑走了,怎么可能是他那样一个基本群众呢?"老迟,有那么一个船家,在陈庄搭芦花上船,就她一个客,大年初一,到了沙洲,讨了五块大洋的船钱,也就是那回,她牺牲的。"

"什么?要那么多船钱?敲竹杠,有这种混账东西,纯粹丢船家的脸。他是谁?看我敢不当面唾他!"他越说越火,伤疤都充血闪亮了。

"我不是向你打听,反倒问我!"

老迟认真地一个个思索起来,于而龙发现,他对于在陈庄揽过座的船家,了如指掌,熟悉极了,不禁纳闷,那回王纬宇经手,王惠平承办的外调,为什么把这样一个对象给忽略过去呢?

"从来不曾有人朝你调查过?"

他茫然地摇头,只见他掰着手指挨个地,像户籍警那样,说出一个名字,随着自己就否决了。看起来,当时拥护游击队的群众实在多得数不清,几乎找不到一个会向石湖支队讨船钱的人家。

于而龙思索:为什么那次外调撤掉他呢?小姑家那位抗属还特意提到了这位老迟……

陈庄,在石湖,算得上是热闹码头,来这里揽客载货的船家确也不少。然而老迟把那些船家都数尽了,也想不出会有人向游击队伸手!

"就说这一家吧!"——他随便举了个例子——"出名的穷,丁当山响,常年揭不开锅,孩子饿得嗷嗷叫。我们都绕着他家走,不让他支援游击队,晓得他穷,日子不好过,可那不行,把坛子里剩下的一把米,也倒进拥军的筐箩里。支队长,你想想,指导员有急事搭船,会要钱,笑话!"

"石湖支队要没有人民支持,一天也活不下去啊!"

老迟还在琢磨:"那能是谁呢?你为什么不早些来呢?"

于而龙叹了口气:"说起来怪我,来晚啦!"

在沉思中的老迟,突然抓住游击队长:"你说什么?你说什么?"

"你怎么啦?"

"快,支队长,你才说些什么?"

"唉!我后悔来晚了。"

他跳起来,酒洒了一身:"是他是他,除了他谁也干不出那种没脸的事。"

于而龙也跟着高兴了,飘忽即逝的游丝,又牢牢地在手心里掌握住了。"谁?"

"老晚!"他卓有把握地说,"他不是我们湖东的人,有个妹子嫁给陈庄,他就时不时地来陈庄揽点生意,你没去陈庄?"

"我先去的那儿。"

"没找到一家姓叶的?"

"只去过那大伙都叫珊珊娘的家。"

"就是她家呀!"

看来于而龙那不成器的部下,还是个不错的向导。老迟站起来,仿佛猜透了他的心思:"你该坐不住了。"

"老迟……"他实在难以张嘴说出一个"走"字。

"走!"他倒响亮地讲出来,"为了指导员……"

真是快人快事,于而龙握着那食指短一截的手,还用得着多说些什么呢?

到底是长年在水上生活过的,不见老迟怎样费力,舢板在雾蒙蒙的蟒河里疾驶,那种即将揭晓的期待,已见端倪的紧张,和如愿以偿的欣慰混在一起的感情,使他忘掉通宵未眠的疲劳,渴望一步跨到陈庄。

"老晚想必是个外号吧?"

"一点不错,谁要搭他的船,准误了轮船的班,大伙才叫他老晚。"

于而龙想起劳辛说过,正是那个船家误了班轮才攀谈起来的,没错,是他,那是毫无疑问的了。

"老晚是个啰嗦嘴吧?"

老迟笑了:"唾沫都能把人淹死。"

就是他,就是他,于而龙控制不住自己了,突然间,一丝忧虑袭上心头:"听说他病了?"

老迟不相信地大笑:"他能死? 还没把那娘儿俩作践够呢!"

但愿一切顺利,他在心里默默祝祷着。

陈庄不远了,虽然茫茫迷雾遮掩住,什么也看不出来,但是,清晨五点半钟,那两个当兵的,一个叫王小义,一个叫买买提,已经在劲头十足地唱起来了。

终于,在高音喇叭的声浪里,陈庄露出亲切的笑容迎接他,人的心情要愉快的话,看什么都是顺眼的。他们拴好了船,从昨天上岸的地方,又爬了上来。

穿过菜园,昨天踩倒的蚕豆还狼藉在那里,老迟回过头来,突如其来地问:"你知道珊珊吗?"

"珊珊?"

他十分奇怪地问:"人们没有给你讲过?"

于而龙一点也不明白其中玄虚,想问个究竟;但老迟已走到门口,咳嗽了一声问:"屋里有人么?"

当他们听到无人应声,转回头来,正好,一位老态龙钟的妇女,从薄雾里走出,慢腾腾地,用迟疑呆滞的目光,打量着门外的客人。

"珊珊娘!"老迟迎了上去。

于而龙愣住了,她是谁?这个面容愁怆的妇女,怎么依稀有点面熟?呵,他终于认出来了,在那衰老的面容里,看到了一个熟悉的影子。

四姐,她不是王纬宇的四姐么?

她走近过来,并未认出于而龙,而于而龙却发现她那发髻上,竟簪着一朵白色绒花。老迟也注意到了,忙问:"怎么,老晚他——"

珊珊娘,也就是年轻时的四姐,脸色呆板而又显得苍白,目光迟钝,完全失去了当年的神采,没有什么悲痛,没有什么哀伤,心情倒是格外平静,淡淡地告诉他们:"昨晚上,惊动了县委王书记,劳他的驾来看望,这可折了阳寿,折腾了大半夜,断了气。"

游丝终于断了,像死者的名字一样,晚了,无可挽回地晚了。

　　生活的逻辑就是这样古怪,当有足够的时间,去做什么事的时候,并不十分着急,可一旦发现来不及了,要想抓紧做点什么,却常常赶不上趟,以至后悔莫及。细想我们浪费了的许许多多宝贵时光,真是连哭都迟了。

　　是啊!遗憾吧!晚了!

第 三 章

一

　　于而龙料想不到结局会是这样,而且来得如此之快,突然间,那根本来难以捉摸的线,像琴弦一样咯嘣一声断了,寻人破谜的乐曲,至此中断,成为绝响。他现在不是懊丧,不是失悔,而是觉得毛骨悚然。因为打过几天仗的指挥员都懂得,本来打算合围之后,聚而歼之,但是,忽然发现自己扑了个空,那么,毫无疑问,倒有被敌人反包围的危险。

　　现在,在决定性的一步上,他输了一筹,晚了,昨天夜里才断的气,真是会巧到这种程度,令人咋舌。很像一场田径对抗赛,他于而龙失去了当年游击队长那股猛冲猛打的劲头,以致落在了那位殷勤好客的县委副书记的后面。这种一晃而过,失之交臂的局面,近年来,他大概不止一次地碰到过。可这一回,游击队长决不轻易地丢手了,尽管小试锋芒,但双方已经形成剑拔弩张的形势,于是,他像过去多次在战斗中交手失败那样,马上撤退了。他告别了老迟,告别了陈庄,独自往三王庄划去,看望芦花的坟。

　　他在石湖上边划边想:要是去年十月以后,就立定主意回乡,那该多好?或者此次回来,不是乘坐慢腾腾的火车和轮船,而是坐飞机的话,或许可以抢在那个县委书记前头,见到要寻访的船家老汉吧?

　　他埋怨着,说起来,多少有点怪罪自己的女儿:"莲莲,莲莲,都是你哦……"

　　几乎每年春季,他们全家(主要是陪着这位掌上明珠写生),总是去西山脚下春游,欣赏那寺院里几株迟开的玉兰,差不多已经成为惯例了。

　　当人们在沉闷混浊的空气里,蛰伏了整整一冬以后,在微寒未艾,春意初兴的田野里,呼吸着解冻后新鲜的泥土香味,享受着不算强烈,但也相当温馨的阳光,它明明亮亮地照射着你,暖暖和和地抚慰着你,确实产生一种舒展解放的幸福。

　　再比不上今年的春天,一九七七年的春天,给于而龙留下的印象如此深刻,尽管他不是诗人,也好像有着连珠似的绝妙诗句,要从胸臆间迸发出来。于是他心血来潮了,向全家人倡议,今年春游,换个地方,和大伙儿一块去挤挤公园,看看那些多年来未曾展开的笑脸吧!

　　于莲马上不乐意了,脸板了起来。做父母的至今也不明白,每年都去西山画玉兰,成了不能破的规矩,是为了什么?

　　甚至去年,那个相当凄凉的春天,一个失去巨人,万民痛哭的春天,他因为冠心病发作,卧病在床,无法陪她去西山,以为她也许作罢了吧?谁知她还是拉着弟弟做伴,到那个古老的寺院逗留半天。全家谁也猜不透其中的隐秘,然而她还是去了,而且画回来一幅令人失望的画,她拿给躺在病床上的于而龙看:"好吧?爸爸!"

　　玉兰,是她喜爱的画题,也是她拿手的好戏,在她笔下的那种木本花卉,永远是神采奕奕,栩栩如生的。但是,他哪里想到,在画幅上,看到了一个凋谢的春天,地下是落英缤纷,树上是残花败朵,和于莲的一贯笔法大相径庭,是一幅非常暗淡和绝望的画,于而龙看了以后,由不得感到心前区发紧憋气。

第二次失败的这位游击队长,在他的单人病房里,感叹系之地说:"也许今年去晚了,没赶上花期,像我一样,已经谢了。"

"我认为不晚,爸爸。"

"不晚?"于而龙望着那对芦花式的眼睛。

"当然,不会晚的,还包括你。"

"我?"

"我和弟弟议论过你,爸爸,你不会真的颓丧下去的。病绝不能挫折倒你,你是应该死在沙场上的汉子。爸爸,要是再打游击,你还敢出生入死地干吗?"

于而龙苦笑着反问:"一个冠心病患者?"

"干吗这样失望,你说过的吗,历史不会倒写,即使出现了这种情况,颠倒了的东西,终久还会颠倒过来。"

"但是这场可怕的癫痫发作期,简直太长了,难道非要把党拖垮,把中国搞完蛋才丢手么?莲莲,一个人的力量是有限的。"

"你再仔细看看好吗?干吗像编辑看稿子似的,翻一翻就扔字纸篓里去?"

于而龙奉命又把那幅画放在眼前,就在那"流水落花春去也"的淡淡哀愁的气氛里,他才注意到那种先花后叶的多年生乔木的枝丫上,于莲着意刻画了许多饱满苗壮的叶芽。有的像结实的拳头;有的像舒展的手掌;有的叶尖翘挺,英姿飒爽,精神抖擞;有的破膜而出,表现了不可束缚的生命力,似乎谁也压制不住它们,去迎接春天的到来。一个叶芽或许是脆弱的,稚嫩的,然而在这满树春意之中,那强大的力量,体现了自然界的一种总趋势,就不是任何人为的障碍所能阻挠的了。

从绝望里看出希望,从幻灭里感到光明,给差点死于心肌梗塞的于而龙,以强有力的鼓舞。但是,他纳闷:"好端端地,姐弟俩议论起打游击,为什么?"

于莲把她的作品,朝远处挪了挪:"爸,你再眯上眼远远看,像不像元月份那满城伴着泪水和哀乐声的白花?"

"有这样欣赏美术作品的吗?和鲁迅讲用奴隶的语言去写文章,倒是异曲同工呢!"

"爸爸,你说,难道那些花会白白地凋谢摧残了吗?你是一个正统的共产党人,会感觉不出人民中间,在酝酿,在积聚,迟早会爆炸的一种可怕的力量吗?爸爸,我在想:长此以往,人民群众会背弃我们的。"

于而龙摇摇头,他不相信会有那一天。

"已经到了悬崖尽头。信不信,爸爸,这么多的人,自发地献上一枚白花,仅仅是为了哀悼吗?那是人类历史上最大的一次民意测验,每个人都在表明自己的政治观点。爸爸,只是在心里哭泣,那显然是不够的。"

"批评我吗?莲莲!"

她贴近过来:"爸爸,也许我们太幼稚,太天真,然而,革命,在某种程度上说,是属于青年人的专利。"

"你们要干什么?"

他那画家女儿笑而不答。于是,他也沉思起来,也许应该抱病去那个该死的学习班,发表一通石破天惊的演讲,慷慨陈词,使那些二十世纪七十年代的秦桧们听听,作孽必自毙,不要弄到天怒人怨的地步吧!可是继而一想,他在石湖第一次举起枪的时候,曾经发表过什么惊天动地的檄文吗?没有。要紧的还是脚踏实地地干,他从他女儿的眼睛里看出这点,似乎是芦花在对他说:"干吧,跟他们干吧,我们还有别的活路吗?"

然而,终于迎来了一九七七年的春天。

"怎么样?逛逛公园去,如何?"

"爸爸,西山脚下,哪年都是要去的嘛!"

"不可更改么?为什么?"

"不要刨根问底行不行?爸爸!"

"关键是时间紧迫,'将军'已经默许我走啦!"

谢若萍插嘴:"去石湖早点晚点无所谓。"

他瞪着眼看他老伴,生气这位医生半点也不支持他的回乡之行,可是忍住了没有发作,因为他不大愿意使女儿烦恼,一方面是有些娇宠,一方面也是对她有些负疚,尽可能地弥补自己以往的过错。

过去那些年,全家春游,是个盛大的节日。那时候,于而龙还是个有车阶层,选上一个风和日丽的礼拜天,驱车前往那个不为游客稔知的寺院,在西山脚下,消磨掉一个神圣的休息日。但从十年前开始,那辆浅茶色的"上海"不属于他了,交通也成为一个烦恼的课题,然而挡不住全家人的豪兴,仍旧年复一年地准备着春天来临后的野游。

因为在那荒僻的寺院里,哪怕骂皇帝老子,那些泥塑木雕的金刚罗汉,也绝不会去打小报告的。所以,无形中成为规矩,他们通常不邀请外人参加。连于莲还没离婚时,那位小农经济,老徐的儿子,都没有资格。但现在,那朵雨中的白花,那位哭倒长城的孟姜女,却得到了她应得的一席位置。

于而龙着实有点着急,很清楚,必须回到石湖,才有可能把哑谜揭晓,通过十年痛苦的教训,如果还不长点见识,那也算白白地死去活来了。但是,全家人都不放他走,春游哪能少了他呢?何况是今年。尝过流放滋味的儿子,或许因为他那舞蹈演员头一回参加盛会,便说:"爸爸,这第一个春天,干嘛这样煞风景呢?"

谢若萍知道不该拦阻老伴回乡,但从医生的角度出发,深知这个感情容易激动,经过十年坎坷不平的路走过来的汉子,回到石湖,旧情新绪,触目惊心,神经会吃不消,心脏也受不住。老伴老伴,越老越互相疼惜,她害怕他那冠心病突然发作,穷乡僻壤,医疗条件差,怎么抢救?因此主张于而龙晚回早归,最好是不回去,因此说:"还是不要扫孩子们的兴吧!"

"你以为我仅仅是去凭吊吗!"

谢若萍在心里向那个女指导员道歉:"原谅我的自私吧,芦花,因为你也舍不得再让他受折腾了……"她是个软心肠的大夫,不论是生理上,还是心理上的病人,永远寄予一股温暖的同情,于是把春游的日期提前。

那一个礼拜天,他们全家都起得格外地早,因为骑自行车,就更得提前出发。动身前,谢大夫进行每年一度的宣讲:"……骑自行车是一项有益于身心的运动,据说许多美国人,都不坐汽车,改骑自行车了。文献上有记载,每天骑十五公里……"

照例,于而龙善意地打断她:"请不要进行这种阿Q式的讲道了,赶紧上马吧!"

"那朵'雨中的白花'呢?"于莲问她弟弟。

"她在郊区汽车总站等我们。"

"走!"于莲背着写生的画夹,一溜烟地蹬车走了。

老两口慢慢骑行,边走边谈。于而龙问他老伴:"注意到什么新的迹象了吗?你的女儿。"

"有什么异常吗?"

"你呀,除了病人,谁都正常。"

"怎么啦?"谢若萍有些紧张,也许这是母亲们的共同心理状态,一个嫁不出去的女儿,似乎做妈的要格外多负些责任似的。

"你不觉得莲莲近来心情好得多啦?"

"大家都这样的嘛,从去年十月以来……"

"咳,你呀你呀!"于而龙真想透露出他的看法,"依我看,她大概有目标啦!"但是,他很难说出口,终究只是一种肤浅的观察,看事态的自然发展吧!

郊区汽车总站快到了,老远就看到娉娉婷婷的舞蹈演员,简直像海洋里灯标一样明显夺目。那色彩艳丽、图案古怪、凡人不敢围的纱巾,正在春风里飘荡。于而龙是周游过列国的人物,自信是见过世面的,他从不禁止厂里的青年工人穿牛仔裤,而且也不反对儿子听爵士乐;他讨厌那种看什么都皱眉头的警察脾气,动不动开红灯。他常说些他同辈人不愿听的话:"干吗硬充救世主?青年人的脑容量不比我们少一克,不会是无知的迷途羔羊。难道我们当年不也是东碰西撞,以后走起路来,脚跟才站稳的吗!"然而现在,在郊区新绿的田野中间,他也觉得这位未来儿媳的穿戴打扮,实在有些过分,和环境太不调和了。绛红色的尼龙练功裤,紧箍住身子的白色羊绒衫,披在肩头的海蓝色外套,哦,还有那顶奶油色的小帽,使于而龙想起了不知像哪国的国旗,吸引了全部候车旅客,向这面国旗行注目礼。

"娟娟,你的车呢?"谢大夫忙问。

她嫣然一笑,于菱赶紧过来解释:"她今天晚上有演出,蹬完车就没法上台啦!"

"那——"他母亲踌躇为难起来。

年轻的骑士说:"妈,我带她。"

妈妈总是心疼儿子:"哦,好几十里山路!"

"她坐二等车!"于菱笑着,等那娇俏的演员轻盈地跃上后座,便飞快地追赶他姐姐去了。

"累死你——"谢大夫指着他们后背骂。

"不会的。"于而龙安慰着。

确实如此,即使牛顿在这里,也会修改他的力学定律,那个重四十公斤的纤细腰肢的少女,非但不是累赘的重量,而几乎相当四十马力的发动机,在推动于菱飞快前进呢!

于而龙不禁想起自己,当他还是骑兵团长的时候,为了去看一看师部医院的谢医生,尽管要翻过两道山梁,还得穿过很长的河谷,不也骑着那匹的卢,飞也似的策马快跑么?可在回来的路上,那匹伶俐懂事的牲口,在他俩后面,缓辔而行,蹄声嘚嘚,又是多么体贴人哪!

爱情会使人年轻起来,老两口也蹬得快了,不知不觉,西山,郁郁苍苍地在脸前了。

在公园里的玉兰花早已过景的时候,西山脚下的寺院里,或许由于山阴凉爽,或许由于海拔略高;此时,白色的玉兰,紫色的辛夷,正千姿百态、像漂亮的善于表情的少女那样,有的含苞待放,有的绽开笑脸,妩媚婉约,丰姿幽雅,在吸引着人们的注意。而那一股幽雅的清香,早飘逸出残败的寺院,老远就把人迷住了。

于莲是第一个推开寺院的山门,这使得她父亲琢磨,肯定有着一种牵系住她灵魂的什么因素,使得她魂牵梦萦,每年无论如何也要到寺院来朝拜。也许是为了宁抚那颗不安的心;也许是为了追怀难以忘却的记忆,但他从来不敢去问个究竟。因为每个人的心底里,总是会有些奥秘的,还是轻易不去触动吧!可是,在年轻的心灵里,那燃烧得最旺的火,除了被古往今来的诗人,讴歌赞美的爱情之外,还能有什么呢?

他想:他的女儿很可能在花下寻找那失去的爱情吧?那是他于而龙亲手扑灭了的火焰啊!是啊,夭折的爱情,枯萎的花朵,失去的青春,确实如同诗人劳辛在四十年代,留着长发时,爱说的那句"生的门蒂"一样,太令人伤感了。

花丛里,于菱在给柳娟照相,那张魅人的脸孔,映衬得越发动人了。于而龙羡慕他的儿子,倒不是因为他儿子有着幸福的经过考验的爱情,而是赞赏儿子在爱情问题上,所表现出来的决断和自信。

他在于菱这大年纪时,也尝过爱情的滋味,尽管那时并不懂得这种奇异的感情,就叫做爱情。然而,他缺乏他儿子那样的意志,因此,痛苦的折磨曾经揉碎过他的心。

耳边又响起蝗虫吞噬一切的声音,那种审案式的粗鲁讯问,在敲打着他的灵魂:"芦花照理该是你的嫂子,怎么后来又成为你的妻子?你和芦花的感情,究竟是你哥牺牲以前就有了的呢?还是以后?"

真是个又苦又涩的问题啊!

然而属于心底的奥秘,似乎用不着对那些心地肮脏的审判官讲吧,他们已经习惯把人看得卑鄙龌龊,最神圣的原则,在他们眼里,也是臭屎一摊,正如在医院太平间待久了的看门人一样,活人和尸首都快画等号的了。

他回忆起来了,回忆起那时缺乏信心的可笑……

他躺在他们家那艘破船的舱板上,仰望着万里无云的蓝天,看着大雁由北而南的一队队飞去,雁黄燕绿,那该是个深秋季节。收获完了,家乡的习惯,多余的劳动力,就该背起小铺盖卷外出打短工去了。于二龙心里对于终究要做出决断来的事实,无论如何也不是滋味,但必须做出决断,已经不能再拖了。一条不大的船上,两个小伙子加上一个年轻姑娘,自从他们的母亲去世以后,再也保持不了旧日的平衡了,虽说石湖水上人家,不太讲究男女之间授受不亲,但局面肯定是维持不下去了。

然而,他却下不了那个一走了之的狠心,似乎有些什么东西在牵系住他,使他难舍难抛。究竟是什么呢?他也说不好;也许他拿不准该用个什么词语来表达?但那是他和芦花在无嫌隙的长期相处里产生的互相体贴之情,是一种水滴石穿,慢慢积累起来的彼此倾慕之情,是无需用语言、无需用手势,只要眼睛就完全足够表达的爱情呵!

自从命运的波浪,把芦花——被出卖的包身工,送到他们船上开始,似乎有种不成文法,理所当然等长大后成为于大龙的媳妇。她大约早就意识到了,和老实巴交的于大龙像隔堵墙似的疏远,对于二龙却像亲兄妹似的毫无隔膜。事情就是这样:常常朝着原设计的反方向发展进行,谁也没料到这一层,爱情的幼苗,一有合适的土壤,就会萌芽,就会出土,那是谁也遏制不住的。

他们俩谁心里都清楚得很,然而谁也不曾点破。

但是,于二龙缺乏决断的勇气,躺在舱板上,嘴里咬着一根信手捞来的青苇,尝着那清香扑鼻,然而是满嘴苦涩的滋味。

他眼睛跟着那飞行中的雁队,开始挨次数起来,把决定命运的权利,托付给这种玩笑式的占卜上——所有缺乏信心的人,都容易迷信。他想:倘若数到最后一只逢单的话,毫无疑问,正是自己命运的写照,一只离群索居的孤雁,那么也该背起行李离开石湖,连头也不回,到外乡谋生去。

芦花正在舱里纳鞋底,要是她了解到此刻于二龙的心理状态,肯定会发问(她是个有主见的人):"要是结尾是个双数,你敢明明亮亮地讲出心里的话么?"再巧不过,正好数到六十八只,雁声嘹唳,带着清秋的凉意,往南飞去了。

他缺乏那种张嘴的勇气,和从看不见的精神枷锁里解脱出来的力量。

这时,蔚蓝爽朗的高空里,嘎嘎地又飞过来一队大雁,于二龙决定再重复一遍,假如结尾数逢双,他在心里对船后摇橹的于大龙讲:该你们成双成对,我远走高飞。他又瞥了一眼芦花,她纳鞋底的锥子,竟会扎破了自己的手指,她在寻思些什么才分的心?"芦花……"他在心里念叨,"我也舍不得离开这条船,可有什么法子?娘临死时亲口说下的话呀!要你看在她多年养育你的分上,答应和大龙成亲,顶门立户把家支撑着过下去……"七十八、七十九、八十,好,数到这里,一行雁队唱着嘹亮的歌,从头顶上飞过去。

年轻的渔民决计要离乡背井走了,割舍是痛苦的,正如强迫他离开那高围墙的工厂一样;但痛苦又是不可避免的,谁让他灵魂里有那么多条条框框,有那么多精神枷锁,谁让他缺乏坚持真理的信心,逆来顺受,舍此之外,他寻求不出别的选择。

但是,谁知又飞过来一只掉队的雁,正努力追赶着,振动长大的翅膀,终于撵上了队伍。八十一只,呸,他吐掉嘴里的开始泛甜味的青苇,妈的,该怎么办呢?

在爱情上谈不到温良恭俭让,那位动力工程权威激励于菱去追求柳娟:"怕什么高歌?你是一个孱头啊!一个没有脊梁骨的鼻涕虫啊!连个姑娘都保护不住。别听王纬宇的教导,把那样爱你的一个姑娘让出去。怎么?爱情成了商品,可以进行交易吗?"看来,这位留美的工程师是对的,同样是自己的儿女,于而龙望着那神采飞扬在花下摄影的一对,和那孤零零画花的一个,不是已经说明问题了吗?是啊,一个自己吃过苦头的人,还要让自己的孩子再吃苦头。"哦!"他责备自己,"我是多么愚蠢啊!"

突然间,于莲嗷的一声,扔下画板就跑,正在摆出各式姿态拍照的舞蹈演员,也锐声怪气地叫唤,锻炼身体的谢大夫也止住了她那太极拳,不知发生什么意外?

原来,是一条蜥蜴,学名叫做石龙子的小动物,正鼓着眼睛,歪着脑袋,从树旁太湖石缝里爬了出来。于菱拿照相机的三角架,把它挑得远远地,诧异人们的大惊小怪:"这有什么,我在沙漠那边的时候,这种四脚蛇、变色龙多的是。"

正说着,退到庙门口的于莲,又惊呼起来,于而龙以为又是一条变色龙呢!哪料到她在高声叫喊以后,响起一串银铃般的笑声:"纬宇伯伯,赶情是你来啦!"

革委会主任的熟悉笑声,使得于而龙发麻,站在庙门口的四大金刚,也面面相觑,被震得木木然地呆看这位来客。

"哦!夏阿姨——"柳娟飞也似的冲向上海牌小轿车,把从写作班子回到报社的夏岚扶了出来。其实都是抬头不见低头见的近邻,异地相逢,就好像不同一般,气氛变得热烈亲切,欢快的笑声把满殿的麻雀都吓飞了。

夏岚娇嗔地埋怨:"你们全家郊游,也不告诉一声。"

"怕你们忙呀……"谢若萍打着马虎眼。

"忙里也是可以偷闲的嘛!"王纬宇说,"不过,我要骂老于,这个自私自利的家伙,如此绝妙的一个胜地,竟然对我保密。"

"怕请你不来哦!"

"鬼话,向来你也没张过嘴。"王纬宇又问:"是谁发现这块新大陆的?真美。"

"她是哥伦布。"于而龙指着正在作画的女儿。

"啊！莲莲,我想除了你这样的艺术家,谁也不会发现的。胜景如人,和你一样的把我吸引住了。哦,古老的寺院,盛开的玉兰,巍峨的西山,蓝蓝的云天,真是美得不能再美,可是不为人所知,不被人欣赏,被埋没了的美,多么遗憾呵！"

"真正的美,是不会感到孤独的,纬宇伯伯。"

"是的是的,也许如此,没有永远紧锁的大门,总是会敲开的。"

夏岚接着她丈夫的话说:"我也觉得该莲莲的春天来了。"

于而龙对陡然出现的客人,满腹狐疑。是谁告诉了他？又为什么追到这里？现在,尤其是去冬以来,他总像个影子似的跟踪着,究竟要达到个什么目的呢？难道他也有一个和自己相对峙的战略？

"纬宇伯伯,什么风把你吹来的呀？"似乎领会了他父亲心思的于菱走过来问。"一般地讲,这个目标是不大容易被发现的。"

"嘻,咱们都是当过兵的,还不懂得火线侦察的道理？今天给你们送电影票去碰了锁,才获悉你们全家的去向。"

"什么电影？夏阿姨！"柳娟最关心的事,莫过于看内部参考片了。

"好莱坞的旧拷贝,《鸳梦重温》！"夏岚回答着,拿眼睛扫着于莲,似乎看她有什么反应。

"片名取得多好！画家,你说是不是？"王纬宇一定要于莲表态。

于莲略一思索,果然那张格外鲜艳的脸上,泛出了一个甜蜜的笑容:"是的,确实是一个富有诗意的片名。"

柳娟直是叹气:"多不巧,多不巧,可能是费雯丽主演的吧？"为失去的良机惋惜不已。

"没有关系。"编辑如今随和多了,不是那种不食人间烟火的高士,肯同普通人谈谈话了,"我们有兴趣的话,可以叫他再找票子。"

"谁?这大能耐!"

夏岚指着于莲抿嘴一笑——这是那种使得通天才子骨头都酥的笑:"假如她发个令的话,甚至可以组织一个专场。"

哦!于莲恍然大悟,什么幸福的敲门声,什么《鸳梦重温》,原来是为那个缺乏男人气的男人游说来了。她哈哈地笑起来:"煞费苦心的纬宇伯伯,夏阿姨,我该怎么感谢你们的关心?"

于而龙笑着:"你还不了解吗?你纬宇伯伯从来是无事不登三宝殿的。"谢若萍白了他一眼,心想:人家好心好意来和合,你倒像猫头鹰一样幸灾乐祸地笑。不晓得你这个当老子的,是何居心,想把女儿老死在家里么?……于而龙看出他老伴眼神里流露出的意思,"我倒不是泼冷水,恐怕也是一种徒劳的努力。"

"这个徐小农也真有意思,没完没了。"于菱发表着他的见解。于而龙想:孩子,你还嫩一点,这怕碍不着徐小农什么事,关键在有些人把儿女婚姻也当做一种政治手段来使用的。

"看看吧,一个老子,一个小子,全不考虑莲莲的孤独。"夏岚用社论里习惯的点题语气说,"关键问题就是如同俗话所讲的:饱汉不知饿汉饥呀!"

"嘻,没办法,一对混账!"谢若萍气得骂街。

"噢!别提那些了。莲莲,难得的是小农那一片痴心赤情吗!"王纬宇不愧是情场老手,说起这类话来,由不得带上一种情感,就像吃了润肠剂似的那样自如地涌出。

但于莲提醒好心人说:"纬宇伯伯,泼水难收,我看你们就不用再提了,还是欣赏欣赏美景吧!"

"莲莲——"谢若萍不满意地叫了一声。

夏岚告诉大家:"一会儿小农还要来呢!"然后坐到于莲身边,

"我们诚心诚意希望你幸福,小两口吵架,不可开交,最后闹离婚,并不仅仅是你们。分开来生活一阵,大家冷一冷,也就该分久必合了。我喜欢讲女人是最现实主义的,你说舍去小农,还有谁更合适?"

"谢谢,我不需要。"

王纬宇说:"造成今天的结局,都怪老徐婆子(于而龙一惊,他竟敢如此尊称他的恩人!)从中捣乱,搬弄是非,婆婆妈妈,没起好作用。我们也把她批评了,老徐更对她不满意,什么事她都要插手,讨厌得很。说实在的,这种夫人干涉政局、垂帘听政的坏风气该刹一刹了。不过,你们两位太太例外。"

"滚蛋!"夏岚才不愿听这些,凑到于莲身边,"答应我,莲莲,回头小农来了,你可不要拒人千里之外噢!"

"你放心,莲莲是见过世面的。"王纬宇捧场地说。

"来就来吧,寺院也不是我的。"于莲笑着继续作她的画。

"哎!艺术家自有一种绅士风度呢!"王纬宇高兴了,两口子三寸不烂之舌,撮合山的任务,总算有个良好的开端。当然,这还只是第一步,要紧的还是那个叼着雪茄的于而龙,一块掉在茅坑里又臭又硬的石头啊!才是他真正的目标。

"我们敬爱的纬宇伯伯,永远扮演善良的角色。"于菱调皮地、不无嘲讽之意地说。

"滚一边去,十二月党人。"

于而龙心里觉得可笑,这个外号还是去年于菱被流放后,他姐姐想起来叫的。当时王纬宇听了不以为然:"他算什么十二月党人,别亵渎那些俄罗斯真正的革命者了。菱菱,只不过是可怜的牺牲品罢了,画那么一幅漫画,进行人身攻击,可以说是一种下作。"如今,他也以赞同的口吻跟着叫了;不奇怪,他的哲学基础是需要,需要说它是红的就红,需要说它是绿的就绿。他现在甚至拉着十二月党人,去给那个翩翩跹跹的舞蹈演员照相,和年轻人一样,在花下嘻嘻哈哈地笑着,赞美着,显然是故意讲给于莲听的:"春天、爱情、幸福,可以说是同义语。"

"这里莲莲已经给你形象化地画出来了。"夏岚提醒她的丈夫。

于莲画了一树心花怒放的玉兰,每一朵花都兴高采烈,喜气洋洋,不由得使人联想起去年十月那欢天喜地的情景。于而龙也在注视着他女儿的画,可去年初那幅凋零落花图的印象,似乎在画面上浮现出来,仅仅相隔一年,就有如此变化,倘若十年二十年以后,又不知是怎样的繁茂景象。他在赞叹:大自然的规律,和人类社会发展的总趋势一样,度过严寒,春天就来临了。

"莲莲,这幅玉兰,我预订下了,回头我就送美术工厂装框去。"夏岚说,"纬宇,你看如何?比咱们家挂的那幅马屁精画的,强得多多。"

"当然当然,"王纬宇正在对镜头,"莲莲这点面子会不给么?"

"实在抱歉——"于莲放下画笔,"夏阿姨,只好改日另画啦!"

"有主啦?"王纬宇走回来,"谁?一张纸画个鼻子,好大的脸?"

"这是楼下廖伯伯特地命题的画。"

"哈哈,你老子的智慧之囊,苦难之源——"他大概觉得有些忘情,未免过分,就刹住了。"嗳,我去送电影票,怎么发现他那位外甥还没走?"

于莲是个说酸脸马上就能撂下面孔的女人,一脸愠色地问:"往哪儿走?"

"说是他闹了研究所——"

"该闹,对官僚主义闹一闹也无妨。"于而龙说。

"可他不该闹,那样一个家庭,那样一个出身,那样复杂的社会关系,要不然怎么敢对他下个驱逐出境的命令呢?"

"混账——"于莲义愤地骂着。

"听说你这个女侠客还为他打抱不平呢!不过,要不是那个书呆子,我们还真不知道你们全家来这里春游。最可乐的是老廖,穿起西服来了。"

"预先体验体验生活吧!"夏岚是左派,自从廖思源提出了申请以后,连话都不大同他交谈的。因为在她眼里——岂止她呢?政治上的可疑,如同瘟疫似的,是可以通过空气传染的。

"廖伯伯大概感到孤单、苦恼,连仅有的一个亲人也要撵走,所以,他希望我画一幅欢乐的画,留作永远的纪念。"

于菱插话说:"这是完全正常的心理,我在边疆时听说过,在大风雪里迷了路冻死的人,是笑着死的,因为他最终看到所有的雪,都变成熊熊的火——"

他姐姐反问:"你意思一切都是泡影么?"

"也许有那么一点意思,反正我不像你们那样乐观,所以我理解廖伯伯的心理状态。"

王纬宇嗤之以鼻地说:"除了动力学,那老头懂个屁,居然要画一幅欢乐的画,看不出来,他有那份风雅!"

"是啊,革委会主任才是一代风流!"于而龙给了他一句。

"瞧,若萍,你老头又来劲了,一碰老廖,他就神经过敏,可是也真遗憾,那权威偏不给老于争气。好,不提他,至于艺术上的见解,老兄,你也不灵,莲莲差点毁在你手里。"

于而龙指着谢若萍,故意气他地说:"还是让当妈的向你表示感激吧!"

王纬宇连忙捂起耳朵,不愿意听。

谢若萍对夏岚讲:"真的,送莲莲出国学画,我压根儿不赞成,变成现在这样,不能说和她出国养成的洋习惯、洋风气没关系。"

"呵!天哪……"王纬宇呻吟地说,"我费了九牛二虎之力,倒成了罪人……"

"得啦得啦,妈妈——"于莲拦住了谢若萍。

于而龙哈哈大笑,其实,他是支持女儿去深造的,而且认为是王纬宇所做过的事里,惟一可以值得称道的。他从不怀疑女儿轻率的离婚,是由于留洋的缘故,中国离婚的人多了,都去过外国吗?那样一个丈夫,那样一个家庭,谁也无法生活下去。

谢若萍不同意,过去一直同丈夫争论:"根子就在于她太开化,而且学画也用不着到外国去!"

"快收起你那些蠢话吧!闭关自守,是怯懦的表现,害怕外来事物,是愚昧无知的结果。一个搞艺术的,没有开阔的视野,没有丰富的阅历,没有渊博的知识,没有中外古今文化精华的营养,不可能取得任何进步和发展。老伴,连你都懂得看国外医学书刊,倒反过来要莲莲闭塞,闭塞的结果是什么?类似生物学上的近亲繁殖,只会一代一代退化下去,最后大家返祖,一齐成为毛孩。"

"我反正不信莲莲和小农过不到一块。"

"缺乏强烈爱情的婚姻,老伴,依我看,还不如趁早分手的好。"

谢若萍终究是女人,她同情女儿,难道女儿不该享受到女人应该享受的一切吗?但是,她又是社会的一员,一个离婚的女儿,无论有多么正当的理由,也总使作妈妈的不那么理直气壮。嗐,人是一个矛盾着的实体,所以偶尔也能听到她忏悔的声音:"当初,我们也太不给莲莲留余地了。"

"副部长的美梦啊!"于而龙比他老伴更后悔,内心里给自己的惩罚也更重些。有一回,他突然问谢若萍:"你还记得刚建厂时,我是怎样整那个昏了头的连长吗?"

"什么连长?"她不知所以然地问。

哦,他才悟到自己从来不同妻子谈工厂里的长长短短,因为夫人们、太太们,有种情不自禁的欲望,要插手丈夫的事。小农他妈,那个老妖精就是一例,什么都要过问,甚至越俎代庖,所以于而龙很避讳这点。是啊,谢若萍怎么能知道他是如何整得昏昏然的连长服服帖帖的呢?

于而龙叹口气:"为什么没有人整整我呢?让我清醒清醒,那时候,我也被副部长那纱帽翅搧得昏头涨脑啦……"

那是骑兵团里一个年轻的剽悍连长,漂亮的大个子,英武魁伟,马上劈刺,考过全团第一,战斗中跃马扬鞭,冲在前头,是个勇敢的连指挥员。毫无疑问,很中于而龙的意,大家都摸透这位师长的脾气,吊儿郎当一些,军风纪差点,他都能容忍,只要在战场上打得勇敢,打得出色,不拖泥带水,能独当一面,看吧,早晚他是要提拔的,给副重担子挑。这个连长在建厂过程中,表现得很不错,在王爷坟那一片泽国里,泥里水里滚着,就破例越级提拔为车间主任。

乖乖,全厂轰动,那时干部配备,分厂一级是正团级,车间至少是个营级,他一个兵头将尾的小干部,也居然和那些三八式平起平坐,说实在的,即使一个再清醒的脑子也不免发晕的。不知怎么搞的,一来二去,迷恋上了那个穿列宁服,把腰束得细细的女技术员。于是想方设法要和还穿着农村大襟褂子的老婆离婚,闹了个乌烟瘴气,满城风雨。那一阵,工厂里面的干部中间,爱上剪发头,嫌弃农村来的媳妇,还有几位,都在看着大个子连长,只要他那缺口一开,就准备一齐上法院打离婚。

但是,这个喜新厌旧的家伙,却苦于找不到老婆的半点把柄,猫吃螃蟹,无处下嘴,最后终于被他抓到一个有把的烧饼,一口咬住老婆家的成分太高,影响他的进步。一个车间主任,怎么能有一个富农子女的老婆呢?非要拉她上法院断官司。

于而龙想到这里,不由得苦笑,那时候,在葡萄架下,说得是多么振振有辞,一个准副部长的门楣,怎么能同一位五类分子的右派家庭攀亲联姻,那是两根不同的弦,弹不出一样音调来的呀⋯⋯

那时,工厂在高速度的建设,一切附带设施来不及跟上,譬如上下班的道路,都达到了怨声载道的地步,其他更不必说了。至今,人们还记得那位动力专家,是怎样骑着马在烂泥塘里蹚水,不止一次跌进泥洼里,他高擎着图纸求救。在他眼里,那份工厂设计蓝图,比他身上的那套火姆斯本呢料西服贵重得多。所以那位连长为了打离婚,不得不开着拖拉机接他老婆进城,因为道路太泥泞了。

拖拉机没有关机闭火,继续突突地在马棚为家属临时搭起的房前响着。哦,如今半点残迹都找不到,已经成了一片高楼住宅区了。

他老婆才不相信他甜言蜜语是领她进城游逛,哭天抹泪地赖在屋里门背后不肯出来,那个连长死说活劝,也不动弹,恨不得用钢丝绳套上她用拖拉机拽出来。

人就是这样,脑袋一热,是什么事都干得出的。

其实本来用不着厂长亲自过问,但气得眼睛发蓝了的于而龙骑着马过来了。群众马上看出来,这块黑云彩里,不是碗大的雹子,也是劈头的雷阵雨。

于而龙忍住脾气问:"你可不简单,用拖拉机来拽你媳妇——"

这位漂亮连长自恃在师长面前有点良好印象,行了个军礼:"老团长,我们已经谈通了,双方都同意——"

正说着,那个媳妇冲了出来,跪在了马前头,哭着诉说:"老团长,救救俺们娘儿俩吧,我什么都答应他了,他愿意跟谁结婚,就跟谁结去,只要不把俺们撵出家,就这样,他也不认可,非逼着……"

他努力捺住性子,问那个负心的丈夫:"你媳妇究竟怎么不好?你给我说说。"

"他们家成分太高。"

于而龙望着那可怜的媳妇,竟然忍让到这种程度,同意她丈夫再娶一个妻子,只要不撵走她就满足了。太软弱啦!上帝给你牙齿干什么的?那也是武器,咬死他,咬死这种忘恩负义的东西,谁也甭想自在。但是,一个堂堂厂长怎么能公然煽动仇恨哲学呢?于是他问那哭哭啼啼的媳妇:"你们家成分什么时候定的?"

"俺家是在四七年土改时定的。"

"你和他什么时候结婚的?"

"四九年大军南下那年。"

他转回头问那个"陈世美":"你结婚的时候,大概得了习惯性耳聋了吧?就不曾打听打听她家的成分,糊里糊涂娶的她?"

"倒不是那样,只不过我现在的思想水平,阶级觉悟高了。"

于而龙压住火,要在部队,早就该请大言不惭的连长去禁闭室休息了:"好吧,既然你觉悟高,就别浪费柴油,把拖拉机开回去。"

"是。"大个子连长觉得老团长挺开脸,敬个礼走了。

等拖拉机的声音远了,于而龙问年轻媳妇:"你过得来苦日月么?"

"他南下那两年,俺怀着孩子,也是半年糠菜半年粮地过来着。"

"好吧,你就打谱儿再啃上几年窝窝头咸菜,我要撤掉他的车间主任职务,降他几级工资,让那些见了女人走不动道的花花太岁们懂得,应该夹着尾巴,老老实实地做人。"

妻子惩治负心的丈夫,往往是不择手段的,而且嫉恨使她毫不怜惜和心疼:"老团长,你看咋让他好,就咋办吧!"于而龙一张便条,送到人事处,变成行政命令。有时候,扬汤止沸莫如釜底抽薪,猛乍一看,手段有点粗暴简单,可对神魂颠倒,飘飘然不知所以的人,倒是一帖清凉剂。

大约整整过了三年,于而龙,那时已是书记兼厂长,才在党委会上提出,让那个改邪归正的浪子,重新回到他原来的位置上去。

前几年,当于而龙站在被告席上,高歌就曾经撺掇过这位连长,要他去控诉于而龙的军阀作风和家长统治:"我们了解,刚建厂那阵,他把你整得好苦,你是身受其害,应该站出来革命……"

那个拖拉机都拽不动的年轻媳妇,如今是三个孩子的妈妈,对闪亮的明星高歌说:"小高!承你情登上家门,真是天大的面子,如今好多人想巴结都巴结不上,倒不是俺们不识抬举,要说早年间的事,怪不得老团长,不光俺这辈子念他的好处,俺三个孩儿也忘不了,要不,他们就没爹啦……"等到高歌走后,她就训斥她的丈夫:"你要是吃粪长大的,你就上台去控诉。"看到丈夫慑于那股淫威,有点对新贵们忾头忾脑的样子,便说,"了不起姓高的小子,撸了你的主任,没啥。老团长十多年前就说过,顶多啃上几年窝头咸菜;你把心放在肚子里,砖头瓦块成不了精。"

于而龙想起"红角"革命家押解他在马棚游街,或许就是她,她张嘴就是俺嘛,或许是别的家属,在凉台上,在门洞里,在大街旁,有的打狗,有的撵鸡,有的干脆拍拍自己的孩子,指桑骂槐地数落:"作孽吧,看到时候不收拾你才怪!天怎么瞎了眼,不劈死你这条万人嫌的癞狗!"

马棚如今一色是宽广平坦的柏油路,那是于而龙和全厂工人用了几年时间,每一个厂礼拜都不休息才填起来的。尽管现在脖子上挂着木牌——这可能是仿希特勒给犹太人挂黄星而演变来的——但是,脚却是走在自己修起的路上,心里倒是充实的,听着那些大嫂们绝不是无心说出的话,看着那些努力避开自己的眼睛,他深信这个世界究竟还是好人占多数,要不然,这世界还有什么希望呢!

那个连长经过于而龙的一顿敲打,老实了,和他妻子圆满地生活过来了,可他这位准副部长呢?于而龙想:难道我不就是那个连长么?要是当时有人给我副部长的美梦,来个当头棒喝,那么,莲莲今天肯定又是一副样子了。

——莲莲,责备我吧,错是我铸下的,而报应却落在你的头上,历史总是这样来惩罚人类的。

不知谁嚷了一声饿,于是野餐开始。

谢若萍从自行车上,夏岚从小轿车里,仿佛比赛似的,把吃的喝的搬运到玉兰花下的塑料布上。从两位主妇准备的食品看,既不重样,而且还是双份,显然有事先串通的预谋嫌疑,除非有后殿弥勒佛的大肚皮,才能消化如此丰盛的食物。

于而龙发现自己上当受骗了,尤其当王纬宇变戏法地摸出一瓶五粮液,给他斟满时,脸顿时黑了下来,为被人捉弄而恼火了。

谢若萍直向他使眼色,那意思要他忍耐,无论如何也不要发作,仿佛恳求地说:"看在我的面上,千万别犯犟牛脾气,要知道王纬宇的根子硬,得罪不得。"

王纬宇不是傻子,不过他不在乎,竟倡议摄影留念:"难得的春天,难得的玉兰。"

正在分发食品、汽水、啤酒的谢若萍凑趣地说:"难得的是两家人聚会。"

"最难得的还是友谊。"夏岚表演了她的一分钟照相机,把柳娟眼馋到了极点,恨不能立刻给自己照张特写。

"什么友谊,像两只公鸡,鹐了一辈子的架!"王纬宇习惯于最难下笔处做文章的,他端起酒杯,俨然以主人的身份发号施令:"大家都举起杯来,十二月党人,快给你姐斟酒,白的、白的,她连伏特卡都敢喝。好,我要发表祝酒词啦!"

"限三百字!少啰嗦!"夏岚发命令。

"快点吧,纬宇伯伯,我手都举酸了。"

"哪能喝没有题目的酒,无标题音乐还闹场风波呢!好,为我和你们的老子,整整四十年,吵嘴也好,打架也好,弟兄俩还有动刀子的时候。那有什么办法,历史有它自身的阶梯。现在说了归齐,也不算泄密,老徐这一回出马力保,要你到部里去工作——"

"部里?"全场的人都吃了一惊。

"不会是副部长吧?"于而龙自嘲地问。

"也许将来会是,目前大概要你抓抓企业管理,计划之类吧!你是有实践经验的老干将了。"

"对不起,如果不是副部长,麻烦你转告老徐,我不希望离开王爷坟。"于而龙对着酒杯里的五粮液说。

王纬宇倒抽一口冷气,心里骂了一声"妈的",然后高声地说:"这一回干杯的题目就是友谊第一,那是永恒的!"

"阿门——"于菱做出一副虔诚的样子,大家都笑了。

王纬宇并不是特别留恋王爷坟,而害怕于而龙夺了他的饭碗;起心眼里讲,他恨不能马上撤腿,把烂摊子推给这位打鱼的老兄。但是,"多米诺"骨牌反应,他是害怕的,只要前脚拔出,后脚就会着火,那些恶少们既是痞子,也是秕子,银样镴枪头,敢抱住他一块跳井。所以他必须在王爷坟呆着,稳住阵脚,以防窝里哄。谁知于而龙到底还是要来,电工室没有收拾住,心肌梗死没有结果住,看来,一场新的对抗赛又要开始。好,想到这里,便把那杯酒统统倒进嗓子里,足足有一两。

于而龙从来不喝急酒,他喜欢细斟慢饮,除了四十年前那瓶砒霜酒,是一口气喝完的,以后再也不曾喝醉过,死亡的记忆使他对杯中物持有戒意,抿了一口,抹了抹嘴:"我来说两句煞风景的话——"

谢若萍赶快塞给他一个扁罐头:"油浸鲫鱼,你爱吃。"

"老伴,你别堵上我的嘴,我并没有喝醉,决不会说得荒腔走板,我提议为春天,为繁花干一杯,如何?大夫,我没越轨吧?"

谢若萍笑了:"看你,也不怕孩子笑话,越说越上脸。"

"繁花和春天,也可算是一种友谊,可不幸的是不能永远是春天,当春天变成冰雪笼罩的冬天,对不起,一朵花都见不到了,所以说,友谊也受价值规律的制约,在这个世界上,真正的敌人要多于真正的朋友,你们信是不信?"

"你呀你呀,像一缸做坏了的酒,净冒酸味。"王纬宇哈哈大笑,"你的论点丝毫也不高明,说明你不理解真正的友谊。同归于尽,绝不是好朋友要做的事,因为那太容易做到了。相反,两肋插刀,拯朋友于水火之中,才是够朋友呢!十年前,一九六七年那个风雪之夜,该还记得不?我是根据需要才唱低调的。孩子们,你们都会游泳,怎样去救一个溺水的人,会吗?第一步,先得一拳把溺水者击昏过去,是不是?"

"太高明啦!应该为你的救人新术干一杯!"

"你不要不服气。"王纬宇真的端起酒杯,"要不是这缺乏友谊的友谊;要不是这不算朋友的朋友,只怕——"他跟于而龙碰杯,然后喝光,连余沥都不剩。

于而龙皱着眉头,望着瓶里的余酒,琢磨酒量骇人的对手,那胸有成竹的沉着,稳如磐石的安详,使他惊异;一个对自己充满信心的角色,无论成败,总还是叫人不可低估的。啊!他是一个什么样的双料混蛋哪!连十年前那雪夜里的狼狈相,从此分道扬镳,也找到了合理的解释,真不愧是听过胡适讲课的高足,"历史是一个任人装扮的女孩子"啊。

"咔"的一声,夏岚抢下了他一刹那的镜头,当一分钟后,从相机里抽出那张彩色照片时,在座的人都捧腹大笑,于而龙自己都禁不住笑得大摇其头。

"欣赏你的尊容吧!"王纬宇讥诮地说。

谢若萍也开玩笑:"这形象够人看三个月的,哪像是干杯,倒像是吃耗子药。"

正在笑得忘形的时刻,于莲突然扔下酒杯站了起来,大家还来不及弄清怎么回事,只听她热烈地向庙门口招呼:"廖伯伯!"

除了夏岚在搞她的一分钟照相机外,人们都起立欢迎穿着西服,显得有点怪模怪样的总工程师——直到今天还不曾正式恢复职称,春天的阳光照亮了大地,但把阴影留给了他。

"呵,你们在野餐嘛,好极了。"他高兴得直搓手,然后四处回顾,"咦,我那陈剀没来?他该到啦!"

于莲自告奋勇:"廖伯伯,我替你看看去。"说着,甩掉了外套,露出了打着黑领结的白绸衬衫——似乎是她在留学时的装束,她许多在国外拍的照片,都是这样打扮的,在明亮耀目的阳光下,越发衬出她脸庞皎洁,眼波润泽,画家一向是不着意装点自己的,有些落拓不羁,有些散漫气息。今天,老两口都看傻了,还从来少见她这样婀娜动人,尽量展示出自己的美,就像寺院里的玉兰一样,虽然开得迟些,照样芳香扑鼻,光鲜照人。她大概看出了父母眼睛里的疑问号和惊叹号,笑了笑,露出两个迷人的酒涡,走了出去。

她穿过前殿,站立在山门口,迎着和煦的春风,啊!只见两个人几乎肩并肩地朝她走过来。

一个是结了婚,然后生活不到一起,又离了婚的没有丈夫气的丈夫;

一个是突然间相爱,又突然间割舍,至今也不能忘情的恋人。

哦!鸳梦重温,一个多么富有诗意的名字。

徐小农和陈剀两个人都把手向她伸出,不约而同地热烈地喊着:

"莲莲,莲莲……"

她该答应谁,握哪一位的手呢?

二

轻巧的舢板顺着水流滑进了塘河,于而龙就把桨挂起来,摸出雪茄,点燃了。那香馥的烟味,提起他的精神,可以有优裕的工夫,无需旁顾地集中想些什么了。因为舢板像识途老马一样,顺着塘河往三王庄驶去,往芦花的坟墓处驶去,他用不着操心了。

塘河像一匹不甚驯顺的快马,急速地穿湖而过,形成一条奇特的湖中之河。他望着河湖之间那隐隐约约的分界线,怎么也忘不了三十多年前,那个觉醒了的,但是偏执的芦花,用那斩钉截铁的语言说:

"要依我的性子,一个不饶,老的少的,统统杀光!"她从怀里抽出磨得雪亮的柴刀,啪地拍在船舱底板上。

船舱里挤坐着的十几位石湖首义者都吓了一跳。

赵亮赶忙缓和空气,笑着说:"芦花,我们不是麻皮阿六,杀人绑票;我们是共产党,党是由政策管着的,可不能由着性子胡来。我们是去高门楼借枪抗日,不是去搞清算斗争。"

芦花指着河湖之间的分水线,劝说着赵亮:"高门楼和咱们渔家船家,是两股搅不到一块去的水。老赵大哥,你要指望着他们哪,就好比指望着猫不吃腥,黄鼠狼对鸡发善心一样,等到石湖见底吧!"

等到石湖见底,是于而龙家乡的一句谚语,意味着永无可能。是不是太绝对了呢?于而龙后来并不赞同芦花那种偏颇的观点,僵直的态度,过分的警惕,和不必要的狭隘,他常为王纬宇辩护:"好好赖赖,考验了好几年么!"

芦花摇头。

"你总得有点什么说道!"

她说:"二龙,我应许过赵亮的话,说到做到,至死不变;要我相信他,当做自己人,你死心吧,我下辈子都办不到。"

于而龙始终无法说服他固执的妻子。

那一船石湖最早打起红旗的渔民,马上就要到三王庄了,赵亮在讲明团结抗日的大道理以后,对芦花说:"听我的,芦花,把你的柴刀,留在船上吧!"他知道她在大旗杆上被抽打的苦痛,在陈庄大街上被欺凌的屈辱,她的仇恨,也同石湖的底一样深,一把刀捏在手里,那会忍不住要往仇人脖子上砍去的。

她保证地说:"你放心,我不能杀他。"他,就是王纬宇,高门楼的二少爷,从北平回来的历史系大学生,当时决定要把他争取过来共同抗日。

"说话算话?"赵亮盯着她。

她然诺地点了点头。

芦花一辈子恪守她的诺言,一手指头都不曾碰他,而且不止一次,在战斗中救过他的命;但始终对他冷冰冰地,从不讲一句多余的话。她和他之间,壁立着一道无形的墙,像塘河与石湖一样,有着无法逾越的界限。

"芦花,你叫人家怎么放手工作?"

"我碍着他什么了么?二龙。"

"知识分子,比较敏感,叫人家伤心的。"

芦花声音低沉下来:"你怎么不问问我,我伤心不?"

游击队长现在清清楚楚地记起来了……

他的小小舢板变成了那种摇橹的篷船,橹声咿呀地朝三王庄那棵银杏树驶去。舱里坐着十多个石湖上的起义者。其中有七八个是和于二龙一样,都是几个月前,被高门楼一张告示,永远驱逐出境的三王庄人。他们,由于无家可归,无亲可投,所以报仇雪恨的心情要急切些。

别的村庄的参加者,此时此刻,心里有点忐忑不安。——原谅他们吧!天生的英雄豪杰是书本上吹出来的,谁迈出决定性的一步,总会产生瞬间的迟疑。但于二龙性格火暴,他一般有话,肚里是藏不住的,向赵亮埋怨:"悔不该带他们来的,看吧,到上阵的时候,非屙一裤裆屎不可。"

"头回拉了稀,二回就不屙了,共产党从来不单枪匹马打江山。"

船就要靠岸了,舱里的空气益发紧张,说是胆怯,说是恐惧都不算过分。这是人类对于全然不知的事物,必定会产生的心理状态,是丝毫不以为奇的。爱说实话的老林哥事后承认:"头一回爬上三王庄的岸,那两条腿都不听使唤了,说瞎话让老天劈我,我直是哆嗦,直打飘,像喝多了绿豆烧似的……"但是,历史潮流推涌着这帮渔花子走上舞台,退却是不可能的了。

于二龙压低嗓门鼓动着大伙:"别害怕,别怯场,高门楼那十几个看家护院的,全是纸糊的灯笼,外边光。咱们一对一,也能拼出个高低,要紧的是别泄气。王经宇带人带船进省里去了,不会有人从陈庄来救他们,看他肥油篓子敢不乖乖交枪抗日!"

"可别小瞧那些个看家狗——"老林哥永远是现实主义者:"一个个膀大腰圆,怕不是他们的对手。"

"还没动手,先怯了三分。"

"是这么个道理吗!二龙,人家吃的是正经粮食,咱们咽的是谷糠野菜,人是铁,饭是钢啊!……"老林哥当事务长的才华,从最早创业时期就展现出来了。

于二龙后悔不如把他的小子石头带来,那个天不怕、地不怕的孩子,比尽惦着肚皮的老子强。出发前,他争着上船,央告着:"二叔,带我去吧!"

"不行,动刀动枪,万一有个失闪,谁顾得了你!"

"我保管不碍手碍脚。"

于二龙说不行,那是毫无转圜余地的,老林嫂捉住孩子的手:"小石头,你别给二叔添乱去!"那孩子圆瞪着双眼,一声不吭地走了。

船靠了岸,石湖上的第一名女战士先跳了上去。

"上,快!"她回头招呼,这时,庄上的狗已汪汪地叫成一片。那七八个坚定的三王庄人,被撑出村庄好久,一窝蜂地拥上岸来。好像长年流浪在外乡的游子,尽管故土并无特别留恋之处,但一旦回乡,照旧也会产生一些激动:"回来了,故乡故土啊!"虽然故乡板着面孔,并不欢迎。

老林哥蹒跚地爬上岸,跌跌撞撞,差点摔了一跤,招呼那些后悔跟随的外村人:"还打什么退堂鼓,跟着上吧!"于二龙一看那几位稳坐不动,两眼马上冒了火。"强扭的瓜不甜,上杆子不是买卖,你们——"赵亮在黑处捅了他一拳,才把那些难听的话咽住,没吐出口。

但是,谁也想不到,一条稚嫩的嗓子,从前舱板下喊出声来:"他们不去,我去。"

"小石头!"芦花惊喜地叫着,从岸上扭回头来。

"姑姑,等等我!"只见前舱的盖板活动了,蛰伏在舱里的小石头钻了出来,一对漆亮的眼睛在黑夜里闪闪发光。

老林哥直晃脑袋,他从来不会给孩子发脾气:"又不是赶庙会,你凑什么热闹?石头!"

"我跟你们一块干!"

"干?干什么呀?"赵亮笑着问。

他自然答复不了,歪着脑袋想了会子:"就干你们干的事,就是,就是,……对,就是打高门楼。"

"走吧,走吧!"赵亮就着孩子的话,回到船上,拉着那几个迟疑的起义者:"站脚助威,壮壮声势,也是好的吗!"他们被赵亮强拉硬拽地上了岸。

一行起义的奴隶,在三王庄沿湖长街上,朝高门楼走去,光脚板踩着石板路,发出啪啪的声响,那是一九三七年夏天一个闷热的夜晚,乡亲们被他们的脚步声惊醒了。

"谁们?"这是三王庄的一句土话,谁的复数语式,书本上向来不见的。

渔花子敢挺直腰杆在庄上大摇大摆,在三王庄历史上是破天荒的,多少年来保持着高门楼的一统局面,开始由他们几个异端给破坏了。

"不是二龙吗?啊!芦花!还有好几个被撺走的小伙子咧……"

整个村子在半夜里被惊动起来,鸡笼鸭栏也发出恓恓惶惶不安的动静;高门楼马上得到情报,来不及请示刚抽了大烟安睡的王敬堂,和不知去向的王纬宇,就在黑漆大门上,加上了一根笆斗粗的顶门杠,落下门闩里的消息,闭关自守,向陈庄呼救了。

渔民们的第一次出征,现在回想起来,于而龙觉得多少有点儿戏,要是高门楼稍微有点警惕,有他们以后表现出来的毒辣阴险,十几个渔民,根本不堪一击,甚至到不了高门楼的台阶前,就被打跑了。大概作为革命与反革命两个阵营的初次交锋,都同样地缺乏斗争经验。只是通过长期对垒以后,才相互长了学问,摸到一些门径。

高门楼没敢应战的主要原因,是被夸大了的敌情吓倒了。传话人说:"于二龙带着一船人来了。"一船人,是个很难弄确切的数字概念,到底是多少?要是心毒手辣的王纬宇在,他准会下令开枪,但现在那些看家护院的,都面面相觑。有的说应该动家伙,养兵千日,用在一时;有的说可千万别开火,你有枪,难保于二龙会空着手?咱们谁长两个脑袋,犯不着卖命。

其实起义者手无寸铁,多么轻率冒失的进攻呀!

高门楼门前的两只石狮,虎视眈眈地瞪着不速之客,门里的狗吠成一团,于二龙伸出拳头,望了芦花一眼,便用力地擂那黑漆大门。

"嘭,嘭,嘭……"

可以听到里面又顶上一根门杠,看样子,肥油篓子已被惊醒,而且发了话,任凭敲门砸锁,死活不开。等陈庄区公所派兵来了再说。

谁都知道,高门楼像中世纪的城堡,关上大门,不同人们来往,三年两年照样逍遥自在,有吃有喝不发愁的。人们至今还传说一九三〇年,也就是民国十九年的特大洪水,高门楼开仓济贫,施舍给灾民们吃的那些发霉的陈仓烂米,那些哈喇长醭的腌鱼腊肉,识得几个字的乡亲,都被腊肉皮板上盖着的辛亥,壬子等年号印章吓呆了,细细推算一下,那该是民国初年的东西了。于二龙和那时刚刚漂泊来的芦花,都有幸吃到过他们诞生以前的食品,真是口福不浅。可水退以后,为了感激高门楼的无量功德,他们曾经付出过多少无偿劳动呵!

上帝——如果有的话,在给渔民们一个富饶丰盛的石湖同时,又给了一张高门楼吃人大嘴。人们在湖上远远看去,那黑漆大门,真像贪吃不厌的无底洞,所以石湖的水常满,渔民的苦没完。

"除非石湖见底!"人们抱怨自己永无出头之日,痛恨无休无止的勒索盘剥,诅咒老天的不幸安排。然而到了一九三七年的夏天,石湖水不那么平稳了。看,于二龙,只不过是个蝼蚁般的小人物,竟然也叉着腰站在高门楼前,盘算着该怎样攻打进去。

他眼睛一亮,芦花在暗里立刻瞧出了那闪烁的光彩,以往他每回从湖底钻出来,挥去满头的水,眼里光灿灿地,准是摸到了一条大鱼,现在,他肯定有了主意了。

王敬堂失算了,他那中过举的祖先给他留下来一条祸根。在前清,谁家中得举人,有资格立根旗杆,虽然已是民国,但旗杆仍旧是高门楼骄傲的象征。如今,这无上光荣、威震石湖的旗杆,却给于二龙造成突破的战机。

他往竖立旗杆的石座一蹦,两腿一挟旗杆,这个石湖上驶船挂帆的能手,在别人眼里,似乎不大费劲,松快自如地往顶端攀去。

紧跟着他是一个矮小细弱的身影,像热带丛林里的猱猿那样,轻捷地、如履平地的飕飕蹿到于二龙身边,围着看热闹的乡亲,竟有忍不住为之喝彩的。

"叔!"他轻轻地唤了一声。

"石头!"在旗杆顶端,他搂住了这个才十岁的孩子,于二龙的心里觉得热烘烘的,"怕吗?"

小石头摇摇头。

想起跟他一起跳进院子里去的孩子,于而龙的心又不能平静了。

像流星一样,稍露光华,瞬即消逝的小石头,倘能活到今天,也该有五十岁了,可他,永远以一个小石头的孩子模样,留在他妈妈的脑海里,留在游击队长叔叔的脑海里。

小石头,小石头……

他真想冲着石湖,呼喊最早同他一起战斗过的小伙伴。

……站在高门楼屋顶上的于二龙,喊了一声:"跟着我,石头!"说着朝天井里跳了下去,他们俩,就像一块投进狼群里的肉,那伙高门楼豢养的打手,恨不能生吞活剥了两个胆敢冒犯尊严的臭渔花子。

"打,给我往死里打!"

他瞥见廊檐下站着一个瘦高挑儿,在发出号令,声音不很响亮,但是口气非常决断,犹如铁锤砸在砧子上一样短促有力。

于是打手像疯了似的扑上来,于二龙和小石头背抵背地同他们搏斗厮打,一边朝大门口接近。从天井到门廊,只是一步之遥,但是在比打手还凶的恶狗,比恶狗还野的打手重重包围圈里,想挪动一只脚都万分困难。于二龙急中生智,喊了一声:"小石头,你快钻出去,我拉手榴弹跟他们王八蛋拼了。"

"二叔,你——"小石头喊着。

"别管我,快。"他揉了孩子一把,然后假装把手探进怀里,这时候,除了几条不懂人话的恶狗,继续猖猖狂吠外,那些怕死惜命的奴才,豁拉一下往四处散开。于二龙跳出重围,小石头早蹿到门边,把两根门杠拽倒,但他不懂得机关消息,那门闩怎么也拉不开。

"过来一个把门打开,要不,咱们谁也别想好看。"

"是,是,你别拉弦,我们开,我们开!"

大门刚刚拉开一道缝,赵亮、芦花和同志们就蜂拥地挤了进来,还有一些胆子大的庄上人,也跟在后面来凑热闹。

"反啦,反啦,你们干什么?半夜三更,来打扰老爷。"一个狗腿子,横着枪大声吆喝。

于二龙把他拨拉到一边:"甭拿烧火棍吓唬,要怕它就不登门了。"

"你们打算——"

"找王敬堂谈点事。"

"老爷睡了。"

"睡了也不是死了,去把他叫起来。"

他刚转身,于二龙和他们一群人也随之而进,在一连三间装着镶花玻璃槅扇的大厅前,从来不敢进高门楼的穷苦渔民,竟指名道姓地大声喊着:"王敬堂,你看看,是谁回来了?"

在高门楼里,直呼老爷大名,简直如同触犯天条,亵渎神灵。一个打着光脚的渔花子,竟敢踏在花厅的瓷砖上吆五喝六,那还了得。

王敬堂,石湖首户,县太尊都要卑让三分的大人物,气得发昏过去,吩咐两边的仆役:"给我掌嘴!"

但他话音尚未落地,于二龙一个箭步蹿了进来,满屋里那些铜锡器皿,玻璃屏风,相框衣镜,灯伞挂钟所发出的光亮,使得在黑暗里战斗了半天,气还喘不均匀的年轻渔民怔了一会儿。然而,躺在藤榻上的王敬堂,使他定下神来。

"看谁掌谁的嘴,王敬堂!"

他一手揪住他的夏布汗褟,把那摊肥肉从鸦片灯旁提起,足足有两百多斤分量,他也不知从哪来的神力,王敬堂并不比打谷场上的石碌碡轻多少。

忽然,从屏风后边闪出一个人来,瘦瘦的个子,高高的身挑,文质彬彬地说:"放下手来,有话慢讲,用不着动武。"话说得慢吞吞地,但那是相当自信,带有命令的口吻。

那是一个闷热的夏夜,于而龙记得很清楚,热得令人烦躁不安,闷得连脑壳都快迸裂。远处,滚动着隆隆的,不绝于耳的低沉的雷鸣;近处,在高门楼院墙外面,一个妇女在凄厉地叫喊,那是妈妈为她的孩子叫魂:"……回家来吧,孩子,回来吧,听见妈妈在叫你吗?回来吧,孩子,快回来吧……"

是的,该回来啦,在这群奴隶的心胸里,作为一个真正的人,那种有着最起码的尊严,能像人一样生活的灵魂,应该回来啦!

王纬宇,穿着派力斯长衫,挽起的袖口,是雪白的杭纺褂子,戴着一副金丝克罗咪的眼镜。于二龙打量了一眼,跟刚才在廊檐下发令往死打的那个人,有点相似,但又不尽相同。现在他不是那种无情狠毒的口吻,而是婉转地说:"都是一个庄上的人,有什么不能好好讲的呢?"

于二龙把王敬堂扔了回去,虎生生地盯着王纬宇:"那好,咱们把话摊开,谈谈。"

王纬宇才不怯阵,一个渔花子再跳,最后,也得落在舱板上:"过去家父对列位有些处置失当之处,驱逐你们出了庄子,流落外乡,受了几天苦,委屈了众人,从现在起,可以收回成命,大家回庄来安居乐业,不好吗?"

那时于二龙胸无点墨,王纬宇的酸文假醋,并不完全听懂,但大致意思是明白的,回答着说:"用不着,脚长在自己腿上,我愿意走就走,我愿意来就来,那张屁告示不顶用的。"

"那么列位光临舍下的来意——"

"你是个读书人,大学生,日本鬼子打到什么地方,该比我们明白。今儿我们来,是来朝府上借枪打鬼子,保家乡。"

"哦!借枪?"他惊诧地反问,这是他不曾料及的。

"说借是客气,该是物归原主。"

王纬宇笑了笑,他需要延宕一步,以便思谋对策:"这话我倒想请教请教。"

赵亮向前迈出一步:"就你们高门楼一个鱼税卡子,收了打鱼人家多少自卫捐?"老林哥在人群里嘟哝:"我们从湖里打上一条鱼,这捐那税,还能剩个啥,吮鱼尾巴都没份啦!"

王纬宇做出一副光棍模样:"大家既有爱国热忱,我们也应鼎力协助,只不过,枪支弹药,一向由家兄经手,等他从省里办事回来,咱们再议好不好?"

"少说废话——"芦花从人群里挤出来,逼近王纬宇,"你给大伙说个明白,借,还是不借?"

"大姐,我难道说过不借二字吗?你,你——"他显然不大愿意正面接触那火一般的眼光,"你,用不着发这大火。"

赵亮趁此机会向他宣传了党的抗日救国纲领,他自然是听不进去的,冷笑一声:"共产党的主张,鄙人略知一二,关于借枪的事,我可以替家兄做主,只要他回陈庄,我去把枪给列位取来,如何?"

于二龙一拍那红木八仙桌,震得几个茶碗都跳起来:"到时候就怕你做不了他的主,倒是他要做你的主呢!"

这句话实在戳王纬宇的肺管子,他脸一红,但旋即镇定下来:"巧妇难为无米之炊,枪支弹药都在区公所,我拿什么借呢?"

于二龙哼了一声,指着那几个持枪的家丁:"他们身上背的什么?"

"那是我们家自己的。"王纬宇不以为然。

"我们就借它!"

王纬宇脸沉了下来:"咱们先礼后兵,我们已经答应你们,再要蛮不讲理的话,我王纬宇也不是好欺侮的。"

于二龙大喝一声:"下枪!"

王纬宇也吼了出来:"谁敢动一动,就开枪!"一眨眼间,花厅里的空气紧张起来。

只见那位复仇之神芦花,一个箭步跳到藤榻上,踢倒了烟灯,碰翻了烟枪,抽出那把亮晶晶的柴刀,像机枪点发似的,从她嘴里迸出话来:"要枪,要命,你们挑吧!"

王敬堂一生养尊处优惯了,从来不曾被人这样粗暴对待过,刚才经于二龙一抓一搡,气还没有喘匀,哪想到一个女人,一个他视为妖逆的下贱女人,竟然高踞在他的头上。而且伸出来一只脚,一只女渔花子的脚,踩在自己身上,真是天大的晦气,永远也洗不净的邪秽。他马上想到可以辟邪的《太上感应篇》和《易经》,想叫佣人们赶紧找来。但一看那女人手里明晃晃的凶器,和那一脸杀气,他吓坏了,连忙闭上了眼睛,有气无力地叫了声:"老二!"

王纬宇咬咬牙,横下心:"好吧,不能让你们空手回去,给他们一杆枪——"他向那些看家护院的吩咐着。

"二先生,你可太大方啦!"于二龙嘿嘿冷笑,"我们不是朝你讨饭来的,三文两文就想把人打发走。你就痛快地发个话吧!让他们乖乖地把枪交了,省得动手动脚麻烦。你别指望区公所保安队会来搭救你们,他们都跟着你老哥串州逛府去啦,小快班也开走啦,余下的虾兵蟹将,慢腾腾地摇着船来,只怕日头都老高了吧!"

王纬宇看着站在他面前的渔花子,完全上不得台盘的乡巴佬,一个根本看不在眼里的微末之人,居然说出话来,句句落地有声。再看那个眼睁睁要杀人的女人,他知道,她要一刀砍下去,手是决不会发抖的。于是,他重重地叹了一口气,把手一挥,服了输。

啊,石湖上的奴隶,穷苦的渔花子,第一次有了自己的武器。

愈离三王庄近,水面上的一切对于而龙来讲,也愈加熟悉亲切,东一片翠绿的芦苇,他曾经捡过螺蛳蚌蛤的,西一片青葱的荷叶,他年年都要挖野生莲藕充饥的。哦,远方是连绵不断的湖心岛屿,那是和敌人捉迷藏的战场,近处是迷宫一样的浅污土墩,却是芦花采撷野菜的场合。如今,这些墩子上种满了各式各样的菜蔬,猛乍看去,类似镶花嵌刻的什锦图案,绽放的菜花,是鹅黄色的,稚嫩的苜蓿,是姹紫色的,肥厚的蔓菁,是碧蓝色的,繁密的慈菇,是翠绿色的,呵,真是五彩缤纷,是那样的赏心悦目。春天的大地,确实像善于梳妆的姑娘,懂得怎样把自己打扮得更好看些。

他凝望着这些熟悉的场景,突然间,好像戏台上的机关布景迅速转换似的,那个穿着派力斯长衫的王纬宇,变成了石湖支队的一员,正全身蹲在碧绿的湖水里,露出一个也学会顽皮嬉闹的脑袋,给游击队员们讲宋代苏轼的一首绝句,那些只会打渔捞虾的队员,根本弄不懂什么"竹外桃花三两枝,春江水暖鸭先知",是个啥意思?

原来在刚刚结束的一场战斗中,他那支老套筒不知怎么搞的炸了膛,总算幸运,他机灵地躲过这场灾难,只是倒霉,裤子剐了几个大窟窿。一般讲,裤子有洞,在小腿部分,无伤大雅,大腿往上,任何部位都是见不得人的。那时的石湖支队,是创业初期的艰苦岁月,滚来滚去一身皮,没有替换衣服。王纬宇自不例外;他只得光屁股蹲在湖水里,靠湖水替他遮丑,把衣服丢到岸上,央求游击队当时惟一的女性,给他缝补。他那金丝克罗咪眼镜镜架早断了,也无法去配,只好用线绳拴在耳朵上,那样子,是相当狼狈的。他也学会了骂大街:"妈的✕,要不是老套筒炸膛,我还真体会不出苏东坡诗的意境呢!"

芦花停下针线来,问他:"怪谁?"

王纬宇不服气地:"怪我吗?这支老掉牙的步枪!"

芦花说:"其实还是怪你,那是你们家的枪,就是你让那些手下人交出来的枪。"

"是吗?是吗?"他不相信地说。

"你当时要说话算话,你哥回来把好枪拿来换,就不至于今天蹲在水里当鸭子了。"

王纬宇放纵地大笑起来,笑声在水面上震出碎细的波纹:"芦花,芦花,那回借枪,要是你手里那把明晃晃的刀,在我死去的老头子身上,哪怕划上一个小口子,出点血,那拿走的就不是几支旧家伙,而是十支崭新的,没开过膛的中正式,还有一挺蜡油封得好好的加拿大轻机枪,都在我老头子那张藤榻下面摆着咧!……"

——想不到,我们,还有赵亮同志,到底叫他给骗住了,谁知道,王纬宇现在还骗我什么呢?

蓦地里,在迷宫般的湖中墩子间,不知在哪个角落,传来了一声清脆悦耳的女性语音。

"是谁在划船呀?麻烦过来搭我两步!"

于而龙陡然间想起石湖上关于水鬼的传说,老年人总是告诫好奇的孩子,孤身一人在湖上的时候,千万别去贸贸然答应别人的呼喊,因为水鬼会变化成个漂亮的姐儿,或者装作受气的委屈媳妇,来诱惑,来狐魅,使人失足落水淹死,然后水鬼就可以找个替身脱生。于而龙自然不相信鬼神,但习惯养成了他不爱答应,而是把舢板绕了几个弯,才找到喊叫搭船的女客。

一眼就把她认出来了,虽然她站在密密的桑林里,新叶如拳,尚未张开,所以清清楚楚透过枝条看到她的背影,那套合体的服装,可着腰肢,显得娉娉婷婷的样子,一下子标明了她是谁,原来是昨天下午的老相识了。她正踮起脚寻找听不见桨声的小船,直到于而龙轻轻咳了一声,招呼着她:"上船吧,姑娘!"才惊了一跳地车转身来。

她先喊了一声"老大爷",穿过桑林,双手拨开那些枝条,忍不住自己扑哧笑了,什么老大爷,鼎鼎大名的游击队长,一个她拿不准该是怎样对待的人:"哦,是你——"

在金黄色的朝曦映照下,于而龙仔细地端详着那张迷人的脸,有一点野性的魅力,洋溢着青春的热情。于而龙越来越觉得在哪里曾经认识过她似的,而绝不是昨天下午。

"又见面了!"

她脸上的表情在迅速地变换着:高兴,欣喜,诧异,惊愕,呆愣,最后,又很快回复到昨天下午分手时,那种淡淡的,外交辞令中的"友好"面容。她笑了笑,露出一嘴整齐的明灿灿的牙,从那丰满的嘴唇里,吐出几个敬谢不敏的词,使于而龙惊讶。

"谢谢你,我用不着了。"

她下到湖滩,把在水里泡着的一些测试仪器捞起来,打算往回绕原路走了。

简直奇怪,分明躲着自己,于而龙也实在捉摸不出她是个什么性格?"怎么?怕我吃了你?"

激将法起了作用,她站住了,用一种怨恨的眼光瞟着他:"你以为我怕吗?好,那就麻烦你,送我到那边的墩子上去。"

她上来舢板,便把脸别了过去,看对面那姹紫嫣红开满豌豆花的土墩,一路上谁也不想说话,只听桨声欸乃,水声汩汩。于而龙想着她是谁?我怎么觉得眼熟?然而,脑海是空白的,任什么也找寻不出来。可是,也就算是奇怪了,就连这姑娘那一头漆黑乌亮,密致秀丽的头发,丝毫不亚于他那画家女儿的动人长发,也好像应该能从记忆里找出点蛛丝马迹的,但是,想不出任何印象来。

一直快到她的目的地,才回过脸来问:"你这是要去三王庄的啰?"

"当然啦!"

"看得出你是个不大肯罢休的人!"

"什么意思?"于而龙一惊,难道这个女孩子有一双慧眼能穿透人心?

她微微一笑:"随便说说,我看你这两天没完没了地在湖上划船,大概总想干些什么吧?"她那怪秀媚的两眼盯着他,眉毛挑了起来,似乎像把钻子,想钻透他的内心奥秘,那眼神既有疑虑,也有探索,而且有着许多想说的话。然而她咬住嘴唇,用那多少是玩世不恭的神态,来控制自己激动的心灵。

于而龙自然不会把来意告诉她的,便说:"今天,昨天,我也在湖面上碰见你,看起来,你够辛苦的。"

她低沉地说:"能不付出一些代价吗?"

"我是喜欢鱼的,和它打了多少年的交道,看到你这样为鱼奔走,想尽办法来挽救,真叫人钦佩——"

"不是挽救鱼,而是挽救自己,支队长!"

于而龙听愣了,以为她是开玩笑,然而她是一本正经的样子,简直无法相信,犹如小娃娃学说成年人的语言似的,她会说出如此沉重的话:"真有意思!"他把舢板靠上了墩子。

她向他审慎地一笑,并不那么轻松地说:"一点也不夸张,我是在赎罪!"说着,跳上了墩子,头也不回地,袅袅娜娜地,朝那繁花似锦的早豌豆田里走过去。

一个年轻魅人的姑娘,有什么罪可赎的呢?于而龙不由得沉思起来。

三

昨天下午,于而龙离开柳墩以后,老林嫂伫立在湖滨,看了好久好久,一直到那条舢板完全消失在水平线上,她还认为舢板像小黑点在水波里跳跃。其实,那只不过是种错觉而已,要不是她儿媳扤个竹篮来喊她,还不知要站到什么时候去。

"妈,你不是说要剜马齿苋去吗?"小学教员提醒她。

马齿苋是一种生命力顽强的野菜,除了灾年,连庄稼人都不吃的,可无一寸耕地的水上人家,倒是饭桌上的常客,于而龙在记忆里,芦花的拿手好戏,就是马齿菜馅饼。

石湖水上人家的名声,在四乡八邻的心目里,是不雅的,除了船家姑娘的自由放浪,和那种特别多情的性格,造成了被那个社会认为不洁的空气外,最糟糕的就是顺手牵羊式的小偷小摸,弄得臭名远扬。譬如扯走人家在河边晾晒的衣裳啦!爬进庄稼户的菜园里,拔几个萝卜,拽几棵花椰菜啦!要不然趁人眼错不见,偷鸡摸鸭悄悄杀了解顿馋啦！所以船一进村,人们都像防贼似的小心起来。那时候,这类没出息的事,于大龙是不挨边的,因为他缺乏那种机灵劲;于二龙不屑干,他随便下水摸条鱼,也比做贼强。最主要的是正直不苟的芦花,坚决反对像一条偷食的狗那样,被人跟着屁股唾骂,所以他们家总吃老天爷赐给无地可种的渔民,那又酸又涩的马齿苋。

饼早就烙出来了,可舢板还不见影,老林嫂心神不宁地望着垂柳外的湖面上,心里想:"该回来啦！不会让你再碰上一条红荷包鲤的,好运道轮不上你我了,捉不到鱼回家吧!"现在,晚霞在湖面上洒下了一片金浪,偌大的湖面上,一条船的影子也不见。

她眼神不算太好——泪水流得太多的缘故,但她孙子,那个丢了红荷包鲤的秋儿,一直在码头上坐着,奉他奶奶的命令在眺望叔爷,他眼睛尖,要看到什么,早来报信了。

难道她害怕于而龙的舢板,会在湖里发生什么事故么？不会的,石湖有点欺生,但决不会难为他的。在黑斑鸠岛落到那种地步,石湖还给他留了一条命呢！对了,老林嫂终于弄明白自己悬心吊胆的原因啦！老天,该不是去三王庄了吧？去探望芦花的坟墓去了吧？哦,那可一切都要弄糟了的呀！

怎么办呢？……老林嫂的心沉了下来。

天完全黑了,菜饼放在桌上也凉透了,等客人回来再动手宰杀的活鱼,在木盆里泼剌泼剌地蹦着,但是,于而龙还是不见踪影。

老林嫂打发她儿媳去给城里的儿子通个电话,告诉他二叔直到现在还无消息,会不会出什么事,赶紧去通知那个王书记。

她早看出水生过分地巴结王惠平,一心想攀附着他,谋个好差使,混个好日子,居然抛下二叔不管,登上游艇,尾随书记进城去了。她半点也不赞成儿子必得投奔一个靠山,找棵大树庇护自己的做法。她早劝说过:"水生,干革命,干革命,是干出来的,不是靠出来的。"

"妈,你不懂,如今社会,老一套吃不开啦!"

"如今社会怎么啦?还不是共产党的天下吗?"

水生有他自己的处世哲学。老林嫂全盘不动地向于而龙学说,他说:"妈,共产党的天下,这话不错,不过,如今的共产党跟早先那时的共产党,不全一样啦!那时共产党是打天下,要老百姓养活,要老百姓出力,所以有过那么一个小调,小时我也唱过:'子弟兵,上前方,为了爹娘去打仗。'如今共产党是坐天下,就掉过个来啦,老百姓得靠共产党啦!妈,你别瞪眼,不是我发明的,天天不离嘴唱过的:'鱼儿离不开水,瓜儿离不开秧,革命群众离不开共产党。'听!我怎么能离开王书记?他就是党,党就是他,这一点我看得比你清楚,妈,你别糊涂啦……"

老林嫂对于而龙叹息:"水生一点也不像他死去的老子,死去的哥哥啊!是谁教他这一套学问的呀?"

谁教的?老林嫂,社会有时是个教员,过去,它教人们为了共产主义理想,抛头颅,洒热血,前仆后继,不顾一切,去追求真理、自由、解放。现在,它教人们蝇营狗苟,追名逐利,巴结上司,讨好领导,吹吹拍拍,言不由衷……社会风气在潜移默化着每一个成员。过去,老林哥夫妇、石头、铁柱是在倾心尽意的干革命;现在,水生却是在谋生,这是有着根本的差别呀!老林嫂,能责怪孩子什么呢?责任就好比绿叶上被虫子蚕食出来的洞,那怎么能是绿叶的过错呢?

夜色渐渐地浓了,于而龙还不见回来。

打发儿媳和孙子睡去以后,搬把竹椅坐在门口,等待着如同她亲兄弟似的同辈人。她是闲不住的,信手又编结起蒲草拎包来。

她坐在春夜湖边的场院里,由于游击队长的到来,使她想起许多往事,那逝去的岁月,那失去的亲人,重又回到年过七旬的妈妈心中。现在,活在世界上的,除了石湖,除了鹊山,就是于而龙,是她和那流逝过去的一切,惟一能联系起来的桥梁。是的,她爱他,像亲姐姐地爱他,从他们一起迈上革命的路程开始,他们就结下了近亲似的革命情谊。尽管后来他进城以后,变得生疏了,不那么来往了。但她希望他幸福,心甘乐意地愿意为他做些什么,甚至到了今天,他在老姐姐的心里,仍旧占有很大的比重。是啊!也许把她那无处倾注的,对老林哥的怀念,对小石头、对铁柱的母爱,都汇聚集中到于而龙的身上了吧?

一颗希望别人幸福的心,是多么值得珍贵啊……

雾气渐渐地重了起来,她不住手编织着的拎包,也有点湿漉漉的,蒲叶也柔润得不那么刚脆了,蜷缩在她脚下的那条黑狗——就是原来于菱养过的那条纯种猎犬,也团得更紧了。还是不见于而龙回来,越等越急,越是急躁,心情也越是不安。于是这样那样的不幸设想,就在心头涌现。"不行!"老林嫂坐不住了,站了起来,拄了根棍子,朝生产队的办公室蹒蹒地走去,后面跟随着那条无声的,像影子一样的黑狗。

生产队的小会计被她的敲门声惊醒了,开门让她进来,揉着眼睛,怔忡地问:"老奶奶,你有什么事?半夜三更!"

"孩子,求求你,给我往县里挂个电话。"

"找水生叔吗?"

"不,你给我找县委王书记。"

小会计突然想起,好像上头关照下来的,不要随便让这位烈属老奶奶,动不动给县里去电话。前些年,她可是没少给县里找麻烦,气得王惠平下了这道口谕。在县城那样一个天地里,书记的话是和圣旨差不多的,小会计便劝老林嫂说:"老奶奶啊!你看看都几点啦!"他抓起桌上的马蹄表:"哟,两点了,王书记都做了三个梦了。"

"你给我打到他家里去,他家里有电话。"

"老奶奶,你摸摸我头皮,太软,可没长那分胆子,敢大半夜去惊扰他。"

"有要紧事,孩子,我要找他——"老林嫂告诉他,"我们家的客人不见啦!"

"是吗?"小会计瞪出眼珠子来,"支队长给丢啦?这还了得?"他知道于而龙是个大干部,是王书记的老领导,而且白天专程开着游艇,封了湖,满世界地找他,看来非同小可。权衡了一下利害关系,立刻给县里挂通电话,把王惠平从梦中惊醒。他战战兢兢地捧着电话,听得出来,那声调是相当不耐烦的。小会计吓得忙把听筒塞给了老林嫂:"你给他讲吧!"

老林嫂把情况断断续续地告诉了他。

没等她讲完,王惠平不乐意地打断了她:"水生来告诉过啦,我通知秘书,叫他给陈庄公社打电话了。"

啪地挂上了电话,嘟哝了一句:"大惊小怪!"

他老婆问道:"谁来电话?"

"柳墩那老婆子!"

柳墩的老婆子还在捧着听筒,一个劲地啊啊着,殊不知电话员早撤线了。

小会计说:"要怪罪下来,你可顶着。"

老林嫂说:"放心,犯不了死罪,走,家去!"她招呼她那条黑狗走了。

就在黑狗又蜷缩在老林嫂的脚前,闭起眼打瞌睡的时候,对不起,王惠平床头的电话铃又响了:"丁零,丁零!"

又是柳墩那老婆子。

待不去接吧,电话铃一阵响似一阵,他老婆光火了,没完没了,不识相的老婆子又该缠住不放。她想起这个全县最出名的烈属,死了丈夫和两个儿子的烈属,前几年放着好端端的日子不过,进省上京,去为于而龙鸣冤叫屈,纯粹是一种不可理解的愚昧。于是抓起电话,没有一点好声气地问:"谁?"

听筒里传来电话员埋怨的声音:"地委江书记的电话,你们怎么半天才接?"

她赶紧推了一下接着做梦的丈夫:"快,是江海——"把听筒塞给一跃而起的,光着身子的王惠平,他老婆赶快找了件衣服给他披上。但他什么都顾不得了,因为地委书记的声音,远不是那么友好的,丝毫不亚于刚才他和老林嫂通话时的冷淡和不耐烦。

劈头就是一句:"……你是怎么搞的吗?"老盐工的话,天生有股又咸又苦的味道:"于而龙来石湖,你怎么能不马上告诉我?别人要疏忽了,我可以谅解,他们不了解我和老于之间的生死关系,你是知道的,为什么不早点讲?要不是'将军'来电话,我岂不是蒙在鼓里。你把他安排在谜园里啦?什么?住在柳墩?(他听见江海倒抽一口冷气,连忙解释说:"是他本人坚持要住那儿的,我去接他,他说啥也不肯来县里!")我说小王小王,亏你还是跟过他的老同志,他在柳墩,你怎么倒在家里安生躺着?"糟糕,想法给自己找个推脱的理由才好,也没加什么思考,信口说出:"他现在不在柳墩!"江海紧忙追问于而龙的去向,王惠平一面回答,一面恨不能撕自己的嘴,可又无法不如实汇报:"柳墩那位烈属老林嫂才来过电话,说他下午出去钓鱼,一直没回来,不知下落——"

"砰"的一声,他听到江海气得把电话摔了。

请原谅我们都是些凡俗的庸人吧!别看我们在领导岗位上呆着,在群众或者下级的面前,指手画脚,颐指气使,滔滔不绝,口若悬河;但在我们的上级面前,照样也噤若寒蝉,言谈嗫嚅,举止失措,狼狈不安。不奇怪,这正是社会的复杂可爱之处,倘若都是单线条的话,恐怕就不成其为社会了。

于是,他又摇通了地委书记办公室,值班同志告诉他:"你等着吧,江书记坐灭蝗的直升飞机去你们石湖了。"他赶紧光脚跳下床,腆着个大肚皮推开窗户,望着灰蒙蒙有雾的,刚刚发亮的天空,总算幸运,雾成全了他,飞机没有起飞,要不然那只摇晃翅膀的铁鸟早来了,现在听不到马达声,他才放下心,叹了口气,坐在床边,耷拉着双腿,用手指弹着发胀的前额。

听说是江海电话后,一直没敢合眼陪着的他老婆,安慰着他:"休息吧,用不着伤脑筋。"

"他们是生死相交的老战友。"

"纬宇叔不也是么?"

王惠平晃晃头:"他跟他们不一路。"

"当方土地,谁来了都好好应酬呗!"

"哪能那样简单,我替纬宇叔犯愁,一整天都没来电话了……"

生活就像缠绕着的合股绳索一样,把许许多多矛盾着的头绪拧在一起,也许在这一股上彼此谁也碰不着,但在那一股上,必然会纠缠得难解难分。

于而龙告别了那个姑娘的背影,回过头来,朝三王庄划去。

也许是那个"赎罪"的姑娘,使他想起了自己的女儿,要是莲莲没有突然在地平线上出现的陈剀,为他的居留权在厮杀奔走,也许会同自己一起回到石湖的。

那样的话,该多好,不但可以告慰地下芦花的英灵,而且也会使那用心血把她哺养大的老林嫂,感到晚年的欢乐。

他终于觉得歉然了,只是一句偶尔的话,老林嫂便答应昨天晚间做马齿菜的饼子吃,还说,莲莲那年回家来,也缠着干妈非要吃那种苦森森、酸溜溜的野菜。肯定,她会因为他吃不上菜饼而没精打采;会因为他整夜不归而悬心挂胆;也肯定会因为至今不见他的影子,打发水生去陈庄找他,他说过一句,钓不到鱼,没准去陈庄看看。

错啦!于而龙,她亲自领着秋儿,还有那条非蹦上船的黑狗,带着你爱吃的马齿菜饼,摇着舢板来寻找啦!

老林嫂,总是把欢乐带给别人,而把别人的痛苦和不幸,揽在自己身上的善良老妈妈,她活到今天,该是多么的不容易啊!而她永远是无偿地付出一切,从来也不想得到什么报酬。

他还记得于莲留学回国,分配在一个艺术单位,领到了她第一个月的工资,"乌拉"了一阵,起码当时自己做出了四五种方案,怎样来花掉几十块钱。但是,一下子她改变主意,骑上车到邮局,把整月工资汇给了整年背着她长大的干妈。

可是汇款原封不动地退了回来,水生附来一封信,说是莲莲要能回石湖住一阵子,比汇钱不知强多少倍。于而龙明白,由于四合院里兴出来的许多规矩,什么公筷制啊!什么一早起床就进洗澡间啊!老林嫂是无论如何也不肯来城里做客,受那份洋罪的了。

正好于莲想画些什么,特别是她那份爱情,在葡萄架下被众人生生给扼杀以后,她也像她弟弟那条被烫伤的猎狗一样,需要躲在洞穴里去舔抚自己的伤口。于是在那位万能的王纬宇一手操办下,沿途像国宾似的人接人送,带着那条于菱五分钟热度已经过去的猎狗,顺利地回到故乡。整个柳墩的乡亲都出来了,迎接由地委书记江海亲自陪伴的于莲。

在县城里,一个科级干部,路人都会为之侧目,所以小小柳墩自盘古开天辟地以来,头一回出现了这样热烈壮观的场面。地委书记当做宝贝也似的客人,那还了得?被褥,席梦思,钢丝床是从县委小招待所谜园运来的,要不是于莲的坚决反对,连服务员,厨师都要派到柳墩来照应她的。

老林嫂直是感叹:"莲莲,你可真成了金枝玉叶了!"

谁知这位为革命奉献了一切的烈属,她的话是讽刺呢,还是骄傲?或者是从心底里感到的一种委屈!

没过几天,于而龙开始收到他女儿,从石湖陆陆续续写来的信。

"……我坐在新栽的电杆,刚接通的电灯下给二老大人写信。干妈说,要早些日子回柳墩,我们也就早不用油灯,托莲莲的福,我们全村亮亮堂堂,不用摸黑了。然后,她叹了口气:'鸟就是这样子的,长大了,飞走了,可老窝呢?管它风吹雨淋,忘了,再也记不得了。'

"现在,谈谈我自己,你们别惦念,一路平安,替我谢谢法力无边的纬宇伯伯,他说得非常正确,他的名字就是护照,就是通行证,人们把我托在掌心里送回故乡来了!

"但是,真正从心坎里欢迎我的,是背我长大的干妈,她扑上来,紧紧地搂住我,先是笑,后是哭,抱着我似的进了屋门,连地委书记都不管不顾了。她那脸上又是笑容,又是泪花,我敢说,你们别嫉妒,她比你们更爱我,要是我说一声:'干妈,我要你的心!'她会毫不犹豫地剖开胸膛掏给我。假如有那么一天,我向你们讨的话,亲爱的爸爸妈妈,你们舍得么?……"

读着信的老两口交换了个眼色,彼此也都心照不宣,为了那副部长的门楣,强使她割舍了爱情,是多么伤害了少女的心?

如果真的疼爱自己的女儿,为什么要让她作出牺牲呢?

"……上封信告诉了到达的情况,这几天,干妈成天守着我,寸步不离,生怕我会飞走似的。每天早晨一睁眼,她就坐在床头端详,在饭桌上,她看着我咽下去的每一口。我想:肯定是干妈丢失得太多,丢失得她都害怕了,所以她才特别珍惜剩下的一点点欢乐,是不是?

"干妈每天领我走村访舍,爸爸妈妈,我现在才明白,是群众把我喂养大的呀!我喝了那么多婶子大娘的奶汁,我有过多少善良好心的妈妈呀!她们甚至为了喂我这个游击队长的孩子一口奶,冒着挨打受罚,说不定还会送命的危险。想到这里,看看这些护庇过我的妈妈们的生活,凭良心讲,远不是那么愉快的。我也看到了藏过我的缸、瓮和地窖,那些人家,说实在的,还那么破破烂烂,我心里感到十分压抑。她们,为我们付出了一切,把我们托上了云霄,而这些善良的人,继续过着绝不是十分惬意的生活。爸爸妈妈,干妈不是轻易说出'忘了'这句话的。

"我的心太沉重了,爸爸,妈妈,就觉得目前自己感情上的一点负担,实在是不相称的卑微……"

于而龙看完信后说:"看吧!莲莲的心跳出了自己的小圈子,该想画点什么了!"

果然,没过两天,收到她的一封长信。

"……一个题材在我脑子里酝酿着,无论如何也推不开了,也许是那些妈妈们的乳汁,在我血管里流动的结果,我打算画一个为革命献出一切的母亲形象,在那个年代里做出最大牺牲的人就是母亲。我要不画她们,就愧对那些用乳汁喂养我的妈妈们了。

"因此,我每天都要走访,寻找我画中人的模特儿。

"惟一从心里感到遗憾的,是再也见不到埋在银杏树下的芦花妈妈,那天,干妈陪着我在芦花妈妈的坟上,坐了好久好久。那块刻着五角星的石碑,已经生满苍苔,我望着飒飒做响的银杏树,确如你们所说,那棵巨人也似的树,给人留下了一个顶天立地的印象。要是妈妈活着,我想她肯定是最理想的模特儿。因为我的草稿,干妈看了,她说很像芦花妈妈。啊!她要仍旧活在这个世界上该多好啊!

"但是我要画出来,无法抑制的创作冲动,已经使我饥火中烧,干妈陪着我东游西逛,那当然是她最乐意的事情,我像她的展览品一样,到处炫耀。——哦,还有那条紧跟着的猎狗!不是吹,爸爸,在石湖上,我现在的名声,比你当年的游击队长还响,几乎无人不知老林嫂背上的宝贝回来了。

"爸爸,妈妈,你们还记得石湖吗?

"我找啊找啊!连干妈都诧异了:'莲莲,你像是丢了些啥?'我怎么回答她,其实我是什么都没有找到呀!

"真幸运,我终于找到了理想的模特儿!"

紧接着,于莲用俄语写了两句:"爸爸,我很荣幸获知您一些早年的罗曼史!"

于而龙吓了一跳,同时看信的大夫忙问:"莲莲写些什么?"游击队长想了想,回答着:"好像是有关艺术创作的浪漫主义问题吧?"

谢若萍以一种女性的精细心理,察觉他在撒谎,但又暂时不戳穿地掠他一眼。

"……昨天,我从陈庄搭船去闸口,准备去拜访郑老夫子的故居,和那座哥特式小教堂,上船时,雾很大,船上的搭客也多,只听一个悦耳的声音在招呼大家。到得湖中,雾散天晴,阳光灿烂,湖山的色彩鲜艳极了。我突然发现船尾摇橹的那个中年妇女,一张瞩目远望、聚神凝思的脸,不正是我正要寻找的模特儿么?真是'众里寻他千百度,蓦地回首,那人却在灯火阑珊处'。我猛然站了起来,头碰着舱顶也不觉得痛,赶紧抽出速写册,在橹声里绘下那一刹那的形象。她,我的模特儿,一点也不像常人那样拘束,落落大方,坦然自若地由着我画。到了闸口镇,干妈叫我上岸,我改变了主意,决定搭原船返回。

"干妈只好顺从着我,向那个妇女付了回程的船钱,有些歉意:'这是二龙的孩子,起小让我惯坏了,什么都得由着她性儿。'

"那妇女笑了一笑,没有做声,但那笑容使我相信,年轻时代,她肯定是个绝妙的石湖姑娘,是相当美的,要不然——"

于莲又用俄语写了一句:"通常来讲,美女总是爱慕英雄的。"

于而龙估计,准是老林嫂给孩子讲了早年间那些没影的事,他老伴只懂医用拉丁文,笑了:"又是艺术创作的术语吗?"

"是的。"于而龙这回面不改色地答复。

"今天,我又专门去搭她的船,她让我画,但很少同我交谈,她知道爸爸、妈妈,还有纬宇伯伯,但我对她一无所知,只听说她有个漂亮的女儿,人家那样讲,我也相信。

"但她还有别的欢乐吗?不知道。她顶多笑笑,那是很快就消逝的笑,顷刻间又恢复了淡淡的哀愁。说实在的,那不是我画中人物所需要的精神状态,但是她那身影,她那面容,尤其是她那眼睛,和我设想的那个母亲一模一样,再也料不到那样酷似的了。

"我快回来了,你们的女儿已经忘掉了那杯苦酒的滋味,要在创作中寻找我失去的早欢。"

于莲满载而归,葡萄架下,举办了一次沙龙式的小型画展。

王纬宇、夏岚两口子引着一位客人来了,他不是别人,正是老徐的儿子小农,一个外表上还说得过去的年轻人。但是,王纬宇一眼先看到了那画得惟妙惟肖的四姐,想转身退出院子也不可能了。谢若萍拉住他:"正好,正好,也让小农看看石湖的风貌!"

但徐小农的眼睛,却更多地落在画家身上。

王纬宇呆呆地立着,忘了他的介绍人的使命,而是被那幅着意描画的特写吸引住了,画面上一对沉默的,若有所思的大眼睛,似乎在凝视着他,不论他在院子里哪个角落,也仿佛被她紧紧盯着。

谢若萍略微知悉一点这位船家妇女的命运,但是幸运的人是不大容易同情别人的不幸的,所以也不想知道更多的悲惨细节。开玩笑地说:"哎,你们二位应该认识她吧?她是谁?"她本意倒是要将老头子一军,因为女儿来信里的俄语,给她留下了疑窦。虽说她从未怀疑过丈夫的忠诚,但恼人的嫉妒心总使她对这个在船艄摇橹的妇女持有戒意。没料到她的话叫王纬宇大为尴尬,而正吃着自制冰激凌的夏岚,马上发现到自己丈夫的微妙变化,放下玻璃托杯,像记者采访似的询问:"你能否透露一点背景情况呢?"

夏岚哪里知道画中人的底里呢?于而龙对于朋友的往事,他那隐恶扬善的汉子精神,认为既往之事,留给历史去评价吧!何必播扬出去,让别人再受奚落。现在谢若萍歪打正着,偏偏于莲又在编辑的醋海里投进一块石头,画家说:"她还向我打听过你呢,纬宇伯伯!"

王纬宇恨不得于莲一口被冰激凌噎死才好,因为夏岚妒火中烧,会失去理智,大吵大闹撒泼的。何况今天负有红娘使命,要把徐小农和于莲的红线拴在一起,倘她打翻醋坛子,可就要砸锅了。

他求援地望着于而龙,希望他能给解围。

"不奇怪,在石湖打了几年游击,谁不认识!"于而龙给副厂长圆了场。

"不,爸爸,听她口气里,似乎早就——"于莲又回想起那摇橹妇女欲言又止的神情。

夏岚急切地追问:"莲莲,快说下去——"

于莲笑了:"也许我将来才能理解,谁知道,生活的艰辛,还没有把我磨炼出来,她,似乎不太幸福!"

谢若萍感触地说:"对,莲莲,最不幸的,总是我们女人,包括她——"她指着速写上那眼睛似乎会说话的,失去了青春,失去了欢乐的中年妇女。

说实在的,第一次会见,徐小农给于莲留下的印象还算不错。

过了不久,油画的基本轮廓勾勒出来了。

整个格调显得低沉,这使于而龙想起五十年代在国外实习时,那时还算得上好客的主人,曾经领他们去参观圆萝卜头的教堂,里面的宗教史诗画,就是这股压抑的味道。

于莲说:"正是我想达到的。"

"使人觉得憋得慌,我用老百姓的话对你讲!"

"明快的色彩缺乏真实基础,和空洞的豪言壮语一样,虚假的自我安慰罢了。我们为革命所付出的那么沉重的代价,仅仅表现革命乐观主义,是不够的。"

"还是应该昂扬一点,调子应该高些。"于而龙皱着眉头。

"那是一个不可能有笑的冬天,爸爸!"

"冬天孕育着春天的生机,你应该画出希望来。"

"爸爸,你说得太对了!"她从梯磴上下来,好像作为一种奖励似的,跟她爸爸亲了一下,"冬天里的春天,这大概是所有巨大历史转变时期,必然出现的自然现象。我要把它画出来。"

"别犯疯,莲莲!"他推开缠住他的女儿,对于她的洋习惯,实在不喜欢。老大不小的女孩子,当着客人,有时也毫不在乎和她的"二老大人"亲嘴贴脸,弄得老两口无可奈何。

"需要我向你汇报一下那位求婚人的情况吗?"于莲问。

"我看你倒顶能支使他的,评价怎样?"

"两个字。"

"什么?"

"鸡肋。"

父女俩大笑起来。

油画终于脱稿了,像磁铁一样吸引着他,特别是送子参军的母亲,扰得他灵魂不能平静,作为一个游击队长,当时,有多少母亲把孩子交到他的手里呀!

她是谁呢?每当他看了以后,总在不断地思索。

他还不能完全欣赏自己女儿的艺术手法,弄不明白那些抽象的线条和阴影究竟什么涵义?为什么冬天淡漠的阳光,会是一块一块的?还有,那不合乎比例的眼睛,也使他接受不了。但是也怪,看了一眼以后,便再也不能忘却。每天从工厂回来,无论多晚,无论忙到什么程度,总要推开画室的门,看看那有许多语言的眼睛。

她就是那个摇橹的四姐么?不,已经不完全是,连王纬宇都悄悄地对他耳语:"我向上帝发誓,不大像那个人了,我倒看出来一点芦花的影子。"

"瞎说,莲莲不会记得她妈的模样——"

但是,经王纬宇一提醒,那一夜,他真的失眠了,于是老两口从床上爬起,来到画室,站在那里,久久地仰望着画中的母亲。

"也许是精神作用,我怎么越看越像芦花?"

谢若萍说:"只能说精神上有点类似,莲莲她妈要年轻得多,而且比画上的母亲英俊,特别有股吸引人的魅力。我记得我头回见她,她女扮男装,进城到我们学校里做工作来。猛乍一看,一个可精神、可漂亮的小伙子,同学们都看傻了。"

不知什么时候,于莲站在他们身后:"在欣赏我的杰作么?"

"快要送出去展览了,我们再看看——"于而龙说,"是的,为那漫长的苦寒日子,我们付出过沉痛的代价,一味乐观主义,或者爽性撇在脑后不去理会,那是不真实的。你在那刚接过枪上火线的孩子脸上,画出了光明和希望。作品的生命力就有了。"

谢若萍笑了:"最有趣的是小农,他说:'看谁敢提个不字?'那劲头,真是忠心耿耿——"她望着眼前充满青春活力,有着诱人丰姿的女儿,不难理解徐小农神魂颠倒,恨不能整天长在这四合院里。

于莲敏感地问:"看样子,你们非要我嫁他不可啦?"

"我不晓得你还要挑啥样的?"

"他只能使我可怜,而不使我可爱,明白吗? 二老大人!"

"别任性!"她妈妈劝诫着:"你只能被人侍候,哪能去侍候别人,小农听话、老实,是个合适的对象。"

于莲说:"如果我真心爱那个人,我甘心情愿像世界上最好的妻子那样去侍候他,别以为我做不到。"

于而龙不觉得和官居三品的老徐结亲有什么好,但也不觉得有什么不好。反正,他看到别的追求者,都陆陆续续退出了竞技场,告别四合院。那么,以吉姆车和显贵父母为后盾的徐小农,获得他女儿的局面,是势所必然的了。

"似乎是二十世纪的变相抢婚,真讨厌。"于而龙有着一副天生的拗骨,总是要反抗那种强加在他意志上的东西。那天晚上,他不想表态,只是把自己沉浸在那幅快要送去展览的油画里。

哦,那些粗看起来,仿佛是格格不入的线条,构思独特的光线和阴影,都浑然成为一体,半点也不多余,而且,甚至是缺一不可了。

"死丫头呵……"他赞叹着,而且不知不觉地像梦幻那样沉醉过去,仿佛自己挤进在那群支前的乡亲中间,尤其是那妈妈的小儿子,正接过他哥哥的枪,马上要到火线上去,使他激动不安。正是这些母亲把儿子献给革命,革命才获得成功的呀!可是现在还有多少人记得起她们呢?战争已经离我们很远很远了,谁也不大想起在战争中失去儿子的母亲,失去丈夫的妻子,是怎样为革命做出最大牺牲的。忘了,甚至支队里那些勇敢善战,打起仗来不要命的小鬼,都渐渐淡忘了,那些孩子全部牺牲了,而他,却活着。

三王庄已映入目中,他那朋友家的高门楼,三十年后,仍旧触目惊心地矗立在村子的中心。他又想起了他女儿的油画,那画里就用高门楼的一角作为背景。画面上阴森沉闷,透出一股死亡的气息,那个躺在担架上的大儿子,头已经歪到了一侧,显然快要死了。妈妈一只手捧着他,一只手把他的枪交给身边的小儿子,哥儿俩都长着一对跟他们妈妈相同的黑圈眼睛,是一种刺人的会讲话的眼睛……

那是十几年前的被批判的旧画了,但现在又在眼前展现出来,或许由于高门楼的缘故,触景生情,想起了那幅画吧?

突然间,躺在担架上的那个垂危的人,眼珠活动了,奇怪,他知道这是一种幻觉,因为眼前活生生的现实,是他阔别多年的三王庄,不是那幅油画,即使是的话,也决不会有画中人物眼珠转动的事。于而龙慢慢地划着桨,使幻影持续在脑际里,确实是在转动,而且还辨别出,认出来躺在担架上的人是谁。糟糕,是工厂里那个赫赫有名的高歌,他怎么躺在地下?他怎么命在垂危之中?是谁把他打伤或者击毙的呢?……

荒诞不经的幻觉呀!

这时,一架直升飞机,从头顶上轧轧地飞了过去,掀起了一股强风,把他的舢板,送到了整整离开三十年的故乡。

他在心里呼唤:

芦花,你的二龙来啦!……

四

于而龙像三十年前一样,熟练地驾着舢板,从碇泊着的许多船只的空隙里穿过,靠了岸,系好船,踏上了三王庄的土地,像长期飘泊在海洋上的水手一样,上岸时总情不自禁地蹦跶两下,活动活动。

这里和陈庄同样是一个高音喇叭的世界,是王小义和买买提喧嚷的世界。于而龙站在街口,完全怔住了,想不到是一个几乎认不出来的三王庄,出现在他的面前。他踌躇了,不知该往哪儿举步?

倘若他还是支队长的话,不由分说,准会大踏步向高门楼走去,因为那里设有支队的指挥机关,是湖西地区的党政领导中心。而且可以预料,只要他跨进大门,高门楼前后几进院落,休想有个安静。他像一股旋风,难得有他吹不进去的角落,搅得他的部下都像风车似的转动起来,大家都不由得感慨:"要支队长安生下来,等石湖见底吧!"

他会给他的下属带回来一口袋问题,倒出来,琳琅满目,像贪婪的渔民,爱用细眼目的网一样,上至鱼,下至虾,大事小情,像涌过来的波浪,把整个机关都淹没了。

"要不得,要不得,你把正常工作秩序都给搅乱了。"王纬宇在担当这座动力工厂的副手以后,开始不那么温顺了。因此,那些科室人员也响起一片聒噪之声。但于而龙要把人员压得尽可能的少,而任务倒要加得尽可能的多。这不能不引起一种本能的反抗,连廖总工程师都出面劝告:"算了,也不是要你于而龙个人掏钱去养活他们。"

"你这是什么话?"他不满意这位讲求效率的工程师,会说出如此息事宁人的语言。

"这是中国——"廖思源只说出了半句,那未吐出口的,显然是:"你不可能去办那根本办不成的事情。闲人,你就养着吧,只求他不给你捣乱生事,就算上天保佑了。"

于而龙别转头问王纬宇:"先从你那一摊子行政部门砍起如何?"

王纬宇耸耸肩,表示无能为力。

"我绝不是戈尔洛夫……"这还是解放区时代的名词,于而龙已经习惯成自然地说出了口,他向反对他的精简压缩政策的人们宣传:"我当区长,县长那阵,腰里挎着匣子,口袋里揣着公章,背包里装着全区党政财文大权,找不到那么多坐在椅子上喝茶看报的老爷。难道因为中国是生产茶叶的国家,大家就得没完没了地坐在那里品味?"

"刀把子在你厂长兼书记的手里。"

"你干什么?"

"我下不去手!"

"王纬宇,你不要搞这种邀买人心的廉价同情!"他喜欢讲话一针见血,"你打过仗,该懂得这个最浅显的道理,一个优秀的机枪射手,可以独当一面;而十个饭桶,能给制造出一百个麻烦。"讲这种话,是很刺伤一些人的心灵的,但是,他认为自己是办工厂,而不是办慈善机关的,所以,一个萝卜一个坑,宁缺毋滥。啊,一开始他估计到会有阻力,但想不到大得吓人的程度,民怨沸腾,状子不仅告到部里,甚至告到国务院去。他气得直骂:如果将来中国一旦亡国灭种的话,罪过就在这些不产生任何价值,但却要消耗社会财富的寄生虫身上。但于而龙认准一个目标,那是不大会改变的,一条道走到黑,黑就黑,还得走。

办公室里一片窃窃私语之声,那是他拼命压缩非生产人员的主要对象:"于书记恨不能一个处长,把科长、股长、科员的工作一肩膀全挑起来,搞一条流水作业线,把等因奉此也来个自动化。"

他听了大笑不已:"如果外国有这种等因奉此自动线,我就申请外汇去买那个专利,搞它一条,让那些老爷们忙得应接不暇,手忙脚乱,满头冒豆粒大的汗珠才好。"

"天哪!这不是要我们的命吗?"

"很简单,干不了就让位,谁有能耐谁上。不要挡道,不要占着茅坑不拉屎!"

廖总工程师背后劝他:"你搞就搞吧,何必说些使人不愉快的话,刺伤那些人的自尊心,火上加油!"

"我就是要他们坐在转圈椅上不舒服!"

"没有用的。"廖思源只求不给自己捣乱就行。

"一个社会的灭亡,往往由于消耗的人多于生产的人。"

"好吧!"廖总预言着,"如果你有兴趣播种蒺藜,那就等着收获荆棘吧!"

"火线上的铁刺网都趴过,无非头破血流,扎一身窟窿。"

那时,高歌已经从厂技术学校出来,一直在车间办公室帮忙,因为这个年轻人虽然能把自己打扮得水光溜滑,但他的磨床,所磨出来的工件,永远也达不到规定的光洁度。再加上他一年有六个月得去厂部的宣传队唱歌,车间主任看透了:"算了小高,你就以工代干,在车间职能部门帮帮忙吧!"但是,于而龙的压缩之风,像厂里的七千吨水压机一样,没完没了地压下来,于是,高歌又回到了磨床旁边去了。

王纬宇为歌手求情:"把小伙子安排到政工部门吧!"

"你嫌政工部门那些人还少么?"

"可惜了,高歌挺聪明。"

"他可以把聪明用到正地方,我们国家需要呱呱叫的工人,不需要那些耍嘴皮子的空谈家。"

高歌亲自到厂长室找他,于而龙知道他要说些什么,便让秘书小狄转告:"什么时候成为一名真正的磨工,咱们才能有共同的语言,回车间去吧,像你爸爸一样,踏踏实实干活,勤勤恳恳做人。"

当家人,恶水缸,于而龙得罪了许多人,而王纬宇轻松自在,处处讨好,有什么办法?于而龙爱说:"同志,假如你在火线上呆过,就会投我的赞成票。"

但是,好像投赞成票的人并不多,一直到高歌成了工厂的"主人",于是在帮助于而龙提高认识的会议上,旧事重提,老账新算,分明知道于而龙是个残废军人,却偏要他弯腰低头,像把折刀似合拢,恨不能把于而龙那颗倔犟的脑袋,塞到他的裤裆里去。然后,人们在控诉他的资本主义托拉斯经营,血汗工资制度,残酷剥削工人的罪恶以后,问他:"为什么打击革命小将?"

"谁?"于而龙脑部由于下垂充血而肿胀着。

"你干吗把高歌弄回车间劳动?"人们厉声问。

尽管于而龙头晕目眩,腰疼欲断,但他却是一个死了的鸭子——嘴硬:"我认为社会主义不应该是懒汉的天堂!"

人们扑上来,拳打脚踢,要打掉他的"嚣张气焰"。

"交待!为什么?为什么?"

他挣脱一切,把腰挺起来回答:"我是希望他踏踏实实地做一个人。"

那时候,坐在主席台首座的高歌,确实在眼里闪过一道听了良心为之一动的,那种呆板迟钝的光芒,就如同刚才在湖面上划着舢板,保持在幻觉中那死去的战士,突然眼珠动弹一样。这使于而龙自己多多少少意识到一点点责任,正如那个战士的死,游击队长不能不承担责任。难道老高师傅把自己的儿子领到他面前,做父亲的会希望儿子变成现在这种样子么?

所以,他觉得不能这样丢手就走,不能轻易结束故乡之行。现在,他认为倒是难得的,能够独自一人去看看芦花的坟墓,抚着那块石碑,静静地坐一会儿,想想下一步该怎么走?

是的,于而龙是不大肯认输的。

游击队长抬起脚来往村西走去,起初有些犹豫,好像转了向似的,后来才意识到是失去了银杏树的结果,因此,才不迟疑地向前走。可能是春汛大忙季节,很少什么闲人,原来估计没准碰上几个熟面孔,但他失望了,谁也不注意他一个老三王庄人。因为公路修通以后,三王庄不再那样闭塞了,管你是谁呢? 一个昔日的游击队长,那是过去的光荣。十年前,或许还会被少先队请去讲讲革命传统;现在就像躺在路旁的磨盘,已经由于有了打米机,而变成无用的累赘,是碍事讨厌但有点重量的古董了。于而龙想到自己是个磨盘式的人物,觉得很可笑。果然,走了一程,除了那两个小伙子唱歌外,谁也不对回乡的游子发生兴趣。

其实,对于石湖水上人家来说,哪个村子都算不得是自己的家乡。但是从他记事开始,好像逐年都要向高门楼缴纳一笔桩子钱,才被允许在三王庄靠岸拴船,也许如同现在的存车费吧?大约由于纳贡臣服的关系,他视自己为三王庄的居民吧?

正好,他经过一家饭馆的门口,客堂里很清静,生煎包的香味,使他回想起脍炙人口的家乡风味,蟹黄粉包白鸡面,和石湖姑娘一样,也是远近闻名的。于是他迈了进去,一方面有点口渴,另一方面说实在话,划了这么远船,肚子也有点饿了。

说来惭愧,多少年来,他还是头一回独自去饭店进餐,而且还是一家简陋的不怎么卫生的渔村小馆子。

虽然客堂里放着几张油腻的桌子,但找不到一条可以坐下来的凳子,总算那个梳着两把刷子的服务员,同情他有把子年纪,而且衣冠端正,便把自己坐的一张方凳,站起来踢给了当年的游击队长。她还在继续自己的演说:"……哪怕豁出赶八里路,今儿晚上我还要赶到闸口镇去看电影。"

于而龙看出她是一位和柳娟似的电影迷,不过,柳娟对国产影片一点不感兴趣,所以很少见到她坐在电视机前,看那个翻车的老把式。但这位服务员对于电影演员的熟悉,连他于而龙都惊讶了,甚至对私生活都了解得一清二楚。她讲了好一会子,才发现顾客听她讲的兴趣,超过吃的兴趣,便一扬脖子:"买票去!"前厂长兼党委书记从来没经手过,通常都是他的秘书代劳,或者家里人给安排妥当,他只消坐到桌边去吃去喝就行了。如果是宴会,需要讲点什么,小狄自会把讲稿塞进他口袋里的。可是现在,他得去买票,天知道,店堂里只有他一个顾客,何必那么多繁琐哲学?然而作为制度,他必须按照规定的程序,把票买来交给讲述演员私生活的服务员。

"……她结了婚,不久又离了婚,离了婚以后马上又找了个主结婚,这回她嫁给了一个导演,就是——"她把于而龙买来的票,递给了站在两步远外锅灶旁的胖师傅,那位师傅便铲了一碟热腾腾的生煎包子,煮了一碗汤面交给她。但她并不着急马上端来,还在和那卖票的姑娘,切肉的小伙子,高声朗气地议论大概是昨夜放映过的影片,直到她认为顾客的耐性考验到差不多的时候,才款款地哼着影片插曲给于而龙送来。

也许是本地风味,要不就是昨晚的狼山鸡,今早的元鱼都消化完了,竟吃得挺有胃口,这样,去年十月间那顿烤鸭的印象又涌了回来。

于而龙的胃口,王纬宇的酒量,真堪称得上是珠联璧合,宴会上要是有他们两位参加,谁也挡不住他们的联合攻势,一个劝你喝,一个劝你吃,盛情难却,一直到醉饱为止。但那是陈年旧账了,谁还提那些不合时宜的往事呢?

虽然两家同住在部大院里,承蒙不弃,王纬宇有时还来串串门,但在同一个宴会上碰杯,一饮而尽,起码也是一个年代(世纪的十分之一!!!)以前的事情了。

去年秋天的于而龙家,破例的是那几盆菊花,竟也喷奇吐艳地开出了一个繁花似锦的局面,真得感谢痴情等待着于菱的柳娟,于而龙全家都这样看,要不是她收拾照料,花决长不到这么好的。舞蹈演员的家,自从她父亲悲剧性的惨死以后,好像比于而龙家更早地面临着衰败的命运。菊花是年初于菱一时高兴,从她家挖来栽在盆里的,但不幸的是,菊花刚刚在新地方挺立起枝茎,挪花的人莫名其妙地被捕了。

此后,柳娟就把几盆菊花,当做双重意义的遗物,每逢休息日,或者接谢若萍下夜班的时候,给它浇点水。想不到一个性格轻佻,作风浮飘的女孩子,竟能坐在晒台上,抱着膝头,静静地端详上半天。于而龙有时忍不住问他老伴:"那个卖火柴的女儿,从菊花的枝叶上能看到些什么呢?"

然而,工夫不负有心人,花枝上冒出了许许多多的蓓蕾,有一盆竟结了一百多个骨朵,那位不曾见过面的中学校长,竟是一位莳花名手,栽的都是菊谱上有名有姓的品种。哦,可以想象,他肯定像种菊似的耐心培育他的门墙桃李吧,但是,谁曾想到他会死在他教过的学生手里。嗬,现在整个书房充满了他亲手培育出的菊花清香,于而龙经常搬把藤椅,坐在晒台门口看书。

有一天下午,电话铃响了,他估计准是他老伴,关照不必等她,让他和莲莲先吃晚饭。一个失势的人,电话铃也不响得那么起劲了。

他抓起电话,话筒里传来了他那听惯了的威严声音:"是二龙吗?你在干什么?"

于而龙向"将军"报告:"我在看一本无聊的书。"

"什么书?"

"《御香缥缈录》。"

"什么意思?"

"描写清朝宫闱,主要是记叙慈禧太后的书,没有多大意义。"

周浩在电话里大声地:"不用去研究那个女人了吧,咱们还是去欣赏一顿烤鸭吧,如何?"

"烤鸭?"他实在惊讶"将军"的雅兴,好像阳明同志逝世以后,原来政委身上的达观开朗、容让体贴的性格,又在这位老司令员的作风里体现出来,真的,已经难得看到他暴跳如雷了。

"我好久没有吃了。"周浩挺有胃口地说。

于而龙在电话里推却:"那东西胆固醇可够高的。"

"将军"笑了一声:"哦,你到底学会了小心谨慎,似乎用不着如此忌嘴吧!"

于而龙听出了话里的弦外之音,心想:谁能比得了你苏维埃乡主席啊!

"好吧,我七点半派车去接你们全家。"说完他撂下了电话。

"有什么办法,他有着一副不容置辩的将军脾气!"于而龙摇摇头,对那些盛开的菊花讲。

他记不清那著名的烤鸭店,是否也有买票等等繁琐手续,"将军"的秘书把他们接来,送到楼上一个典雅精致的房间里,周浩和路大姐早在那里等着了。

啊!周浩容光焕发,神采奕奕,握住他手说:"我以为你会不敢来的。"

"说哪里话?我也不是吓大的。"于而龙笑了,"顶多让人家做做文章,去年在听鹂馆吃的那一顿,'将军',你还记得不?分明是陪一个外国代表团,人家知道廖总,问了几句,回来我提出该给老廖落实政策,花钱买外国专利,可祖师爷却在敲钟,这不是捧着金饭碗要饭吗?后来,他们非追我是接受了你的黑指示……"

"啊!那些精神病患者,全是些疑神见鬼的恐惧狂、迫害狂!"

在圆桌的另一侧,路大姐埋怨于莲:"丫头丫头,国庆节都不过来看看我。"

"妈妈怕影响你身体,不让我去闹你。"

于莲也是周浩老两口的掌上明珠,因为一九四九年把她从石湖接出来以后,不久,于而龙和谢若萍就去了朝鲜战场,便把她寄养在"将军"家里。她喜欢并且尊敬慈父般的老布尔什维克,而周浩也把她当做翅膀下面的小鸡雏,总是关心和庇护着她。那个老徐所以要同于而龙结亲家,真正的目标,并不是他,而是苏维埃乡主席,一个正直不苟,很难亲近的人,所以需要一座沟通的桥梁。谁不知道呢,"将军"膝下无儿,于莲是他的娇宝贝。

谢若萍笑着解释:"路大姐,是我没让莲莲去,人多嘴杂,苍蝇见没缝的鸡蛋还下蛆,又该给你们添油加醋啦!"

"必要的时候,小谢讲究点卫生还是对的。"周浩总结地讲,接着他举起酒杯,"好吧,今天我们应当高高兴兴地喝一杯!"

于莲提醒他:"你拿错杯子了,那是茅台!"

周浩一向不饮烈性酒,倘若宴会上有王纬宇,于而龙等部属在场,都是他们自觉自愿代劳的,于莲自小在他家住过,很懂得"将军"的习性,便马上给他换酒。

"今天我要喝一点——"周浩喜滋滋地说。

最令于而龙奇怪的,历来滴酒不沾唇的路大姐,也笑着凑趣:"莲丫头,给路妈妈也来一点茅台。"还命令着:"给你妈也满上。"

谢若萍问:"是不是需要我打电话给医院,叫他们派辆救护车来?——路大姐,你绝对不能喝烈性酒,我是医生,我有权。"

"今天就由我例外一次。"她竟然央告着。

怎么?于而龙诧异起来:老两口找到了失踪的小儿子?"皖南事变"时,突围出来丢在了刀豆山的孩子,又回到他们身边了?有什么事使得老头、老太太竟想起要开怀畅饮一杯?简直莫名其妙。

"端起来,朝我集中,我也来个以我为核心,碰一下,不行,不够响亮,再来一次!好,能喝的多喝,不能喝的象征性抿一口。"

没想到,老两口把半盅茅台统统倒进了嘴里。周浩用餐巾擦擦嘴角,若无其事,他老伴则辣得呛咳着,连泪水都流了出来。

谢若萍轻轻地拍着她的后背,用嗔怪的眼光看着她:"路大姐,路大姐,你……"

"没关系,我还想喝呢!"

谢若萍抢走了她的高脚酒盅。

"要说起来,这该是我第二次主动想喝点酒的呀!"周浩玩弄着手里的玻璃杯子,"二龙,你自斟自饮吧,莲莲,你代表我,陪你爸喝着。那还是'皖南事变'突围过江以后的事情了,我们几个人是乘着一艘小船过江的,那时候的心情该怎样形容呢?——吃啊,拌鸭蹼倒别有风味,我记得莲莲小时候,爱吃糟鸭脑,今天不知有没有(他的秘书连忙放下筷子走去要菜)?——当时,心里头主要是种痛定思痛的情绪,想想吧,好端端的一个革命局面,怎么会一下子给摧残到凄零破碎,濒于毁灭的下场。惨哪!相当的惨!不错,敌人是强大的,我们中了埋伏。但是,话说回来,我们是共产党人,是唯物主义者,敌人绝不是一夜之间突然强大起来的。为什么我们会失败得那么惨重?是我们的战士打仗不勇敢?是我们中级指挥员作战不力?一次冲锋,往往一个同志都回不来,许多挎手枪的营连长倒在战士前面。不是我们的过错,二龙,就像现在一样,我们没有罪,硬把我们当做罪人,历史最终会洗刷这些耻辱的。就算我现在见到马克思,我也毫无愧色。——还是给我点矿泉水吧,我要开始给你们讲喝酒的事了。过了长江,来到江北,找到了我的部队,把那些个残兵败将拢了拢,可怜哪,千来人剩下了百十人。这时,一个军部通讯员骑着一匹马,牵着一匹马来找我,让我赶紧去见军长,延安已经发布命令,司令员代理军长职务啦,我一口气跑了一百二十华里,马匹像从水里爬出来一样。司令员见了我劈头一句是:'还剩多少同志?'我告诉了他准确的数目字。他沉吟地说,仿佛像在作他的诗。'要是一个人去扩展一个区,我们就会有好几个县,要是一个人去扩展一个县,我们就会有好几个省。周浩,周浩,这会你就放手去干吧!党已经搬开了挡路的绊脚石,我们可以大踏步地东进了。'我记得那里是一个冬天里暖洋洋的小集镇,也许南方季节要早一点,河边的柳枝都软了。我怎么也忍不住,就在一家小酒店的迎街柜台上,要了一小壶烫得滚热的酒,一小碟干丝,三下两下,全倒进了嘴里。也许是酒在胃里燃烧,虽说是冬天,但我觉得倒好像是春天。司令员的一席话,展示了冲出绝境以后的希望,二龙,心里那分热呀,把积压在心头多少日子的闷郁之气,全都驱赶了出来。由不得再想向那个戴着毡帽头的店老板,讨了一壶酒。——莲莲,给我再倒半盅茅台,丫头,我一直支持你做一个真实的艺术家,敢于说出人民心里想说的话,所以你必须研究人的灵魂,我坦率地对你讲,我在渡江的时候,心情是并不平静的,我痛恨,我从心里诅咒那些把革命搞到这步田地的人,同时我也深深谴责那些纵容姑息,包庇支持,使得错误逐步酿成的人,他们都负有责任。江面上惨凄凄的冷风,吹凉了我的心,我觉得那不是风,而是牺牲了的同志的冤魂,也随着我们过江北上了吧?莲莲,他们不应该死的,他们死得屈,死得冤,完全可以活到今天,同我们一起的,然而饮恨九泉,死不瞑目。损失了多少好同志啊?能统计得出来吗?付出了多么沉痛的代价啊?能计算得出来吗?现实生活也许就是这样,有过烦恼,才有痛快;有过辛酸,才有甜蜜;有过苦痛,才有欢乐。我是一个老兵,难免常人的感情,所以,我要——"他说着,把那半盅酒举起,慢慢地把酒抿完,连最后一滴也滴进了嘴里。

这时,厨师和女服务员,端着香气扑鼻油黄蜡亮的烤好的肥鸭,走进房间。

于而龙在思忖:有什么事使得老头高兴,激动得以致开怀畅饮?他提起了皖南的旧事,莫非他们失踪的小儿子有了音信?那是根本无望的事情,解放后,多次去刀豆山查访过,丢弃孩子的歇脚凉亭还在,但孩子的消息杳如黄鹤,难道现在会找到?!不,不可能。而且,一般地讲,他理解没有一根白发的年老的将军(他女儿那幅遭到灾祸的油画《靶场》,那个老兵的形象里可以看到将军的影子)。属于他个人身边的一切,是很少当回事提起的。"皖南事变"夺走了他的小儿子,路大姐带着大孩子辗转周折,脱险到了江北。谁知解放后,这孩子刚刚学有成就,又在一次不幸的事故中牺牲。那是他陪着周浩去处理善后的,也不曾见他如此情感激动过。

那么,还会有什么事呢?连路大姐也面有春色,看起来,多少有点反常呢!屋里有点热,周浩又一个劲地劝他多喝。他站起来,推开了沿街的窗户。入夜,马路上静下来了,秋风扫着落叶,他敞开衣襟,任凉风吹着,心里想:也许这也是"将军"所说的带有冤魂的风吧?谁知道,说不定也真是呢!反正,这顿酒喝得有些蹊跷。

"现在画些什么?"周浩转了个话题,问着于莲。

"画花。"谢若萍替女儿回答。

"玉兰吗?"

"不,我们家有许多好看的菊花。"于莲说,"美不胜收,有一盆'晓雪',真正的百花齐放,开了一百二十几朵。"

周浩笑了,对站在窗口的于而龙说:"听见了吗?真正的百花齐放,这么说,难道还有——"

"当然啰,我们已经领教够了那种非真正的百花齐放。"

谢若萍向路大姐抱怨:"他们爷儿两个,一唱一和,尽说些不咸不淡的话,有什么用呢?我一直不赞成莲莲搞上层建筑,那是玩火,弄不好就烫了自己,和走钢丝差不多,随时都会来个倒栽葱。前些日子为出口画百花齐放,总该保险系数要大点了吧?也出了问题,他们说什么?百花齐放跑到国外去了,反过来说,就是国内没有百花齐放的意思,也就等于间接的,用隐含的敌意否定了大好形势。"

周浩乐了,不相信地问:"果然有这种高明的审判官么?"

"亏他们挖空心思,琢磨得出!"路大姐抚摸着于莲的秀发,"看来,路妈妈当年支持你学美术,是错的喽!"

"我们都没有学美术,难道错还少么?"周浩说,"把那幅画买回来,我付钱。"

"我为你再画一幅算了。"

于而龙抗议:"我可没法再给你找来那么许多品种的花卉!"

"送你两瓶茅台,二龙!"

于而龙笑着摆手:"不稀罕!不稀罕!"

他又想起陪着莲莲去百花坞写生的情景,在老兵面壁的情况下,她才接受这项保险不会出错的任务,谁知道世界上没有什么绝对的事物,不走运的莲莲哪!

真可惜了那么多的花呀!

然而遗憾,当现在于而龙非常需要一把花的时候,却连一枝花都搞不到;虽说即使他空着双手,站到芦花的坟前,她也决不会责怪他的。可是他记起了一篇鲁迅的小说,就连夏瑜的坟头上,还飘着一束凄凉的白花,难道三十年后,他却连这点心意都不能尽到?怎么能原宥自己?三十年,三十年后第一次踏上她的坟头呀!

他透过窗棂,就在饮食服务部的后院里,看到了一个如锦似绣的花坛,月季、迎春,还有几支白色的笑靥花,黄色的金缕梅和已过盛花期的芍药,都簇拥在小小的天地里,翘首弄姿地开放着,怪不得有些小蜜蜂在客堂里营营嗡嗡地飞舞。

他向那个服务员招手,她以为又要吃什么,仍旧一扬脖子:"买票去!"

"不,我是想麻烦你——"

她不以为然地走过来,问道:"什么事呀?"于而龙听那直撅撅的语气,知道她对待穿非毛料衣服的顾客,肯定声音决不会更悦耳动听的。

于而龙话刚出口,就有点失悔了:"小同志,后院里是谁家的花?我能不能掐一把?要是肯收钱的话,那就更好了。"

假如小狄在场就好了,她肯定会用对方无法谢绝的动人语言,来打动铁石心肠的服务员。但是话从他嘴里出来,像盛过醋的瓶子又去装酒,完全变了味,本来讨两支花是桩风雅的事,却引起了误解。那位女服务员警惕性高得出奇,脸色陡然变得蜡黄,像被水蝎子蜇了一下似的,猛地退后半步,打量着衣冠楚楚的食客。因为在她的头脑里,马上映出她入迷的反特故事片,几乎都成为模式了,所有敌特在接头时,都要使用暧昧其词的联络暗号。好端端的问起花啊草的干什么?于是她盘问起来,在这里,可别认为她不礼貌,她在履行一种神圣的职责。

"你好像是从挺远的地方来?"

"不错。"

"有证明吗?"

"没有。"

"怎么会没有证明?"

"忘了带。"

她笑笑,于而龙也陪着笑笑,因为他明白惹麻烦了。

"是到我们三王庄来的吗?"她腔调里已经充满了公安人员的气味了。

三王庄成了她的？于而龙真感到悲哀，他生于斯，食于斯，长于斯，倒成了一个陌生可疑的嫌疑犯。他羡慕那个饮中八仙的贺知章，起码那位诗人回到他故乡时，是被儿童们笑着问的。也许中国在唐代，大家的警惕性比较低，不那么草木皆兵，可现在，他在受到一番理所当然的怀疑。

她弄清楚衣着不凡的老人，确实是来三王庄，便紧接着问："那你找谁？"

他怎么能告诉神经过敏到可笑地步的服务员，是来看望一位死去三十年的女人呢？便耸耸肩回答："我，谁也不找。"

"游山逛景么？"

"嗯！"

"也许还有别的任务吧？"现在，梳刷子的服务员看他不耐烦用手指弹着桌面，心想：他是不是在发报？于是向柜台里使了个眼色。那个卖票的姑娘立刻领会，便锁上抽屉走出店门报案去了。这里，那个女服务员继续和他谈话，要把这个可疑人物羁縻住。"那么，你要花做什么用呢？"

"哦！你太好奇啦！小同志。"他决计不依靠那个自作聪明的年轻人，径直穿过客堂，到后院里去。

"哎，哎，同志……"她不满地要拦住他，但是她办不到了。因为于而龙看到了花坛旁边的一口古井，那像磁铁一样的古井吸引着他，什么人，什么力量也拦阻不住，他一步一步朝那口古井靠拢过去。

长满了滑溜溜的青苔，围着石栏，铺着石板的古井，是三王庄独一无二的一口水井。在水乡石湖，各村的水井都是备而不用的。只是大旱年景，海水倒灌，人们无法食用苦涩的咸水时，才想起古井来。

于而龙站在那里呆住了。

他仿佛看到,就在古井的石台上,老林嫂正在用井里汲出的凉水,洗拭着小石头浑身血污的尸体。他,浑身上下,千疮百孔,找不到一处完整的小石头,是石湖阶级斗争的风暴中,最早献出生命的小勇士。他们是如何从孩子身上泄恨的呀?把这个窥见了高门楼与麻皮阿六勾结的小孩,极其残酷地杀害了,也许因为他看到了不应看到的秘密,才狠毒地剜掉了他的眼球吧?

难忘的血债啊,老林嫂的悲惨哭声,又在他的耳畔响起……

"杀人犯!谁是杀人犯哪……"

在哀伤的哭声里,没有救得孩子性命的游击队长,像现在一样,站在井台上,望着老林嫂和芦花,舀着吊桶里的井水,一瓢一瓢地,轻轻地洗净孩子身上的血迹和污泥。一个多么活跃的小战士,那样安详地躺着,井水和泪水混在一起流在他的尸体上。

最无法忘却的,是那两只被剜走后,深邃的黑洞似的眼睛,在异样地盯着你,盯得人心里直打寒战。

这种奇异的感官刺激,于而龙一生只有过两次体验,一次是在被敌人踩躏得死去的小石头跟前;另一次,就是前几年,重新回到久别的工厂,看到那心爱的实验场的时候。尽管一个是有生命的孩子,一个是无生命的机体,但是他们都有一双盯着你的眼睛,都似乎在向你的心敲击:"你来晚一步,你没能救得了我……"

狠毒的人都是朝着最致命的部位下手。

难忘的石湖上最初掀起的浪涛啊……

高门楼的枪支被强借以后,无异点燃了一颗引信,肯定,是下一个回合的触发点。但人们并不把王纬宇放在眼里,认为他是个新钻出地皮的笋子,嫩得很咧!报复无疑会来临的,但不是他,而是要等到那个进省谋官的王经宇回来后才会发生。因为听说高门楼派人给他送信,报告枪支被抢走,和肥油篓子惊吓成病的消息,他正在省会陪着达官贵人搓麻将,只是哼了一声,无动于衷,照样做了副满贯。大家立刻想到,不叫喊的狗往往更厉害些,便等着他回来同他较量。

即使现在,王纬宇的脸上,也总挂着一副天真无邪的样子,像纯洁的天使那样,任何罪恶都和他不沾边,所以三十年前的第一次交手,就被那张漂亮的无罪面孔给蒙蔽住了。

但是,突然间,芦花从三王庄派人给柳墩送来消息,高门楼把子弹装在运稻谷的船里,转移到陈庄区公所去。

"娘的。"老林哥一拍大腿。

怪谁?于二龙知道不怪别人,怪自己缺乏经验,怪自己那么容易满足,枪一到手,也不顾赵亮的眼色,便赶紧撤了,没想到让他们交出全部收藏的子弹。没有子弹,枪还不如一根烧火棍呢!

"走,截住船去!"他朝浓雾弥漫的石湖下了决心。

"慢着,不会有鬼?"老林哥说。

"是鬼,也得把他降伏住。"于二龙跳上舢板,一点篙,离开湖岸。

"多去几个人吧!"

"不,人多,船划不快,该撵不着他们了。"

小石头从雾里蹿出来,喊着:"带我去。"

他插住竹篙:"好,快跳!"

只见他赤条条地像只狸猫飞蹿过来:"干啥去?二叔!"

"撵高门楼的大篷船,妈的,偷运子弹,说不定又要动手咧!"最初的借枪胜利,使得于二龙不把对手看在眼里;英勇好斗的小石头立刻摩拳擦掌地兴奋起来,根本不害怕。

舢板在浓雾里划着,亏得是在石湖里张网捕鱼的能手,要不然,不但抄不了近道,说不定还会迷路,该死的漫天大雾呀!

忽然,小石头竖起耳朵,高兴地俯身过来:"二叔,在那边呢!"果然,于二龙也听到了隐隐约约的划桨声,但他摇了摇头,因为大篷船吃水深,通常是使用竹篙和大橹,他认为也许是别的过路船只。孩子的听觉要敏锐些,又侧着头倾听了一会儿。"二叔,不止一条!"

"拉大网的吧?"

拉大网,就是几艘渔船联合作业,趁有雾的天气,涨潮的时候,围捕那些放松警惕而浮到上层来的鱼群。但是,于二龙却不曾发觉自己正是要落到网里去的捕获物。所以在迷雾混沌的日子里,是最容易遭到暗算的时期。他现在懂得"将军"为什么要开怀畅饮的原因了。

到底舢板轻巧,抢了个先,他们两个控制住去陈庄的通道,也就是昨天下午那个忽热忽冷的赎罪者,变了脸色和他分道扬镳的地方。他们涉水在狭长通道两岸的泥滩上,查勘了一番,并没有新留下的竹篙印迹,证明那艘大篷船尚未通过,而它又必须从这儿通过的。

他们确信芦花是不会捎错信的,坐在岸边等候,大篷船一直过了很久很久,才在雾里朦朦胧胧地出现。

"不要怕!小石头。"

"怕个卵!"他还用手指头弯起来,做了个猥亵的动作,显然是跟那些不成材的队员学的。

于二龙回手给了他一巴掌:"学点好。"

小石头没想到他会发火,眼里闪出委屈的泪花,望着他。

他也后悔了,而且后悔一辈子,这一巴掌打得太重了,不应该打孩子,应该打那些教唆犯,还是那句话,年轻人有什么过错,社会才是教员。但是,打完那一巴掌以后,孩子和他就生死异路了。

在井台边,这位前游击队长,朝着那并不存在的尸体忏悔地说:"原谅你二叔吧!小石头……"

他们在泥滩上跳起来,朝大篷船喊着:"站住,给我站住……"

摇橹的船工自然听命于坐在舱里的老爷,压根不理睬他们的喊叫,慢悠悠地驶进狭长的通道里来。

小石头一个鱼跃,撺进水中,连扑带游地靠近了大船。船工们犹豫了,不知该怎么办才好?舱里的人发了话,踌躇为难的船工,才开始动手把快爬上船去的孩子推下水。

谁?他立刻闪出一个念头,莫不是王经宇回来了?那白眼珠多,黑眼珠少的家伙,是什么手都下得了的。

但是,小石头是个天不怕、地不怕的孩子,他被推落下水后,又咕噜噜地冒出来,激怒地攀住船尾的大橹,死命抱住,怎么甩也甩不掉他。他身轻灵活,像鹊山的狸子顺着大橹蹿上了船,抽出他总别在腰里的柴刀,三下两下,砍断橹绳,又从舱顶飞跑到前舱,对准桅杆,只听得"丁"的一声,大布帆哗啦啦地落了下来。他站在那几个茫然失措的船工中间,两手往腰里一掐:"看你们敢不停下来?"

舱门打开了,于二龙不由得一怔,揉了揉眼,定睛望去,敢情是王纬宇!——笋子就是那样,一天不见,再见就长得老高,原来是他的鬼花样。

他像跑江湖地拱起双手,至少在语调上是相当亲热的:"二龙,有事吗?"

"二先生起得够早的。"

他向船工们发令:"快搭跳板!"然后向于二龙毫不见外地招呼:"有话到船上来谈。"

上船就上船,怕你吃了我?于二龙倒要瞅瞅在舱里发号施令的是谁?因为他始终没瞧得起王纬宇会是个对手,他那副该死的面孔,使人无论如何想不到他会做出那些偷运子弹和渔民对抗的事。

但是,舱里有谁?只是在舱角里坐着一个可怜巴巴的女人。

于二龙怔住了,敢情斯斯文文的王纬宇,也会耍把戏,隔着门缝看人,把他看扁了。

王纬宇请他进舱,指着舱角里的那个人:"不认得了吗?"

因为于二龙从亮处走进舱里,无法辨别细节,眼睛适应了舱里的暗淡光线,定神一看,再回味王纬宇别有含意的语言,只觉一股热血直冲头顶,两眼都闪出愤怒的火花。谁不知道于二龙是个血性汉子,当时,恨不能一口把她和他都吞了。

她就是四姐,就是今天清早在陈庄见到的那个戴孝的珊珊娘啊!

在命运的河流里,谁也不会知道自己将在哪里驻脚,系上自己的爱情之舟?机缘是莫测的,错舛是经常的,以为万无一失的佳偶,会不翼而飞,预卜不会成功的一对,反倒白首偕老。要不是那个多情的历史系大学生,也许珊珊娘今天又是另一种样子吧?

但在船舱里,于二龙和王纬宇同时出现在她面前的时候,她的心像刚出壳的鸡雏那样,一面瑟瑟地抖,一面蹒跚地走。她该往哪一个方向举步?王纬宇是可近而不可攀;于二龙是可攀而不可近,她的头垂得更低了。

也许,女人的不幸就是要多些。

四姐是和芦花一块在民国十九年那场水灾漂泊来的。船家和渔家都是水上生涯,再门当户对不过了。甚至还在于二龙刚成年的那时,两家把亲事说定了,互换了庚辰帖子,难道还会有什么差错可出么？多少年来,水上人家都是这样媒妁婚姻的呀!

后来,都渐渐地长大了,谁知是上帝的慈悲,还是老天的作弄,她出息得水葱似娇嫩柔美,粉白的脸,细细的眉,秀媚的眼睛,纤纤的手,那样一个窈窕的体态,至少在水上人家,是不常见的。但是脸上长得俊俏多情,对女人来讲,有时候是福,有时候是祸,有时候说不定会是一场灾难。

因此,她们家在湖上一年四季很少闲着,总有客人雇她家的船,生意从来不曾清淡过,以致夺了兴怡昌小快班的常川客户。是啊,对那些腰包沉甸甸的商贾来讲,坐在舱里,有后舱一个漂亮标致的姑娘陪着说说笑笑,是不会嫌路程长和时间慢的,为了让四姐道声多谢,多给几个脚钱也是倾心乐意的。

旧社会的水上人家,只要船上有年轻媳妇或者姑娘,必定会有些不雅的流言蜚语,难免抛短流长,蒙上不洁的浊雾。但是能怪罪她们吗？正如于二龙也曾去喝掺进砒霜的毒酒,同样是在饮鸩止渴呀!

在南洋群岛的伊里安岛附近,有种极乐鸟,它丧身的主要原因,就是有着一支美丽的长羽。——这是劳辛告诉过他的。

于而龙想起他女儿信里,用俄语写的,那是他最早的罗曼史。错啦!孩子,她和芦花都不是石湖土生土长的女儿,所以不那么大胆,也不那么放浪,她只是在后舱里偷偷瞟上一眼。而别个,每天傍晚在湖里嬉戏的时候,总是那么胆大和毫无顾忌,当夜色浓得足以遮住羞涩和别人的目光,相爱的人便紧紧地搂在一起,在水里游得很远很远。按说,于二龙的水性是佼佼者了,但四姐却不敢作这样的游戏,没有,从来没有亲近过。

所以他站在船舱的稻谷里,嘲弄地,这是最能掩饰自己真实心灵的手段,向垂着头的四姐说:"哦,划船的成了坐船的人啦!"

她哭了,是委屈?是苦恼?是后悔?还是软弱?一颗女人的心啊!他从那个时期起,就不太懂得。

于二龙撇开她,对王纬宇说:"二先生,你要说话算话!"

"我一生不对朋友食言,大丈夫应当言而有信。"

"那你不该背着我们搞鬼!"

"我不明白。"

"你心里清楚。"

"我从来正大光明,你有话直说好了。"

"子弹,二先生。"

他镇静地笑了一笑:"我没有那东西。"

"不,就在船上。"于二龙卓有把握地回答。因为芦花的消息,如同她后来成为神射手一样的准确,绝对错不了的。但满舱稻谷,从哪儿去找到挟带的私货,使他犹豫起来。

小石头,那个精明懂事的孩子,正用他那把柴刀,朝稻谷里扎着探着,一共整整三大舱,百多担粮食,要扎到何年何月去?没想到,在这为难的时刻,浑身湿漉漉,衣衫紧贴在身上的芦花出现在舱门口。小石头眼尖,立刻扑了过去:"姑姑——"

于二龙眼睛亮了,她不但捎回情报,而且亲自跟着大船。她该在哪里藏身?肯定是挂在船梢,泡在水里一路吧!啊!他从心里赞叹:真了不起,芦花,你和那个只会坐在蒲团上哭的女人,虽然是一块飘泊来的,但走的却是两条不同的路了……

芦花逼上一步:"二先生,交出子弹吧!"

王纬宇理直气壮:"你们说些什么?"

"四姐,你可一直在船上,二先生是快开船才上来的,你给他提个醒吧!"

"我!"四姐胆怯地掠了王纬宇一眼。

"二先生,你不发话,她哪敢开口噢!"芦花瞪着他。

"秃子头上的虱子,明摆的事,何必再啰嗦呢?"于二龙性子上来,不那么耐烦了。

王纬宇后退一步,口气依然很硬地顶着:"我确实不知道,这不是强人所难吗?"

"那你就让四姐讲。"

"我并没有封住她嘴。"

"四姐——"芦花走过去:"告诉我们,这能瞒了谁,我亲眼看见的。"

四姐离开她坐的蒲团,掩着脸迈到后船梢去,以一种畏缩的犯罪心情看着大伙。

小石头几乎到处都探到了,这时,他用脚踢开蒲团,一刀扎下去,碰到了硬的物件,赶忙丢刀,趴下去,用双手把散装的稻谷翻腾开来,不多一会儿,两只装子弹的铁皮箱给扒了出来,浑身粘满稻谷和灰尘的小石头,一屁股坐在箱子上,问道:"是什么,你自己说吧!"

"啊?!"王纬宇大惊失色,张大了嘴,站在那里愣住了。

"怎么回事?二先生,你说说吧!"

他似乎刚明白过来:"哦,怪事,家里还真有子弹?"他那副惶惑不解、受骗上当的样子,不但于二龙,连芦花都笑了。把戏揭穿以后,何必再装模作样?但他却像真事似的,捶胸大吼,朝那可怜的四姐、朝那些无辜的船工发火:"有子弹,不交出来抗日,往哪儿运?送给什么人?你们为什么不告诉我?为什么串通起来瞒着我?这家我到底做得了主么?你们眼里还有我么?……"

他越是淋漓尽致地表演,于二龙越是觉得他能耐不大,虽然是长高了的笋子,但终究是没过年的新竹,还嫌嫩一点,经不起什么分量,比起他那位令兄,差得远了。一种优胜者的心理,在年轻渔民头脑里盘旋:"到底没跑脱这条滑溜溜的小鲶鱼,二先生,我是打鱼的神手!"

"就两箱么?"王纬宇还直管追问他的手下人,"挟带私货到底想干什么名堂?给我丢人——"

"算了,你不比谁清楚?"于二龙不愿意再看他做戏了。收场吧!一个拙劣的、表演不算高明的演员,人赃俱在,无法抵赖,老实认输吧!

王纬宇推开小石头,做出不甘心的样子:"我怎么不知道家里还有两箱子弹,打开看——"

于二龙呵呵大笑:"二先生真会装。"

但是,王纬宇三下两下,手脚利索地打开了铁皮箱,倒出来的东西,让于二龙、芦花都看傻了,没有一粒子弹,而是一包包大烟土,真正的云土,用油纸封裹住的上等烟膏。

这回该轮到王纬宇笑了,不过,他是冷冷地笑。

雾,还没有散……

王纬宇踢了踢跌落在稻谷上的云南烟土,问道:"怎么办?"

不是所需要的子弹,于二龙还有什么好说的,他心里丧气极了,包括芦花、小石头在内,都弄得毫无兴头,站起来,走出舱门,什么话也不说地打算走了。

哪想到,他前脚刚跨上跳板,王纬宇开腔了,还是那种冷生生的口气:"二龙,你又错了。"

这腔调使于二龙万分恼火,现在局面改观,王纬宇成了空中盘旋的老鹰,他是一只无处藏身的鸡雏,只好由着他摆布了。错在什么地方?年轻的渔民心里琢磨着停住脚。

"鸦片烟是政府明令禁止的违禁品。"

"违禁品?"那时于二龙不仅不懂第二外国语,连本国语文都谈不到精通,但他模模糊糊懂得违禁品大概的意思。

"你完全有理由把烟膏扣下。"

于二龙理智的网给搅乱了,高门楼的二先生会偏向自己说话,真是乱弹琴。他认为自己耳朵出了毛病,因为按照他当时的思维逻辑推断,从 a 点到 b 点,只能有一根笔直的线。

"悟不开这个道理来么?"他还是冷笑,掺上那种对于无知的怜悯,"烟土是和黄金等价的玩意,可以换到更多的子弹。"

老天,究竟是信他,还是不信他?马上要作出决定,只可惜赵亮去了滨海支队,要他在场的话,准能帮着拿个准主意了。芦花催他赶紧离开,因为她的判断很简单,而且一辈子也不曾改变,她认为王纬宇决不会安好心眼,后来甚至更加顽固地坚持。但王纬宇却向船工发了话:"撤跳,掉头,回庄!"他对思考中的于二龙说:"到时候,你就明白我啦!"于二龙望着他那张永远也看不透的脸,心里说:"只怕你不回三王庄呢,那又不是龙潭虎穴。"

大篷船在狭窄的水道里掉头,折腾不少时间,在浓雾里,费了好大的劲,于二龙也不得不帮把手,挂起大帆,重新驶进宽阔的水域里踏上归程。

许多事情是难以逆料的,谁能想到两个势不并立的对手,竟会难解难分地合作多半辈子。王纬宇当时也预卜不出一个渔花子会成大事,而且以后高踞在自己头上,甚至也想不到,过不多久,他弄得山穷水尽,以致还要投靠游击队。要是略微见到一些朕兆,他也决不会在严肃正经的面容下,戏弄他未来的上级了。

他那漠然的眼光,落在了于二龙满是胼胝的大手上,渔民的手,是成年和渔网缆绳打交道的,要格外的粗糙些。于是,从怀里掏出一个精致的烟盒,啪地弹开盒盖,伸到年轻渔民面前:"抽烟,请!"他是想看看那粗壮笨拙的手指,怎样夹起那支炮台烟。

于二龙斜着眼看他一下,一直持有戒意的年轻渔民,本不想接他的烟,认为还是远他一点的好。但是,谁没有一点虚荣心呢?都是血气方刚的年轻人,而且还有那个本来属于他,现在却投奔到王纬宇怀抱里的四姐,在舱里悄悄地看着两个男人在竞逐。类似坐骨神经痛的感觉,在侵扰着他。一支烟都不敢接,竟土到这种程度吗?然而,待他伸过手去,他后悔了,那烟盒的结构颇为精巧,他那粗笨的手指,摆弄半天,硬是抠不出一支烟。

他脸红了,自尊心大大地受到伤害,尽管二先生内心世界得到相当满足,表面上不露任何声色。他轻轻一触烟盒的暗簧,便弹出一支香烟,蹦到了于二龙的手上。

于二龙没有抽这支烟,而是把它捏在结实的掌心里,碾了个稀烂粉碎。

王纬宇也怔住了,他是第一次就近观察到于二龙心里的地震,那强烈的地震波使他都感觉到了。他谴责自己做得太愚蠢、太浅薄了。因为这局棋还不能讲最后的胜负,逼将还嫌早了点。不过,雾里有了船只的动静,他要正式和他较量了。他先掠了对手一眼,好像没有什么特殊的反应,便问:"好像雾里有不少船呢?"

"拉大网的吧?"

——于而龙,于而龙,你一辈子是以力量把王纬宇制伏,而他,却是以狡计把你压倒。真是棋逢对手呀,可这最初一个回合,直到今天,你还在扑朔迷离之中。为什么要剜掉小石头的眼睛,就是因为孩子看到了隐秘。所以在历史的长河里,有许多永远也揭示不了的秘密,这里面也包括你在石湖最后一个回合里,留下来的三十年不解的哑谜。

追寻吧！战斗还正在开始……

突然间,出乎意料之外,从雾里钻出来三四条大大小小的船,采取包围的姿态,团团裹住大船,是一个拉大网的架势,但目标并不是鱼,而是人。

"麻皮阿六!"一个船工恐惧地喊了声。

"不错,是我六爷——"那土匪头子大模大样地站在一艘独舱船上,穿着一件敞开的黑色香云纱裆裤,宽皮带上,插着两把手枪,响响亮亮地回答着。

"来者不善,碰上了这帮土匪,糟——"王纬宇轻轻地推了一把于二龙,"进舱去,我来搪他一阵!"

在石湖四周数县,很少不知道麻皮阿六的,这个骚扰一方的土匪匪帮,到处做有手脚,连县里都有他们买通的关节。对这帮为非作歹的匪徒,官府无可奈何,甚至下了通缉令,麻皮阿六还在城里望海楼吃馆子呢!

土匪是一种特殊的社会集团,是社会上一种凶暴残忍带有强烈破坏性的力量,在兵荒马乱的年头里,他们打家劫舍,敲诈抢掠,像自然界的飓风一样,所过之处,都要受到程度不同的灾害。现在,当然不会有土匪了,但是,这种特殊的社会力量,并不会消失,只要看一眼那座高围墙工厂里的实验场,该知道这股社会上的飓风是多么强烈,麻皮阿六简直是望尘莫及了。

于二龙很钦佩斯文的二先生,并未吓得浑身筛糠,还高声地问:"你们究竟想要干什么?"

"那不是高门楼的二先生吗?啊,弟兄们,今天算发了个利市,碰上财神菩萨啦!"他一挥手,包围圈又缩紧了一点。

王纬宇指挥着于二龙:"告诉她们,快把烟土埋起来。"于二龙不得不听从他,向舱里的芦花传达,在这里,征服者和被征服者的关系全搞乱了。

王纬宇是一个怪物,仅仅用领袖欲三字来形容他的癖性是不够的,只要那个场合除他以外还有人在,那么,别人得众星捧月似的围住他,要是,造物者不幸在那里先有了一个或几个别的恒星,那么他就情不自禁地喧宾夺主,或者凌驾在他人以上,或者役使着对方,或者利用着替自己拉车出力,或者干脆火并王伦,他坐首把交椅。毫无办法,他生有一种指挥别人的病,有时候,他不得不退居二线,做个副职;瞧着吧,不出半载一年,他那二线比一线还热闹,他那副职也是头角峥嵘,非同小可。演讲,他嗓门最高,照相,他坐在正中,宴会时分不清他是主人,还是客人,战斗中同样也看不出他是参谋长,还是司令员。

但千万不要轻易给他下一个好出风头的结论。

只听得王纬宇朗朗地干笑了两声,举起手,很有气概地对匪徒们讲:"不必过来,有话好讲。"

麻皮阿六嘴一歪:"好的,二先生能开面子,那就给个价吧!"

"实在惭愧,船上装的全是稻谷,改日吧!"

"白张嘴么?见面礼都不给吗?二先生,我们不是臭要饭的,朝你白伸回手。弟兄们,上!"他一挥手,那些匪徒便蜂拥地往大船靠拢。

于二龙看得清楚了,除了麻皮阿六带有两把大镜面匣子,别人都不持什么武器,便拔出腰间的手枪,冲天打了一发,大声喝着:"看谁敢动?"

匪首顷刻之间变出一副光棍不吃眼前亏的面孔,嘻嘻哈哈地嚷着:"别误会,别误会,二先生,这位是——"

"我的朋友——"王纬宇答复着。

朋友,实在是很难找到准确涵义的名词了,于二龙听得心里直发麻,黄鼠狼和鸡交朋友,但不幸的历史,偏偏验证了这个不等式。站在舱顶上的持枪渔民,当时倒没想那么多,而是大声地问麻皮阿六:"不认识吧?于二龙,听说过吧?"

"啊哈……是二龙兄弟,自家人,自家人,我正打算会会你那山门呢!"他把船紧挨过来,但见于二龙居高临下,自己不占便宜地势,便嬉皮笑脸地拱起手:"你哥投奔了我,我可没亏待他。大龙呢?大龙,大龙……"他回头招呼。但那个早看见自己兄弟的于大龙,闪在匪徒后面不出来。麻皮阿六高声地嚷:"二龙兄弟,听说你拉起杆子,好样的,干嘛你要打共产党的旗号?咱们合伙干,怎么样?"

于二龙根本没听他说,而是寻找匪徒中间他那愚直的、任是牛拉马牵也不回头的哥哥,芦花闻声也走出舱外,因为捎去几回口信,都被他骂回来。

有些匪徒正试着要往大船上爬,于二龙一跺舱顶,威严地吼着:"谁敢上船试试,摸摸脖子上长几颗脑袋?"

"啊呀老弟,咱们算是有缘相会,今天咱们就来交朋友,叫做一回生,二回熟——"他喝令匪徒,"谁也不许上大船,给我老实呆着。"说罢,他做出一副拙手笨脚的样子,从那艘低矮的船想爬过来,同于二龙拉拉手。"老弟,你真了不起,说干就干,一拉好几十号人,有板眼。往后,老哥还得朝你请教……"

于二龙到底是刚拿起武器的渔民,哪里懂得惯匪的苦肉计,麻痹战术——正如那回王纬宇在南方混不下去,来投奔他一样。应该飞起一脚,踢他下水,或者顺势牵羊,先下了麻皮阿六的枪,但是他坐失良机,竟在舱顶上给匪首留下立脚之地。果然,麻皮阿六站稳以后,刚才还是一脸胁肩谄笑,刹那间,麻脸闪过一掠残忍的黑影。一个来势凶猛的扫堂腿,于二龙未加防范,措手不及,被拐倒下来。只见麻皮阿六伶俐地来个鹞子翻身,压在了他的身上。现在才看出刚才的笨拙,纯粹是障眼法,而实际上,他的拳脚功夫不浅。他腾出一只手,向空中一招,那帮匪徒,呼啸而上,站在舱门口的芦花,抄起一块护桅板,奋不顾身地迎了过去。

于二龙被压在麻皮阿六的身下,向那些吓呆了的船工大声招呼:"把他们打下船去,打下去!"但那些力气比谁都不小的船工,动都不动地木然站着。

麻皮阿六笑了,他能笑着把过期不赎的肉票活活杀死,掐住于二龙的脖子,嘲弄地:"二龙兄弟,你给他们什么好处,人家干嘛为你拼命!"

于而龙一辈子记住麻皮阿六的教训,精神上的感召,只能施行于迷信的教徒,而群众,凭空喊,是喊不来的。而在多年的游击战争中,那些血肉相连的基本群众,则是用心换出来的。

只有一个小石头,才给过一记耳光的小石头,蹦上了舱顶,浑身是胆地骑在惯匪头目的腿上,用他那把柴刀,剁着麻皮阿六。只是可惜他个子太小,刀把太短,怎么也击中不了他的脑勺,而且他分量太轻,无论怎样使劲,也压不住那踢蹬的两腿。但是小石头的助战,总算让于二龙腾出一只手来,那长满老茧的渔民的手,结结实实地捏住了麻皮阿六的脖根。于二龙虽然被他卡住透不转气,但此刻,也看到他脸上一粒一粒的麻斑,憋得紫红发亮起来。论拳脚,于二龙短练;论力气,麻皮阿六可不是对手。幸亏匪首眼快,只被于二龙的手握住脖根,倘若要向上挪二指,那么,麻皮阿六就不会后来被击毙在闸口镇的小教堂里,而此刻在舱顶上早报销了。

至少,麻皮阿六多少年来,不曾吃过这么大的苦头,特别是顽强拼命的小石头,在他后背上,剁破那件拷绸裤子,砍出好多道血口子,使得麻皮阿六渐渐失去那股亡命徒的骁勇,快要从优势转为劣势,于二龙试着要翻转身来,给他一点颜色瞧瞧了。

在舱前应战的芦花,纵使有三头六臂,也抵挡不住一哄而上的匪徒。她独力支撑住局面,甚至还寄期望于陷在贼巢里的于大龙,能助一臂之力,不让他们上舱顶去救援麻皮阿六,只要于二龙翻过身,擒贼先擒王,那么这局棋就大为改观了。

她愤怒地喊了一声:"大龙,你死了吗?"

于大龙已经爬上来大船,芦花的一声呐喊,他迟疑了。倘若不是一旁虚张声势帮助芦花的王纬宇,他会毫不迟疑地倒戈和匪徒格斗的。但是,他也是一个从 a 点到 b 点只能有一根直线的人,甚至比他兄弟还不会拐弯,而且反应来得更慢。他看到于二龙和芦花给不共戴天的高门楼效力卖命,冲过去,抡起拳头,对着芦花咆哮:"你们全忘了咱们家是怎么落到这种样子的啦……"

芦花举起护梡板的手,自然不能朝亲人的头砸去,只是迟疑了一下,双手被匪徒执持住,眼看他们一拥而上,把匪首给解救出来。于二龙,芦花,小石头成了他们的俘虏。

芦花朝于大龙啐了一口:"呸!"

不知什么意思,麻皮阿六并不像传说里的杀人不眨眼的魔王,而是以出奇的冷静,让手下人裹伤,望着王纬宇说:"二先生看笑话了,做了一场蚀本买卖!"

王纬宇说了一句莫名其妙的话:"你斟酌着办吧!"

一个独眼龙向匪首建议:"干脆,把他们全给'恭喜'算了。"虽说"恭喜"两字,是匪巢里的黑话,但那意思,三个被绑的人,心里是全明白的。

于大龙黑着脸,走到麻皮阿六跟前,无言胜似有言,虎生生地瞪着,看他下文说些什么?麻皮阿六是老江湖,窝里反不是好事,便骂了一声独眼龙:"糊涂,喝多了么?"转身对于二龙说,"你放心,咱们是不打不相识——"话未落音,几个匪徒扭着四姐,捧出烟土走来。麻皮阿六抖开纸包,把烟膏放在鼻下美滋滋地闻着,赞许地说:"是真货,好东西,谢谢你的烟土,二先生,够朋友。"

王纬宇不自然地看了于二龙一眼,连忙抢过话来讲:"大家都是本乡本土,还得互相担待!"

"少废话,你给二龙多少支枪?"

"没有,没有——"他矢口否认。

"得啦,少给我装熊!"麻皮阿六一巴掌抟过去,王纬宇跌跌撞撞,差点倒在于大龙的身边。没想到正为了报仇才上山当土匪的于大龙,哪能放过这千载难逢的好机会,就势揪过他的脖子,一把按倒在地。那明光雪亮的匕首,从后腰掏了出来,朝王纬宇心窝扎去。要不是麻皮阿六眼疾手快,一个箭步,握住于大龙的手,今天的革委会主任就当不成了。"你要干什么?"麻皮阿六气得脸都绿了。

于大龙说:"先'恭喜'了他!"

独眼龙过去,踢开于大龙:"干你的屁事,滚开!"

"头儿——"于大龙不服地抗议。

麻皮阿六说:"自家人,别伤和气,听我的。"他抓住王纬宇,做出一副杀气腾腾的样子,"快说,几杆枪!"

王纬宇拿眼瞟绑在桅柱上的于二龙。

于二龙挺起胸脯:"问我就是了,六杆长的,一支短的。"

麻皮阿六掂着刚扭到手的短枪,一支小号勃郎宁:"这就是那杆短的了,好吧!——"他让人松开小石头,和颜悦色地说,"好兄弟,我佩服你有种,六爷请你去做客,见见世面。三天以后——"他又换了一副凶神恶煞的嘴脸,对于二龙和芦花讲:"山神庙见,你们把六杆枪全部送来,把孩子领回去。"

"啊,绑票——"于二龙想不到会来这一手。

独眼龙问麻皮阿六:"不带走于二龙?"

"不!"麻皮阿六摸摸浑身伤口,苦笑地说。

"那怎么朝朋友交账?"

麻皮阿六望了一眼王纬宇:"这我就够败兴的了,快撤,别嚼蛆啦!"

"站住,把孩子放下。"

"三天后,山神庙见面吧!"匪徒们一窝蜂地跳回各自的船上,小石头也被他们拖去了。

"二叔,姑姑……"小石头在挣扎着。

于二龙叫住他哥,本意无非要他照应一点孩子,但是那个不爱说话的人,讲出的话更加堵噎得慌:"你们过好日子去吧!"

匪徒们的船只像箭一样四散而去。

"二叔,姑姑……"小石头力竭声嘶地喊着。

芦花也被绑了个结结实实,动都动不得,只能大声地向那走远了的孩子喊:"小石头,小石头,我的石头啊……"她大声地哭出声来。

也许是孩子听见了她的哭声,他在喊:"姑姑,你放心,我不怕,我……"

要不是于二龙绑着,他肯定会跳下湖去追的,死活也要和小石头在一起,怎么能把一个十岁的孩子,抛到一群野兽中间去,想起那一巴掌过重的责罚,他后悔死了。

"二叔,姑姑……"从雾里传来了愈来愈远的喊声,肯定匪徒是不会轻饶孩子的,他和哭着的芦花都心碎了。

人们给他俩松了绑,他们赶忙冲到舱顶,一声一声喊叫着小石头,可是迷雾笼罩着的石湖,像死一般的寂静,连个回声都没有。

迷雾吞没了那个孩子,也吞没了他们声声呼唤……

于而龙陷在惆怅的思绪里,望着那口古井……

因为屋脊高耸,遮住了早晨的阳光,天井里的一切似乎还在沉睡。井台上,露水斑斑,辘轳架,挂满水珠,花坛上的枝叶、蓓蕾和绽放的花朵,好像都闪烁着晶莹的泪花,使游击队长联想起老林嫂脸上的泪水,是啊!母亲的心啊!

于而龙想:莲莲那幅画有什么值得指责的呢?不就是因为她反映了生活的真实吗?革命是艰难的,为革命付出的代价是沉重的。艺术家,如果确实想反映一个时代的心声,就不应该在严峻的生活面前把脸掉过去,或者把眼睛闭起来。

你要是母亲,献出自己的儿子试试看!

仅仅是三天的期限,对于小石头命运的担心和悬念,每一分钟,每一秒钟,都是难熬的;但对于必须做出决断的于二龙来说,又感到时限太短促了。

偏巧,赵亮还没赶回来,几十双眼睛,包括老林嫂哭肿了的眼睛,都在盼着他。

三天一过,匪徒会毫不留情撕票的。去拼?去跟他们干?把小石头给夺回来?凭这几杆枪,几个人,谈何容易。按照匪徒的条件,拿枪赎人,那以后还干不干革命?还能施展得开手脚?第一回被他们拿捏住,第二回该在脑袋上屙屎了。

老林哥说(他也只能这样说):"他们能把一个孩子怎么样?"

老林嫂两眼肿得像核桃,到底是她的头生子啊!可是在人面前,一滴眼泪也没掉过。她恨不能马上见到孩子,搂在怀里。可是她也明白,几支枪对赤手空拳的渔民来讲,不仅仅是壮胆的东西,而且是身家性命,有它就能生存下去,失去它……她对于二龙说:

"我是心疼石头,二叔,可我不是糊涂人。"

"老林嫂——"于二龙像一只刚捉进笼子的野兽,紧握着拳头,不知该往哪儿打去。

真笨!于二龙发现自己常常是事情过去以后,才变得聪明起来,总要吃够了苦头,才改弦易辙。三十多年过去了,他方悟到:当时为什么不懂得给高门楼施加压力呢?难道还看不到蛛丝马迹来么?闻不出一点阴谋的味道来吗?老林哥说得对,有鬼,确实有鬼,他想起雾里听到的船声,还以为是拉大网的。"他妈的,串通好了等待着我上钩啊!"

但是,当时他被那张无邪的脸骗了。

三天,吊心悬胆的三天,于二龙也不知怎么过来的。那时,人们没有钟表,对于时间的概念,白天根据太阳,夜晚依靠星辰,水上生活的人家,星辰的作用要更明显些。他望着那颗启明星第三次从杨树顶端出现,整整两天两夜不曾合眼了。

在这同一时刻里,那个安排了金钩钓鳖妙计的王纬宇,也是通宵未眠,眼巴巴地望着微明的曙色,透过帘栊,把屋里的轮廓在黑暗里显现出来。他同样愁眉不展,大凡是人,都免不了有他自己的烦恼,该怎样去答复那个多情的船家姑娘呢?这位足智多谋的二先生费难了。

三天以前,四姐特地从陈庄赶来了,连自家的船都来不及坐,可见事态的严重。她脸色苍白,也不知是高兴,也不知是忧愁地告诉他:"我好像有了……"

"不会的吧!"

"我就怕……"她确实感到未来的无可预测的恐怖。

王纬宇放下手里那本《少年维特的烦恼》,看着娇俏的细嫩脸庞,便把门第低微的船家绿蒂搂在怀里。心想:要是城里那位千金有她的模样,或者她有城里那位千金的身价,该多好。

"怎么办呢?"四姐喃喃地说。大概心地越是纯洁的女性,感情也越真挚,既不善于掩饰和伪装,也不能像老于此道的女人,拿着来反咬一口,要挟对方,或者借此敲笔竹杠。但王纬宇马上想到这手,一个劲地开脱,用着安慰的口吻否认:"不能,不能,决不会的,哪有的事。"

"要万一真是有喜呢?"她害怕得要命。

他都能感觉到她在自己怀抱里瑟缩地颤抖,那颗生了老茧的心也竟然被震动了,不得不说一句应景的话:"那是更该高兴的事了。"

其实,无论是他,是她,都无法高兴的。他的空洞的笑声,并不能使她安心,反而更感到前景渺茫,充满了破灭的恐惧感。她要走了,从他怀抱里挣扎出来,从陈庄起五更赶大早来到三王庄,就为告诉他一句话,和得到片刻的温存,可怜的女人哪!

"就要回去么?"

她酸苦地回答:"不回去我待在哪儿?"

"一会儿有装稻谷的船去陈庄,你先去船上等着吧!我也要去的。"

"你也去?"

"嗯,没准今儿个半路上有点热闹——"

"什么热闹?"

"你别问啦!"

…………

王纬宇躺在床上,揉着失眠而有些胀闷的太阳穴,他在考虑:真的要怀孕了该怎么办?冒天下之大不韪,同船家姑娘结婚?他那病倒在床上的老子能准许么?他那一心想拉队伍的哥哥能答应么?亲朋故友、宗族世交能同情么?石湖还有他的立脚之地么?……

出走?所有爱情小说的主人公,除了屈服,也只有这样一条出路。其实他也未尝不想去试试,可以带她去上海,在租界里找间石库门的弄堂房子,然后想法谋个事,自食其力,教个中学历史想来不成问题的吧?那么,四姐就做起太太来,穿起旗袍,打扮得花枝招展,肯定会比城里那位千金漂亮动人,也拿得出手。但是,这两个女人都有一个共同点,太缺乏高尚的情趣,城里那位小姐只知道流行歌曲,而四姐,甚至连《何日君再来》都不晓得,只懂得把热烘烘的身子依偎着他,享受着爱情。可是继而一想,难道灵与肉不可兼得,我该永远忍受那种廉价花露水的粗俗香味?只不过是逢场作戏,弥补一下空虚而已,至于作出这样大的牺牲么?假如她真是绿蒂的话,那又另当别论了,然而,唉……

怎么办呢?四姐那副焦黄的面孔,又出现在眼前。

屋外廊檐里有脚步声,只听佣人在门帘外轻声地问:"二先生,醒了吗?"

"唔?"

"大先生从省里回来了,他说,要是你起来了,请你去商量点事。"

"知道了。"

差不多就在同时,赵亮从滨海回来了,八十华里的路程,整整走了一夜,穿坏两双草鞋,赶到柳墩。

赵亮一出现在大家的面前,尤其是老林嫂,都认为小石头有救了。他好像不经什么思索,不见怎么犹豫,立刻作出决定:"有什么费难的呢?当然最最要紧的是人啰,把武器给他们,把孩子领回来。"

"可是枪——"

"再搞吗！快去，干吗等到三天头上，派人找他们谈判，马上就换。"

"定下来了?"于二龙有些疑虑，说实在的，他也有点舍不得那几支破枪，盯着问了一句。

"不要三心二意，快去吧！"赵亮看到他眼里一丝惶惑不定的神色，笑了。那种朴实憨厚的庄稼人的笑声，在人们心情都紧张得像绷紧的弦，起着抚慰镇静的作用。两天两夜以来，柳墩的空气好像凝固冻结一样，笑声使得紧缩的心脏松缓开来。他提了一个问题，也等于把考卷摊在于二龙面前："大伙说说，咱们是先有的人，还是先有的枪啊?"

他意味深长地拍着于二龙肩膀说："要珍惜、爱护每一个同志，每一个群众，以至于每一个人，因为我们是共产党……"

于二龙二话没说，跳上舢板："我上鹊山去找麻皮阿六!"六支步枪又从人们的肩头上摘下来，递给了他。当时，在场的人都保持沉默，不知为什么，包括盼着孩子回来的老林嫂，像被摘走心肝一样的难受。人们不由得联想失去武器以后的景况，该是那晚秋才孵出的鸡雏，寒冬即将来临，羽毛尚未丰满，只好整天躲在窝里瑟缩地啁啁哀鸣了。

老林嫂坐在码头旁边，心窝里仿佛有谁在用锉刀锉似的。身边是系着舢板的木桩，她恨不得马上解开缆绳，去把小石头换回来，但是一看到那几支命一样宝贵的枪，又紧紧地把绳系在手里不松开。

但是，王经宇并不欣赏他令弟戴着白手套的绅士做法，认为对付渔花子，毫无必要搞那么复杂的圈套。"脱裤子放屁，多费一道手续。"

"一箭双雕的事,何乐不为,横竖历年规矩,也是该给麻皮阿六这支别动队开销两个钱的,趁此又收拾了那个不可小看的于二龙。要知道背后有共产党啊,做事得谨慎一些。"

"书生之见,共产党怎么啦?这回省里准我搞个保安团,就为对付他们。你去对麻皮阿六讲,把那支短家伙讨回来,现在拉队伍,武器第一要紧。"

"用不着如此急促,今天三天期限已到,他们会把枪送到麻皮阿六那里去的。"

"不!"王经宇说,"派人去找到那伙渔花子,通知他们,省里把抗日的事交给我王某人了,限他们今天赶紧把枪送回,我可免于追究,要不然的话——"

"完全可以假手别人,何必亲自树敌招怨。"

"对于愚民,主要靠它——"这位蒋委员长的信徒,掂着手里的文明棍。

"不用棍棒,同样能达到目的。"王纬宇不满意他的做法,转身走去。

"短枪还得你上趟鹊山讨回来,要不,麻皮阿六会揩了油的,趁早凉,走一趟吧。"他叮嘱王纬宇,然后又派人去陈庄,把保安队拉来,要给渔花子一点颜色看看。现在,手里有了省府的底牌,可以大展宏图地撒手干了。

在柳墩,于二龙正要点篙离岸,消息先被自己人传了过来。大家都知道王经宇心毒手辣,早就估计,他一回到石湖,好戏马上开台。但人们盘算过的,手里有枪,腰杆硬实,尽管子弹少些,足可周旋一阵。然而枪已摘走,揭竿而起的渔民,手无寸铁,在石湖上该无立脚存身之地了。

赵亮向于二龙挥手:"快去吧,这里,我们大伙商量着对付他们。"

舢板载着那六支步枪,倒好像不是从湖岸离开,而是从人们心坎上割舍下来,轻轻地在湖面上飏了出去。

一直坐在码头上沉默不语的老林嫂,突然站了起来,先伸出了手,然后才喊出声来:"二龙……"

"怎么啦?老林嫂——"

"二龙,别走,给我回来。"

于二龙咬住牙,点了一篙,舢板滑得更远了。

老林嫂急了:"站住,二龙,你快站住吧!"她见于二龙没有停下的意思,越划越远,而且从陈庄方向,传来了枪响,老林嫂顾不得一切地,扑通一声,跳进石湖里去。

渔村的妇女都识点水性,她追波逐浪地向前冲过去。于二龙不得不稳住竹篙,大声地问:"你要干什么吗?老林嫂!"

她在波浪里昂起头,尽管神情是苦痛的,但声调却是有力的,高亢的:"二龙,我不是糊涂人,快回来!"

"别耽误事,老林嫂,让我去接小石头。"

"不!"她大声地吼了。

"干什么?老林嫂,你要干什么吗?"

她坚定地吐出三个惊天动地的字:

"我,要,枪!"

五

前天傍晚,于而龙到达柳墩,看到了站在湖边翘首企望的老林嫂,无论如何也没法使自己相信,她就是三十多年前,跳进湖里去追枪的那位英勇慷慨的母亲。

她一把拉住,只叫了一声"二龙!"底下的话就噎在喉咙里,半天半天也不吭声。因为她从这位稀客的身影里,看到了逝去的岁月,看到了牺牲的亲人。但是,她没有泪水,早流得干干净净的了,只有那双颤抖的粗手,哆嗦的嘴唇,使于而龙觉得她的心,是多么的不平静。

直到深夜,围着灯火,全家人团团围坐聊着往事的时候,于而龙才从一个变得完全不敢相认的衰老妇女身上,看出来那个熟悉的候补游击队员的形影。

话题总是离不开她惦念着的,那背上的宝贝。

于而龙想起了临走前画家的心意,等到她有了如愿的那一天,一定要接干妈去住些日子,而且一定不再搞那些繁琐哲学。对于在干校插过秧的于莲,在深山沟当过医疗队员的谢若萍,在劳改农场生活过的于菱,在九平方米民办监狱里度过春秋的而龙,过去在四合院里居住时,那种仿贵族式的种种派头和生活习惯,现在看来多么渺小啊!

老林嫂笑笑,显然她早原谅了。

"去吧!如今建设得可不是你早年见过的样子了!"

老林嫂突然冒出了一句:"也就那样吧!不过房子高些、大些、多些,人挤得要命。"

于而龙奇怪地看着她,也许上了点年纪,说话就不免颠三倒四,以假讹真,说得神乎其神,似乎亲眼目睹。那一本正经的样子,又不禁怀疑,她去过?干什么?为什么自己不知道?水生给他解开了疑团,原来老林嫂为了说几句公道话,证明于而龙在石湖打游击的那些年,绝不是叛徒,也不是败类;在别人都缩着脖子不敢抻头的情况下,她不远千里地跋涉奔波,进省上京,去替他辩诬,去替他洗刷,以牺牲的丈夫和两个儿子的名义,去打这场绝不是为了自己的官司……

老天哪！他诚惶诚恐地站了起来,叫了一声:"老林嫂,你啊！你……"顿时,他觉得这个家庭,这个夜晚的小渔村,这个静悄悄的石湖是多不平凡哪！一股强烈的暖流,在他心胸里回荡,禁不住热泪在眼眶里滚着。

老林嫂端坐着,她只是随便说说,并不认为有什么特别的意义。

"你一个人去的吗？"

"就这样,人家还找我算账呢！"她看到儿子盯她一眼,便不往下说了。

于而龙关切地追问:"是哪一年去上访的？"

"早啦！"她也记不准确了,"好像是大大前年吧？还正经闹了阵蝗虫呢,乱啃一气！"连水生那样一个工作人员,也记不清闹蝗灾是哪一年了。也实在难怪人们的记忆力,前些年真好像是电影的慢动作镜头似的,很难区分这一年和下一年有些什么明显的差别特征。在于而龙记忆之树的年轮上,也像树木的生长规律一样,愈远的年代界限愈清楚,而愈近则愈模糊。老林嫂所说的大大前年,他已经记不得那年都干了些什么？仿佛那些年他的生长停滞了,生活凝固了,是囫囵吞枣地活过来的。现在,倘若按历史学给于而龙的现代史分分期的话,那就是挨斗期,悬挂期,东山再起期,重新垮台期。那么老林嫂上访是他在优待室学《英语初级》的时期,还是在干校水洼里拉大网的时期,就难以确定了。

"可我从来没听若萍和莲莲提过呀！按说你来家,用不着瞒我吗！"

老林嫂平静地说:"我不想去你们家！"

于而龙跳了起来:"为什么?……"

她笑了,依旧是那种平淡的笑:"我过不来你们那种日子,我是个乡下人——"

"你就捶我的心吧!……"他恨不能向她喊出来。

但老林嫂却怪罪自己:"说那些干吗?也不光你们一家讲究,都那样的嘛,总得随大流了——"是的,她原谅了。可是,于而龙却没法原谅自己,他像站在一面镜子面前,好像头一回看到自己又脏又黑又丑。

"那你到底住在哪儿?"

"住在接待站的大院子里呗!"

"啊?在露天地里?"

"那有什么?"老林嫂似乎觉得他的诧异惊讶是完全多余的,上访告状的不都那样等待着吗?

于而龙连忙问:"那是什么节气?"

水生告诉他:"妈是秋后队里分了粮才离家的,先上的省,后进的京。"

"那该是十一月份了吧?"于而龙问老林嫂:"天很冷了吧?"

"还算熬得过去,人家办公室刚安火炉……"

于而龙哑口无言,还有什么细节需要问的呢!足够了,完全足够了。

虽说北方的初冬,刚刚南下的冷空气,还不是那样凛洌,但是对露宿在那样宽阔大院的老林嫂来说,铺天盖地,等待黎明,实在使他无法往下想去。眼前立刻浮现出一副凄寒的画面:漆黑的夜,半明的灯,老林嫂披着一身寒霜,在嘶嘶的寒风里枯坐……

她为了什么?只是为了说一句公道话,在有人像躲避瘟疫似的离开他,在有人恨不能把他斩尽杀绝,在有人朝他吐唾沫以示自己清白,在有人落井下石,踩着他的肩膀往上爬的时候,老林嫂那颗全不顾自己,而为别人跳动的心脏,该是何等可贵啊!

老姐姐啊!在石湖上,她也许是我惟一活着的亲人了!……于而龙在默默地望着她,忍住泪水,努力不使它流出来。

这时候,她那坚定有力的声音:"我,要,枪!"似乎从井底下,从地之深处传了出来,她要回来的不仅仅是几支枪,而是整个石湖的革命事业,但是她付出的代价也太沉重,太巨大了,是小石头、铁柱、老林哥他们三个人的热血,和她自己默默无闻、全然无私的一生。

于莲给她画的那幅油画,她也许是无意,但画出了于而龙的心声,在老林嫂手里拎着的,不是两桶清水,而是一副艰辛的生活重担。就像大地驮负着整个人类,母亲怀抱着子女那样,永远把那颗滚烫的心紧紧贴在别人身上。

老林嫂终于游近了舢板,抬起那副坚毅的脸,她已经决定了:"二龙,把枪给我,孩子是娘心上的肉,能不疼么?高门楼不能轻饶咱,大伙的命更要紧。"

"松开!"于二龙劝她。

"我不会撒手的。"

枪声越来越近,陈庄区公所派来的保安队,采取了一个包围的姿态,扑向柳墩。为了应急,六支步枪又回到站起来的渔民手上。

那是他们揭开十年战争的序幕,第一次接火,第一次胜利,或许于二龙比别人幸运些,首战对手,竟是一群脓包。那些鱼肉乡民的保安队实在不堪一击,在老兵赵亮的指挥下,三下两下轻松愉快地结束战斗。

打胜仗总是一桩令人高兴的事,再说谁的皮也不曾擦破一块。

柳墩上空的晴天,变得那样喜悦,好像每人多喝了二两绿豆烧似的,眉宇展开了,愁云消失了,于二龙也沉浸在欢乐的气氛里。要不是赵亮提醒,险几误了大事,此刻手里有了刚缴获的枪支,便敛了六杆旧枪,爽朗痛快地说:"好,我这就接小石头去!"

"慢着,弄条大点的船,把这些抓住的俘虏顺便给王经宇捎去,他现在没兵没卒,你多带几个人去三王庄找他,让他看看,谁缴了谁的械!"

去三王庄的一路上,满船装着欢笑,除了灰溜溜的押着的俘虏,游击队员们敞开了嗓子唱赵亮教的红军歌曲,把野鸭子、水鸟吓得钻到水底下去。一直惦念着小石头的老林嫂,也是三天来,头一回被年轻人的笑声感染了,露出了一丝笑容。

"给小石头带点什么好吃的呀?"

芦花代替妈妈回答:"小石头最爱吃的赤豆粽子。"

端午节早过去了,但疼爱孩子的妈妈,早一天就裹好了等着石头回来吃,可谁也没让知道,生怕大伙看出她思念孩子的情绪,增加人们的心理压力,现在她不左右为难了,扤着一篮粽子上了船,亲自去接儿子。

有个小伙子,伸过手来,掀起竹篮的盖布,要拿粽子,被芦花一手打掉:"没你吃的份,馋鬼!"老林嫂直是让着:"吃吧吃吧,带多着咧!"便递篮子过去,那个小伙子咧着大嘴笑了:"我怎么那样没出息,抢先吃呢,等接到石头兄弟,他吃剩下,有多少我全包圆。"

船往三王庄去,人们笑逐颜开,布帆也随着人的心意,鼓得满满地,发着猎猎的声响,好像格格格地笑着,但是谁也料想不到会有什么场面在等待着。

在革命战争的年代里,歌声总是那样响亮,当三王庄愈来愈近的时候,欢快的歌声吼得连高门楼前两尊石狮都为之动容。但是,刹那间,仿佛有人兜脸给了一拳,歌声给打断了,喑哑了,死一般的沉寂了,这一拳把年轻的于二龙打得两眼发黑,手里抓住缆绳,也不知往树桩上拴,目瞪口呆站在那船头上,动也不动。

站在他面前岸上的,不是别人,正是他的哥哥于大龙,他铁青着脸,死鼓着眼,闪出一股仇恨和愤怒的眼光,怀里抱着满身血污的小石头。那孩子已经完全僵硬,毫无生气地耷拉着一只手,看不清他的脸面,很清楚,匪徒把孩子杀害了。

"小石头——"他终于还是喊了出来,因为他想起了那一巴掌,一辈子都后悔不已的过重责罚,尽管明摆着孩子死了,但他还是请求饶恕地扑了过去。

老林嫂冲上岸来,她不叫、不哭、也不流泪水,只是来不及地把孩子接过来紧紧搂着。然而,她一看到小石头被匪徒挖掉眼珠后,留下的两个深陷的空洞,便失神地往后一仰,虽然芦花赶紧扶住,还是连人带孩子一块跌倒在地上。

竹篮里的赤豆粽子滚落在湖岸边。

"老林嫂,你哭吧——"

妈妈抓住孩子不放,痴痴呆呆地望着芦花。

"哭吧!老林嫂,你快哭出声来吧!"芦花抱住她,拼命摇晃神志失常的妈妈,但老林嫂却抢过来一只粽子,塞在那僵直的孩子手里,见他不接,依然跌落在地上,便完全失去控制自己的能力,顿时,手足抽搐,人事不知,仰面倒在了芦花的怀里。

于二龙严厉地责问他哥:"怎么回事?"

"麻皮阿六撕了票。"

"今天才是三天头上。"

于大龙爆发地,像喷发着怒火,因为他从来不这样,芦花也扭过头来瞧他:"高门楼害的,就是你们做看家狗的高门楼。"

"你说些什么——"

"你们问问孩子吧!"他跪倒在小石头的身边,"说吧,快说吧,他们来了,可你什么话也说不出来了。孩子看见了那个坏种,我只见着个背影儿,他们瞒着我,不许我知道,可孩子看得清清楚楚,我听他叫嚷来着:'赶情你们是一伙的,好啊,我回去告诉二叔,拆平你们高门楼。'我要进屋,独眼龙不放我进,我到底冲了进去,那坏种躲了,我就问孩子——"他痛心地望着那两只空洞似的眼睛,捶着自己的胸,"他,他信不过我,我真糊涂,哪晓得他们穿的是连裆裤啊!"然后,啊啊地伏在地上哭了……

芦花一面掐着老林嫂的人中,一面摩挲着她背过气的心口,好容易才使她哇的一声哭了出来。她终于挣扎着站了起来,问道:"告诉我,他们干吗这样折磨我的小石头,告诉我,为什么?为什么?……"说着,她伤心地俯伏在孩子的尸体上嚎啕大哭。

慈祥的鹊山老爹注视着失去儿子的母亲,银杏树发出飒飒的响声,像哀叹、像悲泣,把无限同情都付与悲伤的母亲,和那个被残害的孩子身上,似乎那些没有生灵的东西,也在随着亲娘的哭声,一齐责问着:"为什么?为什么?"

"告诉我吧!为什么?"

于二龙真想冲着苍天大吼:"为什么?为什么?你们快说话呀,快给我回答呀!……"

但是,使他非常奇怪的,脑海里出现的景象,不是草木森然的鹊山,而是巍巍的水塔和高高的烟囱;不是枝盛叶茂的银杏树,而是工厂铁路专用线上的信号灯柱,在闪烁着红色或者绿色的光。

哦!他想起来了,那还是他从干校被"解放"回来以后,第一回来到王爷坟所见到的一切。

一般地讲,他应该在马棚站下公共汽车,往后一拐,穿过热闹的住宅区,穿过繁华的闹市口,穿过他坚持开辟的街心公园,便是工厂正门,进厂不远,就是厂部大楼,过去多少年来,他都是由高歌的父亲,那位老高师傅开着车,循着这条路线,轮胎擦地发出猎猎声响,直抵厂部大楼门口,然后,他一路小跑,登上台阶,奔向他的办公室,而他那忠实的秘书,准会轻盈地一笑,赞他一句:"你正点到达!"

于而龙是一位讲求效率的厂长。

但是那一天,这位干校的蹲班生倒没有怎么着急,他偏偏多坐了一站,计划沿着工厂的侧门,也就是铁路专用线的大门,慢慢地踱进厂里去看。另外,也免得在马棚碰见许多熟面孔,尤其是至今还保留着剽悍气质的骑兵,准会嗷嗷地叫着围过来。他们始终不相信那些暴发户们的宣传,因为无论如何不会认为,举着马刀冲在最前面的骑兵团长,竟是一个被描绘成十恶不赦的坏蛋。

在中国这块土地上,大概再找不到比那时更颠倒的年头了,人们逐渐形成了一种反馈的本能,事物的发展会完全出乎原设计者的想象,越捧越臭,越批越香。于而龙有过这样的体验,一些原来同他有些隔膜的人,现在,心倒贴得近些,早先存在于彼此之间的误会恚怨也不消自除了。所以十年前,他从七千吨水压机上一个跟头栽下来,被踏上千万只脚以后,于而龙不要说王爷坟马棚那方圆数平方公里之内,即使城区里一些公共场合,一些繁华热闹的去处,都尽量避免露面。近万职工及其家属,是无法一一躲开的,况且他们也不像有头有脸的讲究忌讳避嫌,惟恐接触了沾染是非。这些大老粗们根本无所谓,涌过来,老团长、老书记、老厂长亲亲热热地叫,嗓门之响都能把过路人吓一跳,分明是带有一点示威的性质。所以他决定不在马棚下车,那些个不怕死的骑兵呵!会团团围裹住他,那由粗大温暖的手掌,直率热情的语言所组成的暖流,会淹得透不过气,以致耽误正事。哦,尽管是个滴水成冰的严冬,尽管公共汽车在马棚只停了一会儿,有的眼快的人已经看出了他,而闪烁着欣喜的光彩迎过来,怎能不使他感到人们心头洋溢出的盎然春意?一想到马上又要回到他的那些工人中间,这个石湖游击队长觉得自己活了。

活了,又活了,要回到高围墙的工厂里来了,他觉得"将军"的譬喻很有意思,给个什么样的差使,是个次要问题,要紧的是必须有人在石湖领导群众坚持下去。

"我们和'他们'之间的斗争呵!"

"明白了,土地是一块一块地争取的。"

说来也可笑,解放二十多年,又要来打游击,扩大根据地。他顺着铁路枕木,朝着工厂走去,想着自己的使命。一双被捆绑住五六年的手,突然解放出来,重新上阵,确实是有股说不出来的劲头。所以也不去注意那厚厚的云层,呼呼的西北风,和盘旋在高空、始终也不消散的冷空气。

他怕碰见熟人,偏偏碰到了一个熟得不能再熟的人,迎上来的却是小狄,那个似乎能使自己青春永驻的秘书。

她早就在这里等他了,但于而龙只顾低着头在枕木上走,不曾发现那守候着他的母女俩。小狄笑了,便让孩子叫他。

"姥爷,姥爷!……"

于而龙愣住了,小女孩清脆的声音,很明显是在喊叫自己,因为侧门比较冷落荒僻,很少有人来往。呵,他认出来了,一个像她妈妈一样的小瓷娃娃向他挠弄着小手。

"啊,小狄!"他高兴地伸出双手。

她迎了过来,把那小女孩抱到他面前:"叫姥爷亲亲!"

"姥爷的大胡子扎人……"小女孩软软的小手钩住他的脖子,像她文静的妈妈一样柔声细语。

于而龙被那小手挠得痒起来,哈哈大笑:"你妈妈结婚,我被关在优待室里,你来到这个世界上的时候,我又在干校当蹲班生。今天见到你,两手空空,怎么办?"

"看您说到哪里去了?……"小狄深情地注视着这位父一辈的老上级,"您好像瘦了一点——"

"挺好。"

"精神上呢?"

"也还不错吧!要不,也不会再作冯妇了。"

小狄笑了一笑,然后,朝她小女孩讲:"让你告诉姥爷什么话来着?"

那个小女孩想起了她的任务,连忙附在于而龙的耳边说悄悄话:"姥爷,你别回到工厂里来,他们不欢迎——"

于而龙哈哈大笑,儿童说出成年人口吻的语言,是特别叫人感到滑稽的,便搂住那孩子说:"谢谢你的提醒,小宝贝,明天,一定送你个最大最好最漂亮的娃娃——"他问小狄,"你们消息倒真灵通,我昨天还在干校挨批咧!"

"可这儿,'欢迎'你的大字块都贴出来了!"

"那不更好嘛!"心想:原本就是来打游击的嘛!

"我赶紧打电话给谢大夫,她说你从干校回到家,放下行李就来工厂了,我马上抱着孩子迎你。"

"你怎么猜到我会从侧门进厂呢?"于而龙有些奇怪,因为他是在公共汽车上打票时,才改变主意避开马棚的。

她笑了笑:"要不,怎么是你的秘书呢?"

"这些年,你这个于而龙的黑班底都干什么?"

"烧过锅炉,当过瓦工,后来落实政策,让我在食堂卖饭票。"

"也许你们食堂给外国人办的吧?需要一个懂三国语言的人才,笑话!"

小狄笑了起来:"你猜猜我爱人干什么营生?"

"那位在外国留学的工程师,现在搞什么哪?"

那位小瓷娃娃嗲声嗲气地学舌:"我爸爸当大官!"

"什么官?"于而龙好奇地问。

孩子大声地回答:"我爸爸当猪倌,当羊倌!"

于而龙猛一下觉得工厂侧门的过堂风还挺冷,于是他把衣领竖立起来。

"不知那些小贵族们会给你一个什么官?"小狄问。

"管它咧!小狄,我不是为当官来的!"

"真的——"她充满了女性的同情问,"干吗偏回厂里来呢?"

"小狄,也许你能理解我,这个工厂对我来讲,很大程度像你的女儿跟你一样。"

也许这句话感动了她那颗母亲的心,她深情地望着这个为工厂贡献出全部心血的布尔什维克。

他似乎对自己讲:"总这样停产下去,总这样不给部队提供装备,就好像让我们的战士,赤身裸体似的暴露在敌人面前,一排排地倒下去,我会有永远也洗不清的罪过……"

她用俄语说了一句:"愿万能的主赐福给您,您可小心哪!路程太艰难了……"说着晶莹的泪珠,从眼窝里迸裂出来。

他也用俄语回答她:"我知道,孩子,我是打算戴着镣铐跳舞的,有什么办法,一个共产党员的良心——"说罢,他亲亲那个女孩,交还给年轻的母亲。然后,头也不回地朝工厂走去,这回,他一步跨两根枕木地迅跑着。

小狄抱着孩子,站在呼呼的西北风里,久久地望着那个亲切的背影,直到他跨进厂门,才姗姗地走去。

门卫没有把这一位曾经是党委书记兼厂长的于而龙认出来,因为夜色已经很浓,路灯光线黯淡,他们拦住了问:"干什么的?"

"啊?不认得了嘛!"

"哦!"门卫赶快回身去叫屋里的同伴,"你们快来看看,是谁来啦?"

于而龙记得他们,这些门卫是曾经帮助他为实验场作最后努力的朋友,笑着问:"还是你们几位门神爷把关?"

"是的,是的。"他们多少有点自豪地,拉着于而龙进了守卫室里面的小屋,并且告诉他说,"这些年来,哪位新领导都不曾来光顾过,坐吧坐吧,还是你的老位置。要不要给你沏碗大叶茶,这天气够意思,说是寒流——"

"你们这屋里倒挺暖和!"

"抽袋叶子烟吧!老厂长!"

"不用麻烦啦,我想进厂去看看。"

"坐会儿,坐会儿。"他们坚决邀请他围住旺旺的炉子坐着,"别着急,等那帮少爷羔子出来了,你再进去,免得碰上了生闲气!"

"谁们?"他又说起了他家乡的土话。

"如今还有谁得意?——"他们的话还没有说完,只听见一阵淆杂的脚步声,从厂内走出来,路过门卫室,于而龙透过里屋的玻璃窗看去,只见有那么四五个身影,穿着棉大衣,戴着袖章,每个人都像变古彩戏法似的,在大衣里藏着掖着许多东西,鼓鼓囊囊,打闹说笑地丝毫也不觉得羞耻地向门卫室摆了摆手,走出厂门,消失在黑暗里。

"他们是——"

围着火炉的那几位门神爷,谁也不想回答于而龙的问题。

"公开地偷?盗窃成了合理合法的行为?"

但是,人们只是沉默地坐着,听炉子上坐着的水壶,在唱和着门外的西北风,发出嘶嘶的呻吟。或许他们认为于而龙提的,根本就算不得什么问题,正如问一个人他每天吃不吃饭一样,这难道还值得大惊小怪么?已经是司空见惯了。"撑死胆儿大的,饿死胆儿小的",早成为那些暴发户的座右铭了。

"那你们坐在这儿是个摆设啰!"于而龙瞧着他的朋友们。

这时,有一个门卫同志从屋外进来,拿起火炉旁用来砸煤的消防斧,对着屋当中,一根笆斗来粗,支撑住屋顶的大木柱,深深地剁上了一个口子。

"噔——"屋子都给震动了一下。

于而龙好奇地打量着他的古怪的动作,古怪的神色,和整个屋里古怪的气氛。

"老厂长……"另外一个门卫叹了口气,"你来仔细看看这根柱子吧!几年来,他们偷过、盗过、抢过、拿过多少回,都在这上面一斧子一斧子刻着呢!"

于而龙吃惊地站起来,怔住了。

他注视着那些深深浅浅的斧痕,密密麻麻地布满在柱子的上下四周,漫说一个工厂,即使是金山、银山也会被耗子搬空的。他转回身,看着这几位门卫,当年,为了把那些宝贵的试验资料偷运出厂,他们是何等英勇,不怕任何风险,来支持他一个倒台的厂长。可现在,在暗淡的灯光下,在炉火映得红通通的屋子里,眼看那些魑魅魍魉从眼前走过,多么像泥塑木雕似的,半点用也不顶的门神啊!

可是能责备他们吗?不,不是他们软弱,不是他们无能,也不是他们放弃职守,而是和于而龙一样,都被捆绑住手脚,动弹不得呀!但他们却像鲁滨孙在荒凉的海岛上,用刻木记事的办法,记下了一笔一笔的账。难怪从他们自豪的声调里可以听出:"是的,是的,我们是门神爷,是不说话可心里有数的门神爷!"

于而龙走到柱子跟前,抚摸着累累伤痕的木柱,不知怎么回事,使他联想起他哥哥牺牲在沼泽地里的最后情景,他顿时觉得眼前黑了下来。哦!那么多吸血的蚂蟥在蠕动,爬满了整个身躯。他闭了会儿眼,定了定神,一言不发,走出了守卫室,往厂里迈着大步而去。

他走着,不停地走着,果然像小狄说的那样,到处贴有"欢迎"他的标语,虽然数量不多,但是这个车间的墙上,那个分厂的门前,都稀稀拉拉地糊着几条,也许是冬天的缘故,糨糊还没有干透就冻得邦邦硬了。

"我们不需要救世主!"

"黑手打天下,白手坐江山吗?"

"不打倒于××死不瞑目!"

"把卷土重来的大鲨鱼赶出厂去!"

于而龙仍旧不停步,一直往前走着,标语是吓不倒游击队长的,大久保还曾悬赏三千呢!现在,他下意识地,任两条腿自己往那个必定要去的地方走去。

到了,他看到了那几扇火车头都进得去的大门,他就缓缓地停下来,幸而是晚间,黑沉沉的夜幕遮掩住许多不敢让于而龙看到的地方,但仅是他能辨明的一些,也足以使他差点晕倒在铁道上,还能叫做实验场吗?是那首屈一指的动力科学实验基地么?是叫别尔乌津都嫉妒的那一个早晨建成的天堂么?

毁了,成了一片近似瓦砾场的废墟,他打过仗,知道经过战火以后的断墙残壁,是幅什么景象。格外可怕的是那摇摇欲坠,可又不倒的屋架,和那黑洞洞敞开的大门,多么像搂在老林嫂怀抱里,被挖去了眼珠的小石头啊!

一点也不错,敌人总是朝最软弱的下腹部袭击,无毒不丈夫呀!于而龙真想像老林嫂那样大声地问:"为什么?为什么?"

难道麻皮阿六还活着?

现在看起来,只有一个人能回答。

他走过来了,沿着三王庄靠湖岸的大路走过来了。

于而龙记得清清楚楚,那是一个酷热的夏天,湖面上风平浪静,静得像一块平滑的玻璃,树叶像死了似的纹丝不动,知了一个劲地聒噪,吵得人头痛欲裂。王纬宇穿着潇洒的长衫,似乎是刚换上身的,连褶缝都来不及展平,由于迈着匆促的步子,他一手拎着下摆,一手摇着折扇,显然听人传话赶来了。

他是个有胆识的人,从来不怕由难处下笔。

于二龙以为他是为活捉的保安队而来,但他看也不屑看地,径直往人群里走来。庄上人立刻给他闪开一条路,他看见了抱着孩子哭泣的老林嫂,便回过头,在人群里寻找于二龙问他,似乎他有义务,必须要回答问题似的。

"他们真是无恶不作,把孩子——"说着扔掉折扇,俯身去看被残害的孩子,然后,咬牙切齿地说,"活活的禽兽啊,下得了这样的毒手——"摘下金丝眼镜擦着,显然动了感情。

谁也想不到,于大龙站了起来,从他的脚一直看到他那摘掉眼镜后有些发愣的双眼,冷冷地给他提出了个问题:"你见过这孩子么?"

大家一时还未明白过来,王纬宇勃然大怒,厉声喝着:"你是什么人?敢站在这儿!"

"你该认识我!"

"当然知道你是谁!"

"知道就好,那孩子临死前说些什么话,你给大伙儿,给孩子的妈,学一学吧!"

王纬宇沉静了一会儿,问道:"天太热了,热得你都发昏说胡话了。"

于大龙从来不曾慷慨陈词过,现在,望着孩子黑洞似的双眼:"一只手捂不住天,你的鞋,露了你的马脚,石湖三十六村,七十二舍,就你二先生穿黑漆皮鞋,我可是在麻皮阿六屋里看到的。"

"很好,你自己说了跟麻皮阿六一伙,是想来反咬一口吗?孩子我明睁着眼是你们绑票绑走的,弄死了想往我头上栽赃,你该洗刷干净再来,看你一身孩子的血。你说,你说,杀了孩子,还要逼死孩子他妈吗?"

大伙儿经他提醒,才看到于大龙的衣衫上,沾满了血污,特别是老林嫂,也抬起头来打量着他,倒弄得那个老实人不自在起来。

于二龙明知他哥决不会撒谎,因为皮鞋在石湖四周,确是屈指可数,但是王纬宇并未说错,拦船绑票抢劫,于大龙是参加了的。说他杀害小石头,自然是无中生有,但浑身血污又怎么洗得清?当着众多乡亲的眼光,必须作出谁是谁非的结论,使他犹豫为难了。

思前想后,有许多疑窦足以说明王纬宇充满了阴谋气味,然而抓不住把柄,无可奈何他一点;相反,那个老实人,由于他是土匪,由于他的血衣,由于他的局促不安,背上了杀人的嫌疑。

"怎么了结?二龙!"

王纬宇那挑衅的眼光,等待着他的回答。

于而龙想起来了,是芦花,她走过来,把老林嫂身边的小石头抱起来,扶着哀伤的母亲:"走吧,老林嫂,别让孩子在这太阳心里晒着了。"

王纬宇哼了一声："要是孩子能开口就好了！"

芦花站住，望着他，半天不言语，然后，以审判的口气说："孩子的话早讲得再透没有了。"

他打开折扇沉着地扇着："说些什么？……"

从芦花嘴里冒出了两个骇人的字："你——们！"

"谁们？"王纬宇像受了莫大侮辱似的反问着。

"孩子说的：是你们高门楼和麻皮阿六一伙。还有什么好讲的，躲开，让我过去！"

闪到一边的王纬宇咆哮着："你胡说，你要负责任，你血口喷人……"

芦花理都不理他，紧搂着小石头，往村心里的古井走去。一路，老林嫂的哭声，在石湖上空，哀哀欲绝地响着。

付出最最沉重代价的，永远是母亲。

有的人悲伤化作泪水，流了出来；有的人却把它郁积在心头，慢慢地就变成一股烈火，而且永远不灭地在燃烧着。于而龙第一次经过实验场的门口，就似乎听到那孩子稚嫩的嗓音："二叔，怎么办？"

"打！"

这就是第二次上台的于而龙，在心里做出的回答。

大概过去若干世纪以后，人们在编纂史书，或者修订《辞海》之类工具书时，一定会对这十年间许多政治词汇的阐述，要感到挠头的。譬如"生产指挥组"这种奇特的机构，就不是一句话或两句话，能做出准确的解释来的。于而龙第二次回到工厂，给他安排的工作，正是这个生产指挥组。

"孙子辈的!"那些在生产指挥组坐够了冷板凳的同事向他抱怨。难道不是这样吗?和于而龙同时由干校回厂的康"司令",随便一句话,就把工人从生产岗位上抽下来,成天趴在地上,端着空枪瞄准胸环靶练兵习武;或者套上红袖箍,执行巡逻小分队的任务,在马路上溜达,而车床却在那里停着,慢慢地生出了那种黄褐色的铁锈。一个曾经给部队提供大量重型动力装备的工厂,现在,白天像死一样的沉默,夜幕一降临,那些嗜血的蚂蟥就麇集在可怜的工厂身上,贪婪地偷盗着、搜刮着、敲骨吸髓地榨取最后的一滴血。

按照于而龙以往的工作习惯,那还用得着问吗?一纸命令,自即日起,如何如何,贴在厂门口,就足够了。谁敢以身试法跟于而龙较量较量看,他会毫不留情地处分你,开除你,或者送你上法院。然而现在,他的语言还那样有效么?他的威力还那么强大么?连他自己都不相信了。但他记住周浩说的,要像在石湖打游击时那样,一块一块地把地盘巩固下来。他相信,人民是不会死的,除了那些已经失去人类良知的二十世纪六十年代的麻皮阿六们,在胸腔里搏动着的,总还是一颗颗工人的心。

他向这些心伸出了求援的手。

这是王纬宇所料想不到的,也是高歌和他的小兄弟们估计不出的,虎死余威在,尽管已经垮台了这么多年的于而龙,一旦他站起来振臂高呼,竟然有些人泪汪汪地听他讲话:"……要再这样停产下来,什么也不干,你偷我摸,坐吃山空,我们就要成为上对不起先烈,下对不起后代的罪人,将会受到千秋万代的唾骂!……"

不给他提供讲坛。前头他讲了,后头跟着有人吹冷风,给他的话消毒。然而,谁也挡不住于而龙的两条腿,又像轮流批斗时的逐个车间挨次地走,只要围上一圈人,他就和他们交谈,讨论,琢磨着怎样使这个死去的厂子复苏。所以,当部里研究决定用一大笔硬通货去外国购买部件,组装自己的巨型设备时,于而龙在会议桌的最后头——生产指挥组的负责人,也不过类似弼马温那样的官职,是不会在主席台上就位的。但他举起了手,用那大家久已听不到的毋庸置疑的腔调说:"这种代号为C100型的部件,我们工厂完全可以承担下来。那些宝贵的外汇,还是留作他用吧!"

和王纬宇并肩坐在前面的高歌,用胳膊肘碰了碰,似乎在说:"看,于而龙一出手就不凡——"

王纬宇不置可否地淡淡一笑,望了望那个沉着的于而龙,他讲完这段话,像在会场里扔了一颗手榴弹以后,仰着脸,端详着天花板上多孔吸音刨花板,谁也不理。

那次会议,破例是老徐驾临,以部领导和上一级工办代表的名义瞟了一下周浩。那意思说,这是好几个部的协作产品,事关尖端,他这样大言不惭,你周浩是个什么态度?穿着"将军"呢大衣的周浩,用铅笔敲了敲桌子:"于而龙,现在,我还允许你翻悔!"

于而龙的眼光,从刨花板移到吊灯上。他说:"一般地讲,我不收回我已经讲出口的话!"

"狂妄!"老徐心里说,嘴上却似褒似贬地笑笑讲:"好像我们都熟悉他这股骑兵性格!"

周浩把脸转向旁边的王纬宇和高歌,半点也不是玩笑口吻地问:"你们能不能尿到一个壶里?要能,我就拍板,要不能,趁早说话。"这种再分明不过的激将,包括老徐在内,都觉得心里怪堵得慌。

散会的时候,于而龙凑巧和王纬宇、高歌同乘电梯下楼,快到底层的时候,突然停了电——那是当时的家常便饭,就悬挂在二楼与三楼之间。王纬宇显得很关切的样子问:"还有什么困难?

二龙!"

"一条!"于而龙望着这张无邪的面孔,"最好能少一点干扰!"然后,他多少以一点威胁的口气说:"要不然,咱们都得一块儿蹲在这笼子里受罪!"

"妈的,让他抓到了一个有把的烧饼!"高歌在部机关大门口,望着于而龙独自走去的背影,对王纬宇嘟哝着。

王纬宇说:"这回他一炮打响了!小高,我想你脸上一定是很光彩的,其实,我只是挂个名的革委会主任。"

"不该放虎归山!"他抱怨着。

"可你搞不成C100型部件。"王纬宇望着这个多血质型的青年人,那种容易冲动和激奋的性格,使那薄嘴唇不说话时,也不由自主地哆动着。"老弟,姜永远是老的辣!"

高歌说了声:"走着瞧吧!"钻进小汽车开走了。

这台戏于而龙知道不好唱,但他已经挑开门帘上了场,那是决不后退的。

"多余!"好多人劝他,"他们有钱让他们到外国去买好了,你何苦揽这个苦差使?弄成了,谁也不会感激你,弄不成,所有屎盆子都要扣在你的头上。"连他忠实的秘书都反对他:"他们败坏了整整一代人,败坏了社会风气,败坏了道德和是非标准,败坏了人们心目中的理想和信念;你一个人想力挽狂澜,岂不是在做一件傻事么?"

于而龙低声地说:"革命,在某些人来看,实际上是件傻事情。"

那是他终于托人在友谊商店,买了一个漂亮的玩具娃娃,第一次去拜访她的小家庭时,谈论起来的。似乎那位牧猪放羊的工程师和他的娇小妻子抱着同一观点。

像她妈妈一样的小瓷人,一眼瞥见了娃娃,高喊着姥爷,仿佛小燕子一样,飞到站在门外的于而龙怀抱里。

他问孩子:"你喜欢吗?"

她点点头,紧紧地搂住那个娃娃。

"那我们再认识一次,你叫什么名字啊?"

"我叫成果,姥爷!"

"什么?"他听得有些刺耳,又问了一遍。

"成果——"孩子并不特别在意地回答。

"你们怎么给孩子起了这样一个怪名字?"他用责难的眼光,注视着为他到来而忙碌的年轻夫妇。

"不好吗?成——果!"小狄永远是柔声细语地回答。

工程师不大好意思地笑着:"她是我们这些年来的最最丰硕的成果!"

"最最最最!"他原来的秘书补充着。

于而龙抱起这个被叫做成果的女孩,真觉得她像自己的外孙女一样,叹了口气:"你爸爸妈妈的情绪不对头啊!"

小狄偏着头打量着她的老上级,于而龙知道她对这样的批评持有保留态度,而她的丈夫则用一种可怜他的眼光,同情他的眼光瞅着他,这使他恼火。"听说——"工程师用讥消的语调问,"你打算让一个老病号去参加马拉松赛跑?"

"什么意思?"他明知故问。

小狄以那种秘书的职业习惯提醒:"你要让工厂上 C100 型部件,这老牛破车会散架子的,已经不是你那时的工厂了!"在她眼里,这个被败坏的工厂,病入膏肓,无药可治了。"算了吧!我把你看做父亲一样的长辈,才这样说的。"

于而龙火了,吓了那小女孩一跳:"亏你们两个还是共产党员,当另外一个共产党员被人用绳子绑住脖子,就要勒死的时候,你们却在议论他是否应该跪下来求饶。好吧,既然你们变得如此聪明,那么,这是我最初一次,也是最后一次,踏进你们的家门——"他起身告辞。

"姥爷——"成果拉住他。

"别,别……"小狄连忙堵住门口,不放他走。她说出了她心里的话,"我们有什么呢?主要是怕你……"

"大不了一个死!孩子们,让我们一块冲上去吧!"

"姥爷,你哭了?"成果望着他,然后用软软的手指擦他眼窝里溢出来的泪滴。

他苦笑了一下:"我倒真想嚎啕大哭一番,不过,现在没工夫。这样办,他们无论如何不同意起用老廖,这总工程师的职务,暂且交给你爱人,不会投反对票吧?至于你,那卖饭票的差使,我已经找到了人,你从明天起,还是回来当秘书。每一步都是斗争出来的,甚至放个屁,也得跟他们磨半天牙。"

两口子对着脸傻瞧着,生活的漩涡啊,谁也没有力量能够摆脱。

从那时起,于而龙开始过焦头烂额的日子。

王纬宇再不在厂里露面,时代赋予他的新任务,是要把历史上从盘古开始,直到清代末帝为止的每一个人物,按儒法两家分类,贴上标签,那工作量是相当大的。然而,就在他把岳飞定为儒家,因为他的愚忠,因为他镇压过农民起义,是毫无疑义的了;正犹豫不决该不该把他的对立面秦桧赐予法家美称的考虑之余,驱车前往工厂原为外国专家盖的小招待所去。那班少爷们,不知从哪儿搞来一部《出水芙蓉》的拷贝,正在小放映室里大腿驾二腿地欣赏着呢!突然,室内电灯一亮,伊漱维莲丝从银幕上消失,高歌和他的小兄弟看到的,是王纬宇一副铁青的脸,和嘴角两道深深的纹路。

高歌推开那位贴得过分亲近的女伴,站起来问:"王老,有什么事吗?"

"你们好轻松自在,由着于而龙一个人在那奋斗,你们为什么不去帮帮他的忙,眼看他把C100型部件搞成功呢?"他浏览一过在沙发椅上东倒西歪,站无站相,坐无坐相的"小将"们,不免有点寒心。他想,若是鸦片开禁的话,在座的恐怕个个都是"老枪"。"同志们,路线斗争是千万不能掉以轻心的呀!到时候,脑袋瓜子掉了,还不知是怎么搞掉的呢!"他转脸走了,准备回家给秦桧做翻案文章去了。这些可爱的"小将"们,再没心思看大腿片了,于是便赤裸裸地商量起来,该怎样给于而龙制造麻烦?

停水停电,抽人抽马,一直到中止材料供应,制造技术事故,以至煽动怠工,不为错误路线生产,每一条都以革命的名义出现的。所以,于而龙奈何他们不得,全厂近万职工在眼巴巴地盯着他,等待他下一步棋往哪儿走?特别是康"司令",肆无忌惮地从实验场取走了白金坩埚,企图拆台的时候,于而龙像愤怒的狮子咆哮起来了。要不是高歌保护这位给他立过汗马功劳的小兄弟,送到中央首长举办的读书班窝藏起来,肯定是要落到狼狈出丑的境地里的。这似乎是一场公民投票那样,他一个生产指挥组的负责人,在表面上取得了胜利。那时处于守势地位的王纬宇隐忍未发,眼看着所设置的障碍,被这条石湖上的蛟龙冲破了,除了夏岚在报上利用于莲的画,搞了他一下以外,于而龙整天拖着肿胀的腿,像救火队那样,哪儿出了问题,到哪儿去解决,什么地方捅了娄子,什么地方就有他在。人心是肉长的,这个社会终究还是良善的人占多数,不是狼群。那些骑兵、那些老工人、那些长大了的年轻人,都尽可能地替他分担一些责任。"你休息去吧!""你放心好了!""交给我们,你就不用操心了!"……每当听到这些语言,于而龙仿佛回到了石湖支队,在那艰难困苦的岁月里,乡亲们也曾经这样讲过的。

那庞大的机件终于吊上了特制的铁路平板车,马上就要出厂了。人们用了那么多红布、红绸去制作袖标、胸章,却找不到一束彩带来装饰这停产若干年后的新生儿,不知谁,打来了一面五星红旗,插在车上,在风中猎猎作响。于而龙望着这列火车,慢慢地驶出了工厂侧门,开远了。

当他扭回脸,五个新刷上的大字块映入眼中。

"打、倒、还、乡、团!"只见高歌、康"司令"像麻皮阿六一样,叉着手,在笑吟吟地盯着他。

六

"喂——"一声不很礼貌的招呼,打断了于而龙的遐想,回过头来,发现了一双刺人的眼睛不算友好地打量着他。在大自然的怀抱里,经常参加劳动的农村干部,阳光会给他们的肤色,涂上一层较浓重的色彩。这位白白净净的工作人员,从那开始膨胀凸出的肚皮,和立着眼睛看人的神态,表明了一种权势的威严。而且从那把他搬来的卖饭票姑娘的脸上,已经清楚地标明来者的身份了。据说要判别某人的级别、工资、职务,只消看一看四周趋之若鹜的女性,就可了若指掌,而且不会有多大误差。

"干什么的?"那人用审问盲流的腔调单刀直入地问。

"旅行家!"于而龙自己也纳闷,怎么把那个姑娘赐给他的称号搬出来,她能使用这样一个奇特的词,一定有个聪明的、见过世面的脑袋瓜吧？

感谢他身上那套挺括神气的中山服吧！还是十年前最后一次出国时定做的。那个被不咸不淡的旅行家三个字激恼了的干部，正要伸手去抓他的脖领，被那细腻的高级毛料震慑住了，手在空中画了个问号。

"什么旅行家，拿出证件我瞧。"他为自己的虚怯而感到屈辱，声严色厉地喝问，调门很有点"专政"味道了。

于而龙摊了摊手，表示遗憾，实在是无法弥补的漏洞，而且确实属于自己的疏忽。

"够了！"一个拿不出证件的旅行家，像在海关官员面前缴不出护照的游客一样，就有走私犯的嫌疑了，他对于而龙不容置辩地说："跟我到办公室去！"

"干吗？"

"谈谈。"

糟糕！于而龙心想：一顿教诲是免不了的啦！他觉得实在无可奈何。如今喜欢诲人不倦的老师未免太多，写过一个剧本，发表两篇小说，居然大言不惭地谈论创作经验，有的人沾沾自喜，甚至连老婆的功绩也要捎上一笔。鲁迅答《北斗》社问，才那么几条，可这些老师们倒好像著有《战争与和平》或者《人间喜剧》等等巨作似的，也不嫌脸红和肉麻。看来这胖子饶不了他，于是向训导者建议："就在井台边简单谈谈不行吗？"心里却在反抗：纸张紧张，篇幅有限，你那些屁不放，死不了人的。

"不方便吧？"他一向在三王庄说了算数的，便不准反驳地答复。

"没有什么不可公开的。"

于而龙怎么能离开井台呢？那里曾躺过一个被土匪残酷杀害

的孩子呵！记忆像苦涩的海水把他淹没,那是母亲的泪水。凄惨的哭声还在耳边响着,那是母亲的控诉,血和泪交织着在震撼游击队长的心啊!

于而龙诚挚地唤了一声:"同志,你听我说——"

"谁是你的同志?"他瞪了一眼。

于而龙苦笑着,正如当年高歌用一双穿草鞋的脚表示革命一样,这位干部得把嘴上的阵线分清,就好像被来历不明的人喊一声同志,就有成为对方同伙的危险,这种革命的纯净是多么形式主义啊！殊不知有些"同志"比敌人更坏,年轻人,也许你不信,但是井台上那孩子的尸体使于而龙明白了这一点。

"好吧！我不称呼你同志,但是,我想请教,在这个井台上,凭吊一位最早为石湖献出生命的小同志,总是该允许的吧!"

"你少给我掉枪花!"

"你说什么?"

"马上跟我走,少废话!"他狠狠地拉住于而龙的手。

于而龙有些愠怒地问:"假如你路过你亲人的坟前,能不站住脚看上一眼么?"他甩开了那个干部。

这个被激怒的人,一把抓紧:"你不要胡扯淡!"

于而龙使劲挣脱了他:"年轻人,你爹妈就教育你用这样的语言,来同老年人讲话吗?"

那干部恼羞成怒,尤其在那位小家碧玉面前,更是有失体面,于是啪地一拳,直冲于而龙而去。投之以桃,报之以李,游击队长认为不回答也实在太不客气了。

他横起胳膊,格开了对手捅过来的相当厉害的右长拳,看来,那是一个受过擒拿格斗训练,习惯以拳头代替政策的人,而且半点羞耻之心都没有,对付一个老头子,竟用这样辣手的拳脚。于而龙一使劲,把他摔到一边去。

于而龙虽然六十出头,双鬓斑白,并且患有冠心病,但他筋肉间还保存有张帆使舵的力气,那灵活敏捷的劲头,并不亚于这位肚子变得沉甸甸的年轻干部,他三闪两躲,使对手扑了好几个空。最后,狡猾的于而龙把他引到花坛旁,井台边,那块湿漉漉的长满青苔的地方,虚晃了一拳,那人踉跄了两步,没踩稳,摔了个四脚朝天。他气急败坏地喊叫:"别让坏人跑掉,绑住他。"

他站在那里:"放心,我决不会跑掉!"

这种沉着的笑,和不打算逃跑的镇定神态,使得那些饭馆里的人员,不敢执行"绑住他"的命令。于而龙侃侃地发表着评论:"你们以为好人坏人,像国产电影一样,一眼就让你看出来?正因为有这样的观众,他们才问心无愧地生产出三流四流影片。"他走近那个摔痛屁股的干部,伸出手去,搀扶他站起,心里思忖:"我和王纬宇相处了四十年,直到今天,才算初步有个认识,还谈不到彻底;何况咱俩素昧平生,只是萍水相逢呢?"于是客气地说:"好吧,我忘带证件,那也该允许我找一个证明人吧?"

他粗暴地问:"谁?"

于而龙本想列举老林嫂、水生、老安、老迟这些普通老百姓的名字,但是一看对方脸上凶悍的气色,多少有些恶作剧地报了一下他顶头上司的官衔:"你不信,可以打个电话,问问你们县委的王书记嘛!"

一提王书记,整个庭院里的气氛,变得轻松多了,再不那么剑拔弩张了。花朵是那样鲜艳,枝叶是那样繁茂,抬头望天,连天色都蓝得那么可爱,飞得很高的叫天子,也唱得格外的优美动听。

什么时候,人们心灵深处的这种劣根性才能清除啊?

于而龙的性格是有点怪,不那么随和,刚才让他去,他不去。

现在,他倒乐意跟随那个干部,像个嫌疑犯似的,在三王庄的街道上大摇大摆。平静的渔村好像头一回碰上热闹的场面,一串人,在追逐围看这个外乡人。

"卖假药的。"有人在他身后悄声地介绍。

"当场在饭铺里给逮住了。"有人在证实着。

他想也许曾经向服务员讨了杯水,吃了一片长效硝酸甘油的缘故,要不,对于花草的兴趣而误解配什么中药?他笑了,由于一张证明的疏忽,而成了当场拿获的假郎中。

终于来到了办公室,无需介绍,于而龙一眼就认出来这是当年高门楼的花厅。那些彩色玻璃镶嵌起来的槅扇,历经战火,还保留着一点残存的遗迹。他记得,当年曾经是金碧辉煌过一阵的,然而,时过境迁,如今看上去,粗俗不堪,一点吸引力都不存在了。

那个干部多少是半信半疑地,并不十分理他,于而龙自己找了个凳子坐下,摸出雪茄,悠然自得地抽着。这使那个干部皱眉头,在等电话的空隙,琢磨着这位像主人一样抽烟的旅行家,或许真是有板眼的大家伙,要不就是个熟练的骗子手。竟敢打县委书记的牌子来吓人,没准还能搬出地委一把手呢!

真是不幸而言中,正当王惠平额头沁出汗珠,四处寻找失踪的游击队长,下落不明的时候,三王庄打来的电话,像是给落水的人,扔过来的一个救生圈。因为特地从专区来看望老战友的江海,正坐在他面前,并且用深含责备的眼光看着他说:"你看你是怎么搞的嘛?"

其他几位县级领导人也都觉得很抱歉。

老盐工说:"我就惟王惠平是问,你们不负任何责任。"

"……什么?有个人认识我,要我证明?谁?"

于而龙听得出电话里传来的王惠平着急的声调。

"……你问一问,他姓什么?可能是支队长吧?该死,怎么我才给公社党委打电话问过,说是没见,我估计他会去三王庄。"

"老同志,您贵姓?"那个干部捂住听筒询问。他一听到那怪耳熟的三个字,从旅行家嘴里吐出来,立刻舌头好像僵得不那么好使地向王惠平汇报:"是他。他就是——"

但王惠平比他更着急,截住他的话:"你对支队长讲,请他无论如何等一等,地委江书记看他来,我马上派游艇去接……不,不,我和江书记到三王庄!"

"什么?地委江书记?——"但对方把电话挂了。

于而龙站起来:"同志,我可以走了吧?"

现在,他的脸上完全堆满了笑,映着红红绿绿的光彩,简直像一篇甜得流蜜的颂诗,赶紧搬过一张藤椅给他换坐,还从抽屉里取出好茶叶,沏了一杯茶端给他:"支队长,支队长,我们都是只听说你的名字,没见过你的面,所以——"他笑得很自然,"请你等一下,县委王书记,还有地委江书记,马上就到——"

江海,滨海支队的老战友啦!

他又回到了去年十月初那顿小宴的回忆里去了……

那晚,当烤鸭削得只剩下骨架,那位师傅端走去烧汤,服务员也退出房间的时候,路大姐笑着对周浩讲:"看起来,二龙好久不打仗,枪丢得太生了,连一点预感都觉不出。"

周浩莞尔一笑:"按理说,战士嘛,对于金鼓杀伐之音总该敏感些。"

一家人都被老两口的话给搅糊涂了,尤其是于而龙,如坠五里雾中,瞪着春风满面的"将军"。

周浩笑吟吟地要来解释疑团了:"好,我来讲一讲,为什么我第二次想喝酒？二龙，你不要鼓起眼睛看我。"他晃一晃茅台酒的瓶子，知道酒不算太多了，向大伙说："咱们约法三章：第一，不许再添酒，第二，不许喧哗，第三，听见了只当没听见。好——"

正当"将军"用筷子蘸着酒在盘子里要写什么的时候，门外传来了王纬宇的朗朗笑声，那个女服务员引他进屋，在他身后，就是几乎认不出来的江海，要不是有王纬宇，准以为他是找错门的就餐者。

"不速之客！"王纬宇把他推到席前。

短小精干的老盐工，一手捏住"将军"，一手握住于而龙，半天，足足有半支烟的工夫，笑着、握着，呵呵地笑着，紧紧地握着……

周浩叹息这个变化实在太大的老部下："小江，你怎么搞的嘛？"

"还小江呢！"他抓搔着头顶上不多的全白短发。

"活见鬼，你怎么老成这个样子？""将军"直是摇头。

"大自然的规律，世界上没有长生不老的人嘛！"

王纬宇是烤鸭店的常客，业务经理都闻讯前来应酬，还献殷勤地向他推荐："王老，有熊掌呢！欣赏吗？"

"冰箱货吧？又骗我！"

"保证新鲜。"

"好吧，尝尝看。"

"其他呐？"

"你斟酌办吧！"

"老规矩？"

"自然，还要丰盛些。"

于是，小小的宴会重新开始，王纬宇好像理所当然地成了主人。江山易改，秉性难移，于而龙虽久不与他同席，但估计他又该吵吵嚷嚷,不会寂寞的了,不过,有"将军"在座,他可能会感到一些拘束,会有所收敛吧?但看他泰然自若的样子,便明白了,如今"将军"是偏殿上供奉着的散仙,已经没有多少香火,王纬宇是不会把过去的纵队司令员再放在眼里了。

但他记得"将军"有限的酒量,便要了一瓶连日本国前首相都喝过的那种甜酒;他有幸参加那次国宴,而且是前座,并拍了电视片。乖乖,那得意之色,满座侧目。他便以那一脸荣光,给周浩满满斟上一杯,显得相当体贴的样子:"请——"

王纬宇然后举起酒杯,祝酒词像刚打开瓶塞的香槟酒一样涌了出来,虽然是些泡沫和二氧化碳,但相当有声有色:"啊!真是难得的一次聚会,两个支队的头头,再加上我们的老上级,即使在根据地,这样的机会也不多,还有一直搞保卫锄奸工作的路大姐,还有谢医生。哦,莲莲,你不要嫉妒,虽然没有提到你,但你生母却是我始终不能忘怀的人呢!(他朝江海眨眨眼)认出来了么?她是谁?——好,举起杯,为了不平常的会见,为了那难忘的岁月;据说日本现在很盛行一种怀旧文学,缅怀他们光荣的过去。我们不讲那些,因为我们属于新的社会力量,主要是展望未来——"

于而龙插进来:"你题外的话是不是可以省略一些,运动办主任(老徐只是让他抓一抓部里的政工组,官衔是于而龙自己杜撰的)!好久没跟你一块喝酒了,还等着和你干上一大杯咧!"

"好,咱们为'将军',为大姐的健康,为老江,为你,死不回头的水牛,为若萍和莲莲的幸福、欢乐、愉快、开心,来,干!"王纬宇把酒杯碰得丁当山响,然后一饮而尽,接着又让于莲给大家斟满。于而龙估计该唱友谊之歌了,果然不错,还来不及从容吃些什么,正在飞黄腾达的人物,又把杯子举起:"莲莲,先给你打个招呼,这会你还得例外,因为在座的除了你,都是闻过火药味的老兵,而且都在一个战壕里滚爬过,所以今天在医院里巧遇老江,唤起了我的战斗中的感情,无论如何要聚一聚,哪怕招惹一场是非呢!"

"不必这么害怕,在座不会有人打小报告的。"

"你他妈的总是言不及义。"王纬宇笑着骂于而龙。

于而龙心里说:"要不是'将军'、老江,我非给你来个下不了台,你完全可以退席,免得我们玷污你。说实在的,你一扰乱,弄得'将军'想说些什么,也给打断了。"

"总之,为了我们在石湖的友谊——"王纬宇把酒杯伸到席中。

"将军"笑了:"怕不合时宜吧,这种题目!"

王纬宇竖起一只手指头:"我们是私下的、非正式的,而且不涉及到当前政治,纯粹是字面上、最狭义解释的友情,为这个友情干一杯!"

路大姐也乐了:"为加上'但书'的友情,为战战兢兢的友情而干杯,真有趣!"

江海感慨万千地说:"没想到还能活着碰到你们,我早就来了,不敢去找你们,连战战兢兢都不够。要不是医院下逐客令,正遇上老王,只好来生来世同你们干杯了。"

周浩提议:"喝酒吧!"

江海显然不理解"将军"的让他多喝酒、少伤感的好意,拿起杯子,突然冒出一句:"莲莲,看见了你,就像看到了芦花同志。真的,原谅我吧,我没能保护住她……"

于而龙不知他的话是什么意思,望了一眼比自己要憔悴得多的老头,也许他又想起以往的过错?为了那批支援的薯干,强令芦花给滨海送枪支弹药作为交换,而负了伤,感到自己的责任吧?但是江海紧接着说下去的话,就更令人不解了。

他酒喝得猛了些,呛咳起来,也许他一生吸进了过多的海风和飞扬的盐粉尘,以致肺部怀疑生了不治之症,才转院治疗的。他离席咳了好一会儿,才平静下来。

谢若萍关切地问:"好些了吗?"

"谢谢你,大夫!"

"看样子你够痛苦的。"

他长叹了一声:"嘻,这是一个无论对于生者,或者死者,都是严峻考验的年代啊……"他回到席上,又对于而龙抱歉地说:"无能为力啊,一个人的力量终究是太渺小了!"

于而龙思索:他究竟实际在指些什么呢?

吃完了滑腻的熊掌、鱼翅以后,那位经理进来告诉王纬宇,有他的电话。周浩关照他的秘书去付款,但经理看着王纬宇急匆匆离去的背影,笑着告诉说:"他已经付了。"

"胡闹,这个王纬宇——"周浩直摇头。

王纬宇三步并作两步回来,便问:"怎么样?《红楼梦》里有句话,叫做'千里搭长棚,没有不散的筵席','将军',咱们该酒阑人散了吧!"

"好的,天也不早了!"周浩站起来,大家陆续跟着他下楼,走出餐厅,车已经停在门前。

王纬宇抱歉地:"老江,你挤'将军'的车吧,我还要赶到报社去一趟,谁知夏岚有些什么事?偏要我马上去。"

他刚要钻进那辆浅茶色的"上海"车,周浩似乎是开玩笑,似乎是当真地说:"明天晚上,于而龙摆宴请客,你可来啊!"

于而龙愣住了,谢若萍和于莲也不懂地笑了。

"好的好的。"王纬宇满口答应,连忙问:"哪一家餐厅?"

周浩说:"让他请我们吃西餐吧!"

于而龙对"将军"的好兴致,简直觉得奇怪,王纬宇在一言为定的爽朗笑声里,坐车走了,很快消失在巍巍的城楼黑影里。那平坦的马路上,随着疾驰而去的汽车,卷起一阵最早飘零的落叶,一叶落而知秋至,可不是么?季节开始变换了。

"将军"的"红旗"车里塞得满满的,周浩同江海交谈,询问着省地两级一些老同志、老部下的情况,好像都流年不利地有那么一段共同的遭遇。于而龙没有细听,只是满腹疑团地在汽车里想来想去,"将军"究竟要讲些什么?为什么糊里糊涂做明晚的东道主?一直到家,及至躺倒在床上,也久久不能合眼。他如今是稍一兴奋,就要失眠了。

也许"将军"找到了儿子,像传奇故事一样,骨肉离散多年以后重新团聚?许多悲欢离合的艺术作品,赚了人们潺潺般泪水,不正是从这些动人心弦的地方,震撼人们的灵魂嘛!但是路大姐,在冲破包围圈杀出来的时候,什么凭证,什么纪念物都未曾给割舍了的孩子留下来。因为孩子刚出世,正好是皖南事变发生的日子,孩子身上有些什么标记也顾不得注意,哪怕一块朱砂痣呢?艺术家们设计出了多少情节啊,一面重圆的镜子,一件妈妈绣的肚兜,一颗长在眉心的痦子,甚至一封血泪斑斑的书信。而必须马上杀出血海去的路大姐,和坐在书桌前编剧本的作家不同,她首先是战士,然后才是母亲。因此,直到今天,除去不变的刀豆山这个地名外,什么线索都消逝了。即使这个孩子有幸还活着,也没法相认了。剧本是编的,生活却不是那么随心所欲的。他们老两口即使是找到了儿子的话,也没有理由让别人做东。于而龙想:也许和自身有什么关联?但也无须他越俎代庖发出请柬呀?难道是有关菱菱的什么值得高兴的事?他脑袋都胀疼了,想不出所以然。

"不错,我也是失去儿子的人,可我的儿子是被他们夺走的,明明活着,可也不许相认啊……"

谢若萍也帮着思索,但琢磨不出老两口究竟为什么!

于是他又调转头来想江海的话(失眠的人总是这样千头万绪地折磨自己),怎么叫做没有保护好? 怎么叫做对于生者和死者都艰难的年代? ……活见鬼,他越想越烦躁,辗转反侧,更无一点睡意。

"你今晚上酒喝多了点!"打毛衣的谢若萍说。

于而龙记得谢若萍从那一天,开始给女儿织毛衣的,至今快半年了,好像不见什么进展。难怪,从去年十月以来,谁能捺得下心来,坐在那里一针一针打毛活呢? 她坐在床头小沙发里,开始给这件毛衣起头。同时埋怨着老头子不善于控制自己,不该和王纬宇干杯。

于而龙披衣坐起,问道:"老江突然讲起芦花,为什么?"

"也许因为见到莲莲,她长得太像她妈了。"

"他干吗讲没有保护住?"

谢若萍想得和他一样,也是那回运枪的事:"那有什么奇怪的,都是到了向上帝忏悔的年龄了。"

"胡说八道——"

"一般讲,上了年岁,人的心肠变得软些。"

于而龙被他老伴的真知灼见逗得哈哈大笑:"依我看,有的人越老越歹毒,因为不愿意离开这个世界,对所有活着的人都恨!"

"存在着这种变态心理,大多数还是老了要善良些。江海也许后悔不该逼着我们运枪。"

"是他的过错吗? 好像是党的决议。"

"决议有时也有个人的影子,他是主要负责人。"

"我们谁都不是圣贤。"

"芦花那回挨一枪却是因为他。"女人总是比较记仇的,事隔三十多年,谢若萍说起来,还带有忿激之情,因为她也是当事人嘛!"尽管他后悔,我也并不原谅他。"

"算了,算了,他日子过得不比我们轻松。"

谢若萍又同情那个病人了:"江海头发连一根黑的都找不到了。"

于而龙叹息:"我们都曾经伍子胥过昭关来着,一点也不奇怪。"

也许因为夜静,他们听得清清楚楚,楼外院子里,王纬宇的车子刚刚回来,从汽车喇叭声断定,似乎并不止一辆。他想:肯定是王纬宇从通天的夏岚那儿,得来了什么"新精神",又要对那些班底,进行"不过夜"的传达了。

谢若萍识相地拧灭了床头灯,拉开窗帘,窗外,月光如水,静静地照在那些婀娜多姿的菊花上。她回过头来,朝那雪茄烟头的火光说:"明天,该是闰八月的十五啦!"

老头子沉默着,烟头一亮一灭,谁知道他在想些什么?

"也许——"她自己先笑出声了,"闰八月过去了,就会好起来了⋯⋯"

于而龙仍旧不作任何反应。

可是在他们斜对面的那栋楼房里,在那用菲律宾杨木做的墙围,日本进口的缨珞式水晶吊灯,新疆的和田地毯,和一幅放得特大的庐山仙人洞照片装饰起来的客厅里,那几位尊贵的客人,像辛伯达第一次航海的故事那样,想不到他们赖以寄命的小岛子,却原来是一条大鱼的背脊,而且倒霉的是这条鱼开始下沉了。在汪洋大海里,无法不感到一种难以形容的恐惧和紧张,那种幻灭感,那种巨浪没顶感,那种来不及应变的仓皇失措感,在一阵阵侵袭着人们的心。连他们自己都不明白,为什么秋天的夜晚,心里会是这样地冷,可这间屋子是装有空气调节器的,永远保持着十九点五度的恒温。然而他们还是冷得要命。

那座落地的大自鸣钟,正在有节律地沉静地响着,似乎在抚慰着那几位暴发户的心,细细听去,那大钟好像在说:"别急,别急,别急……"想竭力使他们安静下来,但是它的努力白费了:他们仍旧坐立不安地你看着我,我看着你。

"不会的吧?"不知谁喃喃自语。

人总是能自我安慰,宽解那紧张得过度的神经,即使在无望的情况下,也不会失去幻想的能力。也许一切都是假的,也许又出现了新的转机,也许说不定是一场虚惊,也许……

他妈的,咖啡壶又空了。

还是王纬宇有恃无恐:"弟兄们,千万不能押孤丁!帆使八面风。你这条船才能得心应手地航行!"他心里想着,一面给他的朋友们,烧第四壶德国风味的咖啡。不知为什么,他联想起那终于覆灭的第三帝国。这时候,院子里的公鸡开始报晓了。

按照迷信的说法,只要雄鸡引吭高啼,一切鬼魂的活动就停止了。于是最初的一线曙光降临大地,人们苏醒了。

于而龙蒙眬中听到有人在"剥剥"地敲门,失眠的人就是这样,很难睡着,却很容易醒来,才敲了一两下,便惊醒了,正诧异是谁会这么老早来惊动他们。对面床上的谢若萍也支起了胳膊,轻声问:"听见了么?"

他看了看表,才四点多,披起衣服,趿拉着拖鞋,准备去开门。

"又出了什么事?"谢若萍担忧地按住那颗杌陧不安的心。自从儿子的悲剧发生以后,做妈妈的对于突如其来的敲门声,面目生疏的客人,总是怀有一种惊恐的感觉,害怕不知什么时候突然降临到头上的灾祸。

于而龙虽然笑话过她越来越经不得事的可怜胆量:"亏你还打过仗,上过火线!"然而自己,对于清晨四点钟的敲门声,也不免心头有点忐忑,他从套间走到外屋,顺便瞭了一眼斜对面的楼下,那几辆汽车刚要开走,王纬宇站在门口,向车里的客人挥手。

他立刻闪过一个想法,乖乖隆的冬,文件够长的,竟传达了一个整夜。接着,他又领悟到敲门声很可能和这些人搞了一个通宵,有些什么关联?于是他快步走出外屋,在过道里问了一声:"谁?"

"我,伯伯!"

啊?娟娟!他吃了一惊,心里想:她又怎么啦?这么早?难道又像七月地震之夜发生了那种可怕而又可恶的事?那一回,要不是地震,凭她那把随身携带的刀,是无法从那个卑污的乘人之危的恶棍手里逃脱。那一天也是这么早来敲门的,莫非又有什么不幸?一个长得出众的姑娘,美貌对于她,犹如象牙对于大象本身一样,倒成了遭灾惹祸的根源。

于而龙又想到,她是持有门钥匙的,那么大门钥匙呢?不幸的预感在袭扰着他的心。

他打开了门。

哦,他登时觉得眼前一亮……

柳娟,这个窈窕妩媚的舞蹈演员,这个秀丽魅人的年轻姑娘,好像新娘子那样喜气吟吟地站在他面前。

"娟娟!"

"伯伯——"

于而龙似乎第一次看到她真正的惊人的美,像绽开的稚菊那样心花怒放,像出水的粉荷那样容光焕发,更像一枚闪亮的宝石,发出炫目的美的光芒。和那一个地震后的清晨,泪和愤,羞和怒,成为多么鲜明的对比啊!

她欣喜地扑了过来,也许那个留过学的画家,经常毫无顾忌地亲她爸爸的缘故,也许她实在太激动了,情不自禁地第一次投到他怀抱里,把脸贴在于而龙那霜白的鬓颊上。

她在于而龙耳边说:"我太高兴了,我太高兴了,阿姨呢?姐姐呢?"

"什么事啊?娟娟!"

谢若萍站在客厅门口问了一声,柳娟又转而扑到她的身上,紧紧搂抱住莫名其妙的大夫亲着、贴着,一面吻,一面说:"他们完了!"

于而龙其实听清,但又怀疑没听清地追问了一句:"娟娟,你说什么?'他们完了!'"

因为在这间客厅里,在属于家庭的私下谈话里,"他们"是谁?我们是谁?那是不言而喻的。

她松开了谢若萍,但谢若萍仍旧搂住那个细细的腰肢,洋溢着素馨花香的姑娘,仿佛一松开,她就会没影,那句话也会不翼而飞似的。她注视着那张有吸引力的漂亮面孔,听着她说出来的每一个字:"他们完了,彻底的完了……"紧接着她原原本本地把听来的消息讲了一遍。

此起彼落的雄鸡在喔喔地啼着,报告黎明的到来,他们全家也好像头一次特别注意到,在黎明时刻,竟有如此众多的报晓鸡,四面八方,络绎不绝地呼应唱和,一个有生趣的日子,就是从那时开始了。

不知什么时候,谢若萍从被窝里把画家拖了来,又要柳娟从头至尾地复述一遍,大夫的记性真好,还给兴奋的演员补充:"……娟娟,你忘了说,那个臭婆娘的头套也掉了,满地打滚,像个死不要脸的泼妇一样……"

"是的,是的,我恨死那个女人,菱菱的画,就是我给他出主意的。对,那也不顶用,谁也救不了她,就这样,完蛋啦……"她又接着不惮其烦地讲下去,讲得有声有色,绘景绘情。于而龙自然明白,有些细节未必都是真实的,而是掺进去人民自己的想象和创造。正如杭州西湖岳王坟前,那对残害忠良的铁铸奸臣一样,千百年来,人民把愤恨唾弃在他们的头上,而且还把万俟卨错当做秦桧共同作恶的妻子。有什么办法?人民的意志是不可战胜的,他们有权利爱,正如初春那满城白花所表达出来的感情一样。他们也有权利恨,就看才二十多岁的年轻姑娘,是怎样痛快地泄愤说:"完啦!他们彻底的完蛋了!"恨,同样也是一种非常强烈的感情。

他们全家谁也不曾怀疑,倘若不是王纬宇的打扰,昨天晚上,就会享受到这种额手相庆的欢乐了。"将军"不是用筷子蘸着琥珀色的葡萄酒,在白玉似的盘子里,写下了三滴水的偏旁了吗?

两个年轻女性紧紧抱在一起,在客厅里转着、跳着、飞舞着,于莲一面轻声地喊着"乌拉",一面望着墙上那幅珂勒惠支的版画,高兴地说:"菱菱该放回来了,那个蛇身女妖完蛋了,十二月党人该回家了……"

于而龙看着柳娟的脸颊上,一连串的泪珠滴落在于莲的裸露着的肩头上,好像传染似的,谢若萍也忍不住眼眶湿了。画家站住,惊奇地问:"你们怎么啦?"

舞蹈演员向谢若萍走去,第一次没有称呼她阿姨,而是发自心底地叫了一声:"妈妈……"便再也控制不住,趴在她怀里哭了。

只有天明以后才体会到夜是多么黑暗哪!我们都经历了一段苦痛的岁月,那是用血和泪写的日子啊!

于而龙准备去进行照例的锻炼了,走出门前,关照他老伴:"别忘了今天晚上我做东,你最好先联系一下。"

那天晚间的西餐,令人非常遗憾,就是最喜欢凑热闹,最能活跃气氛,最会喧宾夺主,而且酒量最豪的王纬宇,居然爽约了。

七

于而龙有时候爱发表一些玄妙的言谈。

"我不知道宇航员重新返回大气层,溅落在地球上,是个什么心情?他的双脚接触到原来本属于他的土地时,会产生何等样的感受?"

但是于而龙那天踏着水磨石阶梯,朝那宽敞高大,装潢布局别具一格的餐厅走去的时候,确实感到他的脚是踩在什么实实在在的东西上了。他甚至有点子奇怪,竟不自主地低头看了一眼,不错,的的确确是祖国九百六十万平方公里上两个脚印大的地方,被他踩住了。

好笑,难道以前,他是在秋千上悬挂着,动荡不定,摆过来摆过去,心也随之"忽悠忽悠"地生活来着?更奇怪的是他自己无论怎样也推不开这种奇妙的感觉,昨天是浮着的,今天才落在了实处。

凡人免不了喜怒哀乐,除了圣贤和伪君子能够做到喜忧不形于色,谁也要在情感的海洋里沉浮起伏。这种脚踏实地的感受,使他心情舒畅,甚至还没摸到酒杯先就醉了。就连堂堂的"将军",也想来一点自由主义,按说他是相当严谨的领导干部,也有些控制不住自己了。

西餐的菜单是于莲点的,她内行;酒是劳辛要的,他坐在了昨晚王纬宇的位置上,什么朗姆酒啦!味美思啦!金酒啦!于而龙只是抗议:"都弄了些太太们喝的酒!"

"酒鬼——"劳辛指着他说,看得出来,诗人眼里闪出一种真挚的感情,炽烈的眼光,甚至让谢若萍看了都会嫉妒。然而,她才不生他的气,还从心里喜欢他、尊敬他。为了营救于菱,诗人不只是献出了那支高级的进口货猎枪,而是生命。于莲两次送他去医院急救,但他出了院,照旧为那个画漫画的罪犯奔走。

他是今天一听到消息,赶忙跑来告诉的。当时,他一进屋就像瘫了似的倒在沙发里,气喘咻咻,从怀里掏出一台袖珍的录音机,说:"你们放着听吧!我已经舌干口燥讲不动了。"

于莲赶忙装好磁带,一开,很快就听到一阵强烈的、带有讽刺意味的笑声,很有点《跳蚤之歌》的味道,充满了揶揄、嘲弄、蔑视和辛辣的恨。说实在的,那笑,不是一种好的笑。随之,就是诗人那不南不北、始终也不曾学好的国语,像朗诵似的大声道白:"……在中国,历史上的最大的一堆臭屎堆,从人们的心里铲除了……"

整个客厅里爆发出一阵大笑,于而龙差点笑出了泪水,因为他想起了他那阶梯式的马雅可夫斯基式的诗,真是"恶习不改"啊!

"都早知道了?"于是他关掉录音机。"今天,我一共跑了十家,你们是最后一家。"他舒展开总有点震颤的手脚,让于莲下楼告诉司机:"叫他回机关去吧,别等我,我不走了。"

"十家?"谢若萍对手脚不利索的热情洋溢的诗人,充满了敬意。

"都是些倒过霉、吃过苦头的人家。明天,我还要跑几家,也许他们像你们一样,都已经知道了,但我还是要去,同他们一起欢乐,痛痛快快地笑一笑,把我几年来失去的笑,统统地补偿过来。"

诗人的浪漫气息也真是毫无办法,有一天,于莲告诉而龙说:"爸爸,今天我和劳伯伯去找人谈弟弟的事,出来,正好路过广场,他站在马克思的像前,不走了。突然问我:'莲莲,你说马克思要活着,现在,他会怎么着?'"

"奇怪的问题!"

"他郑重其事地问,然后又一本正经地回答:'马克思也会像菱菱一样被抓起来,因为他肯定会在《共产党宣言》后面添上一节,批判那种没有马克思主义味道的马克思主义。你想,那些大人先生们会饶了他吗?'"

在餐厅里,周浩的心情还是和昨天一样,兴致勃勃,竟然用商量的口吻,而不是惯常的命令式短语对于而龙说:"在座的数你量大,其他人都有限,还是不要搞得太张狂了,如何?"

江海向于而龙耳语:"什么时候你到我那儿,好酒有的是,还招待你吃油炸铁雀!"

路大姐问:"你们两个队长搞什么秘密串连呀?"她那娴静的脸上,永远有着温和恬静的笑容。

于而龙说:"大姐,江海在用油炸铁雀诱惑我呢!"

"一提起油炸铁雀,就像黄桥烧饼一样,想起我们在根据地的那些岁月了。谢天谢地,王纬宇缺席,把我们饶了,要他在,房顶都能抬起来。咱们今天安安静静吃一点,喝一点,主要是聊聊,谈谈。据说,人老了,喜欢沉浸在回忆里,是脑软化的表现。小谢,你是医生,谈谈你的看法。"

"不尽然吧!"她用叉子挑起一颗红晶晶的鱼子看着,仿佛答案在那里藏着似的,"回忆过去,有一个时期,是罪,而不是病。"

"那好,温故而知新,咱们谈谈往事吧!""将军"对饭桌上的话题拍了板。

"看,那头亚洲象都在沉思了。"

大家被于莲的话逗乐了,隔着玻璃落地长窗望出去,动物园里的大象低着头,垂着长鼻在思索着。

"毫无疑问,它在回忆着热带森林,就像我们忘不了石湖一样。"于而龙给自己倒了一盅杜松子酒:"请允许我们都为难忘的石湖年代,先干一杯!"他一饮而尽,正要说些什么,服务员走过来,请哪位名叫于而龙的同志到后边听电话去。

"谁?"

"不知道,电话在经理室。"

原来是王纬宇这位老兄,在电话里直向他抱歉,因为必须去听传达,不准请假。正好,给"将军"在这家餐厅里订做了一块蛋糕:"就势,麻烦你,省得我再跑腿了。"

相隔十多年,餐厅经理居然把他认了出来:"你是于厂长吧?那时候你经常陪专家光顾。"说着把那盒大蛋糕捧给了他。

给"将军"订做哪门子蛋糕?

回到席上,周浩一听说是怎么回事,便让打开盒子,哦?好大的一块巧克力蛋糕,上面用火焰一样的樱桃肉,堆砌出"生日快乐"四个字。于而龙心想:"他小子真会凑趣,竟把这个日子称为生日,难为他小子琢磨得出!"对他的敏思捷才不得不佩服。

但路大姐却说:"每年今天,他总是要破费!"

登时,于而龙怔住了,原来并非如此啊!"于而龙,于而龙……"他对自己说:"你这个粗心的家伙,多少年来,你同'将军'生活在一起,战斗在一起,你知道'将军'的生日在哪一天吗?"

连江海,都不禁背过脸去,向于而龙咧咧嘴。

现在,江海来了,而且是坐着直升飞机,朝三王庄飞来了。

那位陪着他,奉县委书记命令别让他再走开的干部,坐立不安地到大门口,手搭凉棚,向着那反射三月阳光的镜面也似的石湖望去,诧异县委那游艇怎么还不出现?

于而龙却惦着村西头那块殷红色的墓碑,他想趁着他们——肯定是前呼后拥的一大串,如同他老伴爱形容为"人墙"的一群,尚未到来之前,先去那座坟上坐一坐,看一看,他向那位瞅不见游艇踪影的干部说:"我先去溜达溜达——"

"不不……"他变得愈来愈恭谨了,"支队长,你无论如何——"

于而龙站起来,他真的要走出去了。

刚才挥舞过拳头的干部,现在几乎是央告地:"支队长,你等一等吧!"

突然,在轧轧的震耳音响声中,直升飞机像巨大的铁鸟,扑扇着翅膀,从他们头顶上低低地掠了过去,呼啸的疾风,把屋顶的瓦片都震动了。

那个年轻干部火速地冲了出去,不过,他很有心计,临走时,将大门的铁锁挂上,才朝学校的大操场跑的。整个三王庄都被惊动了,正如四十年前,他们起义的渔民,打响第一枪,开辟了一个新时代。那么,从直升飞机第一次降落在这个湖滨渔村起,也许该进入插上翅膀高飞的又一个时代。是的,包括这个已算不得石湖人的于而龙,也觉得石湖确实应该变一变了。

哦,被锁在高门楼里的于而龙,看不见人流,但听得见人声,像喧腾的春水,朝直升飞机降落的地方滚滚而去。

这种感觉,十年前,他也曾亲身体验过一次,门被反锁住了,出不去屋,但那是好心的门卫同志,把他推进里屋吧嗒一声扣上的。因为企图把实验场资料偷运出去的军列,又给广大的"无产阶级革命派"强逼着退回厂里,正通过侧门慢慢倒退着,车轮每压过一根枕木,就听到群众在欢呼,于而龙从来不曾这样处于劣势,哦!十年前刮起的那场飓风啊……

于而龙想:也许如同小狄批评他一样,在做一件愚蠢的傻事。难道不是这样吗?绝望的挣扎,无益的尝试,不甘心失败,偏偏要去冒一冒险。其实,于而龙完全可以撒手不管,然而,谁让他是一个真正的布尔什维克呢?

因为实在找不到办法,从"红角"冲杀出来的革命小将,成了天之骄子,贴出了勒令销毁的布告,每一个字都有斗那么大。也就是说:三天以后,实验场十几年的心血,尽管是失败的,但也是难能可贵的全部资料,必须受到火的洗礼。于而龙怎么能甘心呢?那是做了许多投资,花费无数精力,才搞到手的那弥可珍贵的科学资料呀!

于是他找到阳明,因为工厂和他们那个部队,多少有些业务上的关联,而且他也一直关心这个雄心勃勃的试验。刚要张嘴求援,政委拉他坐下:"好了,详细情况我知道了,周浩来电话说过,现在,研究一个转移方案吧!"

"只有三天时间啦!"

"第一步,你得把那位权威搞出来,只能要最关键、最紧迫的资料,目标愈小愈好;第二步,还是你,得想法把资料装箱,运出工厂;第三步,才是我窝主出动,派车去拉回,存放在我们保密室里。"他最后说,"二龙,也有可能,不知哪个环节,出点毛病,全局败露,你我作为同谋犯,一块受审吧!——你害怕吗?"

"政委,你都见义勇为,我还有什么说的。"

"二龙,像《国际歌》唱的那样,做最后的斗争吧!历史上所有那些纵火者都不怎么光彩。秦始皇烧过书,项羽烧过阿房宫,侯景烧过建康,八国联军烧过圆明园,希特勒烧过国会大厦……二龙,只有这样尽到我们的责任吧!"

"谢谢你,政委!"

"不是我,有人在关心——"

"谁?"

"你就不用问了!"

他忍不住还是追问一句:"告诉我,政委,谁?"

"我们中华民族不能只顾今天,不管明天——"阳明显然在重复着建厂时中央的决定:"这是一个既有人领导毁灭,也有人力挽狂澜的时代啊!……我们是一个有八亿人口,九百六十万平方公里的国家,一个实验场不算多。"

于而龙站起来,告辞政委,满怀信心地回厂里去了。

高歌在这以前,由车间干事一下子被于而龙的精简政策,压回到磨床跟前干活,心里充满了怀才不遇的怨气;费尽心思搞出来的几万字学习心得,得不到于而龙的赏识;想去单独找他谈谈,又被他的秘书挡了驾。这样,导致了他和那些"红角"革命家终于走到舞台正面来,头角峥嵘,一下子红得发紫。他们和市里一个什么响当当的"司令部"挂上了钩,在工厂里采取的第一个"革命行动",就是把动力学权威给绑架走了。

于而龙那时也濒临垮台的边缘,不过高歌还不敢触动他,谁知道是不是由于先天精神上的怯懦,于是先拣廖思源这个软柿子捏,他们也是充分盘算过的,打他一个反动权威,无需分辩,即可定性。总工程师,三百多元工资,搞试验花费无数金钱,一无成果,罪行完全够了;打他一个里通外国的特务,理由也满够用,一个女儿在太平洋彼岸,一些国际科研机构和他有联系,一部分外国人士还念念不忘他,他即使浑身长嘴也说不明搅不清的。至于他的家庭背景,社会关系,个人历史上俯拾即是的问题,哪个都能做出一大篇文章。

"不革他的命,还革谁?"把廖思源揪走了。

于而龙决定冒险去把这个革命对象弄出来,那些年轻人已经不可理喻的发出一个又一个的通令,连进厂的铁路专用线上的信号灯,也强令改过来,红灯放行,绿灯停车,还指望听得进什么话呢?

汽车直冲那个"红角",人们谁也不敢拦阻他,从那时还属于他的"上海"车上跳下来,便厉声喝问:"高歌呢?"

那个突然间红得发紫的明星,从屋里闻声走出,许是室外的光线充足,许是于而龙那一副威严凛凛的派头,把他震住了:"于书记,你——"

"你搞的什么名堂!乱弹琴!"他当着那些穿草鞋的革命家,训斥着高歌,"你要不马上交出廖总,我就派人把你扣押起来,你要知道我们是个什么性质的工厂——"

如果当时高歌有些斗争经验,满可以回答:"请吧,于而龙,我恭候!"那么这位快垮台的书记是半个人都派不出的,他的命令像过期支票一样,已经无法兑现了。

高歌只是本能地感到屈辱,青筋暴突,热血冲上了苍白的面颊,他们两个很有点像抵架的公牛,谁也不能后退,只要谁的脚步动一动,就算输了。

于而龙知道高歌有些疑虑,不敢贸然同他决战,而更主要的,是那种劣根性,使他软了下来,交出了廖思源。——如同眼前的干部,一听王惠平书记的大名,先在精神战线上退却了一样。

被扣押的总工程师,亲眼目睹这个场面,在汽车里,惊奇地问:"你还挺有威力?"

"空城计,只能唱一回!"于而龙说。

司机也笑了:"我以三十五公里速度冲进去,要不急刹车,钻进单身宿舍大楼了。"

廖思源听说于而龙的最后努力,不以为然地说:"用不着去顾那些身外之物了吧?"

"我们不是老绝户,还会有后代,还会有子孙,留给他们什么?留给他们烧光的灰烬?"

"徒劳的努力!"

"不就给你剃个阴阳头吗?看你灰心丧气的样子。"

"当整个大厦都坍下来的时候,你一只手是顶不住的。"

于而龙说:"那我能做到什么程度,绝不吝惜半点力气。"

"会压死你的。"

"那也比当懦夫强!"于而龙拍拍司机的肩膀,"停一停,让廖总下车!"汽车嘎的一声,停在了半路上。

廖思源不解地:"干什么?"

"你不是怕死,不敢干吗!我干吗拖着你?请下车吧,请吧!"他见他不动弹,便吼了起来,"滚!不干就滚——"

"你呀你呀,我拿你没有一点办法……"廖思源关照司机开车。

然而,还是失败了,列车退回到庞大的实验场里去,作为主犯的他,却被好心的门卫关在屋里。这第一次失败,可比第二次当还乡团垮台要严重得多,那打倒还乡团的大字块有几个人认真地看呢?一噘鼻子哼一声走开去了。可十年前那场风暴初起的时候,那势头大有把于而龙碾成齑粉的危险。可他,却不在乎地捶门要出去,因为,阳明政委派出的汽车正在几公里外的路口等待着。糟糕,他急得直跺脚,该杀该砍,也只能由他于而龙伸出脖子去。应该赶快通知他们撤走,免得受到牵连。唉,到底败露了。

听得出来,不是一些人,而是一股愤怒的群众,围着列车吼叫:"检查,打开车门,不许转移黑材料!"

是谁泄露了秘密?哦!人群肯定围得越来越多,吼声几乎连厂房屋顶都掀得起来,于而龙再沉不住气,看来,连军列都逃脱不了干系,那是肖奎的战友,跟他一说,未加考虑就同意帮忙给夹带出厂,无疑,闹大发了,他们要吃官司的。

廖思源是个怪人,尽管他认为是身外之物,多此一举,但是在拟单子的时候,这也要,那也要,舍不得扔。那位从国外留学刚回来的工程师,也就是后来成为小狄丈夫的猪倌羊倌,直朝他抗议:"廖总,十大箱都装不下的。"临到装车时,他又来磨嘴,这也不能割爱,那也不愿抛舍。"啊呀,你别婆婆妈妈了,在这儿碍手碍脚!"于而龙不得不强令他安静休息,别打扰大家的工作,结果还是多装了两箱,影响了发车时间。

于而龙挨个想去,所有参加这次行动的人员,都是和保卫处老秦逐个挑选的,懂得保密的一支精干队伍,是谁的嘴这样不严实咧?

很清楚,他了解大伙未必像他那样满怀信念。正如寓言所说的那样,森林发生了巨大的火灾,谁也无法把它扑灭。一只可怜的小鸟,因为曾经在那森林里营过巢,怀有一种依恋的感情,眼看森林快烧完了,还从遥远的地方,衔来一口水想要救火,那实在是很可笑的。那漫天的熊熊大火,很可能把它烧死,但它仍旧鼓起翅膀往火海飞去。于而龙也正是这样一个不识时务的汉子,他向那些参加者讲:"宁可我像那只小鸟被烧死,也不能把十几年劳动的成果毁掉。"

列车终于退回到工厂里面来了。人声鼎沸,群情激昂,他不理解怎么能惊动了如此众多的职工。他叫门卫赶快放他出屋。他相信,他会给群众讲清楚的,为了通过侧门这一关,他和门卫讲明白道理,门神爷不也准备同他一起承担风险么?"廖总啊廖总!要不是你神经质地跑来捣乱,列车早出工厂,政委也就接到手了。"

"砰砰砰",他死劲砸门:"让我出屋!"

门卫回答他:"不行,于书记,你不能去,只要一露头,非吞了你不可。"

"开门,快给我开门。"

"他们不会轻饶你的。"

"我去跟他们讲,让我出来。"

列车一直开进庞大的实验场里,至少好几千人麇集在车皮附近,这样的场面,他这辈子再也不愿碰上第二回。因为他诚恳剀切地向大家讲了真话,他知道,只有讲真话,才能挽救自己,而且言之凿凿地向所有在场群众宣布,除了十二箱科技资料,绝无其他。然而,丢人哪!群众推选出的代表,从车皮里拎出第十三个箱子,一只硕大无朋,塞得鼓鼓囊囊的大皮箱。

耶稣是第十三个门徒犹大,将他出卖的,这只第十三个箱子,把于而龙坑苦了。他恨不能从那七千吨水压机的基座上跳进底坑里去,只不过五分钟以前,他在基座上信誓旦旦地讲出口的。他一生最恨当面撒谎而不脸红的伪君子,现在,自己成为一个在公共汽车里被当场拿获住的小偷一样,立刻落到了数千人谴责和不信任的眼光底下。

那皮箱里装的全是些无聊的,毫无用处的,把群众打成牛鬼蛇神的黑材料,是那种按比例制造"敌人"的愚蠢产品。

哦!那不是对全厂职工的戏弄、欺骗和莫大的侮辱吗?人们差一点点就相信了他那拍着胸脯的保证呢,于而龙再找不出比这次更为痛心的失信了。

大概人在做蠢事的时候,头脑不会清醒,保卫处长什么时候趁机塞进一只皮箱,于而龙忙得竟没有发觉。难道能怪罪大个子么?他不同自己一样,在尽最后一点职责嘛!

保卫处长站出来承担责任,并未一推六二五。但是文章并未做完,人们逼他交出后台,是谁指使他无视党纪国法,非把黑材料转移走?

秦大个子回过头来,抱着歉意的眼光,看了于而龙一眼。这一眼看坏了,群众像雷似的吼着,一个满头卷毛的女工,竟然泼妇似的嚎叫着冲上来。大个子的本意,或许是:"原谅我吧,于书记,由于我的过错,破坏了整个行动计划。"但群众错看成真正的元凶极恶是于而龙,那是他在工厂二十多年的领导生涯里,第一次被这个并不认识的女工一手抓住脖领,直呼其名,而且以审问的口气斥责他:"你给大伙老实交待吧,于而龙,别装腔作势了……"

他说什么呢?"不知道!"那么保卫处长很有被愤怒的群众吊起来的可能。他不得不向群众认错,把责任揽在自己头上。"是啊!老兄——"于而龙自嘲地,"就从这一天开始,你就一蹶不振,两次垮台,一转眼,三千六百天过去了……"

这时候,三王庄那股喧闹的人流,又像回潮一样,返了回来。他听到门口的锁被人摘掉,那扇沉重的黑漆大门打开,出现在他面前的,是一个满面春风的地委书记,和去年十月份于而龙见到他时,除了那满头白发、一脸皱纹外,整个精神状态找不到一点共同之处。他浑身焕发着一股朝气,半点不假,于而龙嗅出了他身上由滨海的阳光和石湖的水花融合在一起的芳香。

肯定是有许多人要拥进当年的区政府里来,门口熙熙攘攘,尤其是年龄超过四十的乡亲,都不大相信地问:"真是支队长回来了嘛?"

"没错。"

"让我们进去看看他。"

"不行。"

在人们残存的记忆里,好像当年的支队长是决不会派两个大腹便便的哼哈二将,特地在门口挡驾的。

王惠平把门口群众堵住了,穿过回廊,来到花厅,听到江海在大声埋怨于而龙,也捎带上他。

"你搞的什么名堂?动身不给我打招呼,不让我接,难道我咽气了吗?要不是'将军'昨晚给我打电话,王惠平再不告诉我,我算蒙在鼓里了。"

"周浩同志给你打电话,什么事?"于而龙不由得惊奇地询问。

"是的,把我吓了一跳。"

"说些什么?"

"出国代表团临时变更了一下,决定由你代替王纬宇,那位老徐郑重推荐的。"

"王纬宇怎么啦?"那是一个以始终没出国而遗憾的家伙。

"没听太清楚,好像是痔疮犯了。"

"'将军'怎样讲?"

"他只是说:这倒是个难得的考察机会。"

于而龙摇摇头:"我只好向老徐抱歉了,我既然回到石湖,哪能轻易丢手打道回府呢!……"他望着坐在旁边的王惠平,不由得想起那个死去的老晚,心里琢磨:王纬宇,王纬宇,你的手伸得够长的,第一局你暂时领先。是的,头绪断了,线索没了,也许你会永远立于不败之地,但是,要想让我罢休丢手,恐怕也同样是永远不可能的。

旁听的王惠平,听说"纬宇叔"没有出国,他那屁股和座椅还紧紧相连,心里一块石头落了地。因为从前天起,一直接不到他的电话,不免有点忐忑不安。于是端了两杯茶,一杯先递江海,然后,才把那杯送到于而龙面前:"请!"

但是江海却站起来:"来吧,既然来了,那就看看去吧!"

当然是客随主便了,于是他在县、地两位领导的左拥右护之下,走出了差点被扣押的高门楼。那位曾经向他举拳头的干部,正朝着乡亲们挥舞胳臂,示意他们闪开,给让出一条路来。许多有身份的人都站在前列,而且好像一下子都认出了于而龙,都向当年的支队长伸出了手,实在使他盛情难却。有几位白胡子的老年人,还挤到前列,亲亲热热地叫了声:"二龙!"到底是一个庄上的乡亲嘛!慢慢地从记忆里想起了他们。

真是太承情了,于而龙想:你们要早一点赶来为我证明该多好,也不致被当做卖假药的郎中,进行一次小规模的游街了。

王惠平向于而龙,恐怕主要向江海倡议:"还是请支队长看看家乡不成样子的进展吧!"

江海向支队长做了个"请"的姿势,迈下了白石台阶。于而龙离开高门楼的时候,还来得及向那个曾经挥拳的干部,握手告别,感谢他沏的好茶叶,当然也等于感谢他那种方式的接待。但是,他那汗津津的手,还让于而龙有什么好说的呢?

三月里石湖的阳光,刺眼似的明亮,甚至使人感到,仿佛每一道波浪都在向你愉快的眨眼。看,又像多少年前,消息不胫而走:"支队长回来了,石湖支队又打了个胜仗回来了……"那些亲切的眼光,那些热烈的议论,那些迎上来攀谈的乡亲。啊,整个三王庄向他微笑了。

高音喇叭怎么能在这时候,肯向贵客沉默呢?一阵热烈的手风琴拉完前奏,天爷,那两个义务兵又引吭高歌了。在他俩的青春歌喉的唱和下,于而龙在故乡的街道上走着,仿佛回到了和王小义、买买提差不多的年纪,成了于二龙了。那时,他该是"浪里白条",或者"混江龙"之类的年轻渔民,然而,那个和他同年龄的芦花呢?

他在人群里寻找,她该不是躲在尼龙渔网的背后,闪烁着那对特别明亮的眸子吧?

渔网后边,倒是有石湖姑娘那种大胆俏谑的笑声,但她们穿着挺括的上装,露出花衬衫的领口,于而龙发现他家乡的姑娘和城镇女性的打扮,没什么大的差别了。

他的眼光在姑娘群里搜寻不到那个永远活在心中的人,再也瞅不见那个穿着土蓝花布,打着补丁的芦花。那时,他们的网是可怜的破网,帆是残败的旧帆,船是朽烂的老船,只有那对瞳仁的色彩,是明亮的,是清新的,永远充满着生机。他怎能忘记在这样春汛大忙的季节里,正是一网金、一网银满载而归的时候。每当船一靠岸,总会看到那对闪着欢欣的大眼睛跑到湖边,她那卷起的浑圆膀臂,被腌鱼的盐卤渍得通红,会抢着从他肩头夺过鱼担子去……

然而现在,那对眼睛在墓穴里永远闭上了,只有殷红色的石碑上的红星,算是惟一可以发出精神光彩的纪念了。

——她不会再来迎接我了,不会再来抢我的担子了。尽管我多么盼望那个指导员,来分担我肩头上沉重的负荷,尤其多么期待那个百发百中的神枪手,帮助我击中靶环哪!

——芦花,请原谅我仍旧成队成帮地来看望你来了,有什么办法呢?会吵扰得你在九泉之下不得安宁的。原先,我还曾想独自在你身边坐会儿,理一理旧日的记忆,那是我迫切想做的一件事,现在,也只好抱憾了。好在人多也并不会妨碍你那敏锐的听觉,我记得你早就说过:不论多少人行军,你能辨明我的脚步声;不论多少人说话,你能识别我的语音。我敢肯定,芦花,你已经在地下听出来了。

——芦花,我来了,虽说那棵银杏树失去影踪,但大致方位,仍是不会错的,一别三十年,总算如愿以偿地来到你的身边,我该对你先说些什么呢?该有多少话会一下子,同时涌塞在嗓眼里呵!三十年,石湖水潮涨潮落出现了多么明显的变化,但是,惟有你,永远以一个不变的三十年前新四军女战士的形象,留在人们的记忆里。而我,沧海桑田,满头华发,你该猛乍间不敢相认了吧?

一个年轻姑娘,从人群里挤了过来,手里捧着一大束鲜花。呵!于而龙认出来了,不是饭馆里那个服务员吗?长得多漂亮啊!刚才把于而龙当做接头的特务,那脸色可不怎么吸引人。在阳光下,那几粒俏皮的雀斑,更增添了轻盈的笑意,和她手里的艳丽花束,相互辉映,她含笑着把花塞在他手里,亲切地说:"支队长,你要的花儿!"

"哦!谢谢——"

多么娇媚的花束啊!显然经过女性的手,加了一番装饰,白色的玉兰、红色的月季、像鹅绒似的刺球,还有一支嫩黄的报春花,一股股浓郁的甜味的芬芳,沁人心脾地飘散在早春温馨的空气里。真的,再也比不上捧着这束带有露珠的花,放在那块石碑前更为合适恰当的了。

王惠平一定要他们去参观那个苇制品工厂。据说:石湖的苇编品是为外贸生产的,远销好多国家,真看不出,那些极平凡、极普通的芦苇——和芦花的性格实在太相似了,在乡亲勤劳智慧的双手里,竟能编织出如此美妙的工艺品!

厂里送给于而龙一个精致的玲珑提篮,呵!提篮外面,还织上一条红荷包鲤鱼的图案,真是样式新颖而又风雅。于而龙把花束放进去,立刻成为一个美观大方的花篮。哦,他想:要是莲莲,我那个艺术家在场,准会爱不释手的。若是能得到女儿的赞赏,那么妈妈也会喜欢的,母女的心总是相通的。

好容易结束了社办工厂的参观,他实在有些耐不住,等不及了。顶多再有五十米,跨过一座干河的小石桥,该是那棵不在了的银杏树原来生长的地方,那块殷红色的碑石,应该在附近矗立着。

但是江海却提议往回返了。

不,三十年虽然过去,方位,对一个作过战的军人来说,是不大会弄错的。于而龙不去理会他们,步伐不由得加快起来,朝小石桥走去。

说不定在冥冥之中,芦花已经听到了他的脚步声。来了,芦花,你的二龙来啦!相隔了三十年,你的二龙又出现在你面前了……

但是,当他来到小石桥的时候,不由得迟疑地,惊愕地站住了。

他不但不见那棵作为历史见证人的银杏树,而且也看不到他千里迢迢为之而来的那座矮矮的坟墓,也许被岁月的流逝渐渐磨蚀平了吧?但那殷红色的石碑,怎么也不见了踪影?

于而龙差点没叫喊出来。

"芦花,你在哪儿?芦花,你在哪儿?"

他捧着手里那个花篮望着,那些生气勃勃的花朵,似乎在询问他:"把我们放在哪里?把我们放在哪里?"于是,许多许多的疑问,包括站在石桥后边,那个滨海支队长去年十月的喟然长叹:"没有保护了她呀!"又缠绕在他的脑际。

难道真的会有什么蹊跷嘛?!

然而生活里却是什么事,都有可能发生的呀!

——芦花,也许只有你能够回答我心底的诘问:为什么?为什么?……

只有那束特别娇嫩,颜色皎洁,芳香袭人的玉兰花,在阳光下,合拢了花瓣,仿佛显出一副惆怅和难过的样子。

怎么能不伤心呢?坟墓没了,石碑没了,棺木呢?尸骸呢?又散落到什么地方去了呢?

——芦花,快回答我吧!快回答我吧!……

没有一丝回声,只有云雀在蓝天里歌唱。